～『炉辺荘のアン』の風景～

プリンス・エドワード島パーク・コーナーほか

炉辺荘のモデル
モンゴメリ家の屋敷

食堂の炉棚

食堂

玄関の柱時計

フォー・ウィンズの内海（ニュー・ロンドン湾）

スコットランド、イングランド、カナダ

スコットランドの丘「スコッツ・ビュー」

メルローズの修道院跡

シェイクスピアが眠る
エイヴォン河畔の教会

エイヴォン川、イングランド

モンゴメリが本作を書いた家
「旅路の果て荘」オンタリオ州トロント

撮影・松本侑子

文春文庫

炉《ろ》辺《へん》荘《そう》のアン

L・M・モンゴメリ
松本侑子訳

文藝春秋

Anne of Ingleside

6

炉《ろ》辺《へん》荘《そう》のアン

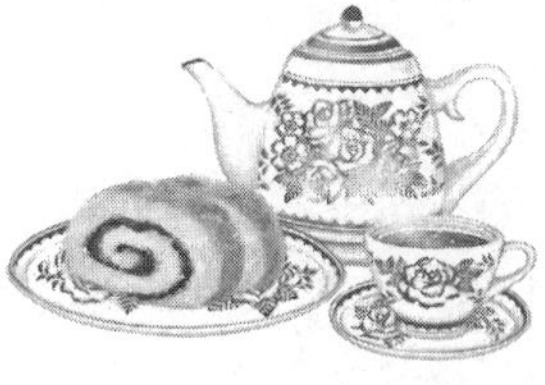

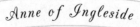

W・G・Pへ（1）

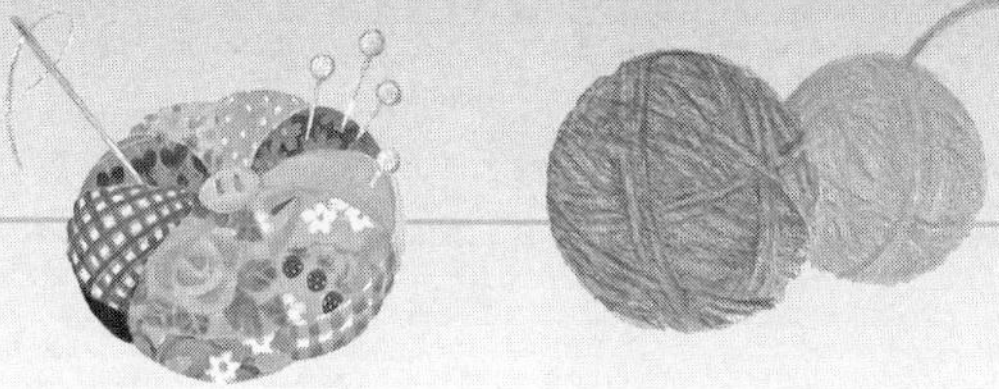

目次

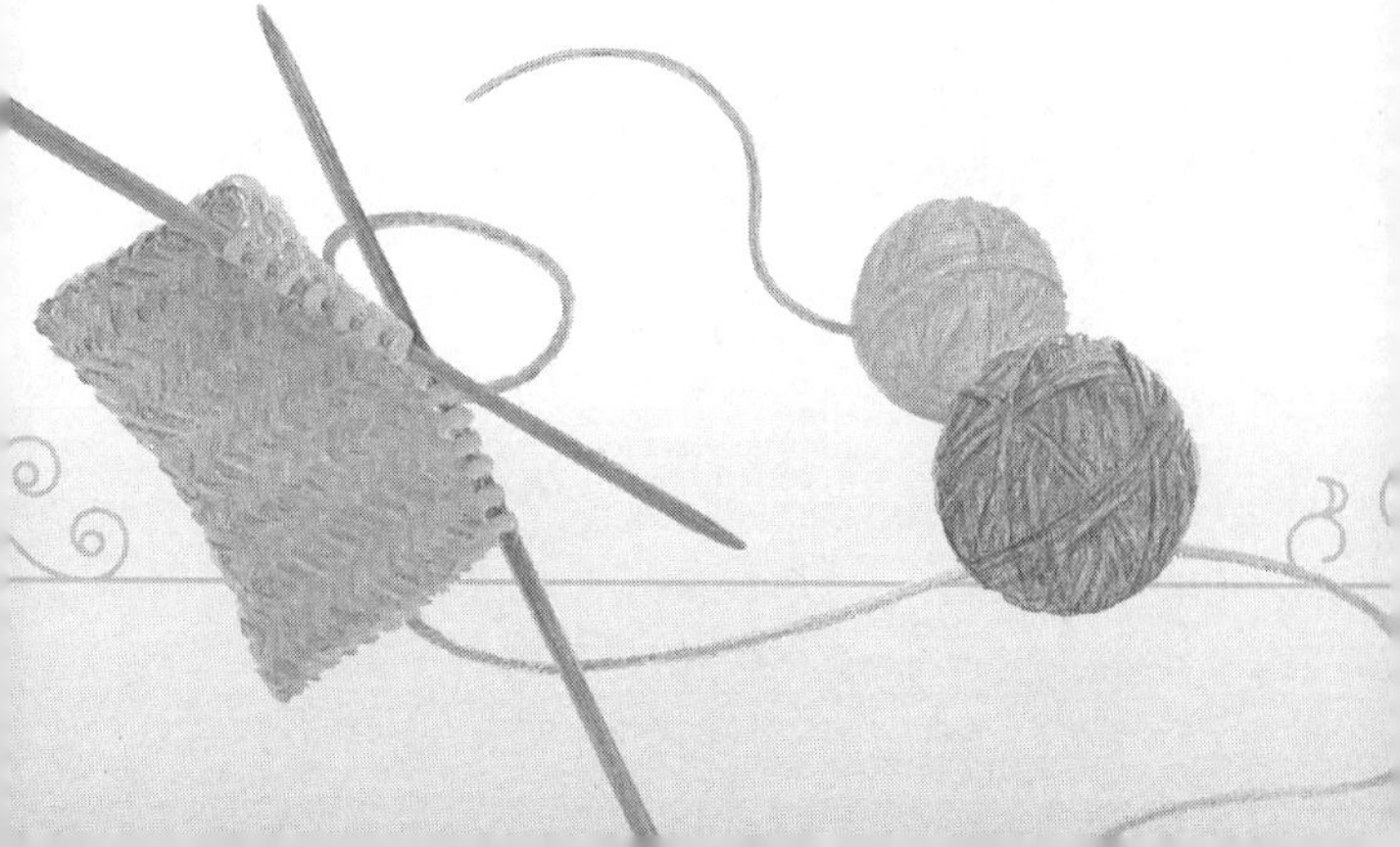

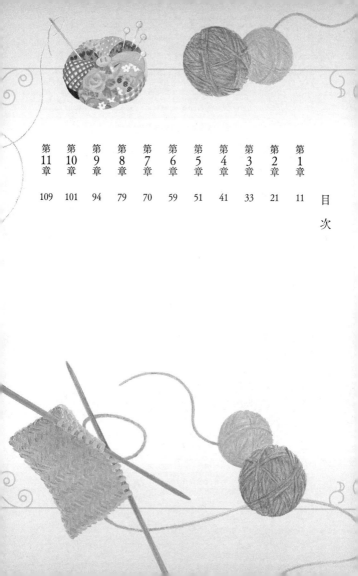

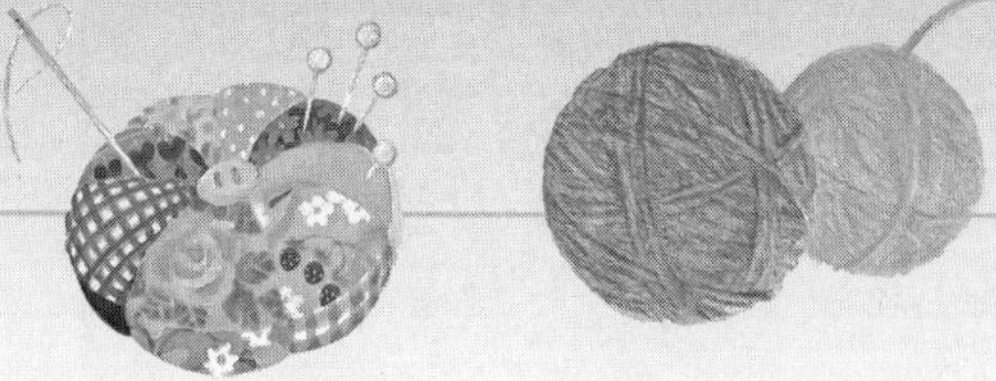

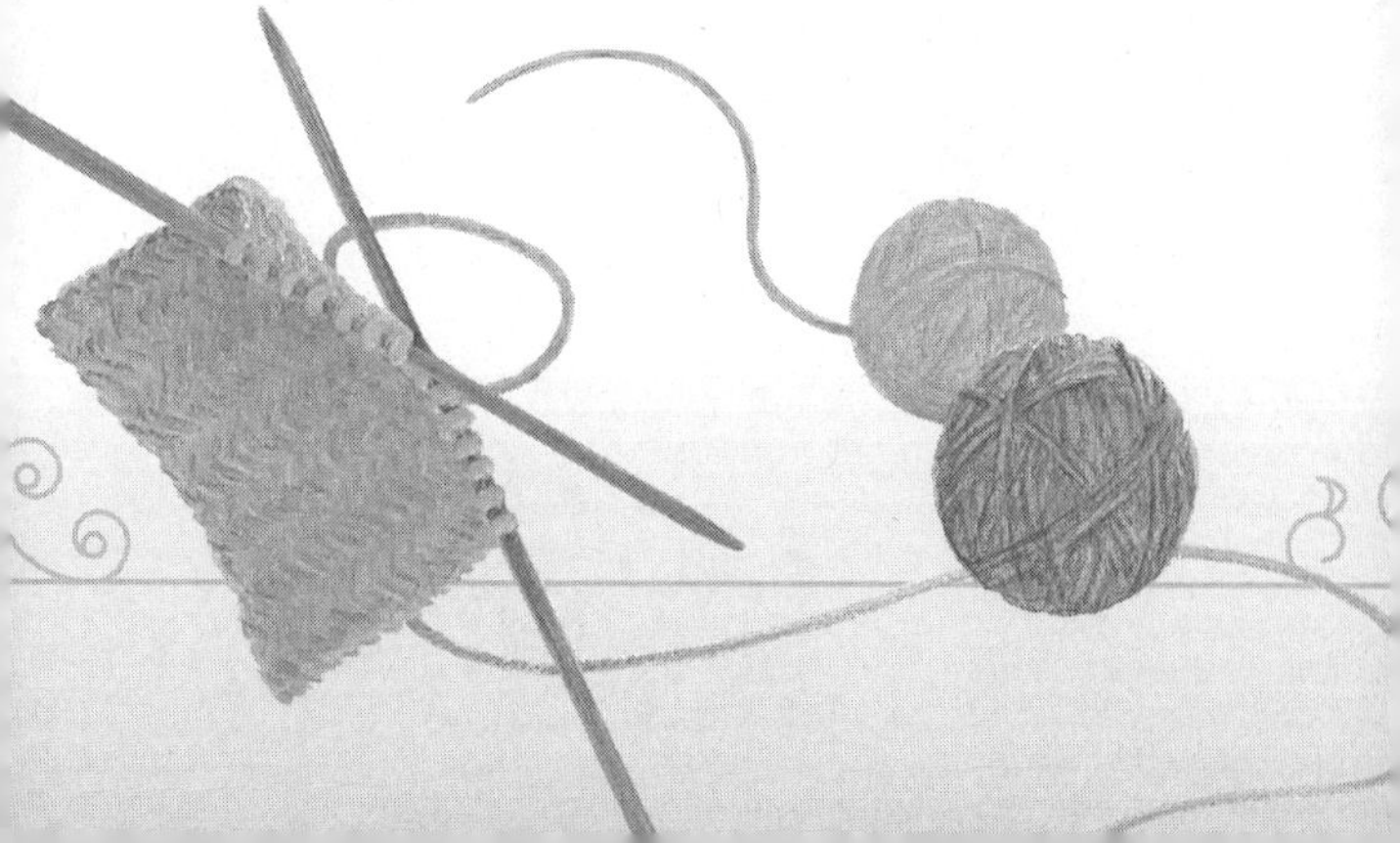

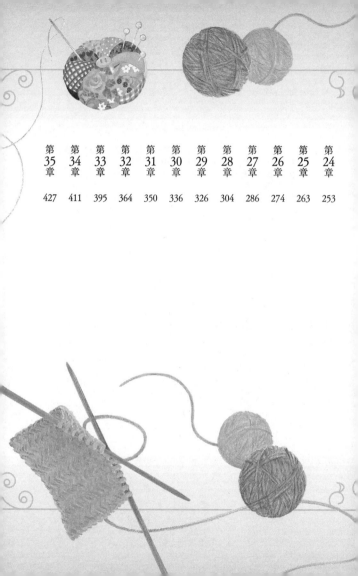

地図

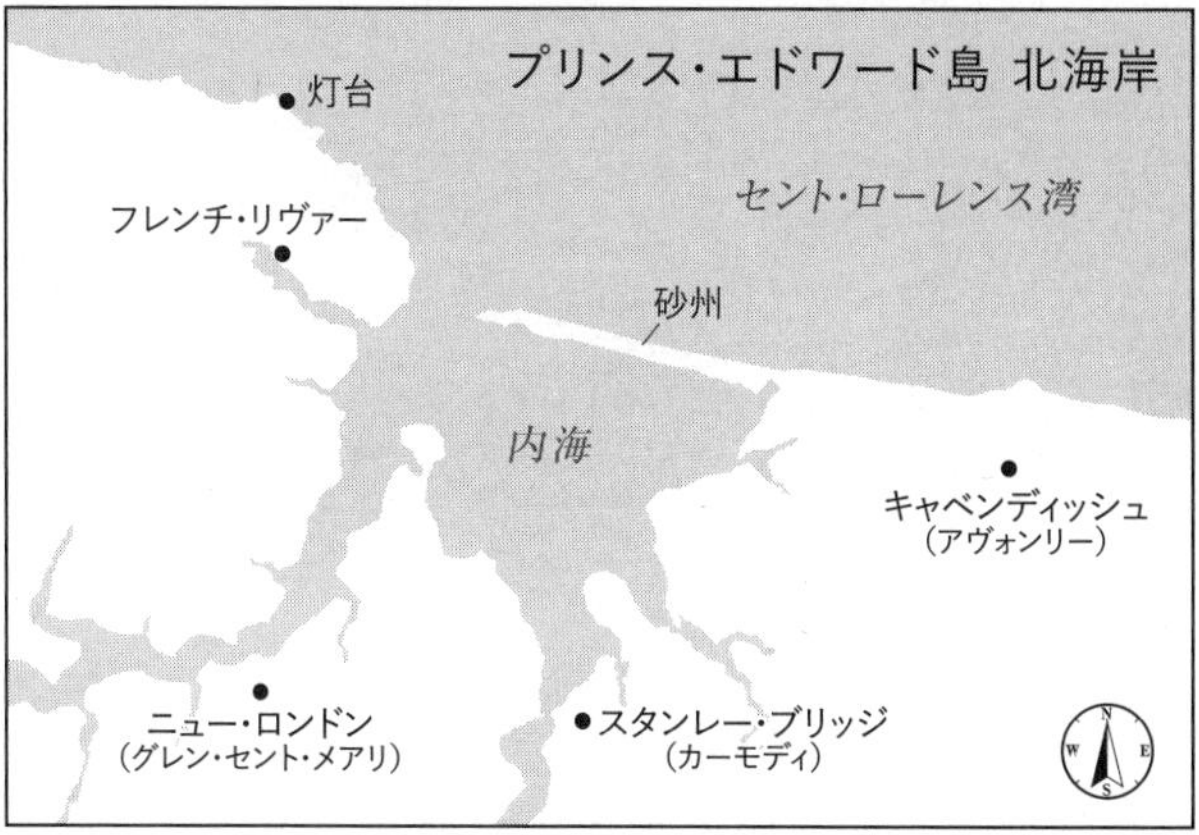
プリンス・エドワード島 北海岸
灯台
セント・ローレンス湾
フレンチ・リヴァー
砂州
内海
キャベンディッシュ
（アヴォンリー）
ニュー・ロンドン
（グレン・セント・メアリ）
スタンレー・ブリッジ
（カーモディ）
N
W
E
S

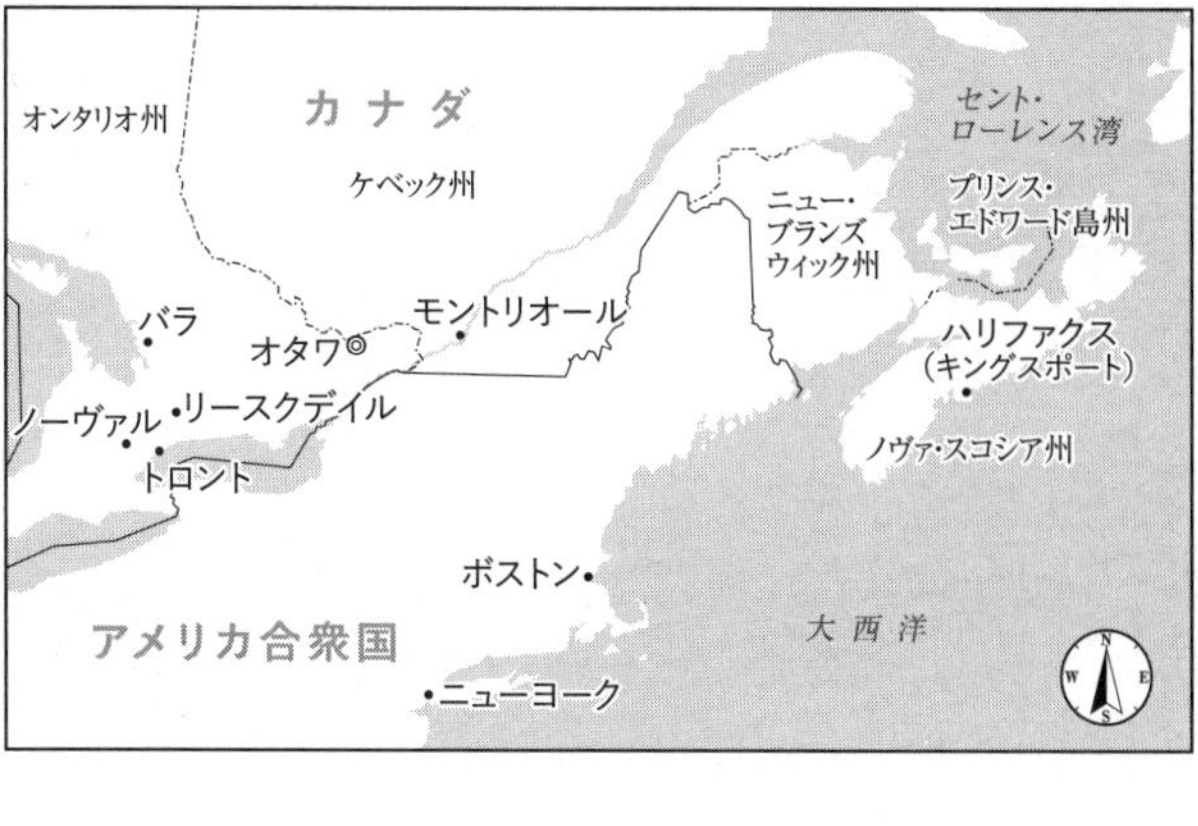
オンタリオ州
カ ナ ダ
ケベック州
セント・
ローレンス湾
プリンス・
エドワード島州
ニュー・
ブランズ
ウィック州
バラ
オタワ
モントリオール
ハリファクス
（キングスポート）
ノーヴァル
リースクデイル
トロント
ノヴァ・スコシア州
ボストン
大西洋
アメリカ合衆国
ニューヨーク
N
W
E
S

第1章

「今夜の月の光は、なんて白いのかしら？」アン・ブライスは独りごとを言いながら、ダイアナ・ライトの家の庭の小道をたどり、玄関先へ歩いていった。そこへ小さな桜の花びらが潮《しお》をふくんだそよ風にのって舞いおりてきた。

アンはつかの間、足をとめ、過ぎし日に愛《いつく》しみ、いまなお愛する丘と森を見わたした。懐かしいアヴォンリー（1）！　今、アンの住まうところはグレン・セント・メアリ（2）であり、そうなってより何年もたっていたが、アヴォンリーには、グレン・セント・メアリが決して持ちえない何かがあった。どこをむいても、アンは過去の自分の亡霊に出逢った――かつて散歩した野原が、アンを歓び迎えてくれた――あのころの幸せな暮らしの名残りが色褪せることなくアンをとりまいていた――目をむけるところすべてに懐かしい思い出があった。あちらこちらによく訪れた庭があり、過ぎ去りし年月《としつき》という薔薇の花が咲いていた。アヴォンリーの家に帰ることはいつもながらアンの喜びであった。たとえこのたびのように悲しい理由で帰省するときでさえも。アンとギルバートは、彼の父の葬儀のために帰ってきたのだ。アンは一週間滞在していた。マリラとリンド夫人は、アンを早々《はやばや》と帰すに忍びなかったのだ。

玄関上の切妻屋根の部屋は、いつもアンのためにとってあった（3）。着いた晩に行ってみると、リンド夫人がアンのために春の花でこしらえた家庭的な大きな花束が置かれていた――花々に顔を埋《うず》めると、忘れえぬ歳月《さいげつ》の香りがすべてそこにあるようだった。部屋では昔のアンが、彼女を待ちうけていた。アンの胸に、深く、愛《いと》しく、懐かしい喜びが湧きあがった。切妻屋根の部屋が、その両腕をアンにまわし――抱擁《ほうよう》し――包んでくれた。アンは愛《いとお》しげなまなざしを、リンド夫人が編んだ林檎の葉模様のベッドカバー（4）のかかる古い寝台に、夫人がかぎ針編みにした幅広レースで縁《ふち》どったしみ一つない枕に――床に敷いたマリラ手作りの三編みの敷物に――遠い昔、初めてここに来た夜、泣きながら眠りについた小さなみなしごの無垢《むく》な顔を映した鏡にむけた。アンは、自分が五人の子をもつ喜びあふれる母親であることも――炉辺荘《ろへんそう》（5）では、スーザン・ベイカーが、ふたたび風変わりなベビー用靴下を編んでいる（6）ことも忘れ、グリーン・ゲイブルズのアンに戻っていた（7）。

リンド夫人が清潔《きれい》なタオルをもって来ると、アンはまだ夢見るように鏡を眺めていた。

「アンが帰ってくれて、ほんとに嬉しいですよ、まったくね。あんたがここを離れて九年になるのに、マリラも私も、あんたがいないと寂しくてね。デイヴィが結婚して、少しは寂しくなくなったけど……ミリーはほんとに優しいいい子でね……上手にパイを焼くよ！……もっとも、何かにつけて縞りすみたいに知りたがるけどね。ともかく、あんたみたいな人はいないよ、ずっとそう言ってきたし、これからも言い続けるだろうよ」「でも鏡はごまかせないわ、リンドのおばさん。『おまえさんは前ほど若くない』って、はっきり言うんだもの」アンは茶目っ気まじりに言った。

「肌の色つやをよく保ってるよ」リンド夫人は励ますように言った。「もっとも、血色は前からあんまりよくなかったがね」

「ともかく、二重あごになる気配はまだないわ」アンはほがらかに答えた。「それに、この懐かしい部屋は私を憶えていてくれたのよ、リンドのおばさん。嬉しいわ……家に帰ってきて、部屋が私を忘れていたら、悲しいもの。〈お化けの森〉のむこうから月が昇ってくるところがまた見えるなんて、すばらしいわ」

「空に、大きくて見事な金貨が一つあるみたいだね」リンド夫人は、大胆で詩的な飛躍をしでかした気がして、マリラがその場にいなくて聞かれずに済んで、ありがたやと思った。

「ほら、あの先のとがったもみの木立が、月を背にして、くっきり見えてきたわ……窪地の白樺は、今も銀色の腕を空に伸ばしているのね……大きな木になったこと……私がここに来たころは、まだほんの若木だったのに……なんだか自分が年をとったような気がするわ」

「木は、子どもみたいなものでね」リンド夫人が言った。「ちょっと背をむけてる間に大きくなって、怖いほどだよ。フレッド・ライトを見てごらんよ……まだ十三歳なのに、父親と同じくらい背が伸びて。夕はんは熱々のチキン・パイ（8）だよ。あんたにレモン・ビスケット（9）もこさえたよ。このベッドで寝ても、少しも心配いらないからね。私が今日、シーツを陽にあてたから……それを知らずに、マリラがまたあてて……さらにミリーが、私らがやったのを知らないで三度目にあてて。明日はメアリ・マリア・ブライス（10）が出てくるといいね……あの人は前から葬式が好きなんだよ」

「メアリ・マリアおばさんは……ギルバートは、いつもそう呼ぶの、本当はお父さんのいとこだけど……決まって私を『アンちゃん《アニー》（11）』と呼ぶの」アンは身震いした。「それに結婚して初めてお会いしたとき、『ギルバートがあなたを選んだなんて、不思議ですこと。ギルバートなら、ふさわしい娘さんが大勢いたでしょうに』とおっしゃったの。そのせいで私、おばさんが苦手かもしれないわ……ギルバートも好きじゃないのよ、でも彼は身びいきだから認めようとしないの」

「ギルバートは長らく泊まるのかい？」

「それが明日の晩、帰らなくてはならないの。重病の患者さんを残してきたので」

「ああ、そうかい。ギルバートは、去年、おっ母さんも亡くしたんで、今となっちゃ、アヴォンリーに長居する用もないんだね。父親のブライス老人は、奥さんに先立たれて、がっくりきてね……生き甲斐がなくなったんだよ。ブライス（12）家は昔からそうだった……この世のものに愛情をかけすぎるんだ。あの一家がもう誰もアヴォンリーにいないと思うと、ほんとに寂しいね。昔からある立派な家柄だったのに。それに引きかえ……スローン（13）家ときたら、どんなに大勢いることか。スローン家は、所詮《しょせん》はスローン家だ、アン。この先も永遠にスローン家であり、世に果てなくスローン家である、アーメン（14）だよ」

「スローン家には好きなように増えてもらいましょう。私は夕ごはんの後、外へ出て、月の照らす懐かしい果樹園を歩いてみるわ。最後は寝なくちゃならないけど……月夜の晩に寝るなんて、もったいないと前から思っているの……でも朝は早起きして、最初の淡い朝日が〈お化けの森〉の上にさしてくるところを見るつもりよ。そのうち空が珊瑚《さんご》色《いろ》になって、こまどりたちが気取って歩きまわって……可愛い灰色の雀《すずめ》が窓の敷居でさえずったり……黄色や紫の三色すみれも見られるかもしれないわ……」

「だけど六月の白い水仙《ジューン・リリー》（15）の花壇は、うさぎが食い荒らしてね」リンド夫人は悲しげに語ると、よろついた足どりでおりていったが、内心では、これで月の話をせずに済んだと胸をなで下ろしていた。この方面にかけては、アンは前から一風変わっているのだ。直るかもしれないと期待したところで、もはや無理なようだった。

ダイアナが、アンを迎えに家から小道に出てきた。月明かりでもダイアナの髪が今なお黒く、頬は薔薇色で、瞳の輝いていることがわかった。だが月の下でも、いくらか肥ったことは隠せなかった——もともとダイアナは、アヴォンリーの人々が言う「瘦せっぽち」ではなかったのだ。

「心配しないでね、ダイアナ……長居しに来たんじゃないのよ……」

「まあ、もしそうなら、私が気にするみたいね」ダイアナは咎《とが》めるように言った。「今夜は披露宴に出かけるより、あんたといるほうがよっぽどいいって、わかってるでしょ。まだあんたを半分もちゃんと見てない気がするのに、あさって帰ってしまうなんて。だけどフレッドの弟の結婚披露宴だから……行かなくちゃならないの」

「もちろん行くべきよ。私はちょっと寄っただけよ。懐かしい道を通ってここへ来たのよ、ダイ……木の精《ドライアド》の泉（16）を通って……〈お化けの森〉を抜けて……ダイアナの家の木の茂った庭のそばを通って……ウィローミア（17）のほとりを歩いたの。そこで足をとめて、柳が水に逆さまにうつるところも見たわ、いつも二人でしたみたいに。木がずいぶん大きくなったわね」

「何もかもよ」ダイアナはため息をついた。「とくに息子のフレッド！　みんながすっかり変わったわ……でもあんたは別ね。アンはちっとも変わらない。どうすれば、ずっとそんなにほっそりしてられるの？　私を見てよ！」

「たしかに、少し奥さんらしくなったわね」アンは笑いながら言った。「でも今のところは中年太りを免《まぬが》れているわよ、ダイ。私が変わらないと言えば……そうね、H・B・ドネル夫人は、あんたと同じ意見で、あなたは一日も年を取りませんわねって、お葬式でおっしゃったの。でもハーモン・アンドリューズのおばさんは、そうじゃなかったわ。おばさんたら、『あれま、アンときたら、衰えたこと！』っておっしゃって。すべては見る人の目や……人の気持ち次第なのね。私も雑誌のさし絵を見ると、年をとった気がするわ。女主人公《ヒロイン》や主人公《ヒーロー》の絵が私には若すぎるようになって。でも気にするのはやめましょう、ダイ……私たち、明日は女の子に戻るのよ。それを言いに来たの。お昼すぎから夕方、昔よく行ったところをみんな訪ねましょう……一つ残らず。春の原っぱを歩いて、羊歯《しだ》の茂る懐かしい森を抜けて。昔好きだった懐かしいものや丘を見たら、また青春を見つけるでしょうよ。春は、どんなこともできるような気がするの。親としての気持ちや責任は忘れて、浮き浮きしましょう。リンドのおばさんは、心のなかでは、私のことを未《いま》だに浮かれていると思っておいでよ。だけど四六時中、堅物《かたぶつ》でいるなんて、面白くないものね、ダイアナ」

「まあ、アンらしいことを言って！　私もそうしたいわよ、でも……」

「でもは、なしよ。わかっているわ、夕食は誰が作るか、考えているんでしょ」

「そうでもないの。うちのアン・コーデリア（18）はまだ十一歳だけど、私と同じくらい上手に夕食をこしらえるの」ダイアナは得意げに言った。「それに私は婦人援護会に行くつもりだったから、もともとあの子が料理をすることになってたの。でも援護会はやめて、あんたと出かけるわ。まるで夢がかなうみたい。アン、だってね、私、夜は、すわって、しょっちゅう小さな女の子に戻ったつもりになってるの。明日は夕食のお弁当を持ってくわね……」

「じゃあ、ヘスター・グレイの庭(19)で食べましょう……ヘスター・グレイの庭は、今もあそこにある?」

「あると思うけど」ダイアナはおぼつかなげだった。「結婚してから行ってないの。アン・コーデリアはよく探検に出かけるけど……あんまり遠くへ行ってはいけませんよって、いつも言ってるの。あの子は森を歩き回るのが大好きなのよ……この前は、庭で独り言を言ってるので叱ったら、独り言じゃない……お花たちの精霊《スピリット》に話しかけているって言うのよ。ほら、あの子の九つの誕生日に、あんたが送ってくれた、ピンク色の小さな薔薇のつぼみがついたお人形さんのお茶道具《ティーセット》。一つも壊れてないの……あの子が大切にして、三人の緑の人たち(20)がお茶会に来たときだけ使うの。その人たちが誰なのか、私は聞き出せないのよ。そういう点じゃ、あの子は、私より、ずっとアンに似てるわ」

「たぶん名前には、シェイクスピアが認めた以上のことがある(21)のね。アン・コーデリアから想像力を取りあげてはだめよ。子どもたちが妖精の国《フェアリーランド》で、二、三年、過ごさないなんて、かわいそうだもの」

「今、ここの学校の先生は、オリヴィア・スローンよ」ダイアナは納得のいかない口ぶりになった。「ほら、あの人は文学士で、お母さんのそばにいるために、一年、ここの学校を引き受けたの。あの人は、子どもたちには現実を直視させなければならないって言うの」

「よもや、あんたが、スローン家の肩をもつ言葉を言おうとは、ダイアナ・ライト」

「まあ……とんでもない……まさか！　あんな人、ちっとも好きじゃないわ……スローン家の例にたがわず、まん丸の青い目でじろじろ見るんだもの。それに私、アン・コーデリアの空想は気にしてないの。きれいな想像だもの……あんたの空想がそうだったみたいに。あの子も生きてくうちに、必要な『現実』をわきまえるでしょう」

「じゃあ、これで決まりよ。明日二時ごろ、グリーン・ゲイブルズに来てね。マリラのカシス酒(22)を飲みましょう……牧師さんやリンドのおばさんが反対(23)なすっても、マリラは時々こしらえるの……私たちを根っから『悪魔的な』気持ちにさせるために」

「あのお酒で、あんたが私を酔っ払わせた日のこと、憶えてる？」ダイアナがくすくす笑った。アン以外の者が「悪魔的」なぞと言えばダイアナも気にしただろうが、アンが言う分には気にも留めなかった。アンは本気でそんな言葉を使わないと誰もが知っていた。アン独特の言い回しにすぎなかった。

「明日は、憶えている？　とたずねあうような一日にしましょうね、ダイアナ。もう行ってちょうだい……ほら、フレッドが二輪馬車で来たわ。あんたのドレス、すてきね」

「フレッドが披露宴のために新調してくれたの。新しい納屋を建てたんで、そんな余裕はないって私は思ったんだけど、ほかのみんなが着飾るのに、自分の妻に、呼ばれても行けないような身なりをさせるつもりはないと言って。男の言いそうなことじゃない？」

「まあ、グレンのエリオット夫人(24)みたい」アンは厳しく言った。「そんなことを言う傾向には気をつけたほうがいいわ。男の人がいない世界に暮らしたいの？」

「それは大変そうね」ダイアナも認めた。「はいはい、フレッド、今行くわ。ええ、すっかりできてるの。じゃあ、明日ね、アン」

アンは家路をたどり、木の精《ドライアド》の泉で足をとめた。アンはこの懐かしい流れを深く愛していた。かつてこのせせらぎは、子ども時代のアンの玉をころがすような笑い声を聞き、それを一つ残らず内にかかえ、今は耳を澄ましているアンに聴かせているようだった。遠い日のアンの夢の数々が――澄みきった泉に映って見えた――懐かしい日の誓い――昔のささやき声――そのすべてを小川は内にかかえ、つぶやいていた――だが、それに耳を傾けるものは、長い間、聴いてきた〈お化けの森〉のえぞ松の賢い老木だけだった。

第2章

「なんていいお天気……私たちのためにあつらえたみたい」ダイアナが言った。「だけど変わりやすい陽気かもね……明日は雨よ」

「心配しないで。明日は陽が照らなくても、今日は今日の美しさを味わいましょう。たとえ私たちが明日別れる運命《さだめ》だとしても、今日は二人の友情を楽しみましょうよ。ほら、ごらんなさいよ、金色に輝く青々としたあの長い丘を……青く霞《かす》んでいるあの谷間を。あれは私たちのものよ、ダイアナ……たとえ一番遠くの丘がアブナー・スローンの名義で登記されていたとしても、かまわないわ……今日は私たちのものよ。西風が吹いているわね……西風が吹くと、私は決まって冒険心がわいてくるの……理想的なそぞろ歩きをしましょうね」

二人は申し分のない散策をした。懐かしい思い出の場所をすべて再訪したのだ。〈恋人の小径〉、〈お化けの森〉、〈アイドルワイルド〉(1)、〈すみれの谷〉、〈樺の道〉(2)、〈水晶の湖〉(3)。そこにはいくらか変化もあった。白樺の木が小さな輪にならんでいるところにままごとの家を作った〈アイドルワイルド〉では、木が大きくなっていた。

〈樺の道〉は長らく足を踏みいれる者もなく、わらびにおおわれていた。〈水晶の湖〉は跡形もなく消えて、苔《こけ》のはえた湿った窪みがあるばかりだった。だが、〈すみれの谷〉には紫色のすみれの花が咲き、かつてギルバートが森の奥に見つけた、種から生えた林檎の木(4)は大きく育ち、先が紅色の小さなつぼみを鈴なりにつけていた。

二人は帽子をかぶらずに歩いた。アニーの髪(5)は陽を浴びて、磨かれたマホガニー(6)のように今も輝き、ダイアナの髪もつややかな黒髪だった。二人はほがらかで、気持ちの通いあう、温かな友情のまなざしを交わした。時には黙って歩いた——アンは前々から、自分とダイアナのように心が通じあう者は、おたがいに相手の気持ちがわかると言っていたのだ。そして時には、憶えているかしらと、たずねあった。「トーリー街道のコップ家(7)のあひる小屋に、あんたが落ちた日のこと、憶えてる?」——「ジョゼフィーンおばさんのベッドに飛び乗ったこと、憶えていて?」——「物語クラブのこと、憶えている?」——「モーガン夫人がいらした時、アンが鼻を赤く塗ってた(8)こと、憶えてる?」——「ろうそくを使って窓からどんな風に合図したか、憶えていて?」——「ミス・ラヴェンダーの結婚式が愉しかったこと、シャーロッタ四世の青いリボンを憶えてる?」——「改善協会(9)のこと、憶えている?」まるで何年も昔の笑い声のこだまが、二人の耳によみがえるようだった。

そのアヴォンリー村改善協会は、消滅したようだった。アンが結婚するとほどなく、活動が先細りになったのだ。

「続けられなかったのよ、アン。今のアヴォンリーの若い人たちは、私たちの時代とは違うの」

「『私たちの時代』が終わったみたいに言わないで、ダイアナ。今の私たちは、まだほんの十五歳で、心の同類なのよ。この空気に光が満ちているんじゃないの……空気そのものが光なのよ。私にまだ翼が生えてないなんて、おかしいわ」

「私もそんな気がする」とダイアナは言ったものの、その朝、体重計の針が百五十五ポンド（10）をさしたことは忘れていた。「ちょっとの間、鳥になってみたいって、よく思うわ。空を飛ぶって、すてきでしょうね」

　美が二人をとりまいていた。思いがけない色の光が森の暗がりにちらちらきらめいて、心惹かれる小道に光っていた。春の陽が、新緑を透かしてさしていた。愉しげな小鳥のさえずりがいたるところに響いていた。小さな窪地を通ると、金を溶かした水たまり《プール》で水浴びをするような気がした。角を曲がるごとに、みずみずしい春の香りが顔をうった——爽やかな羊歯《しだ》の香り——もみの樹脂《バルサム》の芳香——鋤《すき》を入れたばかりの畑のすこやかな匂い。山桜の花におおわれた小道——草むらにかがんでいる小妖精のような（11）、生えたばかりの小さなえぞ松《スプルース》がしげる草深く古い野原——まだ「飛びこえるには広すぎる」（12）ことのない小さな川があり——もみの木の下にスターフラワー（13）が咲き——くるくる渦をまく若い羊歯は一面に生えていた――白樺は、心ない者がところどころ白い樹皮をはぎ、木肌の色がむき出しになっていた。アンが長い間、樺の木を見ているため、ダイアナは怪訝《けげん》に思った。アンが何を見ているのか、わからなかったのだ――白樺の清らかな乳白色の樹皮が、内側へむけて妙《たえ》なる金色が深まり、深くこくのある茶色になるさまは、まるであらゆる白樺が、外見は乙女のように澄ましていても、内には暖かな心を秘めていると教えてくれるようだった。

「樺の木は、心のなかには、原始の大地の炎を宿しているのね」アンはつぶやいた。

二人は毒きのこ(14)でいっぱいの小さな森の谷間を横切り、ようやくヘスター・グレイの庭を見つけた。そこはさほど変わっていなかった。庭は懐かしい花々が咲き、今なお美しかった。ダイアナが白水仙《ナルシサス》と呼ぶ六月《ジューン・リリー》の白い水仙も、こぼれんばかりに咲いていた。桜の並木は年月《としつき》を重ねていたが、雪がふりつもったように満開だった。庭の中央に薔薇の小径はまだ残り、古びた石垣は苺《いちご》の白い花、すみれの青い花、若い羊歯の緑におおわれていた。二人は隅《すみ》の苔むした古い石にすわり、ピクニックの夕食をひらいた。二人の後ろでは、ライラックがたわわに咲いて、傾いていく夕日に照らされていた。二人とも空腹で、自分たちが腕をふるった料理を堪能《たんのう》した。

「外で食べると、なんておいしいんでしょう」ダイアナが気持ちよさそうに息をついた。

「アンのチョコレート・ケーキ……もう、言葉にできないくらい。レシピをもらわなくちゃ。フレッドの大好物になるわ。あの人は何を食べても痩せてるの。私は、もうケーキは食べないって、いつも言うんだけど……毎年太って。セーラ大おばさん（15）みたいになるんじゃないか心配よ。おばさんたら、あんまり太って、座るたんびに、引っぱり上げてもらわなくちゃならないの。だけどこんなケーキを見るとね……ゆうべの披露宴でも……だって食べないと、みんなが気を悪くするもの」

「ゆうべは楽しかった？」

「ええ、まあね。だけどフレッドのいとこのヘンリエッタにつかまって……あの人ったら手術の話をして、受けてる最中《さいちゅう》はどんな感じだったか、盲腸をとらなかったら破裂しそうだったなんてことを言うのが楽しくてたまらないの。『十五針も縫ったのよ、ああ、ダイアナ、あたしが経験した苦しみといったら！』なんて言って。ええ、私は面白くなかったけど、あの人は楽しんでたわ。実際に自分が経験したんだから、どうして今、面白がって話しちゃいけないのって。新郎のジムは愉快だったわ……それをメアリ・アリスが気に入ったかどうか、わからないけど……じゃあ、ケーキをもう一切れ……毒を喰らわば皿まで（16）よ……薄いのをほんの一切れだもの、たいした違いはないわ……それで、ジムの話だけど……結婚式の前の晩は、怖《お》じ気づいて、船に接続する汽車（17）に乗らずにはいられない気持ちだったんですって。本音を言えば、花婿はみんなそんな気になるそうよ。だけどギルバートとフレッドはそうじゃなかったと思わないこと、アン？」

「そうね」

「フレッドにきいたら、うちの人もそんなことはないって。フレッドが心配したのは、私が、ローズ・スペンサーみたいに、土壇場《どたんば》になって気が変わるんじゃないかってことだけだったそうよ。男の人って、何を考えてるか、ちっともわからないわね。だから今さら気にしても仕方がないわ。今日の午後は楽しかったわね。アンが明日帰らなければいいのに」

「この夏、いつか炉辺荘《ろへんそう》へ来てくれないかしら、ダイアナ？……そうね、私がしばらくの間、お客さんにご遠慮してもらう前に(18)」

「ぜひ行きたいけど、夏は家を空けられないの。いつも用事がどっさりあって」

「レベッカ・デュー(19)は、やっとうちに来てくれるのよ、嬉しいわ……だけどメアリ・マリアおばさんも来るんじゃないか気がかりなのよ。ギルバートに、それとなく匂わせたの。ギルバートは本当は、私以上に来てほしくないのよ……でも彼にとっては『身内』だから、扉の掛けがねのひもをいつも外に出して(20)おかなくてはならないの」

「冬になったら行くかもね。炉辺荘をまた見たいの。アンにはすばらしい家があるわ……すばらしい家族も」

「炉辺荘は、たしかにすばらしいわ……今は大好きよ。でも前は、好きになることはないだろうと思ったの。最初に引っ越したころは嫌いだった……いいところが色々あって嫌だったの。大好きな夢の家を貶《おとし》めるみたいで。夢の家を離れるときは悲しくて、ギルバートに言ったの。『私たち、ここでとても幸せだったわね。ほかのどこへ行っても、こんなに幸せになれないでしょう』って。しばらくはホームシックに思うさま浸ったわ。ところが……炉辺荘への愛情という小さな根っこが伸びてきたことに、気がついたの。私、抵抗したのよ……本当よ……でもついに降参して、あの家を愛していることを認めたの。それからは、年を重ねるごとに愛着が深まっていくわ。あの家は古すぎず……古すぎる家は悲しいもの。それに若すぎず……若すぎる家は未熟だものね。ほどよく円熟しているの。どの部屋も大好き。それぞれに何かしらの欠点と、何かしらのすてきなところと……ほかの部屋との違いがあって……個性があるの。芝生に大きな木があって、それも家族みんなが気に入っているわ。誰が植えたのか知らないけれど、二階へあがるたびに踊り場で止まって……ほら、踊り場に雰囲気のある窓辺があって、幅と奥行きのある腰掛けがあるでしょう……そこにすわって、しばらく外を眺めながら、『あの木を植えた人が誰であろうと、神さまの御恵《みめぐ》みがありますように』って言うの。実を言うと、家のまわりに木が多すぎるけど、一本も切るつもりはないわ」

「フレッドにそっくりね。あの人ったら、家の南側にある柳の大木を、崇《あが》めているの。

客間の窓の眺めが台無しよって、口が酸っぱくなるほど言っても、『眺めを遮《さえぎ》るという理由で、きれいな木を切るつもりかい？」って言うだけ。だからうちには柳の木があるの……たしかにきれいだから、世間はうちを『一本柳農場（21）』って呼ぶわ。私は炉辺荘という名前が大好き。感じがよくて、家庭的だもの」

「ギルバートもそう言ったわ。私、ずいぶん時間をかけて名前を決めたのよ。いろいろ考えたけど、しっくりこなくて。でも炉辺荘を思いついた時、これだってわかったの。家がきれいで、大きくて広々として、嬉しいわ……うちの家族にはあの家が必要なの。子どもたちはまだ小さいながらも、あの家を大切に思っているわ」

「とても可愛いお子さんたちね」ダイアナはまたチョコレート・ケーキの「薄い」一切れをこっそり切り分けた。「うちの子もかなり可愛いけど……アンの子どもたちは本当に、何かがあるわ……それに双子！　それこそ羨ましいわ。双子がずっとほしいんですもの」

「ああ、私は双子から離れられないのね……これは運命よ。だけどうちの双子は、あいにく似ていないの……少しも。ナン（22）はきれいで、髪と目はとび色で、美しい顔色よ。一方のダイ（23）はお父さんのお気に入り。だって緑色の目に、赤毛だもの……巻き毛の赤い髪よ。シャーリー（24）は、スーザンの秘蔵っ子ね……あの子を生んだ後、私は長らく具合が悪くて、スーザンが面倒を見たので、わが子のように思っているの。

『とび色のお坊ちゃん』と呼んで、恥ずかしいくらい甘やかすのよ」

「シャーリーは、まだ小さいから、そっとお部屋に入って、布団を蹴飛ばしていないか見て、かけてあげられるでしょ」ダイアナは羨ましそうに言った。「うちのジャックは九つだから、そんなことはさせてくれないわ。もう大きいんだと言って。私はしたくてたまらないのに！　ああ、子どもがこんなに早く大きくならなければいいのに」

「うちの子は、そこまでいっていないわね……でも気がついたの。ジェム(25)は学校に通うようになってから、私と手をつないで村を歩くのを嫌がるの」アンはため息をついた。「だけどジェムもウォルター(26)もシャーリーも、まだ私に布団にくるんでもらいたがるわ。ウォルターは、時々、おごそかな儀式みたいにするのよ」

「じゃあ、子どもが先々何になるか、まだ心配しなくていいわね。今、うちのジャックは、大きくなったら兵隊さんになるってのぼせてるの……兵隊よ！　考えてもみてよ！」

「私なら心配しないわ。また別の思いつきに夢中になって、忘れるわよ。戦争は過去のこと(27)だもの。ジェムは船乗りになる想像をしているわ……ジム船長みたいな……そしてウォルターは詩人になるつもりよ。あの子は、どの子とも違うわね。でもみんな木が好きで、『窪地』と呼んでいるところで遊ぶのがお気に入りよ……炉辺荘の前にある小さな谷間(28)で、妖精がいそうな小道や、せせらぎがあるの。ありふれたところで……ほかの人には、ただの『窪地』だけど、子どもたちには妖精の国《フェアリーランド》なのね。子どもたちはそれぞれ欠点はあるけど……そんなに悪くない子たちよ……幸いなことに、たっぷりゆき渡るほど愛情があるもの。ああ、明日の晩の今ごろは、炉辺荘に帰っているのね、嬉しいわ。小さな子たちに寝る前のお話をして、スーザンのカルセオラリア(29)と羊歯を褒めるわ。スーザンは羊歯にかけては『運』がいいの。あの人みたいに羊歯を育てる人はいないのよ。正直に言うと、スーザンの羊歯には感心しているけど……カルセオラリアときたら、ダイアナ！　とても花には見えないの。だけどそんなことを言ってスーザンの気持ちを傷つけないように、いつもどうにか言わないようにしているの。神さまのおかげで、まだ失敗していないわ。スーザンはいい人よ……彼女がいなかったらどうすればいいか、考えられないくらい。なのに私ったら、前は『よその人』だなんて言って(30)。そうね、家に帰ると思うと嬉しいけれど、グリーン・ゲイブルズを離れるのは、やっぱり悲しいわ。ここはきれいだし……マリラがいて……あんたがいるんだもの。私たちの友情は、今までずっと美しかったわね、ダイアナ」

「そうよ……私たちはずっと……その……アンみたいにうまく言えないけど……昔の『おごそかな誓いと約束』をずっと守ってきたわね？」

「今までずっと……そしてこれからも、ずっとよ」

アンは、わが手をのばしてダイアナの手のひらに重ねた。二人は、言葉を交わすにはあまりに甘やかな沈黙のうちに長らくすわっていた。夕日の影が長く静かに、草々と花々と遠くまで広がる青いまき場にのびていた。陽は沈み——灰桃色の空の翳《かげ》りが濃くなり、物思わしげな木立の後ろの空もほの暗くなった——今はもう誰も歩くことのないヘスター・グレイの庭を、春の宵闇がおおった。こまどりたちは夕暮れの大気にフルートのような歌声を響かせ、大きな星がひとつ、桜の白い花の上に光った。

「一番星は、いつ見ても、奇跡のようね」アンが夢見るように言った。

「ここにずっとすわっていられそう」ダイアナが言った。「帰るなんて、嫌になるわ」

「私もよ……でも、私たち、結局は、十五歳のふりをしているだけだもの。家族のことを思い出さなくてはね。ライラックが、なんていい匂いでしょう！　ライラックの香りには……どこか貞淑ではないところがあるって、考えたことはない？」そう言うと、ギルバートは笑うの……彼はあの花が好きだから……でも私は、ライラックの花は、なにか秘密めいた、あまりに甘美なことを思い返している気がするの」

「家に飾るには重苦しい匂いだって、いつも思うわ」ダイアナは言った。彼女はチョコレート・ケーキが残った皿をとりあげ——物欲しそうな目をむけたが——首をふり、気高さと自制の表情を顔にうかべ、バスケットにしまった。

「ねえ、ダイアナ、これから家へ帰る道中で、〈恋人の小径〉を走ってくる昔の私たちに会ったら、面白いんじゃない？」

ダイアナは軽く身震いした。

「いやよ、面白くないわ、アン。こんなに暗くなったなんて、気がつかなかった。昼間ならそんな想像もいいわよ、だけど……」

二人は静かに、言葉もなく、優しい思いで、ともに家路をたどった。アンとダイアナの後ろでは、懐かしい丘に夕焼けが赤々と燃え、二人の胸には昔からの忘れ得ぬ愛情が燃えていた。

第3章

次の朝、アンは喜ばしい日々が続いた一週間の終わりに、マシューの墓に花をそなえた。そして昼下がり、カーモディ(1)から家へ帰る汽車に乗った。あとに残していく懐かしく愛しいものすべてに、しばらくは思いをはせていたが、やがて行《ゆ》く手に待っている愛するものへ、心は急いだ。道中、アンの心は歌い続けていた。楽しいわが家へ帰るのだ――敷居をまたぐ者が誰しもわが家だという気持ちになる家へ――笑い声と、銀のマグカップ(2)と、スナップ写真と、幼な子でいつも満たされている家へ――くるくるした巻き毛と丸い膝小僧の愛《いと》し子たちのもとへ――アンを歓び迎える部屋へ――そこで辛抱強く控えているいすや、アンを待ちうけている衣装戸棚《クローゼット》の服のもとへ――小さな記念日がたびたび祝われ、小さな秘密がいつもささやかれている家へ。

「家に帰るのが好きというのは、すてきなことね」アンは思いながら、ハンドバッグから幼い息子の手紙をとり出した。それは昨晩、グリーン・ゲイブルズの人々に誇らしげに読んで聞かせて、アンが嬉しくてたまらずに笑った手紙であり――わが子から初めてもらった手紙だった。ジェムの綴《つづ》りは、所々、あやふやで、手紙の隅《すみ》には大きなインクのしみがあった。しかし学校に通って読み書きを習って一年めの七歳にしては、かなり上手な文面だった。

「ダイは、ひと晩じゅう、泣きに泣きました。だって、トミー・ドリューが、ダイのお人形を、火やぶり（3）にすると言ったからです。夜、スーザンは、すてきなお話をきかせてくれます。だけど、スーザンは、おかあちゃんじゃないんだもの。ゆうべ、スーザンは、ドンドコ（4）の種をまくのを、手伝わせてくれました」

「一週間まるまる子どもと離れていたのに、私ったら、よくも幸せだなんて思っていたこと」炉辺荘の女主人は、良心がとがめた。

「旅の最後に、出迎えてくれる人がいるって、嬉しいわね！」アンはグレン・セント・メアリで汽車から降りると、待っていたギルバートの腕に飛びこんだ。彼が来られるかどうか、わからなかったのだ——四六時中、誰かが亡くなり、生まれるからだ——でもギルバートの出迎えがなければ、アンは家に帰った気がしなかっただろう。ギルバートは颯爽《さつそう》とした真新しい淡い灰色のスーツを着ていた。（私も、フリルいっぱいの乳白色のブラウスに、茶色のスーツでよかった！　リンドのおばさんは、こんなブラウスで旅行するなんて、どうかしているとお考えだけど、この服でなければ、彼の目に、きれいに見えなかったでしょう）

炉辺荘に着くと、家中に明かりが灯り、ヴェランダに華やかな日本の提灯がいくつも下がっていた。アンは黄水仙《きずいせん》でふちどられた小道を嬉しげに走っていった。

「炉辺荘よ、ただいま!」アンは呼びかけた。

みんながアンのまわりに集ってきた——笑いながら、叫びながら、冗談を言いながら——その後ろでスーザン・ベイカーは身をわきまえ、ほほえんでいた。子どもたちの誰もが、二歳のシャーリーまでもが、アンのためにつんだ花束を手にしていた。「まあ、こんなにすてきなお出迎えをしていてくれるなんて! 炉辺荘の何もかもが幸せそうね。私が帰ってきて、家族がこんなに喜んでくれて、嬉しいわ」

「お母ちゃんが、またお留守をするなら、ぼく、盲腸エン(5)にかかっちゃうよ」ジェムが真面目くさって言った。

「どうやったら、かかるの?」ウォルターがたずねた。

「シー!」ジェムがウォルターをこっそり肘《ひじ》でこづき、小声で言った。「どっかが痛くなるんだよ……お母ちゃんが、もうお出かけしないように、怖がらせたいだけ」

アンは真っ先にしたいことが山ほどあった——一人一人を抱きしめ——夕闇のなかへ駈《か》けていって三色すみれをつみ——炉辺荘ではいたるところに三色すみれが咲いていた——敷物に落ちている使い古しの小さな人形を拾いあげ——興味をひかれる噂話やニュースに耳を傾けるのだ。そのニュースには、みんなが何かしら関《かか》わっていた。

たとえば、先生が往診に出かけたとき、ナンがワセリン・チューブの蓋《ふた》をはずして鼻につめてしまい、スーザンが気を揉《も》んだこと――「そりゃあ、もう案じましたよ、先生奥さん」――ジャド・パーマー夫人の乳牛が、釘を五十七本食べ、シャーロットタウンから獣医を呼ぶ羽目になったこと――ぼんやり屋のフェナー・ダグラス夫人が、帽子をかぶらずに教会へ行ったこと――父さんが芝生のたんぽぽを全部掘り起こしてくれた(6)こと――「赤ん坊をとりあげる合間にですよ、先生奥さん……お留守の間に、八人も生まれたんです」――トム・フラッグ氏が口ひげを染めたこと――「奥さんが死んで、まだ二年だってのに」――内海岬のローズ・マクスウェルが、上《かみ》グレンのジム・ハドソンをふったところ、ジムは、彼女に貢《みつ》いだ全費用の請求書を送りつけたこと――アマサ・ウォレン夫人の葬儀に華々しいほどの列席者があったこと――カーター・フラッグの猫が、尻尾のつけねを、一口嚙みちぎられたこと――シャーリーが厩《うまや》で、馬の真下に立っているところを発見されたこと――「先生奥さんや、こんな目に遭《あ》えば、私も人が変わりますよ」――ブルー・プラムの木に、残念なことに、枝に黒い瘤《こぶ》ができる病気(7)が出たらしいこと――ダイが「メリーさんの羊」のメロディに合わせて「母さんが今日帰る、今日帰る、今日帰る」と一日中、歌いながら(8)歩き回っていたこと――ジョー・リース(9)家の子猫が両目を開けたまま生まれて、寄り目(10)になったこと――ジェムが小さなズボンをはく前に、うっかり、蠅《はえ》とり紙(11)の上にすわったこと――ザ・シュリンプ(12)が軟水の樽に落ちたこと。

「あやうく溺れるとこでしたよ、先生奥さんや。だけど幸い、先生が、折良く、猫のわめき声を聞きつけなすって、後ろ足をつかんで、引きずりあげてくだすったんです」

(折良くって、なあに、母さん?)

「猫は、もう大丈夫なようね」アンは、炉火《ろか》に照らされたいすにすわり、喉を鳴らしている立派なあごをした白黒猫のつやつやした背中をなでた。炉辺荘では、いすに猫がいないか、まず確かめてから腰をおろさなければ、きわめて危険だった。スーザンは、本来はあまり猫好きではなかったが、自衛のために好きにならざるを得ないと言うのだった。ザ・シュリンプ《おちびちゃん》は、一年前、村で男の子たちに虐《いじ》められていた貧相に痩せた子猫を、ナンが持ち帰ったとき、ギルバートがザ・シュリンプ《おちびちゃん》と呼んだもので、今ではその名前は似つかわしくなかったが、そのまま呼ばれていた。

「でも……スーザン! ゴグとマゴグは、どうなったの? まさか……割れたんじゃないでしょうね?」

「とんでもありません、先生奥さんや」スーザンは叫び、恥ずかしさに顔を赤煉瓦色に染めて部屋から飛びだすと、ほどなく、いつも炉辺荘の暖炉に君臨している二匹の瀬戸物の犬をかかえて戻ってきた。「私としたことが、お帰りになる前に、戻すのを忘れてしまいました。というのも、先生奥さんがお発ちになった次の日、シャーロットタウンから、チャールズ・デイ夫人がお見えになって……ほら、あの奥さまは、たいそう几帳面で、行儀にやかましいお方でしょう。ウォルターは、おもてなしをしなければと、最初にあの犬を指さして、『これは神さまです、こちらは私の神さまです』って言ったんです。かわいそうに、無邪気な子どもですから。でも私はびっくり仰天して……デイ夫人の顔を見て、もう死にそうになりましたよ。それで、一生懸命、ご説明したんです、罰当《ばちあ》たりな一家（13）だって思われたくありませんから。とにかくお帰りになるまで、犬は目につかないように、食器棚にしまっとこうと思ったんです」

「母さん、夕ごはん、まだ？」ジェムが哀れっぽい声を出した。「ぼく、おなかの底をひどくかじられたみたいな気がするの（14）。それからね、母さん、みんなの好物を作ったんだよ」

「小さなこの子が、大きな私にそう言いましてね、だから大好物をこしらえましたよ」スーザンはにやりとした。「先生奥さんのお帰りにふさわしいお祝いをしようと思いましてね。ウォルターはどこですか？　今週はあの子が食事の銅鑼《どら》を鳴らす番なのに、やれやれ」

夕食は祝祭のようだった――その後、幼い子どもたちをベッドに入れてやることも喜びだった。スーザンは、特別な機会だからと、アンにシャーリーを寝かしつけてもいいと許してくれた。

「今日は、普通の日じゃありませんからね、先生奥さんや」スーザンは大真面目に言った。

「まあ、スーザン、普通の日というものはないのよ。どんな日も、ほかの日にはない何かがあるんですもの。そう思ったことはなくて？」

「その通りですね、先生奥さんや。この前の金曜は、一日中《いちんちじゅう》、雨降りで、そりゃあつまらない日でしたけど、大きなピンク色のゼラニウムが、三年も咲かなかったのに、とうとう、つぼみが出たんです。カルセオラリアは、ごらんになりました？　先生奥さんや」

「見ましたとも！　あんなカルセオラリアは見たことがないわ、スーザン。どんなふうに育てているの？」（やれやれ、これでスーザンを喜ばせたし、私も嘘は言わなかった。あんなカルセオラリアは、本当に、見たことがないもの……ああ、ありがたい！）

「まめに世話をして、気をつけてやった結果ですよ、先生奥さんや。ところで、お話ししたほうがいいことがありましてね。どうもウォルターは、疑問に思ってますよ。グレンの子どもが、何か言ったに違いありません。近ごろの子は、ふさわしくないことをやたらと知ってますから。先だって、ウォルターが考えこんだ様子で、『スーザン、子どもは、とてもお金がかかるものなの？』って言ったんです。答えにつまるほど驚きましたよ、先生奥さんや。だけど、落ち着いて答えましたよ。『子どもは贅沢品だって言う人もいますよ。だけど炉辺荘の私たちには絶対に必要なものだと思ってますよ』とね。

それから自分を責めましたよ。グレンの店じゃ、どこも恥知らずなほど値段が高いって大声でこぼしたんで、あの子は心配したのかもしれません。もしウォルターが、先生奥さんに何か言ったら、そのつもりでいてくださいまし」

「見事に切り抜けてくれましたね、スーザン」アンは真面目に答えた。「私たちが子どもに何を望んでいるのか、あの子たちも、そろそろわかっていいころだと思うわ」

もっともすばらしかったのは、ギルバートがアンのところへ来たときのことだった。アンは窓辺に立ち、夜霧が、海から月光に照らされた砂丘と内海へ広がり、さらに炉辺荘から見下ろすグレン・セント・メアリの村を抱《かか》える谷間へうつろっていくさまを眺めていた。

「嬉しいなあ、忙しい一日が終わって、家へ帰ると、きみがいてくれるなんて！　幸せかい？　色々なアンのなかで、もっともすてきなアン」

「幸せですとも！」アンは身をかがめ、ジェムが化粧台にいけてくれた花瓶いっぱいの林檎の花をかいだ。自分が愛情に包まれ、とりまかれている心地がした。「ギルバート、愛しい人、この一週間、グリーン・ゲイブルズのアンに戻って、すばらしかったわ。でもわが家に帰ってきて、炉辺荘のアン(15)でいるほうが、百倍もすばらしいわ」

第4章

「絶対にだめだ」ブライス医師は、ジェムにもわかる口調で言った。

ジェムは、父さんが考えを変える望みは薄いこと、父さんが思い直すように母さんが取りなしてくれることもないと、わかった。この件について、両親の意見が一致していることは明々白々だった。ジェムのはしばみ色の目は、怒りと落胆に暗く翳り、残酷な両親を見つめた――いや、にらみつけた――だが、さらに強くにらみつけても、両親は癪《しゃく》にさわるほど平気の平左で、何の問題も不満もないように夕食を食べ続けている。もちろん、メアリ・マリアおばさんは、ジェムの目つきに気づいていた――どんなことも、メアリ・マリアおばさんの悲しげな水色の目から逃れることは不可能なのだ。もっとも、おばさんは、ジェムの目つきを面白がっているようだった。

その午後、ジェムは、バーティ・シェイクスピア・ドリュー（1）が来たので、遊んだ――ウォルターは元の「夢の家」へ出かけ、フォード家のケネスとパーシスとすごした（2）――そしてバーティ・シェイクスピアは、ジェムに言ったのだ。今夜、グレン中の男の子が内海口《うちうみぐち》（3）へ行って、おれのいとこのジョー・ドリューの腕に、ビル・

テイラー船長が蛇の入れ墨をする（4）とこを見るんだぜ、と。おれ、つまりバーティ・シェイクスピアも見に行くから、おまえも一緒に来ないか、面白れえぞ、と誘ったのだ。ジェムはすぐさま行く気満々になったが、今、とんでもないと申し渡されたのだ。

「理由はいくつかある。まず一つに」父さんは言った。「内海口は、あの男の子たちとおまえが歩いて行くには遠すぎる。みんなは夜遅くまで帰らないだろう。おまえの寝る時間は八時のはずだよ、坊や」

「私が子どもの時分は、毎晩、七時に寝かされたもんです」メアリ・マリアおばさんが口をはさんだ。

「夕方、そんなに遠くまで出かけるのは、もっと大きくなってからになさいね、ジェム」母さんが言った。

「先週もそう言ったよ」ジェムは憤慨して叫んだ。「今のぼくは、先週より、大きくなったんだ。もう、赤ちゃん扱いして！ バーティは行くんだよ。ぼくも同い年なのに」

「麻疹《はしか》が流行ってるよ」メアリ・マリアおばさんが辛気《しんき》くさく言った。「おまえさんもかかるよ、ジェイムズ」

ジェムは、ジェイムズと呼ばれることが嫌いだった。それなのに、おばさんは決まってそう呼ぶのだ。

「麻疹にかかりたいやい」ジェムは反抗的につぶやいた。しかし、麻疹にかかる代わりに、父さんの目つきをとらえて(5)、ジェムは引き下がった。父さんは、メアリ・マリアおばさんには、誰だろうと絶対に「口答え」をさせないのだ。ジェムは、メアリ・マリアおばさんが大嫌いだった。ダイアナおばさんとマリラおばさんは感じのいいおばさんだが、メアリ・マリアおばさんのようなおばさんは、知らなかった。

「いいさ」そこでジェムは、母さんをむいて、喧嘩腰で言った。これなら、メアリ・マリアおばさんに言い返したとは、誰も思わないだろう。「ぼくを可愛がりたくないなら、無理にしなくてもいいよ。だけど、ぼくがアフリカに虎を撃ちに行ったら、どうするのさ?」

「アフリカに、虎はいないわ、坊や」母さんが優しく言った。

「じゃ、ライオンだ!」ジェムはわめいた。みんなして、ぼくを悪者にするつもりだな? 笑い者にするんだな? よし、黙らせてやる! 「アフリカにライオンがいないとは、言わせないぞ。アフリカには、何百万頭もいるんだ。アフリカは、ライオンだらけなんだぞ!」

母さんと父さんは、また笑みをうかべただけだった。しかしメアリ・マリアおばさんは大いに不服げだった。子どもが苛々《いらいら》するなど、断じて許してはならないのだ。

「話は変わりますけど」スーザンが言葉をはさんだ。彼女は、ジェム坊やに愛情と同情をよせつつも、村の腕白坊主どもと一緒に、評判の悪い、酔っ払いで老いぼれのビル・

テイラー船長の内海口の家に行かせない先生夫妻はまったく正しいという判断との板挟みになったのだ。「さあさ、ジェム坊ちゃん、ジンジャーブレッドに、泡立てたクリームを添えて(6)持ってきましたよ」

ジンジャーブレッドと泡立てたクリームは、ジェムの大好物のデザートだった。しかしその夜は、荒れ狂う彼の心をなだめる力はなかった。

「いらないよ！」ジェムはふくれっ面で立ちあがり、足音も荒く食卓から離れた。扉のところでふり返り、最後の挑戦を投げつけた。

「なにがあっても、九時まで、寝てやんねえぞ。それに、大人になったら、絶対に寝ないもん。一晩中、起きてやる……毎晩……それから、体中に入れ墨を入れてやる。できる限りの悪いことをしてやるんだから。見てろよ」

「『やんねえぞ』よりも、『やらないよ』のほうが、ずっといいことよ、坊や」母さんが言った。

ぼくが何を言っても、父さんと母さんはこたえないんだな？

「誰も私の意見なぞ、求めてないだろうがね、アン《アニー》ちゃん、でも、私が子どもの時分に、親にこんな口答えなぞしようものなら、死ぬほど鞭で叩かれたものですよ」メアリ・マリアおばさんが言った。「今日日《きょうび》は、樺の鞭を軽《かろ》んじる家庭もあって、まことに残念なことです」

「ジェム坊やを責めるべきじゃありません」スーザンは、先生夫妻が何も言い返さないと見てとるや、ぴしゃりと言った。誰もメアリ・マリア・ブライスに反論しないなんて。だがスーザンは、なぜジェムが行きたがっているか、わかっていた。「バーティ・シェイクスピア・ドリューが、ジェム坊やを焚《た》きつけたんです。ジョー・ドリューが入れ墨を入れるとこを見りゃ、すごく面白いぜって、吹きこんだんです。バーティは、午後、ずっとこのうちにいて、台所に忍びこんでは一番上等なアルミのシチュー鍋を持ちだして、兜《かぶと》にしたんですよ。兵隊ごっこをするとかで。おまけに屋根板でボートをこしらえて、『窪地』の小川で漕《こ》いだもんで、ジェムもバーティも、ずぶ濡れになりましてね。それから次は、丸一時間、蛙の真似をして、げこげこ変な声をあげながら庭をぴょんぴょん跳《と》びまわったんです！　蛙ですよ、蛙！　ジェム坊ちゃんがくたびれて、いつもの坊ちゃんじゃないのも当然です。くたくたに疲れてなけりゃ、最高にお行儀のいいお子さんなんです。それは確かです」

癪《しゃく》にさわることに、メアリ・マリアおばさんは返答しなかった。おばさんは、スーザン・ベイカーと食卓で口をきかないことにしていた。そうすることで、お手伝いごときが「家族と一緒に食卓につく」ことに目をつぶるなぞ賛成しかねると、示していたのだ。

スーザンが食卓で同席する件について、アンとスーザンは、メアリ・マリアおばさんが来る前に、十分に話しあい、すでに答えを出していた。スーザンは「身のほどをわきまえて」おり、炉辺荘に来客のある時は、もちろん同席しなかった。同席を求めることも、決してなかった。

「でもね、メアリ・マリアおばさんは、お客さまじゃないもの」アンは言った。「家族の一員よ……あなたもそうよ、スーザン」

そこまで言われるとスーザンも折れたが、これで自分が普通のお手伝いではないと、メアリ・マリア・ブライスもわかるだろうと、秘かな満足をおぼえないでもなかった。スーザンはそれまで、メアリ・マリアおばさんに会ったことはなかったが、姉マティルダの娘、つまりスーザンの姪《めい》が、シャーロットタウンの彼女の屋敷で働いたことがあり、一切合切《いっさいがっさい》、話してくれたのだ。

「メアリ・マリアおばさんが泊まりに来られて嬉しくてたまらない、というふりは、あなたの前ではしないことにするわ、スーザン」アンは正直に言った。「おばさんからギルバートに手紙が来て、二、三週間うかがってもいいかしらと書いてあったの……親戚のことになると、うちの先生はどうするか、わかるでしょう」

「先生のなさる通りでいいと思いますよ」スーザンは、先生に忠実だった。「殿方が、お身内の肩を持たなくて、どうするんです。だけど、二、三週間のはずが……いえね、先生奥さんや、おどかすわけじゃありませんけど……姉のマティルダの義理の姉さんが、ほんの二、三週間泊まりに来たはずが、結局、二十年いたんですよ」

「そんな心配はいらないと思うわ、スーザン」アンはほほえんだ。「メアリ・マリアおばさんはシャーロットタウンに立派なご自宅がおありですもの。でも、広すぎて、お寂しいのでしょう。二年前にお母さまを亡くされて……八十五歳ですって。メアリ・マリアおばさんはお母さまにそれは良くなさったので、お寂しいのよ。だから精一杯、気持ちよく滞在してくださるようにしましょうね、スーザン」

「私のすべきことは、いたしますよ、先生奥さんや。もちろん、食卓には、一枚、板をつぎ足します。なんだかんだ言っても、食卓は短くするより長くするほうがいいですから」

「食卓にお花を飾っては駄目よ、スーザン。喘息《ぜんそく》が出なさるそうよ。胡椒《こしょう》は、くしゃみが出るそうですから、置かないほうがいいわね。ひどい頭痛持ちだそうだから、やかましくないようにしなくては」

「そんな馬鹿な！ 先生奥さんも先生も、やかましくなすったことなんか一度もありませんよ。私も大声を出したくなったら、かえでの森の奥へ行けばいいんです。だけど、メアリ・マリア・ブライスの頭痛のために、お子さんたちが、四六時中、静かにしなきゃいけないなんて、おかわいそうに……こんなことを申し上げてはなんですが、ちょっと行き過ぎですよ、先生奥さんや」

「ほんの数週間ですもの、スーザン」

「そうだといいですけど。とにかく、先生奥さんや、この世では、赤身の肉を食べるには脂身《あぶらみ》も一緒に食べる羽目になりますからね」というのが、スーザンの締めくくりの言葉だった。

こうしてメアリ・マリアおばさんはやって来て、着くが早いか、最近、煙突を掃除したかねと、たずねた。火事をひどく恐れているようだった。

「何しろ、この家《うち》の煙突は高さが足りないと、私は前々から言ってるんです。私の寝具はよく陽に当てたでしょうね、アンちゃん《アニー》。湿った敷布《シーツ》は真っ平です」

おばさんは、炉辺荘の客用寝室を占領した——それに伴い、スーザンの部屋をのぞく家中の全室をわがものとした。彼女の到来を熱狂的に歓迎する者はいなかった。ジェムは、おばさんを一目見ると、そっと台所へ逃げ、「おばちゃんがうちにいる間、笑ってもいいの、スーザン？」と声をひそめて言った。ウォルターは、おばさんを見たとたん、目に涙をいっぱい溜めてしまい、不面目にも、慌てて部屋から追い出された。双子は、追い出されるのを待つまでもなく、自分たちから飛びだした。スーザンの証言によると、ザ・シュリンプ《おちびちゃん》でさえ、裏庭へ出て、ひきつけをおこした。シャーリーだけが、一歩も退《ひ》くことなく、スーザンの膝と両腕という安全な碇泊所《ていはくじょ》から、とび色の丸い目で、恐れることなくおばさんを見つめていた。メアリ・マリアおばさんは、炉辺荘の子どもたちはたいそう行儀が悪いと思った。だがこのうちの子どもに何が期待できよう。母親は

「新聞にものを書き」、父親は自分の子どもというだけで完璧だと考え、おまけにお手伝いはスーザン・ベイカーのように身のほどをわきまえないのだ。だがメアリ・マリア・ブライスは、炉辺荘にいる間は、哀れないとこのジョンの孫にできる限りのことをしてやるつもりだった。

「ギルバート、おまえさんの食前のお祈りは短すぎますよ」最初の食事で、おばさんは難色を示した。「ここにいる間、代わりにお祈りをしてあげましょうか？　おまえさんの家族にとって、ずっといいお手本になりましょうよ」

　スーザンが呆気《あっけ》にとられたことに、ギルバートはお願いしますと言い、メアリ・マリアおばさんは食前の祈りを捧げた。「これじゃ食前の祈りというより、祈禱《きとう》ですよ」スーザンは自分がこしらえた料理に頭《こうべ》を垂れつつ、フンと鼻であしらい、姪っ子の人物評に、秘かに共感していた。「あの人は、いつも変な匂いがする感じなの、スーザンおばさん、不愉快な香りじゃなくて……ただ変な匂いなの」グラディス（7）はうまい言い方をすると、スーザンは思った。しかし、スーザンほど偏見を持たない者にとっては、ミス・メアリ・マリア・ブライスは、五十五歳のご婦人《レディ》にしては、見栄えは悪くなかった。本人が「貴族的な風貌」だと思っている顔のまわりには、いつもなめらかな白髪が波打っていた。もっともスーザンには、ほつれ毛の飛びでた自分の小さな髷《まげ》を小馬鹿にしているように感じられた。おばさんはまた、すこぶる優雅な服をまとい、黒玉《ジェット》の長い耳飾り（8）をさげ、痩せた首もとを、骨を入れて高くした透かし編みの衿でおしゃれに包んでいた。

「少なくとも、あの人の服のせいで、私たちが恥ずかしく思うことはないね」スーザンは思った。だがもし、スーザンがそう考えて自分を慰めていると知れば、メアリ・マリアおばさんがどう思うか、それは想像にまかせるほかない。

第5章

アンは自分の部屋に生けようと六月《ジューン》の白い水仙《リリー》を花瓶いっぱいに切った。そして書斎のギルバートの机に飾る別の花瓶に、スーザンの育てた芍薬《しゃくやく》を切っていた——乳白色の芍薬の花芯には、血のように赤い点々が神の接吻《せっぷん》のように散っていた。六月にしては暑かった一日も暮れていき、空気は爽やかに生きかえり、内海は銀とも金とも言いようのない色合いにちらちら瞬《また》いていた。

「今日は、きれいな夕焼けになりそうね、スーザン」アンは通りがかりに、台所の窓から眺めた。

「皿洗いが終わるまでは、のんびり夕日なんぞ眺められませんよ、先生奥さんや」スーザンが返した。

「洗い終わるころには、夕焼けはもう消えているわ、スーザン。ほら、『窪地《グレン》』の上にわきたっている、あの大きな白い雲を見てちょうだい、天辺が薔薇みたいな桃色ね。あの雲の上へ飛んでいって、乗ってみたいと思わないこと?」

スーザンは、自分がふきんを持って、ぴょんと谷を越え、雲へ飛んでいく姿を想像したが、ぴんと来なかった。だけど今は、先生奥さんを大目に見てあげなくてはならないのだ。

「薔薇の木に、新しい厄介な虫がついているの」アンが続けた。「明日、薬をかけなくてはね。今夜したいくらいよ……庭仕事をしたくなるような夕方ですもの。今夜は植物がぐっとのびるでしょうね。天国にも庭があるといいわ、スーザン……私たちが手入れをするお庭という意味よ、草花が育つ手助けをするの」

「だけど、天国に虫はいませんよ」スーザンが反論した。

「そうね、いないでしょうね。でも完璧に出来上がった庭は、あんまり面白くないわ、スーザン。自分で庭仕事をしないなら、意味がないもの。草取りをしたり、土を掘ったり、植え替えたり、お花を変えたり、計画を立てたり、刈りこんだり、そんなことをしたいの。天国にも私の好きなお花があるといいわ……私なら、アスフォデル（1）よりも、うちの三色すみれがあるほうが、いいわ、スーザン」

「今夜、庭仕事をなさりたいなら、どうしてなさらないんです？」スーザンが口をはさんだ。先生奥さんは少しおかしいかもしれないと、いぶかったのだ。

「というのは、先生が、私と一緒に馬車で出かけてほしいのですって。お気の毒なジョン・パクストン老夫人の往診よ。もう長くないそうよ……先生でも手の施しようがなくて……できることはすべてなさったけれど……夫人がどうしても先生に来てもらいたいがっていなさるから」

「そりゃ、そうですよ、先生奥さんや。この辺の者はみんな、先生なしでは、生まれることも死ぬこともできないって、承知しております。馬車のお出かけには、すばらしい夕暮れですよ。私も、双子とシャーリーを寝かしつけて、薔薇のアロン・ワード夫人(2)に肥料をやったら、散歩がてら村へ出かけて、食料庫《パントリー》の補充をしてきますよ。あの薔薇は、思ったほど花がつきませんでしてね。それからミス・ブライスは、持病の頭痛が出そうだとかで、一段ごとにため息をつきながら、お二階へ上がられました。というわけで、今夜は少なくとも、ちょっとばかしは平和で静かですよ」

「ジェムがいつもの時間に寝るように、見てやってくださいね、スーザン」アンは香水をまき散らした洋杯《カップ》のような夕暮れ(3)のなかへ出ていった。「あの子は本人が思っているより疲れていますから。なのに、ベッドに入りたがらないの。ウォルターは、今夜は帰りませんからね。レスリーが泊めてもいいか、きいてきたの」

そのジェムは、勝手口の上がり段にすわっていた。裸足《はだし》の脚《あし》を組んで、あらゆるものを憎々しげに、とりわけグレンの教会の塔にかかる巨大な月をにらみつけていた。こんなに大きな月なんか、気に入らなかった。

「気をつけなさいよ。そんな顔をしてると、そのまま固まってしまうよ」メアリ・マリアおばさんが家に入りがけに、彼の前を通って言った。

ジェムはさらに怒った目で月をにらみつけた。この顔で固まっても、構うもんか。固まるなら、固まれってもんだ。「あっちへ行け。いつもぼくの後を、つきまとうんじゃない」ジェムはナンに言った。ナンは、父さんと母さんが馬車で出発すると、外へ出て、ジェムのところへ来たのだ。

「おこりんぼ！」ナンは言ったが、立ち去る前に、ジェムに持ってきた赤いキャンディのライオンを、近くの段に置いてくれた。

ジェムは目もくれなかった。ますます馬鹿にされた気がした。ぼくはろくな扱いを受けてないいんだ。みんなしてぼくを虐《いじ》めて。今朝だって、「あんたは、私たちみたいに炉辺荘の生まれじゃないんだもの」ってナンが言ったのだ。おまけにダイは、午前中、チョコレートのうさぎはぼくのだって知ってたくせに食べたのだ。ウォルターまで、ぼくを置いてけぼりにして、フォード家のケンとパーシスと井戸を掘りに砂浜へ行ってしまった。すごく面白いのに！　それに、入れ墨をするところをバーティと見に行きたかったのに。生まれてこの方、こんなにしたいと思ったことはなかったのに。ビル船長の炉棚にいつも飾ってあるとバーティが教えてくれた、帆を全部張ったすごい船の模型を見たかったのに。なんて意地悪なんだ、なんてつまらないんだ、まったく。

スーザンがメイプルの砂糖衣《フロスティング》(4)とナッツで飾ったケーキを、厚切りにして持ってきた。ジェムは「いらない」と突っぱねた。スーザンはどうして、ジンジャーブレッドと生クリームを取っておいてくれなかったんだろう？　みんなで全部食べたんだな。食いしん坊どもめ！　ジェムはますます憂うつの底へ沈んでいった。今ごろ、遊び仲間の連中は内海口へむかってる途中だろうな。そう思うと、耐えられなかった。うちの家族に何か仕返しをしなくては。おがくずをつめたダイのキリンの縫いぐるみを、居間の敷物の上で切り裂いてやったら？　スーザンの婆《ばあ》さんが怒り狂うだろうな――スーザンは、ナッツの入った砂糖衣《フロスティング》をぼくが大嫌いだって知ってるくせに、ナッツを入れたんだ。スーザンの部屋へ行って、カレンダーの絵の子どもの天使に、口ひげを描《か》いたら？　ジェムは前から、あのにこにこしている丸々とした桃色の子どもの天使が、気に食わなかった。なぜなら、ジェム・ブライスはあたしの恋人よって、学校中に言いふらしたシシー・フラッグにそっくりなのだ。あんな子の恋人だなんて！　シシー・フラッグなんか！　なのにスーザンったら、あの子どもの天使を、可愛いと思ってるんだ。

ナンの人形の頭の皮を、はぎとってやったら？　ゴグかマゴグの鼻をがちゃんとぶつけて、鼻を取ってやったら？――それとも両方にしてやろうか？　そうすれば、ぼくはもう子どもじゃないって、母さんもわかるだろう。来年の春まで待ってろよ！　ぼくは四つの時からずっと――何年も、何年も、何年も、母さんにメイフラワー（5）を持ってってあげた――でも、今度の春はあげないぞ！　あげるもんか！

早なりの林檎の木から、小さな青林檎をどっさり食べて、重い病気になったら？　そ、うなれば、みんな真っ青になるぞ。耳の後ろを二度と洗わなかったら？　今度の日曜日、教会にいる一人一人に、しかめっ面をしてやったら？　メアリ・マリアおばさんに、毛虫を――それもでっかくて縞々《しましま》で毛むくじゃらの奴《やつ》を、くっつけたら？　港へ家出して、デイヴィッド・リース船長の船に隠れて、明日の朝、南アメリカへむけて出発したら？　そうすれば、みんなも悪かったと思うかな？　ぼくが二度と帰らなかったら？　いや、ブラジルにジャガー(6)を狩りに行ったら？　そうしたら、みんな後悔するかな？　いや、そんなことはない。ぼくのことなんか、誰も愛してくれないんだ。ズボンのポッケに穴が空いたのに、誰も繕《つくろ》ってくれない。いいさ、ぼくは気にしない。この穴をグレン中の人たちに見せてやる、ぼくがどんなに構ってもらえないか、わからせてやる。ジェムの恨《うら》み辛《つら》みは波のようにせり上がり、彼をのみこんだ

　チクタク――チクタク――チクタク――玄関の古い柱時計が時を刻んでいた。ブライス家の祖父が亡くなって炉辺荘に持ってきたのだ――時間というものができた頃からある悠々とした古めかしい時計だ。ふだんならジェムはこの時計が大好きだった――でも今は憎らしかった。自分を笑っているような気がした。「ハ、ハ、おまえは、そろそろねんねの時間だ。ほかの子は内海口へ行ってもいいが、おまえは、ねんねだ、ハ、ハ……ハ、ハ……ハ、ハ！」

　どうして毎晩寝なきゃいけないんだ？　そうとも、なぜだ？

そこへグレンへ行くスーザンが出てきて、反逆心いっぱいの小さな子どもに優しいまなざしをそそいだ。

「私が帰ってくるまでは、寝なくてもいいですよ、ジェム坊や」甘やかすように声をかけた。

「今夜は、寝てやんねえぞ！」ジェムはとげとげしく言い返した。「ぼくは、家出してやる。やってやるとも、スーザン・ベイカーの婆《ばばあ》め。池に飛びこんでやる、スーザン・ベイカーの婆《ばばあ》め」

スーザンは、たとえジェム坊やからであろうと、婆《ばばあ》と呼ばれて、いい気はしなかった。厳《いか》めしい顔をして口を閉ざし、大またで立ち去った。あの子には少し躾が必要ですよ。スーザンの後について出てきたザ・シュリンプ《おちびちゃん》は仲間がほしくなり、ジェムの前に黒い尻をついてすわったが、その甲斐《かい》もなく、にらみつけられただけだった。「あっちへ行け！　こんなとこにすわって、メアリ・マリアおばさんみたいに、じろじろ見るな！　シッシッ！　なんだ、行かないのか！　行かないんだな！　じゃあ、これでも喰《く》らえ！」

ジェムは、近くに転がっていたシャーリーの小さなブリキの一輪手押し車を投げた。ザ・シュリンプ《おちびちゃん》は悲しげな声をあげ、野薔薇（7）の安全な生け垣へ逃げた。ほら見ろ！　飼い猫だって、ぼくを嫌ってる！　生きてて何になるだろう？

ジェムは、キャンディのライオンを拾いあげた。ナンが尻尾とお尻をほとんど食べていたが、まだ立派なライオンだった。今のうちに食べておいたほうがいいだろう。ライオンを食べるのも、これが最後かもしれない。ライオンを食べ終えて、指をなめるころには、これからどうするか、腹を決めていた。男たるもの、何も許されないなら、これが男にできる唯一のことだ。

第6章

「どうして家中に明かりがついているのかしら？」アンが声を上げた。夜十一時、アンはギルバートと家の門まで帰ってきたところだった。「お客様が見えたのね」

アンは慌てて入ったが、客の姿はなかった。そもそも、誰の姿もなかった。台所に明かりはついていた――居間にも――書斎――食堂――スーザンの部屋――二階の廊下にも灯っていた――しかし人の気配はなかった。

「どういうことかしら」とアンが言いかけたとき――電話のベルが鳴った。ギルバートが受け、しばし耳を傾けていた――彼はとっさに不安げな声をあげ――アンに一瞥《いちべつ》もくれず、外へ飛び出した。何か大変な事が起きて、説明する間も惜しんだのは明らかだった。

アンはこうしたことに慣れていた――人の生死に侍《じ》する男の妻なら当然だった。アンはあきらめたように肩をすくめ、外套《がいとう》と帽子をとった。しかしスーザンには少々腹が立った。家中の灯火をつけたまま、扉という扉を開けたまま出かけるとは。

「先生……奥さん……や」スーザンとは思えない声が聞こえた――だがスーザンだった。

アンは、スーザンに目を瞠《みは》った。なんという有様《ありさま》だろう——帽子もかぶらず——白髪は干し草にまみれ——プリント地の服は驚くほど汚れ、しかもその顔つき！

「スーザン！　何があったの？　スーザン！」

「ジェム坊やが、いなくなったんです」

「いなくなった！」アンは意表をつかれ、目を丸くした。「いったい、どういうこと？いなくなるはずがないわ！」

「それが、いなくなったんです」スーザンは息も絶え絶えに、両手を揉《も》み絞《しぼ》った。「私がグレンへ出かけた時は、勝手口の段々にすわってたんです。ところが日が暮れる前に戻ってみたら、いなかったんです。最初は……心配しませんでした……だけど、どこにもいないんで、家中、一つ一つ、部屋を探したんです……そういえば、坊ちゃんは、家出してやるって言ってました……」

「そんな馬鹿な！　あの子はそんな真似はしないわ、スーザン。あなたは一人でむだな空騒ぎをしているのよ。きっとどこかにいるわ……寝てしまったのよ……どこかこの辺《へん》にいるに違いないわ」

「どこもかしこも見たんです……あらゆるとこを。庭も、外の離れも、残り隈《くま》なく探しました。この服を見てくださいな……あの子が干し草置き場（1）で寝たら、そりゃあ面白いだろうって、しょっちゅう言ってたのを思い出して、行ってみたんです……そうしたら、隅《すみ》っこの穴から、馬小屋のまぐさ桶《おけ》のなかに落っこちて……弾みで、卵がある巣の上に倒れたんです……脚を折らなかったのは幸いでした……ジェム坊やがいなくなったのに、幸いも何もありませんが」

　それでもアンは狼狽《うろた》えまいとした。

「やっぱり男の子たちと内海口へ行ったんじゃないかしら、スーザン？　今まであの子が言いつけに背《そむ》いたことはないけど……」

「いいえ、行ってません。先生奥さんや……いい子の坊ちゃんは、言いつけに背《そむ》かなかったんです。あたりを隈なく探してから、ドリューさん家《ち》へ飛んでったら、ちょうどバーティ・シェイクスピアが帰ってきて、ジェムは一緒じゃなかったと言ったんです。もう胃が痛くなりそうでした。奥さんから、坊ちゃんを預かったのに。それで……パクストンさんへお電話したら、先生ご夫妻はお見えになったけど、それからどちらへ行かれたか、わからないというお話で」

「私たち、ローブリッジのパーカー先生のところへ寄ったのよ……」

「お二人がおられそうなとこは、全部、お電話しました。それから村に戻って……男《おとこ》衆《しゅう》が捜索を始めたんです……」

「まあ、スーザン、そんな必要があったの？」

「だって、先生奥さんや、私はあるゆるとこを探したんですよ……あの子がいそうなとこは一つ残らず。ああ、今夜の私が、どんなにつらい思いをしてることか！　あの子は池に飛びこんでやるって言ってました」

奇妙な震《ふる》えが、我知らず、アンに走った。もちろんジェムは池に飛びこんだりはしまい——馬鹿げている——でもあの池には、カーター・フラッグが鱒《ます》釣りに使う古い平底舟がある。ジェムは夕方まだ早いうちの怒りにまかせて、舟を漕いでみようと思ったかもしれない——前から漕ぎたがっていたのだ——それで舟の綱《つな》をほどこうとして、うっかり池に落ちたかもしれない。その瞬間、アンの不安は、恐ろしい情景を描き出した。

「ギルバートはどこへ行ったかしら、ちっともわからないの」アンは気も狂わんばかりになった。

「この騒ぎは、何ごとですの？」メアリ・マリアおばさんが不意に階段に現れた。髪にウェーブをつけるクリップが後光のように頭をとり巻き、体には龍を刺繍したガウン(2)を羽織っていた。「この家では、夜、おちおち寝ることもできないんですか？」

「ジェム坊やが、いなくなったんです」スーザンがくり返した。不安に苛《さいな》まれるあまり、ミス・ブライスの言葉に腹も立たなかった。「先生奥さんから坊ちゃんを頼まれたのに……」

アンは自分で家中を探しに行っていた。きっとどこかにいるはずだ！　あの子の部屋に、いなかった——ベッドに、寝た跡はなかった——双子の部屋に、いなかった——アンの部屋に、いなかった――ジェムは――ジェムは、家のどこにも、いなかった。屋根裏部屋から地下室までまわって、居間に戻ってきたアンは、パニック寸前となった。

「おまえさんを脅《おど》かしたくはないけどね、アンちゃん《アニー》」メアリ・マリアおばさんは不気味に声を低くした。「雨水を貯める大樽《おおだる》はのぞいたかえ？　去年、町で、ジャック・マクグレガーという男の子が、雨水の入った大樽で溺れ死んだんだよ」

「そこは……私が……見ました」スーザンが、また両手を揉み絞った。「棒きれを……とってきて……突《つっ》いてみたんです……」

　メアリ・マリアおばさんの問いかけに、アンの心臓は一瞬止まったが、また動き出した。スーザンは気持ちを鎮《しず》めるために手を揉み絞っていたが、それをやめた。先生奥さんを怖がらせてはならない（３）と、今更ながらに思い出したのだ。

「気持ちを落ち着けて、協力して、ことに当たりましょう」スーザンは震える声で言った。「先生奥さんがおっしゃるように、この辺《へん》のどこかに、いるはずですとも。跡形もなく消えるなんてことは、あり得ませんから」

「石炭置き場は見たかえ？　柱時計は？」メアリ・マリアおばさんがたずねた。

　石炭置き場は、スーザンがとうに見ていたが、柱時計は誰も思いつかなかった。小さな男の子が隠れる広さは、たしかにある。ジェムがそんな所に四時間もうずくまっていると考えるなんて、馬鹿げているとも思わず、アンは一目散に行った。だが、柱時計の中にもいなかった。

「今夜寝るとき、何か起きそうだという予感がしましたよ」メアリ・マリアおばさんは、左右のこめかみを両手で押さえた。「いつものように、夜、聖書の章を読んでおりましたら、『一日が何をもたらすか、汝《なんじ》は知らない』(4)という言葉が、頁から浮き上がって見えましてね。あれは神のお告げだったんですね。万が一のことがあっても耐えられるように、気を強くお持ちなさいよ、アン《アニー》ちゃん。もしかすると、沼地にさまよいこんだのかもしれないよ。ブラッドハウンド(5)が二、三頭、いればいいのに」

アンは悲壮な努力をして、どうにか笑みを浮かべた。

「あいにく、その犬は、島には一頭もいませんわ、おばさん。ギルバートが飼っていた老犬のセッター(6)のレックスがいれば、すぐジェムを見つけたでしょうけど、毒で死んだんです(7)。私たちみんな、何でもないことで大騒ぎしているような気がします……」

「四十年前、カーモディのトミー・スペンサーは、忽然《こつぜん》と消えたっきり、見つからなかったよ……それとも見つかったかしら？　とにかく、見つかったにせよ、骸骨だけですよ。笑い事じゃありませんよ、アン《アニー》ちゃん。どうしてそんなに落ち着いていられるのか、私には理解できませんね」

電話が鳴った。アンとスーザンは、顔を見あわせた。

「無理よ……私は、出られないわ、スーザン」アンがかぼそい声で言った。

「私も無理です」スーザンは一も二もなく言った。メアリ・マリア・ブライスの前で、臆病風を吹かすなぞ、死ぬまで自分を憎むだろうが、どうしてもできなかった。スーザンは不安に駆られながら二時間も探しまわり、恐ろしい想像におびえ、すっかり参っていた。

メアリ・マリアおばさんは、つかつかと電話口に進み、受話器をとった。頭のクリップの影《シルエット》が、まるで角《つの》のように壁に映っていた。スーザンは気を揉みながらも、悪魔そっくりだと思った。

「カーター・フラッグが言うには、みんなであらゆる所を探したけど、まだジェムは見つからないそうですよ」メアリ・マリアおばさんは平然として言った。「けれど、池の真ん中に平底舟が出ていて、確認した限りでは、誰も乗っていないので、これから池さらいをするそうですよ」

スーザンはどうにか間に合ってアンを支えた。

「いいえ……大丈夫よ……気を失ったりしないわ、スーザン」アンの唇は真っ青だった。「手を貸してちょうだい。いすのところまで、ありがとう。何とかして、ギルバートの居場所を見つけなくては……」

「もし、ジェイムズが溺れ死んだら、アンちゃん《アニー》、この悲惨な世の中で、あの子はよけいな苦労をせずに済んだと思わねばなりませんよ」メアリ・マリアおばさんは、慰めのつもりで言った。

「ランタンをさげて、もう一度、庭と敷地を探してきます」アンは、立てるようになると言った。「ええ、スーザン、あなたが探したことはわかっているわ……でも、探させてちょうだい……私にも。じっとすわって待っていられないの」

「それなら、セーターを羽織ってくださいまし、先生奥さんや。夜露がびっしりおりて、湿《しけ》気てますから。赤いセーターをとって来ます……男の子たちの部屋のいすにかかってますから。とってくるまで、ここでお待ちください」

スーザンは慌てて二階へあがった。ほどなく、絶叫としか言いようのない声が、炉辺荘に響き渡った。アンとメアリ・マリアおばさんが駆けつけると、廊下でスーザンが、前にも後にもないようなヒステリー寸前で、泣き笑いしていた。

「先生奥さんや……いました！　ジェム坊やは、あそこです……ドアの後ろの、窓辺の腰かけです、寝てました。あそこは見なかったんです……ドアで隠れてたんで……ベッドには、いなかったもんで……」

アンは安堵と喜びに、へなへなと力が抜け、どうにか部屋へ入ると、窓辺の腰かけにひざまずいた。もう少したてば、アンとスーザンは自分たちの間抜けぶりを笑っただろうが、今はただひたすらにありがたく、涙にかきくれるのみだった。ジェム坊やは、毛糸編みのショールをかけて、窓辺の腰かけですやすや眠っていた。日焼けした小さな手に古びたテディ・ベア（8）を抱き、寛大にも、ジェムを許してくれたザ・シュリンプ《おちびちゃん》が、彼の足の上で横になっていた。ジェムの赤い巻き毛がクッションに広がり、楽しい夢でも見ているようだった。アンは子どもを起こすつもりはなかったが、ジェムは、つと目を開け、はしばみ色の星のような瞳で母を見つめた。

「ジェムちゃん、いい子ね、どうしてベッドで寝なかったの？　お母さんたち……お母さんたちは、ちょっと心配したのよ……あなたが見つからなかったので……ここは思いつかなかったの」

「ぼく、どうしてもここで横になりたかったの。ここなら、父さんと母さんが帰ってきたとき、馬車で門に入ってくるところが見えるでしょ。一人でベッドに入るのが、寂しかったんだ」

　母さんはジェムを抱きあげ――ベッドに運んだ。ジェムはキスをしてもらった。それはすてきだった――シーツと毛布でくるんでもらい、優しく撫でるようにぽんぽんされると、可愛がられている心地がした。古臭い蛇の入れ墨なんか、誰が見たいものか？　母さんはとても優しいな――ほかの誰の母さんよりも優しいな。バーティ・シェイクスピアの母さんのことは、グレン中のみんなが「けちんぼ奥さん（9）」と呼んでいる。ひどくけちなんだ。それにジェムは知っていた――見たことがあるのだ――あの母さんは、ちょっとしたことで、パーティの顔をぴしゃりとぶつのだ。

「母さん」ジェムは眠そうに言った。「次の春も、メイフラワーをもってきてあげるよ……毎年春にあげるよ。当てにしていいんだよ」

「もちろん当てにしているわ、坊や」母さんは言った。

「これで、やきもきしたのもおさまって、やれやれと、一息ついて眠れますよ」メアリ・マリアおばさんが言った。口ぶりはけわしいものの、声には安堵の響きがあった。

「窓ぎわの腰かけを思いつかなかったなんて、私も本当に馬鹿ね」アンが言った。「ギルバートは、これからずっと私たちのことを冗談にして、忘れさせてくれないわよ、きっと。スーザン、ジェムが見つかったと、フラッグさんにお電話してちょうだい」

「私をさんざん笑うでしょうよ」スーザンが嬉しそうに言った。「でも、ちっとも構いませんよ……好きなだけ笑っていいですとも、ジェム坊やが見つかったんですから」

「お茶を一杯もらえると、ありがたいね」メアリ・マリアおばさんが哀れっぽくため息をつき、痩せた体に龍のガウンをかきあわせた。

「すぐにご用意しますとも」スーザンがはきはき言った。「お茶を一杯飲めば、みんな元気になりますよ。先生奥さんや、ジェム坊やが無事でしたとカーター・フラッグに伝えたら、『ああ、ありがたい』と言ってくれたんです。これからは、フラッグの店の値段が高かろうと、二度と文句は言いませんよ。明日のディナーは、鶏肉《チキン》にしませんか、先生奥さんや？　いわば、ちょっとしたお祝いのつもりです。それに朝食には、ジェム坊やの大好物のマフィン（10）を食べさせてあげますよ」

また電話が鳴った——今度はギルバートからだった。大やけどをした赤ん坊を内海岬から町の病院へ連れていくので、朝まで帰れないということだった。

アンは寝台に入る前に、窓辺から眼下の世界に、感謝をこめておやすみなさいのまなざしをそそいだ。海から涼しい風が吹いていた。うっとりするような月の光が「窪地」の木立を照らしていた。アンはもう笑うことができた——笑いの後ろでは、まだ震えていたが——一時間前のパニックも、メアリ・マリアおばさんの馬鹿げた考えも、残酷な思い出話も、今は笑い飛ばすことができた。わが子は無事だった——そしてギルバートは別の子どもの命を救おうと、どこかで闘っているのだ——愛する神よ、ギルバートを助けたまえ、その子の母を助けたまえ——あらゆるところにいるすべての母を助けたまえ。私たち母親には多くの助けが必要なのです。感じやすい愛しい幼な子の心と精神が、母の導きと愛と理解を求めているのですから。

優しい夜の帳《とばり》が炉辺荘におりた。誰もが、スーザンでさえも——本音を言えば、彼女は心安まる静かな穴にでもこっそり入って、ふたをしめたい気分だったが——身を守ってくれる屋根の下で眠りに落ちていた。

第7章

「うちには遊び相手がたくさんおりますから……お坊ちゃまがお寂しいことはありませんよ……うちの子どもたちが四人と……それに私の姪っ子と甥っ子がモントリオールから泊まりに来ておりますから……一人では思いつかないようなことも、ほかの子が考えてくれますわ」

大柄で丸ぽちゃで気立てのいいパーカー医師夫人が、屈託のない笑みをウォルターにむけた――しかしウォルターは、どことなくよそよそしい微笑《びしょう》を返した。パーカー夫人の笑顔はおおらかだったが、ウォルターはこの夫人が好きかどうか、よくわからなかった。夫人には、どことなく大げさなところがあった。それにウォルターは、パーカー医師のことは好きだったが、彼の「四人の子どもたち」とモントリオールから来た姪と甥には、会ったことがなかった。しかもパーカー家が暮らすローブリッジは、グレンから六マイルもあり、ウォルターは一度も行ったことがなかった。もっとも、パーカー医師夫妻とブライス医師夫妻は、ひんぱんに訪ねあっていた。父さんとパーカー医師は親友なのだ。だが母さんは、パーカー夫人と交際しなくてもあまり構わないだろうと思われるところがあった。ウォルターはまだ六歳だったが、アンが見抜いているように、他の子が気づかないことを洞察するのだった。

　ウォルターは、自分が本当にロープリッジへ行きたいか、それもわからなかった。お客として泊まりに行くなら、すてきなこともある。今ごろアヴォンリーへ小旅行をしたら――ああ、どんなに楽しいだろう！　元の夢の家で、ケネス・フォードと泊まったらもっと楽しいだろう――でもこれは、「お客として泊まりに行く」とは言えない。なぜなら炉辺荘の子にとって、夢の家は、第二のわが家のようなものだからだ。これに対して、知らない人ばかりのロープリッジに丸二週間も滞在することは、まったく別物だった。でも、もう決まったことらしかった。ウォルターは何かわけがあると感づいたものの、よくわからない理由から、父さんと母さんはこの取り決めを喜んでいる。ぼくの両親は、子どもたちを、みんな手放したいのかしら。ウォルターは無性に悲しく、不安になった。ジェムは、二日前にアヴォンリーへ連れていかれて、いなくなっていた。スーザンは、「その時が来たら、双子はマーシャル・エリオット夫人のところへやる」と謎めいたことを言っていた。いったい、何の時だろう？　メアリ・マリアおばさんは、何かを案じている様子で「全部がうまく済めばいいけれど」と言っていた。何が済めばいいと思っているのだろう？　ウォルターには想像もつかなかった。ともかく、炉辺荘には、どこか妙な気配が漂っていた。

「ウォルターは、明日、ぼくがそちらへ連れていきます」ギルバートが言った。

「ちびっ子たちが楽しみにしてますよ」パーカー夫人が応《こた》えた。

「とてもご親切にして頂いて、本当に」アンが言った。

「こうするのが、いちばんいいんでしょうがね、きっと」台所のスーザンは、ザ・シュリンプ《おちびちゃん》相手に陰気に語りかけた。

「パーカーの奥さんのおかげで、助かりますよ、うちでウォルターの世話を焼く手間が省けるんですから、アンちゃん《アニー》」パーカー夫妻が帰ると、メアリ・マリアおばさんが言った。「あの奥さんは、ウォルターがすっかり気に入ったそうですよ。人間は、まあ、変わったものが好きになりますこと、ねえ？　これで少なくとも二週間は、浴室《バスルーム》で、死んだ魚を踏まずに済みますよ」

「死んだ魚ですって、おばさん！　そんなことが……」

「もちろん本当ですとも、アンちゃん《アニー》。私はいつも本当のことを言いますからね。死んだ魚ですとも！　おまえさんは、死んだ魚を裸足《はだし》で踏んづけたことがありますか？」

「いいえ……でも、どうして……」

「ウォルターが、ゆうべ、鱒《ます》をつかまえて、生かしておこうと、バスタブに入れたんですよ、先生奥さんや」スーザンがやけに嬉しそうに言った。「魚がずっとそこにいればよかったんですけど、どういうわけか、夜中に跳《と》びだして、死んだんです。だから、裸足で歩き回ったりすれば、もちろん……」

「私は、誰とも言い争いをしないことに、決めておりますから」メアリ・マリアおばさんは席を立ち、部屋を出ていった。

「私は、あんな人に腹を立てないことに、決めておりますから、先生奥さんや」スーザンが言った。

「ああ、スーザン。だけど私のほうは、おばさんに少しいらいらするようになってきたの……でも、すべてが無事に済めば、あんまり気にならなくなると思うわ……ともかく、死んだ魚を踏むなんて、きっと気持ちが悪いでしょうね……」

「生きてる魚よりは、死んだ魚のほうがいいんじゃない、母さん？　だって死んだ魚は、のたうち回らないもの」ダイが言った。

どうしても事実を言わねばならないなら言うが、炉辺荘の女主人と家政婦は、二人とも、くすりと笑ったことを認めねばなるまい。

というわけで、この話はそれで終わった。だが夜になってアンは、ウォルターはローブリッジに行かされて楽しいだろうかと、ギルバートにたずねた。

「あの子はとても感じやすいし、空想癖があるんですもの」アンは物思わしげだった。

「ああ、度が過ぎるね」ギルバートが答えた。スーザンの話では、彼はその日、赤ん坊を三人とりあげて、疲労困憊《こんぱい》していた。「何しろアン、あの子は暗いなかで二階へあがるのも怖がるんだよ。何日かパーカーの子どもとやりとりすれば、ウォルターのためになるよ。違う子のようになって帰ってくるだろう」

アンはもう言わなかった。たしかにギルバートの言う通りだった。ジェムが家にいなくなってウォルターは寂しがっている。それにシャーリーを生んだ時、自分がどうなったかを考えれば、スーザンの手間をなるべく減らすほうがいいのだ。スーザンは、家事の切り盛りに加えて、メアリ・マリアおばさんに我慢もしなければならないのだ――二週間のはずの滞在は、すでに四週間に延びていた。

ウォルターは目をさましたまま寝台に横になり、気ままな空想にふけることで、明日家を離れるという、頭にこびりついている不安から逃れようとしていた。ウォルターは、生き生きとして鮮やかな想像力の持ち主だった。彼にとって想像力とは、壁にかかっている絵の大きな白い軍馬のようだった。その馬に乗って、時間と空間のなかを、前へ、後ろへ、駈けめぐるのだ。「夜」が舞いおりてきた――「夜」は背が高く、黒く、こうもりの翼を生やした天使のような姿をして、南の丘にひろがるアンドリュー・テイラーさんの森に住んでいた。ウォルターは「夜」を喜んで迎え入れた――だが、「夜」の姿をまざまざと思い描いて、怖くなることもあった。ウォルターは、自分の小さな世界に存在するあらゆるものを擬人化して、劇《ドラマ》にしていた――夜、ウォルターに物語を語ってくれる「風」――庭の花を枯らす「霜」――音もなく銀色におりてくる「露」――あの遠い紫色の丘の天辺に行けば、つかまえられると信じている「月」――海からやって来る「霧」――常に表情を変えながらも決して変わらない広大な「海」――黒々として謎めいている「潮」。ウォルターにとって、これらはすべて実在するものだった。さらに炉辺荘や「窪地」、かえでの森や「沼」、そして内海の岸辺には、妖精《エルフ》たちや、水の魔物《ケルピー》たち(1)、木の精《ドライアド》たち、人魚たち、小鬼《ゴブリン》たち(2)が大勢いるのだ。書斎の炉棚にある黒い焼石膏の猫(3)は、妖精の魔女だった。これは夜になると命が宿って、とてつもなく大きくなり、獲物をねらって家中をうろつきまわるのだ。ウォルターは布団にもぐって震えあがった。彼はいつも自分が創りだした想像におびえるのだった。

メアリ・マリアおばさんが、ウォルターは「神経質すぎるし、敏感すぎますよ」と言ったことは、その通りかもしれない。しかしスーザンは、おばさんを断じて許すまじと思った。上《かみ》グレンのキティ・マクグレガーおばさんは「透視力《とうしりょく》」があるという噂で、以前、ウォルターの長い睫毛《まつげ》にふちどられた煙《けぶ》るような灰色の瞳をのぞきこみ、この子は「幼い体に、老成した魂をそなえている」と言った。それは正しいのだ。老成した魂はあまりに多くを知りすぎているものの、幼い頭では必ずしも理解できないのだろう。

翌朝、ウォルターは、昼食が済んだらローブリッジへ連れていくと、父さんに言い渡された。ウォルターは何も言わなかった。しかしお昼を食べていると、息づまるような動揺におそわれ、急に、目が涙で曇った。それを隠そうと慌てて目を伏せたが、間にあわなかった。

「まさか、泣き出すんじゃないだろうね、ウォルター？」メアリ・マリアおばさんは、年端《としは》もいかない六つの子どもが泣けば永遠の不名誉と言わんばかりだった。「私が心底、軽蔑するものがあるとすれば、泣き虫の子どもです。それにおまえ、お肉を食べてませんよ」

「脂身のほかは、全部食べました」ウォルターは勇ましく瞬《まばた》きをして、涙をひっこめたが、顔をあげる度胸はなかった。「脂身は好きじゃないもの」

「私が子どもの時分は」メアリ・マリアおばさんが言った。「好き嫌いなぞ許されませんでした。やれやれ、パーカー夫人が、おまえさんの間違った考えを少しは直してくださるよ。あの人はウィンター家ですからね、たしか……それともクラーク家だったか？……いいや、きっとキャンベル家だ。とにかく、ウィンター家も、キャンベル家も、みんな同じ欠点があって、馬鹿げた考えには目をつぶってくれませんよ」

「まあ、メアリ・マリアおばさん、お願いですから、ローブリッジに泊まりに行くウォルターを怖がらせないでください」アンの目の奥に、火花が小さく燃えていた。

「失礼しましたね、アンちゃん《アニー》」メアリ・マリアおばさんはいやに謙《へりくだ》って言った。「私には、あなたのお子さんに何一つ言える筋合いなどないってことを、ちゃんとわきまえるべきでした」

「ちぇっ、嫌な人だこと」スーザンはつぶやいて、デザートを――ウォルターの好物のクィーン・プディング（4）を取りに出ていった。

アンは悪いことを言ったような気がして惨《みじ》めになった。ギルバートが、身寄りのない気の毒な老婦人にはもっと寛容になってもいいではないかと、非難めいた視線をむけたのだ。

ギルバート自身、いささか気分がすぐれなかった。誰もが知る通り、彼は夏の間、働きづめだった。さらに、本人が自覚している以上に、メアリ・マリアおばさんのことが、おそらくは負担になっていた。アンは、この秋、すべてが無事に終われば、ギルバートがなんと言おうと、彼をノヴァ・スコシアへ、ひと月、鴫撃《しぎう》ち（5）に行かせようと決めていた。

「お茶のお味はいかがですか？」アンは後悔して、メアリ・マリアおばさんにたずねた。

メアリ・マリアおばさんは唇をすぼめてみせた。

「薄すぎますね。でも構いませんよ。この哀れな年寄りが、好みの紅茶をいれてもらおうが、もらうまいが、気にかけてくれる人などいませんから。でも、私をいい話し相手だと思ってくださる人もいますけれど」

メアリ・マリアおばさんが言った二つの話が、どうつながるのか、アンは考えることもできない気分で、顔は蒼白になっていた。

「二階へあがって、横になります」アンは弱々しく告げ、食卓から立った。「ギルバート……ロープリッジではあまり長居をしないほうがいいと思うの……それから、ミス・カーソンにお電話をしてはどうかしら」

アンは、ウォルターに行ってらっしゃいのキスをした。ぞんざいで慌ただしく――ウォルターのことなど考えていないかのようだった。ウォルターは、泣くまいとした。メアリ・マリアおばさんは、彼の額《ひたい》にキスをした――ウォルターはおでこに湿ったキスをされるのが大嫌いだった――おばさんは言った。

「いいかい、ロープリッジに行ったら、食卓でお行儀よくなさいよ。ウォルター、がつがつしないように。そんなことをしたら、大きな黒い男が、大きな黒い袋をもってやって来て、悪い子を中に入れてしまうよ」

ギルバートが、馬具をグレイ・トム(6)につけに外に出ていて聞かなかったのは、幸いだった。彼もアンも、子どもにそんなことを言って怖がらせることも、他人がすることも、決してないように、かねてより心がけていたのだ。しかし、スーザンは食卓を片付けながら、しっかり聞いた。メアリ・マリアおばさんは知らなかったが、スーザンは、グレービー・ソースを入れた舟形容器(7)をその中身ごと、おばさんの頭に投げつけんばかりだった。

第8章

ふだんのウォルターは、父さんと馬車に乗って出かけることが好きだった。彼は美しいものを愛する者であり、グレン・セント・メアリ一帯の道ゆきは美しかった。ローブリッジへむかう街道の両側には踊るきんぽうげが二本のリボンのように続き、そちこちの青い羊歯《しだ》が、こちらへおいでと誘いかけるような森を縁取《ふちど》っていた。だが今日の父さんはさほど話したい様子はなく、ウォルターの記憶にないやり方でグレイ・トムを御《ぎょ》していた。ローブリッジに着くと、父さんはパーカー夫人に二言三言《ふたことみこと》、早口で話すと、ウォルターにはさよならも言わず、急いで行ってしまった。ウォルターはまたも、やっとの思いで涙をこらえた。誰もぼくを愛してくれないのだ。寂しいことに、それは明らかだった。父さんと母さんは、前は愛してくれた。けれど今は違うのだ。

広いものの雑然としたローブリッジのパーカー邸《てい》に、ウォルターは親しみを覚えなかった。だがその時のウォルターは、どんな家でもそう感じたであろう。パーカー夫人は、ウォルターと外に出ると、やかましい笑い声がけたたましく響く裏庭へつれていき、裏庭を埋め尽くさんばかりの子どもたちに引きあわせた。それから夫人は、「子ども同士で仲良くなる」ように、彼らを残し、すぐさま縫い物に戻った――このやり方は、十のうち九まではうまくいくものである。よって、幼いウォルター・ブライスは十番目だということを、夫人が見落としても、責めるわけにはいかないだろう。夫人はウォルターが気に入っていた――それにわが子は陽気なたちだ――フレッドとオパールはモントリオール風《かぜ》を吹かせるきらいはあるが、意地悪はしないはずだ。すべてはうまくいくだろう。夫人は、アンの子どもを一人預かるだけにしろ、「困っているアン・ブライス」の力になれることが嬉しかった。パーカー夫人は「すべてが順調に終わるように」願っていた。アンの友人たちは、シャーリーが生まれた時のことを互いに思い出しあい、本人以上にアンのことを深く気づかっていた。

急に、裏庭が静まりかえった――その庭は、緑豊かな広い林檎園に続いていた。ウォルターは立ったまま、生真面目なはにかみを浮かべ、パーカー家の子どもと、モントリオールから来たジョンソン家のいとこたちを見た。ビル・パーカーは十歳で――母親に「そっくり」の血色のよい丸い顔をした腕白《わんぱく》坊主で、ウォルターの目には、たいそう年かさで大柄に見えた。アンディ・パーカーは九歳で、ローブリッジの子どもたちなら、あの子は「パーカー家の意地悪息子」で、もちろんあだ名は「豚《ピッグ》」だ、と言うだろう。ウォルターは一目見た時から、アンディの風貌が好きになれなかった――短く刈った金髪は逆立ち、悪戯っ子然とした顔にそばかすが散り、青い目が飛び出ていた。いとこのフレッド・ジョンソンはビルと同い年で、ウォルターは彼も好きになれなかった。もっともフレッドは美男子で、黄褐色《おうかっしょく》の巻き毛に黒い目をしていた。その妹で九つのオパール(1)も巻き毛で、黒い目――こちらに喰ってかかるような黒い目だった。オパールは、亜麻色《あまいろ》の髪をした八歳のコーラ・パーカーに腕を回して立ち、二人とも偉そうに、ウォルターをしげしげと眺めまわした。アリス・パーカーがいなければ、ウォルターは回れ右をして逃げ出しただろう。

アリスは七つで、金髪の巻き毛が、こよなく美しく小さく波打ち、頭をおおっていた。アリスの目は「窪地」のすみれのように青く、優しかった。アリスの頰は桜色で、えくぼがあった。小さなフリルのついた黄色いワンピースを着て、踊るきんぽうげのようだった。アリスは生まれた時からの知りあいのように、ウォルターにほほえみかけた。アリスは友だちだった。

フレッドが口火を切った。

「やあ、坊や」見下した物言いだった。

その尊大さをウォルターはただちに嗅ぎとり、自分の殻に閉じこもった。

「ぼくはウォルターだよ」はっきり名乗った。

フレッドは、さも驚いた様子で、ほかの子にむき返った。この田舎坊主に、俺さまが目に物見せてやる!

「ぼくはウォルターだよ、だってさ」フレッドは、おどけたように口を歪《ゆが》めて、ビルに言った。

「ぼくはウォルターだよ、だとさ」今度はビルが、オパールに言った。

「ぼくはウォルターだよ、だって」オパールが、嬉しくてたまらない顔つきのアンディに告げた。

「ぼくはウォルターだよ、だとさ」アンディが、コーラに言った。

「ぼくはウォルターだよ、だって」コーラが、くすくす笑いながらアリスに言った。

アリスは何も言わなかった。ただ感心したようにウォルターを見つめていた。そのまなざしのおかげで、ほかの子が口を揃えて「ぼくはウォルターだよ」とくり返し、嘲笑《あざわら》いの金切り声をあげても耐えられた。

「なんて楽しそうでしょう、可愛い子たちね！」パーカー夫人はシャーリングを縫い寄せながら一人で満足していた。

「うちの母ちゃんから聞いたんだけどな、おまえ、妖精を信じてるんだってな」アンディは、さも意地悪そうな目つきで、生意気そうに言った。

ウォルターは落ちついて、彼を見すえた。アリスの前で、負けてなるものか。

「妖精はいるよ」ウォルターはきっぱり言った。

「いねえよ」アンディが言った。

「いるよ」ウォルターが言った。
「妖精はいるよ、だとさ」アンディが、フレッドに言った。
「妖精はいるよ、だってさ」フレッドがビルに言い――また同じ会話がくり返された。
かった。ウォルターにとっては拷問だった。彼は一度もからかわれたことがなく、耐えられなかった。涙をこぼすまいと、唇を嚙みしめた。アリスの前で泣くわけにはいかない。
「おまえ、つねられて、黒や青のあざをこさえるのは、どうだい?」アンディがたずね
た。ウォルターは弱虫だから、からかえば、さぞ面白いだろう、そう決めこんだのだ。
「豚《ビッグ》、お黙りなさい!」アリスが厳しく命じた――物言いはしとやかで優しく穏やかだ
ったが、たいそう厳しかった。その口ぶりには、アンディも無視できないものがあった。
「もちろん、本気じゃないさ」アンディは決まり悪そうに、もごもご言った。
風向きが変わって、ウォルターに少し有利になった。一同は、果樹園でそれなりに仲
よく鬼ごっこをした。しかし、がやがやと騒がしく家に入って夕食にむかう時、ウォル
ターはホームシックにおそわれた。家が恋しくなった。みんなの前で――アリスがいよ
うと、恐ろしいことに泣き出すのではないかと、一瞬、心配になった。でも腰かける時、
アリスがウォルターの腕を優しくつついてくれて、助かった。だが何も食べられなかっ
た――どうしてもだめだった。パーカー夫人のやり方には確かに褒めるべきところもあ
り、朝になれば食欲も出るだろうと夫人は気楽に構え、ウォルターにうるさく言わなか

った。ほかの連中も、自分が食べることと、しゃべることに夢中で、ウォルターを気にも留めなかった。

なぜこの一家は、揃いも揃って大声で叫んでいるのだろう。ウォルターは不思議に思った。実は、耳の遠い神経質な高齢の祖母が亡くなったばかりで、大声で話す習慣が抜けてなかったことを、彼は知らなかったのだ。あまりのやかましさに、ウォルターは頭が痛くなった。ああ、今ごろは、家でも夕食をとっているだろう。母さんが食卓の上座から微笑みかけてくれ、父さんは双子と冗談を言いあい、スーザンはシャーリーのマグカップの牛乳にクリームを注ぎ入れ、ナンはこっそり、ザ・シュリンプ《おちびちゃん》にごちそうを少し分けているだろう。メアリ・マリアおばさんでさえ、わが家の一員として、にわかに柔らかな優しい光を帯びたように思われた。今夜の夕食を知らせる中国の銅鑼《どら》は、誰が鳴らしたのかしら？　その週はウォルターの番だったが、ジェムもいないのだ。泣く場所があればいいのに！　でもローブリッジには、心ゆくまで泣ける場所はないようだった。しかも――アリスがいるのだ。ウォルターはコップいっぱいの氷水《こおりみず》を飲み干すと、楽になった。

「うちの猫は、引きつけを起こすんだぞ」アンディが出し抜けに言って、食卓の下で、ウォルターを蹴とばした。

「うちの猫も起こすよ」ウォルターは言った。ザ・シュリンプ《おちびちゃん》は、二度引きつけを起こしたのだ。ローブリッジの猫を、炉辺荘の猫よりも褒めそやすつもりはなかった。

「うちの猫は、おまえんとこのより、すごい引きつけを起こすに決まってら」アンディが嘲《あざけ》った。

「そんなことはないに、決まっているよ」ウォルターは言い返した。

「さあ、さあ、猫のことで言い争いをするのはやめましょうね」パーカー夫人が言った。その夕方、夫人は「誤解された児童」について、研究会の論文を書くことになっており、静かにしてほしかったのだ。「外で遊んでいらっしゃい。もうじき寝る時間ですから」

寝る時間！　ウォルターは、一晩中ここにいなくてはならないと、はっと気づいた——いや、何日もの夜——二週間もの夜だ。それは恐ろしかった。両の拳《こぶし》を握りしめて果樹園へ出ると、ビルとアンディが、草の上で猛烈な取っ組みあい《クリンチ》をして、相手を蹴飛ばし、爪でひっかき、わめいていた。

「虫喰いの林檎をくれたな、ビル・パーカーめ！」アンディが怒鳴った。「虫喰いの林檎なんかよこしたら、承知しないぞっ！　耳を噛みちぎってやる！」

この手の取っ組みあいは、パーカー家では日常茶飯事《さはんじ》だった。パーカー夫人は、喧嘩ごときは男の子の害にならないと考え、むしろこうして、あり余る元気を発散させれば、後は元通りに仲良くなると言っていた。しかしウォルターは取っ組みあいを見たことがなく、呆然とした。

フレッドはやんやと囃《はや》したて、オパールとコーラは笑っていたが、アリスの目は涙に潤んでいた。それがウォルターには、たまらなかった。ウォルターは喧嘩をする二人の間に飛びこんだ。ビルとアンディは、また取っ組みあいに戻る前に、しばし離れて、息をついていた。

「喧嘩をやめるんだ」ウォルターが言った。「アリスが怖がっているよ」

ビルとアンディは、一瞬、呆気にとられ、穴が空くほどウォルターを見つめた。この小さな子どもが喧嘩に割って入った滑稽さに気づき、二人揃って笑い出した。ビルは、ウォルターの背中をぴしゃりとたたいた。

「気合いが入ってるな。おい、みんな」ビルが言った。「この調子でいけば、こいつは、いつか一人前の男になるぞ。さあ、褒美《ほうび》の林檎だ……虫喰いじゃないぞ」

アリスは柔らかな桜色の頬の涙をぬぐい、ウォルターをほれぼれと崇《あが》めるように見つめた。フレッドは気に入らなかった。もちろんアリスは、まだねんねの赤ちゃんだ。でもそうだとしても、このおれ、モントリオールのフレッド・ジョンソンがそばにいながら、ほかの男の子を感心して見つめる法はない。どうにかしなくてはならない。フレッドは、さっき家に入った時、ジェンおばさんが電話口で、ディックおじさんに何か言った言葉を小耳にはさんでいた。

「おまえのお母さんは、すっごく具合が悪いんだよ」フレッドは、ウォルターに言った。

「ぼくの母さんが……そんなことはないよ！」ウォルターは叫んだ。

「そうなんだってば。ジェンおばさんが、ディックおじさんに話すのを聞いたのさ……」フレッドは、「アン・ブライスの具合が悪い」とおばさんが言うのは聞いたが、そこに「すっごく」と付け足すのが愉しかった。「おまえが帰る前に、死んじゃうかもな」

ウォルターは苦悩の目であたりを見まわした。アリスはふたたび彼のそばに並び、味方になってくれた――残りの子は、フレッドの旗印のもとに集《つど》った。パーカー家の子どもたちは、日焼けしたこの美しい子どもに、何か異質なものを感じ――いじめたい衝動に駆られていた。

「もし、母さんの具合が悪くても」ウォルターは言った。「ぼくの父さんが治してくれるよ」

父さんなら治してくれる――そうに決まっている！

「無理だと思うな」フレッドは悲しげな顔をしてみせながら、アンディに、目配《ウインク》せをした。

「父さんにできないことなんか、何もないよ」ウォルターは親孝行にも断固として言った。

「そういえば、この夏、ラス・カーターが、たった一日、シャーロットタウンへ行って帰ってみたら、母さんが死んでたんだぞ」ビルが言った。

「しかも、とっくに埋められてたんだ」アンディは劇的な効果を出したくて付け加えた——事実かどうかは、どうでもよかった。「ラスのやつ、お葬式を見逃して、かんかんに怒ってたな……お葬式って、すごく面白いからな」

「なのに、私、一度もお葬式を見たことがないの」オパールが悲しげに言った。

「この先、うんとチャンスはあるさ」アンディが言った。「だけど、うちの父ちゃんでも、カーターのおばさんを生かせなかったんだ。うちの父ちゃんは、おまえのお父さんよか、よっぽど立派なお医者なのに」

「そんなことはないよ……」

「そうだとも。おまけに、うちの父ちゃんは、もっとハンサムだし……」

「そんなことはないよ……」

「家をあけると、必ず、何かが起きるのよね」オパールが言った。「うちに帰って、炉辺荘が火事で焼けてたら、どんな気がする?」

「もし、あんたのお母さんが死んだら、子どもたちは、みんなばらばらになって」コーラが愉快そうに言った。「あんたは、ここに来て暮らすかも」

「ええ……そうしてちょうだい」アリスが優しく言った。

「いいや、ウォルターのお父さんは、子どもを手もとに置きたがるよ」ビルが言った。

「すぐに再婚するだろうからね。だけどお父さんも死んじゃうさ。ブライス先生は死にそうなほど働いてるって、父ちゃんが言ってたもん。見ろよ、あいつ、目をまん丸くして……おまえは女の子の目をしてるな、坊や……女の子の目だ……女の子の目」

「ああ、もう黙ってよ」オパールは急に悪ふざけに飽きた。「この子をだまそうとしてもむだよ。からかってるだけだって、気づいてるもの。公園へ野球を見に行きましょう。ウォルターとアリスはここにいてちょうだい。ちびっ子がずっとついて来るなんて、かなわないわ」

彼らが行っても、ウォルターは悲しくなかった。アリスもそうらしかった。二人は林檎の丸太に腰をおろし、恥ずかしそうに、そして満足したように見つめあった。

「ジャックストーンズ(2)の遊び方を教えてあげる」アリスが言った。「プラシ天(3)のカンガルーも貸してあげましょう」

寝る時間になると、ウォルターは廊下奥の小さな寝室に一人になった。パーカー夫人は思いやり深いことに、ろうそくと暖かな羽布団を出しておいてくれた。沿海州(4)では、夏といえども、七月の夜は季節外れに冷えこむことがある。その晩は霜がおりそうだった。

ウォルターは眠れなかった。アリスのプラシ天のカンガルーを頬によせても、眠れなかった。ああ、今ごろ自分の部屋にいたら、大きな窓からグレンの村を見晴らして、小さな屋根付きの小窓からスコットランド松(5)が見えるのに！　母さんが部屋に入ってきて、きれいな声で詩を読んでくれるのに——。

「ぼくは大きな男の子だ……泣かない……泣く、もん、か……」だが知らず知らず涙がこぼれてきた。プラシ天のカンガルーは、何の役にたつのだろう？　家を出てから、何年もたったような気がした。

やがて子どもたちが公園から帰ってきた。押し合いへし合い、和気《わき》藹々《あいあい》とウォルターの部屋に入り、ベッドにすわり、林檎を食べた。

「おまえ、泣いてたな、赤ちゃんめ」アンディが馬鹿にした。「おまえは、甘っちょの女の子だ。お母さんっ子やい！」

「一口食べろよ、坊や」ビルが、半分かじった林檎をさしだした。「元気だせよ。おまえのお母さんが良くなっても不思議はないさ……体力があればな、そうとも。父ちゃんが言ってたけど、スティーヴン・フラッグの奥さんは、もし体力がなかったら、とっくに死んでたって。おまえのお母さんは、体力があるかい？」

「もちろんだよ」ウォルターは言った。体力とは何か、わからなかったが、スティーヴン・フラッグの奥さんにあるなら、母さんにだってあるはずだ。

「アブ・ソーヤーの奥さんは先週死んだし、サム・クラークの母さんはその前の週に死んだな」アンディが言った。

「その人たち、夜に死んだのよ」コーラが言った。「うちの母さんの話では、人はたいてい夜に死ぬんだって。私は夜に死にたくないわ。だって寝巻きで天国へ行くなんて！」

「子どもたち！　子どもたち！　自分のベッドにお入りなさい」パーカー夫人が声をかけた。

少年たちは、ふざけてウォルターをタオルで窒息させるふりをしてから行った。結局のところ、一同は、この男の子が好きなのだった。ウォルターは、出ていくオパールの手をつかんだ。

「オパール、ぼくの母さんが具合が悪いというのは、本当じゃないでしょう？」ウォルターはすがるように小声できいた。不安にかられたまま、一人でここに取り残されるのは、たまらなかった。

オパールは、パーカー夫人が言うように「悪気のある子」ではなかったが、悪い報せを伝えて得られるスリルには抵抗できなかった。

「あんたのお母さんは、ほんとに具合が悪いのよ。ジェンおばさんがそう言うんだもの……あんたに話しちゃ駄目って言われたけど、あんたは知るべきだと思ったの。癌《がん》かもしれないわ」

「人は誰も死ななくちゃいけないの、オパール？」これはウォルターにとって、初めての恐ろしい疑問だった。今まで死について考えたことはなかった。

「当たり前でしょ、お馬鹿さんね。ただ、本当に死ぬんじゃないの……天国へ行くんだもの」オパールは励ますように言った。

「みんなじゃないさ」アンディが――彼はドアの外で聞き耳をたてていた――声をひそめて言った。

「天国は……シャーロットタウンよりも遠いの？」ウォルターがたずねた。

オパールは甲高い声で笑った。

「まあ、あんたって、とっても変わってるわね！　天国は何百万マイルも遠く離れているのよ。でもね、どうすればいいか、教えてあげる。お祈りをするの。効き目があるのよ。私、前に十セント硬貨《コイン》をなくしたとき、お祈りをしたら、二十五セント硬貨《コイン》を見つけたもの。だから知ってるの」

「オパール・ジョンソン、私の言うことが聞こえないの？　ウォルターの部屋のろうそくを消してちょうだい。火事が心配だから」パーカー夫人は自分の部屋から呼びかけた。「ウォルターはもうとっくに寝る時間なのに」

オパールはろうそくを吹き消すと、慌てて出ていった。ジェンおばさんは温厚な人だが、怒ったらどうなるか！　一方のアンディは、戸口から頭を突っこみ、寝る前の祝福を唱えてくれた。

「あの壁紙の鳥は、動き出すんだぞ。そんで、おまえの目ん玉を突《つつ》き出すからな」アンディは声をひそめて罵《ののし》った。

そうして子どもたちは本当に寝台に入り、今日もすばらしい一日が終わった、ウォルト（6）・ブライスは悪い奴じゃないから、明日もからかって楽しもうと考えていた。

「可愛い子どもたちだこと」パーカー夫人は感傷的になって思った。

パーカー家は、いつにない静けさに包まれた。そして六マイル離れた炉辺荘では、小さなバーサ・マリラ・ブライス（7）が、はしばみ色の丸い目をぱちくりさせて、周りの人々の幸せそうな顔と、彼女が生まれてきた世界を見つめていた。沿海州で八十七年ぶりという最も寒い七月の夜だった！

第9章

ウォルターは暗がりのなかで一人になっても眠れなかった。まだ短い人生において、独りぼっちで寝たことは一度もなかった。いつもジェムかケンがそばにいて、温《ぬく》もりと安らぎがあった。青白い月の光がひっそりと射しこみ、小さな室内がおぼろに見えてきたが、むしろ真っ暗よりも怖かった。寝台の足もとの壁にかかっている絵が、横目で自分をにらみつけているような気がした——絵というものは、月明かりでは必ず違って見えるのだ。ほかの品々も昼間は思いもしなかった様子に見える。窓の両脇にさがる長いレースのカーテンは、すらりと痩せた二人の女の人がすすり泣いているようだった。家のあちこちで物音がしていた——きしむ音、ため息、ささやき声。壁紙の鳥が本当に動き出して、ぼくの目を突《つっ》き出そうとしたら、どうしよう？　ひやりとする恐怖がウォルターを捕《とら》えた——だが、もっと大きな別の恐れが、ほかの恐怖をすべて追い払った。母さんは病気なのだ。本当の話だとオパールは言った。信じるほかない。母さんは死にかけているのかもしれない！　もう死んだのかもしれない！　家に帰っても、母さんはいないのだ。母さんのいない炉辺荘が目に浮かんだ！

突然、そんな家は耐えられないと、ウォルターは悟《さと》った。家へ帰らなくてはならない。今すぐ――ただちに。母さんに会わなくては――母さんが――母さんが――死んでしまう前に。メアリ・マリアおばさんが言っていたのは、このことだったのだ。おばさんは、母さんが死ぬとわかっていたのだ。この家の人を起こして、連れて帰ってほしいと頼んでも無駄だ。連れて行ってくれないだろう――ぼくを笑うだけだ。家まではとてつもなく遠い道のりだけど、夜通し歩いて帰ろう。

ウォルターは、静かに寝台から出て、服を着た。靴は片手にさげた。帽子はパーカー夫人がどこに置いたのかわからなかったが、どうでもよかった。どんな音も、たててはならないのだ――とにかくここから抜け出して、母さんのところへ行かなければならない。アリスにお別れを言えないのは残念だった――あの子ならわかってくれただろうに。暗い廊下を通って――階段をおりた――一段、また一段――息をひそめて――この階段は、終わりがないのだろうか？――家具までが聞き耳をたてていた――あっ、ああっ！

靴の片方を落としてしまった！　靴は階段を一段ずつぶつかりながら騒々しい音をたてて下まで落ちると、玄関を転がり、耳も破れんばかりの音をあげて扉にぶつかった。

ウォルターは絶望して、階段の手すりに寄りかかり、体を縮めた。みんながあの音を聞いたにちがいない――慌てて飛びだしてきて――家に帰らせてくれないだろう――失望のすすり泣きが、こみあげてきた。

どうやら誰も起きなかったらしいとわかるまで、何時間もたったような気がした——ウォルターは、また慎重におりてゆき、とうとう階段をおりた。靴の片方を見つけると、玄関扉の取っ手を、ゆっくりとまわした——パーカー家では鍵をかけなかった。子どものほかに盗む値打ちのあるものは何もないし、子どもは誰も欲しがらないと、パーカー夫人は言うのだ。

ウォルターが外へ出ると——後ろで扉が閉まった。靴をはいて、足音をひそめて通りを歩いた。家は村はずれにあり、ほどなく広々とした街道へ出た。ウォルターは、にわかにパニックに襲われた。つかまって帰してもらえない不安はなくなったが、今度は暗闇に独りぼっちでいる恐怖にみまわれたのだ。夜中に一人で外へ出たことは、一度もなかった。まわりの世界が、怖かった。世界はとてつもなく大きく、自分はどうしようもなくちっぽけだった。冷たく湿った東風までが顔に吹きつけ、後ろへ押し戻そうとするようだった。

でも、母さんが死にかかっているのだ！　ウォルターはぐっと涙をこらえ、わが家のほうへ顔をむけた。恐怖心と闘いながら、勇気をふるって歩き続けた。月夜だった。月の光は色々なものを人に見せる——だが、何一つ、親しみやすく見えなかった。いつだったか、父さんと外に出たとき、木の影がのびている月夜の道ほど、きれいなものはないと思った。ところが今、木の影は黒々として鋭く、こちらに飛びかかって来そうだった。野原も奇妙な様子だった。木々は友だちのようではなく、じっとこちらをうかがっていた——しかもウォルターの前と後ろに群がっているのだ。ぎらぎら光る二つの目が、溝《みぞ》からこちらを見たかと思うと、信じられないほど大きな黒猫が、街道を突っ走り、横切った。あれは、猫だったのだろうか？　それとも——？　その夜は冷えこみ、薄手のブラウスの彼は身を震わせた。でも、まわりのものが怖くなくなるなら——木の影や、かさこそ聞こえている何かの音や、自分が歩く森の一角をうろつきまわる名前も知らない何かが——怖くなくなるなら、寒さくらい何でもなかった。何も怖くないってどんな感じだろう——ジェムみたいに。

「ぼく……怖くないふりをしよう」声に出して言った——だがその声は、偉大な夜のなかにかき消された。彼は恐ろしさにぞっとした。

それでも歩き続けた——母さんが死にかけているのだ、歩かなくてはならない。一度、転んであざができ、石ころで膝をひどくすりむいた。一度は、後ろから馬車のくる音が聞こえて、通り過ぎるまで木の後ろに隠れた。自分がいなくなったのをパーカー医師が見つけて、追いかけてきたのではないかと思ったのだ。一度は、黒い毛におおわれた何かが、道ばたにすわっていて、彼は心底ぎょっとして立ち止まった。その前を通るなんて、とてもできない——できなかった——だが彼は通った。それは大きな黒い犬だった——犬だろうか？——だが彼は通った。それが追いかけて来ないように、あえて走らなかった。必死の思いで肩越しにちらと横目で見ると——それは立ちあがり、反対の方角へ跳ねるように走り去るところだった。ウォルターが日焼した小さな手を顔にあてると、汗に濡れていた。

ゆく手の空で、星が、火花を散らして流れた。星が流れる時は誰かが死ぬんだよと、年寄りのキティおばさんが言ったことが思い出された。母さんのことだろうか？　もう一歩も歩けない気がしたが、その話を思い出し、また勇気をふるいおこして歩き続けた。凍えるほど寒く、もう恐ろしさは感じなかった。二度と家に帰り着かないのではないか？　ロープリッジを出てから、もう何時間もたったはずだった。

実際、三時間たっていた。十一時にパーカー家を抜け出し、今は二時だった。彼は、グレンの村へ下っていく街道にさしかかったと気がつくと、ほっとして泣いた。しかしよろつく足どりで村を通りながら、眠っている家々が、よそよそしく遠く感じられた。しかし村の家々もぼくを忘れたのだ。いきなり、柵から牛が首をつき出して、大きな声で鳴いた。ジョー・リースさんが、獰猛《どうもう》な雄牛《おうし》を飼っていたことを思い出し、すっかりパニックになって駈けだして、丘を上がると、そこは炉辺荘の門だった。家に帰ったのだ——ああ、家に帰ったのだ！

しかし彼は立ちつくして、体を震わせ、寒々とした情景に無惨に打ちのめされた。わが家は明かりが灯り、暖かくてほっとすると思っていたのに、炉辺荘には一つも明かりがなかった！

もし彼に見えたなら、本当は一つ灯っていた。家の裏側の寝室で、看護婦が赤ん坊のかごを寝台のそばに置いて眠っていた。だがどう見ても、炉辺荘は、人のいなくなった家のように真っ暗だった。彼の心は粉々に打ち砕かれた。真っ暗な夜の炉辺荘は、見たことも、想像したこともなかった。

ということは、母さんはもう死んだのだ！

ウォルターは家に続く馬車の小道をよろめくように歩き、芝生に広がる厳めしく黒々とした家の影を横切り、玄関へ行った。鍵がかかっていた。扉を弱々しく叩いた――叩き金《ノッカー》に手が届かなかったのだ――返事はなかった。返事があるとも期待していなかった。耳をすましてみた――家のなかに、生けるものの気配はなかった。母さんが死んで、誰もいなくなったのだとわかった。

そのころには体が凍えきり、疲労も甚《はなは》だしく、泣くこともできなかった。重い足どりで納屋へまわり、梯子《はしご》をのぼり、干し草の山にたどり着いた。恐怖はもはや過ぎ去っていた。ただ風の当たらないところで朝まで横になりたかった。もしかすると、母さんを埋葬してから、誰かが帰って来るかもしれない。

父さんが人からもらった毛づやのいいキジトラの子猫が、ごろごろ喉を鳴らして寄ってきた。子猫はクローバーの干し草のいい匂いがした。ウォルターは嬉しくなって子猫をつかまえた――それは暖かかった、生きていた。だが子猫は、小ねずみが床を走りまわる音を聞くと、じっとしていなかった。お月さまが、蜘蛛の巣のはった窓から、彼を見おろしていた。遠く、冷たく、よそよそしい月に、慰めはなかった。むこうのグレンの村で一軒の家に燃えている明かりのほうが、親しい友のようだった。あの灯《とも》し火《び》が輝いている限りは耐えられるだろう。

彼は眠れなかった。膝が痛かった。寒かった――胃の辺りにいやな感じがした。ぼくも死ぬのかもしれない。みんなが死んだか、いなくなったなら、ぼくも死んでしまいたい。夜はいつか終わるのだろうか？　今まで夜は必ず終わったけれど、今夜は終わりが来ないのかもしれない。恐ろしい話を思い出した。内海口《うちうみぐち》のジャック・フラッグ船長は、おれが本気で怒ったら、お天道様《てんとさま》を昇らせないと言ったのだ。ジャック船長がとうとう本気で怒ったなら、どうしよう。

そのとき、グレンの村の灯し火が消えた――もう耐えられなかった。だが、絶望のうめきがかすかに唇からもれたとき、夜が明けたことに気づいた。

第10章

ウォルターは梯子《はしご》をおりて外へ出た。夜が明けたばかりの時を超越した不思議な光のなかに、炉辺荘は横たわっていた。「窪地」では、白樺の上に広がる空がほのかな銀桃色に輝き始めていた。ひょっとすると、勝手口から入ることができるかもしれない。スーザンは、父さんのために鍵を開けておくことがある。

勝手口の鍵は、かかっていなかった。ウォルターは嬉しさにすすり泣きながら、そっと入った。家の中はまだ暗く、足音をしのばせて二階へあがった。ベッドに入ろう――ぼくのベッドに――もし誰も帰って来なかったら、ぼくはそこで死のう。天国へ行って、母さんを見つければいいのだ。ただ――ウォルターは、オパールの言葉を思い返した――天国は何百万マイルも離れているのだ。するとまた新しい心細さの波が押しよせてきて、ウォルターは足もとの注意を怠《おこた》り、階段の踊り場で寝ていたザ・シュリンプ《おちびちゃん》の尻尾を踏みつけてしまった。ザ・シュリンプ《おちびちゃん》の苦しげな叫びが家中に響きわたった。

スーザンは、ちょうど寝かけたところだったが、身の毛もよだつ鳴き声に、まどろみから引き戻された。スーザンは十二時に床に入った。その日は、午後から夕方にかけて慌《あわ》ただしく、くたびれていた。しかもいちばん気を揉んだその時になって、メアリ・マリア・ブライスが「脇腹が痛い」と言い出し、忙しさに輪をかけたのだ。スーザンは、熱湯を瓶に入れて湯たんぽを用意し、痛み止めの塗り薬をおばさんにすりこむ羽目になった。さらに「持病の頭痛がまた」するとかで、スーザンは、おばさんの両目に濡れた布を当てたのだ。

スーザンは、目をさます前、夜中の三時にも目ざめていた。誰かが切実に自分を呼び求めているような妙な心地がしたのだ。そこで起きあがり、つま先立ちで廊下をブライス夫人の部屋の戸口まで行ったが、すべてが静まり返っていた——先生奥さんの規則正しい穏やかな寝息が聞こえていた。そこで家中を見てまわり、また寝床に戻った。妙な心地がしたのは、ただ悪い夢でも見た名残りだろうと思ったのだ。しかしスーザンはそれ以後、死ぬまで、自分がずっと馬鹿にしてきたこと、つまり心霊術に「凝っている」アビー・フラッグが語るところの「下剤《しんれいてきな》の経験」(1)を自分も体験したと信じることとなった。

「ウォルターが、私を呼んでたんです、その声が聞こえたんです」彼女は断言した。

スーザンはまた起きあがり、部屋から出た。今夜の炉辺荘は何かにとり憑かれているのかもしれない。彼女はフランネルの寝巻きを着ただけで、しかもそれはくり返し洗って縮み、骨ばった踝《くるぶし》のかなり上まで見えていた。だが、階段の踊り場から、スーザンを思いつめた灰色の目で見あげながら、青白い顔で震えている小さな子どもには、世にも美しい人に思えた。

「ウォルター・ブライス!」

ほんの二歩で、スーザンは彼を抱きしめた——頼りがいのある優しい両腕に。

「スーザン……母さんは、死んでしまったの?」ウォルターは言った。

瞬《また》く間に、すべてが変わった。ウォルターは寝台に入って暖かくなり、食べものをもらい、慰められた。スーザンは素早く火をおこし、熱いミルクのカップと、金褐色《きつねいろ》に焼いたトースト、ウォルターの好物の「お猿の顔」のクッキー(2)を大皿にもってきた。足もとに熱湯の瓶を入れ、彼を布団でしっかりくるみ、あざのできた小さな膝小僧にキスをして、油を塗ってくれた。誰かが面倒を見てくれる——ぼくを求めてくれる——自分が誰かにとって、かけがえのない存在だとわかり、すばらしい気持ちだった。

「本当なの、スーザン、母さんは死んでいないの?」

「お母さんは、ぐっすりお休みですよ。お元気で、お幸せですよ、坊ちゃんや」

「じゃあ、ちっとも病気じゃなかったの? オパールの話では……」

「ええ、坊ちゃん。昨日は、ちょっとの間は、あんまりお加減はよくありませんでしたよ。でもすっかり終わりましたから。このたびは、命にかかわるような危ないことも、ちっともありませんでしたし。だから坊ちゃんもひと眠りして、お待ちなさいまし、そうすればお母さんに会えますよ――それにもう一人にも。それから、ローブリッジの悪がきどもをとっ捕まえたら、ただじゃおきませんよ！　ローブリッジから、はるばる家まで歩いて帰ったなんて。六マイルも！　こんな晩に！」

「心がとても苦しかったんだもの、スーザン」ウォルターは大真面目に言った。でも、すべては終わったのだ。ぼくはもう安全だ、幸せだ。ぼくは――家に帰った――ぼくは――。

彼は眠ってしまった。

目ざめると正午に近く、陽ざしが窓からあふれんばかりにふりそそいでいた。ウォルターは重い足どりで母さんに会いに部屋に入った。自分はたいそう馬鹿なことをしたのだ。ローブリッジから逃げ出して帰ったなんて、母さんは喜ばないだろう。不安になった。ところが母さんは、ただ彼に腕をまわし、抱き寄せてくれた。アンはスーザンから一切を聞き、ジェン・パーカーに少しばかり言うことがあると考えていた。

「ああ、母さんは死なないんだね……今もぼくを愛しているんだね？」

「可愛い子ね、母さんは死ぬつもりはないわ……あなたが愛《いと》しくて、苦しいくらいよ。

夜ふけにローブリッジからずっと歩いて帰ったなんて！」

「しかも空《す》きっ腹で！」スーザンが身震いした。「今、この子がぴんぴんして話ができるのが不思議なくらいですよ。奇跡の時代はまだ終わっていませんね、それは確かですよ」

「勇敢な男の子だよ」父さんが、シャーリーを肩車して入ってきて、にっこりした。父さんはウォルターの頭をなでた。ウォルターは父の手をつかみ、抱きついた。父さんみたいな人は世界中にいない。でもぼくがどんなに怖がりだったか、誰にも知られてはならないのだ。

「ぼく、もう家を離れなくてもいいの、母さん？」

「そうよ、あなたが離れたくなるまでは」母さんは約束してくれた。

「そんなことは絶対にないよ」と言いかけて——口をつぐんだ。アリスにまた会うのは嫌ではなかった。

「こっちをごらんなさい、坊ちゃん」スーザンが、白帽に白いエプロン姿、紅い頬をした若い女性を招き入れた。その人は、籠《バスケット》をかかえていた。

ウォルターは目をむけた。赤ちゃんだ！　肉づきのよい丸々とした赤ちゃんで、頭は絹のようなしっとりした巻き毛におおわれ、なんとも小さな、可愛い手をしていた。

「別嬪《べっぴん》さんじゃありませんか？」スーザンが得意げに言った。「睫毛《まつげ》をごらんなさいまし……こんなに長い睫毛の赤ちゃんは見たことがありませんよ。それに小さなお耳がきれいだこと。私はいつも真っ先に耳を見ますんでね」

ウォルターは口ごもった。

「可愛いね、スーザン……ああ、つま先が丸まって、小さくて、可愛いね！……だけど……かなり小さくない？」

　スーザンは笑った。

「八ポンドもありますから、小さくありませんよ、坊っちゃん。それに、この子はもう周りのことがわかり始めてるんです。一時間もたたないうちに、頭を動かして、先生を見たんです。そんな赤ん坊は、いっぺんも見たことがありませんよ」

「この子は赤毛になるよ」先生が満足そうに言った。「お母さんそっくりの見事な赤金色《レッド・ゴールド》の髪に」

「そして、お父さんそっくりのはしばみ色の瞳に」先生の妻は喜びに満ちて言った。

「どうしてうちには、黄色い髪の人がいないの？」ウォルターはアリスを思い浮かべ、夢見るように言った。

「黄色い髪ですと！　ドリュー家みたいだこと！」スーザンが計り知れない軽蔑をこめて言った。

「寝顔が可愛いですね」看護婦が子守歌を歌うように小声で言った。「寝ているときに、こんなふうに目にしわを寄せる赤ちゃんは見たことがありませんよ」

「この子は奇跡だわ。うちの赤ちゃんはみんな可愛かったけれど、ギルバート、この子はいちばん可愛いわ」

「あれまあ」メアリ・マリアおばさんが鼻であしらった。「世界に赤ちゃんが数人しか生まれなかったみたいだこと、アンちゃん《アニー》」

「うちのこの赤ちゃんは、これまで世界にいなかったんだもの、メアリ・マリアおばさん」ウォルターが胸をはった。「スーザン、赤ちゃんにキスをしてもいい？……一度だけ……お願い」

「いいですとも」スーザンは、出ていくメアリ・マリアおばさんの背中をにらみつけつつ言った。「じゃあ、私は下へおりて、お夕食のチェリー・パイをこしらえますよ。メアリ・マリア・ブライスが、昨日の午後、作ってくれましたがね……ごらんに入れたいくらいでしたよ、先生奥さんや。猫が引きずって来たような代物《しろもの》でね。無駄にするよりはと思って、私が食べられるだけは食べますけど、私が達者で丈夫なうちは、あんなパイはお出ししませんよ。それは確かですよ」

「お菓子作りにかけては、スーザンほどの腕前の人はいないわ」アンが言った。

ほくほく顔のスーザンが下がり、その背後でドアがしまると、ウォルターが言った。

「母さん、うちは本当にすばらしい家族だと思うの、そうでしょ？」

本当にすばらしい家族だこと。アンは赤ん坊とベッドに横たわり、幸福感に包まれて思った。ほどなくアンは元の軽い足どりになり、また子どもたちと動きまわり、子どもたちを愛し、子どもたちに教え、子どもたちを慰めるであろう。子どもたちは小さな喜びと悲しみ、芽生えてくる希望、新たな不安、本人には深刻に思えるささやかな悩み、ほろ苦い小さな心の痛みをたずさえて、アンのもとに来るであろう。アンは再び炉辺荘の暮らしの糸をすべて両手におさめ、美しいつづれ織り《タペストリー》を織りあげるであろう。そしてメアリ・マリアおばさんが、「ひどく疲れてるようだね、ギルバート。誰もおまえさんの面倒を見てくれないのかね?」と言う理由はなくなるであろう。二日前、おばさんがそう語るのを、アンは聞いたのだ。

階下では、メアリ・マリアおばさんが、気がかりな様子で首をふっていた。「赤ん坊の足はみんな曲がっているということは、知ってますよ。だけどスーザン、あの子の足は曲がり過ぎですよ。無論、そんなことは可哀想だから、アン《アニー》ちゃんに言ってはなりませんよ。アン《アニー》ちゃんに言わないよう、気をつけなさいよ、スーザン」

このときばかりは、スーザンも、二の句が継《つ》げなかった。

第11章

八月も終わるころ、アンは元の体になり、楽しく幸せな秋を心待ちにしていた。小さなバーサ・マリラは日ごとに愛らしくなり、妹を熱愛する兄と姉の崇拝の的《まと》であった。

「ぼく、赤ちゃんって、いつも泣きわめいてるものだと思ってたよ」ジェムは、自分の指を、赤ん坊の小さな手につかまらせて、うっとりして言った。「バーティ・シェイクスピア・ドリューが、そう言ったんだもん」

「ドリューの赤ん坊なら、四六時中、泣きわめいても不思議はありませんよ、ジェム坊っちゃんや」スーザンが言った。「ドリュー家の者でいなくちゃならないと思えば、泣きわめきもしますよ、当たり前ですよ。だけどバーサ・マリラは、炉辺荘の赤ちゃんですからね、ジェム坊っちゃん」

「ぼくも炉辺荘で生まれたかったな、スーザン」ジェムが悲しそうに言った。この家で生まれなかったことを常々、残念がっていた。ダイが時々その話を持ち出すからだ。

「こんなところに暮らして、退屈じゃないこと?」ある日、シャーロットタウンから来たクィーン学院の旧友が、いささか見下げたようにアンにたずねたことがあった。

退屈ですって！　アンは客の前で笑い出しそうになった。炉辺荘が退屈だなんて！　可愛い赤ん坊が毎日新しい驚きをもたらし——ダイアナと、小さなエリザベスと、レベッカ・デューが泊まりに来る予定があり——ギルバートが診《み》ている上《かみ》グレンのサム・エリソン夫人は世界で三人しかかかったことがない病気を患《わずら》い——ウォルターは学校に上がり——ナンは母親の化粧台の香水を一《ひと》びん飲み干し——死ぬかもしれないと案じたが、ナンはけろりとしていた——裏のポーチで、どこかの黒猫が十匹という前代未聞の数の子猫を産み——シャーリーが浴室に入って鍵をかけたはいいが開け方がわからなくなり——ザ・シュリンプ《おちびちゃん》が蠅とり紙のなかに巻きこまれ——メアリ・マリアおばさんは真夜中にろうそくを持ってうろついているうちに、自分の部屋のカーテンに火をつけ、背筋も凍るような悲鳴をあげて家中を起こした。この暮らしが、退屈だとは！

メアリ・マリアおばさんは、まだ炉辺荘にいた。ときどき哀れっぽい声で「私にうんざりしたら、言ってくださいよ……自分の面倒くらい、見られますから」と言ったが、そう言われると、返す言葉は一つしかない。もちろんギルバートはいつもその言葉を口にしたが、初めのころとは違い、本心からではなかった。さすがのギルバートの「身びいき」も薄れ始め、メアリ・マリアおばさんがわが家のお荷物になりつつあることを、無力感をおぼえつつ——ミス・コーネリアなら、「男にありそうなことですよ」とせせら笑うだろう——理解していた。ある日、ギルバートは勇気をふるい、家というものは住まずに長いこと放っておくと傷《いた》むものですよと、それとなくおばさんにほのめかしたことがあった。ところがメアリ・マリアおばさんは、ギルバートの言うとおりだからシャーロットタウンの家を売ろうと思っていると、平然と言ったのだ。

「悪くない考えですね」ギルバートは、おばさんを促《うなが》すように続けた。「こぢんまりしたとてもいい家が、シャーロットタウンで売りに出ていますよ……ぼくの友人がカリフォルニアへ行くことになりましてね……おばさんが褒めそやしていたサラ・ニューマン夫人の家にそっくりです」

「だけど一人で住むのはね」メアリ・マリアおばさんはため息をついてみせた。

「ニューマン夫人は、一人暮らしがお好きなんですよ」アンは希望をこめて言った。

「一人暮らしを好む者は、どこか変なところがありますからね、アン（1）」メアリ・マリアおばさんが言った。

スーザンは、やっとのことでうめき声をこらえた。

九月になり、ダイアナが一週間泊まりに来た。次に小さなエリザベスが訪れた――もはや小さなエリザベスではなかった――背丈がのび、ほっそりして、美しいエリザベスだった。今も金色の髪をして、物思わしげな憧れをこめた微笑を浮かべていた。父親がパリのオフィスに戻ることになり、エリザベスも家事をするために行くことになったのだ。エリザベスとアンは長い散歩をして、様々な物語がある古い内海の岸辺（2）を歩き、静かに見守っている秋の星々のもとを家路についた。二人は懐かしい風柳荘《ウインディ・ウイローズ》（3）の暮らしをふたたび味わい、エリザベスが今も持っており、永遠に持つであろう妖精の国の地図（4）の道のりを、またたどった。

「この地図は、私がどこへ行っても、部屋の壁にかけるつもりよ」エリザベスは言った。

ある日、炉辺荘の庭を風が吹きぬけた――最初の秋風だった。その宵《よい》、夕焼けの薔薇色は少し褪《あ》せていた。一瞬にして夏は老い、季節の変わり目が訪れた。

「秋が来るのが早いこと」メアリ・マリアおばさんは、早い秋に侮蔑されたかのような口ぶりで言った。

しかしその秋も美しかった。濃青色《ダークブルー》のセント・ローレンス湾から吹いてくる風を喜び、中秋の名月の煌々《こうこう》たる輝きを眺める喜びがあった。「窪地」には詩情ゆたかにアスターが花咲き、林檎のたわわに実る果樹園に子どもらが笑い、上《かみ》グレンの小高い丘のまき場に明るく澄みわたる夕空が広がり、銀色の鯖雲《さばぐも》のつづく空を黒い鳥たちが渡っていった（5）。日が短くなるにつれて、淡い灰色の霧が、砂丘をこえて静かに内海へ漂ってきた。

やがて枯れ葉の舞い散るころ、レベッカ・デューが、年来《ねんらい》の約束を果たして炉辺荘にやって来た。一週間の予定が、引きとめられて二週間になった――誰よりもスーザンが熱心に引きとめた。スーザンとレベッカ・デューは、最初の一目で、たがいに心の同類と気づいたらしかった――それはたぶん、二人ともアンを愛していたからであり――たぶん二人ともメアリ・マリアおばさんを憎んでいたからであろう。

台所に夜が訪れ、外では雨だれが落ち葉に落ち、風の音が炉辺荘の軒《のき》と角《かど》に鳴るころ、スーザンは憂《う》さの丈《たけ》を、思いやり深いレベッカ・デューに打ち明けていた。医師夫妻は訪問で外出し、幼な子らはみな気持ちよくベッドに入っていた。メアリ・マリアおばさんは頭痛がして——「脳みそに鉄のバンドを巻いてるみたいですよ（6）」とうめき、ありがたいことに邪魔にならない所にいた。

レベッカ・デューはオーブンの扉を開け、そこに両足をぬくぬくと置いて（7）言った。「誰であれ、夕はんに鯖のフライを、あの女みたいにどっさり食べりゃ、頭が痛くなんのも当り前ですよ。あたしも自分の分《ぶん》は食べましたよ……だってベイカーさん、あんたみたいに鯖をうまく揚げる人はいませんからね……だからって四切れは食べませんよ」

「デューさんや」スーザンは編み物をおき、レベッカの小さな黒い目をすがるように見つめ、真剣に言った。「メアリ・マリア・ブライスがどんな人か、ここに来なすって、少しはわかりなすったでしょう。だけど半分も……いや、四分の一も、ご存じないんです。デューさんは信用できる人だと思いますんで、内緒で、ここだけの話をしてもいいですか？」

「いいですとも、ベイカーさん」

「あの女は六月に来ましたけど、私の見るとこでは、一生ここに居すわるつもりですよ。家中のみんなが嫌ってるのに……先生でさえ、今では我慢ができないのに、隠しておいでです。これからも隠しなさるでしょう。先生は身びいきなんで、父親のいとこに、わが家で歓迎されていないと感じさせてはならないとおっしゃって。だから私は、先生奥さんにお願いしたんです」スーザンは、まるで跪《ひざまず》いて頼んだといわんばかりの口ぶりだった。「先生奥さん、ここは断固たる態度で、メアリ・マリア・ブライスに出て行くべきだと話してくださいと。ところが先生奥さんは、お人好しすぎるんで……私には、どうしようもないんです、デューさん……手も足も出ません」

「あたしに任せてもらえりゃ、いいんだけども」レベッカ・デューが言った。メアリ・マリアおばさんに言われたことで、腹に据《す》えかねることがあったのだ。「ベイカーさん、おもてなしは神聖で何よりも大事だってことは、重々承知してますよ。だけども、いいですか、ベイカーさん、あたしなら、あの女にはっきりわからせてやりますよ」

「私だって、立場をわきまえなきゃ、あの女くらいどうにかできますよ。だけど私は、ここの奥さまじゃないって肝に銘じてますから。デューさん、時々、自分に真面目にきいてみるんです。『スーザン・ベイカーや、おまえは靴ぬぐい《ドアマット》なのか？　そうじゃないのか？』って。でもご存じの通り、私の好き勝手にはできませんから。といって、先生奥さんを見捨てて出てくこともできない。メアリ・マリアおばさんと小競《こぜ》り合いをして、先生奥さんにご迷惑をおかけしてもいけない。だからこの先も、自分の務めを果たすよう努力するしかないんです。だってね、デューさんや」スーザンはおごそかに言った。「私は先生と奥さんのためなら、喜んで死ねるくらいなんです。あの女が来るまでは、ここはとても幸せなご一家でしたよ、デューさん。なのにあの女のおかげで惨めな生活になって、この先どうなることやら、私は予言者じゃないんで、わかりませんけどね、デューさん。いや、わかりますとも。みんなして精神病院に入れられますよ。一つだけじゃないんです、デューさん……何十とあるんです、デューさん……何百です、デューさん。蚊も、一匹なら我慢できますよ、デューさん、だけど何百万匹もいるとこを想像してくださいよ！」

　レベッカ・デューは想像した。そして、うんざりして頭をふった。

「あの女は、家の切り盛りから着るものまで、四六時中、先生奥さんに口出しをするんです。私のことも、いつも見張ってますよ……それに、こんなに喧嘩をする子どもは見たことがないと言って。デューさんや、お子さんたちが決して喧嘩をしない……というか、滅多にしないって……その目でごらんになったでしょ」

「あたしが見てきたなかじゃ、いちばん感心なお子さんですよ、ベイカーさん」

「あの女は、家中うろうろのぞき回って、詮索《せんさく》するんです」

「その現場を、あたしも見ました、ベイカーさん」

「あの女は、いつも何かに腹を立てたり傷ついたりしてますけど、といって、立ち上がって家を出て行くほどは怒らないんです。ただ寂しそうな、人から無視されたみたいな顔をして、そこらにすわってるんで、しまいには気の毒な先生奥さんも、いらいらなさるんです。あの女は、何をしても気に入らないんです。窓が開いてりゃ、風が入るとこぼす。全部閉めれば、たまには少しくらいきれいな空気がほしいと言う。玉ねぎが苦手で……匂いだけでも駄目で、胸が悪くなるんですと。だから先生奥さんは使ってはなりませんとおっしゃるけれど」スーザンは堂々と言った。「玉ねぎが好きというのは普通のことですよ、デューさんや。なのに炉辺荘じゃ、みんなが悪いことだと思う始末で」

「あたしも玉ねぎは大好きですよ」レベッカ・デューが正直に言った。

「あの女は、猫も嫌がりましてね。ぞっとすると言うんです。姿が見えようが、見えまいが、関係ない、家に一匹でもいると思うだけで嫌なんですと。おかげでかわいそうに、ザ・シュリンプ《おちびちゃん》は家に寄りつきませんよ。私だって猫は好きじゃありませんよ、デューさん、だけど猫だって、尻尾をふる権利くらいはあると思いますよ。それにあの女は、『スーザン、忘れるんじゃありませんよ、私は卵は食べられませんの、いいですか』だの、『スーザン、何度言わなくちゃいけないの、私は冷めたトーストは食べられませんの』だの、『スーザン、煮出したお茶を飲める人もいるかもしれないけど、私はそういうおめでたい階級じゃありませんの』ですと。煮出したお茶ですよ、デューさん！　まるで私が、煮出したお茶を人さまに出したみたいに！」

「お宅さんがそんなことをするなんぞ、誰も思いませんよ、ベイカーさん」

「あの女は、きいちゃいけないことがあると、きくんです。先生が、あの女よりも先に、先生奥さんに話をすると、焼き餅をやくんです……いつも患者さんの話を、先生から聞き出そうとして。先生にとっちゃ、それがいちばん頭にくる質問なのに、デューさん。ご存じの通り、医者というものは口が堅くなくちゃなりませんからね。おまけに、火のことでも口うるさくて！『スーザン・ベイカー』と私を呼びつけて、『灯油で火をつけないでちょうだい。灯油のついたぼろきれも周りに置いておかないように、スーザン。一時間もたたないうちに自然に発火しますよ。この家《うち》が全焼するのを、突っ立って見たいんですか、自分のせいだと思いながら、スーザン？』ですと。だけどデューさんや、その小言には、こっちが笑いましたよ。まさにその晩、あの女は自分の部屋のカーテンに火をつけたんです。あの叫び声は、今も耳に残ってますよ。しかもあれは、気の毒な先生が二晩徹夜して、やっとこさベッドに入った晩だったんですよ！　デューさん、何が一番頭にくるって、あの女はどこへ行くにしろ、出かける前に配膳室に入ってきて、卵を数えるんです。『どうしてスプーンも数えないんですか？』(8)って言わないように、理性を総動員してますよ。もちろん、お子さんたちも、あの女を嫌っておいでです。それがお子さんたちの顔に出ないように、先生奥さんは苦労しておいでで。ある日、先生と先生奥さんがお留守のとき、あの女は、ナンを平手打ちしたんです……女の子に平手打ちですよ……ナンがあの女を『老いぼれ夫人《メフセラ》(9)』と言ったからです……腕白坊主のケン・フォードがそう言ったのを、ナンは聞いたんです」

「あたしなら、あの女こそ平手打ちしてやりますよ」レベッカ・デューが息巻いた。

「私も、こんな真似をもう一回したら、あんたをビンタしますと言ってやりました。『炉辺荘では、たまには尻叩き《スパンキング》(10)はしますけど、平手打ちはしません、だからそんな真似はやめてもらいたい』と言ったんです。するとあの女は、むすっとふくれて、一週間怒ってましたけど、少なくともそれからは、子どもたちに指一本上げませんよ。でもあの女は、お子さんが両親から罰をうけると、嬉しくてたまらないんです。ある晩、あの女は、ジェム坊やに『もし私が、おまえの母親だったら』と言いましてね。かわいそうに、ジェム坊やは、『へえ、おばさんは、だれのお母さんにも、絶対にならないよ』と言ったんです……言わずにはいられなかったんですよ、デューさん、きっと。だけど先生は、ジェムを夕はん抜きで寝室に入れたんです、デューさん。でもデューさん、後でこっそり食事を持ってくように取り計らったのは、誰だと思います？」

「おや、さて、誰でしょうかね？」レベッカ・デューは話の面白さに引きこまれて、嬉しそうに笑った。

「後でジェムがとなえたお祈りを聞けば、デューさんも胸が傷んだでしょうよ……全部あの子が考えたんです。『ああ、神さま、メアリ・マリアおばさんに生意気だったぼくを、どうか許してください。それから、ああ、神さま、メアリ・マリアおばさんにいつも優しくできるように、ぼくを助けてください』と言ったんです。泣けましたよ、かわいそうな子羊ですよ。若い者が年寄りに無礼だったり生意気だったりするのは、いいと思いませんよ、デューさん、だけどいつぞやバーティ・シェイクスピア・ドリューが、あの女に紙つぶて(11)を投げて、胸がすっとしました……一インチほど鼻をそれましたがね、デューさん……あの子が帰るとき、私は門のとこで待ち伏せして、ドーナツを一袋やりました。もちろん理由《わけ》は言いませんでした。あの子は喜びましてね……ドーナツは木にならないし、デューさん、母親のどけち夫人はドーナツなぞこしらえませんから。ナンとダイは……これは誰にも言えませんけどね、デューさん、あんたには話します……先生と奥さんは、夢にも知りませんよ、ご存じなら止《や》めさせますから……ナンとダイは、頭にひびが入った古い瀬戸物の人形に、メアリ・マリアおばさんと名前をつけて、あの女に叱られるたんびに、外へ出て、溺れさせるんです……人形をですよ……雨水を貯めた大樽に沈めて、何度も、嬉々として。当然ですよ。だけどあの女が、この前の晩にしたことは、あんたも信じられないでしょうよ、デューさん」

「あの女なら、何をしても信じられますよ、ベイカーさん」

「あの女は、何かで気を悪くしたとかで、夕はんを一口も食べなかったのに、寝る前に配膳室に入りこんで、お気の毒な先生のために私が取っといた昼食を、平らげたんです……パン屑《くず》のかけらまで、デューさんや。私を不信心者だと思わないでほしいんですがね、デューさん、だけど善良な神さまが、どうしてあんな連中に愛想づかしなさらないのか、わかりませんね」

「ユーモアのセンスをなくしちゃいけませんよ、ベイカーさん」レベッカ・デューは力をこめて言った。

「ええ、馬鍬《まぐわ》におびえてるひきがえる(12)にだって、おかしなことはあるって、承知してますよ、デューさん。でも問題は、当のひきがえるに、おかしなことがあるってわかるか、ってことです。こんなことを洗いざらいぶちまけて、ご迷惑でしたね、デューさんや。だけど、ずんと気が楽になりました。こんなことは先生奥さんには言えませんし、近ごろじゃ、はけ口でも見つけないと、自分が爆発しそうな気がして」

「お気持ちはよくわかりますとも、ベイカーさん」

「さてと、デューさんや」スーザンは気も晴れて立ちあがった。「寝る前に、一杯、お茶でもどうです？　コールド・チキンの足もありますよ、デューさん」

「あたしが思うに」レベッカ・デューはよく温《ぬく》もった足をオーブンから出して言った。「人生のより高きこと(13)を忘れちゃなりませんけども、おいしい食べ物も、なかなかいいもんですよ」

第12章

ギルバートは、ノヴァ・スコシアへ二週間、鴫撃《しぎう》ちに出かけた——休暇を一か月とるように彼を説きふせることは、アンにもできなかった——やがて十一月が炉辺荘に近づいてきた。釣瓶落《つるべお》としの夕暮れ、暗く翳った丘は、さらに暗いえぞ松におおわれて厳めしく見えた。炉辺荘では、暖炉に燃える火と笑い声で花が咲いたように明るかったが、風は大西洋から悲しい心を歌いながら吹いてきた。

「どうして風は幸せじゃないの、母さん？」ある晩、ウォルターがたずねた。

「風は、この世が始まってからの世界の悲しみをすべて思い出しているからよ」アンは答えた。

「空気があんまり湿っぽいんで、文句を言ってるんですよ」メアリ・マリアおばさんが鼻であしらった。「おかげで私は、背中が痛くて死にそうですよ」

しかし風は、銀灰色になったかえでの森をほがらかに吹きぬける日もあった。また、そよとも風がなく、穏やかな小春日和の陽ざしが、葉の落ちた木々の動かない影を芝生に落とし、日が暮れると霜《しも》のふる静寂の日もあった。

「ほら、白く光るあの宵の明星を見てごらんなさい、角《かど》のロンバルディ・ポプラの上よ」アンが言った。「こうしたものを見るといつも、生きていることが嬉しくなるわ」

「そんなおかしなことを言って、アンちゃん《アニー》。星だなんて、プリンス・エドワード島じゃありふれてますよ」とメアリ・マリアおばさんは言い——胸に思った。「星だなんて、まったく！　誰も星を見たことがないみたいに！　アンちゃん《アニー》は、毎日、台所でひどい無駄づかいがあるのを知らないのかね？　スーザン・ベイカーが卵を浪費したり、肉から出る脂で足りるのにラードを使う考えなしのやり方を知らないのだろうか？　それとも、どうでもいいのか？　ギルバートもかわいそうに！　あれじゃ、休みもとらずに働く羽目になるのも当然ですよ！」

十一月は、灰色と茶色の風景のなかを去っていった。しかし夜の間に、雪が昔ながらの白い魔法を織りあげた。ジェムは歓声をあげ、走って朝食におりてきた。

「ああ、母さん、もうじきクリスマスだね、サンタ・クロース（1）が来るんだね！」

「おまえは、まだ、サンタ・クロースを信じてるんじゃないだろうね？」メアリ・マリアおばさんが言った。

アンが落ち着かないまなざしをギルバートにむけると、彼は真顔で言った。「ぼくは、自分の子どもに、親から譲《ゆず》られたおとぎの国《フェアリーランド》を、できるだけ長く、信じてもらいたいと思っているんですよ、おばさん」

幸い、ジェムは、メアリ・マリアおばさんの言葉に無頓着《むとんちゃく》だった。ジェムとウォルターは、冬の美しさにおおわれた真新しい魅惑の世界に飛び出したくて、うずうずしていた。アンは、誰も足を踏み入れないきれいな雪が足跡でそこなわれることを嫌っていたが、仕方がなかった。それでもまだ雪景色の美しさはあり、夕暮れどきも充分にきれいだった。すみれ色に暮れていく丘の窪地の白雪のうえに、西空が燃えるころ、アンは居間で、砂糖かえでの薪をくべた暖炉の前にすわっていた。炎が燃えるさまは、いつ見ても美しかった。炎はいたずら好きで、思いがけないことをする。部屋の一部をぱっと明るくし、また暗くする。絵があらわれ、また消える。影が内にひそみ、また弾け出る。外へ目をむけると、日よけのない大きな窓に、室内の光景が摩訶不思議に映っていた。メアリ・マリアおばさんは、まるで外にいて芝生のスコットランド松の下ですわっているように見えた――背筋を伸ばして――メアリ・マリアおばさんは、決してだらしなく寄りかからないのだ。

ギルバートは寝椅子に「だらしなく寄りかかって」いた。その日、肺炎で亡くなった患者のことを忘れようとしていたのだ。小さなリラは籠《バスケット》のなかで、桃色の両手のこぶしを食べようとしていた。ザ・シュリンプ《おちびちゃん》は白い前足を胸の下にたたみ、炉前の敷物で喉を鳴らし、その猫がメアリ・マリアおばさんは不満だった。

「猫と言えば……」メアリ・マリアおばさんは哀れっぽく言った――それまで、誰も猫の話はしていなかったのだが――「夜になると、グレンの猫が全部、このうちに集まって来るんですか？　ゆうべはギャーギャー鳴きわめいて、誰が眠れるというのでしょう、私には、わかりませんよ。もちろん、私の部屋は裏側ですから、無料音楽会の恩恵に、たっぷりあずかったんでしょうが」

　誰も返事をしないうちに、スーザンが入ってきて言った。カーター・フラッグの店でマーシャル・エリオット夫人に会ったところ、夫人は買い物をしてから立ち寄ると言ったのだ。しかしスーザンは、エリオット夫人が心配そうにたずねたことは黙っていた。「スーザン、ブライスの奥さんは、どうかなすったんですか？　先週の日曜、教会で見かけたら、疲れ切った顔で、何か悩んでるようでしたよ。あんな様子は一度も見たことがないんでね」

「ブライスの奥さんがどうなすったか、私ならお話しできますよ」店でスーザンはにこりともせずに答えたのだった。「メアリ・マリアおばさん病にかかってるんです。でも先生は、それがわからないらしくてね。奥さんが歩く地面まで拝んでるというのに」

「男のやりそうなことじゃありませんか」というやりとりがあったのだ。

「まあ、嬉しいわ」アンは弾むように立ちあがり、ランプに火を灯した。「ミス・コーネリアに長らくお会いしていないもの。これで新しい話題に追いつけるわね」

「そうだね！」ギルバートが上の空で言った。

「あの女は、意地が悪くて、噂好きですよ」メアリ・マリアおばさんが苦々しく言った。

スーザンは、おそらく人生で初めて、ミス・コーネリアを弁護するために喧嘩腰になった。

「あの人は、そんな人じゃありませんよ、ミス・ブライス。あの人が悪口を言われるのを、スーザン・ベイカーは黙って聞いてるわけにはいきません。意地が悪いとは！　ミス・ブライス、目くそ鼻くそを笑う（２）という言葉を、あなたは聞いたことがありますか？」

「スーザン……スーザンったら……」アンは頼みこむように言った。

「お許しください、先生奥さん。出過ぎた真似をしました。でも、辛抱できないこともあるんです」

その言葉に続いてドアが、炉辺荘では滅多にないことに、荒々しく閉まった。

「ほら、ごらんなさい、アンちゃん《アニー》？」メアリ・マリアおばさんは、意味ありげに言った。「でも、使用人のあんな振る舞いを、あなたが大目に見ている限り、どうしようもありませんね」

ギルバートは立ちあがり書斎へ行った。あそこなら、疲れた男が多少の安らぎを得られるだろう。一方のメアリ・マリアおばさんは、ミス・コーネリアが嫌いなので、寝室へ上がった。というわけでミス・コーネリアが入ってくると、アンは一人、赤ん坊の籠に疲れた顔でかがみこんでいた。ミス・コーネリアは平素とは異なり、噂話をぶちまけることから始めなかった。代わりに外套をわきに置くと、そばにすわり、アンの手をとった。

「アンや、どうしたんです？　何かあったんでしょ、わかってますよ。あのメアリ・マリアというひどい婆さんに、死ぬほどいじめられてるんでしょ？」

アンはほほえもうとした。

「ああ、ミス・コーネリア……気にするなんて、自分でも馬鹿だとわかっているんです……でも今日みたいな日は、もうおばさんに我慢できない気がして。おばさんは……私たちの暮らしを駄目にするばかりなんです」

「出て行ってほしいと、なぜ言わないんです？」

「まあ、そんなこと言えませんわ、ミス・コーネリア。少なくとも、私には。ギルバートも言わないでしょう。身内を家から追い出すなんて、自分に顔向けができなくなると言うんです」

「馬鹿馬鹿しい！」ミス・コーネリアは声高に語った。「あの女は、うなるほど金は持ってるし、立派な家もあるんです。そんな人に、自分の家《うち》へ帰って暮らしなさいと言うのが、どうして追い出すことになるんです？」

「そうですね……でもギルバートは……全部を、はっきりとは、わかっていないんです。

留守がちですから……それに実のところ……一つ一つは、ささいなことなんです……自分が恥ずかしくなって」

「わかりますよ、アンや。ただね、ささいなことが、恐ろしく大きくなるんです。もちろん、男なんかに、わかりっこありませんよ。あの人をよく知ってる女の知り合いがシャーロットタウンにおりましてね。メアリ・マリア・ブライスは、生まれてこの方、一人も友だちがいないんですと。名前はブライス（快活な）じゃなくて、ブライト（害虫）にすべきだって、その知り合いは言うんです。アンや、あんたがすべきことは、気を強く持って、もう私は我慢しませんと、あの女に言うことです」

「まるで夢のなかで、走ろうとしているのに、足を引きずることしかできないような、そんな気がするんです」アンは弱り切って言った。「せめて時たまなら、まだしも……毎日なんです。今では、食事どきが恐ろしくて。ギルバートは、ロースト肉を切り分ける(3)なんてできないと言っています」

「そこまで言うなら、あの男もわかってるだろうに」ミス・コーネリアがふんと鼻を鳴らした。

「食事中に、話らしい話もできなくなったんです。誰かが口を開くと、おばさんが不愉快なことをおっしゃるんです。子どもたちのお行儀を口を酸っぱくして直して、子どもたちの欠点を必ず人の前で注意するんです。前は楽しい楽しいお食事でしたのに……今では！　おばさんは、笑い声にも腹を立てるんです……でもうちは笑うことが大好きなんです。いつも誰かが冗談を言って……というか、今まではそうでした。おばさんはどんなことも見過ごせなくて……今日もおっしゃったんです。『ギルバート、ふくれっ面はおやめなさい。アン《アニー》ちゃんと喧嘩でもしたの？』って。私たちは黙っていただけなんですよ。ご存じのように、ギルバートは助かるはずだと思っていた患者さんが亡くなると、決まって落ちこむんです。なのにおばさんは、私たちが間違っているとお説教をして、怒りは翌日まで持ち越すな（4）と注意までなすって。まあ、後では、ギルバートと二人で笑いましたけど……でもそのときは！　おばさんは、スーザンとも、うまくいかないんです。といって、スーザンが横をむいてぶつぶつ不平をこぼすのを、礼儀に反するといって私が止めることもできません。メアリ・マリアおばさんが、ウォルターみたいな嘘つきは見たこともないと言ったときは、スーザンはこぼすどころでは済みませんでした……おばさんは、ウォルターが月のなかの男の人に会って、どんな話をしたか、長い物語をダイに話しているのを聞いたんです。そこでおばさんは、ウォルターの口を石鹼と水でごしごし洗いなさいとおっしゃって、スーザンと大喧嘩になったんです。おばさんは、ありとあらゆる薄気味の悪い考えを、子どもたちの頭につめこむんです。たとえば言うことを聞かない子が寝ている間に死んだという話を、ナンにしたんです。ナンは今では眠るのを怖がるんです。ダイには、たとえ赤毛でも、いつもいい子にしてれば、両親はナンと同じくらい可愛がってくれるようになるとおっしゃって。それを聞いて、ギルバートは本気で怒って、おばさんに厳しく注意したんです。これでおばさんも気を悪くして出ていってくれたらと、私、思わずにはいられませんでした……誰かが怒ってわが家を出ていくなんて嫌ですけれど。ところがおばさんは、大きな青い目に涙をいっぱい溜めて、悪気なんかちっともなかったのにとおっしゃって。双子は同じように愛されることはないとかねがね聞いてたし、私とギルバートはナンを可愛がっていて、かわいそうなダイがそれを感じているとずっと思っていたと！　おばさんが一晩泣き明かすので、今度はギルバートは自分が人でなしだったような気がして……謝ったんです！」

「よくもそんなことを！」ミス・コーネリアが言った。

「ああ、こんな話は、するべきではないんです、ミス・コーネリア。『自分の御《み》恵《めぐ》みを数えて』みれば、こんなことを気にやむなんて……たとえそうしたことが人生の小さな花をもぎ取ったとしても、自分の心が狭いようで。おばさんはいつも感じが悪いわけではないんです……感じがいいときと代わりばんこなんです」

「あなたまで、そんなことを言うとは？」ミス・コーネリアは皮肉っぽく言った。

「ええ……それに親切なんです。私がアフタヌーン・ティーのお茶道具をほしがっていると聞いて、トロントに注文して買ってくださったんです……通信販売で！　ところが、ああ、ミス・コーネリア、とても趣味が悪くて！」

アンは笑ったものの最後はすすり泣きになった。それからまた笑みを浮かべた。

「さあ、もう、おばさんのお話はやめましょう……赤ちゃんみたいに……存分に泣いたら、ひどい気分ではなくなりましたわ。赤ちゃんのリラを見てくださいな、ミス・コーネリア。眠っているこの子の睫毛、可愛いでしょ？　さあ、楽しくおしゃべりしましょう」

ミス・コーネリアが帰るころには、またアンらしいアンに戻っていた。にもかかわらず、アンは炉前にすわり、しばし考えこんでいた。ミス・コーネリアに、一切を語ったわけではなかった。ギルバートにもすべては話していなかった。ささいなことが数えきれないほどあったからだ。

「あんまり小さなことだから、不平なんて言えないわ」アンは思った。「でも……そんな小さなことが、人生に穴をあけて広げていくのよ……服の虫喰いのように……そうして人生を駄目にしてしまうの」

この家の女主人のように振る舞おうとするメアリ・マリアおばさん——人を招いておきながら、客が来るまで一言も言わないメアリ・マリアおばさん——「おばさんのおかげで、私が住んでいるのは自分の家ではないような気がする」アンが出かけると、家具を動かすメアリ・マリアおばさん。「気にしないでちょうだい、アンちゃん《アニー》。このテーブルは、書斎よりも、こっちで入り用だと思って」子どものように何でもかんでも知りたがるメアリ・マリアおばさん――個人的な事をあからさまに質問して――（いつも私の部屋にノックもせずに入ってくるのだ――いつも煙の臭いがして――私が平らにしたクッションを決まって膨らませて――私がスーザンと噂話をしすぎると、いつもあてこすって――四六時中、子どもたちに文句を言って――私たちがつきっきりで行儀を直せばいいけど、そうもいかないもの）

「意地悪なメイウィアばあちゃん」おばさんがとりわけひどかった日、シャーリーが、はっきり言った。ギルバートは尻を打《ぶ》とうとしたが、スーザンが憤怒《ふんぬ》の形相《ぎょうそう》で厳めしく立ちあがって止めた。

「私たちはみんなおびえているんだわ」アンは思った。「この家は、『メアリ・マリアおばさんの気に入るかどうか？』という問いを真ん中にして回るようになってしまった。認めまいとしても、本当のことよ。おばさんが貴族然として涙をぬぐうくらいなら、何だってしようと。こんなこと、もう続けてはだめよ」

そのときアンは、ミス・コーネリアの言葉を思い出した――メアリ・マリア・ブライスは一人も友だちがいなかった。なんとかわいそうだろう！　アンは自分の豊かな友情を思うと、一人の友もいなかったこの女性への憐憫《れんびん》が、にわかに胸に迫った。あの人には、この先、孤独で、不安な老後しか残されていないのだ。あの人に、誰かが、庇護《ひご》と癒《いや》しを求めてやって来ることも、希望と助けを求めて来ることも、ぬくもりと愛情を求めて来ることもないのだ。私の子どもたちは、きっとあの人に辛抱できるだろう。こうした厄介なことは、結局は、表面的なことでしかない。人生の深い泉を、毒することはできないのだ。

「私は、自分がかわいそうだって発作的に思いつめたのね」アンはそう言うと、リラを籠から抱きあげた。わが子のすべすべした小さな丸い頰に顔をよせると、震えるような喜びがわきあがった。「思いつめた発作も終わってみると、今は、健全なことに、自分が恥ずかしいわ」

第13章

「母さん、前みたいな冬は、もう来ないのね？」ウォルターが顔を曇らせた。

というのも十一月にふった雪はとうに消え、十二月になってもグレン・セント・メアリの村は黒々と暗い地面が広がり、周りのセント・ローレンス湾も灰色で、冷たく白く泡立つ波頭《なみがしら》が点々と見えていた（1）。晴れわたり、金色の丘陵の腕にいだかれた内海がきらきら光るような日はわずかしかなく、あとはどんよりと暗く厳しい日々が続いた。炉辺荘の人々は雪のクリスマスを願ったが、かないそうもなかった。しかし準備は着々と進み、クリスマス前の最後の週が終わるころには、炉辺荘には、謎と秘密、ささやき声、おいしそうな匂いが満ちていた。そして今、クリスマスの前日となり、万事《ばんじ》が整った。ウォルターとジェムが「窪地」から運んできたもみの木が、居間の隅《すみ》に立っていた。色々な扉と窓には、赤いリボンの大きな蝶結びをつけた大きな緑色のリース（2）をかけた。階段の手すりには、這《は》いえぞ松（3）をからませ、スーザンの食料庫はあふれんばかりだった。その日の午後も遅くなり、みんなが「雪のない」くすんだクリスマスになるだろうとあきらめかけたころ、誰かが窓の外に目をやると、羽根のように大きな雪ひらが後から後から舞い降りてくるのが見えた。

「雪だ！　雪だ!!　雪だよ!!!」ジェムが叫んだ。「やっぱり、ホワイト・クリスマスになるんだね、母さん！」

炉辺荘の子どもたちは、幸せいっぱいでベッドに入った。外は雪がふりしきる灰色の夜、ベッドに暖かく気持ちよく横になって、雪嵐のうなりを聞くのはすてきだった。アンとスーザンはクリスマス・ツリーの飾りつけにかかった――「二人とも、子どもみたいな真似をして」とメアリ・マリアおばさんは、内心、小馬鹿にしていた。ツリーのろうそくに感心しなかったのだ――「ろうそくから、家が火事にでもなったら、どうするんです」おばさんはまた、色とりどりの飾り玉も感心しなかった――「双子が食べたら、どうするんです」だが誰もおばさんに構わなかった。それがメアリ・マリアおばさんと暮らしていく唯一の必要条件だと学んだのである。

「できたわ！」アンは、誇らしそうな小さなもみの天辺に、大きな銀色の星（4）をつけると、歓声をあげた。「まあ、スーザン、きれいね。クリスマスは、恥ずかしがらずに子どもに戻れて、すてきじゃないこと！　雪がふって嬉しいわ……だけど朝までに、嵐がおさまればいいけれど」

「明日は、一日、嵐ですよ」メアリ・マリアおばさんが、はっきり言った。「背中が痛むんで、わかるんですよ」

アンは廊下を歩いていき、玄関の大扉をあけ、外をのぞいた。世界は激しい吹雪に白くかき消され、窓ガラスは吹きつける雪で灰色になっていた。スコットランド松は、シーツをかぶった巨大な幽霊(5)のようだった。

「雪がやむことはなさそうね」アンも悲しそうに認めた。

「天気を采配《さいはい》なさるのは神さまですよ、先生奥さん。ミス・メアリ・マリア・ブライスじゃありませんから」スーザンが、アンの肩越しに言った。

「今夜くらいは、往診の呼び出しがないといいけれど」アンはむき返り、部屋に戻った。スーザンは扉に鍵をかけ、外の嵐の夜を閉めだす前に、もう一度、暗がりに目をやった。「あんた、今夜は、赤ん坊を生むんじゃありませんよ」スーザンは、上《かみ》グレンの方《ほう》をむいて、おどすように警告した。ジョージ・ドリューの妻に、そろそろ四人目が生まれるのだ。

メアリ・マリアおばさんの背中が痛んだにもかかわらず、嵐は夜のうちにおさまり、朝になると、白雪の丘のひそやかな窪地に、冬の朝日の赤ぶどう酒がなみなみと注がれていた(6)。子どもたちはそろって早くから起きだし、星のように顔を輝かせ、期待でいっぱいだった。

「サンタさんは、嵐のなかを来てくれたの、母さん？」

「いいや。サンタは病気でね、出かけようともしませんでしたよ」メアリ・マリアおばさんが——彼女にしては上機嫌で言った——おばさんも冗談を言いたくなる気分だったのだ。

「サンタ・クロースは、ちゃんと来ましたよ」子どもたちの顔が曇る前に、スーザンが言った。「朝ごはんを食べたら、サンタがツリーにしてくれたことを、見せてあげますよ」

朝食後、どういうわけか父さんの姿が消えたが、誰も気にとめなかった。みんながツリーに夢中だった——目にも鮮やかなツリーだった。まだ暗い部屋に、ツリー一面にさがる金と銀の飾りや、火の灯ったろうそくが輝いていた。こよなく美しいリボンを結んだ色とりどりの包みが、ツリーのまわりに積みあげられていた。そこへサンタが現れた。華やかなサンタだった。白い毛皮のついた真紅《しんく》の服、長くて白い髭《ひげ》、なんとも愉快な太鼓腹——アンがギルバートに縫った赤い天鵞絨《ヴェルヴェット》の長い服(7)に、クッションを三つ、スーザンが詰めたのだ。シャーリーは最初は怖がり、悲鳴をあげたが、それでも連れ出されるのは嫌がった。サンタは一人一人に、ちょっとした愉快な言葉をかけながら、贈り物をくばった。その声は、お面ごしでも、どこか聞き覚えがあった。ところが最後になって、サンタの髭《ひげ》にろうそくの火がついた。メアリ・マリアおばさんは、この件にいささか溜飲《りゅういん》をさげたが、それでも足りず、物憂げにため息をついた。

「やれ、やれ、クリスマスも、私が子どものころとは違いますね」おばさんは、小さなエリザベスが、パリからアンに送ったプレゼントに、非難がましい目をやった。銀の弓をかまえたアルテミス（8）の美しい小さな青銅像《ブロンズ》だった。

「このはしたないお転婆娘《てんばむすめ》は、なんですの？」おばさんは厳しく問い詰めた。

「女神のダイアナですわ」アンは、ギルバートと笑みをかわした。

「ああ、異教徒ですね！　それなら話は別ですよ。でも、アンちゃん《アニー》、私なら、子どもの目に入るところには置きませんよ。世の中に慎《つつし》みがなくなったように思うことがありますよ。私のお祖母《ばあ》さんは」ここでメアリ・マリアおばさんは、彼女の話の特徴である、おかしな的外《まとはず》れで、話を締めくくった。「冬であれ、夏であれ、少なくとも三枚は、ペチコートをはいておりました」

メアリ・マリアおばさんは、子どもたち全員に、けばけばしい赤紫色《マゼンタ》の毛糸を棒針編みにした「ハンドウォーマー」（9）を贈り、アンにはセーターを贈った。ギルバートはどぎつい色のネクタイ、スーザンは赤いネルのペチコートをもらった。スーザンでさえ、赤いネルのペチコートは時代遅れ（10）だと思ったが、見上げたことに、メアリ・マリアおばさんに礼を述《の》べた。

「これは、どこかの貧乏な国内伝道者（11）がもらうほうが、役に立つだろうね」スーザンは思った。「ペチコート三枚とはね、まったく！　私は慎みのある女だとは思うけど、あの銀の弓の女は好きですよ。服はろくに着ていないけど、もし私があんな体つきなら、隠したいと思うかどうか……でも今は、七面鳥の詰め物のしたく（12）をしましょう……玉ねぎが使えないんで、大したものにはならないだろうけど」

クリスマスの一日、炉辺荘は幸せに満ちあふれていた。幸せすぎる人を見るのを好まないメアリ・マリアおばさんがいたにもかかわらず、昔ながらの素朴な幸福でいっぱいだった。

「白身の肉（13）だけ、ください（ジェイムズ、スープは、静かにお上がり）。ああ、ギルバート、おまえさんは、父親みたいに上手に肉を切り分けられないんだね。おまえの父さんは、一人一人に、その人が一番好きなとこが行くように切り分けて、与えたものですよ（双子や、年寄りだって、ときには口をはさみたいんですよ。私は、子どもはその姿を見るものであり、声を聞くものではない（14）という躾で育てられましたよ）。いいえ、結構ですよ、ギルバート、サラダは結構。生ものは頂きません（15）ので。ええ、アン《アニー》ちゃん、プディングなら、少し、頂きましょう。ミンスパイは、消化が悪すぎて（16）」

「スーザンのミンスパイは詩ですよ。彼女のアップル・パイが歌であるように」先生が言った。「ぼくには、どちらも一切れずつおくれ、アンお嬢さん」

「その年になって、『お嬢さん』だなんて、本気で呼ばれたいのかね、アン《アニー》ちゃん？ウォルター、パンとバターを全部、食べてませんよ。大勢の貧乏な子どもたちがこれをもらったらどんなに喜ぶか。ジェイムズや、鼻をかみなさい、ちゃんと最後まで。ずるずるすするのは、おやめ。鼻をすするなんて、我慢できません」

しかし賑やかな楽しいクリスマスだった。メアリ・マリアおばさんでさえ、正餐《ディナー》の後は気持ちがなごみ、頂いたプレゼントはまことにすばらしかったと、ほぼ礼儀正しい口ぶりで言い、ザ・シュリンプにも、辛抱《しんぼう》強い殉教者《じゅんきょうしゃ》のそぶりで耐えているので、一同は、この猫を可愛がるのをためらったほどだった。

「子どもたちは、楽しんだようね」その宵《よい》、アンは満足そうに言いながら、白い丘と夕焼け空に木々が綾《あや》なす模様をながめた。子どもたちは芝生へ出て、小鳥のパン屑を、せっせと雪にまいていた。風はやわらかに枝を吹きわたり、にわか雪を芝生に散らし、明くる日のさらなる嵐を告げていたが、炉辺荘は最良の一日をすごしたのだった。

「楽しんだでしょうよ」メアリ・マリアおばさんも、アンと同意見だった。「とにかく、存分にきーきー騒いだことは確かですよ。あの子たちの食べたこと……まあ、子ども時代は一度きりですし、この家には、ひまし油もたくさんあるでしょうからね」

第14章

スーザンの言葉を借りると、移り気な冬だった――すべてが溶けてはまた凍り、炉辺荘には風変わりな縁飾《ふちかざ》りのような氷柱《つらら》の飾りが、始終、下がっていた。子どもたちは、えさを求めて果樹園に飛んでくる七羽の青かけす《ブルージェイ》(1)に撒《ま》き餌《え》をした。かけすは誰が来ても逃げたが、ジェムだけには抱きあげさせた。一月と二月、アンは夜ごと、花の種のカタログを読みふけった。やがて三月の風が渦をまいて砂丘をこえ、内海をわたり、丘の上へ吹いてきた。スーザンは、うさぎがイースターの卵を準備してるんですよ(2)と言った。

「三月って、『わっくわくする』(3)月じゃない、母さん?」ジェムが声をはりあげた。彼は、吹く風すべての小さな弟だった。

ジェムの「わっくわく」には、せずに済めばよかったこともあった。さびた釘で手にひっかき傷をつくり、何日も難儀《なんぎ》したのだ。メアリ・マリアおばさんはそれまでに聞いたことのある敗血症(4)のありとあらゆる話をした。だが敗血症になる恐れもなくなると、アンは、四六時中、何でも試そうとする小さな息子がいれば、こんなこともあると心得なくてはならないと思った。

　そして見よ、四月になった！　四月の雨の笑い声――四月の雨のささやき――ぽつりぽつりと滴《したた》り落ち、吹きつけ、激しくふり、地面に叩きつけ、踊りまわり、しぶきが跳ねあがる四月の雨。「まあ、母さん、世界が、お顔をきれいさっぱり洗ったのね？」太陽の輝きが戻ってきた朝、ダイが叫んだ。

　もやのかかる野原の上に、春の淡い星が瞬《またた》いた。沼地には猫柳《ねこやなぎ》が芽ぶいた。木々の小枝は、くっきりした輪郭の寒々しい形はにわかに消えてゆき、柔らかくゆったりした姿に変わった。初めてこまどりが来た（5）ときは、ちょっとした騒ぎだった。「窪地」はふたたび、野趣と自由な喜びあふれるところになった。ジェムは、その春、初《はつ》のメイフラワーを母につんできた――メアリ・マリアおばさんは、つむじを曲げた。自分が捧げられるべきだと思ったのだ。スーザンは、屋根裏の棚の整理を始めた（6）。アンは、冬の間、ほとんど自分の時間がなかったが、今では春の喜びを衣装のように身にまとい、文字通り、庭で暮らした。ザ・シュリンプ《おちびちゃん》は庭の小道にころがって身をくねらせ、春の喜びを表した。

「アンちゃん《アニー》は、夫の世話よりも、庭の世話に精を出すんですね」メアリ・マリアおばさんが言った。

「だって庭は、私にとても優しいんですもの」アンは夢見るように答えて――それから自分の言葉が別の意味にとられるかもしれないと気づいて、笑った。

「まったく、おかしなことを言って、アンちゃん《アニー》。もちろん私は、ギルバートが優しくないという意味じゃないと、わかってますよ……だけどそんなことを、余所《よそ》さまがお聞きになったら、どう思われることやら」

「愛するメアリ・マリアおばさま」アンは浮き浮きして言った。「一年のうちで、この季節に私が言うことは、私のせいじゃないんです。周りの人は、みんな知っています。春の私は、少しおかしくなるんです。でも、すてきなおかしさなんですよ。ほら、あの砂丘にかかっている霞《かすみ》は、ダンスをしている魔女のようじゃありませんか？　このらっぱ水仙はどうです？　こんなに見事ならっぱ水仙が炉辺荘に咲いたことは、ないんですよ」

「らっぱ水仙はあんまり好きじゃありませんでね。見せびらかしているような花ですよ」メアリ・マリアおばさんはショールをかきあわせ、背中が痛まないうちに家へ入った。

「先生奥さんや」スーザンが険悪な顔つきで言った。「先生奥さんが陽の当たらない隅《すみ》っこに植えるおつもりだった新しいアイリス、どうなったと思われます？　今日の午後、先生奥さんのお留守に、あの女が、裏庭の日当たりのいいとこに植えたんですよ」

「まあ、スーザン！　でも移すことはできないわ。おばさんが気を悪くなさるもの！」

「私に、そうしろと言ってくだされば……先生奥さん」

「いいえ、だめよ、スーザン。当分このままにしておきましょう。憶えているでしょう、この前、しもつけ（7）の花が咲く前に枝を刈ってはいけなかったのにって、それとなく言ったら、おばさん、泣いてしまわれたのよ」

「だけど、うちのらっぱ水仙を、鼻で笑うなんて、先生奥さん……内海じゃ、有名だっていうのに……」

「有名だけのことはあるわよ。ほら、メアリ・マリアおばさんのことを気にするなんてと、らっぱ水仙があなたを笑っているわ。スーザン、この隅《すみ》っこに、金蓮花《ナスタチウム》（8）の芽が、やっと出てきたの。だめだろうとあきらめたころに、ひょっこり出てくるなんて嬉しいわね。南西の角《かど》に、小さな薔薇園をこしらえてもらうつもりよ。薔薇園という名前だけで、つま先までわくわくするわ。あんなに青い空の青さを見たことがある、スーザン？このごろ、夜、じっと耳を澄ましていると、田舎の小さなせせらぎたちが噂話をしている声が聞こえてよ（9）。今夜は、『窪地』で、野生のすみれを枕にして眠りたいわ」

「ひどく湿っぽいでしょうよ」スーザンは辛抱強く言った。先生奥さんは、春になると、いつもこの調子だ。そのうちおさまるだろう。

「スーザン」アンは機嫌をとる声になった。「来週、お誕生日パーティを開きたいの」

「そうですか、いいんじゃないですか？」実は、この家《うち》では、五月最後の週に誕生日を迎える者はいなかったが、先生奥さんが誕生日祝いを開きたいなら、なぜためらうことがあろう。

「というのは、メアリ・マリアおばさんの」アンは、最悪の話は早く済ませようというように続けた。「お誕生日が来週なの。ギルバートの話では、五十五歳ですって。それで私、ずっと考えていたの……」

「先生奥さんや、本当に開くおつもりですか、あんな……」

「スーザン、百まで数えてちょうだい……百まで数えてね、スーザン。おばさんは大喜びなさると思うわ。だって、おばさんの人生には何があるというの？」

「それは本人のせいですよ……」

「そうかもしれないわね。でもね、スーザン、おばさんのために、心から開いてさしあげたいの」

「先生奥さんや」スーザンは不吉なことを告げる声音《こわね》になった。「奥さんは、かねがね私にご親切にしてくださり、いつだって必要なときは一週間のお休みをくださいました。来週、そのお休みを頂いたほうがいいですね！　姪のグラディスに、お手伝いに上がるように頼みますから。そうすれば私のことなど構わず、ミス・メアリ・マリア・ブライスのために一ダースだって誕生会ができますよ」

「あなたがそんなふうに思うなら、スーザン、もちろん、あきらめるわ」アンはゆっくり答えた。

「先生奥さんや、あの女は、自分のことを奥さんに押しつけて、未来永劫《えいごう》にここに居すわるつもりですよ。奥さんを苦しめて……先生を尻に敷いて……お子さんたちの生活をひどいことにして。私のことは申しませんよ、何様でもありませんから。でもあの女は、人を叱りつけて、がみがみ小言を言って、遠回しにあてこすって、哀れっぽい泣き言をならべて……なのに、誕生会を開いてあげたいですと？　そんなら、私の言えることは、先生奥さんがなさりたいなら……やることに決めて、開くべし！　ということです」

「スーザン、あなたって、いい人ね！」

　こうして企画と計画が練られた。スーザンは、アンに従うことにしたからには、炉辺荘の名誉にかけて、メアリ・マリア・ブライスでさえ文句のつけようのないパーティにするべしと決意した。

「昼食会がいいと思うの、スーザン。そうすればお客さまは早くお帰りになるから、その後、私と先生はローブリッジの演芸会《コンサート》へ行けるもの。このことは内緒にして、おばさんをびっくりさせてあげましょう。直前まで言わないようにして。グレンから、おばさんがお好きな人を、全員お呼びしましょう……」

「あの女が好きな人なんて、いますかね、先生奥さんや？」

「では、おばさんが我慢できる人を。それから、おばさんのいとこのアデラ・ケアリーをローブリッジからお呼びして、町からも何人か。プラムたっぷりの大きなバースデー・ケーキ(10)に、ろうそくを五十五本立てましょう……」

「この私が作るんですよね、当然ながら……」

「スーザン、あなたはプリンス・エドワード島でいちばん見事なフルーツ・ケーキを作る人だって、わかっているでしょう……」

「先生奥さんにかかれば、私は言いなりだってことは、わかってますよ」

　謎めいた一週間が続いた。炉辺荘には秘密の気配が満ちていた。メアリ・マリアおばさんにもらさないよう、誰もが誓わされたのだ。だがアンとスーザンは、世間の噂を勘定《かんじょう》に入れていなかった。お祝いの前夜、メアリ・マリアおばさんがグレンの訪問先から帰ると、アンとスーザンはサンルームで明かりもつけず、くたびれた様子ですわっていた。

「まあ、真っ暗じゃないの、アンちゃん《アニー》？　暗いところにすわっていたいなんて。私なら気が滅入りますよ」

「暗くありませんわ……黄昏どきですもの……光と闇が恋と結婚をして、そこから生まれた子どもは、すこぶる美しいものですわ」アンは自分に語っているように言った。

「何を言ってるんだか、自分じゃわかってるんでしょうけどね、アンちゃん《アニー》。ところで、明日、パーティをするんですって？」

　アンは急に背筋を伸ばした。スーザンは伸ばしてすわっていたので、それ以上、まっすぐにできなかったが。

「ええ……その……おばさん……」

「あなたはいつだって、よその人から、色んな話を私に聞かせるんですね」メアリ・マリアおばさんは、怒っているというより、悲しげだった。

「私たち……驚かせるつもりだったんです、おばさん……」

「お天気があてにならない一年のこの時季《じき》に、パーティを開くなんて、気が知れませんよ、アンちゃん《アニー》」

アンは安堵の息をもらした。どうやらメアリ・マリアおばさんは、パーティがあることは知ったものの、自分に関わりがあるとは知らないのだ。

「私……春のお花が、咲き終わる前がいいと思ったんです、おばさん」

「じゃあ私は、ガーネット色のタフタ（11）を着ますよ。いいですか、アンちゃん《アニー》、もし村で話を聞かなかったら、明日、私は、木綿の服で、あなたの立派なお友だちにお目にかかるところでしたよ」

「まあ、そんなことはありませんわ、おばさん。もちろん、お着替えに間にあうように、お話しするつもりでしたのよ……」

「そうですか、もし、あなたが私の忠告をきいてくれるなら、アンちゃん《アニー》……そうとは思えないときもありますけど……これからは、秘密主義の度が過ぎないほうが、よろしいと思いますよ。ところで、メソジスト教会の窓に石を投げたのはジェムだと、村の人が言ってるのは、ご存じ？」

「あの子じゃありません」アンは静かに言った。「ぼくはしていない、と言いましたもの」

「たしかなの、アンちゃん《アニー》や、あの子が小さな嘘をついていないと？」

その「アンちゃん《アニー》や」は、穏やかに答えた。

「たしかですわ、メアリ・マリアおばさん。ジェムは生まれてから一度も虚偽《うそ》を話したことはありません」

「そうですか、でも人さまが何を噂してるか、耳に入れたほうがいいと思いましてね」

メアリ・マリアおばさんは、ザ・シュリンプ《おちびちゃん》をわざとらしくよけて、いつもの優雅なそぶりでしずしず出ていった。猫は、腹をくすぐってもらおうと、床に仰向けに寝ころがっていた。

スーザンとアンは、ふうと息をついた。

「そろそろ休むわね、スーザン。明日は、いいお天気になるといいけど。内海のあの黒い雲がどうも気になるわ」

「晴れますよ、先生奥さんや」スーザンが安心させた。「年暦《こよみ》(12)にそう書いてありますから」

スーザンは、一年の天気予報がのった年暦をもっており、そこそこ当たるので信用が置けるのだった。

「勝手口の鍵は、先生のために開けておいてね、スーザン。先生は町から帰るので遅くなるの。薔薇を買いに行ったのよ……黄色い薔薇を五十五本よ、スーザン……メアリ・マリアおばさんがお好きな花は、黄色い薔薇だけだって、おっしゃったのを聞いたから」

三十分後、スーザンが夜の日課の聖書を読んでいると、「隣人の家から足を引け。汝《なんじ》が飽きられ、疎《うと》まれることのないように」(13) という一節に目がとまった。スーザンはそこにサザンウッド (14) の小束をはさみ、しおりにした。「あの時代でさえ、そうなのに」と思ったのである。

アンとスーザンは二人とも早く起きた。メアリ・マリアおばさんが起きだしてくる前に、最後の支度を終わらせたかった。アンは早起きして、陽がのぼる前の神秘的な半時《はんとき》を眺めるひとときが、いつも好きだった。その間、世界は、妖精といにしえの神々のものになるのだ。まず教会の塔のむこうで、空が淡い薔薇色と金色に光り、それから朝日のかすかな透明な輝きが砂丘の上にさしてきて、やがて村の屋根から、すみれ色の煙が最初に渦《うず》をまいて立ちのぼってくるのだ。

「まるであつらえたようなお天気ですね、先生奥さんや」スーザンは、オレンジの砂糖掛け《アイシング》をしたケーキに、削ったココナッツをふんわりと飾り(15)ながら、満足そうに言った。「朝ごはんがすんだら、新考案のバターボールをこしらえてみますよ。それからカーター・フラッグがアイスクリームを忘れないように、三十分おきに電話をかけます(16)。ヴェランダの上がり段をみがく時間もありますよ」

「それは必要なの、スーザン？」

「先生奥さんは、マーシャル・エリオット夫人をお呼びになったんですよ、そうですよね？　あの人には、しみ一つないヴェランダしか見せるつもりはありません。先生奥さんは、飾りつけをなすってください。私は生け花の才能はありませんでね」

「ケーキが四つだ！　やった！」ジェムが言った。

「うちでパーティをするからには」スーザンが重々しく言った。「立派なパーティを開くんです」

来客は定時に訪れ、ガーネット色のタフタを着たメアリ・マリアおばさんと、ビスケット色のボイル(17)で装ったアンが迎えた。その日は夏のような暑さで、アンは白いモスリン(18)を着ようと思ったが、よしたのだ。

「まことに分別がありますよ、アンちゃん《アニー》」メアリ・マリアおばさんが論評した。「私が常々言うように、白は、若い人だけが着るものです」

すべては予定通りに進んだ。食卓には、こよなく美しいアンの食器が並び、白と紫のアイリスが異国的《エキゾティック》な美を添えて、優雅だった。スーザンのバターボールはセンセーションを巻き起こした。グレンでは誰も見たことがなかったのだ。スーザンのクリーム・スープは、スープのなかの最上の出来ばえだった。チキン・サラダは、炉辺荘の「鶏のなかの鶏」で料理された。カーター・フラッグにたびたび電話したアイスクリームは、時間きっかりに届けられた。最後にスーザンが、バースデー・ケーキに、火のついたろうそくを五十五本立てたものを、まるで大皿にのせた洗礼者ヨハネの首(19)のごとく捧《ささ》げもって進み、メアリ・マリアおばさんの前に置いた。

アンは、傍目《はため》には、笑みを浮かべた穏やかな女主人だったが、先ほどからずっと不安に苛《さいな》まれていた。見かけはすべて順調だったが、何かが恐ろしく間違ったほうへ行ってしまったという確信が深まるばかりだった。客人が到着したとき、アンは何かと忙しく、マーシャル・エリオット夫人が、今日の良き日が幾度《いくたび》も巡ってきますように(20)と心からの祝辞を述べたとき、メアリ・マリアおばさんの顔によぎった変化に気づかなかった。しかし、一同が食卓についたとき、メアリ・マリアおばさんが少しも嬉しそうではないことに、はっと気づいたのだ。実際、おばさんは青ざめていた——まさか、怒りからではないだろう——だが食事の間、おばさんは一言も語らず、話しかけられると、そっけない言葉を返すだけだった。スープは二匙《ふたさじ》、サラダは三口食べたきりで、アイスクリームにいたっては、そこにないかのようにふるまった。

ろうそくの揺らめくバースデー・ケーキを、スーザンがおばさんの正面に置くと、メアリ・マリアおばさんはすすり泣きをこらえようとしたがうまくいかず、ぐっとのみこみ、しまいに喉を絞めたような声でうめいた。

「おばさん、お加減がすぐれないのですか？」アンが叫んだ。

おばさんは氷のような目で、アンを見つめた。

「まことに結構ですよ、アン《アニー》ちゃん。すこぶる元気です、ええ、私のような大年寄りにしては」

このおめでたい瞬間、双子が元気いっぱいで入ってきた。二人の女の子は、五十五本の黄色い薔薇をいっぱいにさした籠《バスケット》をさげていた。不意に広がったこの凍りつく沈黙のなか、双子は、たどたどしい言い回しで、お祝いと幸運を祈る言葉を贈り、メアリ・マリアおばさんに薔薇をわたした。感嘆の声が、いっせいにテーブルからあがったが、メアリ・マリアおばさんは加わらなかった。

「では……おばさんの代わりに、双子が、ろうそくを吹いて消しますわ」アンは不安げに、ためらうように言った。「そのあと……おばさんは、バースデー・ケーキを切ってください」

「私は、そこまで老いぼれじゃありませんよ……今のところは、まだ……ろうそくくらい、自分で消せます、アン《アニー》ちゃん」

メアリ・マリアおばさんは、つらそうに、ゆっくり、ろうそくを吹き消した。同じように、つらそうに、ゆっくり、ケーキを切ると、ナイフを置いた。

「そろそろ、失礼させてもらいますよ、アンちゃん《アニー》。私のような大年寄りは、興奮した後は休息が必要でしてね」

メアリ・マリアおばさんのタフタのスカートが、衣擦《きぬず》れの音をたてた。おばさんが去っていく途中で、薔薇の籠《バスケット》は荒々しく落とされた。メアリ・マリアおばさんのハイヒールが音を響かせて階段をあがっていき、遠くでメアリ・マリアおばさんの部屋のドアがばたんと閉まった。

来客たちは口もきけないまま、かろうじて食欲をかき集め、切り分けたバースデー・ケーキを食べた。その気づまりな沈黙を、ただ一人、破ろうとしたのが、エイモス・マーティン夫人であり、ノヴァ・スコシアの医者が、ジフテリア菌を注射して患者に毒を投与した(21)話を、必死で語った。だが、ほかの客人は趣味がいいとは思わず、「場を盛りあげ」ようとする夫人のあっぱれな努力に協力することなく、失礼にならない程度に早々《そうそう》に退散した。

アンは慌てふためいて、メアリ・マリアおばさんの部屋に駈けあがった。

「おばさん、何か、いけなかったでしょうか……?」

「私の年を、世間さまに知らしめる必要がありましたか、アンちゃん《アニー》? しかも、アデラ・ケアリーをここに呼んで……私の年を知らせるなんて……あの人は知りたくて、何年も、うずうずしてたんですよ！」

「おばさん、私たちの……気持ちとしては……」

「あなたの目的は知りませんけどね、アン《アニー》ちゃん。でも、この裏に何かがあるってことは、よくわかってます……ええ、私は、あなたの心が読めますからね、アン《アニー》ちゃんや……でも、詮索《せんさく》しないことにします……あとは、あなたと、あなたの良心に、委《ゆだ》ねます」

「メアリ・マリアおばさん、私は、楽しいお誕生日会を開いてさしあげたかっただけなんです。本当に申し訳ありません……」

メアリ・マリアおばさんは目もとにハンカチーフをあて、雄々しくも微笑した。

「もちろん許してあげますとも、アン《アニー》ちゃん。だけど、私の気持ちを傷つけるようなことをわざとされたからには、もうここには居られないということは、ご承知なさい」

「おばさん、信じてくださらないのですか……」

メアリ・マリアおばさんは、細長く痩せた節《ふし》ばった手をあげ、さえぎった。

「議論はやめましょう、アン《アニー》ちゃん。私は安らぎがほしいのです……安らぎだけです。『傷つけられた心は、誰が耐えられようか』(22)というではありませんか？」

その夜、アンは、ギルバートと演芸会《コンサート》に出かけたが、楽しんだとは言えなかった。ギルバートはこの顚末《てんまつ》を、ミス・コーネリアが「男のやりそうなことですよ」と言いそうな態度で受けとめた。

「そういえば、おばさんは、いつも自分の年にちょっと神経質だったな。父さんがよくからかっていたよ。きみに注意しておくべきだった……でも、うっかりしてたんだ。おばさんが出ていくなら、引き止めてはいけないよ」……しかしさすがに「いい厄介払いだ！」と付け加えることは、身内だけに、慎《つつし》んだ。

「あの女が出て行くもんですか。そんなうまい話、ありませんよ、先生奥さんや」スーザンは信じようとしなかった。

　だがこのときばかりはスーザンも間違っていた。メアリ・マリアおばさんは、翌日、出ていき、別れ際に一人一人を許した。

「ギルバート、アンちゃん《アニー》を責めてはなりませんよ」おばさんは寛大なところを見せた。

「アンちゃん《アニー》がわざとした侮蔑は、すべて無罪放免にしてあげます。アンちゃん《アニー》が隠し事をしても、私は決して気にしませんでした……もっとも、私のような感じやすい心の者には……でも、色々なことがあっても、私は本当は、かわいそうなアンちゃん《アニー》のことが、ずっと好きだったのですよ」——弱みを告白する人のようなそぶりで言った。「だけど、スーザン・ベイカーは別の問題の性悪女です。ギルバート、あなたへの最後の言葉は……スーザン・ベイカーに身のほどをわきまえさせて、出しゃばらせないようになさい、ということです」

最初は、誰も、自分たちの幸運を信じられなかったが、そのうちメアリ・マリアおばさんが本当に行ってしまったことに気がついた――誰の機嫌もそこねることなく、また笑えるのだ――隙間風が入ると誰にもこぼされずに窓を全部開けることができるのだ――おまえさんの好物は胃がんになりがちですよと誰にも言われずに食事ができるのだ。

「お客さんが帰っていくのを、こんなに喜んで見送ったことは一度もないけれど」アンはいささか気が咎《とが》めた。「でも、また自分の好きなようにできるって、なんてすばらしいでしょう」

ザ・シュリンプ《おちびちゃん》は、丁寧に毛づくろいをした。なんだかんだ言っても、猫でいることにも楽しみはあるとばかりに、

「世界は、詩であふれているのね、母さん？」ウォルターが言った。庭では初めて芍薬《しゃくやく》が花開いた。

「まことにすばらしい六月になりますよ」スーザンが予言した。「年暦《こよみ》にそう書いてありますから。娘さんが、二、三人花嫁さんになって、葬式が二つはあるでしょう。また自由にほっと息がつけるなんて不思議な気がしませんか？　先生奥さんがパーティを開かれるのを全力で止めようとしたことを思うと、すべてを采配《さいはい》なさる神さまがいらっしゃるという思いを、新たにしますよ。それから先生奥さんや、今日は玉ねぎをステーキに添えたら(23)、先生が喜んでくださると思いませんか？」

第15章

「例の電話のことを説明しなくちゃと思って来たんですよ、アンや」ミス・コーネリアが言った。「あれは全部が全部、間違いだったんです……ほんとに悪かったですね……結局、いとこのサラは死んじゃいなかったんです」

アンは笑いをこらえて、ミス・コーネリアにヴェランダのいすを勧めた。スーザンは、姪のグラディスに編んでいるアイリッシュ・クロッシェ・レース(1)の衿から顔をあげ、「こんばんは、マーシャル・エリオット夫人(2)」と、やけに丁寧に礼儀正しく挨《あい》拶《さつ》した。

「今朝がた、病院から連絡があって、夜の間にいとこが亡くなったって言うんで、おたくに知らせなくちゃと思ったんですよ。サラはもとは先生の患者だったからね。ところがそれは別のサラ・チェイスで、いとこのサラは生きてて、これからも生きてけそうです。こんな話ができて、ありがたいことですよ。ここは涼しくて、気持ちがいいこと、アン。そよ風に当たるなら炉辺荘に限るって、あたしは常々言ってるんです」

「お星さまが光っている今日の夕暮れどきのすばらしさを、スーザンと楽しんでいたんですよ」アンは、ナンに縫っているスモック刺繍(3)のピンク色のモスリンをわきに置き、手を膝に組んだ。少し手を休める口実ができて悪くはなかった。アンもスーザンも、近ごろはのんびりする暇もなかった。

　月が昇ろうとしていた。その前ぶれは、月の出そのものより、はるかに美しかった。小道にそって咲いている鬼百合は「華々しく燃え」(4)、すいかずら《ハニーサックル》の香りが、夢見るような風の翼にのって漂ってきた。

「ほら、ポピーの花が、まるで庭の塀にうち寄せる波のように揺れているでしょう、ミス・コーネリア。スーザンも私も、今年はあのポピーがとても自慢なんですよ。でも私たちは何もしていないんです。ウォルターが、この春、あそこでポピーの種の包みを、うっかりこぼして、こうなったんです。うちでは毎年、何かしら、こんな嬉しい驚きがあるんですよ」

「あたしはポピーがとりわけ好きでね」ミス・コーネリアが言った。「長持ちはしないけど」

「一日しか持ちませんものね」アンも認めた。「でも、なんと皇后さまのように立派に、なんと華やかに、その一日を生きるのでしょう！　実用的で永遠にもつ、強くていやな百日草(5)でいるよりも、すてきじゃありませんか？　炉辺荘に百日草はないんです。あの花だけは友だちではないのです。スーザンは話しかけようともしませんわ」

「誰かが、『窪地』で殺されでもしてるんですか？」ミス・コーネリアがたずねた。実際、聞こえてくる声は、誰かが火あぶりの刑にあっていることをうかがわせたが、アンとスーザンは慣れたもので動じなかった。

「朝からパーシスとケネスが来ていて、子どもたちは『窪地』で宴会をしてからお開きにするんです。チェイス夫人のことでしたら、ギルバートは、今朝、町へ行きましたから、彼も本当のことがわかるでしょう。夫人が快方にむかわれて誰にとっても嬉しいですわ……他のお医者さまたちは、ギルバートの診断に賛成なさらなかったので、彼は少し気にしていたんです」

「サラは入院したとき、自分が死んだと確実にわかるまでは埋めないでくれと、念を押しましてね」ミス・コーネリアは扇《おうぎ》でばたばたと扇ぎつつ、この医師夫人はどうしていつもこんなに涼しげなのだろうと思った。「というのも、サラのご亭主は、生きたまま埋められたんじゃないか、あたしたち、ずっと気になってて……まるで生きてるみたいに見えたもんで。ところが手遅れになるまで、誰も気づかなくてね。サラのご亭主は、この春、もとのムーアサイドの農場を買ってローブリッジから引っ越してきたリチャード・チェイスの兄さんですよ。そのリチャードという男は、変人ですよ。なんでも、安らぎがほしくて田舎へ来たそうな……ローブリッジに居ると、後家さんたちから逃げ回るのに、ありったけの時間を費やす羽目になると」――「それに独身女《オールドメイド》から」とミス・

コーネリアは付け加えるところだったが、スーザンの気持ちを慮《おもんぱか》ってやめた。

「その方《かた》のお嬢さんのステラに会いましたわ……ステラは聖歌隊の練習に来たんです。私たち、たがいに大好きになったんです」

「ステラはそれは優しい娘《こ》ですよ……顔を赤らめることのできる残り少ない娘です。あたしはずっとあの子を可愛がってきましてね。あの子の母親と大親友だったもんで。かわいそうなリゼット！」

「若くして亡くなったんですか？」

「ええ、娘のステラはまだ八つでした。リチャードは男手ひとつで育てたんです。だけどあの男は、言うなれば、不信心者ですよ！ 女どもは生物学上においてのみ重要だ、なんて言って……それがどういう意味にしろ。あの男はいつも仰々《ぎょうぎょう》しい大言壮語《たいげんそうご》を吐くんです」

「でもステラを一人前に育てたことは、そんなに悪かったとは思いませんわ」アンは、ステラ・チェイスは、これまで会ったなかでいちばん魅力的な娘だと思っていた。

「ええ、娘のステラはどんなに甘やかしても駄目にはなりませんよ。それにリチャードも頭はいいってことは、否定しません。ところがあの父親は、若い男のこととなると、偏屈《へんくつ》でね……かわいそうに、ステラに一人の恋人も持たせないんだから！ あの娘《こ》と出かけようとする若い男に、一人残らず嫌味を浴びせて、気がおかしくなるくらい怖がらせるんです。おまけにリチャードは前代未聞の皮肉屋で、ステラは手も足も出ない……ステラの母親だって手に負えなかったんだから。母も娘も、あの男をどうすればいいか、わかっていなかった。あの男は人の逆へ逆へ出るのに、二人ともそれに気づかなかったんですよ」

「ステラは、お父さんによく尽くしていると思っていましたけれど」

「そうだよ。父親が大好きですよ。リチャードは、万事、自分の思い通りにいってるときは愛想《あいそ》がいいんです。だけどステラの結婚についちゃ、もっと常識を持つべきですよ。親はいつまでも生きてられないって知るべきですよ……ところがあの男の話を聞くと、どうやらそのつもりらしくて。いや、年をとってるわけじゃないんです……若いときに結婚したんでね。だけどあの一家は卒中の気《け》があるんでね。あの男が死んだら、ステラはどうなるんです？　しわしわの婆さんになるだけですよ、たぶん」

スーザンは、アイリッシュ・クロッシェの手のこんだ薔薇から顔をあげ、

「年寄りが、若い人の人生を、そんなふうに駄目にするなんて、感心しませんね」とはっきり言うと、また目を戻した。

「ステラが本気で人を好きになれば、父親が反対しても、たいした意味はないと思いますけど」

「それはあんたの思い違いですよ、アンや。ステラは、父親の気に入らない人とは一緒

になりませんから。それから、もう一人、人生を駄目にされそうになってる者がいてね。うちのマーシャルの甥っ子のオールデン・チャーチルです。母親のメアリは、できる限り息子を結婚させまいと心に決めてるんです。メアリは、リチャードの上をいく偏屈者で……もしメアリが風見鶏《かざみどり》なら、南風が吹くと北をむきますよ。財産は、オールデンが結婚するまでは、メアリのものなんです。ところが結婚すれば息子へ行く、そういうことですよ。だから息子が女の子とつきあうたんびに、どうにかしてやめさせようと目論《もくろ》んで」

「それは、全部が全部、母親のせいですかね、マーシャル・エリオット夫人？」スーザンが無愛想にたずねた。「オールデンは移り気だって思ってる者もおりますよ。浮気男って呼ばれるのも聞いたことがあります」

「オールデンは美男子だもんで、娘たちが追っかけ回すんですよ」ミス・コーネリアが言い返した。「オールデンが、女の子をちょっとその気にさせて別れたからといって、あたしは責めませんよ、娘たちにはいい勉強ですよ。だけどオールデンが本気で好きになった娘《こ》も一人か二人いたのに、そのたんびにメアリが邪魔したんです。メアリが自分でそう言いましたから……聖書にお伺いを立てたんですと……あの人は必ず『聖書にお伺いを立てる』んです……それで、出てきた節(6)は、いつも、オールデンは結婚するな、という警告だそうで。あたしはメアリにも、あの人の変なやり方にも、我慢なりませんよ。どうして教会に行って、フォー・ウィンズのあたしらみたいに、まともな人間になれないんでしょう？　できないなら『聖書にお伺いを立てる』教でも、自分で作りゃいいんです。去年の秋、メアリのご立派な馬が病気になったとき……四百ドルの価値だそうな……ローブリッジの獣医を呼びにいく代わりに、『聖書にお伺いを立てた』ところ、出てきた節が……『主は与え、主は召し給う。主の御名《みな》を褒めたたえよ』(7)だったんですと。それで獣医を呼ぼうとしなかったんで、馬は死んだんです。あの一節をこんなふうに使うなんて(8)、アンや。不信心者ですよ。はっきりそう言ってやりました。ところがメアリの返事は、感じの悪い顔つきだけ。メアリは電話も引こうともしない。それを人に言われると、『私が、壁の箱にむかって話すと思いますか？』と言うそうな」

ミス・コーネリアは黙った。息が切れたのだ。義理の姉の奇行には、いつも苛々《いらいら》させられるのだった。

「オールデンは、そのお母さんに、少しも似ていませんね」アンが言った。

「父親似でしてね……あんな立派な人はいませんでした……男にしては、という意味ですよ。そんな男がどうしてメアリと一緒になったのか、エリオット家じゃ理解に苦しみましたよ。もっともエリオット家は、娘をいい家《うち》へ嫁《とつ》がせたんで、ほくほく顔でしたけど……メアリはもとから変わり者で、豆の支柱みたいにひょろひょろした娘でしたよ。

お金はたくさん持ってたけど……メアリという名前の伯母が、全財産を遺したんでね……だけどジョージ・チャーチルは、それでメアリと結婚したんじゃない……心底、惚《ほ》れてたんです。オールデンが、母親の気まぐれをどうやって辛抱してるのか知らないけど、あれはよくできた息子ですよ」

「ミス・コーネリア、私が何を思いついたか、わかります？」アンは悪戯っぽい笑みを浮かべた。「オールデンとステラが相思相愛になったら、すてきじゃありませんか？」

「そんな見込みはありませんね。仮にそうなっても、どうにもなりませんよ。メアリは芝生をずたずたに引き裂くだろうし、リチャードは、今は自分も農夫のくせに、娘の相手がただの農夫じゃ、玄関先でさっさと追い返しますよ。それにステラは、オールデンの好みじゃない……彼は、血色のいい、笑い上戸の娘が好きだから。ステラのほうも、彼みたいなタイプは好みじゃない。聞くところじゃ、ロープリッジの新しい牧師が、ステラにさりげなく色目を使ってるそうな」

「あの牧師さんは貧血気味で、近眼じゃありませんか？」アンがたずねた。

「しかも出目ですよ」スーザンが言った。「あれで恋愛めいた顔なんぞされたら、目もあてられません」

「だけど少なくとも、長老派教会ですから」それが大きな埋め合わせになるかのように、ミス・コーネリアが言った。「そろそろ失礼しなくては。湿っぽいときに外出すると、神経痛が出るんでね」

「門までお送りしますわ」アンが言った。

「アンや、その服を着ると、いつも女王さまみたいに見えるね」ミス・コーネリアが感心した面持ちで、脈絡のないことを言った。

門のところで、アンは、オーエンとレスリーのフォード夫妻にゆき会い、二人を伴ってヴェランダに戻った。スーザンは、今しがた帰ってきた先生にレモネードを出そうと、立ち去っていた。そこへ眠くなって幸せいっぱいの子どもたちが「窪地」から賑やかに群がり帰ってきた。

ギルバートが子どもたちに声をかけた。「馬車で帰ってきたら、きみたち、ものすごい大騒ぎをしてたな。きっと村中に聞こえたよ」

パーシス・フォードは、蜂蜜色の豊かな巻き毛を後ろにふりあげ、ギルバートに舌を出した。パーシスは、「ギルおじさん」の大のお気に入りだった。

「ぼくたち、わめき声をあげるイスラム教の修行僧たち(9)の真似をしてたんだ。だから、わーわー言わなきゃいけなかったんだよ」ケネスが説明した。

「自分のブラウスがどうなったか、見てごらんなさい」レスリーが厳しく言った。

「ぼく、ダイの泥んこ饅頭のなかに転んじゃったんだ」ケネスは満足げな口ぶりだった。

グレンに行くときに母が着せる、しみ一つない糊のきいたシャツ・ブラウスがいやで仕方なかったのだ。

「母さん、愛しの母さん(10)」ジェムが言った。「屋根裏の古いダチョウの羽根をもらってもいい？　ズボンの後ろに縫いつけて、尻尾にするんだ。明日はサーカスごっこをして、ぼく、ダチョウになるんだよ。象さんも飼うんだ」

「象のえさ代は、年に六百ドルかかるんだぞ、知っているか？」ギルバートが真面目くさって言った。

「想像の象さんだもん、全然かからないよ」ジェムは辛抱強く説明した。

アンは笑った。「ありがたいことに、想像のなかでは、けちけちする必要はないのよ」

ウォルターは黙っていた。少しくたびれていた。また、上がり段で母さんの隣にすわり、黒髪の頭を母の肩によせているだけで、心から満ち足りていた。レスリー・フォードはその姿を見て思った。ウォルターは天才の顔をしている――別の星から来た人のような、はるかな、超然とした表情をしている。この地上は彼のすみかではないのだと。

楽しい一日の黄金色《ゴールデン》のひととき《ゴールデン》、誰もが心から幸せだった。教会の鐘の音が、内海のむこうからかすかに優しく響いてきた。月はその水面に模様を描いて輝き、砂丘は、かすむような銀色にちらちら光っていた。薄荷《ミント》のすがすがしい香りが大気に漂い、どこか見えないところに咲く薔薇がたまらなく甘い匂いをはなっていた。そしてアンは、六人の子があるにもかかわらず、今なお若々しい瞳で夢見るように芝生を眺め、月明かりを浴びたロンバルディ・ポプラの若木ほど、ほっそりして妖精《エルフ》めいたものは、この世にないと思っていた。

やがてアンは、ステラ・チェイスとオールデン・チャーチルのことを考え出し、しまいに、ギルバートは、何を考えているのか、彼女にたずねた。

「縁結びをしてみようと真剣に考えているの」アンは答えた。

ギルバートは、ほかの人たちに、げんなりした顔つきをして見せた。

「またいつか始まるんじゃないか心配してましたよ。ぼくは最善を尽くしたんですが、生まれつきの仲人《なこうど》を改心させるのは無理ですね。彼女は情熱を傾けていますから。まとめたご夫婦の数は信じられないくらいです。もしぼくがそんな責任を背負《しょ》いこんだら、良心がとがめて、夜も眠れませんよ」

「でも、みなさん、お幸せよ」アンは言い返した。「私はその道の名人ですもの。仲をとりもったご夫婦や……私がとりもったと思われているご夫婦は……セオドラ・ディクスとルドヴィック・スピード(11)に……スティーヴン・クラークとプリシー・ガードナー(12)……ジャネット・スィートとジョン・ダグラス(13)……カーター博士とエズミ・テイラー(14)……ノーラとジム(15)……それから、ダヴィとジャーヴィス(16)……」

「ああ、わかったよ。オーエン、ぼくの家内は、期待する心をなくしたことがないんだ。

彼女にかかれば、薊《あざみ》にも、無花果《いちじく》の実がなるかもしれない(17)。アンはもっと大人になって分別がつくまで、人を結婚させようとするだろうよ」

「アンは、もう一つの縁結びにも、かかわったと思いますよ」オーエンは、自分の妻に笑みかけた。

「それは私じゃないわ」アンは即座に言った。「ギルバートよ。私はむしろジョージ・ムーアに手術を受けさせまいと、全力でギルバートを説得したんですもの、夜も眠れないと言えば……私は、ギルバートをうまく説き伏せた夢を見て、冷や汗をかいて目がさめることがあるわ」

「とにかく、縁結びをするのは幸せな女だけだそうだ。ぼくにとっては、いいことなんだな」ギルバートは満足そうに言った。「それで、今度は、だれが新しい犠牲者かい、アン？」

アンは、片笑みを浮かべただけだった。縁をとりもつには、繊細さと慎重さを要するのであり、夫といえども話せないことがあるのだ。

第16章

アンは、その夜も、そのあとの幾夜《いくや》も、オールデンとステラのことを考えて何時間も起きていた。ステラは結婚や――家庭や――赤ん坊への憧れを抱《いだ》いているように思われた。ステラはいつかの夜、リラの入浴をさせてほしいと頼んだのだ――「リラちゃんの丸々として、えくぼのある小さな体をお風呂に入れてあげるのが、とても楽しいんですもの」――そして恥ずかしそうに、「ブライス夫人、赤ちゃんが、小さくてすべすべした可愛い腕を、こっちに伸ばしてくれるのは、なんて嬉しいんでしょう。赤ちゃんて、ほんとうにすてきじゃありませんか？」と言ったのだ。こうした心秘やかな願いが花開いていくのを、気難しい父親が邪魔だてをするなら残念ではないか。

これは理想的な結婚になるだろう。だが関わりある人たちが、揃いも揃って、少しばかり頑固で偏屈なのだ。どうすれば実現するだろう？　なぜなら頑固も、偏屈も、親だけではないのだ。オールデンとステラにもその傾向があるのではないかと、アンは危ぶんだ。今回はこれまでのどの場合とも異なる技術が求められる。そのとき、アンは絶妙のタイミングで、ダヴィの父親（1）を思い出した。

アンはあごをあげて取りかかった。これでオールデンとステラは結婚したも同然だと思った。

まごまごしている暇《ひま》はない。オールデンは、内海岬《ザ・ハーバー・ヘッド》に暮らし、内海むこうの英国国教会に通っている。ということは、ステラ・チェイスには、まだ会ったこともないはずだ——見かけたことすらないだろう。彼はここ何か月か、どの娘も追いかけていないが、いつ何時《なんどき》始めるかもしれない。上《かみ》グレンのジャネット・スウィフト夫人のところに、きれいな姪が泊まりに来ている。オールデンはいつも新しい娘を追いかけるのだ。まず最初にするべきは、オールデンとステラを引き会わせることだ。どうすればいいのだろう？　表面的には、いかにもさりげない出会い方でなければならない。アンは知恵を絞ったが、パーティを開いて二人を招くという、最初に思いついた以上の名案は浮かばなかった。だがこのアイディアは気が乗らなかった。パーティをするには暑いのだ——それにフォー・ウィンズの若者は、かなり騒々しい。またスーザンは、炉辺荘の屋根裏から地下室まで大掃除をしない限り、パーティに同意しないこともわかっていた——しかもスーザンは、この夏、暑気あたりに見舞われていた。だが立派な目的には犠牲はつきものだ。すると文学士のジェン・プリングル（2）から便りがあり、前々からの約束を果たして炉辺荘に泊まりに来るという。これはパーティを開く恰好《かっこう》の口実になる。運が、アンの味方をしているようだった。そしてジェンがやって来て——招待状が発送され

――スーザンは炉辺荘を徹底的に片付け――熱波の暑さのなか、スーザンとアンは宴《うたげ》の食事をすべて料理した（3）。

パーティの前の晩、アンは疲れ切っていた。暑さがこたえていた――ジェムは具合が悪く、寝ていた。盲腸炎ではないかとアンは秘かに案じたが、ギルバートは、青林檎を食べただけだと一笑に付《ふ》した――ザ・シュリンプは、火傷《やけど》であやうく死にかけた。ジェン・プリングルがスーザンを手伝おうとして、料理用ストーブの鍋にぶつかった弾みで、熱湯がかかったのだ。アンは体中の骨が痛み、頭が痛み、足が痛み、目がずきずきした。ジェンは、すぐ床につくようにアンに言うと、子どもたちをつれて灯台を見に出かけた。しかしアンはベッドには入らず、ヴェランダに腰かけ、昼下がりにふった雷雨の後の湿っぽさのなか、オールデン・チャーチルと話していた。彼は、母親の気管支炎の薬をとりに来たが、家には入ろうとしなかった。アンは、これぞ天が与えた絶好の機会だと思った。ちょうど彼と話したいと思っていたのだ。オールデンは同じ用事でたびたび訪れており、二人はよき友だった。

オールデンは上がり段に腰かけ、帽子をかぶっていない頭をヴェランダの柱にもたせかけていた。アンはいつも思うのだが、彼はたいへんな美男子だった――背が高く、肩幅は広く、日に焼けていない大理石のような白い顔に、鮮やかな青い瞳、インクのように黒々とした髪は硬く、ふさふさと立っている。笑っているような晴れ晴れとした声、あらゆる世代の女性が好感をもつ親切で、うやうやしい態度もそなわっていた。彼はクィーン学院に三年間学び、レッドモンドへ進むつもりだったが、母親が聖書伺いを理由に行かせなかった。しかしオールデンは農場経営に落ち着き、すっかり満足していた。農場暮らしが好きだと、アンに語ったことがあった。自由で、屋外でできる、独立した仕事ですよと。オールデンは、母親の金儲けの才覚と、父親の人を魅了する長所をうけついでいた。娘たちが競い合うような結婚相手だと見なされるのも当然だった。

「オールデン、お願いがあるの」アンは愛想よく言った。「きいて頂けるかしら？」

「いいですとも、ブライス夫人」心から応じた。「どうぞおっしゃってください。奥さんのためならどんなことでもしますよ」

オールデンは、ブライス夫人に好感をもっており、彼女のためなら、たいていのことはするつもりだった。

「あなたには退屈かもしれないけれど……」アンは不安げな様子をしてみせた。「でも、こういうことなのよ……明日の晩、うちでパーティを開くので、ステラ・チェイスが楽しく過ごせるように見てあげてほしいの。彼女が楽しめないかもしれないと心配で。ステラは、この辺《へん》の若い人たちをまだあまり知らないし……ほとんどが彼女よりも年下ですもの……少なくとも男性たちは。だからステラをダンスに誘ってあげて、独りぼっちで仲間外れにならないように見てもらいたいの。彼女は知らない人にはとても臆病なのよ。ステラに楽しんでもらいたいの」

「ええ、一生懸命やりますよ」オールデンは快《こころよ》く言った。

「ただし、ステラに恋心を抱いてはだめよ、いいこと」アンは注意するような笑顔をみせて、釘を刺した。

「お手柔らかにお願いしますよ、ブライス夫人。でも、なぜですか？」

「実はね」アンは秘密を打ち明けるように言った。「ローブリッジのパクストン牧師が、ステラにたいそうご執心なの」

「あのうぬぼれ屋の、伊達男《だておとこ》の若造が？」オールデンは予想外の激しさで憤《いきどお》った。

アンは穏やかにたしなめる顔つきをしてみせた。

「まあ、オールデンったら。あの牧師さんは好感の持てる青年だそうよ。ステラのお父さまのお眼鏡にかなうのは、ああいう方《かた》だけでしょうね」

「そうですか？」オールデンはまたいつもの無関心にもどった。

「そうよ……でも、パクストン牧師さんでさえ、どうなるかわからないわ。チェイスさんは、どんな人でも娘のステラには不足だとお考えなの。ふつうの農夫では望みがないかもしれないわ。だから、あなたが手に入らない娘さんを好きになって、苦しんでほしくないの。私はただ、友だちとして忠告したまでよ。きっとあなたのお母さまも同じお考えよ」

「それは、どうも……ところで、その人は、どんな娘さんです？　きれいですか？」

「そうね、美人とは言えないわね。私はステラが大好きよ……でも、ちょっと青白くて、引っ込み思案なの。特に丈夫でもないわ……一方のパクストン牧師はご自分の財産がありですって。理想的な縁談だと思うから、誰にも邪魔されたくないの」

「それならどうして、パクストン牧師を宴会に呼んで、ステラが楽しめるようにしてくれと、あいつに言わないんです？」オールデンは痛烈に問いつめた。

「牧師さんというものは、ダンスにいらっしゃらないもの、オールデン。さあ、機嫌を直して……ステラが楽しく過ごせるようにしてくださいね」

「ええ、彼女が底抜けに楽しめるようにしますよ。おやすみなさい、ブライス夫人」

オールデンはぶっきら棒に言うと、帰ってしまった。アンは一人になると、笑い声をあげた。

「さてと、人間の性分《しょうぶん》というものを、多少なりともわかっていれば、あの青年は、自分がステラを望めば、ほかにどんな男がいようと手に入れることができると世間に見せつけるでしょうよ。私が牧師さんの話をしたら、すぐに食いついてきたもの。だけど私は頭が痛くて、家に入ってつらい夜をすごすことになりそうね」

そのつらい夜は、スーザンが言うところの「首の筋違《すじちが》い」でさらにつらくなり、翌朝のアンは灰色のフランネルのような華々しい（4）気分だった。だが夕方になると、アンは、溌剌《はつらつ》として堂々たる女主人役をつとめた。パーティは成功だった。誰もが楽しんだようだった。ステラも見るからに楽しんでいた。オールデンは役目を引き受けてくれたが、礼儀作法から言うと、熱心すぎるくらいだった。というのも彼は、夕食がすむと、さっさとステラを連れてヴェランダの薄暗い隅《すみ》へいき、一時間も引き留めたのだ。初対面にしては少々やり過ぎである。だがあくる朝、アンは思い返してみて、全体としては満足した。実のところは、食堂の絨毯はアイスクリームを二皿こぼされ、大皿のケーキも押しつぶされてだめになり、ギルバートの祖母のブリストル・ガラス（5）の燭台《しょくだい》は木っ端《こば》みじんに割れた。客用寝室では、誰かが雨水の水さしをひっくり返して書斎の天井ににじみ出て色が変わり、無惨なことになった。ソファの房飾《タツセル》りは半分引きちぎれ、スーザンご自慢の見事なボストン玉羊歯《たましだ》（6）は、誰か大柄な肥った人が腰をおろしたのは明らかだった。だが、貸方の帳簿の署名《サイン》に間違いがないなら、オールデンがステラに恋をしたのは事実だ（7）。この収支は利益が出たと、アンは考えた。

つづく数週間、地元に広まった噂話で、この見方は確かなものになった。オールデンが釣り針にかかったことが、次第に明らかになったのだ。だがステラのほうはどうだろう？　ステラは、男がさしのべた手に、ころっと落ちるような娘には思えない。彼女にも父親の「偏屈」の気《け》があり、それが彼女の魅力的な独立心となって表れていた。

またも運が、悩める縁結び役の味方をしてくれた。ある夕方、ステラが、炉辺荘のデルフィニウム（8）を見に来たのだ。それからアンとヴェランダに腰かけて話をした。ステラ・チェイスは青白い痩せた娘で、内気だったが、きわめて優しかった。白っぽい金髪は柔らかな雲のようで、瞳は樹木の茶色だった。心を惑わすのは、その睫毛だとアンは思った。ステラは可愛いというわけではなかった。しかし睫毛は信じられないほど長く、睫毛を上げたり下げたりすると、男心を揺さぶるものがあった。物腰に気品があり、二十四歳という年の割には老けて見えた。鼻すじは、ゆくゆくは確実に鷲鼻《わしばな》になりそうだった。

「私、あなたのことで、色々と話を聞いているの、ステラ」アンは彼女にむけて、人差し指をふった（9）。「それで……私は……どうも……そのお話に……感心……しない……のよ……。オールデン・チャーチルは、あなたにふさわしい恋人かどうか疑問なの。こんなことを言って許してくださるかしら？」

ステラは、はっと驚いた顔をむけた。

「まあ……オールデンを、気に入っていらっしゃると思っていましたのに、ブライス夫人」

「好感はもっているわ。でも……ほら……オールデンはかなり移り気だという話ですもの。聞くところでは、どんな娘さんも長くつきあえないそうよ。大勢がつきあってみても……できなかったそうよ。オールデンの気が変わって、あなたがそんなふうに一人になるのを見たくないの」

「オールデンを誤解なさっていると思いますわ、ブライス夫人」ステラはゆっくりと言葉を運んだ。

「それならいいけれど、ステラ。もしあなたが違うタイプで……元気いっぱいの陽気なタイプだったら……アイリーン・スウィフト(10)みたいに……」

「あら、もう……おいとましなくては」ステラは言葉を濁した。「父が一人で寂しがりますので」

　彼女が帰っていくと、アンはまた笑った。

「ステラは、きっと心に誓いながら帰ったでしょうよ。自分がオールデンをつかまえて、アイリーン・スウィフトにはちょっかいを出させないって、お節介な友人たちに見せつけてやるって。ステラがつんと頭を上げたそぶりや、ぱっと赤くなった顔から、わかったわ。さてと、若い二人はこれで大丈夫ね。あとは親御《おやご》さんたちが心配よ、手強い相手じゃないかしら」

第17章

アンの幸運は続いた。女性海外伝道後援会が、アンに、ジョージ・チャーチル夫人を訪ねて今年の寄付を集めてほしいと頼んだのだ。チャーチル夫人は滅多に教会に通わず、伝道会の会員でもなかったが、「海外伝道は大事だと思います」と言って、誰が行っても、いつも気前のいい金額を納めてくれた。しかし寄付集めというものは、さほど楽しいものではない。会員は順番でこの役目を引きうけ、今年はアンの番だった。

ある夕方、アンは歩いて出かけた。ひな菊の咲く小道をゆき、気持ちのいい涼しくて美しい丘の頂きをこえ、やがてチャーチル家の農場へつづく街道へ出た。グレンから農場までは一マイルだった。街道には、小さな急な斜面に灰色のじぐざぐの柵（1）が続いて退屈だった――しかし家々の灯りが輝き――小川が流れ――海辺へ傾いていく畑から干し草のいい匂いが漂い――庭がいくつもあった。アンは庭に通りかかるたびに足をとめて眺めた。庭造りによせるアンの関心は四季折々にあった。本の題に「庭」という字があればアンは買わずにいられないと、ギルバートは常々言うのだった。

小舟が内海にのんびり浮かんでいた。遠くには船が凪《な》ぎの風に泊《と》まっていた。外洋へむかう船を見るたびに、アンの胸の鼓動は少し速まるのだった。いつだったか、フランクリン・ドリュー船長が波止場から自分の船に乗りこみ「やれ、陸《おか》に残していくやつらの哀れなことよ！」と言った。それを聞いたアンは、船長の気持ちを深く理解した。

チャーチル家の広い屋敷は内海と砂丘を見下ろして建ち、腰折れ屋根（2）の平らな天辺のまわりに、厳めしい鉄の透かし細工がめぐらされていた。チャーチル夫人は愛嬌たっぷりとは言わないまでも礼儀正しくアンに挨拶し、陰気で豪華な客間へ通した。濃い茶色の壁紙に、チャーチル家とエリオット家の亡き人々のクレヨン肖像画（3）が数え切れないほどかかっていた。チャーチル夫人は緑色のプラシ天のソファに腰をおろし、細長く肉のうすい両手をにぎりあわせ、訪問者をじっと見すえた。

メアリ・チャーチルは長身で痩せぎす、顔つきは険しかった。あごがつき出て、オールデンと同じ青色の瞳は深くくぼみ、大きな唇が固く結ばれていた。無駄口をたたかず、噂話もついぞしなかった。そのためアンは、自分が望むほうへ話をさりげなくもっていくのは難しいと感じたが、チャーチル夫人が好感をもっていない内海むこうの新任牧師の話題から、どうにか切り出した。

「あの牧師は、宗教的な人ではありませんね」チャーチル夫人は冷ややかに言った。

「お説教は非凡だと聞いたことがありますわ」アンは応《こた》えた。

「一度、拝聴いたしましたけど、もう聞きたいとは思いませんね。わたくしは心の糧《かて》を求めておりましたのに、講義を与えられたのです。あの牧師は、天の王国は、頭脳《あたま》で得られると信じているのです。そんなことはできませんのに」

「牧師さんと言えば……今、ローブリッジに、とても聡明な牧師さんがいらっしゃるんですよ。私の若い友人のステラ・チェイスにご興味がおありで、噂によると、お似合いの二人だそうです」

「結婚する、という意味ですか?」チャーチル夫人は言った。

アンは冷たく遇《あしら》われた気がしたが、自分に無関係なことに首を突っ込んでいるのだから、これくらいは我慢しなければならないと思い直した。

「ふさわしい縁組みだと思いますわ、チャーチル夫人。ステラは、牧師の妻にぴったりですもの。だから邪魔してはいけませんよと、オールデンに言っているところなんです」

「なぜですの?」チャーチル夫人は、瞬きもせず、たずねた。

「それは……よく……ご存じでいらっしゃいましょう……あいにくですが、オールデンには見込みがないと思うのです。チェイス氏は、どんな男の人でも娘のステラには不足だとお考えですから。オールデンの友だちはみんな、彼が古い手袋みたいに捨てられるのを見たくないのです。そんな目に遭《あ》うには、オールデンは、あまりにいい息子さんですもの」

「うちの息子は、娘さんから捨てられたことなぞ、一度もございません」チャーチル夫人は、唇を固くひき結んだ。「いつもその反対でございます。娘さんたちは髪をくるくる巻いたり、くすくす笑いをしたり、もじもじしたり、上品ぶった態度をされますが、息子は正体を見破るのでございます。あの子は、自分が決めたどんな娘さんとも、結婚できますとも、プライス夫人……どんな娘さんとも」

「そうですか？」とアンの口は言った。だがその言い方は、「もちろん私は礼儀をわきまえておりますから、奥さまのおっしゃることを否定はいたしません。でも奥さまでも、私の考えを変えることはできませんわ」と語っていた。それをメアリ・チャーチルは理解した。夫人が伝道会の寄付をとりに部屋を出ていくとき、その青白いしなびた顔は、いささか火照《ほて》っていた。

チャーチル夫人が玄関先まで見送りに出ると、アンは言った。「ここからの眺めは、最高ですね」

チャーチル夫人は、賛成しかねるという目を、セント・ローレンス湾にむけた。

「プライス夫人も、ここに吹く冬のさすような東風を経験なすったら、眺めがいいだなんて思われませんよ。今夜はかなり涼しいですこと。そんな薄手の服では、お風邪を召しますよ。たしかにきれいな服ではありますけれど。あなたはまだお若いから安物の飾りものや派手なものがお好きなんですね。わたくしは、もうそんなつかの間のものには興味がわかなくなりました」
アンは、夫人との面談にかなりの満足をおぼえながら、ほの暗い緑色の薄暮《はくぼ》のなかを帰っていった。

「もちろんチャーチル夫人をあてにすることはできないけれど」アンは、森を切り開いた小さな畑で会合を開いている星椋鳥《ほしむくどり》(4)の群れに語りかけた。「でも、少しはやきもきなすったと思うわ。夫人は、自分の息子がふられることがあると世間に思われたくなかったのよ、わかったもの。さあ、これでチェイス氏をのぞいた関係者全員に、やれることはやったわ。でも、チェイス氏には会ったこともないのに、どうすればいいのかしら。チェイス氏は、オールデンと娘のステラが惹かれあっていることを、少しはご存じかしら。ありそうもないわね。ステラには、オールデンを家に連れていく勇気はないもの、もちろん。さて、チェイス氏には、どうするべきかしら?」

気味が悪いことに——事態はまたしてもアンを助けてくれた。ある夕方、ミス・コーネリアが来て、チェイスの家へ同行してくれと頼んだのだ。

「リチャード・チェイスのとこへ行って、教会の新しい台所用ストーブに寄付をしてほしいって頼むんでね。一緒に来てくれませんか、アンや、心の支えになってくれるだけでいいんです。あの男相手に、一人でやりあうのは嫌なもんで」

チェイス氏は、玄関の上がり段にいた。長い鼻の男が長い脚で立っている姿は、瞑想《めいそう》にふける鶴のようだった。はげ頭の天辺に、薄くなった輝く毛筋をなでつけ、灰色の小さな目は、二人を見てきらめいた。はて、ミス・コーネリアと一緒にやって来るのは、医者の女房だろうか、まことにいい体つき《スタイル》だ。いとこの妻のコーネリア（5）は、少々いかつい体《がたい》で、あらかたイナゴ並みの知性の持ち主だが、あれも毛並みにそって撫でてやれば、ちっとも悪い婆《ばば》猫《あ》じゃない。

チェイス氏は、二人をこぢんまりした書斎に丁重に招《しよう》じ入れた。ミス・コーネリアは小さなうめき声をあげて椅子にすわった。

「まあ今夜は暑いこと。夕立がくるんじゃないかね。おやまあ、リチャード、この猫ったら、ますます大きくなって！」

リチャード・チェイスには、尋常ならざる大きさの黄色い猫の形をした親友がおり、今しも、氏の膝に上がってきたのだ。チェイス氏は優しく撫でてやった。

「トーマス・ザ・ライマー《うたよみ》（6）は、われこそが猫であると世界へ宣言している（7）んでな」彼は言った。「そうだな、トーマス？　おまえのコーネリアおばさんを見てみろ、ザ・ライマー《うたよみ》や。底意地の悪い目で、おまえを見てるぞ。目ん玉というものは、優しさと愛情を表すために作られたというのに」

「あたしのことを、その獣《けもの》のおばさんだなんて！」エリオット夫人は厳しく言い返した。「冗談だとしても、行き過ぎです」

「あんたはネディ・チャーチルのおばでいるよりは、ザ・ライマー《うたよみ》のおばのほうがましだろうが？」リチャード・チェイスは陰気に言った。「何しろネディときたら、大酒呑みの大飯喰らい、そうだろう？　あんたは、あいつの悪事を並べた一覧リストをこしらえたそうだな。うちのトーマスみたいに酒とかわい子ちゃん(8)で何の罪もおかしていない見上げた猫のおばさんのほうが、あんたもありがたいだろう？」

「ネッドは人間ですよ、かわいそうに」ミス・コーネリアは言い返した。「あたしは猫は嫌いでしてね。強《し》いて言えば、それがオールデン・チャーチルの唯一の欠点ですよ。異常な猫好き。いったい誰に似たんでしょう……父親も母親も猫が大嫌いなのに」

「そいつは分別のある男に違いない！」

「分別ですって！　ええ、オールデンは立派に分別がありますよ……猫と進化論(9)にのぼせてることを別にすれば……これも母親譲りじゃありませんよ」

「いいかな、エリオット夫人」リチャード・チェイスは真顔になった。「実はおれも、進化論にはひそかに傾倒してるんだ」

「前もそう言ってましたね。結構ですとも、自分の信じたいことを信じてなさい、ディック・チェイス(10)……男のやりそうなことですよ。でも、あたしの祖先が猿だなんて、このあたしに信じこませた者は、ありがたいことに、いませんから」

「あんたは猿には見えないな、実のところ、麗しいご婦人だ。あんたの血色がよくて、感じのいい、とりわけ慈悲深い人相に、類人猿と似たとこはない。だがな、百万世代前のひい婆さんは、枝から枝へ、尻尾でぶらさがって行ったり来たりしてたんだ、それは科学が証明している、コーネリア……信じるか、信じないか、それはあんたの勝手だが」

「そんなら信じません。このことはもちろん、ほかのことも、あんたと議論するつもりはありません。あたしには自分の信仰があって(11)、そこに猿の祖先はいないんです。ところでリチャード、この夏、ステラは元気がないようですね、元気なところを見たいのに」

「あの子は、毎年、夏ばてするんでな。涼しくなれば良くなるさ」

「ならいいけど。リゼットは夏が終わると元気になったのに、でも、最後の夏は、リチャード……それを忘れないように。ステラは母親の体質ですよ。あの子が結婚しそうもなくて、かえってよかったですよ」

「なぜ、しそうもないと？　好奇心から聞くまでだ、コーネリア……単なる好奇心から。女の考え方というものは、まこと興味深い。どんな前提、あるいは情報から、ステラが結婚しそうもないという結論に、あんた流の愉快で、即座に決めつけるやりかたで至《いた》ったんだ？」

「なぜって、リチャード、はっきり言うと、ステラは男にもてる娘《こ》じゃないからですよ。

いい子で、優しい娘ですよ。だけど男を夢中にさせることはない」

「あの子には崇拝者がそれなりにいるんだ。おれは散弾銃とブルドッグを買って維持するのに大枚《たいまい》をはたいたが」

「その崇拝者たちは、あんたの大枚の財布に惚れたんですよ、きっと。そんな連中だから、簡単にやる気をなくしたでしょ？　あんたの嫌味の一斉攻撃を一度うけたら、逃げ出したはず。本気でステラがほしいなら、あんたの想像のなかだけのブルドッグはもちろんのこと、嫌味なんかにへこたれるもんですか。いいですか、リチャード、ステラは理想的な恋人を手に入れる娘じゃないって、認めたほうがいいですよ。リゼットもそうだった。あんたが現れるまで、恋人はいなかった」

「だが、おれは待つ価値のある男だったんじゃないかな？　リゼットは頭のいい娘だったということだ。そんなおれが、自分の娘を、そんじょそこらの男にやるはずがないくらい、わかるだろ？　おれの星⑿は、おまえさんが馬鹿にしようと、王様の宮殿で輝くにふさわしいんだ」

「カナダに王様はいませんよ」ミス・コーネリアは言い返した。「あたしは、ステラが可愛い娘《こ》じゃないって言うんじゃないんです。ただ、男どもにあの娘《こ》の良さはわからないだろうと言ってるんです。むしろあの娘《こ》の体質を考えると、そのほうがいいと思いますよ。おたくも助かるでしょ。あの娘《こ》なしじゃ暮らしてけないんだから……赤ん坊《ぼ》みたいに何もできないくせに。さあ、教会の料理用ストーブに寄付するって約束してくださったら、おいとまします。あそこにある本を手に取りたくて、死にそうなのはわかってますから」

「なんとあっぱれな、物わかりのいい女だろう！　義理のいとこ(13)にしちゃ、宝のような存在だ！……たしかにおれは死にそうでね。だが、あんた以外は誰も、それを察する洞察力がないか、洞察力があっても助けてくれる気立てのよさもない。それで、いくらふんだくるつもりだ？」

「五ドル出せますね」

「おれはご婦人《レディ》と議論はしないことにしているんでね。じゃ、五ドルで。おや、もうお帰り？　一刻も無駄にしないとは、女にしては珍しい！　ひとたび目的を達すれば、さっさと消えて、心安らかに放っておいてくれる。きょうび、こんな類《ねこ》いの女は生まれてこないんでね。おやすみ、すばらしい親戚どの(14)」

訪問の間、アンは一言も発しなかった。エリオット夫人が、アンの目的をかくも的確に、無意識のうちに果たしてくれたのだ。なぜ話す必要があろう？　だが、リチャード・チェイスは、二人を送り出してお辞儀をするとき、急に体をかがめ、アンに秘密でも打ち明けるように言った。

「なんときれいな足首をしておいでで、ブライス夫人。おれも若いころは、ちょっとしたものでしてな」

「無礼じゃありませんか？」ミス・コーネリアが小径を歩きながら、鼻息も荒く言った。「あの男は、いつもあんなけしからぬことを女性に言うんです。気にするんじゃありませんよ、アンや」

アンは気にしなかった。むしろリチャード・チェイスに好意をもった。「チェイス氏は、娘が男性にもてないということが、お気に召さなかったようね」アンは考えをめぐらせた。「その男の人たちも、祖先は猿だったのに。あの人も『世間に目に物見せて』やりたいのよ。さあ、私のできることは全部したわ。オールデンとステラがたがいに興味をもつようにしむけたし、ミス・コーネリアと二人で、チェイス氏とチャーチル夫人を縁組みに反対どころか、乗り気にさせたもの。あとはじっとかまえて、なりゆきを見守りましょう」

一か月後、ステラ・チェイスが炉辺荘にあらわれ、またヴェランダの上がり段にアンとすわった――そうして腰かけながら、ステラは、いつか私もブライス夫人のような顔つきになりたい――あの成熟した表情に――充実して、思いやり深く生きてきた女性の表情になりたいと思っていた。

九月初旬の涼しく、黄みがかった灰色の曇り空のあとに、涼しく煙《けぶ》るような夕べが訪れていた。あたりには海の柔らかなうめきが糸のように織りこまれていた。

「今夜の海は、悲しそうだね」ウォルターなら、この音色を聞いて、そう言っただろう。ステラは何か考え事をしているらしく、言葉少なだった。やがて紫色の夜空に織りこまれたような星々の魔法を見あげながら、突然、切り出した。「ブライス夫人、お話があるんです」

「いいわよ、ステラ」

「私、オールデン・チャーチルと婚約しているんです」ステラは一生懸命になって言った。「私たち、去年のクリスマスに結婚の約束をしたんです。私の父とチャーチル夫人にはすぐ話しましたが、ほかの人には内緒にしたんです。こんな秘密を抱《かか》えているなんて、すてきですもの。人と分かちあいたくなかったんです。でも来月、結婚することになったんです」

アンは石像になった女の物真似をしている気がした。ステラはまだ星を見あげ、ブライス夫人の表情に気づかなかった。ステラは少し気が楽になって、先を続けた。

「オールデンとは、去年の十一月、ローブリッジのパーティで知り合ったんです……一目見た瞬間から、おたがいに大好きになりました。あの人は、私のような女性をずっと夢見ていて……私のような女性をずっと探していたそうです。私がドアから入ってくるのを見て、『ぼくの妻がいる』と独りごとを言ったんですって。私も……同じように感じたんです。ああ、私たち、とても幸せなんです、ブライス夫人！」

アンは何度も話そうとしたが、言葉が出てこなかった。

「私たちの幸せを曇らせるただ一つの雲が、奥さまのお心持ちなんです、ブライス夫人。なんとか賛成して頂けませんか？　私がグレン・セント・メアリに来てからずっと、奥さまは大切なお友だちでいてくださいました……お姉さんのような気がしているんです。だから私の結婚が、奥さまのお考えにそぐわないと思うと、つらいんです」

ステラは涙声だった。アンはやっと口がきけるようになった。

「可愛いステラ、私は、あなたの幸せをいちばんに願っているのよ。私もオールデンのことが好きですよ……すばらしい人ですもの……ただ、移り気だという噂が前はあったので……」

「今はそうじゃありませんわ……以前の彼は、自分にあう人を探していただけなんです。わかって頂けませんか、ブライス夫人？　前はふさわしい人が見つからなかったんです」

「お父さまは、どうお考えなの？」

「ええ、父は大喜びです。最初からオールデンが気に入って、二人で進化論の話で何時間も盛りあがっていました。父は、いい人が現れたら、いつでも結婚させるつもりだと前から言っていたんです。父を残していくのは寂しいですけれど、若い鳥は自分の巣を作るのが道理だと父は言うんです。父の家事は、いとこのディリア・チェイスが来て、してくれます。父は、ディリアが大のお気に入りなんです」

「では、オールデンのお母さまは？」

「お母さまも大いに乗り気ですわ。去年のクリスマスに、オールデンが婚約したことをお母さまに話したら、聖書伺いをなさって、真っ先に見つけた節が、『男は、父と母のもとを去り、妻と結ばれる』(15)だったんです。そうとなれば、なすべきことは一目瞭然と、すぐに賛成してくださいました。お母さまは、ローブリッジにある、ご自分の小さな家へ引っ越すそうです」

「ということは、あの緑色のプラシ天のソファと暮らさなくてもいいのね、よかったわ」アンが言った。

「ソファ？　ああ、たしかに、あの家具は昔風ですね？　でもソファは、お母さまが持って行かれますし、家具は、オールデンがそっくり新しくしてくれるんです。こうしてみんなが喜んでいるんですよ。ブライス夫人も、私たちの幸せを祈ってくださいませんか？」

アンは身を乗り出し、ステラの冷たい繻子《しゅす》のような頬にキスをした。

「もちろんですとも。私もあなたの幸せが嬉しいわ。神さまがあなたの将来を祝福してくださいますように、ステラ」

ステラが帰っていくと、アンは急いで自分の部屋へあがり、しばらく誰にも会わなかった。傾いた皮肉っぽい下弦の月が、東のちぎれ雲の後ろから顔をだした。むこうの草《くさ》原《はら》は悪戯っぽく茶目っ気たっぷりに、アンに目配《ウインク》せするようだった。

アンはこの何週間かをふり返ってみた。食堂の絨毯《じゅうたん》が無残なことになり、先祖伝来の家宝の燭台《しょくだい》が二つ割れ、書斎の天井が台無しになった。チャーチル夫人を出汁《だし》に使おうとしたのに、夫人は、その間ずっと、腹のなかで、ほくそ笑《え》んでいたのだ。

「この件で、誰がいちばん馬鹿な目を見たのかしら？」アンは月にむかってたずねた。「ギルバートの言い分は、わかっているわ。私ったら、とっくに婚約していた二人を結びつけようと、あんなに苦労したなんて！　これで私の縁組み癖も直ったわ！……すっかり直った。これからは、世界中で誰も結婚しなくても、指一本たりともあげないわ。でも、一つは慰めがあるわね……今日、ジェン・プリングルから来た手紙に、私のパーティで知り合ったルイス・ステッドマンと結婚するとあったもの。ブリストル・ガラスのろうそく立ても、無駄に犠牲になったわけじゃないわね。子どもたち……ジェム、ウォルター！　そんなところで、気持ちの悪い声を出さなきゃいけないの？」

「ぼくたち、ふくろうなんだもの……だから、ホーホー鳴かなくちゃいけないの」下の藪《やぶ》の暗がりから、ジェムが気を悪くした声で答えた。本人は、上手にふくろうを真似ているつもりだったのだ。ジェムは、森のどんな小動物の鳴き声もたくみに真似るのだ。ウォルターはさほど得意でなく、ふくろうはやめて、落胆した小さな男の子にもどり、母の慰めをもとめて、そっとやって来た。

「母さん、ぼくね、こおろぎは歌っていると思っていたの……なのに今日、カーター・フラッグさんが言ったの。あれは歌ってるんじゃない……後ろ脚をこすりあわせて音を出してるんだって。そうなの、母さん？」

「そうらしいわね……はっきりとは知らないけれど。でも、それがこおろぎの歌い方なのよ、そうよ」

「そんなの嬉しくないな。もうこおろぎの歌は聞きたくないよ」

「でも、あなたはまた聞きたくなるわ。そのうち後ろ脚のことは忘れて、刈り入れどきのまき場や、秋の丘に響きわたる妖精のような合唱《コーラス》を聞きたいと思うようになるわ。もう寝る時間じゃないこと、坊や？」

「母さん、背筋がひやっとするような、おやすみのお話をしてくれる？　それから、ぼくが寝るまで、そばにすわっていてくれる？」

「お母さんは、そのためにいるんじゃないかしらね？　坊や」

第18章

「さあ、話すときが来たと、セイウチが言いました（1）……犬を飼うことだよ」ギルバートが言った。

炉辺荘では、老犬のレックスが毒にあたって死んでより、犬を飼っていなかった。だが、男の子は犬を飼うものだと、ギルバートは犬を与えることにした。しかしその秋、彼はたいそう忙しく、先延ばしになっていた。そこで十一月のある午後、とうとうジェムが、学校の友だちと遊んで、犬をつれて戻ってきた——小さな「黄色《ヤロー》」の犬で、黒い耳が気どってぴょんと立っていた。

「ジョー・リースがくれたんだ、母さん。名前はジップ（2）だよ。すごく可愛い尻尾でしょ？　飼ってもいいでしょう、母さん？」

「なんという種類の犬なの、ジェム？」アンは疑わしげにたずねた。

「ええと……ぼく、たくさんの種類だと思うの」ジェムは言った。「だからよけいに面白いでしょ、母さん？　たった一つの種類の犬より、もっとわくわくするよ。お願い、母さん」

「そうね、お父さんがいいと言えば……」

ギルバートは「いい」と言い、ジェムはこの犬の飼い主となった。炉辺荘では、ザ・シュリンプ《おちびちゃん》だけは自分の気持ちをあからさまに示したが、ほかは誰もが喜んでジップを迎え入れた。スーザンでさえもこの犬が好きになった。雨のふる日、屋根裏で糸を紡《つむ》いでいると、ジップは、飼い主のジェムが学校に行ってしまったため、スーザンのそばにいた。屋根裏の暗い隅《すみ》で、居もしないねずみを盛んに追いまわし、夢中になりすぎて小さな紡ぎ車に近づくと、おびえてキャンキャン鳴いた。この紡ぎ車は一度も使われていなかった(3)——モーガン家(4)が引っ越したときに残していったもので——暗い片隅《かたすみ》に置かれたところは腰の曲がった老婆のようだった。なぜ犬が小さな紡ぎ車を恐れるのか、誰にもわからなかった。大きな紡ぎ車は少しも怖がらず、スーザンが糸車ピンでぐるぐる回しても、すぐそばにすわっているのだ。スーザンが、長い毛糸を巻きとりながら屋根裏の端から端までゆっくり歩くと、ジップは駈けっこでもするように行ったり来たりした。スーザンは、犬が真の友となりうると認めた。ジップは肉のついた骨がほしいと、仰向けになって前脚をふり、ちょうだいの芸当をする。この犬はなんと利口だろうとスーザンは感心した。バーティ・シェイクスピアが「こいつは犬と呼べるのか?」と馬鹿にすると、スーザンは、ジェムに劣らず腹を立てた。

「うちでは、犬と呼びますとも」スーザンは不吉な予感のする優しい声で言った。「あんたなら、カバと呼ぶかもしれないけどね」。そしてその日、バーティは、すてきなおやつをもらえずに帰る羽目になった。スーザンは「アップル・クランチ・パイ」と呼ぶお菓子（5）を、炉辺荘の男の子たちとその友人のために、いつもこしらえているのだが。マック・リースが、「こいつ、潮《しお》で運ばれてきたのか？」ときいたとき、スーザンはそばにいなかったので、ジェムが自分の飼い犬の肩をもった。ナット・フラッグが、「ジプシーの脚は、体のわりに、長すぎるよ」と言えば、ジェムは、犬の脚というものはちゃんと地面に届く長さがいるんだ、と言い返した。ナットはあまり利口ではなく、これでやり込められた。

その年の十一月は陽射しが少なく、葉が落ちて銀色の枝ばかりになったかえでの森を寒々とした風が吹きすぎた。「窪地」はたいがい、もやが立ちこめていた——それは霧のように優雅で不思議なものではなく、父さんの言う「湿っぽくて、薄暗くて、気の滅入る、滴《しずく》のたれるような霧雨」だった。そこで炉辺荘の子どもたちは、あらかた屋根裏で遊ぶことになったが、毎夕、大きな林檎の古木にやってくる二羽の山鶉《やまうずら》と仲良しになった。あの華やかな五羽の青かけすは、子どもたちが撒いた餌を食べるときは、今も彼らに忠実で、悪戯っぽくクックッと鳴いた。ただ、かけすは欲張りの食いしん坊で、ほかの鳥を寄せつけなかった。

十二月になると、冬の寒さは深まり、雪がやむことなく三週間ふりつづいた。炉辺荘のむこうのまき場はどこまでも白銀の野となり、柵《さく》と門の柱は高々と白い雪帽子をかぶった。窓は妖精がつけたような白い模様の氷がつき、炉辺荘の灯りは、雪のふるほの暗い夕闇を透かして輝きいで、さまよえる者をみな家に招き入れた。スーザンには、その年の冬ほど大勢の赤ん坊が生まれたことはなかったように思われた。毎晩のように「先生のお夜食」を配膳室に用意しながら、先生が春まで持ちこたえれば奇跡だと暗く案じた。

「ドリュー家に、九人目の赤ちゃんですよ！　まるでこの世にまだドリュー家が足りないみたいに！」

「ドリューの奥さんは、すばらしい赤ちゃんだと思っていらっしゃるわ、私たちがリラをそう思っているように」

「ご冗談をおっしゃりたいなら、どうぞ、先生奥さんや」

外で雪嵐がうなりをあげるころ、あるいはふかふかした白い雲が凍《こご》える星空を風に吹かれて渡るころ、子どもたちは書斎や広い台所で、夏になったら「窪地」に作る遊びの家の計画をたてていた。風が高く吹こうとも低く吹こうとも、暖炉の火が燃える炉辺荘にはいつも慰めがあり、嵐から身を守る場所があり、希望の息吹きがあり、遊び疲れた小さな子どもらが眠りにつく寝床があった。

クリスマスが訪れ、この年はメアリ・マリアおばさんの影におびえることもなく終わった。雪に残るうさぎの足跡をたどり、固く凍った広い野原で自分の影法師と駈けっこし、白雪のきらめく丘を橇《そり》ですべりおり、薔薇色に染まる寒い冬の夕焼け空のもと、新しいスケート靴を池で試すとき、いつも黒い耳の黄色い犬が、一緒に駈けまわってくれた。また家に帰ってくると、大喜びに吠えて迎えてくれた。眠るときは、ジェムのベッドの裾に丸くなった。綴り方《スペリング》の勉強をすると、ジェムの足もとに横になっていた。食事のときは、ジェムのそばでおすわりをして、時々、小さな前足でつついて、ねだった。

「母さん、いとしの母さん、ジップが来る前、ぼく、どうやって暮らしてたのかな……ジップはお話ができるんだよ、お母さん……ほんとだよ……目でお話をしてくれるんだよ」

そして――悲劇が訪れた！　ある日、ジップは少し元気がなかった。大好物のスペアリブ（6）で、スーザンが食欲をそそろうとしても食べようとしない。次の日、ローブリッジの獣医が呼ばれ、医者は首をふった。なんとも言いがたいが――この犬は、森で何か悪い物を食べたのかもしれない――治るかもしれないし、治らないかもしれない。小さな犬は、じっと静かに横たわったままだった。ジェムのほかは誰にも注意を払わなかった。ジェムが撫でてやると、最後まで尻尾をふろうとした。

「お母さん、いとしの母さん、ジップのためにお祈りをするのは、悪いこと？」

「そんなことはないわ、坊や。愛するもののために、お祈りをしていいのですよ。でも、残念だけど……ジップ《ジッピー》ちゃんは、小さなわんちゃんで病気が重いのよ」

「お母さん、まさか、ジッピーは、死なないよね！」

翌朝、ジップは逝《い》った。ジェムの世界に初めて死が訪れたのだ。愛するものの死を見守った経験は、誰しも忘れられないものである、それがたとえ「ほんの小さな犬」であっても。悲しみの炉辺荘では誰も、スーザンでさえ、そんな言い方はしなかった。スーザンは赤く泣きはらした鼻をふきながら、つぶやいた。

「今まで、犬と仲良くなったことはなかった……これからも、もう二度とないだろう。こんなにつらいのだから」

スーザンは、犬を愛して心が引き裂かれる愚かしさを描いたキプリングの詩（7）は知らなかった。だが、もし読んでいたら、彼女は詩というものは軽蔑しているものの、詩人も一度はまともなことを言うものだと思ったであろう。

夜、かわいそうにジェムはつらかった。母さんと父さんは外出しなければならず、ウォルターは泣き疲れて寝てしまった。ジェムは独りぼっちだった――話し相手の犬は、もういないのだ。いつもジェムを心から信頼して見上げてくれた可愛い茶色の目は、今や死して、どんより濁っていた。

「愛する神さま」ジェムは祈った。「今日死んだぼくの小さな犬の面倒を、どうかみてあげてください。あの子は両方の耳が黒いので、わかります。ぼくがいなくても、ジップが寂しがらないようにお願いします……」

ジェムはベッドカバーに顔をうずめ、すすり泣きを押し殺した。灯りを消せば、暗い夜が、窓からぼくを見てくれるだろう。でも、ジップはいないのだ。寒い冬の朝がまたやって来るだろう。でもジップはいないのだ。一日のあとにまた一日が来て、そうして何年もすぎていくだろう。でもジップはいないのだ。ぼくは、とても耐えられない。

そのとき、優しい腕がそっとジェムをかかえ、暖かく抱きしめてくれた。ああ、ジップが死んでも、この世にはまだ愛してくれる人がいるのだ。

「お母さん、これからもずっと、こんなふうなの？」

「ずっとじゃありませんよ」アンは、ジェムがじきに忘れるだろうとは――やがてジップのことは懐かしい思い出になるだろうとは、言わなかった。「ずっとじゃないことよ、ジェム坊や。いつか治りますよ……手に火傷《やけど》をすると、最初はとても痛くても、治ったようにね」

「父さんは、また犬をくれると言ったけど、ぼく、飼わなくてもいいでしょ？　ほかの犬はほしくないんだ、母さん……」

「わかりますよ、坊や」

母さんは何でもわかってくれる。こんな母さんがいる人は誰もいない。母さんのために、何かしてあげたい――ふと、何をすればいいか、ひらめいた。フラッグさんの店にある、真珠の首飾りを買ってあげよう。真珠の首飾りがほしいと、いつか母さんが言うのを聞いたのだ。父さんは、「船が戻ってきたら（8）買ってあげよう、アンお嬢さん」と言った。

その方法と財源を考えなければならない。ジェムは小づかいをもらっていたが、必要なものを買うのに、全部、要るお金なのだ。首飾りの予算はない。それにジェムは首飾りのお金を自分で稼ぎたかった。そうすれば本当にぼくからの贈り物になる。母さんの誕生日は三月――あと六週間しかない。首飾りは五十セントもするのだ！

第19章

グレンでお金を稼ぐのは容易ではなかった。しかしジェムは覚悟を決めて取りかかった。古い糸巻きで独楽《こま》をこしらえ、一つ二セントで学校の男の子たちに売った。大切にしていた乳歯三本を、三セントで売った。毎週土曜日の午後に自分がもらうアップル・クランチ・パイ一切れを、バーティ・シェイクスピア・ドリューに売った。ジェムは毎晩、儲けた分を、クリスマスにナンがくれた真鍮《しんちゅう》の小さな豚の貯金箱（1）に入れた。それはすこぶるすてきなぴかぴかの真鍮の豚で、背中に、コインを入れる切れ目があるのだ。そこに一セント銅貨を五十枚入れてから尻尾をひねると、豚はさっとひとりでに開《あ》いて、貯めたお金を返してくれるという。ついに最後の八セントを稼ぐため、ジェムは小鳥の卵を一そろい、マック・リースに売った。それはグレンでいちばんきれいな卵の一そろいで、手放すときはちょっと胸が痛んだが、母さんの誕生日がいよいよ近くなり、お金を工面しなければならなかった。マックが払ってくれると、すぐにその八セントを豚に入れ、ジェムはさも満足そうに貯金箱をながめた。

「こいつの尻尾をひねったら、本当に開くかどうか、見てみようよ」マックが言った。

彼は開くとは思っていなかったのだ。だがジェムは断った。母さんの首飾りを買いに行くまで、開けるつもりはなかった。

　翌日の昼下がり、海外伝道後援会の会合が炉辺荘であり、それは二度と忘れられない集まりになった。ノーマン・テイラー夫人がお祈りを唱えている真っ最中に――ノーマン・テイラー夫人は自分の祈禱《きとう》がご自慢ということだった――小さな男の子が気も狂わんばかりの形相《ぎょうそう》で居間に飛びこんできたのだ。

「真鍮の豚がない、母さん……真鍮の豚がなくなった！」

　アンは慌てて息子を追い出したが、ノーマン夫人は、祈禱が台無しになったと後々まで思っていた。とりわけ巡回牧師の奥さんを、自分のお祈りで感心させたいと考えていたため、ジェムを許し、さらにその父親を医者としてまた迎える気になるまで、何年もかかった。会の婦人たちが帰っていくと、炉辺荘では上から下まで徹底的に豚を探したが、見つからなかった。ジェムはあんなお行儀をして叱られるやら、豚がなくなって切ない思いをするやらで、最後にいつ、どこで豚を見たのか、思い出せなかった。マック・リースに電話をすると、最後に見たとき、ジェムの簞笥《たんす》の上にあったという返事だった。

「スーザン、まさかとは思うけど、マック・リースが……」

「いいえ、先生奥さんや、あの子はとっていないと思いますよ。そりゃ、リース家には欠点もありますよ……お金にがめついですよ、あの人たちは。だけど正直に手に入れるべしと考えてますから。あの困った豚は、どこへいったんでしょうね？」

「ねずみが食べちゃったのかな？」ダイが言った。その思いつきをジェムは馬鹿にしたものの、心配になった。もちろんねずみが五十枚も銅貨が入った真鍮の豚を食べるはずはない。でも、できるのかな？

「まさか、そんなことはありませんよ、坊や。豚は出てきますとも」母さんが請《う》けあってくれた。

あくる日、ジェムが登校するころになっても、出てこなかった。豚紛失のニュースは、本人よりも先に学校に届き、ジェムはあれこれ声をかけられたが、慰めの言葉ばかりではなかった。ところが休み時間に、シシー・フラッグが、ジェムの機嫌をとるように、にじり寄ってきたのだ。シシー・フラッグは、ジェムのことが好きだった。一方のジェムは、彼女の豊かな黄色い巻き毛とぱっちりした茶色の目にもかかわらず――あるいは多分そのせいで――シシーを好きではなかった。たとえ八歳でも、異性に関する悩みはあるのだ。

「あんたの豚を誰がとったか、あたし、知っててよ」

「誰？」

「クラップ・イン・アンド・クラップ・アウト（2）で、あたしを選んでくれたら、教えてあげる」

それは苦い薬だったが、ジェムはのみこんだ。豚を見つけるためなら、どんなことでもするさ！　ゲームの間、ジェムは苦しさに顔を赤くして、得意満面のシシーの隣にすわった。そして始業のベルが鳴ると、その報酬をもとめた。

「あんたの豚がどこにあるか、フレッド・エリオットが知ってるって言ったって、ボブ・ラッセルがウィリー・ドリューに話して、ウィリー・ドリューがアリス・パーマーに話したって、アリス・パーマーが言うの」

「嘘つき！」ジェムは叫び、シシーをにらみつけた。「嘘、嘘つき！」

シシーは傲慢《ごうまん》に笑った。彼女は平気の平左だった。たとえ一度きりでも、ジェム・ブライスは、自分の隣にすわったのだ。

ジェムは、そのフレッド・エリオットのところへ行った。すると彼はまず、おれは古ぼけた豚のことなんか知らねえし、知りたくもねえ、と断言した。ジェムは途方にくれた。フレッド・エリオットは三つ年上で、札付きのいじめっ子だった。不意に、ジェムはひらめいた。ジェムは怖い顔をして、汚れた人さし指で、大柄で赤ら顔のフレッド・エリオットを指さした。

「おまえは、実体変化主義者《トランサブスタンシエイショナリスト》（3）だな」堂々と言い放った。

「やい、貴様《きさま》、おれの悪口を言うと、承知しねえぞ、ブライスの小僧め」

「これは悪口どころじゃない」ジェムが言った。「縁起の悪いおまじないなんだぞ。おまえを指さして……こんなふうに……もう一回、この言葉を言ったら、悪いことが一週間、続くんだ。おまえの足の指がもげて、取れるかもしれない。さあ、これから十数《とう》える。十数《とう》える前に、おまえが教えてくれなかったら、おまじないをかけてやる」

フレッドは信じなかったが、その夕方はスケート競走をすることになっていた。こんなことで一か八かの危険をおかすつもりはなかった。それに足の指は足の指で大事だ。ジェムが六つ数えたところで、フレッドは降参した。

「わかった……よくわかった。だから二度と、それを言うんじゃねえぞ。豚がどこにあるか、マックが知ってる……あいつが自分でそう言ったんだ」

マックは学校に来ていなかった。ジェムから話を聞いたアンが、マックの母親に電話をかけると、ほどなくそのリース夫人が現れ、顔を赤らめて謝罪した。

「マックは豚を取ったんじゃないんです、ブライス夫人。あの子はただ、豚がひとりでに開くかどうか、見たかっただけなんです。だからジェムが部屋からいなくなると、尻尾をひねってみたんです。そうしたら真っ二つになって、元に戻せなくなったので、半分になった豚二つとお金を、クローゼットにあったジェムのよそゆきのブーツの片方に入れたんです。もちろん触ってはいけませんでした……あの子は父親に鞭《むち》でたたかれて、白状したんです……でも、盗んだんじゃないんですよ、ブライス夫人」

「ジェム坊や、フレッド・エリオットに、何て言ったんです？」二つになった豚が見つかり、銅貨を数えると、スーザンがたずねた。

「実体変化主義者《トランサブスタンシエイショナリスト》だよ」ジェムは得々として答えた。「先週、ウォルターが辞書で見つけたんだ……ほら、ウォルターは難しくて、大げさで、長ったらしい言葉が好きでしょ……それで……どう発音するのか、練習したんだ。二人とも、二十一回ずつ、寝る前にベッドで唱えて、おぼえたんだよ」

そして今、ジェムは首飾りを買いもとめ、スーザンの簞笥《たんす》の真ん中の引き出しの上から三つめの箱にしまった――スーザンも始めから内々《ないない》でかかわっていたのだ――ジェムは、なかなか誕生日が来ないような気がした。彼は、何も知らない母さんを嬉しそうにながめた。母さんは、スーザンの簞笥の引き出しに何が隠してあるか、ちっとも知らないのだ――母さんは、お誕生日に何をもらうか、つゆとも知らないのだ――母さんは、双子のために子守歌をうたっていた。

わたしは見たの、海をゆく、海をゆく船を
ああ、わたしのために、きれいなものを、たくさんつんで（4）
でも、船が何をもってくるか、母さんはちっとも知らないのだ。

三月の初め、ギルバートはインフルエンザから肺炎になりかけ、炉辺荘の人々は、何日か心配な日々を過ごした。アンはいつも通りにふるまい、子どもたちの口げんかをなだめ、慰めてやり、月明かりのさす寝台にかがんで愛しいわが子の体が温もっているか、たしかめた。だが子どもたちは、母の笑い声が失われて寂しがった。

「もし、父さんが死んでしまったら、この世界はどうなるの？」ウォルターが血の気の失せた唇で、小声でたずねた。

「お父さんは死にませんよ、坊や。もう峠はこえましたからね」

アン自身も、もし――もしも――ギルバートに万が一のことがあれば、フォー・ウィンズとグレンと内海岬《ザ・ハーバー・ヘッド》の小さな世界はどうなるのだろうと案じた。誰もがギルバートを頼るようになっているのだ。とりわけ上《かみ》グレンの人々は、ブライス先生は死者を生き返らせることができるものの、全能の神のご意志に逆らうことになるので遠慮なすっているだけだと、本気で信じているむきがあった。実際に生き返らせたことがあると断言するのだ――サミュエル・ヒューエットは完全に死んでたんだが、ブライス先生が生き返らせたと、アーチボルト・マクグレガー爺さんは真顔でスーザンに話したのである。その真偽はともかく、生ける者たちは、ギルバートがベッドの傍《かたわ》らに来てくれ、瘦せて日に焼けた顔とはしばみ色の優しい瞳で自分を見てくれ、「なに、あなたに、悪いところなんて、どこもありませんよ」とほがらかな声をかけてくれると――そうか、と、彼の言葉を信じ、やがてその通りになった。彼の名前をつけてもらった子どもは数えきれなかった。フォー・ウィンズのすべての地区に幼いギルバートが散らばり、幼いギルバータインまでいた(5)。

やがて父さんは快復し、母さんも笑うようになった——そしてついに誕生日の前夜となった。

「早く寝れば、早く明日が来ますよ、ジェム坊や」スーザンが保証してくれた。

ジェムは眠ろうとしたが、寝つけなかった。ウォルターはたちまち眠ったが、ジェムはもぞもぞと寝返りをうった。眠るのが怖かった。朝寝坊をして、みんなが先に贈り物をあげてしまったら、どうしよう？　ジェムはいっとう最初に渡したかった。ちゃんと起こしてほしいと、なぜスーザンに頼まなかったのだろう？　スーザンはどこかの家へ出かけていった。帰ってきたら頼もう。スーザンが戻ってきた音が聞こえればいいんだな！　そうだ、下におりて、居間のソファで横になれば、聞き逃さないだろう。

ジェムは足音をしのばせて階段をおり、ソファに丸くなった。そこからグレンの村が一望できた。月明かりが、白雪のつもった砂丘の谷間の窪みを、魔法で満たしていた。夜になると神秘的に見える大きな木が腕をひろげて、炉辺荘を包んでいた。夜の家の物音が聞こえた——床がきしみ——誰かがベッドで寝返りをうち——暖炉の石炭がもろくくだけ落ち——瀬戸物の棚を小ねずみが走りまわっていた。あれは雪崩《なだれ》だろうか？　いや、雪が屋根を滑り落ちただけだ。少し寂しくなった――スーザンはどうして戻ってこないのだろう？　今、ジップさえいてくれたらな――懐かしいジッピー《ジップちゃん》。ぼくはジップのことを忘れてしまったのかな？　いや、忘れたわけじゃない。でも、ジップのことを考えても、そんなにつらくなかった――人はそのときどきで、考えることが色々あるんだもの。よくおやすみ、いちばん可愛いわんちゃん。結局、ぼくは、いつかまた犬を飼うかもしれない。今いたら、いいのにな――ザ・シュリンプ《おちびちゃん》でもいいのに。でもザ・シュリンプ《おちびちゃん》はそばにいなかった。自分勝手な年寄り猫め！　自分のことしか考えてないんだから！

　昼間はなじみ深いグレンの村だが、白い月光を浴びると見慣れぬ風景となり、そこにどこまでも曲がりくねって長い街道がのびていた。その道を帰ってくるスーザンはまだ見えなかった。そうだ、退屈しのぎに想像をしよう。いつかバフィン島（6）へ行って、エスキモー（7）と暮らそう。いつか遠い海へ船旅をして、ジム船長みたいにクリスマス・ディナーに鮫《さめ》を料理しよう。コンゴ（8）へ探検に行って、ゴリラを探そう。潜水夫になって、海中の光きらめく水晶の大広間を歩きまわろう。今度アヴォンリーへ行ったら、デイヴィおじさんに、猫の口のなかに牛の乳を搾《しぼ》る方法を教えてもらおう。デイヴィおじさんはすごく上手なのだ。ぼくは海賊になるかもしれない。スーザンは牧師になってもらいたがっている。牧師さんは立派なことがたくさんできるけど、海賊ほどは面白くないだろう。もし暖炉の棚から、あの小さな木の兵隊たちが飛び出てきて、鉄砲を撃ってきたら！　もしいすが部屋を歩きまわったら！　虎の敷物が生き返ったら！　ジェムとウォルターがまだ小さかったころ、「おしゃべり熊」が家中にいるつもりのごっこ遊びをしたけど、本当にいたら！　ジェムは急に怖くなった。昼間なら、空想と現実の違いはわかっている。でも、果てしない夜は別だった。チクタクと時計の音がする――チクタク――チクタクというたびに、おしゃべり熊が一匹ずつ、階段の一段にすわる。階段は、おしゃべり熊で真っ黒になった。夜明けまで、すわっているだろう――がやがやお喋りしながら。

　神さまがお日さまを昇らせるのを忘れたら、どうしよう！　ジェムはとてつもなく怖くなり、肩掛けに顔をうずめ、その空想を追い払った。スーザンが、冬の日の出の燃えるようなオレンジ色のなかを帰ってくると、ジェムはぐっすり眠っていた。

「ジェム坊や！」

　ジェムは丸まった体をのばし、あくびをして起きあがった。霜の銀細工師が大忙しだった一夜が明け、森は妖精の国になっていた。遠くの丘に、朝日が真紅の槍のようにさしていた。グレンのむこうの白銀の野は、どこまでも美しい薔薇色に染まっていた。母さんの誕生日の朝が来たのだ。

「ぼく、スーザンを待ってたんだよ……起こしてもらおうと思って……なのに、ちっとも帰って来ないんだもの……」

「ジョン・ウォレンの家へ行ってたんですよ、おばさんが亡くなって、一緒にお通夜をしてほしいと頼まれましてね」スーザンは元気づけるように説明した。「私が出かけるが早いか、あんたまで肺炎にかかるつもりだったとはね。急いでベッドにお入《はい》んなさい。お母さんが起きなすった物音がしたら、呼んであげますから」

「スーザン、鮫を突き刺すときは、どうやるの？」ジェムは上がる前に知りたがった。

「私は鮫を刺しませんでね」スーザンが答えた。

母さんは起きだし、ジェムが部屋に入っていくと、鏡の前でつやつやした長い髪にブラシをかけていた。首飾りを見たときの母さんの目！

「ジェム坊や！　私に！」

「これで、父さんの船が戻る(9)まで、待たなくてもいいね」ジェムは、これしきのことは何でもないさとばかりに言った。母さんの手に緑色に輝いているものは何だろう？　指輪だ——父さんの贈り物だ。もちろん結構だ。でも指輪なんて、ありふれている——シシー・フラッグだって持ってるさ。だけど、真珠の首飾りは！

「首飾りは、とてもすてきなお誕生日プレゼントね」母さんが言った。

第20章

三月の終わりの宵《よい》、アンとギルバートは、シャーロットタウンの友人たちと夕食《ディナー》に出かけた。アンは、衿ぐりと袖に銀をちりばめた新調のアイス・グリーンのドレスで装い、ギルバートから贈られたエメラルドの指輪とジェムの首飾りをつけた。

「どうだ、ぼくの奥さんはすてきだろう、ジェム?」父さんが誇らしげにたずねた。

母さんはたいそう美しく、ドレスもすてきだとジェムは思った。白い喉にかかる真珠の首飾りが、なんときれいだろう! 盛装した母を見るのはいつも好きだったが、ジェムはきらびやかなドレスを脱いだ母さんのほうが好きだった。立派なドレスは母さんをよその人に変えてしまう。本当の母さんではなくなるのだ。

ジェムは夕食のあと、スーザンの使いで村へ出かけ、フラッグさんの店で待っていた——シシーが店に入ってくるのではないか、気にかけながら。というのも彼女はときどき店に出て来て、やたらと馴れ馴れしくするのだ——そうして待っていると、凄《すさ》まじい一撃がジェムにくだされた——子どもにとっては空恐ろしく、夢が粉々に打ちくだかれる一撃だった。あまりに思いがけず、避けることもできなかった。

二人の娘が、ガラスのショーケースの前に立っていた。そのケースに、カーター・フラッグ氏は、首飾りや、鎖《くさり》のブレスレット、留め金《バレッタ》つき髪飾りを並べていた。

「この真珠の首飾り、きれいじゃない？」アビー・ラッセルが言った。

「本物だと思ってしまいそうね」レオナ・リースが言った。

それから二人は、釘樽《くぎだる》にすわっている小さな男の子に、自分たちが何をしたか、つゆとも知らずに通りすぎた。ジェムは長い間、すわっていた。動けなかった。

「どうした、坊や？」フラッグさんがたずねた。「なんだかしょんぼりしてるね」

ジェムは悲劇的な目で、フラッグさんを見た。奇妙なことに、口がからからだった。

「お願いです、フラッグさん……あの……あの首飾りは……本物の真珠ですよね、そうでしょ？」

フラッグさんは笑った。

「いいや、ジェム。あいにく本物の真珠は、五十セントじゃ買えないよ。もしあんな首飾りが本物なら、何百ドルもするからね。あれはただのビーズの真珠さ……だけど値段の割りには、上等なお品だよ。倒産売り出しで仕入れたんでな……だからあんなに安く売ることができるんだ。普通なら、一ドルはするよ。あと一つしか残ってない……飛ぶように売れたからね」

ジェムは樽から滑りおり、店を出た。スーザンのお使いはすっかり忘れていた。凍りついた道を闇雲《やみくも》に歩いて家へむかった。彼の頭上には、厳めしく暗い冬の空が広がっていた。空気には、スーザンの言う、雪のふりそうな「気配」があった。水たまりに薄《うす》氷《ごおり》がはっていた。草のないむき出しの両岸の間に、内海が黒々と陰気に横たわっていた。ジェムが家に帰り着く前に、突風混じりの雪がふりだし、内海の岸を白く染めていった。雪よ、ふれ——雪よ、ふれ——雪よ、つもれ——ぼくを埋めて、みんなを埋めて——何《なん》尋《ひろ》も（1）深くつもればいい。世の中に、正しいことなんか、どこにもないんだ。

ジェムの胸は張り裂けんばかりだった。でも、その理由を誰にも馬鹿にさせるものか、ぼくを笑い者にさせるものか。ジェムの屈辱は烈しく、決定的だった。ぼくは、ぼくと母さんが真珠の首飾りだと信じたものを、母さんにプレゼントした——でもあれは売れ残りの、まがい物にすぎなかった。それを知ったら——母さんは何と言うだろう——どんな気がするだろう？　もちろん母さんは知らなくてはならない。話す必要がないとは、ジェムは思わなかった。母さんはこれ以上「だまされては」いけない。本物の真珠じゃないと知るべきだ。かわいそうな母さん！　あんなに得意そうだったのに——ぼくにキスをして、お礼を言ってくれたとき、母さんの目はあんなに誇らしげに輝いたのに。

ジェムは勝手口から音を立てずに家に入り、まっすぐ自分のベッドに行った。ウォルターはぐっすり眠っていた。だがジェムは寝つけなかった。目をさましていると、母さんが帰ってきて、ジェムとウォルターが暖かくしているか確かめに、そっと部屋に入った。

「ジェム坊や、こんな時間に、まだ起きているの？　具合でも悪いの？」

「ううん。でも、ここがとても苦しいの、母さん、いとしの母さん」ジェムは胃のあたりに手をあてた。可愛いことに、そこに心臓があると信じていた。

「どうしたの、坊や？」

「ぼく……ぼく……言わなきゃいけないことがあるんだ、母さん。ひどくがっかりするよ、母さん……でも、ぼく、母さんをだますつもりはなかったんだ……ほんとに、そんなつもりじゃなかったんだよ」

「もちろん、わかっているわ、坊や。何のことかしら？　心配しなくていいのよ」

「ああ、母さん、いとしの母さん、あの真珠は、本物じゃないんだ……ぼく、本物だと思ってたんだ……ほんとにそう思ってたんだよ……本当に……」

ジェムの目に涙があふれ、あとは言葉にならなかった。

アンは笑みを浮かべたかったが、顔にほほえみはなかった。その日はシャーリーが頭をぶつけ、ナンが足首をくじき、ダイは風邪で声が出なかった。アンは子どもたちにキスをしてやり、包帯を巻いてやり、慰めてやった。だがジェムのこの問題は、別のことだ——ここは母親の知恵という極意《ごくい》を総動員しなければならない。

「ジェムが本物の真珠だと思っていたとは、知らなかったわ。母さんは、わかっていたのよ……少なくとも、本物という言葉の意味の一つでは、本物ではないとね。でも、もう一つの意味では、今まで母さんがもらったなかで、いちばん本物の贈り物ですよ。だってあの首飾りには、愛情と、苦労と、自己犠牲がこもっているんですもの(2)……だからこそ、母さんにとって、あの首飾りは、女王さまがつけるために潜水夫《ダイバー》が海からとってきたどんな真珠よりも貴重なのですよ。坊や、昨晩《ゆうべ》、どこかの百万長者が、五十万ドルする首飾りを花嫁さんに贈ったと読んだけれど、その首飾りとだって、私の真珠のビーズの首飾りは、交換しませんとも。そうよ、これで、あなたの贈り物が、母さんにとって、どんなに値打ちがあるか、わかったでしょう、可愛い坊や。さあ、気分はよくなって?」

ジェムは幸せすぎて恥ずかしいほどだった。あんまり嬉しがると赤ん坊みたいじゃないか、気になった。「ああ、これでまた生きていくことに耐えられるよ」と用心して言った。

彼の涙は消え、瞳は輝いていた。これですべて良しだ。母さんがぼくを抱きしめてくれた――母さんは、首飾りをとても気に入ってくれた――それならほかのことはどうでもいい。いつか、五十万ドルどころか、まるまる百万ドルする首飾りをあげよう。ジェムはくたびれていた――ベッドは暖かくて気持ちがよかった――母さんの手は薔薇の匂いがする――レオナ・リースのことも、もう恨《うら》めしくなかった。

「母さん、いとしの母さん、そのドレスを着てると、とてもきれいだよ」ジェムは眠りそうになりながら言った。「きれい《スイート》で、清らか《ピュア》だ……エップス・ココアみたいに上品《ピュア》だ(3)ね」

アンは息子を抱きしめながら、その日、医学雑誌で読んだくだらない記事を思い出し、かすかに笑った。記事には、V・Z・トマコウスキー博士という署名があり、「母親は幼い息子に、断じてキスをしてはならない。イオカステー・コンプレックス(4)を引き起こさないためである」とあったのだ。読んだときは笑い飛ばしたが、それからずっといささか腹立たしい気分だった。そして今は、これを書いた人物が、ただ哀れだった。かわいそうな、哀れな男！　もちろん、V・Z・トマコウスキーは男だろう。女なら、こんな馬鹿げた不愉快なことを絶対に書きはしない。

第21章

その年の春は、つま先立ちでそっと優雅に訪れた。数日は陽がふりそそぎ優しい風が吹いたが、また北東の雪嵐が吹きつけ、世界は白い毛布に包まれた。「四月の雪なんて、ひどいわ」アンが言った。「キスを期待していたら、顔をぴしゃりと打《ぶ》たれるみたい」炉辺荘は氷柱《つらら》に縁《ふち》どられ、二週間もの間、昼間も寒く、夜は厳しい冷えこみとなった。やがて雪は渋々ながら消えていき、その春初めてこまどりを「窪地」で見たという知らせに、炉辺荘は活気づき、ふたたび春の奇跡が起きつつあると信じる気持ちになった。

「ああ、母さん、今日は、春の匂いがするわね」ナンが叫び、さわやかな潤いのある空気を嬉しそうに嗅《か》いだ。「母さん、春って、わくわくする季節ね！」

その日、春は歩み出そうとしていた——可愛い赤ん坊が今しも歩き始めるように。冬景色の木々と野は、新緑のきざしに萌《も》えはじめ、ジェムは初咲きのメイフラワーをつんできた。しかし、あるとてつもなく肥えた婦人が、炉辺荘の安楽いすの一つに、ふうとあえいで座ると、ため息をつき、春と言っても、あたしの若いころほど良かありませんよと、悲しげに言った。

「変わったのは、私たちのほうかもしれないとは思われませんか……春ではなく、ミッチェル夫人？」アンはほほえんだ。

「もしかすっと、そうかもしんない。あたしが変わったことは、承知してますよ。昔のあたしが、この辺《へん》きってのきれいな娘だったなんて、今のあたしを見ても、思わないでしょうけんど」

その通りだとアンは思った。ミッチェル夫人の喪《も》の帽子《ボンネット》（1）とゆったりした長い「未亡人のヴェール」（2）の下の髪は、量が少なく、ぼさぼさのねずみ色で、白髪《しらが》が筋《すじ》になっていた。表情のない青い目は、色がぼやけ、落ち窪んでいる。そのあごを二重あごと呼ぶのは、隣人愛の点から好ましくないだろう。だが当のアンソニー・ミッチェル夫人は、ご満悦だった。これほど上等な喪服一式をそろえている者は、フォー・ウィンズにいなかったのだ。たっぷりした黒いヴェールは膝まである絹だった。この時代の人々は徹底的に喪の装いをした（3）のである。

アンは何も言う必要がなかった。ミッチェル夫人が口をはさむ機会を与えなかったのだ。

「うちの軟水装置が、今週、空っぽになってね……水が漏れたんで……そんで、レイモンド・ラッセルに直しに来てもらおうと、今朝、村に出て来て、思いついたんだよ。『ここまで来たからにゃ、炉辺荘までちょっくら出かけて、ブライス先生の奥さんに、アンソニーの追悼文《ちゆいとうぶん》（4）をお願いしよう』ってね」

「追悼文《ついとうぶん》？」アンは、ぽかんとした。

「なに……死んだ人のことを新聞に書く、あれですよ、ほら」ミッチェル夫人は説明した。「アンソニーのために、すごくいいのを書いてもらいたくてね……並みじゃないやつを。奥さんは、書き物をなさんでしょ？」

「ときどき、小さな物語は書きますわ」アンは認めた。「でも忙しい母親の身ですから、なかなか時間がとれませんの。昔は華々しい夢がありましたけど、今は、自分が人名事典に載ることは、まずないと思っています、ミッチェル夫人。それに追悼文は、一度も書いたことがないんです」

「なに、書くのは難しかありませんよ。うちのすぐ先のチャーリー・ベイツの爺さんが、下《しも》グレンの人のはほとんど書いてるけんど、詩心がなくてね。アンソニーのは一つの詩にしたくて。ええ、うちの人は昔から詩が大好きだったんで。先週、奥さんが包帯の話をなさんのを聞きにグレン村協会へ行って、思ったんだ。『あんだけ口が達者なら、詩みたいな追悼文《ちゆいとうぶん》も書けっだろう』って。書いてもらえませんかね、ブライスの奥さん？アンソニーも喜びますよ。かねがね奥さんに感心してたんで。奥さんが部屋へ入ってくっと、ほかの女は『平凡で、ありふれて』見えるって、いつか言ってましたよ。うちの人は、ときどき、すごく詩みたいなことを言いましてね、いい意味で言うんですよ。あたしは追悼文《ちゆいとうぶん》を山ほど読みましてね……大けなスクラップブックにいっぱい……だけんど、うちの人が気に入りそうなのは一っこもなかった。うちの人は読んで、よく笑ってましたっけ。それに、そろそろ書く頃あいなんでね。死んで二月《ふたつき》になるんで。長く寝付きましたけんど、苦しまずに逝《い》きました。春の初めは、人が亡くなんには厄介な時期でしてね、ブライスの奥さん。だけんどあたしは、精一杯のことをしましたよ。アンソニーの追悼文《ちゆいとうぶん》をほかの人に書いてもらったら、チャーリー爺さんは怒るだろうけんど、構《かま》やしませんて。チャーリー爺さんは言葉がすらすら出てきて見事だけんど、アンソニーとは馬が合わなかった。要するに、アンソニーの追悼文《ちゆいとうぶん》を、あの爺さんに書いてもらうつもりはないってこってす。あたしはアンソニーの女房で……三十五年間、忠実で、亭主を愛する家内でした……三十五年ですよ、ブライスの奥さん」――まるで三十四年では足りないとアンが思うやもしれないと、案じているようだった――「だから、うちの人が喜ぶような追悼文《ちゆいとうぶん》を書いてもらいたいんです、たとえ足を一本、もがれても。これは娘のセラフィーンの言い回しでしてね……娘はローブリッジで所帯をもってます……セラフィーン、いい名前でしょ？……あたしが墓石からとったんです。アンソニーは気に入らなくて……自分のおっ母さんにちなんで、ジュディスにしてくれと。だけんど、ひどく堅苦しい名前だよって、あたしが言ったら、快《こころよ》く折れてくれました。うちの人は言い合いは不得手《ふえて》だったんで……でも、いつも娘をセラフと呼んでましたっけ……えっと、どこまで話しましたっけ？」

「お嬢さんがおっしゃったそうで……」

「ああ、そうそう、セラフィーンが言ったんです。『お母さん、何はともあれ、お父さんにはほんとに立派な追悼文《ちゆいとうぶん》を書いてもらいなさいな』って。あの娘《こ》は、父親と気が合いましてね。うちの人はときどき娘をからかってましたっけ、あたしをからかったみたいに。というわけで、書いてもらえませんかね、ブライスの奥さん？」

「ご主人のことを、それほど存じあげないんです、ミッチェル夫人」

「なに、あたしがすっかり話したげますよ……もっとも、目の色は別ですよ。というのも、ブライスの奥さん、葬式が済んで、セラフィーンとあれこれ話したとき、うちの人の目の色が、わかんなかったんです、三十五年も連れ添ったのに。だけんど、優しくて、夢見るような目だった。あたしに求婚してたころは、あの目で、訴えるようにあたしを見つめてくれた。うちの人は、あたしを手に入れるために、ずいぶん苦労したんです、ブライスの奥さん。何年もあたしに首ったけでね。あたしも、あの時分は元気いっぱいで、選《よ》りどり見どりのつもりだったんで。ブライスの奥さん、物語のねたが足んなくなったら、あたしの身の上話は、はらはらどきどきするよ。ああ、だけんど、あんな時代はとっくに終わった。あたしには数え切れないほど取り巻きがあったけんど、来たかと思えば、また去ってくで……だけんどアンソニーは、ずっと通ってくれた。あの人はまあ、見た目もよかった……姿のいい優男《やさおとこ》で……あたしは、ずんぐり肥えた男にゃ我慢できなかったんで……しかも、あたしよか、一段か二段、いい家だった……それは否定しませんよ。あたしの母親が、『おまえが、ミッチェル家と結婚すりゃ、プラマー家は格が上がるよ』って言ってましたから……あたしの実家はプラマー家です、ブライスの奥さん。ジョン・A・プラマーの娘です。うちの人は、そりゃあ優しい、ロマンチックなお世辞を言ってくれましたよ、ブライスの奥さん。一度なんぞ、あなたには月の光のような霊妙《れいみよう》なる魅力があるって言ってくれて。『霊妙なる』って、どんな意味だか、いまだにわからないけんど、何だかすてきだってことは、わかりましたよ。ずっと辞書をひこうと思ってるけんど、なかなか手が回らなくて。ともかく、最後は、あの人の花嫁になるって、名誉にかけて誓って……それは……つまり……一緒になるって言ったんです。ああ、ウェディング・ドレスのあたしをお目にかけたかった、ブライスの奥さん。絵みたいだって誰もが言ったもんです。鱒《ます》みたいにすんなりして、純金みたいな黄色い髪で、そりゃあ、きれいな肌の色つやで。ああ、歳月というものは、人を無惨に変えるもんだ。奥さんは、まだそこまで行ってない、ブライスの奥さん。まだまだおきれいだ……おまけに、高等教育《きーいく》をうけた女性でいなさるし。ああ、だけんど、みんながお利口さんじゃいられませんて……料理をする者もいなきゃならんでね。着てなさる服のきれいなこと、ブライスの奥さん。黒は着なさらんようで……それがいいですよ……いずれ着なきゃならないんだから。そのときまで、先延ばしにするこってす。で、どこまで話しましたっけ？」

「ご主人のミッチェルさんのことを……話そうとなさってましたわ」

「ああ、そうそう。そんで、あたしらは結婚したんです。その晩は大きな彗星《すいせい》が流れてね……二人で馬車で新居へむかうとき、見たのをおぼえてますよ。あの彗星を見られなかったとは、残念だこと。そりゃあきれいだった。これは追悼文《ちゆいとうぶん》に書けませんかね？」

「それは……なかなか難しいかもしれません……」

「そうですか」ミッチェル夫人はため息をつき、彗星はあきらめた。「できるだけうまいこと書いてくださいよ。うちの人は、そんなに面白い人生だったわけじゃないけんど、いっぺん酔っ払ったことがあって……どんなもんか、一度試したかっただけだと言ってました……もともと性格に知りたがりの気《け》があってね。だけんど、これはもちろん追悼《ちゆいとう》文《ぶん》にゃ書けないね。ほかは大して何もなかった。不平を言うつもりはないけんど、正直に言えば、うちの人はちょっと暢気《のんき》で、甲斐性なしだった。立葵《たちあおい》をながめて一時間もすわってられんだから。ああ、だけんど、花が好きで……きんぽうげを刈り取る（6）のを嫌がってましたよ。たとえ穀物《こくもつ》の収穫が減ろうと、アスターとあきのきりんそうが咲いてりゃ、いいんだって。それから木です……うちの人の果樹園といったら……おまえさんは、あたしよか木のほうが大事なんだねって、冗談で言ったもんです。それから畑……ええ、ちょっとばかしの土地を大事にしてた。まるで人間みたいに思って。『おれは外へ出て、畑と話をしてくるよ』って、なんべん聞いたか。年をとってからは、ほれ、うちは息子がいないもんで、あたしは農場を売ってローブリッジに隠居したかったけんど、うちの人は『農場は売れないよ……おれの心を売るなんて、できないよ』と言って。男というものは面白いじゃありませんか？　死ぬちょっと前に、昼《ちゅう》はんに雌鶏《めんどり》をゆでてほしいって言いましてね、『いつもみたいに料理してくれ』って。言うなりゃ、うちの人は、あたしの手料理が大好きでしたよ。ただ、ナッツ入りのレタス・サラダは駄目だった。ナッツが思いがけないときに出てきて忌々しいって。だけんど、つぶせる雌鶏がなくて……どれもよく卵を生んでたんで……雄鶏《おんどり》も一羽しかいなかったんで、もちろんつぶすわけにゃいかない。それにあたしは、雄鶏がもったいぶって歩きまわるとこを見んのが好きでね。立派な雄鶏ほど堂々としたものはありませんよ、そうでしょ、ブライスの奥さん？　で、どこまで話しましたっけ？」

「ご主人が、雌鶏を料理してほしいとおっしゃったそうで」

「ああ、そうだった。というわけで料理したげなかったんで、ずっと後悔してんです。夜中に目をさましちゃ、それを思い出してね。でも、あのときは、うちの人が死ぬとは思っちゃなかったんで、ブライスの奥さん。うちの人は愚痴もこぼさず、いつも気分は上々だって言ってたもんで。それに最後まで、いろんなことに興味があった。死ぬとわかってたら、ブライスの奥さん、卵を生もうが生むまいが、雌鶏を料理したげたのに」

ミッチェル夫人は色のさめた黒いレースの指なし長手袋をはずし、たっぷり二インチ幅の黒いレースの縁《ふち》がついたハンカチーフで目もとをぬぐった。

「喜んで食べてくれたでしょうに」夫人はすすり泣いた。「最期《さいご》まで自分の歯があったんでね、かあいそうなことをしましたよ。だけんど、とにかく」――ハンカチを畳み、また指なし長手袋をはめながら――「六十五だったんで、寿命分は生きましたよ。それにあたしも、棺桶の名札(7)がまた一枚手に入ったんで。あたしは、メアリ・マーサ・プラマーと一緒に棺桶の名札を集め始めたけんど、すぐに先を越されて……あの人は、子どもが三人死んで、身内も山ほど死んだんで、この辺《へん》の誰よりも棺桶の名札をもってんです。あたしのほうはあんましうまくいかなかったけんど、とうとう炉棚いっぱいに並びましたよ。先週、いとこのトーマス・ベイツが埋葬されたんで、棺桶の名札をくれまいかと奥さんに頼んだけんど、奥さんは、亭主と一緒に名札を埋めちまったんです。棺桶の名札を集めるなんて野蛮人の風習の名残りだと言って。あの奥さんはハンプソン(8)家でね。ハンプソン家はもとから変人だから。で、どこまで話しましたっけ?」

夫人がどこまで話したか、今度はアンもわからなかった。棺桶の名札に唖然《あぜん》としたのだ。

「まあ、というわけで、かあいそうなアンソニーは死にました。『おれは喜んで、静かに逝《い》くよ』って言うと、最期はただにっこりして……天井へむけてね、あたしやセラフィーンじゃなく。うちの人が死ぬる前に幸せで、すごく嬉しいですよ。もしかすっと、あんまし幸せじゃなかったかもって、思った時期もあったでね、ブライスの奥さん……ひどく神経質で、感じやすい人でしたけんど、棺桶に入った姿は、そりゃあ品がよくて、気高く見えました。盛大な葬式をしたんです。いいお天気でした。山のような花に囲まれて埋葬されて。葬式もしまいのほうじゃ、あたしも気が沈んだけんど、ほかは何もかもうまくいきましたよ。それから下《しも》グレンの墓地に埋めて。うちの人の身内はみんなローブリッジに埋められてますけんど、うちの人は、前から自分の墓を選んでたんです……おれの畑のそばに埋めてくれ、あそこなら海の音が聞こえて、林に吹いてくる風の音が聞こえるって……ほら、あの墓地はまわりの三方が木立だから。あたしも喜んでますよ……あそこはこぢんまりした、ほんとに居心地のいい墓地だって、もとから思ってたし、うちの人のお墓に、ゼラニウムを植えられるんでね。いい人でした……今ごろは天国でしょう。だから心配にゃ及びませんよ。死んだ者がどこにいるかわからないんじゃ、追悼文《ちゆいとうぶん》も書きにくかろうと、いつも思ってるんで。じゃ、お願いできますね、ブライスの奥さん？」

アンは承諾した。引き受けるまで、ミッチェル夫人は居すわって話し続けるだろうと思ったのだ。夫人は今度は安堵のため息をつき、よっこらしょと、いすから立ち上がった。

「おいとましなくちゃ。今日、七面鳥の雛《ひな》がかえるんでね。奥さんと話して楽しかったんで、もっと居られたらよかったけんど。亭主に死なれた女というのは、寂しいもんだよ。男が一人いたところで、たいしたことはないかもしんないけんど、いざ死なれると、なんだか寂しくてね」

アンは丁寧に夫人を小道まで送った。子どもたちは芝生に出て、こまどりにそっと近づこうとしていた。らっぱ水仙がいたるところに芽を出していた。

「ご立派ないいお屋敷だこと……ほんとにご立派ないいお宅ですよ、ブライスの奥さん。あたしは昔から大きな家が好きだったけんど、うちは夫婦とセラフィーンだけだったんで……それにお金がどこから出てくるんです？……そもそもアンソニーが絶対に聞き入れやしませんよ。あの古い家《うち》に愛着をもってたんで。今ごろ、いい買取の話でもありゃ、家を売って、ローブリッジか、モウブレイ・ナロウズに住むつもりですよ。どっちも未亡人にゃ、いいとこですから。ありがたいことに、アンソニーの保険が入るんでね。人が何と言おうと、懐が空っぽで悲しいよか、余裕があって悲しいほうが、我慢するのも楽だからね。奥さんも未亡人《あんばい》になりゃ、わかりますよ……もっとも、ずんと先であるよう願ってますよ。先生の塩梅はいかがです？　この冬は病人が多かったんで、さぞ儲けなすったでしょう。ああ、なんとすてきな、可愛いご家族だ！　娘さんが三人！　今のうちはいいですよ、だけんど男の子に夢中になる年頃になるとね。なにも、セラフィーンに手を焼いたって言うんじゃありませんよ。あの子はおとなしいもんだった……父親みたいに……でも父親に似て、頑固でしてね。娘がジョン・ホィティカーに惚れたとき、あたしが何を言っても、あの人と一緒になるって言い張って。ななかまど（9）ですか？　どうして玄関のわきに植えないんです？　妖精を追っ払ってくれる（10）のに」

「妖精を追い払いたい人がいますかしら、ミッチェル夫人？」

「おや、アンソニーみたいなことを言って。ただの冗談ですよ。もちろんあたしは、妖精がいるなんて信じちゃいないよ……だけんど、万が一、いるとしても、悪さをするって聞いてるんでね。じゃ、ごめんください、ブライスの奥さん。来週、追悼文《ちゅいとうぶん》をもらいに来ますよ」

第22章

「引き受ける羽目になったんですね、先生奥さん」スーザンが言った。やりとりのあらかたを配膳室で銀製品を磨きながら聞いていたのだ。

「そうかしらね？　でもねスーザン、私は本当に『追悼文《ちゆいとうぶん》』を書きたいの。アンソニー・ミッチェルのことが好きだったんですもの……会ったことはそんなにはないけど……もしあの人の追悼文《ついとうぶん》が、『ザ・デイリー・エンタープライズ』に載っているようなありふれたものなら、アンソニーはお墓のなかでひっくり返るでしょうよ。幸か不幸か、あの人にはユーモアのセンスがあったもの」

「アンソニー・ミッチェルは、若い時分は、ほんとに感じのいい人でしたよ、先生奥さんや。もっとも、ちょっと夢想家だという話でしたがね。あの男は、ベシー・プラマーの気に入るようなやり手じゃなかったけど、まともな暮らしを営んで、借金も返しましたよ。ただ、いちばん結婚しちゃいけない娘と一緒になりましたけどね。だけどベシー・プラマーは、今でこそ喜劇に出てくる恋人役みたいですけど、昔は絵みたいにきれいでした。私らのなかには、先生奥さん」締めくくりに、スーザンはため息をついた。

「そんな思い出すら、ろくにない者もいるんですよ」

「母さん」ウォルターが言った。「金魚草《おやつのドラゴン》（1）の芽が、裏のポーチのまわりにたくさん出ているの。それから、こまどりのつがいが、配膳室の窓の敷居に、巣を作り始めたの。作らせてあげていいでしょう、母さん？　びっくりして居なくならないように、窓を開けないようにしてあげてね？」

アンは、アンソニー・ミッチェルに、一、二度、会ったことがあった。彼の住まいはえぞ松林と海の間にたつ小さな灰色の家で、柳の大木が傘のようにおおっていた。家は下《しも》グレンにあり、村人の大半は、モウブレイ・ナロウズから来る医者にかかっていた。しかしギルバートはアンソニーから干し草を買うことがあり、一度、アンソニーがひと山もって来たとき、アンは、彼を庭の隅々まで案内して、二人が同じ言葉を話すことを知ったのだ。アンは彼に好感をもった――やせて、しわのきざまれた、親しみ深い顔つき、そして勇気があり、洞察力の深い、黄みがかった茶色の瞳は決してひるまず、欺《あざむ》かれたこともなかった――ベシー・プラマーの浅薄《せんぱく》な、つかの間の美貌に惑わされて愚かな結婚をしたときを別にすると。しかしアンソニーは不幸そうでも、不満そうでもなかった。自分の畑を鋤《すき》で耕し、庭を手入れし、収穫の刈入れをしていれば、彼は日当たりのよい昔ながらのまき場のように心満たされていた。黒髪は少しずつ銀の霜をおき、滅多に見せないものの、その優しいほほえみには、円熟した穏やかな魂があらわれていた。

彼の古い畑は、日々の糧《かて》と喜びを彼にもたらし、自然の苦難を克服した喜びと、悲しみへの慰めを与えてくれた。そんな畑のそばに彼が埋葬されたことが、アンは嬉しかった。彼は「喜んで逝った」かもしれないが、喜んで生きてもいたのだ。モウブレイ・ナロウズの医者が、アンソニー・ミッチェルに快復の見込みは約束できないと告げたとき、彼は微笑をうかべ、『そうですか、年をとってくると、生きていることが、ときどき退屈になりましてね。死ぬことは何かの変化になりますよ。興味がありますよ、先生』と応《こた》えたという。アンソニーの妻のまとまりのない与太話《よたばなし》ですら、アンソニーの真実の人となりをうかがわせることを、二、三、それとなく教えてくれた。数日後の夕暮れ、アンは自室の窓辺で「老いし男の墓」(2)を書きあげ、満足をおぼえて読み返した。

風は松の枝をやわらかに深く
通り抜けて吹きすぎ、
海のつぶやきは
東方《とうほう》のまき場をこえて聞こえ、
ふり落ちる雨の雫《しずく》が
かの人の眠りの上に優しく唄うところ。

広いまき場は
青々と四方につづき、
かの人が刈り入れ、踏み歩いた収穫の畑、
クローバーの草原《くさはら》の西へ傾く丘、
遠い昔にかの人が植えし木々が
花をつけ、咲きほこる果樹園のあるところ。

淡い星影が
つねにかの人のそばにあり、
日の出の輝きが
かの人の墓を燦々《さんさん》と照らし、
露おく草が
かの人の眠りの上にやさしく生え広がるところ。

これらのところを、かの人は
幸せにすぎた幾多の歳月を通じて愛《いつく》しんだゆえに、
そうした土地の恵みはかならずや

かの人の眠る地にふりそそぎ、
海のささやきは
永遠《とわ》の挽歌《ばんか》となろう。

「アンソニー・ミッチェルは、気に入ってくれると思うわ」アンは勢いよく窓を開け、春へむけて身を乗りだした。子どもたちの畑では、レタスの苗が生え、小さな曲がった列をなしていた。かえでの森のむこうでは、夕映《ゆうば》えが、柔らかな桃色に広がっていた。「窪地」からは、子どもたちの愛らしい笑い声がかすかに響いていた。

「春があんまりすてきだから、眠るのがいやになるわ。どんな美しさも見逃したくないもの」アンは言った。

翌週の昼下がり、アンソニー・ミッチェル夫人が「追悼文《ちゆいとうぶん》」を受けとりに来た。アンは心ひそかに多少の誇りをこめて読んで聞かせた。ところが、アンソニー夫人の顔に、純粋に満足した表情は浮かばなかった。

「おやまあ、ほんとに威勢がいいこと。いろんなことを、そりゃあ、うまく盛りこんでくだすって……でも……だけんど……うちの人が天国にいるって一言もありませんね。天国にいるって、はっきりわからなかったんですか？」

「それは、はっきりしていますから、ふれる必要がなかったんですわ、ミッチェル夫人」

「だけんど、疑ってる人も、いるかもしんないんで。うちの人は……望ましいほどにはちょくちょく教会へ行かなかったんで……教会の正会員でしたけんど。それにうちの人の年齢《とし》も……花のことも書いてないですよ。何しろ、お棺《かん》の上の花輪ときたら、数えきれないほどだったんでね。花というのは詩的なもんだと、あたしは思いますけんど！」

「すみません……」

「いえ、責めてんじゃないんです……ちっとも責めてませんとも。精一杯やってくだすったし、きれいに聞こえますから。で、おいくらです？」

「まあ……そんな……結構ですわ、ミッチェル夫人。そんなことは考えもしませんでしたわ」

「そうですか。そうおっしゃるかもしんないと思って、あたしのたんぽぽ酒（3）を、一びんもって来たんです。腹にガスがたまってお困りのとき、腹痛《はらいた》を和《やわ》らげてくれますよ。あたしがこさえた薬草茶《ヤーブ・ティ》（4）も、一びん、もって来ようと思ったけんど、先生がいい顔をなさらんと思ったもんで。だけんど、もし奥さんがお好きで、先生に見つからないように、こっそり隠しとけるなら、一言言ってくだされば」

「いいえ、結構ですわ」アンはにべもなく言った。「威勢がいい」と言われて、まだ立ち直っていなかったのだ。

「ではお好きなようにね。喜んでさしあげますから。この春、あたしはもう薬は要らないもんでね。ふたいとこのマラカイ・プラマーが冬に死んで、残ってる薬を、瓶に三本ほどくれまいかって、未亡人に頼んだんで……あそこはダースで買ってたんでね。未亡人は薬を捨てるつもりだったけんど、あたしは何であれ、物を粗末にするのは我慢ならないもんで。あたしは一びんありゃ充分だから、うちの雇い人に残りの二本をもたせましたよ。『効かないにしても、害にゃならないから』と言って。追悼文《ちゆいとうぶん》のお代は要らないと聞いて、ほっとしなかったとは、言いませんよ。というのも、今んとこ、現金が足らなくて。葬式というのは費用がかかるもんです。もっとも、D・B・マーティンは、この辺じゃ一番安い葬儀屋ですけんど。あたしの喪服代もまだ払っちゃいないんで、払うまでは、ほんとに喪に服してる気がしませんよ。ありがたいことに、帽子は新調せずに済んでね。十年前、おっ母さんの葬式でこしらえたんで。あたしに黒が似合ってよかったですよ、ね？　ほれ、あのマラカイ・プラマーの未亡人、あんな青い顔をして！　さて、そろそろおいとましなくては。奥さんには、すごく感謝してんですよ、ブライスの奥さん、たとえ……いや、一生懸命やってくだすったと思ってますし、いい詩ですよ」

「夕食をあがっていかれませんか？」アンがたずねた。「スーザンと私だけですから……先生は留守ですし、子どもたちは『窪地』で、この春、初めてピクニックの夕食を食べるんです」

「かまいませんとも」アンソニー夫人は、いそいそと、滑るようにいすに戻った。「ありがたく、もうちょっこし、おじゃましますよ。年をとると、どういうわけか、体が休まるのに時間がかかってね。それに」夫人は赤ら顔に、うっとりと至福の笑みを浮かべた。「パースニップ（5）を炒めた匂いがしませんかね？」

翌週、「ザ・デイリー・エンタープライズ」が出ると、アンは、パースニップの炒めものをふるまって惜しかったような気がした。追悼欄には「老いし男の墓」が載っていた――元の四連ではなく、五連になって！　五連目はこうである。

すばらしき夫、伴侶にして、援助者よ、
これよりよき人を神は創りたまわず、
すばらしき夫、心やさしく、誠実にして
百万人に一人のあなた、愛しのアンソニー。

「!!!」炉辺荘の人々は絶句した。

「ひとつ連《れん》を付け足したんで、奥さんが気になさってなきゃいいけんど」協会の次の会合で、ミッチェル夫人が、アンに言った。「アンソニーのことを、もうちっと褒めたかったんでね……そんで、甥っ子のジョニー・プラマーが書いてくれたんだよ。さっとすわって、瞬きする間《ま》にささっと書いて。まるで奥さんみたいに……甥っ子は、見た目は賢そうじゃないけんど、詩が書けんです。母親から受け継いだんだね……ウィックフォード家だから。プラマー家にゃ、詩心はこれっぽちもないんで……これっぽっちも」

「最初から、その甥御《おいご》さんに、『追悼文《ちゆいとうぶん》』を書いてもらおうと思われなかったのが、まことに残念ですわ」アンは冷ややかに言った。

「おや、そうですか？　だけんど、甥っ子が詩を書けるとは知らなかったし、アンソニーの送別は詩にしようと決めてたんで。そしたら甥っ子が書いた詩を母親が見せてくれましてね。りすがメイプル・シロップの手《て》桶《おけ》で溺れた話で……あたしはいたく感動してね。だけんど、奥さんのも、ほんとによかった、ブライスの奥さん。二つくっつけたおかげで並外れたものができたと思うがね、そうでしょ？」

「そうですね」アンは言った。

第23章

炉辺荘の子どもたちは、ペットの動物たちの運には恵まれなかった。ある日、父さんがシャーロットタウンからつれて帰った子犬は、黒い巻き毛の小さな体をくねらせていたが、次の週、出ていったきり、行方知れずとなった。二度と姿を見ることも、子犬について聞くこともなかった。噂によると、内海岬の船乗りが、出港の晩、小さな黒い子犬をつれて船に乗ったのを見かけたという。しかし子犬の運命は、深く暗い未解決の謎の一つとして、炉辺荘の年代記にのこった。このことはジェムよりも、ウォルターのほうが、こたえていた。ジェムは、まだジップの死の痛手を忘れられず、愚かしいほどに犬を愛しすぎることは二度としまいと思っていたのだ。次はとら猫《タイガー》トム（1）だった。この猫は盗み癖があるため、家に入ることは許されず、納屋で暮らしたが、たいそう可愛がられていた。ところが、納屋の床で硬くこわばった姿で見つかったのだ。子どもたちは葬式の華麗な行列と儀式（2）をおこない、「窪地」に埋めた。そして最後に、ジェムがジョー・ラッセルから二十五セントで買ったうさぎのバン《うさちゃん》（3）が、病気になって死んだ。うさぎの死は、ジェムが与えた売薬（4）で早まったかもしれず、あるいはそうではなかったかもしれない。ジョーが勧めた薬だから、ジョーにはわかっているはずだった。しかしジェムは、自分のせいでバン《うさちゃん》が死んだような気がした。

「炉辺荘は、呪《のろ》われているのかな？」ジェムは、バン《うさちゃん》を、とら猫《タイガー》トムのそばに埋めるとき、暗い表情でたずねた。そしてウォルターは、亡きうさぎに寄せる詩を書いた。ウォルターとジェムと双子は、腕に喪の黒いリボンを一週間つけたため、スーザンは罰当たりだと考え、恐れおののいた（5）。スーザンはバン《うさちゃん》の死を悲しまなかった。このうさぎは、一度、外に出て、彼女の庭を荒らしたからだ。それ以上に感心しなかったのは、ウォルターが地下室に持ちこんだ二匹のひきがえる（6）だった。スーザンは一匹を外へ放したが、日が暮れてしまい、もう一匹は見つけられなかった。ウォルターは心配で夜も眠れなかった。

「あれは夫婦だったのかもしれない」ウォルターは考えた。「今ごろは離ればなれになって、とても寂しがって、悲しがっているだろうな。スーザンが外に出したのは小さいほうだから、ご婦人《レディ》のひきがえるかもしれない。あの広い裏庭で、ひとりぼっちだなんて、死ぬほど怖がっているだろう。守ってくれるものが誰もいないんだもの……未亡人になったみたいに」

　未亡人の嘆きを思うと、ウォルターはたまらなくなり、そっと地下室へおりて、殿方《ジェントルマン》のひきがえるを探した。するとスーザンが積み重ねていた不用のブリキ道具

（7）を倒してしまい、死人も目をさますような騒々しい音をたてた。もっとも、目をさましたのはスーザンだった。彼女がろうそくを手に急いで下りてくると、ろうそくの揺れる炎が、スーザンのやせた顔に、不気味この上ない影を作っていた。

「ウォルター・ブライス、いったい、何をしてるんです？」

「スーザン、ぼく、ひきがえるを見つけなくちゃいけないの」ウォルターは必死で言った。「スーザン、もしスーザンに旦那さんがいるのに、いなくなったら、どんな気がするか、考えてみてよ」

「いったい全体、なんの話をしてるんです？」当然ながら、スーザンは怪訝《けげん》な顔をした。ちょうどそのとき、殿方《ジエントルマン》のひきがえるは、スーザンが現れたからには、もうお手上げだと観念したらしく、スーザンのディル入り胡瓜《きゆうり》のピクルス（8）の大樽の陰からぴょんと広いところへ飛び出した。ウォルターは飛びつき、窓からそっと外へ逃してやった。これでひきがえるは、妻と思われる愛するものと再会し、それからはいつまでも幸せに暮らしたことと思われる。

「いいですか、こんな生きものを、地下室に持ちこんじゃいけなかったんです」スーザンは厳しく言った。「かえるが、ここで何を食べて生きてけるんです？」

「もちろん、虫をつかまえてやるつもりだったんだよ」ウォルターは、むっとした。「ぼく、ひきがえるの研究をしたかったの」

「まったく、つきあい切れませんよ」スーザンはうめき声をあげ、気分を害した若きブライスの後ろから階段をあがった。彼女は、ひきがえるのことを言ったのではなかった。

炉辺荘の人々は、こまどりの運には恵まれていた。六月の雨風が一晩中吹き荒れた明くる朝、玄関の上がり段に、まだほんのひなのこまどりがいた。そのおすのひなどりは、背中は灰色、胸はまだら模様で、潑剌《はつらつ》とした目をしていた。最初から、炉辺荘の全員に全幅の信頼をよせたらしく、ザ・シュリンプ《おちびちゃん》に対しても例外でなかった。こまどりのコック・ロビン(9)は、ザ・シュリンプ《おちびちゃん》の皿に飛び乗り、図々しいことに好き放題に食べたが、猫はいじめなかった。最初のうちは、こまどりにみみず(10)をやった。食欲は旺盛で、シャーリーはあらかたの時間をみみず掘りに励んだ。そのみみずを空き缶に入れて家中に置いたため、スーザンは大いにぞっとしたものの、コック・ロビンのためなら、それ以上のことでも我慢しただろう。というのもこまどりは、仕事で荒れたスーザンの指に怖がらずにとまり、彼女の顔にむかってさえずったのだ。スーザンはコック・ロビンにぞっこんになり、胸の羽毛が美しい錆朱色《さびしゆいろ》へ変わり始めた(11)ことは、レベッカ・デューへの手紙に書く価値があるだろうと考えた。

「どうか、わたしの知力が衰えたなどと思わないでくださいまし、ミス・デューさん」スーザンは書いた。「小鳥にこんなに入れこむなんて、まことに愚かしいとは存じますが、人の心には好きなものが色々（12）とあるものです。このこまどりは、カナリアのように籠に閉じこめずに……以前のわたしなら我慢できなかったでしょうがね、ミス・デューさん……自由気ままに家のなかや庭を飛びまわり、リラの部屋の窓にかかる林檎の木の枝で眠ります。枝のそばにはウォルターの観察台があります。一度、お子さんたちが『窪地』へ連れていくと、飛んでいきましたが、夕暮れに戻ってまいりましたので、お子さんたちは大喜びでした。正直に申し上げますと、わたしも歓喜したことを付け加えねばなりません」

その「窪地」は、もはや「窪地」ではなかった。ウォルターが、こんなにも喜びをもたらすところには、ロマンチックなことが起こりそうなこの場所につりあう名前がふさわしいと思うようになったのだ。ある雨ふりの昼さがり、子どもたちが屋根裏部屋で遊んでいると、夕方近く、にわかに陽《ひ》がさして、まばゆい光がグレンの村に満ちあふれた。

「まあ、見て、あのしゅてきな虹《にじゅ》！（13）」リラが叫んだ。リラはいつも愛らしい舌足らずの口ぶりで話すのだった。

こんなに雄大な虹を、子どもたちは初めて見た。虹の片端《かたはし》は、長老派教会の塔《とう》にかかり、もう片方は、谷の上手へ流れる池のほとりの蘆原《あしはら》に落ちていた。ウォルターはその場ですぐに「虹の谷」（14）と名づけた。

炉辺荘の子どもたちにとっては、「虹の谷」そのものが一つの世界となった。そこはそよ風がたえず遊び、小鳥の歌が明け方から夕暮れまで響きわたっていた。あたり一面に白樺の葉が光りきらめき、そのなかの一本――白い貴婦人から――小さな木の精《ドライアド》が夜ごとあらわれ、白樺たちに話しかけると、ウォルターは夢想した。かえでとえぞ松がすぐ近くに生えて枝がからまりあったものを、ウォルターは「樹《き》の恋人たち」と命名し、その枝に古い橇《そり》の鈴を連《つら》ねたひもをさげたところ、風に揺れるたびに妖精《エルフ》のようなかそけき鐘《チャイム》の音が鳴った。子どもたちが小川にかけた石橋は、竜《ドラゴン》が護《まも》っていた(15)。石橋の上に枝をさしかわす木々は、必要とあらば、浅黒い肌のイスラム教徒となった。小川の岸辺に広がる緑豊かな苔《こけ》は、サマルカンドから運ばれた最上の絨毯《じゆうたん》(16)となった。まわりにはロビン・フッドと陽気な手下たち《メリー・メン》(17)が隠れ潜《ひそ》んでいた。泉には、三人の水の妖精《スプライト》が棲《す》んでいた。グレンの外れにあるバークレー家の荒れ果てた古家《ふるや》には、草深い土手(18)に、キャラウェイ(19)の茂る庭もあり、これは包囲された城にたやすく変わった。十字軍(20)の剣はすでに錆《さ》びて久しいが、炉辺荘の肉切り包丁は、妖精の国で鍛《きた》えた刃《やいば》となった。スーザンは、ロースト鍋のふた(21)が見当たらないときは、「虹の谷」で大冒険をする羽根飾りをつけた華麗な騎士(22)の盾《たて》となって、役目を果たしていると承知していた。

ときにはジェムを喜ばせるために、海賊ごっこをした。ジェムは十歳になり、血なまぐさい遊びを好むようになっていた。しかしウォルターは、海賊ごっこをしても、舷《ふなべり》から海に突きだした板(23)の上で立ち止まり、歩こうとしなかった。ジェムは、ここがいちばん面白い見せ場だと考えており、ウォルターは本気で海賊《バカニーア》(24)になる気があるのか、疑うことがあった。だがジェムは弟に忠実であり、そんな思いはおさえ、むしろウォルターを「腰抜けブライス」と呼ぶ学校の男子と正々堂々の闘いを一度ならずまじえ、勝利をおさめた——少年たちは、ジェムと殴り合いになると悟ってからは、ウォルターをそう呼ぶのをやめた。ジェムは、拳固《げんこ》にかけては、相手が面食《めんく》らうほどの凄技《すごわざ》の持ち主だったのだ。

ジェムは、今では、夕方、内海口へ魚を買いに行かせてもらえるときもあった。彼には嬉しいお使いだった。なぜなら、内海近くのこぬか草(25)の野原の外れにたつマラカイ・ラッセル船長の小屋にすわって、マラカイ船長や、古い船乗り仲間の物語を聞けるからだ。彼らは昔は命知らずの若き船長で、話が一巡《いちじゅん》しても、まだ一人一人に何かしら語るべき昔話があった。オリバー・リース爺さんは——若いころは海賊だったと実際に思われていて——人食い族の王に捕《つか》まったことがあった——サム・エリオットはサンフランシスコ地震(26)を経験していた——「勇敢なウィリアム」・マクドゥーガルは、鮫と死に物狂いの激闘をした——アンディ・ベイカーは、水上竜巻に巻きこまれた。またアンディ本人が言うように、フォー・ウィンズで彼ほどまっすぐに唾を飛ばせる者はいなかった。ジェムは、鉤鼻《かぎばな》に、とがったあご、白髪まじりの硬い口ひげを生やしたマラカイ船長が、大好きだった。船長は十七歳の若さで、二本マスト帆船《ブリガンチン》の船長となり、材木を積んでブエノス・アイレス（27）へ航海したのだ。両の頬には錨《いかり》の入れ墨があった。鍵でぜんまいを巻く見事な古い懐中時計（28）も持っていた。機嫌がいいと、ジェムにぜんまいを巻かせてくれた。もっとご機嫌なときは、鱈釣《たらつ》りや、引き潮の浜へ蛤掘《はまぐりほ》りに連れていってくれた。いちばん機嫌がいいときは、自分で彫った様々な船の模型を見せてくれた。ジェムには、これらの船一つ一つに、冒険譚《ロマンス》があるように思われた。そのなかには、四角い縦縞《たてじま》の帆をあげ、船首《せんしゅ》に獰猛《どうもう》な竜《ドラゴン》を飾ったヴァイキングの船《ボート》（29）――コロンブスが乗ったキャラベル船（30）――「メイフラワー号」（31）――「さまよえるオランダ幽霊船」（32）と呼ばれる船足の速い船――美しい二本マスト帆船《ブリガンチン》、縦帆式帆船《スクーナー》、三本マスト横帆船《バーク》、快速帆船《クリッパー》（33）、材木貨物帆船（34）など、数え切れないほどあった。

「どうやったらこんな船を彫れるのか、教えてくれませんか、マラカイ船長？」ジェムが頼んだ。

　マラカイ船長は首をふり、もの思いに耽るように、セント・ローレンス湾へ唾を吐いた。

「そいつぁ、教えてやったからって、できることじゃねえんだ、坊や。おめえが三十年、四十年と、海を航海して、船のことがよくわかりゃ、できるかもしれねえ……船をわかってやること、それから、船を愛することだ。船はな、女《おなご》（35）みてえなもんでな、坊や……わかってやって、可愛がってやらなきゃ、ならねえんだ。さもなきゃ、秘密を打ち明けてはくれねえ。それにたとえ、おめえが船の船首から船尾まで、内側も外側もわかったと思っても、船はまだ秘密をかかえていて、心を閉ざしてるんだ。おまけに手をゆるめりゃ、小鳥みたいに飛んでっちまう。わしが乗ってた船で、自分でも思い出せねえくらい何度も模型を彫ろうとしたが、できねえ船があってな。えらく気難しい、頑固な船だった！ そんな女も、一人いたな……そろそろ口にたがをかける（36）ころあいだな。さあてと、瓶のなかへ入れる船（37）ができた。どうやって入れるのか、その秘密は教えてやろう、坊や」

というわけで、ジェムは、その「女」について、それ以上聞くことはなかった。だが気にしなかった。母さんとスーザンを別にすると、異性に興味はなかった。もっとも二人は、「女《おなご》」ではなかった。母さんとスーザンにすぎなかった。

ジップが死んだとき、ほかの犬はほしくないとジェムは思った。だが時は驚くほど彼の悲しみを癒やし、また犬がほしい気持ちになった。あの子犬は本当は犬じゃなかった——ただ悲しい出来事だった。ジェムは、屋根裏の自分の小部屋に、ジム船長が蒐集《しゅうしゅう》した珍しい品々（38）をしまっていた。その小部屋の壁にそってぐるりと、犬が一列になって行進していた——雑誌から切り抜いた犬だ——威厳のあるマスティフ（39）——見事に頰の垂れたブルドッグ——誰かが頭と後ろ足をつかんでゴム紐を引き延ばしたようなダックスフント（40）――尻尾の先の房を残して刈りこんだプードル――フォックス・テリア（41）――ロシアン・ウルフハウンド（42）――ロシアン・ウルフハウンドは何か食べたことがあるのだろうか――小粋《こいき》なポメラニアン――斑点《はんてん》のあるダルメシアン――訴えかけるような目をしたスパニエル（43）。いずれも立派な犬だったが、何かが欠けているようにジェムの目には映った――それが何か、彼はわからなかった。

後日、「ザ・デイリー・エンタープライズ」に広告が出た。「犬売ります。内海岬、ロディ・クローフォード」とあるほかは、何も書かれていなかった。ジェムは、なぜその広告が胸を打ったのか、なぜその簡潔さに悲しみを感じたのか、わからなかった。ロディ・クローフォードについては、クレイグ・ラッセルが教えてくれた。

「ロディはね、父さんが、ひと月前に死んだんだ。それで町へ行って、おばさんと暮らすんだ。母さんも何年も前に死んだから。住んでた農場はジェイク・ミリソンが買ったけど、家は取り壊されるんだよ。町のおばさんは、たぶん犬を飼わせてくれないよ。大した犬じゃないけど、ロディはずっと大事にして、可愛がってたんだよ」

「いくらで売りたいのかな。ぼく、一ドルしか持っていないんだ」ジェムが言った。

「ロディがいちばん望んでるのは、犬にとっていい家庭だと思うよ」クレイグが言った。

「それに、どうせきみの父ちゃんが、払ってくれるんだろう？」

「うん。だけど、自分のお金で買いたいんだ」ジェムは言った。「ぼくの犬だっていう気持ちが、もっとするからな」

クレイグは肩をすくめた。炉辺荘の子は変わっているな。年寄りの犬に、誰がお金を出そうと、違わないじゃないか？

その夕方、父さんが、ジェムを馬車に乗せて出かけた。古く貧弱で荒れ果てたもとのクローフォード農場へ行くと、ロディ・クローフォードと犬がいた。ロディは、ジェムくらいの年ごろの男の子だった——青白い顔に、そばかすが散り、赤茶色のまっすぐな髪だった。犬は、絹のようにすべらかな茶色の耳、茶色の鼻と尾、そして犬には見たこともないほどきれいで優しい茶色の目をしていた。おでこに白い縦すじがあり、それは両目の間を通り、二つに分かれて鼻を囲んでいた。この可愛い犬を見た瞬間、ジェムは、どうしてもほしいと思った。

「この犬を売りたいんだね？」ジェムは心からの願いをこめてたずねた。

「売りたいんじゃないよ」ロディはぼそっと答えた。「だけどジェイクが、売らなきゃいけない、でなきゃ溺れさせるって言うから。ヴィニーおばさんは犬を飼わせてくれまいって言うから」

「いくらほしいの？」ジェムは、手の出ない値段を告げられるのではないか、とおびえた。

ロディはぐっと涙を飲みこみ、犬を差しだした。

「さあ、連れてって」声が、かすれていた。「売るんじゃない……そんなこと、しないよ。ブルーノ(44)をお金で売るなんて。だけど、きみがいい家庭を与えてくれるなら……この子に優しくしてくれるなら……」

「うん、優しくするよ」ジェムは一生懸命に言った。「でも、ぼくの一ドルを受けとらなくちゃいけないよ。でなきゃ、ぼくの犬だっていう気がしないんだ。受けとらないなら、連れていかないよ」

ジェムは、渋るロディの手に、一ドルをもたせた――ジェムはブルーノを受けとり、ぎゅっと胸に抱きかかえた。小さな犬は、元の飼い主をふりかえって見ていた。ジェムには、犬の目は見えなかったが、ロディの目は見えた。

「そんなにこの犬を飼いたいなら……」ジェムが言った。

「もちろん飼いたいよ、でも、だめなんだ」ロディはぶっきら棒に言った。「ブルーノをもらいたいって、五人の人が来たけど、誰にもあげなかった……ジェイクは怒ったけど、かまうもんか。ふさわしい人たちじゃ、なかったんだ。でも、きみは……きみなら飼ってもらいたいよ。ぼくは飼えないから……ぼくの見えないところへ、早く連れてって！」

ジェムは言われた通りにした。小さな犬は、ジェムの腕のなかで震えていたが、抗《あらが》うことはなかった。炉辺荘へ帰る道すがら、ジェムは愛おしさいっぱいで犬を抱きしめていた。

「父さん、アダムは、犬が犬だって、どうやってわかったの？」

「犬は、犬以外の何ものでもないからだよ」父さんはにやりとした。「だって、犬がほかの何かになれるかい？」

その夜、ジェムは興奮して、しばらく寝つけなかった。ブルーノほど気に入った犬は見たことがなかった。ロディが手放したがらないのも無理はなかった。でも、ブルーノは、そのうちロディのことは忘れて、ぼくのことが好きになるだろう。ぼくらはいい相棒になるだろう。肉屋に肉付き骨を届けてもらうよう、母さんに頼むことをおぼえていなくちゃ。

「ぼく、世界の人たちを、すべてのものを、愛している」ジェムは言った。「愛する神さま、世界中のどの猫も、どの犬も、お守りください。とくにブルーノを、お守りください」

ようやくジェムは眠りについた。彼の足もとに横たわる小さな犬も、のばした前脚にあごを乗せて、たぶん眠ったのだろう。だが、眠らなかったのかもしれない。

第24章

コック・ロビンは、みみずだけではなく、米、とうもろこし、レタス、そして金蓮花《ナスタチウム》の種を食べるようになった。立派に育ち――炉辺荘の「大《おお》こまどり」として地元で有名になった――胸は鮮やかな赤色に変わった。こまどりはスーザンの肩にとまり、彼女が棒針で編みものをするところをじっと見守った。アンが外出から帰ってくると、飛んでいって出迎え、先にたって家へぴょんぴょん跳んで入った。朝ごとにウォルターの窓辺に来て、パンくずをねだった。毎日、裏庭のスイート・ブライヤー(1)の生け垣の隅にある水盤《すいばん》で水浴びをしたが、水がないと、けたたましく騒ぎたてた。先生は、ペンやマッチ棒がいつも書斎に散らばっているとこぼしたが、誰も同情しなかった。そんなギルバートでさえ、ある日、コック・ロビンが恐れもせずに彼の手に乗り、花の種をついばむと、降参したのだった。みんながコック・ロビンの魔法にかかっていた――しかしジェムだけは別だった。彼の心は新しい犬のブルーノにあった。だがゆっくりと、しかし確実に、彼はほろ苦い教訓を学びつつあった――つまり、犬の体を買うことはできるが、犬の心は買えないと。

最初、ジェムは、こんなことになろうとは思いもしなかった。もちろんブルーノも、しばらくは家が恋しくて寂しがるだろうが、すぐに直るだろう。だが、そうではないと、ジェムは思い知ったのだ。ブルーノは世界一と言ってもいいほど従順な犬だった。言うことをちゃんとききき、スーザンでさえ、こんなに行儀のいい動物はいないと認めた。だがブルーノは生き生きとしたところがなかった。ジェムが外へつれていくと、初めは瞳をきらきらさせ、しっぽをふり、気取って歩き出す。ところが少しゆくと、目の輝きは消え、頭はうなだれ、ジェムのそばをおとなしく歩くだけだった。ブルーノは炉辺荘の人々の優しさを存分に浴びていた——肉汁と肉がたっぷりの骨をほしいだけ食べてよかった——毎晩ジェムの寝台の足もとで寝ても叱られなかった。それでもブルーノはうちとけなかった——なつかず——よその犬のままだった。ジェムはときどき夜ふけに目をさまし、犬のたしかな小さな体に手をのばし、撫でてやった。だが犬は、その手をなめることも、尻尾でぱたぱた打ってくれることも、どんな返事もしなかった。ブルーノは体を撫でさせてはくれたが、その愛撫《あいぶ》に応《こた》えようとはしなかった。

ジェムは歯を食いしばってこらえた。ジェイムズ・マシュー・ブライスは腹を決めたのだ。犬一匹にへこたれてなるものか——小遣いから苦労して貯めたお金で、公正に、正々堂々と買ったぼくの犬だ。ブルーノは、ロディ恋しさから立ち直らなくてはならない——迷子になった動物のような悲しげな目で、人を見るのをやめなければならない

――ぼくを愛することを学ばなくてはならない。

一方でジェムは、ブルーノをかばわなければならなかった。というのも学校の男子が、ジェムがこの犬をどんなに愛しているか見てとると、いつも「あら探し」をしたのだ。「おまえの犬は、蚤《のみ》がいらあ……でっかい蚤だらけ」ペリー・リースが嘲笑《あざわら》った。ジェムがうんと殴りつけると、ペリーは撤回《てっかい》し、ブルーノに蚤は一匹もいないよ――一匹もいないと言い直した。

「おれんちの犬ころは、週にいっぺん、ひきつけを起こすんだぞ」ボブ・ラッセルが自慢した。「おまえんちの老いぼれの犬ころは、いっぺんもないだろ、そう決まってら。おれんちにそんな犬がいたら、肉挽《にくひ》き機にかけてやる」

「前は、うちも、あんな犬がいたな」マイク・ドリューが言った。「だけど溺れ死にさせたんだ」

「ぼくの犬は、おっかない犬なんだぞ」サム・ウォレンが得意げに言った。「ひな鳥は殺すし、洗濯日には、服を全部、嚙みちぎるんだ。おまえの年寄り犬に、そんな度胸はないだろ」

ブルーノにそんな勇気はなかった。サムには言い返さなかったが、ジェムは自分でも悲しいまでにわかっていた。ブルーノに勇気があればいいのに、とすら思った。さらにワティ・フラッグが、「おまえの犬は、いい犬だな……日曜日も、全然、吠えないもんな」と囃（はや）したときは、胸にぐさりとこたえた。ブルーノは何曜日だろうと吠えなかった。

だがそうしたことを差し引いても、ブルーノは本当に可愛い、愛すべき小さな犬だった。

「ブルーノ、どうしてぼくを好きになってくれないの？」ジェムは泣きそうになった。「きみのためなら、どんなことだってしてあげるのに……一緒に遊んだら、とっても楽しいのに」それでもジェムは、自分の敗北を誰にも認めようとしなかった。

ある夕方、ジェムは、内海口のムール貝焼き（2）から慌てて帰ってきた。嵐が近づき、海はうめき声をあげていた。どこもかしこも不気味で、寂しげだった。炉辺荘に駆けこむと、つんざくような雷鳴《らいめい》が長く轟《とどろ》いた。

「ブルーノは、どこ？」ジェムは叫んだ。

ブルーノを連れずに出かけたのは初めてだった。内海口までの遠い道のりは、小さな犬にはつらかろうと考えたのだ。だが本当は、心がここにない犬と一緒に遠くまで歩くことは、ジェム自身にとってもつらいとは、彼は認めようとしなかった。

ブルーノがどこにいるのか、誰も知らなかった。夕食後にジェムが出かけてから、誰も見ていなかった。ジェムはあらゆるところを探したが、居なかった。雨がふりだし、土砂ぶりになった。世界は稲光《いなびかり》に没した。この暗黒の夜、ブルーノは外にいるのだろうか――迷子になったのだろうか？　ブルーノは雷《かみなり》を怖がるのに。ブルーノがジェムのそばに来るのは、稲光が空を引き裂く間、そっと身を寄せるときだけだった。

ジェムがあんまり心配するので、嵐がすぎると、ギルバートが言った。

「ロイ・ウェストコットの往診に行くから、どのみち内海口へ行かなければならないんだ。一緒においで、ジェム。帰りに、もとのクローフォードの家へ回ってみよう。ブルーノはあそこへ戻っていると思うんだ」

「六マイルもあるのに？　まさか！」ジェムは言った。

だがそうだった。二人が、人気《ひとけ》も灯りもない古びたクローフォード家に着くと、濡れた玄関の上がり段に、雨と泥に汚れた小さな犬が、ぶるぶる震えながら寂しげに縮《ちぢ》こまっていた。犬は疲れ切った心満たされない目で、二人を見あげた。ジェムが両腕にブルーノを抱きあげ、膝までうまるもつれた草をぬけて馬車まで運んでも、いやがらなかった。

ジェムは幸せだった。雲が月の前を流れてゆくさまは、まるで月が夜空を駆《か》けていくようだ！　馬車でゆく雨上がりの森のなんというかぐわしい匂い！　なんとすばらしい世界だろう！

「父さん、これでブルーノも、炉辺荘に満足してくれるね」

「たぶんね」と父は答えただけだった。水をさしたくはなかったが、小さな犬は、最後の心の拠《よ》り所を失って、ついに胸破れたのではないかとギルバートは考えていた。

ブルーノはあまり食べなかったが、その夜以来、さらに食が細くなり、ついに何も口にしない日が来た。獣医が呼ばれたが、体はどこも悪くないと言う。

「私の経験では、悲しみから死んだ犬が一匹いましたね。この犬も、そうではないかと思います」獣医は、先生だけに話した。

獣医は「強壮剤」を出し、ブルーノはおとなしくのんだ。それからまた横になり、前脚に頭をのせ、うつろに空《くう》を見ていた。ジェムは両手をポケットに入れて立ち尽くしたまま、そんなブルーノをしばらく見つめていた。それから父さんと話をしに、書斎へ行った。

次の日、ギルバートは町へ出かけ、いろいろと問い合わせたのち、ロディ・クロフォードを炉辺荘へつれて帰った。ロディがヴェランダの階段をあがっていくと、その足音を、ブルーノは居間で聞きつけた。犬は頭をあげ、耳を立てた。次の瞬間、やせ衰えた小さな犬の体は、青白い顔に茶色い目をした少年にむかって、絨毯《じゅうたん》の上をとんでいった。

「先生奥さんや」その夜、スーザンが感に堪《た》えない様子で言った。「あの犬は、泣いていたんですよ……泣いてたんです。現《げん》に、涙が鼻にこぼれてましたから。信じなさらなくても、かまいません。私もこの目で見なかったら、絶対に信じませんでしたよ」

ロディは、わが胸にひしとブルーノを抱きしめた。それから半ば挑《いど》むように、半ば頼みこむように、ジェムを見た。

「きみは、この犬《こ》を買った、それはわかってるよ……だけど、この犬《こ》は、ぼくのものなんだ。ジェイクは、ぼくに嘘をついてたんだ。ヴィニーおばさんは、犬がいても、ちっともかまわないよって言ってくれるんだ。だけど、ぼく、この犬《こ》を返してほしいって、言っちゃいけないと思ってたんだ。これは、きみからもらった一ドルだよ……一セントも使ってないよ……ぼく、使えなかったんだ」

ジェムは、一瞬、ためらった。それからブルーノの目を見た。「ぼくは、なんて心のせまい馬鹿者だったんだろう！」自分に愛想がつきる思いだった。ジェムは一ドルを受けとった。

にわかに、ロディは笑顔になった。無表情だった顔つきが一変した。だがロディは、ぶっきら棒に「ありがとう」としか、言えなかった。

その晩、ロディは、ジェムと一緒に眠った。腹一杯になるまでがつがつ食べたブルーノは、二人の少年の間に体を長々と伸ばして寝た。ロディは、休む前に、ひざまずいて祈りを捧げた。するとブルーノもそばにおすわりをして、前脚を寝台にかけた。もし犬がお祈りをするなら、このときのブルーノは祈りを捧げていた――それは感謝の祈りであり、生きる喜びを新たにした祈りであった。

ロディが食べものを持ってきてやると、ブルーノはむさぼるように食べたが、その間もロディから目を離さなかった。ジェムとロディがグレンへ出かけると、犬は、二人の後ろから、元気よくじゃれまわるように飛び跳ねていった。「あんなに急に元気になった犬は、見たことがありませんよ」スーザンが断言した。

あくる日の夕方、ロディとブルーノは帰っていった。ジェムは黄昏《たそがれ》のなか、勝手口の上がり段に、長い間すわっていた。ウォルターと、「虹の谷」へ海賊の宝物を掘りにいくのは断った――ジェムは、もう豪胆《ごうたん》な気分にも、海賊《バカニーア》の気っ風《きぷ》にも、なれなかった。ザ・シュリンプ《おちびちゃん》にも目をむけなかった。猫は薄荷《ミント》の茂みで背を丸くして、獰猛《どうもう》なピューマ（3）が身をかがめて飛びかかろうとするように尻尾をふっていた。炉辺荘の犬は、つらい思いをしたのに、猫はどうして幸せなんだ！

リラが、青い天鵞絨《ヴェルヴェット》の象を持ってきてくれたが、彼は不機嫌にあたった。ブルーノが行ってしまったのに、天鵞絨の象なんか！　次はナンが来て、神さまをどう思っているか、もし言うなら、小声で言うべきだと声をかければ、また冷ややかにやっつけた。

「誤解するな。これが神さまのせいだなんて、ぼくは思ってないからな」ジェムは厳しく言った。「何が大切なことか、判断する力がないんだな、ナン・ブライス」

ナンは、ジェムの言うことが少しもわからず、打ちひしがれて去った。ジェムは、燻《くすぶ》っているような夕焼けの残照《ざんしょう》を、にらみつけていた。グレンの村中で犬が吠えていた。街道をくだったジェンキンソン家の人が、飼い犬を呼んでいた――みんなして代わる代わるに呼んでいた。誰もが、ジェンキンソン家の者ですら、犬がいる——みんなが犬を飼っているのに、ぼくにはいない。ジェムの前に、犬のいない砂漠のような人生が広がっていた。

アンが来て、ジェムの顔を見ないよう気づかって低い段に腰をおろした。母の思いやりが、ジェムの身にしみた。

「最高の母さん」ジェムは声をつまらせた。「ぼく、あんなにブルーノを可愛がったのに、どうしてブルーノは、ぼくを好いてくれなかったの？　ぼくは……犬に愛されない子どもなの？」

「そんなことはありませんよ、坊や。思い出してごらんなさい、ジップは、どんなにあなたのことが好きだったか。ブルーノには愛する心がたっぷりあったのよ、でも……もう心を全部あげてしまった後だったの。そうした犬がいるのよ……一人の人だけを愛する犬が」

「とにかく、ブルーノとロディは幸せになったんだね」ジェムはせめてもの切ない満足をかみしめた。そして身をかがめ、髪が小さく波打つすべらかな母の頭の天辺にキスをした。「ぼく、もう犬は飼わないよ」

この思いも、いつか過ぎていくだろうとアンは思った。ジッピーが死んだときも、ジェムは同じように感じたのだ。だが、それは間違っていた。彼の苦しみは、ジェムの魂にまで深く食いこんでいた。それからも犬は炉辺荘に来て、また去っていった――それは家族の犬であり、よい犬たちだった。ジェムは、ほかのきょうだいと同じように犬を可愛がり、犬と遊んだ。だが、「ジェムの犬」はいなかった。「けなげな犬のマンディ」(4)がジェムの心を占め、その犬が、ブルーノが飼い主を愛した心をしのぐ一途な献身で、ジェムを愛するまでは――この犬マンディの献身的な愛は、グレンで語り継がれる歴史になるのだ。だがそれはまだ何年も先のことである。その夜、少年のジェムはたまらなく寂しい思いで、自分のベッドに入った。

「ぼくが女の子だったらよかったのに」ジェムは痛いほど思った。「そうすれば、いくらでも泣けるのに」

第25章

ナンとダイは学校に通うようになり、八月最後の週から登校を始めた。

「私たち、夜には、なんでもわかるようになってるの、母さん？」初日の朝、ダイは真面目な顔できいた。

今では九月初めとなり、アンとスーザンも慣れてきたが、毎朝、小さな女の子が二人で学校へ行く姿を見送ることは楽しかった。二人はなんとも小さく、何の憂いもなく、こざっぱりとして、学校へ行くことを大冒険だと考えていた。先生にあげる林檎を一つ、いつも籠《バスケット》に入れ、襞飾り《ラッフル》のあるピンクと青のギンガムのワンピース《フロック》を着た。二人は少しも似ておらず、おそろいの服を着せられたことはなかった。ダイアナは赤毛で、ピンク色は着られなかったが、ナンには似合った。炉辺荘の双子は、ナンのほうが器量よしだった。ナンはとび色の瞳に、とび色の髪、肌の色つやも美しく、七歳とはいえ、本人もそれをよく心得ていた。ある種のスター性が、ナンの流儀《スタイル》には備わっていた。誇らしげに頭をそらし、小さくて生意気なあごを心もちあげ、すでに「お高くとまっている」と思われていた。

「あの子はいずれ、母親の癖や姿勢を、そっくり真似しますよ」アレック・デイヴィス夫人が言った。「母親の気取ったそぶりや上品ぶったとこを、今だって身につけてますから、あたしに言わせれば」

双子は、外見以上に、中身も似ていなかった。ダイは、姿は母親似だったが、性格と長所は父ゆずりであり、父親の実務的な気質や、明朗《めいろう》で常識的なところ、ユーモアのセンスのひらめきが芽生え始めていた。一方のナンは、母親の想像力という才能をゆたかに受けつぎ、すでに自分なりのやり方で、人生を興味深いものにしていた。たとえばその夏、ナンは神と取引をすることに限りない興奮を味わっていた。その要点は、「もし神さまが、これこれをしてくださるなら、私もこれこれをします」というものである。

炉辺荘の子どもたちはみな、「今や私は横になり……」(1)という昔ながらの古典的な祈りで人生を始め――次に、「われらの父よ」(2)に昇格し――あとは、自分が考えた言い回しで、ささやかなお願いを祈りなさいと教わっていた。それなのにナンが、善い行いをします、とか、辛抱します、と約束すれば、神さまが願いを叶えてくださると、なぜ思うようになったか、言い当てるのは難しい。もしかすると、若くてきれいな日曜学校の教師に、間接的な責任があるのかもしれない。この教師は、いい子にしないと、神さまはこれとあれをしてくださいませんよと、しばしば諭《さと》したのだ。この考えを逆さにして、もしあなたがこういう人や、ああいう人になれば、またこれやあれをすれば、神さまは望みを叶えてくださるだろう、という結論にいたるのは、造作なかった。その春、ナンは、初めて神さまと「取引」をしてうまくいったため、夏の間、失敗しても懲《こ》りずに続けた。それは誰も知らず、双子のダイでさえ知らなかった。ナンは一人で秘密をかかえたまま、夜だけでなく色々なときに、様々な場所でお祈りを唱えた。ダイはこれをよいとは思わず、ナンに言った。

「神さまを、色んなものと一緒にしちゃだめよ」ダイは厳しく言った。「神さまが、ありふれたものになるわ」

アンはこれを聞くと、ダイをたしなめた。「神さまは、色々なもののなかにいらっしゃるのですよ、ダイちゃん。神さまは、いつも私たちのそばにいらして、力と勇気を与えてくださる友だちですよ。だからナンが、お祈りしたいところで神さまに祈ることは正しいのです」と。だがアンも、幼いナンの祈りの中身を知れば、絶句したであろう。

五月のある夜、ナンは祈りを唱えた。「来週のエイミー・テイラーのパーティの前に、私の歯を生やしてくださったら、親愛なる神さま、スーザンがくれるひまし油《ゆ》（3）をつべこべ言わずに毎回飲みます」

ナンの愛らしい口もとは乳歯が抜けて、長い間、見苦しい隙間《すきま》が空いていたが、その翌日、歯が頭をのぞかせ、パーティの日までに見事に生えたのだ。これほど確かな神の奇跡を、誰が望めようか？　そこでナンは、約束を忠実に守り、スーザンはひまし油を与えるたびに、たまげるやら喜ぶやらした。ナンは顔もしかめず、逆らうこともなく飲んだからだ。だがナンは、期限を区切ればよかった――三か月と言えばよかったと思うこともあった。

神さまは必ず応じるわけではなかった。しかし、ボタンを紐《ひも》に通す（4）ので特別なボタンをくださいと頼んだとき――ボタン集めはグレン中の小さな女の子の間で麻疹《はしか》のごとく流行《はや》っていた――ナンは、神さまがボタンをくださるなら、スーザンが欠けたお皿を出しても文句を言いませんと約束した――すると次の日、ボタンが現れたのだ。スーザンが屋根裏の古いドレスに、ボタンを一つ見つけたのだ。それは美しい赤いボタンで、小さなダイヤモンドが、いや、ナンがダイヤモンドだと信じているものが鏤《ちりば》められていた。この優雅なボタンのおかげで、ナンはみんなに羨ましがられた。その夜、ダイヤが欠けたお皿を嫌がると、ナンは人格者ぶって言った。「そのお皿は、私にまわしてちょうだい、スーザン。これからはずっと、私が使うわ」スーザンは、ナンは天使のような無私の心の持ち主だと思い、言葉に出してほめた。そんなとき、ナンはやけに得意そうに見え、自分でもそんな気がした。日曜学校のピクニックでは、前の晩、雨になると誰もが言ったが、すばらしい天気になった。ナンは、毎朝、言われなくても歯を磨きますと約束したのだ。なくした指輪が出てきたときは、手の爪をいつも念を入れてきれいにしますと約束していた。ナンが前から欲しがっていた空飛ぶ天使の絵をウォルターが譲ってくれると、それからは、夕食の赤身の肉と一緒に、脂身《あぶらみ》も不平を言わずに食べた。

とはいうものの、箪笥《たんす》の引き出しをいつも整理整頓するので、形がくずれて継ぎのあたったテディ・ベアを若返らせてほしいと頼んだときは、思わぬ障害にぶつかった。ナンは毎朝、今日こそは、と奇跡を待ち望み、早く望みを叶えてほしいと願ったが、テディは若くならなかった。ついにナンも、古びたテディのことはあきらめた。結局、テディは古くても可愛い熊ちゃんだし、古い箪笥の引き出しをいつも片付けておくのは大変なのだ。ところが、父さんが新しいテディ・ベアを買ってきてくれたのだ。ナンはあまり気に入らなかったが、彼女の小さな良心は、不安に千々《ちぢ》に乱れた。しかし、テディ・ベアをもらっても、箪笥の引き出しを苦労して整頓する必要はなかろうと判断した。そんなナンの信仰がよみがえったのは、瀬戸物の猫の片目がなくなったので戻してくださいと祈ったところ、翌朝、元の場所についていたときだった。もっとも、少し斜めについて、猫は寄り目になっていたが。実はスーザンが掃除中に見つけて、糊で貼り付けたのだ。だがナンはそうとは知らず、喜んで神さまとの約束を果たし、四つん這《ば》いで納屋のまわりを十四周した。納屋のまわりを四つ足で十四周すると、神にとって、またはほかの誰かにとって、どんないいことがあるのか、ナンは立ち止まって考えることはなかった。もちろんそんな真似をするのは嫌だった――兄さんたちはいつも「虹の谷」で、ナンとダイに何かの動物の真似をさせたがるのだ――しかしナンの幼い心には、自分が難行苦行《なんぎょうくぎょう》をすれば、与えるも与えないも思いのままの神という神秘の存在がお喜びになるだろうという、おぼろな考えがあったのだろう。ともかく、その夏、ナンは奇妙きてれつな離れわざを幾つも考えだし、スーザンは、子どもはいったいどこからこんな馬鹿なことを思いつくのだろうと、しばしば首をかしげた。

「先生奥さんや、どうしてナンは、毎日二度、床を歩かずに、居間を一周しなくちゃならないんでしょうか？」

「床を歩かずに！　どうすればそんなことができるの、スーザン？」

「家具から家具へ、跳びうつるんです。炉囲い(5)の上も歩くんですよ。昨日、ナンは、炉囲いの上で足を滑らせて、頭っから、真っ逆さまに石炭入れ(6)に落ちましてね。先生奥さんや、虫下しでも飲ませたほうがいいでしょうかね？」

その年は、父さんが危うく肺炎になりかけ、母さんが肺炎になった年として、炉辺荘の年代記で必ず語られる一年になった。ある晩、アンはひどい風邪をひいていたにもかかわらず、ギルバートとシャーロットタウンのパーティに出かけたのだ——顔映りのよい新調のドレスを着こなし、ジェムの真珠の首飾りをかけたアンはたいそう美しく、母が出かける前に見ようと入って来た子どもたちはみな、自慢できる母さんがいてすばらしいと思った。

「なんてすてきなペチコートかしら、シュッシュッと音がして」ナンがため息をもらした。「大人になったら、私もそんなタフタのペチコートを着られるかしら、母さん?」

「そのころには、女の子はもうペチコートなんか着ないと思うよ」ギルバートが言った。「いや、取り消すよ。アン、そのドレスは、スパンコールはどうかと思うが、気絶するほどすてきだ。さあ、ぼくを惑《まど》わせないでおくれ、奥さん。これで今夜、ぼくが言うつもりのお世辞は、みんなきみに言ってしまったよ。今日、『医学ジャーナル』で読んだ記事をおぼえているかい……『生命とは、絶妙にバランスがとれた有機的化学物質にすぎない』とあったね。そう考えれば、人は謙虚《けんきょ》で控えめになるよ。なのにスパンコールとはね、いやはや! しかもタフタのペチコートとは、まったく。ぼくらは『原子(7)が偶然に連鎖したもの』でしかないんだよ。かの偉大なるフォン・ベンブルク博士(8)がそう言っている」

「あんな味気《あじけ》ないフォン・ベンブルク博士の言葉を、私の前で出さないでちょうだい。あの博士は、慢性のひどい消化不良だったに違いないわ。あの人は『原子の連鎖』かもしれないけれど、私は違いますからね」

その数日後、アンは重病の「原子の連鎖」になり、ギルバートは心痛の「原子の連鎖」となった。スーザンは不安げな疲れ切った顔つきで歩きまわり、専門の看護婦は案じ顔で出入りした。言い知れない影が、突然、炉辺荘に襲いかかり、広がり、暗く翳らせたのだ。母の病状が深刻であることを、子どもたちは知らされなかった。ジェムでさえ、はっきり理解していなかった。それでも子どもたちはみな、冷え冷えとした気配と恐怖を感じとり、おとなしく、物憂げにすごした。このときばかりは、かえでの森に笑い声は響かず、「虹の谷」で遊ぶこともなかった。何よりつらかったのは、母に会わせてもらえないことだった。家に帰っても、笑顔で迎えてくれる母はいない。そっと寝室に入り、おやすみのキスをしてくれる母もいない。慰め、同情し、気持ちをわかってくれる母も、一緒に冗談を笑ってくれる母もいない――母さんのように笑う人は誰もいないのだ。母が留守にするよりも、つらかった。外へ出かけたなら、帰ってくるとわかっている――だが今は――何もわからなかった。子どもたちは、何も教えてもらえず――はぐらかされるだけだった。

　ある日、ナンが、エイミー・テイラーに何か言われて、蒼白になって学校から帰ってきた。「スーザン、母さんは……母さんは……まさか、死ぬんじゃないでしょうね、スーザン？」

「当たり前です」スーザンの返答はあまりに素早く、あまりに険しかった。しかもナンのコップに牛乳をつぐ手がふるえていた。「誰がそんなことを？」

「エイミーよ。エイミーが言ったの……ああ、スーザン、母さんはきれいな亡骸《なきがら》になるだろうって！」

「あの子の言うことなんか、気にするんじゃありません、いい子だから。テイラー家はそろって、べらべらおしゃべりなんです。お母さんは神さまに守られてますから、重い病気ですけど、切り抜けます、それは確かです。お父さんがついていなさるんですよ」

「神さまは、母さんを死なせないよね、そうでしょ、スーザン？」ウォルターは血の気の失せた唇でたずねた。彼が真剣に一心にスーザンを見つめるので、彼女は気休めの嘘が言いづらかった。それが本当に嘘になるのではないか、怖かった。スーザンは、心底、おびえていた。その午後、看護婦は首を左右にふっていた。あまつさえ先生にいたっては、夕食におりるのを断ったのだ。

「全能の神は、ご自分のなさることをご承知していなさる(9)、とは思うけれど」スーザンはつぶやきながら、夕食の皿を洗った——三枚割ってしまった——だがスーザンは、彼女の正直で誠実な人生で初めて、この一節に疑いをもった。

　ナンは不安げにうろつきまわっていた。父さんは書斎の机にむかい、両手で頭を抱えていた。そこに看護婦が入り、今夜が峠でしょうと語るのが、ナンの耳に聞こえた。

「峠って、なあに？」ナンは、ダイにたずねた。

「蝶々が出てくるものだと思う」(10)ダイは用心して言った。「でも、ジェムに聞いてみよう」

　ジェムは、峠を知っていた。そのため彼は、二人に教えると、二階へあがり、部屋に閉じこもってしまった。ウォルターの姿はなかった——「虹の谷」の「白い貴婦人」の下で、うつ伏せに横たわっていた――シャーリーとリラは、スーザンがベッドへ連れていった。そしてナンは、ひとり表へ出て、上がり段に腰をおろした。後ろの家のなかは、いつもとは違い、恐ろしいほどに静まりかえっていた。目の前のグレンの村は、夕日の輝きに満たされていたが、赤土の長い街道は土埃《つちぼこり》にかすみ、内海沿いの野原のこぬか草は日照りに白く焼けていた。何週間も雨がなく、庭の花はしおれていた――母さんが愛する花々だった。

ナンは一心に考えていた。今こそ、神さまと取引をするときだ。母さんを元気にしてくださるなら、何を約束しよう？　何かとてつもないことでなくてはならない――神さまがしてくださることの価値に見合うことでなくては。ナンは、デッキー・ドリューが、いつか学校でスタンレイ・リースに言ったことを思い出した。「夜遅く、墓場を通り抜けられるもんなら、やってみろ」それを聞いて、ナンは震えあがったものだ。夜もふけてから、いったい誰が墓場を通り抜けられるだろう――誰がそんなことを考えつくだろう？　炉辺荘の誰も知らなかったが、ナンは墓地が怖かった。死んだ人がうじゃうじゃいると、前にエイミー・テイラーが言ったのだ――「でもね、いつも死んだままってわけじゃないから」と、エイミーは不気味な謎めいた口ぶりで言ったのだ。昼間でさえ、ナンは、一人で墓地のわきを通れなかった。

はるか遠くで金色にかすむ丘の木々が、空にふれていた。あの丘に行けたら、空にさわれるのにと、ナンはたびたび思っていた。神さまはあの丘のすぐ向こうにいらっしゃるもの——あの丘へ行けば、神さまにもっと願いが届くのに。でも私はあの丘へ行くことはできない——この炉辺荘で、精一杯のことをするしかない。

ナンは日焼けした小さな両手を組みあわせ、涙に濡れた顔を空へむけた。

「愛する神さま」小さな声で言った。「もし、母さんを元気にしてくださるなら、夜遅く、墓地を通り抜けます。ああ、愛する神さま、どうか、お願いです。これを叶えてくださったら、神さまを煩《わずら》わせることは、この先ずっとありません」

第26章

その夜、幽霊の漂う時刻に炉辺荘を訪れたのは、死ではなく、生《せい》だった。ようやく眠りについた子どもたちは、たとえ眠っていても、炉辺荘の「影」が、来たときと同じように音もなくすみやかに去ったことを感じたにちがいない。子どもたちが目をさますと、待ち望んでいた恵みの雨ふる暗い朝ではあったが、その瞳には光が宿っていた。スーザンから良い知らせを聞くまでもなかった。彼女は十歳も若返って見えた。母さんは峠を越したのだ。これからも生きていくのだ。

土曜日で学校はなかったが、表で遊ぶことはできなかった——雨ふりの外へ出るのは大好きだったが、この土砂ぶりでは無理だった——家でおとなしくすごさねばならなかったけれど、こんなに幸せだったことはなかった。一週間、ほぼ徹夜だった父さんは、客用寝室の寝台に身を投げだし、長時間、ぐっすり眠った——その前に、彼はアヴォンリーのグリーン・ゲイブルズに長距離電話をかけた。その家では二人の老婦人（1）が、いつ電話が鳴るかと、ふるえながら待っていたのだ。

スーザンは、このところはデザートどころではなかったが、その日は、お昼の正餐《ディナー》に輝くばかりの「オレンジ・シュフレ」(2)をこしらえた。さらに夕食には、ジャム巻きプディング(3)を作ると約束してくれ、バタースコッチ・クッキー(4)を天火《オーブン》に二回分、焼いてくれた。コック・ロビンは家中で歌いさえずった。いすまでが踊り出すようだった。乾いた大地は雨を歓び迎え、庭の花々は勢いよく顔をもたげた。ところがナンは、喜びをかみしめながらも、神さまと取引をした結果を直視しなければならないと苦労していた。

約束を破るつもりはなかったが、もう少し勇気が出てからと、先延ばしにしていたのだ。墓場を通り抜けるなんて、考えただけで、エイミー・テイラーのお気に入りの言い回しを借りれば「血も凍る」のだった。スーザンは、ナンの様子がどうもおかしいと、ひまし油を与えたが、目立った効き目はなかった。ナンは、この前、神さまとひまし油の取引をしてから、スーザンが頻繁《ひんぱん》に飲ませるような気がしてならなかったが、おとなしく飲んだ。夜の墓場を通ることに比べれば、ひまし油くらい何だというのか? 墓地を通るなんて、どうすればできるのか見当もつかなかったが、とにかく、しなくてはならないのだ。

母さんはまだ衰弱がひどく、面会は許されなかった。部屋をそっとのぞいて見るだけだった。すると母さんはひどく顔色が悪く、やつれていた。ナンは思った。私が約束を守らないからかしら?

「お母さんには、お時間をあげなくてはね」スーザンが言った。

どうやって人に時間をあげられるのかしら。ナンは不思議に思った。だがそんなナンも、なぜ母さんが早く治らないか、わかっていた。ナンは真珠のような小さな歯を食いしばった。明日はまた土曜日だ。明日の夜こそ、約束を果たそう。

するとと翌日の朝は雨ふりで、ナンは思わず胸を撫でおろした。このまま夜まで雨なら、たとえ神さまでも、私が墓地をうろつくとは思わないだろう。ところが昼までに雨はあがり、霧が内海に這《は》い広がり、グレンもおおい、炉辺荘を不気味な魔法でとりまいた。ナンはまだ望みをつないでいた。霧が濃ければ墓地へ行けないからだ。ところが夕食どきに風が出て、幻《まぼろし》のような霧の風景は消えうせた。

「今夜は月がありませんね」スーザンが言った。

「ああ、スーザン、月をこしらえることはできないの？」ナンは絶望の思いで叫んだ。墓場を通り抜けるなら、月明かりがなくてはならない。

「あれ、まあ、この子ったら、誰も、月はこさえられませんよ」スーザンが言った。「私が言ったのは、今夜は曇ってるんで、月が見えない、ってことですよ。そもそも、月が出ようが出まいが、どんな違いがあるんです？」

それは話せないことだった。スーザンは前にも増して心配した。この子は何かに悩んでるにちがいない——一週間、ずっと様子がおかしい。食事は半分も食べず、塞《ふさ》ぎこんでいる。母親を心配してるのだろうか？　もうそんな必要はないのに——先生奥さんは、みるみる快復なすってるのだから。

それはその通りだが、ナンは、約束を守らなければ、母はみるみる快復するのをやめると思っていた。日が暮れると、雲は渦《うず》をまいて去り、月が昇った。まことに異様な月だった——まがまがしいほどに巨大で、血のように赤い月。ナンはそんな月を見たことがなかった。月が恐しかった。いっそ暗闇のほうがましなくらいだった。

双子は八時に寝台に入ったが、ナンは、ダイが眠るまで待たねばならなかった。ダイは、なかなか寝つかなかった。悲しみに打ちひしがれて眠るどころではなかったのだ。ダイの親友のエルシー・パーマーがほかの女の子と学校から帰ったため、彼女は自分の人生は終わったも同然と思いこんでいた。九時になった。ナンは、もうベッドから出ても大丈夫だと思った。服を着がえた。指がふるえて、なかなかボタンが留められなかった。抜き足さし足で下へおり、勝手口から外へ出た。そのころスーザンは、台所でパン種をしかけながら、自分が預かっている人はみんなベッドで無事に休んでいると満ちたりた気持ちだった。もっとも、先生だけは、お気の毒に、赤ん坊が鋲《びょう》を呑みこんだからと、大至急、内海口の家に呼び出されていた。

ナンは表へ出ると、「虹の谷」へおりていった。その谷を抜け、丘のまき場をのぼる近道をとる必要があったのだ。なぜなら炉辺荘の双子の一人が街道をうろついて村を歩く姿を見られたら、不審に思われ、有無《うむ》を言わせず連れもどされるだろう。九月も終わりの夜は、なんという寒さだ！　そうとは思いもしなかったナンは、上着《ジャケット》を着てこなかった。夜の「虹の谷」は、昼間よく遊びにいく親しみ深いところではなかった。月は当たり前の大きさにもどり、もう赤くはなかったが、不気味な黒々とした影を投げかけていた。ナンは前から暗いところが怖かった。小川のほとりのしおれた蕨《わらび》の暗がりに見えるのは、泥だらけの足だろうか？

ナンは頭をそびやかし、あごをあげ、「怖くないわ」と、勇ましい大声を出した。「胃のあたりが、ちょっと変な感じがするだけよ。私はヒロインなのよ」

ヒロインだというすてきな考えのおかげで、丘の中腹まで登ることができた。そのとき、妙な影がさして、あたりがさっと翳った——月に雲がかかったのだ——しかしナンは、鳥の話を思い出した。夜、人に襲いかかって、さらっていく「大きな黒い鳥」がいるという恐ろしい話を、いつかエイミー・テイラーがしたのだ。私の上を横切ったのは、その鳥の影だろうか？　でも母さんは、「大きな黒い鳥」なんていないと言った。「母さんが嘘をつくはずがないわ……母さんは、嘘をつかないもの」ナンは声に出して言った——ひたすら歩いていくと、柵に出た。この柵をこえると街道で——街道をわたると墓地だった。ナンは立ちどまって、ふうと息をついた。

また雲が、月にかかった。するとナンのまわりに、暗闇におおわれた見慣れぬ未知の世界が広がった。「ああ、世界は大きすぎる！」ナンは身震いして、柵にとりすがった。炉辺荘に帰ることができたら！　でも――「神さまは私をごらんになっているもの」と七つの幼な子は言うと――柵をよじ登った。

ナンはむこう側に転がり落ち、膝をすりむいて、服が破《やぶ》けた。立ちあがるとき、雑草のとがった株が靴につき刺さり、足を切った。ナンは足をひきずって街道をわたり、墓地の門へむかった。古びた墓地は、東の端《はし》に並ぶもみの影に、おおわれていた。墓地の片側はメソジスト教会で、もう片側は長老派教会の牧師館だったが、牧師が不在のため灯りもなく、静まりかえっていた。不意に、月が雲からあらわれ、今度は、墓地が影という影でいっぱいになった。揺れ動いて踊っている影――身をまかせようものなら、つかみかかろうとする影。誰かが捨てた新聞が街道を吹き飛ばされていった。年老いた魔女が踊っているようだった。ナンは新聞だとわかっていたが、これこそが夜の不気味さだった。ヒュウ、ヒュウと、もみの木立が鳴り、夜風が吹き抜けた。門の柳の長い葉が、ナンの頰をかすめると、悪戯な小妖精《エルフ》の手がさわったかのようだった。一瞬、ナンの心臓が止まった――それでもナンは、墓地の門の掛けがねに、手をおいた。

もし、お墓から長い腕がのびてきて、私を引きずりこんだら！

ナンはくるりとむき返った。今、思い知ったのだ。取引があろうがなかろうが、夜、墓地を通るなんて、絶対に無理だ。突然、ナンのすぐそばで、身の毛もよだつようなうなり声があがった。ベン・ベイカー夫人が街道に放している年寄り牛が、えぞ松の陰から立ちあがっただけだったが、ナンは確かめもせず、抑えがたい恐慌《パニック》に襲われ、丘を駈けおり、村を走り、炉辺荘めがけて街道を駈けあがった。門の外にある、リラが「どろんこ沼」と呼ぶ場所も、慌てふためいて突《つ》っ走った。そこはもう家だ。柔らかな灯りが窓に輝くわが家だった。次の瞬間、ナンは、スーザンの台所へよろめくように入った。泥はねに汚れ、濡れた足から血が流れていた。

「どうしたんです！」スーザンは呆然《ぼうぜん》とした。

「私、墓地を通り抜けるなんて、できなかったの、スーザン……できなかったの！」ナンは肩で息をしていた。

スーザンはまずは何も聞かず、凍《こご》えて取り乱したナンを抱きかかえ、濡れた靴と靴下をはぎとり、服を脱がせ、寝巻を着せ、ベッドへ運んだ。それから「おやつをひと口」とりに下りた。子どもが何をしたにせよ、腹を空かせたまま寝かせるわけにはいかない。

ナンは夜食を食べ、コップの熱いミルクをすすった。灯りのついた暖かな部屋に戻り、気持ちのいいぬくぬくしたベッドで無事でいられるのは、なんてすてきだろう！　それでもナンは、何も語ろうとしなかった。「これは神さまと私の秘密なの、スーザン」スーザンは、先生奥さんが起きて動けるようになれば、どんなにありがたいだろうと思いながら寝台に入った。

「子どもたちは、だんだん私の手に負えなくなってきたんだね」スーザンは力なくため息をついた。

こうなったからには、母さんはきっと死ぬだろう。ナンは、その恐ろしい確信を抱いて目をさました。私が約束を守らなかったのだから、神さまも守ってくださらないだろう。それから一週間、ナンは毎日、どうしようもなく憂うつだった。何をしても楽しくなかった。スーザンが屋根裏で糸を紡ぐところを見ても——前はいつもうっとりしたのに、楽しくなかった。私はもう二度と笑えないだろう。何をしようと意味はないのだ。ナンは、おがくずを詰めた犬の縫いぐるみを、シャーリーに与えた。シャーリーが前から欲しがっていたのだ。この縫いぐるみはケン・フォードが引っぱって両耳がとれていたが、ナンは、古いテディ・ベアよりも大切にしていた——ナンは前から古いものがとりわけ好きだった——貝殻でできた自慢の家は、リラに譲った。マラカイ・ラッセル船長が西インド諸島（5）からはるばるナンに持ち帰ったものだった。これで神さまも満足してくだされば、と願いつつも、だめかもしれないと不安だった。そこで新しい子猫をエイミー・テイラーが欲しがったので譲った。しかし子猫は家に戻り、何度も戻ってくるため、神さまが納得なさっていないと、わかった。私が墓地を通り抜けない限り、何をしても、神さまは満足なさらないのだ。でも、そんなことは絶対にできないと、悩める哀れなナンは、もうわかっていた。私は臆病者だ、そして卑怯者だ。卑怯なやつだけが取引から逃げようとすると、いつかジェムが言ったのだ。

アンは寝台に起きあがることを許された。病後からほとんど快復したのだ。ほどなくまた家事ができるようになるだろう――本を読み――重ねたクッションにゆったり寄りかかり――好きなものを食べ――炉辺《ろへん》にすわり――庭を手入れして――友に会い――面白い噂話に耳を傾け――一年という首飾りに宝石のように輝く一日一日を喜び迎え――人生という色彩に富んだ芝居《ページェント》において、ふたたび一つの役をつとめるだろう。

アンはすばらしい昼食《ディナー》をとったところだった――スーザンがこしらえた詰め物入りのラムの脚（6）は、ちょうどいい焼き加減だった。また空腹を感じるようになったことが、アンは嬉しかった。彼女は室内を見まわし、愛する品々の一つ一つに目をとめた。新しいタカーテンは新しくしましょう――春の緑色と淡い金色の中間の色がいいわね。新しいタオル入れの戸棚は、浴室に置かなくては。それからアンは窓の外を見た。あたりには魔法がかかっていた。かえでの枝をすかして青い内海がちらりと見えた。芝生のしだれ白樺は黄葉《こうよう》して、柔らかにふる金色の雨のようだった。広大な空という庭園は、秋の絢爛《けんらん》たる大地の上に、アーチを描いていた――大地は、信じられないほど鮮やかな色彩と、豊潤《ほうじゅん》な陽ざしと、長くなっていく影を抱《いだ》いていた。コック・ロビンは、もみの梢《こずえ》に、おかしな具合に斜めにとまっていた。子どもたちは果樹園で林檎をもいで笑っていた。笑い声が炉辺荘まで響いていた。「生命とは、『絶妙にバランスがとれた有機的化学物質』以上のものにきまっているわ」アンは幸せに満ち足りて思った。

そこへ泣き腫らした赤い目と鼻をしたナンが、しおしおと入ってきた。

「母さん、お話ししなくてはならないの――もう待てないの。母さん、私、神さまを、だましたの」

アンは、自分にとりすがってくる子どもの小さな手に——そのつらい小さな悩みに、母の助けと慰めを求めている子どもの柔らかな手の感触に、また胸がときめいた。ナンがすすり泣きながら、一部始終を語る間、アンはじっと耳を傾け、どうにか真面目な顔をたもった。後でギルバートと笑い転げるにしても、真顔をしなければならないとき、アンはいつもうまくできるのだ。ナンの心配事は、本人にとっては現実であり恐ろしいものだと、アンは理解した。この幼い娘の神学には、注意が必要だということも理解した。

「ナンちゃん、あなたは大きな勘違いをしていますよ。神さまは、取引などなさいませんよ。神さまは、お与えになるだけなのです……何の見返りも求めずに、ただお与えくださるのです。神さまが私たちにお求めになるのは愛だけですよ。あなたが、お父さんや私にほしいものをお願いするとき、お父さんも私も、あなたと取引をしませんね……神さまは、そんな私たちより、もっともっと、はるかにお優しいのです。それに私たちに何を与えればいいのか、神さまは、私たちよりも、ご存じなのですよ」

「じゃあ、神さまは……神さまは、私が約束を守らなくても、母さんを死なせないのね、母さん？」

「もちろんですとも、ナンちゃん」

「母さん、私が神さまを誤解していたとしても……約束したことは守らなくちゃいけないわ、そうでしょ？　私、約束しますって言ったんだもの。約束は必ず守りなさいって、父さんも言ってるわ。もし守らなかったら、私、いつまでも不面目な気持ちよ」

「では、母さんがすっかりよくなったら、ナンちゃん、いつか夜、一緒に行ってあげましょうね……門の外で待っていてあげますから……そうすれば、あなたが墓地を通り抜けても、ちっとも怖くないでしょう。今はつらいあなたの小さな良心も、楽になるでしょう……神さまと、もう馬鹿げた取引をしませんね？」

「はい、しません」ナンは約束したが、困った点はあるものの、楽しくてわくわくする取引をあきらめるのは、少し無念な気もした。しかしナンの目はまた輝き、声にもいつもの元気が少し戻って来た。

「私、顔を洗って、また戻ってきて、母さんにキスをしてあげる。それから、金魚草《おやつのドラゴン》をあるたけ全部つんできてあげる。母さんがいなくて、私、とてもつまらなかったの、母さん」

「ああ、スーザン」アンは、夕食を運んできたスーザンに言った。「なんとすてきな世界でしょう！　なんと美しくて、面白くて、すばらしい世界でしょう！　そうでしょう、スーザン？」

「そうとも言えますすね」スーザンはうなずき、配膳室に並べたきれいなパイの列を思い浮かべた。「まあまあ、いいとは言えるでしょうね」

第27章

その年、炉辺荘の十月はすこぶる幸せな月だった。走りまわり、歌い、口笛を吹かずにはいられない日々に満ちていた。母さんは、病み上がり扱いはもうおしまいと、動きまわるようになった。庭作りの計画をたて、また笑い声をあげるようになった——母さんの笑い声は、なんと美しくて気持ちがほがらかになるだろうと、ジェムは聞くたびに思った——そしてアンは、数え切れないほどの質問に答えた。「母さん、日が沈むところは、ここからどれくらい遠いの？……母さん、どうしてこぼれた月の光を集めることはできないの？……ハロウィーン（1）には、死んだ人の魂が、本当に帰ってくるの？……母さん、原因の原因は何なの？……母さん、虎に殺されるよりも、がらがら蛇（2）に殺されるほうが、良くない？　だって虎はめちゃめちゃに食い散らかすんだよ……母さん、整理棚って何？……母さん、未亡人というのは、夢が叶《かな》った女の人っていうのは、本当？　ウォリー・テイラーがそう言ったの……母さん、土砂ぶりのとき、小鳥さんたちはどうしているの？……母さん、うちは空想好き《ロマンチック》な一家だって、本当なの？」

最後の問いは、ジェムからだった。アレック・デイヴィス夫人がそう言っていたと、学校で聞いたのだ。ジェムは、アレック・デイヴィス夫人が好きではなかった。母さんか父さんと一緒のときに会うと、必ず長い人差し指でジェムをつついて、「ジェミーは学校でいい子にしてますか？」って聞くのだ。ジェミーだってさ！（3）たぶんぼくの家族は、少しは空想好き《ロマンチック》なんだろう。納屋まで板をならべた小道に、真っ赤なペンキで派手に点々をつけたのを見て、スーザンもそう思ったにちがいない。「戦争ごっこをするのに、どうしても、あれが要《い》ったんだ、スーザン」とジェムは説明した。「血糊のかたまりのつもりなんだ」

夜は、野生の雁《がん》（4）が一列になり、空に低くかかる赤い月をよぎって飛んでいった。ジェムはそれを見て、ぼくも一緒に遠くへ飛んでいきたい——知らない国へ飛んでいきたい。猿や——豹《ひょう》や——鸚鵡《おうむ》や——そうした珍しい動物をもって帰ろう——スペイン系アメリカ本土（5）を探検してみたいと、得体の知れない胸の痛みをおぼえた。「スペイン系アメリカ本土」という言葉の響きは、いつもジェムを抗《あらが》いがたいほどに惹《ひ》きつけた——「海の神秘」（6）という言葉も。錦蛇《にしきへび》のとぐろに激しく巻きこまれ（7）たり、手《て》負《お》いの犀《さい》と格闘することは、ジェムにとっては一日で片づく冒険だった。「ドラゴン」（8）という言葉も、たまらないスリルを与えた。彼はベッドの足もとの壁に、お気に入りの絵を画鋲《がびょう》でとめていた。甲冑姿《かっちゅうすがた》の騎士が、美しい筋骨隆々とした白馬にまたがっている。馬は後ろ脚で立ちあがり、乗り手は槍でドラゴンを突いているのだ。ドラゴンは、先が熊手のように分かれた美しい尾を後ろになびかせ、その尾はねじれたり輪になったりしていた。その背後に、桃色の長い服の貴婦人が、安らかな落ち着いた面《おも》持《も》ちでひざまずき、両手を組みあわせていた。貴婦人がメイベル・リースに瓜二つであることは、疑いようがなかった。九歳の彼女の寵愛《ちょうあい》を得ようと、グレンの学校では、すでに槍が何本も打ち折れていた（9）。スーザンでさえ、メイベルに似ていると気がついて、ジェムをからかい、彼は真っ赤になった。だがこのドラゴンは、いささか失望するしろものだった――大きな馬の下で、あまりに小さく、影が薄かった。そんなドラゴンを槍で刺したところで、さしたる手柄ではない。ジェムの秘密の空想のなかで、彼がメイベルを救い出すドラゴンは、もっとドラゴンらしかった。実は、先週の月曜日、ジェムは、メイベルをサラ・パーマー婆さんの雄《おす》のがちょうから助けたのだ。ことによると――ああ、「ことによると」とは、なんてすてきな響きの言葉だろう！――ぼくが、シューシューいうがちょうの蛇みたいな首をとっ捕《つか》まえて柵のむこうへ投げたとき、メイベルは、ぼくの果敢《かかん》な態度に気づいてくれたかもしれない。だけど、がちょうでは、ドラゴンほどロマンチックじゃない。

風の吹く十月だった――小さな風は谷間をさやさやと渡り、大きな風はかえでの梢《こずえ》に激しく吹きつけた――風は砂浜でうなり声をあげ、岩場に来るとうずくまった――うずくまり、また飛びかかった。赤く眠たげな狩猟月（10）が昇る夜は、ぐっと冷えこみ、暖かなベッドを思うと、心がなごんだ。ブルーベリーの茂みは緋色に変わり、枯れた羊歯《し だ》は深みのある赤茶色に、納屋の裏の漆《うるし》の葉は燃えるような赤に変わった。上《かみ》グレンでは、収穫を終えて乾いた畑の間に、青々としたまき場が継ぎ《パッチ》をあてたように点在していた。庭の芝生のえぞ松の一角には、金色と錆朱色《さびしゆいろ》の菊が咲いた。りすがいたるところで楽しげにおしゃべりして、数多《あまた》の丘で、こおろぎが妖精たちの踊りにあわせてフィドル（11）を奏《かな》でた。林檎をもぎ、人参を掘った。ときに少年たちは、マラカイ船長と「はまぐり」（12）を掘りに出かけた。神秘的な潮の干満《かんまん》が許すときに――満ち潮は、やって来ては陸《おか》をそっと愛撫し、引き潮は、すべるように深い海へ戻っていった。グレン中に落《お》ち葉《ば》を焚《た》く匂いがたちこめ、納屋には、大きな黄色のかぼちゃが山と積まれ、スーザンは、その秋最初のクランベリー・パイ（13）を焼いた。

炉辺荘では、夜明けから日暮れまで、笑い声が響いていた。年かさの子どもたちは学校へ行ったが、今ではシャーリーとリラが大きくなり、よく笑う伝統を引き継いだのだ。この秋は、ギルバートも、いつになく笑った。「笑ってくれる父さんが、ぼくは好きだな」とジェムは思った。モウブレイ・ナロウズのブロンソン医師は決して笑わなかった。梟《ふくろう》のような聡明な顔つきで医院を繁盛させたという話だったが、父さんのほうが、ずっと繁盛しているのだ。父さんの冗談で笑えない人は、もうよくなる見込みはないのだ。

暖かな日、アンは庭仕事にいそしみ、ぶどう酒のような秋の色合いを堪能《たんのう》した。庭の紅葉したかえでに遅い午後の陽ざしがふりそそぎ、アンは、いつか消えていく儚《はかな》い美の悲しみを味わった。金色と灰色にかすむある昼下がり、アンはジェムと一緒に、チューリップの球根をすべて植えた。六月になれば、それは薔薇色、緋色《ひいろ》、紫色、金色の花となってよみがえるのだ。

「冬にむかうときに、春の準備をするのは嬉しいわね、ジェム？」

「お庭をきれいにするのは、すてきだね」ジェムが言った。「スーザンの話だと、すべてをきれいにするのは神さまだけど、ぼくたちも少しお手伝いができるんだって。そうなの、母さん？」

「いつでもできますよ……いつでもね、ジェム。その特典を、神さまは私たちに分けてくださるの」

しかしもちろん万事が完璧ということはない。炉辺荘の人々は、コック・ロビンのことでは気を揉《も》んだ。こまどりたちが渡りを始めると、コック・ロビンも一緒に行きたがるだろうと聞かされたのだ。

「ほかのこまどりがみんな飛んでって雪がふるまで、家に閉じこめとくんだな」マラカイ船長が忠告した。

そこでコック・ロビンは、いわば囚人となった。ひどく落ち着きを失い、あてどなく家を飛びまわり、窓の敷居にとまっては外を見やり、誰も知らない不思議な呼び声についていく支度をする仲間たちを、物思わしげにながめた。食欲は衰え、みみずも、スーザンのとびきりおいしいナッツも、見向きもしなかった。子どもたちは、コック・ロビンに、渡りで遭遇《そうぐう》するであろうあらゆる危険を話して聞かせた——寒さ、餓《う》え、孤独、嵐、闇夜、猫。だがコック・ロビンは、自然の呼び出しを感じとり、また聞きとり、全身全霊で応《こた》えたいと願っていた。

いちばん納得しそうもないのはスーザンで、何日か、むずかしい顔をしていた。だが、しまいには「行かせてやりましょう」と言った。「閉じこめておくことは、自然にそむくことですから」

コック・ロビンはひと月閉じこめられた後、十月最後の日に放《はな》たれた。子どもたちは泣きながら、さようならのキスをした。コック・ロビンは嬉しげに飛んでいった。しかし翌朝、スーザンの窓辺に戻ってきて、パンくずをねだった。それから翼を広げ、はるかな空の旅へはばたいていった。「春になったら、帰ってくるかもしれませんよ、リラちゃん」アンは、すすり泣くリラに言った。だがリラの心は慰められなかった。

「春は、ずっと先でしゅ(14)」リラはむせび泣いた。

アンは微笑し、それからため息をついた。幼いリラには長く思える四季が、アンにはあまりに速く過ぎるようになっていた。またひとつ、夏が終わった。ロンバルディ・ポプラの不滅の金色のたいまつに照らされて(15)、今年の夏が人生から去っていった。もうじき――あまりにすぐに――炉辺荘の子どもたちは、もはや子どもではなくなるだろう。だが今は、まだ私の子どもだ――夜帰ってきたときに喜んで迎えてやる私の子どもたち――人生を不思議と歓喜で満たしてくれる私の子どもたち――愛し、励まし、叱ってやる私の子どもたち――少しは叱るのだ。ときには悪戯もするからだ。もっとも、アレック・デイヴィス夫人が「炉辺荘の悪魔ども」と呼んだのは、ふさわしくない。夫人は、「虹の谷」でバーティ・シェイクスピアが火あぶりの刑にされるアメリカ・インディアン(16)に扮《ふん》して遊び、少し焦げたと聞かされたのだ。だがそれはジェムとウォルターが、バーティをほどくのに、決めた時間より少し手間取ったからだ。ジェムとウォルターも少し火傷《やけど》をしたが、この二人には、誰も同情しなかった。

その年の十一月は、陰鬱《いんうつ》な月だった――東風が吹き、濃い霧のかかる月だった。幾日か、冷たい霧が砂州のむこうの灰色の海を駆け抜け、おおった。葉をふるわせるポプラは、最後の一枚が散った。庭は枯れ、あらゆる色彩も個性も失われた――ただ、アスパラガスの一角は、今なお美しい金色のジャングルのようだった(17)。ウォルターは、かえでの枝で勉強をすることはあきらめ、家のなかで学習した。雨がふり――ふりしきり――ふり続いた。「いつか、また世界が乾くことがあるの？」ダイはうんざりしてうめいた。だが続く一週間は、小春日和の陽射しの魔法に包まれた。寒さの厳しい夕べ、母さんはマッチで火床《ひどこ》の焚きつけを燃やし、スーザンは夕食のじゃが芋を焼いた。

そうした日暮れ、大きな暖炉は、一家団欒《だんらん》の中心となった。夕食のあと、みんなで暖炉のまわりに集《つど》うときは、一日でもっとも楽しいひとときだった。アンは縫いものをしながら、冬服の計画をたてた――「ナンに、赤いワンピースをこしらえなくては。あんなにほしがっているのだから」――ときには、息子のサムエルのために、毎年、小さな上着《コート》を織ったハンナ(18)に想いをはせた。何百年がすぎようと、母親というものはみな同じなのだ――愛と奉仕の偉大な姉妹だ――人々の記憶に残る母も、忘れ去られた母もひとしく。

スーザンは、子どもたちの綴り方《スペリング》を聞いてやり、そのあとで子どもたちは思い思いに遊んだ。想像と美しい夢に生きるウォルターは、「虹の谷」に住んでいるしまりすが、納屋の裏に暮らすしまりすに宛てた一連の手紙を、夢中で書いていた。ウォルターが、スーザンに読んで聞かせると、彼女は鼻先であしらうそぶりをしたが、秘かに書き写して、レベッカ・デューに送った。

「面白く読めるものだとわたしは思います、ミス・デューさん。もっともあなたは、こんな取るに足らないものは読めないとお考えかもしれませんね。その場合は、この身びいきな年寄り女が、あなたを煩《わずら》わせたことを、どうぞお許しください。ウォルターは学校では優秀だと思われておりますし、この作文は、少なくとも詩ではありません。ちなみにうちのジェムは、先週、算数の試験で九十九点をとりました。なぜ一点引かれたのか、誰にもわかりませんでした。こんなことは言うべきではないかもしれませんが、ミス・デューさん、あの子は偉人になるべく生まれついていると、わたしは確信しております。わたしたちが生きている間には拝めないかもしれませんが、ジェムはいつか、カナダの首相になるかもしれません」

ザ・シュリンプは火にあたっていた。ナンの子猫《ねこやなぎ》のプシーウィローは、黒と銀の服をきた華奢《きゃしゃ》で優雅な若い貴婦人を思わせる猫で、みんなの脚に分け隔《へだ》てなくよじ登ってきた。「猫が二匹いるのに、いたるところねずみの足跡だらけ」と、スーザンは不満げに口をはさむのだった。配膳室は、子どもたちは、自分の小さな冒険を語りあい、遠い外海のうなりが、秋の寒夜《かんや》をついて聞こえた。

ときにはミス・コーネリアが、彼女の夫がカーター・フラッグの店で意見を交わしている(19)間、立ち寄った。子どもたちは、耳をそばだてた。ミス・コーネリアはいつも最新の噂に通じており、色々な人のまたとなく面白い話が聞けるからだ。そして次の日曜日、教会にすわりながら、くだんの人物が、気取った、とり澄ました顔をしているものの、こちらはこんなことを知っているのだと思いつつ眺めるのは愉快だった。

「ああ、ここは暖《あった》かくていいこと、アンや。今夜は骨身にしみる寒さで、雪がふりそうですよ。先生はお出かけで?」

「ええ、出かけてほしくなかったんですけど……内海岬《ザ・ハーバー・ヘッド》から電話があって、ブルッカー・ショーの奥さんが、どうしても診てほしいとおっしゃって」アンが言った。その間、スーザンは、ミス・コーネリアが気づかねばいいがと祈りながら、ザ・シュリンプ《おちびちゃん》が炉前の敷物に持ってきた大きな魚の骨を、素早く、こっそり片付けた。

「あの奥さんは病気じゃありませんよ、私以上にぴんぴんしてます」スーザンは辛辣《しんらつ》に言った。「でも、新しいレースの寝巻を手に入れたそうで、着たとこを、先生に見てもらいたいんですよ。レースの寝巻を！」

「娘のレオナが、あの奥さんのために、ボストンからもって帰ったんだよ。金曜の晩、トランク四つと一緒に」ミス・コーネリアが言った。「九年前、あの娘《こ》が合衆国へ行ったときのことを憶えてますよ。破れて中身のはみ出た、古ぼけたグラッドストーン・バッグ(20)を引きずって。あの娘がフィル・ターナーにふられて、しょげてたときだった。レオナは隠そうとしたけど、みんな知ってましたよ。今度は『母親の看病』で戻ってきたんです。言っときますけどね、あの娘は、先生に色目を使いますよ、アンや。もっとも先生には、なんの効き目もないだろうけどね、たとえ先生が男でも。それにアンは、モウブレイ・ナロウズのブロンソン先生の奥さんとは違うからね。あの奥さんは、女の患者に、えらく焼き餅を焼くんですと」

「おまけに、専門の看護婦にも」スーザンが言った。

「そうそう、専門の看護婦のなかには、あの仕事をするにはきれいすぎる者もいるんでね」ミス・コーネリアが言った。「ほら、ジェイニー・アーサー。あの女は、患者と患者の間に休みをとって(21)、若い男二人とつきあっても、二人にばれないようにしてんだから」

「ジェイニーはたしかに別嬪《べつぴん》ですけど、もう、うぶな小娘じゃありませんからね」スーザンがきっぱり言った。「一人に決めて身を固めるほうが、本人のためですよ。あの人のおばのユードーラをごらんなさい……恋愛ごっこに飽きるまで結婚するつもりはないって本人は言ってましたけど、そのなれの果てが、これですよ。今でも男が目に入ると、片っ端から声をかけようとして、四十五にはなってるのに。習い性《しょう》になってるんですね。ユードーラのいとこのファニーが結婚したとき、先生奥さんや、ユードーラが何と言ったか、ご存じですか？『あたしの残り物と一緒になるのね』と言ったんですよ。火花が散って、以来、二人は口をきかないそうです」

「死も、生も、言葉の力に支配される」(22)アンは考えながら、つぶやいた。

「真実の一節ですよ、アンや。言葉と言えば、スタンレー牧師は、もうちっとお説教に分別をもってもらいたいね。ウォレス・ヤングが怒って、教会をやめようとしてんでね。先だっての日曜のお説教は、ウォレスにあてつけて話したって、みんなが言ってて」

「牧師さんが、特定の人の胸にぐさりとくるようなお説教をなさると、その人のためにお話をなすったと、人は勘ぐるものですわ」アンが言った。「でも、出来合いの帽子《キャップ》は誰かの頭に合いますけど、その人のために作られたわけではありませんわ」

「その通りですとも」スーザンも賛成した。「でも私は、ウォレス・ヤングをいいと思っちゃいませんよ。三年前、自分の牛の背中に、会社の広告をペンキで描かせたんです。経済観念がありすぎですよ、私が思うに」

「あれの兄さんのデイヴィッドが、やっとこさ結婚するんだよ」ミス・コーネリアが言った。「デイヴィッドは、どっちが安上がりか……つまり結婚するのと、女中を雇うのと、長いこと決めかねてて。前にあの男の母親が死んだとき、あたしに言ったんです、『女がいなくたって、家の切り盛りくれえ、できるけんど、なかなか、はかどらなくてな、コーネリア』って。あたしに探《さぐ》りを入れてるなって、ぴんと来ましたよ。でもあたしは、色よい返事をしなかった。それで今度、ジェシー・キングと所帯を持つんです」

「ジェシー・キングですって！　デイヴィッドは、メアリ・ノースに求婚してると思ってたのに」

「あの男は、キャベツを食う女とは結婚しない(23)って言ってますよ。なのに、デイヴィッドはメアリに求婚して横っ面《つら》を殴られたって噂が広まって。そのジェシー・キングは、あたしはもっと美男子が好みだけど、これで良しとしなきゃって、言ったそうな。たしかに嵐のときは、どんな港でもありがたい(24)って人もいるんでね」

「マーシャル・エリオットの奥さん、この辺《へん》の人たちは、本人が言ったことの半分も話してませんね」スーザンが、とがめる口ぶりになった。「ジェシー・キングは、デイヴィッド・ヤングにはもったいないような、いい奥さんになりますよ……もっとも、デイヴィッドの見た目は、潮で揉《も》み洗いしたみたいな顔だってことは認めますけど」

「オールデンとステラに、女の子が生まれましたよ、ご存じですか？」アンがたずねた。

「そうらしいね。ステラは、リゼットがあの子を育てたときより分別があればいいけど。というのも、アンや、リゼットは、自分のいとこのドーラの赤ん坊が、ステラよりも先に歩き出したって、大泣きしたんだよ」

「私たち母親は、愚かな種族ですわ」アンはほほえんだ。「というのも、ボブ・テイラーは、うちのジェムと同《おな》い年で、誕生日も一緒ですけど、ジェムに歯が一本も生えないうちに、三本生えたときは、私もいまいましい気分になりましたもの」

「ボブ・テイラーは、扁桃腺の手術をしなきゃならないんですよ」ミス・コーネリアが言った。

「どうしてうちは、一度も手術をしないの、母さん？」ウォルターとダイが残念そうな声で同時に言った。二人はしばしば同じことを同時に言うのだ。すると互いの指をからませて願い事をする(25)のだった。「私たち、どんなことも、同じように考えたり感じたりするんだもの」ダイはいつも必死で説明するのだった。

「エルシー・テイラーの結婚式のことは、絶対に忘れないね」ミス・コーネリアが思い返した。「エルシーの親友のメイジー・ミリソンが、結婚行進曲を弾くことになってたのに、『サウル』の「葬送行進曲」(26)を弾いたんだよ。頭がこんがらがって間違えたって、もちろんいつも言ってるけど、世間はそうは思わなかった。メイジーも、花婿のマック・ムーアサイドと一緒になりたかったんでね。あの男は見てくれも威勢もいい男で、口もうまくてね……女が言ってもらいたいこと、必ず言うんだよ。だけどあの男は、エルシーの人生をめちゃめちゃにした。ああ、とは言うものの、アンや、この夫婦はとっくの昔に『沈黙の国』へ逝《い》ったし、メイジーも、ハーレイ・ラッセルと所帯をもって何年にもなる。ハーレイは、メイジーが断ると思ってプロポーズしたのに、メイジーが『はい』と言った、なんてことは、みんな忘れてますよ。求婚したハーレイ本人も忘れてんだから……男のやりそうなことですよ。あの男は、世界一の女房をもらった、おれはそんな女房にふさわしい利口者だってうぬぼれてんだから」

「断ってほしいのに、なぜ求婚したんです？　変だと思いますけど」スーザンが言った——それからすぐ、やけにへりくだって言い添えた。「もちろん私は、そういう方面は、不案内だと思われてますが」

「父親が命じたんですよ。ハーレイは求婚したくなかったけど、断られると思ってたんでね……おや、先生が帰ってきなすった」

ギルバートが入ってくると、突風と雪が吹きこんだ。彼は急いで外套を脱ぎ、暖炉前のいすに、いそいそと腰をおろした。

「思ったより遅くなってしまって……」

「新しいレースの寝巻が、さぞ魅力的だったんでしょう」アンは悪戯っぽく、ミス・コーネリアに笑みかけた。

「何の話だい？　女性のご冗談は、ぼくのようながさつな男の理解を超えているものでね。ぼくは上《かみ》グレンへ行って、ウォルター・クーパーを診てきたんだよ」

「あの男が長いこと持ちこたえてるなんて、不思議だこと」ミス・コーネリアが言った。「あの方《かた》には困りますよ」ギルバートは、にこりとした。「一年前に死んでいるはずなんです。一年前、あと二か月ですと、ぼくは言ったのに、ずっと生きておいでで、ぼくの評判も形《かた》なしですよ」

「先生が、あたしみたいにクーパー家のことを知ってたら、あの一家の予言をするなんて危険な真似はしなかったでしょうよ。いいですか、あの男の死んだ祖父《じい》さんは、墓穴を掘って、棺桶も用意してから、生き返ったんですよ。葬儀屋は、棺桶の返品を受け付けませんでしたよ。あたしが思うに、ウォルター・クーパーは、今から自分の葬式のリハーサルをして、面白がってんですよ……男のやりそうなことですよ。おや、マーシャルの鈴の音(27)だ……この瓶は、梨のピクルス(28)でね、アンにあげますよ」

一同は玄関までミス・コーネリアを見送った。ウォルターは濃い灰色の瞳で、嵐の吹き荒れる暗夜《あんや》をうかがった。

「こんな晩に、コック・ロビンは、どこにいるのかな？　ぼくたちのことを、恋しがっているかしら？」寂しげに言った。もしかするとコック・ロビンは、エリオットのおばさんがいつも言う「沈黙の国」という謎めいたところへ行ったのだろうか。

「コック・ロビンは、陽射しのある南の国にいますよ」アンが言った。「春にまた、帰ってきますよ、きっと帰ってきますとも。あとほんの五か月ですよ。さあ、ひよこちゃんたち、とっくにベッドに入っているころですよ」

「ねえ、スーザン」ダイが配膳室で言った。「スーザンは赤ちゃんがほしい？　私、どこでもらえるか知ってるの……生まれたての赤ちゃんよ」

「あれま、どこですか？」

「エイミーの家《うち》に赤ちゃんが来たの。エイミーが言うには、天使が持ってきたんですって。だけど天使も、もっと考えてくれたらよかったのにって。今だって子どもが八人もいるのよ、その赤ちゃんを入れなくても。昨日、スーザンが、リラがどんどん大きくなってくのを見ると寂しいって言ったのが、私、聞こえたの……スーザンには、もう赤ちゃんがいないのね。テイラーのおばさんなら、赤ちゃんをくれると思うわ」

「子どもの思いつくことと言ったら、なんとまあ！　テイラー家は、大家族の血筋でしてね。アンドリュー・テイラーの父親は、自分に何人子どもがいるか、すぐに言えないくらいで……立ち止まって、数えなきゃならなかったんです。だけど私は、今のところ、よその赤ん坊をもらおうとは思いませんよ」

「スーザンは独身女《オールドメイド》だって、エイミー・テイラーが言うの。そうなの、スーザン？」

「そういうことは、全能の神さまが、あらかじめ私にお定めになった運命(29)ですから」スーザンはひるむことなく言った。

「独身女《オールドメイド》でいるのが好きなの、スーザン？」

「正直なところ、好きだとは言えませんね、お嬢ちゃん。だけど」スーザンは自分の知る何人かの妻の運命を思い浮かべて、つけ加えた。「その埋め合わせになるものがあるって、今はわかりましたから。さあさ、お父さんにアップル・パイを持ってってあげなさいまし。私は、お茶を運びますよ。かわいそうに、おなかがぺこぺこで倒れなさるでしょうよ」

「母さん、ぼくらの家は、世界でいちばんすてきなうちだね、そうでしょ？」ウォルターが眠そうに二階へあがりながら言った。「ただ……幽霊が二、三人出たら、もっとすてきだと思わない？」

「幽霊？」

「うん、ジェリー・パーマーの家は、幽霊がいっぱいいるんだよ。ジェリーは一人見たの……白い服のすらりとした女の人で、片手が骸骨なんだって。そうスーザンに話したら、ジェリーは嘘をついてるか、おなかの調子が悪いかだって」

「スーザンの言うとおりですよ。炉辺荘は、今まで幸せな人だけが暮らしてきたのです……だから幽霊は出ませんよ。さあ、お祈りをして、おやすみなさい」

「母さん、ぼく、ゆうべ、悪い子だったと思うの。『われらの日々の糧を、明日、お与えください』と言ったの、今日と言わずに(30)。だって、そのほうが理屈にあうもの。神さまは気になさったかしら、母さん？」

第28章

炉辺荘と「虹の谷」が、春の霞むような新緑の炎にふたたび萌えたつころ、コック・ロビンは、本当に帰ってきた。しかも花嫁を伴《ともな》って。二羽はウォルターの林檎の木に巣をつくった。コック・ロビンはもとの習慣にすっかり戻ったが、花嫁は内気なのか、慎重なのか、誰にも近寄らせなかった。スーザンは、コック・ロビンが戻ってきたことは大変な奇跡だと思い、その晩、レベッカ・デューに手紙で知らせた。

炉辺荘の暮らしのささやかなドラマのスポットライトは、今、この人物に当たると、次はあの人物と、代わった。その冬は誰にとっても、さして不都合なこともなく過ぎたが、六月になり、ダイが冒険をする番になった。

新しい女の子が、学校にきたのだ——教師が名前をたずねると、「私はエリザベス女王(1)です」とか「私はトロイのヘレン(2)です」とでも言うように、「あたしはジェニー・ペニーです」と名乗った。その瞬間、ジェニー・ペニーを知らないことは自分が無名の者だと示すこと(3)であり、ジェニー・ペニーに偉そうにされなければ、自分なぞ存在しないも同然だという気がした。少なくともダイアナ・ブライスはそう感じた。

もっともダイは、ここまで正確な言葉で表現はできなかったが。

ダイが八歳なのに対して、ジェニー・ペニーは九歳だったが、最初から十《とお》や十一の「大きな女の子たち」と肩を並べていた。「大きな女の子たち」は、彼女に肘鉄《ひじてつ》を食らわすことも、無視することもできないと悟った。ジェニーはきれいではなかったが、人目をひく容貌をしていた——誰もが二度見をした。丸いクリーム色の顔のまわりを、煤《すす》のように艶のない黒髪が柔らかな雲のごとくとり囲み、とびきり大きな目は沈んだ青色で、黒い睫毛《まつげ》が長く、絡《から》みあっていた。彼女がその睫毛をゆっくり上げて、軽蔑の目つきでこちらを見ると、自分が栄誉にも踏みつけられずに済んだ毛虫になった気がした。彼女に冷たく遇《あしら》われることは、ほかの人に機嫌をとられるよりも、好ましかった。一時《いっとき》にしろ、ジェニー・ペニーに親友として選ばれることは、身に余る偉大な名誉であった。というのも、ジェニー・ペニーの内緒話は、胸がわくわくするのだ。ペニー家の人々は明らかに凡人ではなかった。ジェニーのリーナおばさんは、百万長者のおじから贈られた豪華な金とガーネットの首飾りを所有しているという話だった。いとこの一人は千ドルのダイヤモンドの指輪を持ち、別のいとこは雄弁会で千七百人の競争者を勝ち抜いて賞をとった。海外宣教師のおばがいて、インドで豹《レパーズ》(4)に混じって働いていた。つまり、グレン校の女の子たちは、少なくとも当座は、ジェニー・ペニーを本人の言葉通りに受けとり、感嘆と羨望《せんぼう》混じりに彼女を仰《あお》ぎ見た。女の子たちは家の夕食のテーブルでジェニーの話ばかりするため、ついに大人たちも注目せざるをえなくなった。

「ダイが仲良くしているその女の子は、いったい誰なんです、スーザン？」ある夕方、アンがたずねた。ダイは、ジェニーが暮らす「お屋敷」について、しゃべり通しだったのだ。お屋敷は、屋根の天辺《てっぺん》の周りを白く塗った木製の透かし模様《レース》がとりまき、張り出し窓が五つあり、家の後ろはすてきな白樺の木立で、客間には赤大理石の炉棚《マントルピース》があるという。「ペニーという名字は、フォー・ウィンズでは聞いたことがないけれど、この一家のことを何か知ってて？」

「測量線《ザ・ベースライン》街道（5）のもとのコンウェイ農場に越してきたばかりの一家ですよ、先生奥さんや。ペニーさんは大工ですけど、大工仕事じゃ食べてけないそうです……神さまはいないって証明するのに忙しすぎるようで……それで農業をしてみようと決めたんです。私の知る限りじゃ、変わった一家ですよ。子どもたちも好き勝手をしてます。父親のペニーさんは、おれはガキの時分にやかましく指図《さしず》されたんで、子どもは、そんな目にゃ遭わせないと言ってるんです。だからジェニーという子は、グレンの学校に来てるんですよ。モウブレイ・ナロウズの学校のほうが近いんで、ほかの子どもはそっちへ行ってますけど、ジェニーはグレンに通うことにしたんです。コンウェイ農場の敷地の半分はこっちの地区ですし、ペニーさんは両方の学校に地方税を納めてるんで、子どもは好きなように両方の学校へ行けるんです。でもジェニーは、ペニーさんの娘じゃなくて、姪っ子ですよ。ジェニーの父親と母親は亡くなったんでね。噂では、モウブレイ・ナロウズのバプテスト教会の地下室に羊を入れたのは、あの家の息子のジョージ・アンドリュー・ペニーだそうですよ。あの一家は品がないとは言いませんけど、そろってだらしがないんです、先生奥さんや……家はめちゃくちゃで……もしご忠告をさせて頂けるんなら、ダイアナを、あんな猿みたいな連中と一緒にさせないほうがよろしいですよ」

「でも、学校で遊ばせないようにすることはできないわね、スーザン。ジェニーの悪いところはよく知らないもの。でも、親戚や冒険の話で大風呂敷を広げていることは確かね。だけどそのうち、ダイの『のぼせ』も冷めて、ジェニー・ペニーの話は聞かなくなるでしょう」

ところが、さらに続けて聞く羽目になった。ジェニーは、ダイのことを、グレン校の女子全員のなかでいちばん好きだと言ったのだ。ダイは、まるで女王さまが自分に身を屈《かが》めてくだすったような気がして、崇《あが》めんばかりに応《こた》えた。二人は休み時間も離れず、週末のことは手紙で伝え合った。チューインガム(6)をやりとりし、ボタンを交換し、掃除では協力した。ついにジェニーは、学校から一緒にうちに帰って、一晩泊まってほしいとダイを誘った。

母さんは「いけません」ときっぱり言った。ダイは、とめどなく涙を流した。

「パーシス・フォードの家には泊まらせてくれたのに」ダイはむせび泣いた。

「それとこれとは……違います」とアンは言ったものの、いささか曖昧《あいまい》だった。ダイを上流気取りにはしたくなかったが、ペニー家の話を聞く限りでは、炉辺荘の子どもと友だちづきあいをさせるのは論外だと感じたのだ。またダイアナが、ジェニーの虜《とりこ》になっていることが、近ごろアンは気になっていた。

「違いなんて、わからない」ダイは泣いて叫んだ。「ジェニーは、パーシスと同じくらいレディなのよ、そうよ！　ジェニーは、買ったガムなんか絶対に嚙まないの。ジェニーには礼儀作法の決まりを全部知っている従姉《いとこ》がいて、その人からすっかり習ったので、私たちは礼儀作法が何たるか、わかってないって言うの。それにジェニーは、最高にはらはらどきどきする冒険をしたのよ」

「だれが言ったんです？」スーザンが問い詰めた。

「ジェニーよ。ジェニーの家の人たちはお金持ちじゃないけど、大金持ちの立派な親戚がいるの。裁判官のおじさんがいて、お母さんのいとこは世界一大きな船の船長さんよ。船が進水するとき、そのいとこの代わりに、ジェニーが船に名前をつけたの。うちには裁判官のおじさんも、豹《レパーズ》に布教するおばさんもいないわ」

「豹《レパーズ》じゃなくて、ハンセン病の患者《レパーズ》ですよ、ダイ」

「ジェニーは豹《レパーズ》だって言ったわ。自分のおばさんのことだもの、知ってるはずよ。それにジェニーの家には、見てみたいものが山ほどあるの……ジェニーの部屋はおうむの壁紙で……客間は剝製《はくせい》のふくろうがいっぱいで……玄関のフックド・ラグ（7）はお家《うち》の模様で……窓の日よけ《ブラインド》は一面に薔薇よ……中に入って遊べる本物の家があって……おじさんが建てたの……それから、足の不自由なばあちゃん（8）もいて、世界でいちばんのお年寄りなの。ジェニーの話では、ノアの大洪水（9）の前から生きているんですって。大洪水の前から生きてる人に会うチャンスなんて、二度とないかもしれないのよ」

「おばあさんというのは、百歳近いそうです」スーザンが言った。「だけど大洪水の前から生きているってジェニーが言ったなら、嘘をついてますよ。そんな家へ行ったら、どんな得体の知れない病気をもらってくるやら」

「あの家の人たちは、もう全部かかったのよ」ダイは言いつのった。「おたふく風邪も、麻疹《はしか》も、百日咳も、猩紅熱《しょうこうねつ》も、全部、一年でかかったって、ジェニーは言っているわ」

「そんな連中なら、天然痘《てんねんとう》にだって、かかりかねないね（10）」スーザンが小声でつぶやいた。「魔法にかけられた者は、もうどうしようもないね！」

「ジェニーは扁桃腺を切らなくてはならないのよ」ダイはすすり泣いた。「これはうつらないでしょ？　ジェニーには、扁桃腺をとって死んだいとこがいて……血が出て、意識が戻らないまま死んだの。家族にそんな体質があるなら、ジェニーもそうなるかもしれないわ。あの人は体が弱いもの……先週は三回気絶したの。だけどジェニーはもう覚悟しているの。それもあって、私をこんなに泊めたがるのよ……ジェニーが死んだ後、思い出になるように。だからお願い、母さん。もし行かせてくれたら、母さんが買ってあげるって約束してくれた、リボンのついた新しい帽子を我慢するわ」

しかし母さんは頑《がん》として譲らず、ダイは枕を濡らして眠った。ナンのほうは、ダイに少しも同情しなかった——ジェニー・ペニーが「大嫌いだった」のだ。

「あの子ったら、何を考えているのかしら」アンは案じ顔で言った。「今までこんなことは一度もなかったのに。スーザンが言うように、ペニー家の娘は、ダイに魔法をかけたのね」

「あんな身分の低い家へダイを行かせるなんて、反対なすって正解ですよ、先生奥さんや」

「まあ、スーザン、誰かが『身分が低い』だなんて、ダイに思ってほしくないわ。ただ、どこかで線は引かなくてはね。ジェニー本人は、それほど心配じゃないの……大げさに言う癖さえなければ、害はないでしょう……でも、あの家の息子たちは、手に負えないそうよ。モウブレイ・ナロウズの先生は、匙《さじ》を投げたんですって」

ダイが、行かせてもらえないと言うと、ジェニーは横柄にたずねた。「あんたの家《うち》の人は、そんなふうに虐待《ぎゃくたい》する（11）の？　あたしなら、あたしをそんなふうに扱うなんて、誰にもさせない。あたしは度胸があるもの。ええ、思いたったら、いつだって、一晩中、外で寝るんだよ。あんたは夢にも考えたことがないでしょ」

ダイは、『たびたび外で眠る』謎めいた少女を、憧れをこめてながめた。なんてすてきだろう！

「私が泊まりに行かなくても、悪く思わないで。本当は行きたいの、わかるでしょう？」

「もちろん悪く思わないけど、我慢しない女の子もいるんだよ。だけど、あんたはどうしようもないんだね。来てくれたら楽しかったのに。裏の小川で、月明かりを浴びて魚釣りにいく計画をたてたのに。しょっちゅうするんだよ。こんなに長い鱒《ます》をつかまえたんだから。それに、最高に可愛い子豚と、とってもきれいな生まれたばかりの子馬と、同じお母さんから生まれた子犬たちもいるの。いいわ、じゃあ、サディ・テイラーを誘うわ。サディのお父さんとお母さんなら、あの子の好きなようにさせてくれるもの」

「うちの父さんと母さんだって、私に優しいのよ」ダイは親孝行にも抗議した。「それに私の父さんは、プリンス・エドワード島でいちばんのお医者さんよ。みんながそう言ってるわ」

「あたしには父さんも母さんもいないのに、あんたにはいるからって、偉そうにして」ジェニーは軽蔑の口ぶりで言った。「いいこと、あたしのお父さんには翼があって、いつも金の冠《かんむり》をかぶってるのよ。だからって、あたしは偉そうにしないわ、そうでしょ？ねえ、ダイ、あんたとは喧嘩したかないけど、家族の自慢話をされるのは大嫌いなの。

エチケットに反するもの。あたし、レディでいようって決心してるの。あんたがいつも話してるパーシス・フォードが、この夏、フォー・ウィンズに来ても、あたしはつきあわない。あの子のお母さんはどこか変だって、リーナおばさんが言うもの。死んだ人と結婚して、相手が生き返った(12)って」

「まあ、そんなんじゃないわ、ジェニー。私は知っているの……母さんが話してくれたもの……レスリーおばさんは……」

「あたしは、聞きたくない。それがどんなことでも、言わないほうがいいことよ、ダイ。あら、鐘が鳴った」

「本当に、サディを誘うの?」ダイは声をつまらせて、心痛に眼《まなこ》を見ひらいた。

「そうね、今すぐじゃないわ。ちょっと待ってあげる。たぶん、あんたには、もう一回だけ、チャンスをあげる。でも、あげるにしても、それが最後よ」

数日後、ジェニー・ペニーが、休み時間にダイのところへ来た。

「ジェムが話してるのが聞こえたんだけど、あんたの父さんと母さんは昨日から出かけてて、明日の晩まで帰って来ないそうね?」

「ええ、マリラおばさんに会いに、アヴォンリーへ行ったの」

「じゃ、あんたには、チャンスね」

「チャンス?」

「うちに一晩泊まるのよ」

「まあ、ジェニー……でも、無理よ」

「もちろん、できるわ。馬鹿なことを言わないの。ばれっこないわ」

「でも、スーザンが行かせてくれないわ……」

「スーザンにきくことはないわよ。学校からあたしと一緒にうちに来るの。あんたがどこへ行ったか、ナンがスーザンに話すから、スーザンも心配しない。それに父さんと母さんが戻っても、スーザンは言い付けないよ。自分が叱られるのが怖くて」

ダイは決めかねて、迷いに迷って立っていた。ジェニーと行くべきではないと、よくわかっていたが、誘惑に抗《あらが》えなかった。ジェニーはとびきり大きな瞳で、ダイをひたと見すえ、集中砲火に転じた。

「これが、あんたの、最後のチャンスよ」ジェニーは芝居のように言った。「ご立派すぎてあたしの家《うち》に来られないなんて思ってる人とは、つきあえないわね。来ないなら、永遠にお別れよ」

これで決まった。ダイは、いまもジェニー・ペニーの虜《とりこ》であり、永遠の別れなど考えられなかった。その午後、ナンは一人で下校した。そしてダイは、ジェニー・ペニーのところへ泊まりに行ったとスーザンに話した。

スーザンがいつものように機敏に動けたら、一目散にペニー家へ行き、ダイを連れ戻したたろう。だがその朝、彼女は足首を痛め、足をひきずりながら、どうにか子どもの食事を支度したが、測量線街道を一マイルも歩いて行けないとわかっていた。ペニー家に電話はなかった。ジェムとウォルターは、行かないと、にべもなく断った。ぼくたちは灯台のムール貝焼きに誘われているし、ペニー家の連中は誰もダイを取って喰《く》いはしないと言うのだ。スーザンも、やむなくあきらめるしかなかった。

ダイとジェニーは、野原を通って帰り、四分の一マイルほど遠回りした。ダイの良心はうずいたが、幸せだった。二人はきれいなところを歩いた――深緑色の森の奥に広がる小妖精《エルフ》の出る蕨《わらび》の草原《くさはら》、風がさやさやと渡る窪地は膝まで埋まるきんぽうげの花が咲きみだれ、若いかえでの下に曲がりくねって小径がつづき、小川は虹色に咲く花々のスカーフで飾られ、燦々《さんさん》と陽のふるまき場はいちごでいっぱいだった。世界の美しさに目覚めはじめたダイは、恍惚《こうこつ》となり、ジェニーがこんなにおしゃべりをしなければいいのにと思った。学校ならともかく、ジェニーが毒を飲んだ話を、ここでは聞きたくなかった。ジェニーは、間違って薬を飲んだのだ――もちろん、うっかりじで(13)――ジェニーは死に瀕《ひん》した苦しみをまざまざと語ったが、結局、死なずに済んだ理由は、はっきりしなかった。ジェニーは「意識して失った」(14)が、医者がどうにか死の瀬戸際から引き戻したという。

「でも、それからのあたしは、前のあたしじゃないの。ダイ・ブライスったら、いったい何を夢中で見てるの？　全然聞いてなかったでしょ」

「まあ、ちゃんと聞いてたわ」ダイは後ろめたそうに言った。「あなたは驚くような人生を生きてきたって、本当に思ってるわ、でも、この景色をごらんなさいよ」

「景色？　景色って、何のこと？」

「まあ……そんな……今見ている景色よ。これよ……」ダイは、二人の前に広がる全景《パノラマ》、草原と森、雲のかかる丘、丘の間からのぞくサファイア色の海をさし示した。

「古ぼけた木とか、牛が、たくさんね。あたし、何度も見てるわ。あんたって、時々、おかしくなるのね、ダイ・ブライス。気を悪くしないでほしいけど、あんたは、ときどき、心ここにあらずになるの。ほんとよ。だけど自分じゃ、どうしようもないんでしょ。あんたのお母ちゃんも、いつもそんなふうにしゃべるって話だから。ほら、うちに着いた」

　ダイは、ペニーの家をまじまじと見つめ、初めて経験する幻滅のショックに、どうにか耐えた。これが、ジェニーが言った「お屋敷」だろうか？　たしかに大きい家で、張り出し窓が五つあった。だが悲惨なほどにペンキを塗る必要があり、「木製のレース飾り」の多くは取れていた。ヴェランダはひどくたわみ、玄関扉の上のかつては美しかった扇形の明かりとりの窓は壊れていた。日よけ《ブラインド》は曲がり、窓ガラスには、所々茶色の包装紙が貼られ、後ろの「美しい白樺の木立」は、枝の筋《すじ》ばった貧相な古い木が少しあるだけだった。納屋は荒れ果て、裏庭は錆《さ》びた古い機械がいっぱい置かれ、庭は雑草のジャングルだった。こんな有様を、ダイは一度も見たことがなかった。そして初めて、ジェニーの話はすべて本当だろうかという疑念がわきあがった。ジェニーが言った、間一髪で命拾いするようなできごとを、たった九歳で経験できるものだろうか？

家のなかも、たいして変わらなかった。ジェニーが案内してくれた客間は、かび臭く、埃《ほこり》だらけだった。天井には変色があり、一面にひびが入っていた。自慢の赤大理石の炉　棚《マントルピース》は、ペンキで塗っただけで――ダイでさえわかった――炉棚には趣味の悪い日本のスカーフ(15)を襞《ひだ》をとって垂らし、「ロひげ」カップ(16)を並べて押さえていた。糸のほつれたレースのカーテンは色が褪せ、穴がたくさん開いていた。日よけ《ブラインド》は青い紙で、大きな籠《かご》いっぱいの薔薇が描かれていたが、破れて裂けていた。客間いっぱいのふくろうの剝製《はくせい》は、と言えば、隅に小さなガラス・ケースが一つあり、羽のそそけた鳥が三羽入っていた。一羽は両目がすっかりとれていた。炉辺荘の美しさと優雅さに慣れているダイにとっては、悪夢の部屋のようだった。だが奇妙なことに、ジェニーは、自分の話と現実の違いに気づいていないようだった。ジェニーから聞いた色々な話は夢だったのだろうかと、ダイは思った。

家の外は、それほど悪くなかった。ペニー氏が建てたままごとの小さな家は、えぞ松林の一角にあり、本物の家をミニチュアにしたようで、実際に、とても面白かった。子豚と生まれたての子馬も「ひたすらに可愛かった」。同じ母犬から生まれた雑種の子犬たちは毛がふわふわして愛らしく、貴族階級の犬(17)のようだった。一匹がとくに可愛く、長い茶色の耳に、おでこに白い点がひとつあり、小さな桃色の舌を出して、前脚が白かった。どの子犬も、もらい手が決まっていると知り、ダイはがっかりした。

「決まってなくても、あんたにあげられるかどうか、わからない」ジェニーが言った。「うちのおじさんは、犬をやる家には、こだわりがあるの。炉辺荘は、犬がちっとも居《い》着《つ》かないって聞いてるから。あんたのうちには、何か変なとこがあるに違いないわ。犬は、人間にはわからないことを感じるって、おじさんは言うんだもん」

「うちの人たちに、犬が変なことを感じるなんて、ありっこないわ」ダイが叫んだ。

「そう、そんならいいけど。あんたのお父ちゃんは、お母ちゃんにむごいことをするんでしょ?」

「まさか、しないわ!」

「そう、叩くって聞いたから……お母ちゃんが悲鳴をあげるまで叩くって。そんなこと、もちろん信じなかったけど。こんな嘘をつくなんて恐ろしいわね？　とにかく、あんたのことはずっと好きだったんだ、ダイ、これからもずっと味方になってあげる」

　このようなお言葉をかけてもらい、大いに感謝すべきだと思ったが、どういうわけか、そんな気持ちにはなれなかった。ダイは次第に場違いな気がしてきた。ジェニーがダイの目にかけた魔法が、にわかに、取り返しようもなく、とけていた。ジェニーが水車の池に落ちて溺れかけた話をしても、前のようにどきどきしなかった。ダイは信じなかった——これはジェニーの想像でしかない。たぶん、百万長者のおじさんや、千ドルのダイヤモンドの指輪や、豹《レパーズ》の宣教師も、ただの想像だろう。ダイは、針を刺した風船のように気の抜けていく思いだった。

でも、ばあちゃんはまだいる。実際、ばあちゃんは本物だった。ダイとジェニーが家に戻ると、ふくよかな胸に、赤ら顔で、くたびれた木綿プリントを着たリーナおばさんが、ばあちゃんがお客さんに会いたがっていると言った。

「ばあちゃんは寝たきりだから」ジェニーが言った。「うちに人が来ると、必ず見せに行くの。そうしないと怒るんだ」

「いいかい、腰痛のお加減はいかがですかって、ちゃんと聞いてね」リーナおばさんが注意した。「ばあちゃんは、腰のことを忘れられると、喜ばないんでね」

「それから、ジョンおじさんのことも」ジェニーが言った。「ジョンおじさんはいかがですかって、聞くのを忘れないように」

「ジョンおじさんって誰？」ダイがたずねた。

「ばあちゃんの息子で、五十年前に亡くなったんですよ」リーナおばさんが説明した。「何年も長患《ながわずら》いして死んだんで、息子の具合を聞かれるのが慣れっこになって、聞かれないと、寂しがるんですよ」

　ばあちゃんの部屋の戸口で、ダイは不意に尻込みをした。信じられないほど年をとっているという老婆が、急に、怖くなったのだ。

「どうしたの？」ジェニーが問いただした。「誰もあんたに嚙みつかないよ！」

「ばあちゃんは……本当に、大洪水の前から生きているの、ジェニー？」

「そんなわけないでしょ。いったい誰が、そんなことを？　でも、今度の誕生日まで生きてたら、百歳だよ。さあ、おいで！」

　ダイは用心して入った。そこは散らかった小さな寝室で、ばあちゃんは大きな寝台に横たわっていた。顔は信じられないほど皺《しわ》がより、しなびて、年をとった猿のようだった。落ちくぼんだ、ふちの赤らんだ目で、ダイを見つめ、不機嫌に言った。

「じろじろ見るのはおやめ。おまえさんは誰だい？」

「ダイアナ・ブライスよ、おばあちゃん」ジェニーが言った――いつもより、おとなしい口ぶりだった。

「ふん！　やけに大げさな名前だこと！　おまえさんにゃ、高慢ちきな姉妹《きょうだい》がいるそうだね」

「ナンは高慢ちきじゃありません！」ダイは勇気を奮い起こして叫んだ。ジェニーは、ナンのことをけなしていたのだろうか？

「おまえさん、ちょいと生意気だね？　あたしゃ、目上の人に、そんな口をきかないよう躾《しつ》けられたんでね。おまえさんの姉妹《きょうだい》は高慢ちきだとも。頭をそびやかして歩く女なんて、うちのジェニーがそうだって言うんだが、高慢ちきに決まってるよ。おまえさん、怒りっぽい子だね！　あたしに、口答えするんじゃないよ」

　ばあちゃんが怒った顔になり、ダイは慌てて腰の具合をたずねた。

「あたしが腰痛持ちだって、誰が言ったのさ？　無礼千万《ぶれいせんばん》な！　大きなお世話だ。さあ、こっちへおいで……ベッドのそばに、おいでったら！」

　ダイは千マイル離れたいと思いながら、そばへ寄った。この恐ろしいおばあさんは、私をどうするつもりだろう？

　ばあちゃんは、ひょいと寝台の端に寄り、かぎ爪のような手を、ダイの髪にかけた。

「人参みたいな色だ。でも、ほんとにすべすべしてるね。服もきれいだこと。裾をまくって、ペチコートを見せとくれ」

　ダイは、スーザンお手製のかぎ針編みレースで縁取りした白いペチコートをはいてきて、よかったと思いつつ、従った。だが、ペチコートを見せさせられるとは、どんな一家だろう？

「あたしゃ、かねがね、ペチコートで娘を判断するんでね」ばあちゃんが言った。「おまえさんのは及第だ。次はズロース（18）だ」

ダイは断る勇気がなく、ペチコートを持ちあげた。

「ふん！　こっちもレースかい！　贅沢だこと。だけどジョンのことは、きいてくれないんだね！」

「息子さんは、いかがですか？」はっと息をのみ、ダイは言った。

「いかがですか、だとさ。図々しい出しゃばりだこと。死んでるかもしんないよ、おまえさんはよく知らないだろうに。ところで、おまえさんの母親が、金の指貫《ゆびぬき》を持ってるってのは、本当かい……地金《じがね》も金《きん》の指貫（19）だって？」

「はい。父さんが、先だって母さんのお誕生日に贈ったんです」

「そうかい、信じないとこだった。うちのジェニーがそう言ったんだが、ジェニーの話は一言も信用できないんでね。地金《じがね》まで金《きん》の指貫とは！　そんなすごいもんは聞いたこともないよ。さあ、出てって夕はんをおあがり。食べることは流行遅れにゃならないよ。ジェニー、パンツを引っぱりあげな。片方が服の下まで落ちてるよ。せめて身なりくらいきちんとしな」

「あたしのパンツは……ズロースは、ずり落ちてないわ」ジェニーがふてくされた。

「ペニー家はパンツ、ブライス家はズロース。それがあんたらの違いだよ。これからもずっとだ。あたしに、口答えするんじゃないよ」

ペニー家の一同が、広い台所で夕食のテーブルに集まった。ダイにとっては、リーナおばさんのほかは初対面だった。食卓の周りにちらりと目を走らせ、母さんとスーザンがなぜ寄越そうとしなかったか理解した。テーブルクロスはぼろぼろで、グレービー・ソースの古いしみがついていた。皿は得体の知れない寄せ集めだった。そしてペニー家の人たちは——ダイはこのような人々と食卓についたことがなく、無事に炉辺荘に帰りたいと思った。だが今は、この場を切り抜けなくてはならないのだ。

ジェニーがベンおじさんと呼ぶ人は、食卓の上座にすわっていた。燃えるような赤毛のあごひげをたくわえ、はげ頭のまわりに白髪が生えていた。その独身の弟のパーカーは、ひょろりと瘦せて、髭も剃《そ》らず、薪箱《まきばこ》に唾を吐くのにちょうどいい角度に陣取《じんど》って、しきりに唾を飛ばしていた。息子は、カートが十二歳、ジョージ・アンドリューが十三歳で、二人は魚のように表情のない水色の目で、不躾《ぶしつけ》にダイをながめた。みすぼらしいシャツの穴から素肌がのぞいていた。そのカートは、割れた瓶《びん》で切った手を、血のにじんだぼろきれで結《ゆ》わえていた。アナベル・ペニー十一歳と「ガート」・ペニー十歳の二人は、なかなかきれいな女の子で、つぶらな茶色の目をしていた。二歳の「タピー」も可愛い巻き毛に、薔薇色のほっぺだった。リーナおばさんの膝にいる赤ん坊は、お茶目な黒い目で、清潔であれば、可愛いかっただろう。

「カート、お客さんが見えるってわかってたのに、どうして爪をきれいにしなかったの?」ジェニーが問いつめた。「アナベル、口をいっぱいにして話さないように。この家に礼儀作法《マナー》を教えるのは、あたしだけなの」ジェニーは、ダイに説明した。

「黙れ！」ベンおじさんが轟《とどろ》くばかりの大声をあげた。

「黙るもんですか……あたしを黙らせるなんて、できないわ！」ジェニーも叫んだ。

「おじさんに生意気な口をきいてはいけませんよ」リーナおばさんが穏やかに言った。

「さあ、女の子たち、レディのようにお行儀よくなさい。カート、じゃが芋をミス・ブライスに回してあげなさい」

「へえー、おい、ミス・ブライスだってさ」カートが馬鹿にして、忍び笑いをした。

だがダイアナは、少なくとも一つ、ぞくぞくする感動をおぼえた。生まれて初めて、ミス・ブライスと呼ばれたのだ。

驚いたことに料理はおいしく、ふんだんにあった。ダイは空腹だった――欠けたカップで飲むのはいやだったが、もし清潔だとわかっていたら――それに誰もが、こんなに口げんかをしていなければ、食事を楽しんだだろう。だが、めいめいが口論をしていた――ジョージ・アンドリューとカートが――カートとアナベルが――ガートとジェニーが――さらにベンおじさんとリーナおばさんも。この夫婦は、口をきわめて言い争い、辛辣な非難の応酬《おうしゅう》をした。リーナおばさんは、結婚したかもしれない立派な男たちを一人残らず並べあげ、ベンおじさんは、おれ以外の誰かと一緒になってくれりゃよかったのにと言い返した。

「私の父さんと母さんがこんな喧嘩をしたら、いやでしょうね？」ダイは思った。「ああ、家に帰れたらいいのに！　親指をしゃぶっちゃだめよ、タピー」

ダイは思わず言ってしまった。リラの親指しゃぶりをやめさせるのに、それは苦労していたのだ。

すぐさま、カートが真っ赤になって怒った。

「ほっといてくれ！」怒鳴りつけた。「好きなように親指をしゃぶりゃいいんだ！　おれたちは、炉辺荘のガキみてえに、うるさく指図《さしず》されねえんだ。何様のつもりだ？」

「カート、カート！　ミス・ブライスに、礼儀知らずだと思われるよ」リーナおばさんが言った。おばさんはまた落ち着いて、にこやかに、ベンおじさんのお茶に砂糖をティー・スプーン二杯入れた。「気にしないでね、お嬢ちゃん。もう一切れパイをおあがり」

ダイは、パイのお代わりはいらなかった。ただ家に帰りたかった――だが、どうすれば、そんなことができるのか、見当もつかなかった。

「さてと」ベンおじさんは大声を出し、受け皿からお茶の残りを、やかましい音をたてて飲み干した。「飯《めし》は済んだと。朝起きて……一日《いちんち》働いて……三度の飯を食って、そんで寝る。なんという人生だ！」

「お父ちゃんは、冗談が好きなんですよ」リーナおばさんが笑みを浮かべた。

「冗談と言やあ……今日、フラッグの店で、メソジストの牧師に会ってな。そんで、おれが、神なんかいねえって言ったら、牧師が反論しようとしてな。そんでおれが、『あんたは日曜に話す。今日はおれの番だ。神がいるって、おれに証明してくれ』って言ったら、『神がいないと言っているのは、あなたですよ』だとさ。みんなが馬鹿みてえに笑っててな。牧師のほうが一枚上手《うわて》だと思ったんだな」

神さまがいない！　ダイの世界から根本のところが抜け落ちていくような気がした。ダイは泣きたかった。

第29章

夕食後はさらに悪かった。食事の前は、少なくともジェニーと二人だったが、今は暴れん坊と一緒なのだ。ジョージ・アンドリューは、ダイの手をつかむと、逃げる間も与えず泥んこの水たまりを走らせた。ダイはこんな扱いを受けたことがなかった。ジェムとウォルターはダイをからかい、ケン・フォードもからかったが、こんな男の子は知らなかった。

カートは、口から出したばかりのガムをやるよと言い、ダイが断ると、怒った。「生きてるねずみを、くっつけてやる！」カートは怒鳴った。「うぬぼれ猫《おんな》！　思い上がりの高慢ちき！（1）　弱虫の兄貴がいるくせに！」

「ウォルターは、弱虫じゃない！」ダイは言い返した。怖くて胸が悪くなりそうだったが、ウォルターを罵《ののし》られて、聞き流すわけにはいかなかった。

「あいつは弱虫だとも……詩なんか書いてさ。そんな兄弟がおれにいたら、どうしてやるか、わかるか？　溺れ死にさせてやる……子猫みたいに」

「子猫と言えば、納屋に野良の子猫がたくさんいるの」ジェニーが言った。「みんなで行って、全部つかまえようよ！」

ダイはこんな男の子と子猫をつかまえに行くつもりはなかった。

「子猫なら、うちにたくさんいるもの。十一匹よ」ダイは得意そうに言った。

「信じないわ！」ジェニーが叫んだ。「いるもんですか！　子猫が十一匹だなんて、誰の家《うち》にだって、いるはずがない。十一匹なんて、あり得ない」

「一匹が五匹生んで、もう一匹が六匹生んだの。それに私、納屋に行かないことにしてるの。この冬、エイミー・テイラーの家の納屋の二階《ロフト》から落ちたからよ。馬草《まぐさ》を積んだ上に落ちなかったら、死ぬところだったわ」

「そう、あたしだって、カートが、とっさにつかんでくれなかったら、納屋の二階《ロフト》から落ちたわ」ジェニーは不機嫌そうに言った。納屋の二階《ロフト》から落ちる権利があるのは、あたしだけなのに。ダイ・ブライスが冒険をするなんて！　生意気な！

「私も落ちるところだった（2）と言うべきよ」ダイが言った。この瞬間、ダイとジェニーのすべてが終わった。

だがともかく、この一晩《ひとばん》を切り抜けなくてはならないのだ。子どもたちは夜遅くまで寝なかった。ペニー家は誰も早寝をしなかった。十時半になり、ジェニーが案内した広い寝室には、寝台が二つあった。アナベルとガートは、自分たちの寝台に入る準備をしていた。ダイはもう片方を見た。枕は薄汚れていた。ベッドカバーはよく洗う必要があった。壁紙は——あの有名な「おうむ」の壁紙は——水が漏《も》った跡があり、おうむも、あまりおうむらしくなかった。ベッドの脇の台に、花崗岩《かこうがん》模様の水さし（3）と、汚れた水が半分入ったブリキの洗面器があった。ダイは、その水で顔を洗えなかった。初めて顔を洗わずに寝る羽目になった。リーナおばさんが出してくれた寝巻だけは清潔だった。

ダイがお祈りを唱えて立ちあがると、ジェニーが笑った。

「まあ、あんたって昔風ね！　お祈りなんかして、とっても滑稽で、信心深い感じ。今どきお祈りをする人がいたなんて。何の役にも立たないのに。何のためにするの？」

「私の魂を救わなくてはならないもの」ダイは、スーザンの言い方をかりて言った。

「あたしは、魂なんかないわ」ジェニーは嘲笑《あざわら》った。

「もしかすると、そうかもしれない。でも、私にはあるの」ダイは誇らしげに胸をはった。

ジェニーは、ダイをじっと見た。だが、ジェニーの目の魔法の呪文はもうとけていた。ダイは二度とその魔法に屈しないだろう。

「あんたは、あたしが思ってたような女の子じゃないんだね、ダイアナ・ブライス」ジェニーは悲しげに言った、まるで自分が騙《だま》された者のように。

ダイが返事をする前に、ジョージ・アンドリューとカートが、部屋になだれこんできた。ジョージ・アンドリューはお面をつけていた——巨大な鼻がついた見るも恐ろしい代物《しろもの》で、ダイは悲鳴をあげた。

「キーキー声はやめろ、門の下にはさまった豚みたいに！」ジョージ・アンドリューが命令した。「さあ、おれたちに、おやすみのキスをするんだ」

「さもないと、クローゼットに閉じこめてやる……ねずみがいっぱい出るんだぞ」カートが言った。

ジョージ・アンドリューが、ダイにどんどん迫ってきた。ダイはまた金切り声をあげ、後じさりした。お面が怖くて、体がすくんだ。お面の後ろにいるのはジョージ・アンドリューだとわかっていた、彼なんか怖くなかった。でも、この恐ろしいお面がそばに来たら、私は死ぬだろう——きっと死んでしまうだろう。お面の恐ろしい鼻が、ダイの顔にふれたかに思えたそのとき、ダイはいす《スツール》につまずいて、後ろへひっくり返り、アナベルの寝台のとがった角で頭を打った。一瞬、ダイは目眩《めまい》がして、目をつむって倒れた。

「死んじゃった……死んじゃったよ！」カートが鼻をぐすぐすいわせて泣き出した。

「わあ、もし殺したなら、ぶん殴られるわよ、ジョージ・アンドリュー！」アナベルが言った。

「死んだふりをしてるだけかも」カートが言った。「みみずを乗っけてみろよ。この缶に入ってるから。ずるをしてるだけなら、生き返るさ」

ダイは聞こえたが、怖くて目を開けなかった。(死んだと思ってくれたら、私を一人にして、行ってくれるかもしれない。でも、もし、みみずを乗せられたら……)

「ピンで刺してみろよ。血が出りゃ、死んでないさ」カートが言った。

(ピンなら我慢できる、みみずは無理だけど)

「死んでないわよ……死ぬはずがないもん」ジェニーが声をひそめて言った。「あんたが脅《おど》すから、引きつけを起こしたのよ。でも意識が戻ったら、家中に聞こえるような悲鳴をあげるかも。それでベンおじさんが来て、あたしたちを、こてんぱんに殴るかも。こんな子、うちに誘わなきゃよかった。怖がり猫《おんな》なんだから!」

「意識が戻る前に、こいつを家まで運ぼうぜ、どうだ?」ジョージ・アンドリューが提案した。

(ああ、そうしてさえくれたら!)

「無理よ……あんなに遠いのよ」ジェニーが言った。

「『野っ原を通って近道』すりゃ、たったの四分の一マイルだ。めいめいが、腕と足を一本ずつ持つんだ……ジェニーとカートと、おれとアナベルで」

ペニー家以外の者なら、こんなことは思いつかないだろうし、考えても実行はしないだろう。だが彼らは、ふと頭に浮かんだことは何でもやるのに慣れていた。一家の主《あるじ》から「ぶちのめされる」ことは、できれば避けたかった。親父《おやじ》は、子どものことは、ある程度までは気にしないが、それを越えると――大変な夜になる！

「運んでる間に、こいつの意識が戻ったら、さっさと逃げようぜ」ジョージ・アンドリューが言った。

ダイが意識を戻す恐れはなかった。彼女は、四人に持ちあげられるのを感じると、ありがたさにふるえる思いだった。四人は足音をしのばせて階段をおり、外へ出ると、裏庭を横切り、クローバーの長い野原をこえ――森をすぎ――丘をくだった。二度、ダイを下ろして休まねばならなかった。一行は、今やダイが死んだと思いこみ、誰にも見られずに家まで運ぶことだけを願っていた。ジェニー・ペニーは、今まではお祈りをしたことがないにしろ、このときは祈っていた――村の人が起きてきませんように。無事に家に運び終えたら、ダイ・ブライスは寝るころになって家を恋しがり、帰ると言ってきかなかったと、みんなで口を揃えて言い張ればいいのだ。その後はどうなろうと関係ない。

こんなことを彼らが企《たくら》んでいる間、ダイは一度、思い切って目を開けてみた。あたりの眠っている世界は、奇妙に見えた。もみの木々は、黒々として見慣れなかった。星たちはダイを見て嘲笑《わら》っていた。（こんなに大きな空は好きじゃないわ。でも、もう少しがんばれば、家に着く。私が死んでいないと気づかれたら、私をここに置き去りにするでしょう。真っ暗いなかを、一人では帰れないもの）

ペニー家の子どもたちは、ダイを炉辺荘のヴェランダにおろすと、一目散に逃げ出した。ダイはあえて、すぐに意識がもどった様子を見せなかった。それから、ついに思い切って目を開けた。ああ、そこは家だった。すばらしすぎて本当のこととは思えなかった。私は本当にいけない子だった、でも二度と悪いことはすまい。ダイが起きあがると、ザ・シュリンプ《おちびちゃん》が足音もなく上がり段をのぼってきて、ダイに体をこすりつけ、ごろごろ喉を鳴らした。ダイはこのおす猫を抱きしめた。ザ・シュリンプ《おちびちゃん》はなんて優しくて、暖かくて、いい友だちかしら！　家には入れないとわかっていた――父さんが留守の晩は、スーザンは全部の戸に鍵をかけるのだ。こんな時間にスーザンを起こす勇気もなかった。でもかまわなかった。六月の夜は寒かったが、ハンモックに乗ってザ・シュリンプ《おちびちゃん》と寄り添って寝よう。すぐそばには鍵のかかった扉があり、そのむこうにスーザン、兄さんたち、ナンがいて――わが家があるとわかっているのだから。

暗くなった世界は、なんと不思議だろう！　世界中のみんなが寝ているのかしら？　上がり段のそばの茂みに咲く大きな白い薔薇は、夜見ると、人の小さな顔のようだった。薄荷《ミント》の匂いは友だちのようだった。果樹園で、蛍が一匹、光っていた。とうとう私も「外で一晩眠った」と自慢できるのだ。

しかし眠れなかった。暗い人影が二つ、門を通り、小道(4)をこちらにやって来た。ギルバートは家の裏へまわり、台所の窓をこじ開けようとした。アンは玄関の上がり段に近づくと、猫を抱いてすわっている哀れな小さな子どもに驚き、立ちすくんだ。

「母さん……ああ、母さん！」ダイは無事に、母の腕に抱《いだ》かれた。

「ダイちゃん！　どうしたの？」

「ああ、母さん、私、悪い子だったの……本当にごめんなさい……母さんの言う通りだった……それにばあちゃんはとっても怖かったし……だけど母さんたちは、明日まで帰らないと思ってたのに」

「ローブリッジから、お父さんに電話がかかってきて……明日、パーカー夫人に手術をしなければならないので、パーカー先生が、お父さんに立ち会ってほしいんですって。だから私たちは夕方の汽車に乗って、駅から歩いて帰ったのですよ。さあ、母さんに話してごらんなさい……」

ダイが泣きながら一部始終を語り終えるころには、ギルバートは家に入り、玄関を開けてくれた。彼は音を立てずに入ったと思ったが、スーザンは、こと炉辺荘の安全にかかわるとあらば、こうもりの小さな鳴き声さえ聞き逃さない耳の持ち主であり、寝巻きに化粧着《ガウン》を羽織り、足を引きずりながら、おりてきた。

そして驚きの声をあげ、説明を始めたが、アンはさえぎった。

「スーザン、誰もあなたを責めていないのよ。ダイはとても悪い子でしたけれど、自分でそれを理解しましたし、もう罰も受けたと思うのです。あなたを起こしてしまって、悪かったわね……すぐベッドに戻ってちょうだい。あなたの足首は、先生が見てくださるわ」

「私は寝ちゃいませんでしたよ、先生奥さんや。うちの大事な子がどこにいるか知ってるのに、おちおち眠れると思いますか？　それに私の足首がどうであれ、お茶を一杯、お二人にお持ちしますよ」

「母さん」ダイは自分の真っ白な枕からたずねた。「父さんは、母さんにむごいことをするの？」

「むごいこと！　私に？　まあ、ダイったら……」

「ペニーの人たちがそう言ったの……父さんが、母さんを打《ぶ》つって……」

「ダイちゃん、ペニー家がどんな人たちか、わかったのだから、あの人たちの言うことで、小さな頭を悩ませないくらいの分別はありますね。どんな家でも、必ず少しは悪意のある噂が広まるものです……ああいう人たちがでっち上げるのです。気にしてはなりませんよ」

「明日の朝、私を叱るの、母さん？」

「いいえ。あなたはもう教訓を学んだと思いますよ。さあ、おやすみなさい、可愛いダイちゃん」

「母さんは、なんて物わかりがいいのかしら」ダイは最後に思って眠りについた。そしてスーザンは、専門家の手で、くるぶしにいい具合に包帯をまいてもらい、ベッドのなかで安堵して体をのばすと、独り言をつぶやいた。

「朝になったら、草の根分けても探し出しますよ……ジェニー・ペニーのお嬢さんを見つけたらば、二度と忘れられないくらい叱りつけてやりましょう」

この受けるはずだった大目玉を、ジェニー・ペニーは受けなかった。グレン校に二度と来なかったのだ。代わりに、ペニー家のほかの子らと一緒に、モウブレイ・ナロウズの学校へ通った。するとそこから、ジェニーの作り話が風のたよりに伝わってきた。なかにはダイ・ブライスの話もあった。ダイは、グレン・セント・メアリの「大きな家」に住んでいるのに、いつもジェニーのところに泊まりに来ていたが、ある晩、気絶したので、ジェニーがダイを背負い、誰の助けも借りずに、一人で、真夜中に家まで運んだ。炉辺荘の人々は感謝し、ジェニーにひざまずいて手にキスをした。さらに先生みずから、屋根に房飾りのついた馬車と、あの有名な斑点のある蘆毛馬《あしげうま》を出して、ジェニーを家まで送り届けてくれた。「ミス・ペニー、あなたのためにできることがございましたら、大事なわが子にご親切にしてくださったお礼に、どんなことでも、おっしゃってください。わが心臓の最上の血をもってしても、あなたへの恩返しには足りません。あなたがしてくださったことに報いるためなら、赤道アフリカ(5)へも参りましょう」と先生が誓ったという。

第30章

「あたし、あなたの知らないことを知っているの……あなたが知らないことよ……あなたの知らないことなんだから」ダヴィ・ジョンソンは、波止場《はとば》のぎりぎり端《はし》を危なげな足どりで行ったり来たりしながら、歌うようにくり返した。

今度は、ナンにスポットライトがあたる番だった——炉辺荘での暮らしが終わってから、あのことを憶えている？　とたずねあう思い出話に、ナンの物語が一つ加わるのだ。もっともナンは、これを思い返すと、死ぬ日まで顔を赤らめるだろう。それほど馬鹿げたことを、しでかしたのだった。

ナンは、ダヴィが波止場の端をふらふら歩く姿を見て、かすかに身震いした——だが、やけに惹きつけられた。そのうち、ダヴィは海に落ちるかもしれない。落ちたらどうなるだろう。しかしダヴィは決して落ちなかった。彼女はいつも運に恵まれていた。

ダヴィがしたことと、したと本人が言ったこと——この二つはおそらく、かなり異なっているだろう。しかしナンは、冗談でさえ本当のことを言う炉辺荘で育ったために、あまりに無垢で、何でも真に受け、違いがわからなかった——ダヴィのすべてが、ナンには魅惑的だったのである。ダヴィは十一歳で、生粋のシャーロットタウンっ子で、まだ八つのナンよりもはるかに多くのことを知っていた。ダヴィに言わせれば、シャーロットタウンの町の人だけが何でも知っているのだという。グレン・セント・メアリのような退屈な田舎に閉じこもっているあなたが、いったい何を知ってるというのかしら？

ダヴィは、夏休みの途中でグレンのエラおばさんの家に泊まりに来ていて、ナンとは年が違うものの親しい友情を結んだ。それはたぶんナンが、大人びて見えるダヴィを、憧れをこめて敬《うやま》ったからだろう。人が最高のものを見たとき——あるいは見たと思ったときに捧げる憧れである。一方、ダヴィのほうは、へりくだって自分を崇《あが》めてくれる小さなお供《とも》のナンを気に入っていた。

「ナン・ブライスには悪気がないの——ちょっと気が弱いけど」ダヴィは、エラおばさんに語った。

炉辺荘の注意深い大人たちも、ダヴィには、気がかりな点は何も見つけられなかった——たとえアンが、あの子の母親はアヴォンリーのパイ家のいとこだと思い出したにしろ——ナンがダヴィと仲良くしても反対しなかった。もっともスーザンは、ダヴィのグースベリー色の緑（1）の目と白っぽい金色の睫毛《まつげ》を、最初から信用していなかった。しかし、だからといって何ができよう？　ダヴィは「お行儀がよく」、きちんとした身なりをして、レディのようにふるまい、おしゃべりでもない。ダヴィを信用できない理由は見当たらず、スーザンは黙るほかなかった。どのみちダヴィは、学校が始まれば家に帰るのだ。今回はひとまず、細《こま》かい詮索《せんさく》はいらないだろう。

　というわけで、ナンとダヴィは、空いている時間の大半を一緒に波止場ですごした。波止場には、たいがい一、二艘の船が、帆をたたんで浮かんでいた。その八月、ナンは「虹の谷」へほとんど行かなかった。炉辺荘のほかの子どもたちは、ダヴィが好きではなく、毛嫌いしていた。以前、ダヴィが、ウォルターに悪ふざけをして、ダイが憤慨して「言い返した」のだ。どうもダヴィは悪ふざけが好きらしかった。グレンの女の子たちが、ナンといるダヴィを誘おうとしないのも、そのせいだろう。

「ねえ、お願い、教えて」ナンは頼んだ。

　ところがダヴィは、悪戯《いたずら》っぽく片目で目くばせ《ウィンク》するばかりだった。こんな話をしてあげるには、あなたは子ども過ぎるの、と言うのだ。これは癪《しゃく》にさわった。

「お願い、教えて、ダヴィ」

「無理よ。ケイトおばさんは、秘密の話として、あたしに教えてくれて、それから死んだの。だから今、知ってるのは、この世であたしだけよ。教えてもらったとき、誰にも言わないって約束したんだもの。あなたは誰かにしゃべるわ……話さずにいられないでしょ」

「話さないわ……話さないでいられるわ！」ナンは叫んだ。

「炉辺荘の人たちは、何でもおたがいに話すそうね。ということは、スーザンが、すぐにあなたから聞き出すわ」

「そんなことないわ。私、スーザンに話していないことが、たくさんあるのよ。色んな秘密よ。あなたの秘密を教えてくれたら、私の秘密も教えてあげる」

「まあ、あなたみたいな小さい子の秘密なんて、興味ないわ」ダヴィが言った。

なんという侮辱だろう！　ナンは、自分の小さな秘密をすてきだと思っていた——テイラーさんの干し草納屋の裏に広がるえぞ松の森のずっと奥に、一本の山桜が咲いているのを見つけたこと——沼に浮かぶ蓮《はす》の葉に小さな白い妖精が横たわっている夢を見たこと——白鳥たちが銀のくさりで小舟を曳《ひ》いて内海をやってくるところを想像したこと——元のマカリスター家に暮らしている美しい貴婦人の物語《ロマンス》を想像するようになったこと。こうした空想は、ナンにとっては不思議で魔法のようであり、後で考え直すと、結局はダヴィに言わなくてよかったと思った。

でもダヴィは、私について、私も知らないのに、何を知っているのだろう？　その疑問は蚊のようにナンにつきまとって離れなかった。

次の日も、ダヴィは、あなたの秘密を知っているのと言った。

「ナン、あたし、よく考えてみたんだけど……あなたは知るべきよ、あなたのことなんだもの。もちろんケイトおばさんは、誰にも言っちゃだめと言ったけれど、本人以外には、という意味だったのよ。だから、いいこと、もし、あなたの瀬戸物の牡鹿《おじか》をくれたら、秘密を教えてあげるわ」

「あれは、あげられないわ、ダヴィ。去年のお誕生日に、スーザンがくれたんですもの。スーザンは気を悪くするわ」

「それなら結構よ。自分の大事な話を教えてもらうより、つまらない牡鹿のほうが大切なら、そうすればいいわ。あたしは、別にかまわないもの。秘密にしてるほうがいいくらいよ。ほかの女の子が知らないことを知ってるなんて、楽しいわ。偉そうにできるんですもの。今度の日曜日、教会であなたを見ながら、『あたしが知ってることを、もしあなたも知ってれば、ナン・ブライス』って思うんだわ。面白そうね」

「私について知っていることって、すてきなこと?」ナンがたずねた。

「そうよ、とってもロマンチックよ……小説本で読むようなことよ。だけど、もう気にしないで。あなたは興味がないんだし、あたしは何を知ってるか、わかってるんだから」

　そのころには、ナンは好奇心でどうにかなりそうだった。ダヴィの知っている謎めいたことを知らないなら、人生は生きる価値もない。不意に、ナンはひらめいた。

「ダヴィ、牡鹿はあげられないけど、私の秘密を教えてくれたら、赤い日傘《パラソル》をあげるわ」

ダヴィのグースベリー色の目が光った。あの日傘《パラソル》が羨《うらや》ましくてたまらなかったのだ。

「先週、あなたのお母さんが町から買ってきた、あの新品の、赤い日傘《パラソル》のこと？」

ナンはうなずき、息づかいが速くなった。ということは――ああ、ダヴィは、本当に話してくれるのかしら？

「でも、あなたのお母さんが、いいって言うかしら？」ダヴィは問いただした。

ナンはまたうなずいたものの、少々心許《こころもと》なかった。確信はもてなかった。その心許《こころもと》なさを、ダヴィは嗅《か》ぎとった。

「日傘《パラソル》を、ちゃんとここに持ってこなくてはね」ダヴィは、はっきり言った。「持ってきたら、教えてあげる。日傘《パラソル》がないなら、秘密はなしよ」

「明日、持ってくる」ナンは慌てて約束した。ダヴィが自分について知っていることを、なんとしても、知らねばならない。その一心だった。

「そうね、よく考えてみるわ」ダヴィは、曖昧《あいまい》にぼかして言った。「あんまり期待しないで。やっぱり話さないかもしれないし。あなたは小さすぎるもの……何度も言ったでしょ」

「昨日よりは大きくなったわ」ナンは哀願した。「まさか、ダヴィ、意地悪しないで」

「あたしの知っていることは、あたしの勝手だと思うの」ダヴィは、ナンの希望を打ち砕くように言った。「だってあなたは、アンに話すでしょ……お母さんのことよ……」

「自分のお母さんの名前くらい、知っているわ」ナンは、いささかの威厳をもって言った。秘密だろうが、何だろうが、限度というものがある。「炉辺荘の誰にも話さないって、言ったでしょ」

「誓う《スウエア》？」

「罵る《スウエア》？」（2）

「おうむみたいに真似しないで。もちろんあたしが言ったのは、厳《おごそ》かに約束するという意味よ」

「厳かに約束します」

「もっと厳かに」

どうすればもっと厳かにできるのか、ナンはわからなかった。そんなことをすれば、顔が引きつるかもしれない。

　「手を組みあわせて、空を見上げる
　胸に十字を切って誓う、嘘なら死んでもいい」

ダヴィが唱えた。

ナンは儀式を終えた。

「明日、日傘《パラソル》を持ってくるのよ。それから考えましょう」ダヴィは言った。「あなたのお母さん、結婚する前は、何をしていたの、ナン？」

「学校の先生よ……立派に教えていたのよ」ナンが言った。

「そう、ちょっと知りたかっただけ。だってうちの母さんは、あなたのお父さんが、お母さんと結婚したのは間違いだったと言うの。あなたのお母さんの身内のことは、誰も知らないんですって。それにお父さんには、結婚したかもしれない娘さんたちがいたんですって。じゃあ、もう行かなくちゃ、オウ・ルヴォール（3）」

「また明日」という意味（4）だと、ナンは知っていた。フランス語を話す友だちがいて、たいそう誇らしかった。ダヴィが帰っても、ナンは長らく波止場《はとば》にすわっていた。ここに腰かけて、出ていく漁船や、入ってくる漁船をながめるのが好きだった。時には、船が、はるか彼方の美しい国々を目ざして内海をゆるやかに出ていった。ナンは船で遠くへ行きたいと、ジェムのように、しばしば思った――この青い内海をくだっていき、影のある砂丘の砂州を通り過ぎ、灯台のある岬を越えていくのだ。岬では、夜になると回転するフォー・ウィンズ灯台の明かりが、神秘の国との境《さかい》になるのだ。船は外へ、外へ進み、青く霞《かす》む夏のセント・ローレンス湾へ出てゆき、さらに航海を続け、金色の朝の海に浮かぶ魔法の島々をめざすのだ。ナンは、板の真ん中がたわんだ古い波止場にしゃがみ、想像の翼にのって世界中を飛ぶのだった。

だが、この昼下がりのナンは、ダヴィの秘密ですっかり興奮していた。ダヴィは、本当に教えてくれるかしら？　それはどんなことかしら？——どんなことなら、あり得るかしら？　それに父さんが結婚したかもしれない娘さんたちの話は？　その娘さんたちをあれこれ考えるのは好ましかった。そのなかの一人が自分の母親になったかもしれないのだ。でも怖かった。私の母さん以外の人は誰も、私の母さんにはなれない。そんなことはとても考えられなかった。

「ダヴィ・ジョンソンが、私に秘密を教えてくれるかもしれないの」その夜、ナンは、母さんにおやすみのキスをしてもらうと、打ち明けた。「だけど、それは母さんにも話せないの。言わないって約束したんだもの。気にしないでしょう、母さん？」

「ええ、気にしませんとも」アンは、いかにも面白そうに言った。

翌日、ナンは波止場へむかうとき、日傘《パラソル》を持っていった。これは私の日傘《パラソル》だもの、と自分に言い聞かせた。私がもらったものだから、好きなようにする筋合いがあるわ。そんなこじつけで良心をなだめ、誰も見ていないすきに家を抜け出した。大事にしている華やかな小さな日傘《パラソル》を手放すと思うと、心が痛んだが、このときは、ダヴィの知っている秘密を聞きたいという願望が我慢できないほどふくらんでいた。

「さあ、日傘《パラソル》よ、ダヴィ」ナンは息を弾ませて言った。「だから秘密を教えて」

ダヴィは実のところ、面食《めんく》らっていた。ここまでするつもりはなかったのだ——まさかナン・ブライスの母親が、赤い日傘《パラソル》をあげてもいいと言うとは思わなかった。ダヴィは、唇をすぼめてみせた。

「やっぱり、この赤の色が、あたしの顔色にあわないわ。けばけばしいもの。だから、教えてあげない」

ナンには、彼女なりの意地があり、ダヴィの魅力といえども、まだやみくもに服従するほどではなかった。この不当な仕打ちに、ナンはにわかに奮い立った。

「約束は約束よ、ダヴィ・ジョンソン！　日傘《パラソル》を持ってきたら秘密を教えるって、言ったわ。さあ、日傘《パラソル》よ。約束を守るべきよ」

「もう、わかったわよ」ダヴィはうんざりして言った。

何もかもが静まりかえった。激しい風音がやんだ。波止場の杭《くい》に寄せる波の音まで静まった。ナンは甘い陶酔に身をふるわせた。ダヴィが知っている秘密を、ついに知るのだ。

「内海口のジミー・トーマス一家を、知ってるわね」ダヴィが言った。「足の指が六本あるジミー・トーマスよ？」

ナンはうなずいた。トーマス一家は、もちろん知っていた――少なくとも話には聞いていた。六本足指のジミーは、ときどき炉辺荘に魚を売りに来て、スーザンの話では、ジミーからは生きのいい魚は買えないという。ナンは、彼の姿が好きではなかった。はげ頭の両側に、ふわふわした白髪が縮れ、赤いかぎ鼻だった。だがいったい、トーマス家が、この話と何の関わりがあるのだろう？

「それから、キャシー・トーマスも知っているわね？」ダヴィは続けた。

キャシー・トーマスは、一度見たことがあった。六本足指のジミーが、行商の馬車に乗せて来たのだ。ナンくらいの年ごろで、モップのような赤い縮れ髪に、物怖じしない瞳は、緑がかった灰色だった。キャシーは、ナンに舌を突きだしたのだ。

「あのね……」ダヴィは、深々と息をついてみせた――「これは本当のことよ。あなたはキャシー・トーマスで、あの子がナン・ブライスなの」

ナンは、ダヴィを見つめた。話がさっぱり理解できなかった。意味が通らないではないか。

「それは……あの……どういうこと？」

「明々白々だと思うけど」ダヴィは哀れむような微笑《びしょう》を浮かべた。話す羽目になったからには、それだけの価値がある話をするつもりだった。「あなたとキャシーは、同じ晩に生まれたの。トーマス一家がグレンに住んでたころよ。それで看護婦が、ダイの双子として生まれたキャシーを、トーマス家へ連れてって揺りかごに寝かせて、代わりに、あなたをダイの母親のところへ連れていったの。ダイも連れていく勇気はなかったけど、もしあれば、連れていったでしょうね。看護婦はあなたのお母さんを憎んでいて、そうやって仕返しをしたの。だからあなたは本当はキャシー・トーマスで、内海口で暮らさなければいけないし、かわいそうなキャスは、あの年寄りの継母《ままはは》にぶたれずに、炉辺荘で暮らさなくてはならないの。私、あの子をしょっちゅう気の毒に思っているのよ」

ナンは、この途方もない与太話《よたばなし》を、一語残らず信じた。彼女は嘘をつかれたことがなく、ダヴィの話が真実かどうか、一瞬たりとも疑わなかった。誰かが、ましてや自分の愛するダヴィが、こんな話を作り上げようとは、または作り上げることができようとは、思いもしなかった。ナンは苦悩と落胆のまなざしで、ダヴィを見つめた。

「どうやって……ケイトおばさんは、これを知ったの？」ナンは乾いた唇で、あえぐような声を出した。

「看護婦が、死の床で話したのよ」ダヴィは厳かな顔つきになった。「良心がとがめたのね。ケイトおばさんは、あたしのほかには誰にも言わなかったの。あたしはグレンに来たとき、キャシー・トーマスを見て……本当はナン・ブライスよ……よくよく観察したの。そうしたらキャシーの髪は赤毛で、目の色も、あなたのお母さんと同じだった。ところがあなたは、とび色の目にとび色の髪。あなたとダイが似てないのは、こういうわけだったのよ……双子は必ずそっくりなのに。それにキャスは、あなたのお父さんと同じ耳よ……形がよくて、頭にぴったりついてるわ。今となっては、もうどうしようもないと思うけど、公平じゃないって思うわ。あなたは気楽に暮らして、お人形みたいに大事にされてるのに、かわいそうなキャシーは……本当はナンだけど……ぼろを着て、食べものもろくにないことも、たびたびよ。しかも六本足指の爺さんは、酔っ払って帰ってきて、あの子を叩くのよ！　まあ、あなた、どうしてそんなふうに、あたしを見るの？」

ナンの苦痛は耐えがたいほどになっていた。今やすべてが恐ろしいほどはっきりしたのだ。自分とダイが少しも似ていないことを、世間は前から奇妙に思っていた。これが理由だったのだ。

「こんなことを私に教えるなんて、大嫌い、ダヴィ・ジョンソン！」

ダヴィは、ぽっちゃりした肩をすくめてみせた。

「あなたが気に入るような話だとは、言わなかったわ、そうでしょ？　あなたが言わせたのよ。あら、どこへ行くの？」

ナンは蒼白になり、ふらつきながら、立ちあがったのだ。

「帰って……母さんに話すわ」ナンは打ちひしがれて言った。

「だめよ……そんなことをしちゃ！　言わないって誓ったこと、憶えてるでしょ！」ダヴィが叫んだ。

ナンは目を丸くして、ダヴィを見つめ返した。たしかに言わないと約束した。しかも母さんは、約束は決して破ってはなりませんといつも言っているのだ。

「あたしも帰るわ」ダヴィは言った。ナンの顔つきがどうも気に入らなかった。

ダヴィは日傘《パラソル》をつかみ、駈け出した。肉付きのいい、むき出しのふくらはぎが、古い波止場を跳ねるように遠ざかっていった。その後《あと》には、心破れた子どもが、一人取り残され、彼女の小さな世界の廃墟のただなかにすわっていた。一方のダヴィはけろりとしていた。ナンがおとなしいだなんて、とんでもない。からかっても、あんまり面白くなかった。もちろんナンは家に帰ったら、すぐ母親に話して、かつがれたと気づくだろう。

「あたしは日曜日に、自分の家《うち》へ戻ったほうがよさそうね」ダヴィは考えた。

ナンは、何時間もたったかと思うほど、波止場にすわっていた――何も目に入らなかった。打ちひしがれ、絶望していた。私は母さんの子じゃなかった！　六本足指ジミーの子どもだった――足の指が六本あるというので秘かに恐れていた六本足指ジミー。私は炉辺荘に暮らして、母さんと父さんに愛される道理はないのだ。「ああ！」ナンは悲痛なうめき声を小さくあげた。母さんと父さんが知ったら、もう私を愛してくれないだろう。二人の愛情はすべて、キャシー・トーマスに注がれるだろう。

ナンは頭に手をあてた。「めまいがする」彼女はつぶやいた。

第31章

「どうして何も食べないんですか、お嬢ちゃん？」スーザンが夕食のテーブルでたずねた。

「外で陽にあたり過ぎたのかしら、ナンちゃん？」母さんが心配した。「頭が痛いの？」

「う、うん」ナンは言ったが、痛むのは頭ではなかった。私は今、母さんに嘘をついているのかしら？　もしそうなら、これからどれほど嘘を重ねることになるのだろう？　というのもナンは、この恐ろしい秘密を抱えている限り——食べものは喉を通らないとわかっていた。といって母さんには決して話せないのだ——ダヴィと約束したから、だけではない——でも、悪しき約束は、守るよりも破ったほうがいいと、いつかスーザンが言わなかったかしら？——話せば、母さんを傷つけるからだ。もし言えば、母さんをひどく傷つけるとはっきりわかっていた。母さんは傷ついてはいけない——傷つくべきではない——父さんも。

とはいうものの——キャシー・トーマスは現にいるのだ。ナンは、彼女をナン・ブライスと呼ぶつもりはなかった。キャシー・トーマスがナン・ブライスだと思うと、言いようのない不安におそわれた。自分というものが完全に消えてしまう気がした。もし私がナン・ブライスじゃないなら、私は誰でもないわ！　私は絶対に、キャシー・トーマスにはならない。

それでもキャシー・トーマスのことが、頭から離れなかった。ナンは、一週間、キャシーのことで思い悩んだ——みじめな一週間だった。その間、アンとスーザンは、ひどく案じた。ナンは食べもせず、遊びもしなかった。「ただふさぎこんで、歩き回ってますよ」とスーザンは言った。ダヴィ・ジョンソンが家に帰ったからだろうか？　そうではないと、ナンは答えた。何でもないの、とナンは言う。彼女は疲れていた。父さんが診察し、一服、薬を処方し、ナンはおとなしく飲んだ。ひまし油ほどはひどくなかったが、今となっては、ひまし油も、もうどうでもよかった。キャシー・トーマスのほかは、どうでもよかった——混乱したナンの頭から生まれ、ナンにとり憑いた恐ろしい疑問のほかは何の意味もなかった。

キャシー・トーマスは、自分の権利を手にするべきではないか？

私、つまりナン・ブライスが——ナンは自分が何者であるか、必死にこだわっていた——本当はキャシー・トーマスの持ち物なのに、彼女に与えられていない物を私が独り占めすることは、公平《フェア》かしら？　いや、不公平《アンフェア》だ。それは公平《フェア》ではない。ナンは絶望しつつも、わかっていた。ナンのなかには、どこか非常に強い正義感とフェア・プレーの精神があり、キャシー・トーマスに告白してこそ公平《フェア》だという思いが強まっていた。結局は、誰も、あまり気にしないかもしれない。母さんと父さんは、最初はもちろんうろたえるだろう。でも、キャシー・トーマスがわが子だと知れば、すぐにキャシーにすべての愛情を注ぎ、私、つまりナンのことはどうでもよくなるかもしれない。母さんはキャシー・トーマスにキスをして、夏の黄昏どきに歌をうたってあげるだろう——ナンが一番好きな歌を——。

わたしは見たの、海をゆく、海をゆく船を
ああ、わたしのために、きれいなものを、たくさんつんで

ナンとダイは、船が入って来る日（1）のことをしきりに話したものだった。でもこれからは、船のきれいな物は——積み荷から私がもらえる物は——キャシー・トーマスの物なのだ。キャシー・トーマスは、今度の日曜学校の演芸会《コンサート》で、私の代わりに妖精の女王の役をして、私のぴかぴか光る華やかな飾り帯をするのだ。あんなに楽しみにしていたのに！　スーザンはフルーツ・パフ（2）をキャシー・トーマスのために焼き、猫のプシーウィロー《ねこやなぎ》は、彼女に喉を鳴らすのだ。キャシーは、かえでの森の苔《こけ》の絨毯《じゅうたん》を敷いたナンのおままごとの家で、ナンの人形で遊び、ナンのベッドで寝るのだ。ダイは喜

ぶかしら？　ダイは、キャシー・トーマスが姉妹《きょうだい》になって好きになるかしら？

ある日、ナンはもう我慢できないという気がした。公平《フェア》なことをしなくてはならない。内海口へ行って、トーマス家に本当のことを言おう。母さんと父さんには、あの家の人たちが話してくれるだろう。こんなことを自分の口から言うのは無理だった。

心を決めると、少し気が楽になったが、どうしようもなく悲しかった。夕食を少しでも食べようとした。炉辺荘で食事をするのも、これが最後だろう。

「母さんのことは、これからも『母さん』と呼ぼう」ナンは悲しみに暮れて思った。「でも、六本足指ジミーのことは『お父さん』とは呼ばない。ただ『トーマスさん』って丁寧に言うわ。そう呼んでも、あの人は気にしないでしょう」

ナンは胸がつまる思いだった。顔をあげると、スーザンの目が、ひまし油ですよと言っていた。でも、寝る前にひまし油を飲むころ、私はもうここにいない。それをスーザンは夢にも知らないのだ。代わりに、キャシー・トーマスがひまし油を飲むだろう。さすがにひまし油だけは、キャシー・トーマスが羨《うらや》ましいと思わなかった。

夕食後、ナンは、すみやかに家を出た。暗くなる前に行かなければならない。さもないと気がくじけてしまう。普段着のギンガムチェックで出かけた。スーザンと母さんに疑われないように、あえて着替えなかった。そもそも、きれいな服はすべてキャシー・トーマスの物なのだ。でもスーザンが縫ってくれた新しいエプロンは身につけた——スカラップの小さな縁取り《ふちど》り（3）のついた、たいそうしゃれた可愛らしいエプロンだった。トルコ赤（4）のスカラップの縁飾りなのだ。ナンはこのエプロンが気に入っていた。この一枚だけなら、キャシー・トーマスも惜《お》しいとは思わないだろう。

ナンはグレンの村へおりていき、村を通り抜け、波止場通りを歩いた。勇敢で不屈な小さな姿が、内海街道を進んでいった。ナンは、自分を女傑《ヒロイン》だとは思わなかった。それどころか自分を恥じていた。正しくて公平《フェア》なことをするのが、非常に難しかったからだ。キャシー・トーマスを憎まずにいることは、かなり難しかった。六本足指のジミーを怖がらずにいることも、かなり難しかった。回れ右をして炉辺荘へ走って帰らずにいることも、かなり難しかった。

今にもふりだしそうな夕暮れだった。海には重苦しい黒雲がかかり、巨大な黒いこうもりのようだった。ときおり稲光が、内海と遠くの丘の森の上に光った。内海口では、漁師の家並が、雲の下から漏れさす赤光《しゃっこう》を浴びていた。あちらこちらの水たまりは、大きなルビーのように赤く輝いていた。白帆をはった船が、薄暗くかすむ砂丘を音もなく通りすぎ、神秘の声で呼びかける大海へ漂い出ていった。かもめたちは奇妙な声で鳴き叫んでいた。

ナンは、漁師の家の匂いも、砂浜で遊び、諍《いさか》い、叫んでいる薄汚れた子どもの群れも好まなかった。ナンが足をとめ、六本足指ジミーの家をたずねると、子どもたちは好奇心をむき出しにして彼女を見た。

「むこうのあの家《うち》だよ」一人の少年が指さした。「あの人に、何の用だい？」

「ありがとう」ナンは踵《きびす》をかえして離れた。

「そんな礼儀なの？」女の子が叫んだ。「こっちは丁寧にきいたのに、お高くとまって、返事もしないなんて！」

さっきの少年が、ナンの前に立ちはだかった。

「トーマスさんちの後ろの、あの家を見ろよ。あの家《うち》には、海蛇《うみへび》がいるんだぞ。六本足指ジミーに何の用か、言わないなら、あそこに閉じこめてやる」

「さあさ、高慢ちきさん」別の大きな女の子がからかった。「あんた、グレンから来たんでしょ。グレンの人って、みんな、自分が偉いと思ってんのよ。ビルの質問に、答えなさいよ！」

「答えねえなら、気をつけろよ」違う少年が言った。「これから、子猫を溺れさすとこなんだ。おまえも、ぽちゃんと水に入れてやる」

「あんた、十セント持ってんなら、歯を売ったげる」げじげじ眉の女の子が、歯をむき出しにした。「昨日、一本、抜いたんだ」

「十セントは持っていないし、あんたの歯をもらっても、私の役に立たないから」ナンは勇気をふるって答えた。「私にかまわないでちょうだい」

「生意気言うんじゃないよ！」げじげじ眉の子が言った。

ナンは走り出した。すると海蛇の男の子が足を突きだし、ナンは転んだ。さざ波がよせる砂浜にばったり倒れると、子どもたちは金切り声をあげて笑った。

「これからは、そんなに頭をつんとそらすんじゃないよ、いいかい」げじげじ眉の子が言った。「赤い縁飾《ふちかざ》りなんかつけて、こんなとこを、気取って歩いて！」

そのとき誰かが叫んだ。「ブルー・ジャックの船が入ってくるぞ！」彼らはいっせいに走っていった。黒い雲はさらに低くなり、ルビー色の水たまりは、どれも灰色に翳《かげ》っていた。

ナンは起きあがった。服一面に砂がつき、靴下は汚れていた。でも苛《いじ》めっ子から解放されたのだ。これからは、あの子たちが遊び仲間になるのかしら？

泣いちゃだめ――泣いちゃだめ！　ナンは六本足指ジミーの家のぐらつく上がり段を玄関へのぼった。内海口のほかの家と同じように、六本足指ジミーの家屋も、異常な高潮が届かないように、木の台の上に建っていた。その下には割れた食器、空き缶、ロブスター漁の古ぼけた罠《わな》、がらくたが雑然と散らばっていた。扉は開いていた。なかをのぞくと、見たこともないような台所だった。むき出しの床は汚れ、天井はしみが浮いて煤《すす》け、流し《シンク》には汚れた皿がたまっていた。がたつく古いテーブルに食事の食べ残しが置いたままで、ぞっとするほど大きな黒蠅《くろばえ》がたかっていた。灰色のもじゃもじゃの髪をした女が一人、ゆりいすにすわり、よく肥えた赤ん坊をあやしていた——垢《あか》で灰色にくすんだ赤ん坊だった。

「私の妹だ」ナンは思った。

キャシーと六本足指ジミーがいる様子はなかった。ジミーが留守で、ありがたかった。

「あんたは誰？　なんの用だい？」女は不躾《ぶしつけ》にたずねた。

入れとは言われなかったが、ナンは入った。外は雨がふり出し、雷鳴の轟《とどろ》きが家を揺るがしていた。勇気がくじける前に、用件を話さなければならない。さもないと、くるりと向き返り、このひどい家から、ひどい赤ん坊から、ひどい蠅《はえ》から、走って逃げてしまうだろう。

「キャシーに会いたいんです。お願いします」ナンは言った。「大事な話があるんです」

「まったく、今時分に！」女は言った。「あんたみたいな小さな背格好の子には、大事な話なんだろうがね。でもキャシーはいないよ。あの子の父ちゃんと馬車で上《かみ》グレンへ行ったんだ。だけどこんな嵐が来てるんで、いつ帰ってくるか。さ、おすわり」

ナンは壊れたいすに腰をおろした。内海口の人々は貧しいとは知っていた。でもこんなに貧しいとは知らなかった。グレンのトム・フィッチの奥さんも貧乏だが、奥さんの家は炉辺荘と同じようにこぎれいで片付いていた。もっとも、六本足指ジミーが稼ぎを全部飲むことは誰もが知っていた。これからは、ここが私の家なのだ！

「とにかく掃除をしてみよう」ナンはみじめに思った。それでも心は鉛《なまり》のように重かった。ナンをここまで誘い出した高邁《こうまい》な自己犠牲の炎は、もはや消えていた。

「なんでキャシーに会いたいんだい？」六本足指夫人は興味津々《しんしん》でたずね、赤ん坊の汚れた顔を、さらに汚いエプロンでぬぐった。「日曜学校の演芸会《コンサート》なら、あの子は行けないよ、無理だね。まともな服がないんだ。どうすりゃ買ってやれるんだい？　あたしが知りたいくらいだ」

「いいえ、演芸会《コンサート》のことじゃないんです」ナンはうなだれて言った。いっそトーマスのおばさんに洗いざらい話すほうがいいかもしれない。いずれは知るのだ。「ここに来たのは——キャシーに話したいのは——キャシーが私で、私がキャシーだってことです！」

　意味がわからなくても、それは六本足指夫人のせいではない。

「あんた、頭がいかれてるね。いったい、どういうことだい？」

　ナンは顔をあげた。最悪の瞬間は終わったのだ。

「ええと、キャシーと私は同じ晩に生まれて……それで……看護婦さんが、うちの母さんを恨《うら》んでいたので、私たちを取り替えたんです……だから……キャシーは炉辺荘に暮らして……恩恵を手にするべきなんです」

　最後の言い回しは、日曜学校の先生が使った言葉で、自分のつたない話の結びに威厳を与えるとナンは思った。

六本足指夫人は、まじまじと見つめた。

「あたしがおかしいのか、それとも、あんたがおかしいのか？　あんたの話は、てんで辻褄《つじつま》があわないよ。そんな与太話、いったい誰が？」

「ダヴィ・ジョンソンよ」

六本足指夫人は、くしゃくしゃの頭をのけぞらせて笑った。彼女は不潔で、だらしないかもしれないが、笑い声は魅力的だった。「そんなことだろうと思ったよ。あたしはこの夏、あの子のおばさんちの洗濯をしたんだが、あれはいけすかない子だよ！　人を騙《だま》すことが、利口だなんて思っててさ！　いいかい、どこかの嬢ちゃんや、ダヴィの作り話を信じるなんて、おやめ。さもないと、えらい迷惑をこうむるよ」

「ということは、本当じゃないの？」ナンは息をのんだ。

「ありえないよ。やれやれ、こんな話にひっかかるとは、世間知らずにもほどがある。キャスは、あんたより、一歳は年上のはずだ。いったい、あんたは誰だい？」

「ナン・ブライスです」ああ、なんてすばらしい！　私はナン・ブライスなのだ！

「ナン・ブライス！　炉辺荘の双子の片方かい！　そういや、あんたが生まれた晩のことは憶えてるよ。たまたま用事で炉辺荘に行ったんでね。あのころ、あたしはまだ六本足指と結婚しちゃいなかった……あいにく一緒になってしまったけれど……キャシーの母親も、まだぴんぴんして生きてたし、キャシーはよちよち歩きを始めたころでね。おまえさんは、あんたのお父ちゃんのおっ母《か》さんに似てるよ……あの晩、おっ母さんも炉辺荘にいなすってね。双子の孫娘が生まれたってんで、鼻高々でいなすったよ。だのに、その孫娘が、こんな間抜けな話を信じちまうような、おつむだとは」

「人を信じてしまう癖があるんです」ナンはやや威厳のある物腰で立ちあがった。天にも昇るほど嬉しく、六本足指夫人に失礼に言い返したくなかった。

「そうかい、でもこんな世の中だ、そんな癖はやめるこった」六本足指夫人は皮肉っぽく言った。「それに、好きで人をたぶらかすような子と遊ぶのは、およし。さ、おかけ、嬢ちゃん。夕立がやむまで、帰れっこないよ。土砂ぶりだし、外は黒猫が山ほどいるみたいに真っ暗だ。おや、行っちまった……帰っちまったよ！」

ナンはもう土砂ぶりのなかに消えていた。六本足指夫人が保証してくれて生まれた激しい歓びだけが、この嵐のなか、ナンを家まで走らせていた。風は彼女を打ち、雨は体を流れ、悍《おぞ》ましい雷鳴は世界を引き裂くかに思われた。絶え間なく光る冷たく青い稲妻の閃光《せんこう》だけが、ナンに道を照らし示した。幾度も、幾度も、ナンは足を滑らせて転んだ。だがついに彼女は、滴《しずく》をしたたらせ、よろめくように炉辺荘の玄関に入った。

母さんが駈けより、ナンを抱きしめた。

「ナンちゃん、みんな、どんなに心配したか！　いったい、どこにいたの？」

「ジェムとウォルターが探しに行ったんですよ。この雨のなか、悪い風邪を引かなきゃいいが」スーザンが言ったが、気が張りつめて、口ぶりは険《けわ》しかった。

ナンは息も絶え絶えだったが、母さんの腕に抱かれたと感じると、あえぎながら、やっと言った。

「ああ、母さん、私は、私なのね……本当に、私なのね。私はキャシー・トーマスじゃない。もう、自分以外の誰にもならないわ」

「かわいそうに、うわごとを言ってますよ」スーザンが言った。「何か合わない物でも、食べたに違いない」

アンはナンを風呂に入れ、寝台に寝かせるまで話をさせなかった。それから一部始終に耳を傾けた。

「ああ、母さん、私は本当に、母さんの子どもなの？」

「もちろんですよ、ナンちゃん。どうしてそんなことを？」

「ダヴィが作り話をするなんて、ちっとも思わなかったもの……まさか、あのダヴィが。母さんは、どんな人でも信じられるの？　だって、ジェニー・ペニーも、ダイにひどい嘘をついていたわ……」

「そんな子は、たったの二人ですよ、知り合いの女の子のなかで。ほかのお友だちは誰も、本当じゃないことを言わないわ。でも世の中には、そういう人がいるの、子どもだけでなく、大人にも。もう少し大きくなれば、『うわべだけ金ぴかのまがい物と純金の違いがわかる』ようになりますよ」

「母さん、私がどんなに馬鹿だったか、ジェムとウォルターとダイに、知られたくないの」

「知らせる必要はありませんよ。ダイは、父さんとローブリッジに出かけたし、兄さんたちには、ナンは内海街道を遠くまで行って嵐に遭《あ》ったと言うだけでいいわ。あなたがダヴィの話を信じたことは愚かでしたけれど、可哀想なキャシー・トーマスに、当然の場所を与えようと出かけたことは立派で、勇敢ですよ。母さんは、あなたを誇りに思いますよ」

嵐は終わった。月が、涼やかで幸福な世界を見おろしていた。

「ああ、私が私で、なんて嬉しいでしょう！」ナンは眠りに落ちる前に思った。

のちほどギルバートとアンは、双子の部屋に入り、可愛らしく寄りそっている二人の小さな寝顔をながめた。ダイアナは小さな唇の両端をきゅっと引きしめて眠っていた。ナンはほほえみを浮かべていた。ギルバートは話を聞くと激しく怒り、ダヴィ・ジョンソンがたっぷり三十マイルも遠くにいたのは幸いだった。だがアンは良心がとがめた。

「この子が何に悩んでいたか気づいてあげるべきだったのに。でも今週はほかの用事に気をとられていて……子どもの不安にくらべたら、ささいなことだったのに。かわいそうに、どんなに苦しんだことでしょう」

アンは後悔にかられながらも、身をかがめ、満足そうに双子をながめた。この娘たちはまだ私の子どもだ——すべてが私のものだ。母親として育て、愛し、守ってやる子どもだ。二人はまだ、幼い胸にある愛情と悲しみのすべてを、私のもとに持ってくる。あと数年は、私のものだろう——だがその先は？　アンは身を震わせた。母親であることのあまりの甘美さと——あまりのつらさに。

「この子たちは、どんな人生を送るのかしら」アンが小声でささやいた。

「少なくとも、母さんと同じように、すばらしい夫を持つように願って、そうなると信じるとしよう」ギルバートはからかうように言った。

第32章

「ということは、婦人援護会がキルティングの会（1）を炉辺荘で開くんだね」先生が言った。「スーザン、きみのすばらしい料理を全部出すといいよ。その後は色々な評判を掃《は》き集めるために、箒《ほうき》も出すことだよ」

スーザンは微妙な笑みを浮かべてみせた。男というものは、肝心なことの理解がことごとく欠けており、そんな男に対する女の寛容を示したのである。だが本当は笑うような気分ではなかった——少なくとも援護会の夕食がすべて決まるまでは。

「メイン・コースは、ホット・チキン・パイと」スーザンはせっせと働きながらつぶやいた。「マッシュ・ポテトと、グリーンピースのクリーム煮（2）にしましょう。それから、先生奥さんや、新しいレースのテーブルクロスを使う絶好の機会ですよ。あんなお品は、グレンじゃ見たことがありません。大評判になること間違いなしです。あれを見て、アナベル・クローがどんな顔をするか、見物《みもの》ですよ。それから青と銀色の花かごを、お使いになるんでしょ？」

「ええ、三色すみれと、かえでの森の黄緑色の羊歯《しだ》を、いっぱいに生けましょう。それから、あなたの見事なピンクのゼラニウムを、三本、どこかに生けてもらいたいの……居間でキルティングをするなら居間に、ヴェランダで縫い物をしても暖かいようならヴェランダの手すりに。まだ花がたくさん残っていて嬉しいわ。今年の夏ほど庭がきれいだったことはないわね、スーザン。だけど私、毎年秋になると、同じことを言っているかしら？」

決めることは山ほどあった。誰が誰の隣にすわるか――たとえば、サイモン・ミリソン夫人とウィリアム・マクリーリ夫人が隣あってすわることは無理だった。よくわからないが、二人には学校時代に遡《さかのぼ》る古い確執《かくしつ》があり、両者は決して口をきかなかった。また、誰を呼ぶか、ということもあった――というのも、援護会の会員ではない客を、二、三人招くことは、女主人役をつとめる者の特典だったのだ。

「ベスト夫人とキャンベル夫人を、お招きするつもりよ」アンが言った。

スーザンは怪訝《けげん》な顔をした。

「あの人たちは、新参者《しんざんもの》ですよ、先生奥さんや」――その口ぶりは「あの人たちは、鰐《わに》ですよ」とでも言わんばかりだった。

「先生と私も、もとは新参者だったのよ、スーザン」

「ですが、先生のおじさまが、その前に長いこと、ここに居《い》なさいましたからね。ベスト家とキャンベル家のことは、誰も何《なん》にも知らないんです。だけどここは先生奥さんの家《うち》ですから、お呼びになりたい人が誰であろうと、私は反対はできませんよ。そういえば何年も前、カーター・フラッグの奥さんがキルティングの会をなすったとき、よそ者のご婦人を招待されたんです。その人ときたら、交織地の服（3）で来たんですよ、先生奥さんや……婦人援護会など、着飾っていく価値もないと思ったそうです！　でもキャンベル夫人なら、少なくとも、その心配はいりませんね。あの人は着道楽ですから……もっとも、教会に、紫陽花《あじさい》色の青い服で行くなんて、私なら、思いもよりませんけど」

アンも同感だったが、あえて笑みは浮かべなかった。

「あの青い服は、キャンベル夫人の銀髪に、よくお似合いだと思ったわ、スーザン。そう言えば、キャンベル夫人は、あなたの香辛料《スパイス》入りグースベリーの薬味《レリシュ》（4）のレシピが、ほしいんですって。収穫祭の夕食（5）で頂いて美味しかったわ、とおっしゃったのよ」

「まあ、そうだったんですか、先生奥さんや。香辛料《スパイス》入りグースベリーは、誰でも作れるもんじゃないんです……」それ以後、紫陽花色の青い服が、非難されることはなかった。これからは、キャンベル夫人がフィジー島民の装束（6）であらわれても、スーザンは大目に見る言い訳を見つけるであろう。

一年の若い月は数を増していった（7）が、秋はまだ夏の気配があり、キルティングの日は十月というより六月のようだった。婦人援護会員は、都合のつく者は一人残らずやって来た。噂話《ゴシップ》というご馳走と、炉辺荘の夕食、さらに医師夫人は町へ行ったばかりで、新しくきれいな流行の品々を拝見できる喜び、楽しみがあったのだ。

スーザンには、こしらえる料理の気がかりが山ほどあったが、彼女はめげることなく、気取って大またに歩いて、ご婦人方を客間へ通した。百番の糸をかぎ針で編んだ五インチ幅のレース（8）で縁取《ふちど》ったエプロンを持っている者なぞ誰もいないと思えば、心は晴れ晴れしていた。一週間前、スーザンは、このレースでシャーロットタウンの展覧会（9）の一等賞をとったのだ。彼女はレベッカ・デューと会場で落ちあって最高の一日をすごし、その夜、スーザンは、プリンス・エドワード島で最も誇らしげな女となって帰ったのだった。

スーザンは顔つきこそ、とり澄ましていたが、胸に思うことは自分だけのものであり、ときにそれは辛口で、少々悪意も帯びていた。

（シーリア・リースが来た。例によって、何か笑ってやれるものはないか、探してるな。いいとも、うちの夕食のテーブルに、そんなものは見つかりっこない、それは確かだよ。マイラ・マレー（10）は、赤い天鵞絨《ヴェルヴェット》を着ている──キルティングの会には少し派手だけど、よく似合ってる。少なくとも交織地じゃない。アガサ・ドリュー──いつもみたいに眼鏡《めがね》をひもで結《ゆ》わえてる。サラ・テイラー──あの人には最後のキルティングの会になるかもしれない——心臓がかなり悪いと先生がおっしゃってるから、でも達者だこと！　ドナルド・リース夫人——ありがたいことに、娘のメアリ・アンナを連れてこなかった。だけど娘の話を、いやというほど聞かされるよ。上《かみ》グレンのジェーン・バー、あの人は援護会の会員じゃないのに。ということは、夕食のあとでスプーンを数えなくては、それは確かだ。あの一家はそろって手癖が悪いからね。キャンダス・クローフォード——援護会の会合にはあんまり出てこないけど、キルティングの会は、きれいな手とダイヤの指輪を見せびらかすのに恰好の場所なんだろう。エマ・ポロックは、服の下から、やっぱり、ペチコートをのぞかせてる——きれいな人だけど、あの一族の例にもれず、おつむがぼんやりしてるんだね。ティリー・マカリスターは、ゼリー(11)をテーブルクロスにひっくり返さないでもらいたいね、パーマー夫人のキルティングの会でやったそうだ。マーサ・クラザーズ、あんたは久々にまともな食事にありつけるよ、ご亭主は来られなくて、お気の毒だこと——何でも、ナッツとか、そんな物を食べて生きてるという話だから。バクスター長老(12)夫人だ——ご亭主の長老は、ハロルド・リースを脅《おど》かして、とうとう娘のミーナから追っ払ったという話だ。ハロルドはもともと、気骨どころか、鳥の鎖骨《さこつ》しか持ちあわせてないんだから。弱気が美女を得たためしがないって聖書にある(13)のに。さて、これでキルトを二枚、縫うのに充分な頭数は集まった。余った人は、針に糸を通してもらいましょう）

キルトを張る枠の台は、広いヴェランダにしつらえ、女たちは手も舌も忙しく動かした。アンとスーザンは台所で夕食の支度にかかりきりだった。ウォルターは、その日、喉が少し痛んで学校を休み、ヴェランダの上がり段にすわっていた。そこは蔦《つた》がカーテンのように下がり、縫い手《キルター》から見えなかった。彼は大人の話を聞くのが、いつも好きだった。それは驚きに満ちた、謎めいた話だった——後で思い返して、芝居《ドラマ》の題材として盛りこめる話であり、またフォー・ウィンズのすべての人々の色彩と影、喜劇と悲劇、笑いと悲しみを映し出す話だった。

　ウォルターは、居合わせる婦人のなかで、マイラ・マレー夫人がいちばん好きだった。彼女は聴き手もつられて笑い出すような笑い声をあげ、目もとには朗《ほが》らかな小皺があった。ありふれた話をするときも、ドラマチックに生き生きと盛りあげ、行く先々で人生を愉快にした。さくらんぼ色の赤い天鵞絨《ヴェルヴェット》の服を着て、黒髪はなめらかに波うち、耳もとに小さなしずく形の赤いイヤリングをさげて、きれいだった。針のように痩せたトム・チャブ夫人は、いちばん苦手だった——いつだったか、ウォルターを「ひ弱な子」と言ったのを聞いたからかもしれない。アラン・ミルグレイヴ夫人は、太った灰色の雌《めん》鶏《どり》にそっくりで、グラント・クロー夫人は樽に足が生えたようだった。若いデイヴィッド・ランサム夫人は、タフィー色の髪をした大変な美人だった。彼女がデイヴィッドと結婚したとき、「農家に嫁ぐにゃ美人すぎる」とスーザンは言ったのだ。うら若い花嫁モートン・マクドゥーガル夫人は、眠たげな白い罌粟《ポピー》のようだ。グレンの洋裁師イーディス・ベイリーは、霞《かすみ》のような銀髪の巻き毛に、ユーモアのある黒い瞳で、「独身女《オールドメイド》」には見えなかった。ウォルターは、この場で最年長のミード夫人も好きだった。優しい寛大な目をして、自分が語るより人の話に耳を傾けるのだ。シーリア・リースは好きではなかった。あらゆる人をあざ笑うような、ずる賢く面白がっている顔つきだった。

縫い手《キルター》は、まだ本格的なおしゃべりは始めていなかった——天気の話をしたり、キルティングを扇形に刺すか、菱形にするか、決めていた。そこでウォルターは、秋も深まりゆく一日の美しさを想っていた。広々とした芝生に大きな木がそびえ、偉大にして優しい神が金色の腕で世界を抱《いだ》いているようだった。色づいた木《こ》の葉がゆっくり舞い落ちるなか、騎士のような立葵《たちあおい》は今なお煉瓦塀を背に華やかに花を咲かせ、ポプラは納屋へつづく小径にそってポプラ《アスペン》の魔法を織りあげていた(14)。ウォルターはまわりの世界の美しさに心奪われ、サイモン・ミリソン夫人の言葉でやっと我に返ると、すでにキルティングの会話は盛りあがっていた。

「あの一族は、人騒がせな葬式をするんで、有名でしたよ。ピーター・カークのお葬式に出た人で、あのとき起きたことを忘れられる人がいるでしょうか?」

ウォルターは耳をそば立てた。これは面白そうだ。ところががっかりしたことに、何があったのか、サイモン夫人は続きを話さなかった。きっと全員がお葬式に行ったか、あるいは、もう聞いた話なのだろう。

(でも、どうしてみんな、気まずい顔をしているのだろう?)

「ピーターについて、クララ・ウィルソンが言ったことは全部本当です、クララが話した通りですよ。でも、かわいそうなピーターは、もうお墓に入ったんですから、そっとしときましょう」トム・チャブ夫人は自分だけ善人ぶって、たしなめた――まるでピーターを墓から掘り返そうと誰かが提案でもしたように。

「うちのメアリ・アンナは、いつもお利口なことを申しますの」ドナルド・リース夫人が言った。「こないだ、マーガレット・ホリスターのお葬式に出かけるとき、なんと言ったと思われます? 『お母ちゃん、お葬式で、アイスクリームは出るの?』ですって」

数人が、おかしそうな微笑をこっそり交わしたが、大半は無視した。ドナルド・リース夫人はいつも時をわきまえず娘の話を持ち出すため、こうするしかないのだ。少しでも褒《ほ》めようものなら、みんなが苛々する羽目になるのだ。「うちのメアリ・アンナが、なんと言ったと思われます?」は、グレンでは定番の言い回しになっていた。

「お葬式と言えば」シーリア・リースが言った。「私が娘のころ、モウブレイ・ナロウズで、妙なお葬式があったんです。スタントン・レーンが西部へ行ったあと、亡くなったと報せが来て、身内は遺体を送ってもらいたいと電報を打って、届いたんです。ところが、葬儀屋のウォレス・マカリスターが、お棺《かん》のふたは開けないほうがいいと注意したんですよ。それでちょうどお葬式が始まったところへ、当のスタントン・レーンが入ってきたんです、元気溌剌《はつらつ》として。結局、あの遺体は誰だったのか、わからずじまいでした」

「その死体は、どうしたんです?」アガサ・ドリューがたずねた。

「もちろん埋めましたよ。置いとくわけにはいかないって、葬儀屋のウォレスが言いましてね。でもあれはお葬式とは言えませんでしたね、スタントンが生きて帰ってきて、みんなが大喜びしましたから。ドーソン牧師が、最後の賛美歌を『慰めを得よ、キリスト者よ』(15)から、『時に御光《みひかり》に驚きぬ』(16)に変えましたけど、あらかたの人は、元のままでよかったのにと思いましたよ」

「こないだ、うちのメアリ・アンナが、何を言ったと思われます?『お母ちゃん、牧師さんって、何でも知ってるの?』ですって」

「ドーソン牧師は、何かあると、必ず泡をくって慌てるんです」ジェーン・バーが言った。「あのころ、あの牧師さんは上《かみ》グレンも受け持ちだったんですが、日曜日に礼拝の集まりを解散させてから、献金を集めてなかったと思い出して、それでどうしたかと言うと、献金皿をひっつかんで、庭中を駆けずり回ったんです。そのおかげで」ジェーンは言い添えた。「後にも先にも、一度も献金しない人まで、あの日は払いましたよ。牧師さんに頼まれて断るのも、どうかと思ったんです。だけど、牧師の威厳は形《かた》なしでした」

「あたしがドーソン牧師で困ったのは」ミス・コーネリアが言った。「葬式のお祈りが、無慈悲なほど長たらしいことですよ。実際、死体が羨《うらや》ましいって、会葬者《かいそうしや》が言い出す始末で。レティ・グラントの葬式のときがいちばん長くて、レティのおっ母さんが倒れそうになったんで、あたしは牧師の背中を、傘で小突《こづ》いて、お祈りはもう充分だって、言ってやりました」

「あの牧師さんは、主人のジャーヴィス(17)を埋葬してくださいましたわ」ジョージ・カー夫人が涙をこぼした。夫の話をすると決まって泣くのだ。もっとも、死んで二十年になるのだが。

「あの牧師は、兄さんも、牧師でしたよ」クリスティーン・マーシュが言った。「私が娘のころ、その兄さん牧師はグレンにいたんです。ある晩、公会堂で演芸会《コンサート》があって、兄さん牧師も講師の一人だったんで、ステージにすわってたんです。兄さん牧師も、ドーソン牧師と同《おんな》じで、上がり性《しよう》だもんで、もじもじ、いすを動かしてるうちに、後ろへ、後ろへ、下がって、しまいに端からいすもろともひっくり返って、落っこちたんです、ステージの奥に並べた花やら鉢植えの土手の上へ。それで見えたのは、ステージの上へ突き出た足だけでしたよ。以来、あの人の説教は、どういうわけか、いつも今ひとつでした。馬鹿でかい足でしたから」

「レーン家のお葬式には、拍子抜《ひょうしぬ》けしたかもしれないけど」エマ・ポロックが言った。「少なくとも、全然なかったよりは、ましですよ。クロムウェル家の騒ぎを、憶えてますでしょ？」

　思い出し笑いが、いっせいにあがった。「ぜひ聞かせてくださいな」キャンベル夫人が言った。「なにしろポロック夫人、私はこちらに来たばかりで、色々など家庭の年代記《サーガ》を存じあげませんもの」

「年代記《サーガ》」とは何か、エマはわからなかったが、昔話をするのは好きだった。

「アブナー・クロムウェルという男が、ローブリッジの近くの、あの辺《へん》で一番大きな農場の一つに住んでましてね。そのころアブナーは、州議会の議員（18）で、保守党の大物の一人だったんで、島の重要人物とは一人残らず知り合いでしたよ。彼はジュリー・フラッグと結婚して、ジュリーの母親はリース家、お祖母さんはクロー家だったんで、二人はフォー・ウィンズのほとんどの家と縁続きだったんです。ある日、『ザ・デイリー・エンタープライズ』に告知が出ましてね……アブナー・クロムウェル氏はローブリッジにて急逝され、葬儀は明日午後二時に執《と》り行われると。どうしたわけか、この記事を、アブナー・クロムウェルの家族は見なかったんです……もちろん、あのころ田舎に電話はありません。しかも翌朝、当のアブナーは、自由党大会に出るためにハリファクス（19）へ行ったんです。そして二時、葬式に人が集まって来ましてね。アブナーは有名人なんで、大勢が来るだろうと、いい席をとろうと早めに来たんです。大変な人出でしたよ、本当ですよ。街道に何マイルも馬車が数珠つなぎで、三時ごろまで次々と人が来て。アブナーの奥さんは、夫は死んでないと信じてもらうのに必死でした。最初は信じない人もいて、女房が死体を始末したと思っているらしいと、奥さんは泣く泣く話してくれましたよ。ところが会葬者は納得すると、今度は、アブナーは死んでいるべきだといわんばかりにふるまって、奥さんご自慢の芝生の花壇を踏み荒らしたりして。遠い親戚も大挙してやって来て、その晩の夕食と宿泊を期待してたのに、あんまり料理がなくて……ジュリーは手回しがよくありませんからね、それは認めますよ。二日後、アブナーが帰ってみたら、奥さんは神経衰弱で寝込んでましたよ。治るのに何か月もかかって。六週間、食事は何も……というか、ほとんど食べれなかったんです。奥さんは、本当に葬式をしても、これほど気は動転しないだろうと言ったそうです。まさか、本当に言ったとは思いませんけど」

「わかりませんよ」ウィリアム・マクリーリ夫人が言った。「人は、そんな恐ろしいことを言うものです。うろたえると、ぽろっと本音が出ますから。現に、ジュリーの姉のクラリスは、ご亭主を埋葬した次の日曜日、いつもと同じ調子で聖歌隊で歌ってましたからね」

「クラリスは、ご主人の葬式をしても、いつまでも落ちこんでませんでしたね」アガサ・ドリューが言った。「あの人は落ち着きのない人で、いつも踊ったり歌ったりですよ」

「私も昔は踊ったり歌ったりでしたよ……海岸でね。あそこなら誰にも聞かれませんから」マイラ・マレーが言った。

「じゃあ、あんたは、その時分より、分別がついたんですね」アガサが言った。

「いやいや、もっと馬鹿になりました」マイラ・マレーがゆっくり言った。「今じゃ馬鹿になりすぎて、海岸で踊れませんから」

エマは、話の締めくくりを人に持っていかれまいと、口をはさんだ。「最初は、あの死亡記事は冗談で載ったと世間は思ったんです……というのは、その数日前、アブナーは選挙に落ちたんでね……ところが、後でわかったことには、記事はアマサ・クロムウエルのことだったんです。アマサは、ロープリッジの反対側の森の奥に住んでて……アブナーとは親戚でも何でもないんです。この人は本当に死んでました。だけど世間は、アブナーにがっかりさせられたんで、アブナーを許すまで長いことかかりましたよ、本当に許したらの話ですけど」

「そりゃそうですよ、遠くから馬車で駆けつけたんですから、少しは迷惑でしたよ。ちょうど植えつけの時期に、わざわざ出かけたのに、無駄足になったんですから」トム・チャブ夫人が世間を弁護した。

「だけど人は、お葬式が好きですね、だいたいにおいて」ドナルド・リース夫人が、ここぞとばかりに言った。「あたしたちはみんな、子どもみたいなものですよ。うちのメアリ・アンナを、おじのゴードンの葬式に連れていきましたら、大喜びでしたもの。『お母ちゃん、おじちゃんを掘り返して、また埋めたら、面白いのに、できないの？』って言ったんですのよ」

　これには一同も笑った――バクスター長老夫人をのぞく全員が笑った。長老夫人だけは、痩せた細長い顔でとり澄まし、キルトにずぶりと針を突き刺した。今日日《きょうび》は、あらゆることが神聖視されませんこと。人はどんなことでも笑うんですから。しかし長老の妻たるわたくしは、葬儀に関することで笑うなぞ、認めません。

「アブナーと言えば、弟のジョンが、自分の奥さんのために書いた追悼文を、憶えてますか？」アラン・ミルグレイヴ夫人がたずねた。「出だしの言葉が、『神は、神のみ知る理由により、わが麗しの花嫁を召し給《たま》い、わが従兄《いとこ》ウィリアムの醜い妻を生かし給《たも》う』だったんですよ。大変な騒ぎになって、忘れられませんわ！」

「どうしてそんなものが、新聞に載ったんです？」ベスト夫人がきいた。

「ジョンは、そのころ『ザ・デイリー・エンタープライズ』の編集長だったんです。それに奥さんを……バーサ・モリスですよ……崇拝してましたから。ところが従兄《いとこ》のウィリアム・クロムウェルの奥さんは、バーサとの結婚に反対しましてね、バーサは軽薄すぎると言って。それでジョンは、従兄の奥さんを恨んでたんです」

「バーサはきれいな人でしたね」エリザベス・カークが言った。

「あんなにきれいな人は見たことがありませんよ」ミルグレイヴ夫人も同意した。「モリス家は美形ぞろいですから。でも移り気で……そよ風みたいに気が変わる。ジョンと結婚するまで、よくバーサの気が変わらなかったものですよ。バーサの母親がつなぎ留めたそうです。バーサは、フレッド・リースに惚《ほ》れてましたけど、あの男は女好きで評判が悪くて、バーサの母親が『手のなかの一羽は、藪のなかの二羽に値する』(20)って娘に言い聞かせたそうですよ」

「その諺はずっと聞かされてきましたけど」マイラ・マレーが言った。「本当でしょうか。藪のなかの鳥は歌えますけど、手のなかにいたんじゃ、たぶん歌えませんよ」

なんと言えばいいのか、誰もわからなかった。そこでひとまず、トム・チャブ夫人が応《こた》えた。

「あなたは、いつも妙なことを言いますね、マイラ」

「こないだ、うちのメアリ・アンナが、なんと言ったと思われます？」ドナルド・リース夫人が言った。『お母ちゃん、もし、結婚してくださいって、誰にも言われなかったら、どうしよう？』ですって」

「その質問には、あたしたち独身女《オールドメイド》が、お答えできますわ、そうよね？」シーリア・リースが、イーディス・ベイリーを肘《ひじ》で突《つつ》いた。イーディスは美しく、結婚の競争からまだ完全におりていないため、シーリアは、イーディスのことが、どうも面白くなかった。

「ガートルード・クロムウェル(21)は、みっともない人でしたよ」グラント・クロー夫人が言った。「細長い板きれみたいな体つきでね。だけど立派な主婦でした。毎月、カーテンを全部洗濯したんです。バーサは洗っても、せいぜい年に一度ですよ。それにバーサの窓の日除けはいつも曲がってたんで、ガートルードは、ジョン・クロムウェルの家を馬車で通ると、ぞっとするって言ってました。なのにジョン・クロムウェルはバーサを崇《あが》めて、ウィリアムはガートルードをただ我慢して耐えていた。男とは、まったくおかしなものですよ。ウィリアムは、結婚式の朝、寝坊して、慌てふためいて服を着て教会へ行ったところ、古靴に、左右違う靴下をはいてたそうです」

「オリバー・ランダムよりは、ましですよ」ジョージ・カー夫人がくすくす笑った。「オリバーは、結婚式のスーツを仕立てるのを忘れてたんです。といって、古いよそ行きは、つぎがあたってて駄目で、兄さんの一張羅を借りたものの、ろくにサイズが合わなくて」

「それでもウィリアムとガートルードは、せめて結婚はしましたから」サイモン夫人が言った。「ガートルードの妹のキャロラインはしなかったんですよ。彼女とロニー・ドリューは、どの牧師に式を挙げてもらうかで喧嘩しましてね。ロニーはかんかんに怒って、怒りがさめるまえにエドナ・ストーンと結婚したんです。キャロラインは彼のお式に出て、頭はしっかと上げてましたけど、顔は死人みたいでしたよ」

「でも、せめて口は慎《つつし》んでましたからね」サラ・テイラーが言った。「フィリッパ・アベイはそうじゃなかった。ジム・モウブレイにふられると、彼の結婚式へ行って、お式の間中、痛烈きわまることを大声で言いまくってましたよ。もちろん、この人たちはみんな英国国教会(22)の信徒ですよ」これでどんな非常識なふるまいも説明できるかのように、サラ・テイラーは締めくくった。

「フィリッパは、婚約中にジムからもらった宝石を全部つけて、お式の後、披露宴に出たというのは、本当ですか？」シーリア・リースがたずねた。

「まさか、そんな！　どうしてそんな噂が流れたんでしょうね。世間にはろくなこともせずに噂を広めるだけの人もいるんですね。ジム・モウブレイですけど、フィリッパと一緒になればよかったと思って生きたことでしょう。完全に女房の尻に敷かれてましたから……もっとも、奥さんが留守にすると、決まってどんちゃん騒ぎをしてましたが」

「一度、ジム・モウブレイを見たことがありますわ。ローブリッジ教会の記念礼拝の集まりに、黄金虫《こがねむし》(23)が押し寄せた晩です」クリスティーン・クローフォードが言った。

「黄金虫もしないようなことを、ジムが引き起こしたんです。あれは暑い夜で、窓を全部開けてたんで、黄金虫が何百匹もなだれこんで、人にぶち当たりましてね。次の朝、聖歌隊の壇で、八十七匹も、死骸を拾ったほどです。顔のそばをぶんぶん飛ぶので、ヒステリーを起こした女の人もいましたよ。ちょうど私の通路のむこうに、新任牧師の奥さんがすわってて……ピーター・ローリング牧師の奥さんです。大きなレースの帽子《ハット》にダチョウの羽毛（24）を飾ってました」

「あの方は、牧師夫人にしては、派手好きで贅沢だと思われておりました」バクスター長老夫人が口をはさんだ。

「それで、ジム・モウブレイが、『見てろよ、牧師夫人の帽子の黄金虫を、はじき飛ばしてやるぞ』と言う小声が聞こえて……彼は、夫人の真後ろにすわってたんです。それでジムが身を乗りだして、虫を叩くつもりが……狙いそこねて、帽子の横をたたいてしまって、帽子は通路をすっ飛んで、祭壇の手すりまで行ったんです。ジムは慌てましたよ。それに牧師さんも、自分の女房の帽子が空中を飛んでくるのを見て、どこまでお説教をしたのかわからなくなって、どうしても思い出せないので、ついにお説教をあきらめたんです。そこで聖歌隊は、黄金虫をはたきながら、終わりの賛美歌を歌いましたよ。ジムは帽子を取りに出ていって、ローリング牧師夫人に返しました。夫人は血の気が多いという話だったんで、てっきり叱られると思ったら、夫人は、帽子をきれいな金髪の頭に乗っけると、にっこりしてジムに言ったんです。『ああしてくださらなかったら、ピーターはあと二十分、お説教を続けて、みなさん、頭がどうにかなりましたわ』と。

牧師夫人が怒らなかったのは結構ですけど、自分の夫を、あんなふうに言うのはいかがなものかと、みんなして思いましたよ」

「でも、あの奥さんの生まれを考えなくてはね」マーサ・クラザーズが言った。

「まあ、どんなお生まれですの？」

「もともとはベシー・タルボットと言って、西部から来たんです。ある晩、あの人の父親の家《うち》が火事になって、上を下への大騒ぎをしてる最中に、ベシーは生まれたんです……庭で……星の下で」

「なんてロマンチックでしょう！」マイラ・マレーが言った。

「ロマンチックとは！　まあ、まともとは、言えませんよ」

「でも、星の下で生まれるなんて、想像してみてくださいな！」マイラは夢見るように言った。「きっと、あの人は星の子どもだったんでしょう……きらきら光って……美しくて……勇敢で……誠実で……目には星の瞬《また》きがあって」

「その通りの人でした」マーサが言った。「星のせいかどうかは、ともかく。でも、ローブリッジの連中は、牧師夫人はとり澄ましてるべきだって思ってたんで、あの人は苦労しましたよ。というのも、ある日、あの奥さんが、自分の赤ちゃんの揺りかごのまわりで踊ってるのを、長老の一人が見かけて、あなたの息子が神に選ばれたかどうかわかるまで、喜ぶものじゃない、と言ったんです」

「赤ちゃんと言えば、こないだ、うちのメアリ・アンナが、なんと言ったと思われます？『お母ちゃん、女王さまには、赤ちゃんがいるの？』ですって」

「そんなことを言う長老は、アレグザンダー・ウィルソンですね」アラン夫人が言った。

「生まれつきの気むずかし屋がいるとしたら、あの男ですよ。食事中、家族に一言も話をさせなかったんです。笑うことも……あの人の家では、笑い声があがったこともないんです」

「笑い声のない家だなんて！」マイラが言った。「まあ、そんなことをするなんて……神さまへの冒瀆ですよ」

「アレグザンダーは機嫌が悪くなると、三日間、奥さんと口をきかなかったんです」そしてアラン夫人は付け加えた。「奥さんは、さぞほっとしたことでしょう」

「アレグザンダー・ウィルソンは、優秀で正直な実業家でしたよ」グラント・クロー夫人が顔をこわばらせて言った。アレグザンダーは、彼女のまたまた従兄《いとこ》にあたり、ウィルソン家は身贔屓《みびいき》が強かった。「亡くなったとき、四万ドル遺したんですよ」

「遺していく羽目になって、かわいそうですこと」シーリア・リースが言った。

「でも弟のジェフリーは、一セントも遺さなかったんですから」クロー夫人が言い返した。「ジェフは一族の穀潰《ごくつぶ》しでした、それは認めましょう。でもどういうわけか、ジェフはよく笑ってました……ジェフは、稼ぎは使い果たして……会う人みんなに馴れ馴れしくて……一文無しで死にました。遊び回ったり、笑ったりして、あの男は、人生で何を手にしたんでしょう？」

「大したものはないでしょうけど」マイラが言った。「でも、あの人がこの世に何を与えたか、考えてごらんなさいよ。あの人はいつも与えていましたよ……励ましや、思いやり、友情、それにお金も。少なくとも友人には恵まれてました……アレグザンダーには、生涯、一人もいなかったのに」

「ジェフが死んでも、友だちは埋葬してくれませんでしたよ」アラン夫人が言い返した。「兄のアレグザンダーが弟を埋葬して……立派なお墓も建てて、百ドルもしたんです」

「だけど、ジェフが、手術代を百ドル貸してくれと頼んだとき、アレグザンダーは断ったじゃありませんか？　手術してれば、助かったかもしれないのに」

「おやおや、私たち、言うことが辛辣になってきましたね」カー夫人がいさめた。「結局のところ、私たちは、忘れな草やひなぎくの世界に生きてるわけじゃなし、誰にだって、欠点はありますよ」

「今日、レム・アンダーソンが、ドロシー・クラークと結婚するんですよ」もっと楽しい話をするころだと、ミリソン夫人が言った。「あのレムが、ジェーン・エリオットがおれと一緒になってくれないなら、おれの脳みそをぶっ飛ばすって宣言してから、一年もたってませんがね」

「若い男というものは、そんな無鉄砲なことを言うもんです」チャブ夫人が言った。「あの二人は結婚をずっと秘密にして……婚約してることすら、三週間前まで漏らさなかったんです。先週、レムの母親と話をしたのに、お式が間近だなんて、匂わせもしませんでした。あんなスピンクス(25)みたいな女、私は感心しませんね」

「あたしは、ドロシー・クラークがレムと一緒になって、びっくりしてますよ」アガサ・ドリューが言った。「ドロシーは、今年の春、フランク・クローと所帯をもつと思ってたので」

「私の聞くところでは、ドロシーは、こう言ってるそうですよ。フランクは、またとない結婚相手だけど、毎朝、目がさめて、あの鼻がシーツから突き出てるのを見ると思うと、我慢できなかったって」

バクスター長老夫人は、結婚前の娘のようにぞっと身を震わせ、笑いの輪に加わることを拒《こば》んだ。

「イーディスのような若いお嬢さんの前で、こんなことを言うんじゃありません」シーリアが、キルトを囲む人々に目配せした。

「エイダ・クラークは、もう婚約したんですか?」エマ・ポロックがたずねた。

「まだ、でしょうね」ミリソン夫人が言った。「望んでいるだけですよ。でもいつかは伴侶をつかまえますよ。あの家《うち》の娘さんはみんな、夫選びのこつを心得てますから。あの子の姉のポーリーンは、内海むこうでいちばんの農家へ嫁ぎましたからね」

「ポーリーンはきれいですけど、頭のなかは相変わらず馬鹿げたことでいっぱいですよ」ミルグレイヴ夫人が言った。「分別がつかないんじゃないかって、思うこともありますよ」

「まあ、大丈夫ですわ」マイラ・マレーが言った。「いずれ子どもを持てば、子どもから知恵を学びますわ……あなたや私がそうだったように」

「レムとドロシーは、どこで暮らすんですか？」ミード夫人がきいた。

「ええ、レムは、上《かみ》グレンに農場を買ったんです。前のケアリー家、ほら、気の毒なロジャー・ケアリー夫人が、夫を殺した家ですよ」

「夫を殺した！」

「ええ、あのご主人はそうされても仕方がないような人でしたよ。ただ、あの奥さんもちょっとやり過ぎたと、みんなが思いました。除草剤を、夫のティーカップに入れたんです……スープだったかしら？　それはみんなが知ってましたけど、何も起きませんでした。糸巻きをくださいな、シーリア」

「ということは、ミリソン夫人、ケアリーの奥さんは裁判もうけず……罰もなかったんですか？」キャンベル夫人が息をのんだ。

「そうです、ご近所さんを、そんな難儀な目にあわせたくなかった、ということです。

ケアリー家は、上《かみ》グレンに親類が大勢いましたから。それに奥さんも、追い詰められて、自暴自棄《やけくそ》になってたんです。もちろん、当たり前のように人殺しをしていいとは、誰も思っちゃいませんよ。だけど殺されても仕方がない男がいるとすれば、ロジャー・ケアリーですよ。それから奥さんは合衆国へ行って再婚して、亡くなってもう何年にもなります。二番目のご主人は、奥さんよりも長生きしましたよ。すべては私の娘時代のことです。世間は、ロジャー・ケアリーの幽霊が歩くと言ったものです」

「まさかこの文明の時代に、幽霊を信じる人はおられますまい」バクスター長老夫人が言った。

「どうして幽霊を信じてはいけないのですか？」ティリー・マカリスターが聞き返した。「幽霊は面白いですわ。私は、お化けにとり憑かれた男の人を知ってるんです、そのお化けは、いつも彼を笑うんですって……せせら笑うように。おかげで彼は、よく怒ってました。鋏《はさみ》をお願いします、マクドゥーガル夫人」

二度呼ばれて、小柄な新妻は、赤面して鋏を渡した。マクドゥーガル夫人と呼ばれることに、まだ慣れていなかったのだ。

「内海むこうの、もとのトルーアクス家には、何年もお化けが出たんですよ……家中、こつこつ、どんどん、叩く音がして……ほんとに不思議なことですわ」クリスティーン・クローフォードが言った。

「トルーアクス家は、みなさん、ひどい腹痛《はらいた》持ちでございましたから」バクスター長老夫人が言った。

「もちろん、幽霊を信じてなければ、出ようもありませんよ」マカリスター夫人が不機嫌になった。「でも私の妹は、ノヴァ・スコシアのある家で働いておりまして、その家は、くすくす笑う声にとり憑かれてたんです」

「なんて楽しいお化けですこと！」マイラが言った。「そんなお化けなら、気になりませんわ」

「たぶん、梟《ふくろう》だったんでございましょう」疑い深いバクスター長老夫人が頑《がん》として言い張った。

「私の母は、臨終の床《とこ》のまわりに、天使を見たんですよ」アガサ・ドリューが悲しげに、しかし得意そうに語った。

「天使は、幽霊じゃございません」バクスター長老夫人が言った。

「お母さんと言えば、パーカーおじさんはいかが、ティリー？」チャブ夫人がきいた。

「ときどき悪くなりましてね。この先どうなることやら、見当もつかないので、色々と遅れてるんです……たとえば冬服ですよ。先だっても、妹とその話をして、『とにかく黒い服にしておきましょう。そうすれば何があっても大丈夫だから』と言ったところです」

「こないだ、うちのメアリ・アンナが、何を言ったと思われます?」リース夫人が言った。『お母ちゃん、あたしの髪を巻き毛にしてくださいって、神さまにお願いするのはやめる。一週間、毎晩、お願いしたのに、きいてくださらないもの』ですって」

「私も神さまに、あることを、二十年、お願いしております」ブルース・ダンカン夫人が、苦々しげに言った。夫人はそれまで一言も語らず、キルトから黒い目を上げなかった。夫人は美しいキルティングで知られていた——噂話で気をそらすことなく、一針一針、刺すべきところを正確に縫っていたのだろう。

一同に、しばし沈黙が訪れた。夫人が何を願ってきたか、みんな察しはついていた——だがキルティングの会で語ることではなかった。ダンカン夫人は、そのあと二度と口を開かなかった。

「メイ・フラッグとビリー・カーターが破局して、ビリーは内海むこうのマクドゥーガル家の娘とつきあってるというのは、本当ですか?」マーサ・クラウザーズが、ほどよい間を空けてから、たずねた。

「そうですよ。でも何があったのか、誰もわからないのです」

「残念なことですね……ほんの些細《ささい》なことで、縁談が壊れることがあるんですよ」キャンダス・クローフォードが言った。「たとえば、ディック・プラットとリリアン・マカリスターですよ……ディックはピクニックに行って、彼女に求婚しようとしたところ、鼻血が出て、小川に行ったら……見知らぬ娘さんがいて、ハンカチを貸してくれたんです。彼は一目惚れして、二週間で結婚しましたから」

「先だっての土曜の晩、ビッグ・ジム・マカリスターが、内海口のミルト・クーパーの店でどうなったか、聞かれました？」サイモン夫人は、幽霊だの、人をふっただの、ではなく、もっと明るい話題を切りだすところだと思った。「ミルトは、夏もずっとストーブを出しておく癖がありましてね。それで、土曜の晩は寒かったんで、ミルトが火を入れたところ、かわいそうに、ビッグ・ジムがすわって……火傷したんです、自分の……」

　サイモン夫人は、火傷した場所を言う代わりに、黙ったまま、自分の体を叩いてみせた。

「お尻でしょ」ウォルターが、下がった蔦《つた》から頭をだし、大真面目に言った。サイモン夫人がその言葉を度忘れしたと思ったのだ。

縫い手《キルター》たちは、ぎょっとして、押し黙った。ウォルターは、ずっとそこに居たのだろうか？子どもの耳に不適切な話があったかどうか、誰もが思い返していた。ブライス医師夫人は、子どもに聞かせる話に神経質だという噂だった。一同の口が、まだまわらないうちに、アンが出てきて、お夕食にどうぞと声をかけた。

「あとほんの十分ですわ、ブライス夫人、そうすれば、二枚とも終わりますから」エリザベス・カークが言った。

キルトは仕上がると、外に出してふるい、広げ、一同は感心して眺めた。

「誰がこのキルトをかけて眠るんでしょうね？」マイラ・マレーが言った。

「たぶん、初めてお母さんになる人が、この一枚をかけて、初めての赤ちゃんを抱っこすることでしょう」アンが言った。

「あるいは、小さな子どもたちが、大草原の寒い夜、この下で寄りそって眠るかもしれない」ミス・コーネリアが思いがけないことを言った。

「または、リューマチのお気の毒なお年寄りが、これをかけて、ぬくぬくとして気持ちがいいと思うかもしれません」ミード夫人が言った。

「これをかけて、誰も死ぬことがないよう、願ってますよ」バクスター長老夫人が悲しげに言った。

「こちらへ来る前、うちのメアリ・アンナが、何を言ったと思われます？」一同がそろって食堂へ移るとき、ドナルド・リース夫人が言った。「『お母ちゃん、自分のお皿のものは、全部、食べなきゃだめよ、忘れないようにね』ですって」

こうして女性たちは席につき、神の栄光をたたえて食べて飲んだ(26)。というのも彼女たちは、この午後ずっと熱心に働いたのだ。また結局のところ、大半の者に、ほとんど悪意はなかった。

夕食を終えると、客人たちは家路についた。ジェーン・バーは、サイモン・ミリソン夫人と村まで歩いた。

「調度品のことを憶えておいて、母に話してあげなくては」ジェーンは、スーザンがスプーンを数えているとも知らず、憧れるように言った。「母は寝たきりになって外出できないので、こんな話を聞くのが大好きなんです。あの食卓の話をしたら、とても喜んでくれるでしょう」

「雑誌に載ってる写真みたいでしたね」ミリソン夫人も、ため息まじりに同意した。「まあ、私も、人並みくらいは上手に夕食をこしらえますけど、一流の名門風に食卓の飾りつけはできませんよ。あのウォルターという子どもですけど、私なら、あの子のお尻を、ぴしゃりと叩いてやりますよ。あんなに私をぎょっとさせて！」

「炉辺荘には、色々な人の悪い評判がまき散らされているんだろうな」先生が言った。

「私はキルティングをしなかったから、どんなお話が出たのか、知らないのよ」アンが言った。

「あんたの耳に、噂は決して入りませんよ、アンや」ミス・コーネリアが言った。彼女はスーザンを手伝って、キルトを結わえるために残っていた。「アンが、キルトのところにいたら、みんな好き放題は言いませんからね。あんたが噂話を感心しないって思ってるんで」

「お話にもよりますわ」アンが言った。

「それなら、今日は誰も失礼なことは言わなかった。ほとんどが死んだ人の話か……死んだはずの人のことでね」ミス・コーネリアは、アブナー・クロムウェルの葬式をし損《そこ》なった話を思い出して、にやりとした。「ただ、ミリソン夫人が、マッジ・ケアリーがご亭主を殺したという薄気味悪い昔話を持ち出したくらいでね。あたしはよく憶えてますけど、マッジがやったという証拠は、なかったんですよ……猫が例のスープを少し食べて死んだというだけで。だけどあの猫は、一週間、具合が悪かったんでね。私に言わせれば、ロジャー・ケアリーは盲腸炎で死んだんです……もちろんあの時分は、盲腸だなんてものがあるとは、誰も知らなかったけど」

「ああ、まったく、盲腸を発見するなんて迷惑だこと」スーザンが言った。「スプーンは全部そろってました、先生奥さんや。テーブルクロスも、何ともありませんでしたよ」

「じゃ、そろそろおいとましますよ」ミス・コーネリアが言った。「来週、マーシャルが豚を殺したら、スペアリブを届けますよ」

ウォルターは、瞳いっぱいに夢をたたえて、また上がり段にすわっていた。夕闇のとばりはすでにおりていた。夕闇はどこから落ちてくるのだろう。こうもりのような翼をした偉大な精霊が、紫色の瓶《かめ》から、世界に夕闇をそそぐのかしら？　月が昇ってきた。

風にねじれた三本の古いえぞ松が、月を背にして、不恰好に丘を登ってゆく三人のやせて背の曲がった老魔女のように見えた。あの暗がりにかがんでいるのは、耳に毛の生えた小さな牧神《ファーン》(27)かしら？　もし今、煉瓦塀の扉を開けたら、いつもの庭ではなく、妖精の不思議な国へ、足を踏みいれるのだろうか？　その国では、お姫さまが魔法の眠りから目ざめるのだろう。その国では、ウォルターが何度も願ったように、妖精のエコー(28)を見つけて、後をついていけるだろう。言葉を発してはならない。そんなことをすると、何かが消えてしまうのだから。

「坊や」母さんが出てきた。「ここに、いつまでもすわっていては、いけませんよ。寒くなってきましたからね。喉のことを忘れないように」

言葉が発せられ、魔法はとけてしまった。魔法の光も消えた。芝生はまだ美しかったが、もう妖精の国ではなかった。ウォルターは立ちあがった。

「母さん、ピーター・カークのお葬式で何があったか、教えて？」

アンはしばし考え――それから身震いした。

「今は、よしましょうね、坊や。たぶん……いつかね……」

第33章

　アンは部屋で一人だった──ギルバートは往診に呼ばれて外出していた──彼女は窓辺に腰をおろし、夜の優しさに親しく心通わせ、月明かりに照らされた部屋の不気味な美しさをしばし楽しんでいた。人がどう言おうと、月光のさす部屋には必ずどこか摩訶不思議なところがあるわ、とアンは思った。部屋全体の雰囲気が変わってしまうのだ。あまり親しげではなく──人間味もあまりない。他人行儀で、よそよそしく、自分のことだけに夢中だ。そして人を侵入者のように見なすのだ。

　忙しかった一日が終わり、アンは少しくたびれていたが、今ではすべてが美しく静まりかえっていた──子どもたちは眠り、炉辺荘は秩序をとりもどし、家には何の物音もなかった。ただ台所から、スーザンがパン種をこねて打つリズミカルな音が、かすかに聞こえていた。

　しかし開け放った窓からは、夜の音が聞こえていた。どの音もアンにはなじみがあり愛《いと》しかった。内海からは、低い笑い声が静かな風に乗って流れてきた。グレンでは誰かが歌っていた。それは遠い昔に聞いた歌の忘れがたい音色のようだった。水面《みなも》には月光が銀色の筋《すじ》となって映っていた。しかし炉辺荘は暗がりに包まれていた。木々は「いにしえの深い言葉」（1）をささやき、「虹の谷」で梟《ふくろう》が鳴いていた。

「今年はなんて幸せな夏だったでしょう」アンは思った――それから上《かみ》グレンに暮らすハイランドのキティおばさん（2）の言葉を思い出し、かすかな胸の痛みをおぼえた――同じ夏は二度とめぐって来ないのだ。

同じ夏はもう帰ってこない。また次の夏はめぐり来る――しかし子どもたちは少し大きくなり、リラは学校に上がる――「私に小さな子どもはいなくなるのだ」アンは悲しく思った。ジェムは今や十二歳になり、「入学試験」の話も出るようになった――つい昨日、あの懐かしい夢の家で、小さな赤ちゃんだったジェムに。ウォルターはみるみる背が伸びている。その朝は、ナンが、学校の「男の子」のことでダイをからかうと、ダイはにわかに頬を染め、赤毛の頭をつんとそらした。そうだ、これが人生なのだ。喜びと苦痛――希望と不安――そして変化。たえず変わっていくのだ！それを人はどうすることもできない。古いものを手放し、新しいものをとり入れ――新しいものを愛するようになると、それをまた手放さねばならない。春は美しくとも夏に譲らねばならず、その夏も、秋のなかに消えていく。誕生――結婚――死――。

アンはふと、ピーター・カークの葬儀で何があったか教えてほしいと、ウォルターが頼んだことを思い出した。あのことは、ここ何年も考えたことはなかった。しかし忘れてはいなかった。あの場にいた者は、誰しも忘れていないはずだ、この先も忘れることはないだろう。月夜の窓辺に腰かけながら、アンはすべてを追想した。

あれは十一月だった——炉辺荘で初めてすごした十一月——小春日和が一週間つづいた後だった。カーク家は、モウブレイ・ナロウズに住んでいたが、教会はグレンに通い、かかりつけの医者はギルバートだった。そこでギルバートとアンは、ピーターの葬儀に列席したのだ。

穏やかで静かな真珠のような灰色に曇った一日だった。アンは思い出した。あたりには十一月のわびしい褐色《かっしょく》と紫色の風景が広がり、雲の切れ目から太陽が出ると、高台や丘の斜面のところどころに陽がさした。カークワインド（3）は海岸に近く、裏手の暗いもみの木立を潮風が吹き抜けていた。屋敷は大きく裕福そうだったが、アンは、そのL字形の切妻屋根の家（4）を見るたびに、細長くて痩せた意地の悪い顔にそっくりだと思った。

アンは足をとめ、花壇もない殺風景な芝生に、少人数で集まっている女たちに言葉をかけた。みな人のいい働き者であり、彼女らにとって、葬式は不愉快な行事ではなかった。

「ハンカチを持ってくるのを忘れて」ブライアン・ブレイク夫人が困り顔で言った。「泣けてきたら、どうしよう？」

「どうしてあんたが泣かなくちゃいけないのさ?」義妹《ぎまい》のカミラ・ブレイクが、不躾《ぶしつけ》に言った。カミラはすぐ泣く女が我慢できなかった。「ピーター・カークは、あんたの親戚じゃないし、あんたはあの人が好きじゃなかったでしょ」

「葬式で泣くのは、礼儀だと思いますけど」ブレイク夫人は頑固に言った。「隣人が永遠の家へ召されたんだから、泣くのは、人情ですよ」

「ピーターが好きだった者しか泣かないなら、目が潤むような人はそんなにいませんよ」カーティス・ロッド夫人が冷ややかに言った。「これは事実ですよ。なんで体裁ぶるんです? ピーターは信心深いふりをしたペテン師の爺さんだった。誰も気がつかなくても、あたしはわかります。おや、あの小さな木戸から入ってきたのは、誰? まさか……まさか、クララ・ウィルソンじゃないだろうね」

「そうですよ」ブライアン夫人が声をひそめ、信じられない顔つきになった。

「そういえば、ピーターの最初の奥さんが死んだとき、クララは、ピーターに言ってましたよ。あんたの葬式まで、二度とこの家《うち》の敷居をまたがないって。その言葉を守ったんだね」カミラ・ブレイクが言った。「クララは、ピーターの最初の奥さんの姉さんなんですよ」——とアンにむいて説明した。アンは興味がわいて、自分たちの前を足早に通りすぎていくクララ・ウィルソンを見た。鬱屈した感情をたたえたクララの黄玉色《トパーズ》の瞳は、一同を見ることもなく、まっすぐ前だけを見つめていた。痩せぎすの小さな女で、黒々とした眉の陰気な顔つきをしていた。年配女性なら今でもかぶっている大げさなボンネットの下から、黒い髪がのぞいていた——そのボンネットは、羽と「ガラスのビーズ」を飾った代物で、鼻まで貧弱なヴェールがさがっていた。クララは誰も見ず、誰にも話しかけず、黒いタフタの長いスカートをシュッ、シュッと衣擦《きぬず》れの音をさせて芝生を歩いていき、ヴェランダの階段をあがった。

「ほら、玄関のジェド・クリントンが、いかにも葬儀屋の顔つきをしてること」カミラが皮肉った。「あの顔は、そろそろ私たちが中に入るころだと、きっと思ってるよ。あの男がとり仕切る葬式は、万事《ばんじ》スケジュール通りに進むというのが、ご自慢でね。だからウィニー・クローが、お説教の前に気絶したのが、いまだに許せないんだよ。お説教の後なら、まだましだったのに。でもピーターの葬式で、気を失う人なんていないよ。奥さんのオリヴィアも気絶する体質《たち》じゃないし」

「ジェド・クリントンは……ローブリッジの葬儀屋でしょ」リース夫人が言った。「どうしてグレンの葬儀屋を頼まなかったんだろ？」

「誰？　カーター・フラッグ？　それはね奥さん、ピーターとカーターは、犬猿の仲でね。その昔、カーターも、エイミー・ウィルソンと一緒になりたかったんだよ、知ってるでしょ」

「大勢の男が、エイミーと一緒になりたがってましたよ」カミラが言った。「きれいな娘だった。銅《どう》みたいな赤い髪に、インクみたいな黒い目をして。だけど、クララとエイミーの姉妹なら、クララのほうが美人だって世間は思ってたよ。クララが一度も結婚しなかったなんて変だねえ。やっと牧師が来た……ローブリッジのオーエン牧師も一緒だ。オーエン牧師は、オリヴィアの従兄《いとこ》だから当然だね。あの人は、お祈りに『おお』を入れすぎなきゃ、いいんだけど。さ、あたしたちも入ろう。ジェドが癇癪《かんしゃく》を起こすから」

アンは席へむかう途中、足をとめ、柩《ひつぎ》のピーター・カークを見た。彼に好感をもったことは一度もなかった。初めて会ったとき、「残忍な顔をしている」と思った。たしかに美男子ではあった——だがそのときでさえ、鋼《はがね》のように冷ややかな目もとはたるみつつあり、肉の薄い無慈悲な唇をひねったさまは、守銭奴《しゆせんど》のようだった。職業は聖職者で、いかにも情熱をよそおった祈禱を唱える一方、人づきあいでは身勝手で傲慢《ごうまん》だと知れ渡っていた。「いつも偉ぶっている」と誰かが言うのを、アンは聞いたことがあった。だが全体としては、彼は尊敬され、仰《あお》ぎ見られていた。

ピーターは、死んでも、生前と同じように高慢そうな顔つきをしていた。もはや鼓動することのない胸に組んだ長すぎる指には、アンをぞっとさせる何かがあった。その手に今もつかんでいる女心を思い、むかい側にすわっている喪服姿のオリヴィア・カークを、アンはちらりと見やった。オリヴィアはすらりとして、色白の金髪に大きな青い目の美しい女だった——「醜女《しこめ》に用はない」とピーターは言い放っていた——オリヴィアの顔つきは冷静で、表情はなかった。涙の跡もなかった——もっとも、オリヴィアはランダム家の出であり、ランダム家は感情を表に出さないのだ。だが少なくとも彼女は品位のある佇まいで腰かけ、世界でもっとも悲嘆に暮れるどんな未亡人よりも立派な喪装をしていた。

柩《ひつぎ》を土手のように囲んでいる花の匂いで、むせかえるようだった——花が存在することすら知らなかったピーター・カークに贈られた花々だった。彼が受けもつ教会の信徒から贈られた花輪が一つ、教会から一つ、保守党協会から一つ、学校の理事会から一つ、チーズ評議会から一つ。しかし、長らく疎遠の一人息子からは、何もなかった。カーク家の親族一同は、錨形《いかりがた》にならべた白薔薇に、「ついに港へ」と赤薔薇のつぼみで記《しる》した花飾り(5)を出していた。妻のオリヴィアからもあった——カラーの花を枕形にした花飾り(6)だった。それを見たカミラ・ブレイクの顔が、にやりと引きつれ、アンは、カミラから聞いた話を思い出した。ピーターがオリヴィアと再婚して間もないころ、カミラがカークワインドへ行ったところ、花嫁が持ってきたカラーの鉢植えを、ピーターが怒って窓から投げ捨て、おれの家を雑草で散らかすような真似はさせないぞ、と言ったという。

その言葉を、オリヴィアはきわめて冷静沈着に受けとめ、以後、カークワインドにカラーの花が飾られることは、二度となかった。このカラーの花飾りは、もしかするとオリヴィアが――だがアンは、カーク夫人の淡々とした表情に、その疑念を追い払った。結局、花を勧めるのは花屋なのだ。

聖歌隊は、「死は狭き海のごとく、天の国とわれらの地を隔《へだ》つ」(7)を歌った。だがアンは、カミラと目があうと、ピーター・カークが天の国にふさわしいか、二人とも考えていることがわかった。「だって、あのピーター・カークから後光がさして、竪琴《たてごと》を持ってる姿を、想像してごらんよ、無理だよ」とカミラが言うのが聞こえるようだった。

オーエン牧師は聖書の章を読み、「おお」を連発して祈りを捧げ、悲しんでいる人々の心が慰められますようにと何度も語った。グレンの牧師も話をしたが、死者は褒《ほ》めるべきだという点を割り引いても褒めすぎだと、大勢が秘かに思った。ピーター・カークは愛情深き父であり、優しき夫、親切な隣人、熱心なキリスト教徒であったと言われると、人々は言葉の使い方が間違っている気がした。カミラはハンカチで顔をおおったが、涙に暮れるためではなかった。スティーヴン・マクドナルドは一、二度、咳払《せきばら》いをした。ブライアン夫人はハンカチを誰かに借りたらしく、顔にあてて泣いていた。しかし、うつむくオリヴィアの青い瞳に、涙はなかった。

ジェド・クリントンは安堵の吐息をついた。すべてが予定通りに運んでいた。あとは賛美歌を一つ歌い――「ご遺体」と最後のご対面をする列を作れば――また一つ、うまくいった葬式が、自分の長い実績リストに加わるのだ。

広い部屋の一隅《いちぐう》に、軽いざわめきが上がった。クララ・ウィルソンが、迷路のような椅子の間を縫って、柩《ひつぎ》のそばのテーブルへやって来た。そこで会衆へむき返った。大げさなボンネットが、少し片側に傾いていた。豊かな黒髪の毛先が、髷《まげ》からほつれ、肩に落ちていた。だがクララ・ウィルソンを滑稽だとは、誰も思わなかった。彼女の黄ばんだ細長い顔は、紅潮していた。苦悩をたたえた悲劇的な目は、燃えあがっていた。何かにとり憑かれた女のようだった。懊悩《おうのう》が全身にみなぎるさまは、不治の病《やまい》に責め苛《さいな》まれている者のようだった。

「あなたがたは、今、嘘八百を聞いたところですよ……みなさんがたは『敬意を払う』ためにここに来たか……あるいは、好奇心を満たすために来たか、そのどちらかでしょう。さあ、これから私は、ピーター・カークの真実を話します。私は、偽善者じゃありませんから……私は、あの男が生きているとき、恐れなかった。今はもう死んだんですから、なおさら怖くない。あの男が本当はどんな人物か、本人の前で言ってのける勇気のある者は、一人もいなかった。でも今、真実が語られるのです……あの男が良き夫だの、親切な隣人だのと言われた、この葬式の場で。良き夫とは、笑止千万ですよ！　あの男は、以前、私の妹のエイミーと結婚してました……私の可愛い妹のエイミーと。妹がどんなに優しくて、きれいだったか、みなさんはご存じでしょう。ところがあの男は、妹の一生をめちゃめちゃにした。妹を苛《いじ》め、自尊心を傷つけた……あの男は好き好んでそんな真似をしたんです。ええ、あの男は教会にはきちんと通って……長々と祈りを唱えて……借金も返した。でも、あの男は暴君で、弱い者虐《いじ》めだった……飼い犬でさえ、あの男の足音を聞くと、逃げましたよ。

あんな男と結婚したら後悔するよと、私はエイミーに言ったんです。妹のウェディング・ドレスを、私も手伝って縫いました……でもいっそ、死装束《しにしょうぞく》を縫えばよかった。かわいそうに、あのころの妹は、ピーターに夢中だったんです。でもピーターの妻になって一週間もたたないうちに、あの男の本性が、妹にもわかったんです。あの男の母親は奴隷扱いされていて、妻にも同じことを求めた。『おれのうちで、口答えはするな』と妹に言い渡したのです。もはや妹に、言い返す気力はありませんでした……悲しみに暮れていたんです。ああ、かわいそうに、可愛い妹が、どんな目に遭《あ》ったか。あの男は、妹の言うことは何でも反対した。妹は花壇も作れなかった……子猫も飼えなかった……私が子猫を妹にやると、あの男は、溺れ死にさせたのです。妹が使ったお金は、一セントでも説明しなければならなかった。妹がきちんとした服を着ているところを、見たことがありますか？　雨がふりそうなときに妹が上等な帽子をかぶると、あの男は叱りつけたんです。妹の帽子は雨くらいでは傷《いた》まないのに、かわいそうに。妹はきれいな服が大好きだったのに！　あの男は、四六時中、妹の身内を嘲笑《あざけ》った。でもあの男は、一度も笑ったことがない……あの男が心から笑うのを、誰か、聞いたことがありますか？

ほほえみはしましたよ……ええ、そうです。あの男は、憎々しいことをするときは、いつも冷静で優しげな笑みを浮かべたのです。妹が死産したときは、死んだガキしか生めないなら、おまえも死んでしまえばよかったのにと、ほほえんで言いました。妹はそんな生活を十年送って、死んだんです……妹があの男から逃げられてよかった、私はそう思いました。そのとき私は、ピーターに言ったんです。あんたの葬式まで二度とこの家《うち》の敷居はまたがないって。みなさんのなかには聞いた人もいるでしょう。その約束を守って、私は今、ここに来て、あの男の真実を話したんです。これは本当のことです……あなたは知っている」——クララは激しい身ぶりで、スティーヴン・マクドナルドを指さした——「あなたも知っている」——長い指で、カミラ・ブレイクを指《さ》した——「あなたも知っている」——オリヴィア・カークは、微動《びどう》だにしなかった——「あなたも知っている」——哀れな牧師は、その指に、体を突き刺されたかに感じた。「ピーター・カークの結婚式で、私は泣きましたよ。でも葬式では笑ってやるって、あの男に言ったんです。だから今、笑ってやります」

　クララは荒々しく衣擦《きぬず》れの音をたてて、柩《ひつぎ》にかがみこんだ。長い年月、心にわだかまっていた悪事の復讐を果たしたのだ。ついにクララは恨《うら》みを晴らした。彼女は体中を勝利と満足にうちふるわせながら、死せる男の冷たく、もう動かない顔を見おろした。クララの高笑いが弾け出るものと、誰もが耳をすました。笑い声は、聞こえなかった。クララ・ウィルソンの怒り顔が、つと変わり――ゆがみ――子どものようにくしゃくしゃになった。クララは――泣いていた。

醜くゆがんだ顔に、涙を滂沱《ぼうだ》と流しながら、クララは踵《きびす》をかえし、部屋から出ていこうとした。すると彼女の前に、オリヴィア・カークが立ちはだかった。彼女はクララの腕に、手をかけた。二人の女は、一瞬、見つめあった。部屋中が、人の気配のような沈黙に飲みこまれた。

「ありがとう、クララ・ウィルソン」オリヴィア・カークが言った。彼女の表情は、葬儀の前と同じように、うかがい知れなかったが、静かで抑揚のない声の底に、アンをぞっとさせる何かがあった。アンの目の前に、突然、奈落《じごく》が口を開けた気がした。クララ・ウィルソンは、ピーター・カークの生前も、死後も、彼を憎んでいたかもしれない。だがその憎しみも、オリヴィア・カークの憎悪にくらべれば淡いものだと感じたのだ。

クララは、自分が仕切る葬儀を台無しにされて怒り心頭のジェドの前を、泣きながら通りすぎ、出ていった。牧師は、最後の賛美歌は「眠れ、イエスにありて」（8）だと告げるつもりだったが、考え直し、ふるえる声で、祝禱《しゆくとう》（9）を唱えるにとどめた。ジェドも、ご友人ならびにご親族のみなさま、『ご遺体』と最後のご対面をどうぞ、というつもの案内をしなかった。唯一、見苦しくないだろうと行ったことは、さっさと棺桶の蓋《ふた》をしめ、一刻も早くピーター・カークを埋葬して視界から追いやることだった。

アンは、ヴェランダの階段をおりながら深いため息をついた。息苦しいほどに花が香り、二人の女の憎しみが拷問のようだった部屋から外へ出ると、冷たく新鮮な空気が心地よかった。

午後になると寒くなり、あたりは灰色に陰った。芝生のあちこちに少しずつ人が集まり、声をひそめてこの出来事を話しあっていた。クララ・ウィルソンが枯れたまき場を横切り、帰っていく姿が、まだ見えていた。

「まったく、みんな圧倒されたじゃないか？」ネルソン・クレイグが唖然《あぜん》としていた。

「言語道断……言語道断ですぞ！」バクスター長老が言った。

「どうして誰かが止めなかったんだろう？」ヘンリー・リースがたずねた。

「クララが何を言うか、みんなが聞きたかったからでしょ」カミラが答えた。

「あれは……礼儀を欠いてたな」サンディ・マクドゥーガルおじさんが言った。気に入った言い回しが見つかり、口のなかで転がした。「礼儀を欠いてた。葬式というもんは、ほかの点はどうであれ、礼儀がなくちゃならん……礼儀がなくては」

「いやはや、人生とは、おかしなものじゃないか？」オーガスタス・パーマーが言った。

「思えば、ピーターが、エイミーとつきあい始めたころ」ジェイムズ・ポーター老人が思い出した。「同じ冬に、わしは女房に求婚しておりましてな。あのころのクララは、別嬪《べっぴん》で、魅力的な娘《むすめ》じゃった。それにクララのこしらえるチェリー・パイのうまかったこと！」

「クララは、昔から毒舌家の娘だったよ」ボイス・ウォレンが言った。「そのクララが葬式に来たからには、なにか騒ぎがあるぞとは思ったが、あんなことになろうとは。それにオリヴィアも、オリヴィアだ！　思いもよらなかったよ。女子《おなご》とは、けったいなもんだ、まったく」

「あたしらが死ぬまで語り草になるよ」カミラが言った。「結局こんなことでもなきゃ、歴史なんて退屈なものだから」

意気消沈したジェドは、柩《ひつぎ》をかつぐ男たちを集め、棺桶を運びだした。霊柩馬車が小径を出ていき、後ろから馬車の列がゆっくり続いてゆくと、納屋で一匹の犬が、胸破れんばかりに遠吠えをするのが聞こえた。つまるところ、生ける者で、ピーター・カークの死を悲しんだのは、この一匹だけだったのかもしれない。

アンがギルバートを待っていると、スティーヴン・マクドナルドがやって来た。上《かみ》グレンの男で、長身で、古代ローマの皇帝のような頭をしていた。アンは前から好感を持っていた。

「雪のふりそうな匂いがしますな」彼は言った。「いつも十一月は、ホームシックの時期に思えましてな。そんなふうに思われたことはありませんかな、ブライス夫人？」

「ありますわ、一年が、過ぎ去った春を思い返して、寂しがっているようですね」

「春……春！　ブライス夫人、わしも年をとりましてな。ふと気がつくと、季節が、昔とは変わったように思えて。今の冬は、昔の冬じゃない……夏が来ても、わしは気がつかない……春は……今、あの春は、もうない。少なくとも、昔知っていた人たちが戻って来て一緒にあの春の日を過ごすことはないと思うと、そんな気がしましてな。クララ・ウィルソンは、気の毒でしたな……どう思われましたか？」

「ええ、胸が破れそうでした。あんなに憎しみを抱えて……」

「そうなんですよ。いいですか、昔はクララ本人が、ピーター・カークに惚れていたんです……彼女はあの男を、心から愛していました。あのころのクララは、モウブレイ・ナロウズきっての美しい娘で、クリームのように白い顔のまわりを、黒髪のかわいい巻き毛がとりまいていた。一方のエイミーは、笑い上戸の陽気な娘だった。ピーターは、クララを捨てて、エイミーと一緒になった。我々の運命がどう作られるか、不思議なものですな、ブライス夫人」

　カークワインドの裏のもみの木が風によじれ、不気味にざわめいた。遠くの丘は雪嵐に白くかすみ、頂きに一列に並ぶロンバルディ・ポプラは、灰色の空を突き刺していた。雪嵐がモウブレイ・ナロウズにせまる前に帰ろうと、誰もが急いでいた。

「ほかの女の人たちが、あんなにつらいのに、私はこんなに幸せで、いいのかしら？」

　アンは馬車で家へ帰る道中、クララ・ウィルソンに感謝を伝えたオリヴィア・カークの目を、思い返していた。

アンは、部屋の窓辺から立ちあがった。あれから十二年近くたったのだ。クララ・ウィルソンは亡くなった。オリヴィア・カークは太平洋岸(10)へ行き、再婚した。オリヴィアは、ピーターよりかなり年下の妻だった。

「歳月は、私たちが考えているよりも親切なのよ」アンは思った。「だから恨みを何年も大事にして……宝物みたいに胸にかかえていることは恐ろしい過《あやま》ちよ。だけど、ピーター・カークの葬儀で何があったか、ウォルターには聞かせられないわね。子どもにふさわしい話ではないもの」

第34章

リラは、炉辺荘のヴェランダの上がり段に足を組んですわり――なんと愛くるしくて、小さく、ふくよかな小麦色の膝小僧だろう！――ひとしきり憂うつな気分だった。可愛がられている小さな女の子がどうして憂うつなのか、たずねる人があれば、その聞き手は自分の子ども時代を忘れたにちがいない。大人にはほんの些細《ささい》なことでも、女の子には暗澹《あんたん》とした恐ろしい悲劇になるのだ。リラは絶望のどん底で、途方に暮れていた。というのもその夜、孤児院の寄付を集める会（1）が教会で開かれることになり、スーザンが十八番《おはこ》の金銀ケーキ（2）を焼くので、午後、持っていくようにと言ったのだ。

リラがなぜ、ケーキを持って村を通り、グレン・セント・メアリ長老派教会へ行くくらいなら、死んだほうがましだと思っているのか、たずねないでもらいたい。幼い子どもは、ときとして小さな頭で妙なことを考えるのだ。リラはどうしたわけか、ケーキを持ってどこかへ行くところを見られるのは、恥ずかしく屈辱的だと思いこんでいた。もしかするとリラがまだ五つだったある日、ケーキをもって通りを歩くティリー・ペイクおばあさんを、村の男の子たちがこぞって追いかけ、からかったところに出くわしたからかもしれない。ティリーおばあさんは内海口に暮らし、ひどく汚れたぼろを着た老女だった。

「ティリー・ペイクのばあさん
　やって来て、ケーキを盗《と》って
　腹痛《はらいた》になるぞ」

と男の子たちは囃《はや》したのだ。

あのティリー・ペイクと同じ扱いをうけるなんて、リラには耐えられなかった。そこでケーキを持って歩くと「レディでいることはできない」という考えにいたったのだろう。というわけで、リラは悲嘆に暮れて上がり段に腰かけ、前歯が一本欠けた愛らしい小さな口もとに、いつものほほえみはなかった。らっぱ水仙が何を考えているのか、私はわかっているのよ、という顔つきも、一輪の黄色い薔薇の内緒の秘密を知っているのよ、という顔つきもせず、永遠に打ちひしがれた者の表情をしていた。笑うとほとんど閉じて見えなくなる大きなはしばみ色の瞳は、いつもなら人を惹きつける魅力にあふれているが、今は悲しみと苦しみにうち沈んでいた。「おまえさんの目は、妖精がさわったんだよ」とキティ・マカリスターおばさんは言ったのだ。父さんは、リラは生まれながらの愛嬌者で、生まれて三十分後にパーカー医師ににっこりしてみせたと断言した。リラは今のところは、口よりも目で物言うほうが得意だった。舌足らずなのだ。大きくなれば直るだろうが――リラはぐんぐん背がのびていた。去年、父さんは、リラの背丈を薔薇の茂みではかり、今年は草夾竹桃《くさきょうちくとう》（3）と背比べした。じきに立葵《たちあおい》ではかり、学校へ上がるのだ。スーザンがこの恐ろしい通告をするまで、リラはすこぶる幸せで、自分に満足していた。それなのに、スーザンったら、恥ずかしいという気持ちがないのね、とリラは憤慨して、空に語りかけた。実際にはリラは「はしゅかしいというきもちゅ」（4）と発音したのだが、美しく柔らかな青い空は、わかってくれたように見えた。

　その朝、母さんと父さんはシャーロットタウンへ出かけ、ほかの子どもたちは学校へ行き、炉辺荘はリラとスーザンだけだった。ふだんのリラなら、こうした状況は嬉しかった。ちっとも寂しくなかった。この上がり段か、「虹の谷」の緑の苔におおわれたお気に入りの石に気持ちよく腰をおろして、妖精のように小さな子猫一、二匹をお供に、目に映るものすべてに想像をめぐらせるのだ――芝生の片隅は、蝶々たちの小さな愉しい国――ポピーの花が庭に揺れている――お空には、たった一つ、ふわふわの大きな雲が浮かんでいる――丸々としたマルハナバチが、ぶんぶん羽の音をたてて金蓮花《ナスタチウム》の花を飛びまわっている――すいかずらの花は黄色い指でリラの赤褐色の髪をなで――風が吹き――風はどこへ行くのかしら？――また帰ってきたコック・ロビンは、ヴェランダの手すりを気取って歩きながら、どうしてリラが遊んでくれないのだろうと不思議に思っていた——しかしリラは、ケーキを持って歩かなければならないという恐ろしい現実のほかは何も考えられなかった——ケーキを持って——村を通り抜け、孤児のために昔ながらの懇親会を開く教会へ行かなければならないのだ。ローブリッジには孤児院というものがあり、父親や母親のいない気の毒な子どもが暮らしていることを、リラはおぼろげながらに知っていた。その子どもたちを、たいそうかわいそうに思ってもいた。だが小さなリラ・ブライスは、そのいちばん哀れな孤児のためであろうと、ケーキを持って人前を歩くところを見られたくなかった。

　雨がふれば、行かなくてもいいかもしれない。雨はふりそうもなかったが、リラは両手を握りあわせ——どの指のつけ根にも小さなくぼみがあった——一生懸命に唱えた。

「どうじょ、愛しい神しゃま、大雨にしてくだしゃい、土砂ぶりにしてくだしゃい。しょうでなければ……」リラは行かずにすむ可能性を思いついた。「シュージャンのケーキを、焦がしてくだしゃい……かりかりに焦がしてくだしゃい」

　ああ、しかし、昼食どきになると、見事に焼けたケーキが、なかにクリームを入れ、外に砂糖衣《アイシング》をかけて、台所のテーブルに見るも誇らしげに乗っかっていた。それはリラの大好物のケーキだった——「金銀ケーキ」とは、たいそう豪華に聞こえるではないか——でもリラは、もうこのケーキは一口も食べられないと思った。

それでも――内海むこうの低い丘で鳴り響いているのは、雷じゃないかしら？　もしかすると神さまが、お祈りを聞いてくだすったのかもしれない――もしかすると、出かける前に、地震が起きるかもしれない。最悪の場合、おなかが痛くならないかしら？　それはだめ。リラは身震いした。ひまし油を飲む羽目になる。地震のほうがましだ！

リラは、背もたれに、しゃれた白いあひるの毛糸刺繡（5）をしたお気に入りのいすに腰かけていたが、たいそう無口であることに、ほかの子どもたちは気がついてくれなかった。なんて自分勝手な、食いしん坊しゃんだこと！　母さんが家にいたら、気づいてくれるのに。父さんの写真が「ザ・デイリー・エンタープライズ」に載った日も、リラがどんなに思い悩んでいるか、母さんはすぐにわかってくれた。リラがベッドで泣いていると、母さんが部屋にきて、新聞に写真が載るのは殺人犯だけだとリラが思い込んでいることを突き止め、勘違いを、すぐに直してくれた。そんな母さんは、自分の娘が、ティリー・ペイクおばあさんみたいに、ケーキを持ってグレンを歩くところを見たいかしら？

リラは昼食を少しも食べられなかった。スーザンは、薔薇のつぼみの花輪がついたリラの美しい青い皿を出してくれたけれど。今年の誕生日に、レイチェル・リンドのおばさんが送ってくれたもので、いつもは日曜にだけ使わせてもらえるお皿だった。薔薇のつぼみの青いお皿《しゃら》だなんて！　こんなに恥ずかしいことをしなければならないのに！

それでもスーザンが、デザートにこしらえたフルーツ・パフは、とても美味しかった。

「シュージャン、金銀ケーキは、学校が終わってから、ナンとダイが持って行くことはできましぇんか？」リラは頼みこんだ。

「ダイは、ジェシー・リースを連れて学校から帰ってくるし、ナンは歩けないなんて言い訳をしますよ（6）」スーザンは冗談めかして言った。「それに、学校が終わってからじゃ、遅いんですよ。委員会は三時までにお菓子を全部持ってきてもらいたいんです。そうすればケーキを切り分けてテーブルに並べて、いったん家に戻って夕食をとれますから。どうして行きたくないんですか、まるまる子ちゃん《ローリーポーリー》（7）？　村へ郵便をとりに行くときは、いつもあんなに喜ぶのに」

リラは、たしかに、少々、まるまる《ローリーポーリー》としていたが、そう呼ばれるのはいやだった。

「私は、自分の気持ちを、傷《きじゅ》つけたくないんでしゅ」リラは顔をこわばらせて説明した。

スーザンは笑った。リラが、家族を笑わせることを言うようになったのだ。なぜみんなが笑うのか、リラはわからなかった。本人はいたって真面目なのだ。でも、母さんだけは笑わなかった。リラが、父さんは殺人犯だと思いこんだと知っても笑わなかった。

「懇親会を開いて、優しいお父さんやお母さんがいないかわいそうな男の子や女の子のために、お金を集めるんですよ」スーザンが言って聞かせた——まるで私が何も知らない赤ん坊みたいじゃないの！

「私も、孤児みたいなものでしゅ」リラが言った。「父しゃんが一人、母しゃんが一人しかいないんだもの」

スーザンはまた笑った。誰もわかってくれないのだ。

「あんたのお母さんが、金銀ケーキを持っていくって、委員会に約束なすったんですよ、お嬢ちゃん。私が持ってく暇《ひま》はないし、とにかく、届けなくちゃならないんです。さ、青いギンガムに着替えて、お散歩がてら、お出かけなさい」

「お人形しゃんが、病気になったの」リラは必死だった。「ベッドに寝かしぇて、看病しなきゃいけないの。きっと、肺炎《アンモニア》（8）よ」

「お人形さんなら、あんたが帰るまで大丈夫ですよ。三十分で行って帰ってこられますから」というのが、スーザンのつれない返事だった。

望みは絶たれた。神さまも助けてくださらなかった――雨がふる気配はなかった。リラは涙がこぼれそうになり、何も言えなかった。二階へあがり、スモック刺繍の新しいオーガンジー（9）の服に着替え、ひな菊をふちにぐるりと飾ったよそゆきの帽子をかぶった。きちんとした恰好をすれば、ティリー・ペイクおばあさんみたいだとは思われないだろう。

「私のお顔は、きれいだと思うけど、耳の後ろを、見てもらえましぇんか？」リラは威厳をもってスーザンにたずねた。

いちばん上等な服と帽子を身につけたので、スーザンに叱られやしないか心配だった。しかしスーザンは耳の後ろを確かめただけだった。それからケーキを入れた籠《バスケット》を渡し、お行儀よくするんですよ、それからお願いだから猫に会うたびに足をとめて話しかけないように、と言った。

リラは反抗的な「しかめっ面《つら》」をゴグとマゴグにしてみせて、堂々と出ていった。その後ろ姿を、スーザンは愛しげに見送った。

「うちの赤ちゃんが、一人で教会へケーキを持っていけるほど大きくなったとは」スーザンは半ば誇らしく、半ば寂しく思い、仕事に戻った。しかし、自分の命をなげうつこともできる小さな子どもに自分が苦悩を課しているとは、おめでたくも知らなかった。

リラは教会で寝てしまっていすから転げ落ちて以来、こんなに恥ずかしい思いをしたことはなかった。いつもなら、村へ歩いていくのは大好きだった。面白いものがたくさんあるからだ。今日もカーター・フラッグの奥さんの物干し綱には美しいキルトがずらりとかかっていて心は奪われたが、目はむけなかった。オーガスタス・パーマーさんが庭においた新しい鋳鉄《ちゅうてつ》の鹿(10)にも、心は躍《おど》らなかった。いつもなら炉辺荘の芝生にも、こんな鹿がいればいいのにと思って通るのだ。しかし今、鋳鉄《ちゅうてつ》の鹿が何になろう？暑い陽ざしが通りにふりそそぎ、誰もが表に出ていた。二人の女の子が、ひそひそ話をしながら通り過ぎていった。私のことかしら？　二人が何を話していたのか、リラは想像した。馬車で街道をやってきた男が、リラをじっと眺めた。実のところ男は、あれはブライス家の子どもだろうか、いやはや、なんときれいな子どもだろう！　と思っていた。ところがリラは、男の目が、籠《バスケット》のなかはケーキだと気づいたと思った。アニー・ドリューが父親と馬車で通りすぎたときは、きっと自分を笑っていると思った。アニー・ドリューは十歳で、リラの目には大きなお姉さんだった。

ラッセル家の角には、男の子と女の子が群がっていた。あの子たちの前を歩かなくてはならない。子どもたちがいっせいに自分に目をむけて、みんなして顔を見合わせている気がして、たまらなかった。リラはやけくそのあまり、行進でもするように歩いた。すると子どもたちは、あいつ、お高くとまってるな、高慢ちきの鼻をへし折ってやる、と考えた。子猫面《づら》したあの子どもに、おれたちが、思い知らせてやる！　炉辺荘の女の子はみんな、いつもいばってるんだから！　でっかい家《うち》に住んでるっていうだけで！

ミリー・フラッグが、リラを真似た気取った歩き方で後《あと》をついてきた。足を引きずり、土埃《つちぼこり》がもうもうと二人にかかった。

「この籠《バスケット》は、どこへ行くのかな、子どもをつれて？」と、「口のうまい」ドリューが囃《はや》した。

「鼻に汚れがついてるぞ、ジャム面《づら》め」ビル・パーマーが嘲《あざけ》った。

「猫に、舌を嚙まれたの？」サラ・ウォレンが言った。

「ちび！」ベニー・ベントリーが馬鹿にした。

「道の端っこを歩けよ。さもないと、黄金虫《こがねむし》を喰わせるぞ」生人参を齧《かじ》っていた大きなサム・フラッグが言い、また齧りだした。

「見て、この子、赤くなったよ」マミー・テイラーが言った。

「長老派教会へ、ケーキを持ってくんだな」チャーリー・ウォレンが言った。「スーザン・ベイカーのケーキは、全部、生焼けのくせに」

自尊心のおかげでリラは泣かなかった。だが我慢にも限度はある。よりによって炉辺荘のケーキを――。

「こんど、あんたたちの誰かが病気になっても、おくしゅりを上げちゃだめって、うちの父しゃんに、言いつけてやる」リラは挑戦するように言った。

ところが次の瞬間、リラは狼狽《うろた》え、目を見はった。内海街道の角を曲がってやって来るのは、ケネス・フォードではないか！　まさか！　やっぱりそうだ！

これはたまらなかった。ケンはウォルターと仲良しで、そしてリラは、ケンのことを世界中でいちばん優しくてハンサムな男の子だと、子ども心に思っていたのだ。もっともケンは、小さなリラには目もくれなかった――でも一度、チョコレートのあひるさんをくれたのだ。それに忘れもしないあの日、ケンは「虹の谷」の苔むした石に、リラと並んですわり、「三匹の熊さんと森の小さな家」(11)のお話をしてくれた。リラは、遠くから憧れているだけで満足だった。ところが今、あのすてきな人に、ケーキを持って、歩くところを見られてしまった！

「おや、まるまる子《ローリーポーリー》ちゃん！　暑いね？　今夜、そのケーキを一切れ食べたいな」

ということは、ケネスもケーキだとわかったのだ！　みんなが知っているのだ！

リラが村を通りすぎ、最悪の事態は終わったと思ったそのとき、さらに悪いことが起きた。わき道に目をむけると、日曜学校のエミー・パーカー先生が来るのが見えたのだ。かなり遠かったが服でわかった——フリルのついた薄緑色のオーガンジーのドレスで、小さな白い花の房が散っていて——「桜の花のドレス」(12)とリラは秘かに呼んでいた。先週の日曜学校でエミー先生がその服を着たとき、こんなにすてきなドレスは見たことがないとリラは思った。エミー先生は、いつも美しいドレスを着ていた——ときにはレースとフリルの服、ときにはさやさやと衣擦《きぬず》れのする絹の服を。

リラは、エミー先生を崇拝していた。きれいで、華奢《きゃしゃ》で、白い白い肌に茶色い茶色い瞳をして、悲しげに優しく微笑むのだ——悲しげなのは、結婚するはずの男の人が死んだからだと、ある日、ほかの小さな女の子がひそひそ声で教えてくれた。リラはエミー先生のクラスにいて嬉しかった。フロリー・フラッグ先生のクラスなら嫌だっただろう——フロリー・フラッグはみっともないのだ。リラはみっともない先生が苦手だった。

いつもなら日曜学校ではないところでエミー先生に会って、にっこり話しかけてもらうことは、リラにとっては人生最高の瞬間だった。通りで先生にうなずいてもらうだけでも、急にわくわくした。エミー先生が、クラスの全員をシャボン玉パーティに招いて、苺の果汁でシャボン玉を赤く染めたときは、死にそうなくらい嬉しかった。

でも、ケーキを運んでいるときにエミー先生に会うのは耐えられなかった。耐えるつもりもなかった。しかもエミー先生は、次の日曜学校の演芸会《コンサート》で、対話劇《ダイアローグ》を計画しているのだ。リラは、妖精の役を頼まれるかもしれないと秘かに願っていた――妖精は赤い衣装を着て、緑色の小さなとんがり帽をかぶるのだ。でもケーキを持って歩いているところを先生に見られたら、その望みもかなわないだろう。

エミー先生に見られてはならない！　リラは、ちょうど小川にかかる小さな橋の上にいた。そこはかなり深く、川のようだった。リラは籠《バスケット》のケーキをつかみだし、榛《はん》の木が枝をかわす小川の深いよどみへ、力いっぱい投げた。ケーキは枝の間へ飛んでいき、ぽちゃんと落ちると、水音をたてて沈んでいった。リラはほっと安堵して、自由と解放感をひとしきり味わった。それからエミー先生のほうをむくと、先生がふくらんだ茶色の紙包みを抱えていることに、そのとき気がついた。

エミー先生は、小さなオレンジ色の羽を飾った緑色の小ぶりの帽子の下から、にっこりして、リラを見おろした。

「まあ、先生、きれい……おきれいですね」リラは見とれて、あえぎあえぎ言った。

　エミー先生は、またほほえんだ。たとえ胸破れていようとも——実際、エミー先生は胸が破れたと信じていた——このような心からの賛辞《さんじ》をうけるのは不愉快ではなかった。

「新しいお帽子のことね、リラちゃん。きれいな羽ですものね。あら」——と先生は、リラの空の籠《バスケット》に目を走らせ——「懇親会へケーキを持っていったのね。あなたが行きではなく、帰りなのが、残念だわ。私もケーキを持っていくところよ……とても大きくて、柔らかくてしっとりしたチョコレートケーキ(13)よ」

　リラは言葉を失い、やるせない目で見上げた。エミー先生もケーキを持っていくところだったのだ。ということは、ケーキを持って歩くのは恥ずかしいことではないのだ——ああ、私ったら、なんていうことをしたのだろう？　スーザンのきれいな金銀ケーキを小川に捨ててしまった——おかげでエミー先生と二人でケーキを持って教会へ歩いていくチャンスも、ふいにしてしまった！

　エミー先生が行ってしまうと、リラはみじめな秘密をかかえて家路についた。それから夕食どきまで「虹の谷」に隠れていた。食卓のリラがおとなしいことに、やはり誰も気づかなかった。ケーキを誰に渡したのか、スーザンに聞かれやしないか、リラは恐れていた。しかしそんな気まずい質問は出なかった。夕食後、子どもたちは「虹の谷」へ遊びにいったが、リラは日が沈むまで上がり段にひとりで腰かけていた。炉辺荘のうしろの空は風が吹いて金色に染まり、下の村では明かりが次々と灯った。リラは、グレンのあちらこちらに花が咲くように明かりが灯っていくところを眺めるのが好きだった。でも今夜は少しも面白くなかった。生まれてからこんなに不幸せだったことはなかった。この先、どうやって生きていけばいいのだろう。宵《よい》は紫色に暮れなずみ、ますます哀しくなった。最高に美味しそうなメイプル・シュガー・パン(14)の匂いが漂ってきた——スーザンは、夕方涼しくなるのを待って、一家のパンを焼くのだ(15)。でもメイプル・シュガー・パンも、ほかのすべてと同じように、空《むな》しかった。リラはみじめな思いで二階へあがり、ベッドに入ると、前はあんなに自慢だった新しいピンクの花模様の布団に入った。しかし眠れなかった。水に沈めたケーキの幽霊が頭から離れなかった。母さんは、ケーキを届けると委員会の人たちに約束したのだ——ケーキが届かず、委員会の人たちは母さんをどう思っただろう？　懇親会でいちばんきれいなケーキだっただろうに！　今夜の風は、なんと寂しい音をたてるのだろう。風はリラを責めていた。「馬鹿……馬鹿……お馬鹿さん」と風はくり返していた。

「どうして起きてるんです、お嬢ちゃん？」スーザンがメイプル・シュガー・パンを持ってきた。

「ああ、シュージャン、私……私でいることに、疲れちゃったの」

スーザンは困惑顔になった。思えば夕食のとき、この子は疲れているようだった。

「そうだ、先生はお留守だ。医者の家族は早死にして、靴屋の女房《にようぼ》は裸足で歩くというではないか」スーザンは胸に思った。それから声に出して言った。

「お熱があるか見てあげましょう、お嬢ちゃん」

「ちがうの、そうじゃないの、シュージャン。ただ……私、悪いことをしたの、シュージャン……悪魔が、私に、さしぇたの……ちがう、ちがうわ、悪魔じゃない、シュージャン……私がしたの、私……ケーキを、川に投げちゃったの」

「なんということを！」スーザンは呆気《あっけ》にとられた。「いったい、どうして、そんなことを？」

「何をしたの？」町から帰ってきた母さんが言った。スーザンは、先生奥さんがこの場を引き受けてくだすってありがたやと、喜んで下がった。リラはすすり泣き、一部始終を話した。

「リラちゃん、母さんにはわからないわ。教会へケーキを持っていくのが、ど、う、し、て、そんなにみっともないと思ったの？」

「ティリー・ペイクおばあしゃんみたいだと思ったんでしゅもの、母しゃん。でも、私、母しゃんに恥をかかしぇたのね！　ああ、母しゃん、もし許してくれるなら、二度と悪いことはしましぇん……委員会の人たちに、母しゃんはち、ゃ、ん、と、ケーキを届けようとしたって、私から言いましゅ」

「委員会のことは心配しなくていいのよ、リラちゃん。お菓子は充分にあったでしょうからね……いつもそうなのよ。ケーキが届かなくても誰も気がつかなかったでしょう。このことは誰にも言わないでおきましょうね。でもね、バーサ・マリラ・ブライス、よくおぼえておきなさい。母さんも、スーザンも、あなたに恥をかかせるようなことを頼むことは、決してありませんよ」

人生はまた甘美なものとなった。父さんは「おやすみ、子猫ちゃん」と言いに部屋の戸口まで来てくれた。スーザンもそっと入ってきて、明日のお昼はチキン・パイにしてあげますよと言ってくれた。

「グレービー・ソースをたっぷりね、シュージャン」

「たっぷりですとも」

「それから、朝ごはんに、茶色の卵を食べてもいい(16)、シュージャン？　私にそんなことを頼む資格はないけれど……」

「お望みなら、茶色の卵を二つ食べさせてあげますよ。さあさ、このパンを食べたら、寝なくちゃなりませんよ、おちびちゃん」

リラはパンを食べたが、寝る前にそっと寝台から出て、ひざまずき、真心から祈った。

「愛しい神しゃま、どうじょ、私のことを、何を言いつけられても、いつもいうことをきく良い子にしてくだしゃい。それから、大好きなエミー先生とかわいそうな孤児たちみんなをお守りくだしゃい」

第35章

炉辺荘の子どもたちはともに遊び、ともに散歩し、またあらゆる類いの冒険をともにしたが、それぞれに自分だけの夢と空想からなる心の内面の暮らしもあった。とりわけナンは幼いころから聞いたり、見たり、本で読んだりするすべてから自分だけの秘密の物語《ドラマ》を創りだし、家族が想像もしない不思議とロマンスの王国に暮らしていた。最初は、ナンは、踊る小妖精《ピクシー》（1）たちや、幽霊の漂う谷間の小さな妖精《エルフ》たち、白樺の木の精《ドライアド》（2）たちの物語を織りなしていた。門の柳の大木と二人だけの秘密をささやきあったり、「虹の谷」の上手《かみて》の外れにあるベイリー家の古びた空き家は亡霊のでる塔の廃墟だと想像していた。または何週間か、ナンは海辺のわびしい城に幽閉された王女であった——また何か月かは、インドか、あるいはどこか「はるかな遠い彼方」（3）の国でらい病村（4）に働く看護婦だった。「はるかな遠い彼方」という言葉は、ナンにとっては魔法の言葉だった——風吹く丘をこえて聞こえてくるかすかな音楽のように。

やがてナンは大きくなるにつれて、彼女の小さな世界で見かける実在の人物から物語《ドラマ》を創りあげるようになった。ことに教会にいる人たちだ。ナンは、教会で人を眺めるのが好きだった。誰もが美しく装っているからだ。それは奇跡のようだった。平日とはまるで違って見えた。

それぞれの家族席に、きちんとした身だしなみで静かに腰かけている人々は、炉辺荘の家族席にいるとび色の瞳をしたおとなしい少女が、自分をもとに空想《ロマンス》をでっち上げていると知れば肝をつぶし、恐れをなしただろう。たとえば、心根は優しいものの顔つきは陰気なアネッタ・ミリソンは、子どもをさらっては生きながら煮て、永遠の若さを保つ秘薬をこしらえていると、ナン・ブライスが想像していると知れば、仰天しただろう。ナンはこの空想をありありと思い描いたため、きんぽうげの金色の花がささやき、ざわめく黄昏《たそがれ》の小道でアネッタ・ミリソンに出くわしたとき、死ぬほどおびえた。そのためアネッタの感じのいい挨拶《あいさつ》にまともに応《こた》えることができず、アネッタは、ナン・ブライスは思い上がった生意気な小娘になりつつあるから、礼儀を躾けなければならないと考えた。顔色の悪いロッド・パーマー夫人は、自分が人に毒を盛ったため、それを悔いるあまりに死にかけているとは、夢にも思わなかった。真面目くさった面持《おもも》ちのゴードン・マカリスター長老は、生まれた時に魔女に呪いをかけられて笑顔ができなくなったとは、考えもしなかった。非の打ち所のない生活を営んでいる、黒々とした口ひげのフレイザー・パーマーは、ナンが自分を見ながら、「あの男の人は、後ろ暗い捨てばちなことをしでかしたにちがいない。良心がとがめるような恐ろしい秘密を抱《かか》えている顔つきだもの」と思っているとは、知るよしもなかった。アーチボルト・ファイフは、自分が来るのをナン・ブライスが見ては、あの男の人が何か言ったら、脚韻《きゃくいん》を踏んだ返事(5)をしなければと、忙しく頭を働かせているとは思いもしなかった。なぜならナンは、アーチボルトには、脚韻を踏んだ言葉で話しかけることにしていたのだ。彼は極端に子どもを恐れており、ナンに話しかけたことはなかったが、ナンは大急ぎで韻を踏むことに尽きぬ喜びを味わっていた。たとえば、

「私はとても元気よ、ありがとう、ファイフさん、あなたと奥《ワイフ》さんはいかがですか？」

とか、

「ええ、いいお天気の日《ディ》ですね、干し草《ヘイ》作りにぴったりですわ」

モートン・カーク夫人は、夫人の玄関の上がり段に赤い足跡がついているため——かりにナンが招かれても——決して行かないと言われたら、夫人は何と答えればいいのか

わからなかっただろう。その義理の妹で、温厚で親切だが、求愛されないエリザベス・カークは、自分の結婚式の直前に、教会の祭壇で恋人が倒れて死んだために独身女《オールドメイド》になったとは、夢にも知らなかった。

こうした想像は、たいそう楽しくて興味があったが、空想と現実の間でナンが迷子になることはなかった。「謎めいた瞳の貴婦人」の虜《とりこ》になるまでは。

空想というものが、どのようにふくらんでいくのか、たずねても無駄である。ナン自身も、どうしてそんな想像をしたのか、説明できないだろう。貴婦人の想像の始まりは、「もの寂しい家」だった――ナンには「もの寂しい家」が、いつも大文字で書かれているように見えた(6)。ナンは、人物から想像をふくらませるように、場所から物語《ロマンス》を紡《つむ》ぐことも好きだった。「もの寂しい家」は、ベイリー家の古い空き家を別にすると、このあたりで、唯一、物語《ロマンス》にふさわしい場所だった。ナンは「もの寂しい家」そのものを見たことはなかった――ただ、その家は、ローブリッジの脇道のえぞ松が黒々としげる奥にあり、人々の記憶にないほどの昔から空き家になっているということは知っていた――スーザンがそう言ったのだ。記憶にないほどの昔とはどういうことか、ナンにはわからなかったが、妙に心惹《こころひ》かれる言い回しであり、「もの寂しい家」に似つかわしかった。

ナンは、仲良しのドーラ・クローの家へ行くとき、その脇道を歩いたが、「もの寂しい家」へ入っていく小径（7）の前は、気がふれたように走って過ぎた。その小径は、両側から木がアーチを作って薄暗く、奥までずっと続いていた。二本の轍《わだち》の間に草が茫々《ぼうぼう》と生え、えぞ松のしたには羊歯《しだ》が腰がうまるまでのびていた。荒れ放題の門のそばには楓《かえで》の枯れた灰色の枝が長くのびて、老人が、曲がった腕でナンをつかまえるように見えた。いつなんどき、その腕がほんの少し伸びて、自分をつかまえるか、わからないのだ。楓の前を通って逃げるときは、ぞくぞくした。

ある日、「もの寂しい家」に——スーザンのロマンチックではない言い方では、元のマカリスター家だったが、そこにトマシーン・フェア（8）が暮らすことになったとスーザンから聞いて、ナンは驚嘆した。

「あそこは、とても寂しいところでしょうね、きっと」母さんが言った。「人里から離れているんですもの」

「あの女《ひと》なら、気にしませんよ」スーザンが言った。「どこにも出歩かないんですから、教会にすら行かないんですよ。何年も、どこにも行かないんです……もっとも夜は、庭を歩くそうですけど。まあ、とにかく、あの女《ひと》が、今、どうなったかを思えば……昔は、そりゃあ、ぱっとした美人で、大した男たらしでしたよ。娘盛りのころは、何人の男をふったことか！　それが今じゃ、どうです！　まったく、戒《いまし》めですよ、それは確かですよ」

誰にとっての戒めなのか、スーザンは説明することはなく、それ以上、語ることもなかった。炉辺荘では、トマシーン・フェアに誰もさほど興味がなかったのだ。しかしナンは、これまでの空想生活に心持ち飽きがきて、何か新しいことを渇望していたため、「もの寂しい家」のトマシーン・フェアに飛びついた。ナンは少しずつ、日ごとに、夜ごとに——夜はどんなことでも信じられるのだから——トマシーン・フェアにまつわる伝説を創りあげ、しまいには、そのすべてが現実と見分けがつかないほどに発展していき、今までのどんな空想よりも愛着のわくものとなった。「謎めいた瞳の貴婦人」の伝説ほど魅力があり、本物らしく思える想像はなかった。その女《ひと》の天鵞絨《ヴェルヴェット》のような黒い大きな瞳——うつろな瞳——思いわずらう瞳は——彼女が捨てた恋人たちへの自責の念に満ちていた。それは邪悪な瞳でもあった——人の心を傷つけ、教会にも行かない者は邪悪にちがいないのだ。しかし邪悪な人物には、興味がそそられる。この貴婦人は、自分がおかした罪の懺悔《ざんげ》として俗世から身を隠しているのだ。

その女《ひと》はお姫さまかしら？　いや、プリンス・エドワード島にお姫さまは滅多にいない。でもお姫さまのようにすらりとして、ほっそりして、つんと澄まして、氷のような美貌《ぞうげ》だろう。長い漆黒の髪は、二本の豊かな三編みにして肩にさげ、足もとまで届くのだ。象牙のように白くすべらかな顔に、端麗《たんれい》な目鼻だち、美しいギリシア鼻（9）は母さんの「銀の弓をもつアルテミス」（10）の鼻だろう。貴婦人は夜の花園を歩きながら、美しい白い手を悲痛に揉《も》みしぼり、かつて遠ざけ、本当は愛していると気づいたときにはすでに手遅れだった、ただ一人の真実の恋人を待っているのだ——黒い天鵞絨《ヴェルヴェット》の長いスカートのすそを芝生にひいて歩きつつ——伝説がどのようにふくらんでいくか、おわかりになっただろうか？　貴婦人は金色の帯をまき、大きな真珠の耳飾りをつけているが、その恋人がおとずれ、彼女を自由にしてくれるまでは、影と謎に包まれた人生を送らねばならない。そのときが来れば、昔の自分の邪悪さと無慈悲さを後悔しながら、貴婦人はそのたおやかな両手を恋人にさしのべ、ついに誇り高き頭《こうべ》をたれ、屈服するのだ。それから二人は噴水のほとりに腰をおろし——このころには、ナンの空想には噴水があった——新たな誓いをかわし、彼女は恋人についていく。「丘をこえて、はるかに遠く、紫色にかすむもっとも遠い丘の頂きのむこうへ」(11)行くのだ。父さんが、遠い遠い昔、母さんに贈った古いテニスン詩集から、ある晩、母さんが読んでくれた詩の「眠り姫」が、そうしたように。そして恋人は、「謎めいた瞳の貴婦人」に、比類のない宝石の数々を贈るのだ。

「もの寂しい家」はもちろん優雅な家具で飾られ、秘密の部屋と階段がいくつもある。「謎めいた瞳の貴婦人」は、紫色の天鵞絨《ヴェルヴェット》の天蓋《てんがい》の下で、真珠貝で作られた寝台に眠る。貴婦人は、一匹のグレイハウンド(12)を——一対のグレイハウンドを——大勢のグレイハウンドを、従者《じゅうしゃ》として付き従え——いつも耳をすましている——すましている——

すましている――遠く彼方《かなた》の竪琴《ハープ》の音色に。だがこの貴婦人が邪悪であるかぎり、恋人が戻って来て彼女を許してくれるまで、音色を聞くことはできない――という想像なのだ。

もちろん荒唐無稽《こうとうむけい》に聞こえるだろう。空想というものは、冷静で明確な言葉にすると、馬鹿らしく聞こえるものだ。十歳のナンは、空想を言葉にして表すことはなく――ただ、そのなかに生きていた。やがてこの邪悪な「謎めいた瞳の貴婦人」の空想は、ナンのまわりの生活と同じように、現実のことのように思われてきた。ナンは、この空想にとり憑かれたのだ。二年がすぎると、この空想はナンの一部となり――どういうわけか、不思議なことにナンは信じるようになっていた。これを誰かに話すことは、たとえ母さんにでも、決してなかった。これはナンだけの特別な宝物、誰も奪うことのできない秘密であり、この空想なしで生きていくなど、もはや考えられなかった。「虹の谷」で遊ぶよりも、ひとりでそっと出ていき、「謎めいた瞳の貴婦人」を空想するほうが好ましかった。

アンは、この傾向に気づいて、いくらか案じていた。しかもますますひどくなっているのだ。ギルバートが、ナンをアヴォンリーへ泊まりに行かせようとしたが、ナンは初めて、行かせないでほしいと懸命に頼んだ。家を離れるのはいやだと哀しげに言ったのだ。そしてナンは、あの不思議で、悲しく、麗しい「謎めいた瞳の貴婦人」から遠く離れてしまえば私は死んでしまうと、自分の胸につぶやいた。現実には、その「謎めいた瞳の貴婦人」はどこにも出かけなかったが、いつか外出するかもしれない。そのとき私が、ナンが、遠くにいたら、会う機会を逃《のが》してしまう。一目でも会えたら、どんなにすばらしいだろう！　貴婦人が歩いた道は、永遠にロマンチックなものとなるだろう。そんなことが起きた日は、ほかの日とは違うのだ。カレンダーのその日を丸く囲もう。やがてナンは、一度でいいから貴婦人に会いたいと切望するようになった。ナンはこの想像にふけってても空想でしかないとわかっていたが、トマシーン・フェアが若く、美しく、邪悪で、魅惑的だという点は、疑いもしなかった――このころには、スーザンがそう語るのをたしかに聞いたと思いこみ――貴婦人がそうした女性なら、ナンは永遠にこの空想を続けることができると思った。

ある朝、ナンは耳を疑った。スーザンが言ったのだ。

「この包みを、元のマカリスター家のトマシーン・フェアに届けてもらいたいんです。ゆうべ、お父さんが町から持ってお帰りになりましてね。午後、持ってってくれませんか、お嬢ちゃん？」

まさか、こんなことがあろうとは！　ナンは息をのんだ。持ってってくれませんか、ですって？　私の願いがこんな形で実現したのかしら？「もの寂しい家」をこの目で見て――麗しく、邪悪な「謎めいた瞳の貴婦人」に面会するのだ。実際に会って――話す声を聞き――もしかすると――ああ、至福なことに！――ほっそりした白い手に触《さわ》れるかもしれない。グレイハウンドや噴水などは自分の想像の産物だとわかっていたが、実際にそこにある品々は見事にちがいない。

午前中ずっと、ナンは時計をながめていた。時がたつのが遅かった――ああ、なんて遅いのだろう――でも、どんどん近づいている、近づいている。不吉なことに雷雲《かみなりぐも》が広がり、雨が落ちてきた。ナンは涙を抑えられなかった。

「どうして、神さま、今日、雨をふらせるなんて」ナンは反抗するようにささやいた。

だが、にわか雨はすぐにあがり、また陽が照った。ナンはうわずり、昼食をほとんど食べられなかった。

「母さん、黄色いワンピースを着てもいい？」

「ご近所へうかがうのに、どうしてそんなにおしゃれをしたいの、ナンちゃん？」

ご近所ですって！　でも母さんは、もちろん知らないのだ――理解することもできないのだ。

「お願い、母さん」

「いいでしょう」アンは言った。黄色い服はじきに小さくなるから、ナンの役にたつほうがいいだろう。

大切な小さな包みを持って出かけるとき、ナンの足はふるえていた。近道をして「虹の谷」を通り、丘をのぼり、例の脇道へむかった。雨のしずくが、金蓮花《ナスタチウム》の葉に大粒の真珠のように乗っていた。空気は甘く、すがすがしかった。蜜蜂が小川のほとりのしろつめくさに飛び、水面《みなも》の上に細い青とんぼが光っていた——悪魔のかがり針(13)——スーザンはそう呼んでいた。丘のまき場のひなぎくが、ナンにうなずきかけ——そよぎ——手をふり——涼やかな金と銀の笑い声で笑みかけた。すべてがかくも美しかった。そしてナンは、邪悪な「謎めいた瞳の貴婦人」に会うのだ。貴婦人は何を語るのだろう？　会いに行って、完全に大丈夫だろうか？　先週、ウォルターと読んだ物語のように、ほんの数分、一緒にいただけで、百年の歳月が過ぎていたら？

第36章

脇道から小径へ折れたナンは、背筋に何かを感じた。あの枯れた灰色の楓《かえで》が動いたのかしら？　いや、私はもう逃げたのだ――楓の木は通りすぎた。さあ、魔法使いのおばあさん、私は、つかまらないわよ！　ナンは小径を奥へ歩いていった。ぬかるみも、轍《わだち》も、ナンのわくわくする気持ちをそぐ力はなかった。あとほんの二、三歩で――「もの寂しい家」が目の前にあらわれるのだ、雨のしずくが滴《したた》っている薄暗い木立のむこうに、ついに家が見えるのだ！　ナンはかすかに身震いした――だがそれは、夢を失うかもしれないという秘やかな無意識の恐れのせいだとは気づいていなかった。夢を失うことは、若者にも、成熟した者にも、老いた者にも、つねに悲劇なのだ。

ナンは、小径の突き当たりをふさぐ若いえぞ松の茂みの間を押しわけて進んだ。目はつぶっていた。思い切って開けようか？　一瞬、ナンは、純粋な恐怖におそわれた。何かちょっとしたことでもあれば、むきを変え、逃げ出していただろう。そもそも――あの貴婦人は、邪悪なのだ。何をされるか、わかったものじゃない。魔女かもしれない。邪悪な貴婦人は魔女かもしれないと、なぜ今まで思いつかなかったのだろう？

彼女は意を決して眼《まなこ》を開けた。そして心破れた思いで、目を見はった。

これが、「もの寂しい家」――陰鬱で、荘厳で、塔と小塔のそびえるナンの夢の館《やかた》であろうか？　これが！

それは大きな家だった。かつては白く、今は汚れた灰色だった。あちこちに、もとは緑色だった雨戸が外《はず》れ、ぶらさがっていた。玄関の上がり段も壊れていた。ガラスでかこったポーチは荒れ果て、大半のガラスがひび割れていた。ヴェランダをとりまく渦巻き模様の飾りも壊れていた。ああ、それは住み古してくたびれた古家《ふるや》にすぎなかった。

ナンは絶望して、あたりを見まわした。噴水はなかった――庭もなかった――実際、庭と呼べるものはなかった。家の前の土地は、ぼろぼろの柵《さく》で囲われていたが、雑草と膝までもつれた草におおわれていた。柵のむこうで、痩せた豚が一匹、鼻で地面を掘り、えさを探していた。中央の小道にそって牛蒡《ごぼう》（1）が伸び、隅《すみ》には、オオハンゴンソウ《ゴールデングロウ》のまばらな茂みがあった。しかし猛々しいほどに見事な鬼百合の一角があり、すり減った上がり段のそばにはマリーゴールドのにぎやかな花壇もあった。

ナンは、ゆっくりとした足どりで小道をたどり、マリーゴールドの花壇へ歩いた。「もの寂しい家」は永遠に消え失せたのだ。だが、「謎めいた瞳の貴婦人」はまだ残っている。きっと、彼女こそは本物だ――そうに違いない！　でもずっと前、スーザンは実際には、あの女《ひと》のことを、何と言ったのかしら？

「あんれま、あたしゃ、肝がつぶれたよ！」くぐもった、しかし親しみやすい声がした。ナンが目をむけると、マリーゴールドの花壇のわきから不意に人が立ちあがった。誰だろう？　まさか、そんなはずはない——これがトマシーン・フェアだと、ナンは信じまいとした。ひどすぎる！

「ああ」ナンは落胆のあまり、胸が痛くなった。「この人は……おばあさんだわ！」

トマシーン・フェアは、もしこれがトマシーン・フェアならば——だがトマシーン・フェアだと、ナンはわかっていた——たしかに年をとっていた。しかも肥《ふと》っていた！その姿は、羽根布団の真ん中を紐《ひも》でしばったようだった。痩せて角《かど》ばっているスーザンは、ふくよかな女性をたとえて、そう言うのだ。その女《ひと》は裸足《はだし》で、緑色が黄色に褪《あ》せた服を着て、砂灰色《サンドグレー》のまばらな髪に、男物の古いフェルト帽をかぶっていた。顔は０の字のようにまん丸で、赤く、皺がより、獅子鼻《ししばな》だった。目は色のぼやけた青色で、目尻に快活そうなしわが大きく刻まれていた。

ああ、私の貴婦人よ——麗しく、邪悪な「謎めいた瞳の貴婦人よ」、そなたはいずこへ？　そなたはどうなったのか？　たしかに居《い》たはずなのに！

「おやまあ、なんと可愛い嬢ちゃんだろうね？」トマシーン・フェアが言った。

ナンは礼儀正しくしようと努めた。

「私は……ナン・ブライスです。これを持って来たんです」

トマシーンは嬉しげに包みに飛びついた。

「やれ、ありがたや、眼鏡が戻ってきた！　なくて困ってたんだよ、日曜日に年暦《こよみ》(2)を読むんでね。ということは、あんたは、ブライス家の嬢ちゃんの一人かい？　なんときれえな髪だろう！　前からブライス家の嬢ちゃんに会いたいと思ってたんだ。あんたのおっ母《か》さんが、科学的に育ててるって聞いてるんでね。気に入ってるかい？」

「気に入るって……何を？」ああ、邪悪な麗しの貴婦人よ、あなたなら、日曜日に年暦《こよみ》は読まないだろう。「おっ母さん」とも言わないだろう。

「そりゃ、科学的に育てられることったよ」

「育てられ方は、気に入っています」ナンはにっこりしようとしたが、うまくできなかった。

「そうかい、あんたのおっ母さんは、ほんとに立派な女の人だよ。自分の考えをしっかと持ってる。リビー・テイラーの葬式で初めて会ったときは新婚の花嫁さんだったと思うが、そりゃあ幸せそうだった。いつも思うんだが、あんたのおっ母さんが部屋に入ってくると、誰もが元気を取りもどすんだ、まるで何かが起きるぞって、みんなが心待ちにするみたいに。新しい流行の服も、おっ母さんにゃ、ぴったりだ。あたしらは、そんな物を着るようにゃ、できちゃいないからね。さあ、なかに入って、おすわり……人に会えて嬉しいんだよ……ときどき寂しくなるんでね。電話をひく余裕がなくて。花が友だちさ……こんなに立派なマリーゴールド、見たことあるかい？　それに猫もいるよ」

ナンは地の果てまで逃げ出したかったが、家に入るのを断って老婦人の気持ちを傷つけてはならないと感じた。トマシーンは、スカートからペチコートをのぞかせながら、先に立って、たわんだ上がり段をのぼり、明らかに台所と居間を兼用した部屋に案内した。几帳面《きちようめん》なくらいに清潔で、いきいきと育った鉢植えがにぎやかだった。焼きたてのパンの香ばしい匂いがいっぱいに広がっていた。

「ここにおかけよ」トマシーンは親切に声をかけ、派手なパッチワークのクッションをのせた揺りいすをすすめた。「あのカラーの花の鉢が邪魔だから、どけたげよう。下の入れ歯をはめるから、待っとくれ。歯がないと、変に見えるだろ？　だけど、ちょっと痛いのさ。ほら、これではっきり話せる」

斑模様《ぶちもよう》の猫が、あらゆる変わった鳴き方でにゃあにゃあ言いながらやって来て、二人に挨拶をした。おお、消え失せたグレイハウンドの夢よ！

「この猫は、ねずみとりがうまいんだ」トマシーンが言った。「この家《うち》は、ねずみが駆けずりまわってね。だけど雨露《あめつゆ》はしのげるし、色んな親戚と暮らすのは嫌気がさしたんで。自由がきかないから。塵芥《ちりあくた》みたいに、あれこれ指図されるし。ジムの女房がいちばんひどかった。ある晩、あたしが月にしかめっ面をしたって文句を言うんだ。もしそうなら何だって言うんだい、お月さんのご機嫌が悪くなったのかい？　って、あたしは言ったんだ。『針刺しみたいに突っつかれるのは、もう真っ平ごめんだ』ってね。それで自分からここに来たんだ。足が動く限り、ここで暮らすつもりだよ。さあ、何を食べる？　玉ねぎのサンドイッチをこしらえたげようか？」

「いいえ……結構です、ありがとう」

「風邪をひいたとき、効くんだよ。ちょうど、ひいてるとこでね……ほら、声がしわがれてるだろ？　赤いフランネルの布きれに、テレピン油《ゆ》（3）と鵞鳥《がちよう》の脂を塗って、寝るとき喉に巻くんだよ。これにまさるものはないよ」

赤いフランネルに、鵞鳥の脂とは！（4）テレピン油は言うまでもない！

「サンドイッチがいらないなら……ほんとにいらないのかい？……クッキーの箱に何があるか、見てみよう」

クッキーは——おんどりやあひるの形に抜いてあった——驚くほどおいしく、口のなかでほろほろ溶けるようだった。そんなナンを、フェア夫人は色のぼやけた青い丸い目で見て、嬉しそうな顔をした。

「さあ、あたしを、好きになってくれるかい？　小さな女の子に好かれたくてね」

「好きになるように、してみるわ」ナンはやっと言った。人は自分の夢幻《まぼろし》を壊した者を忌み嫌うものであり、このときのナンは、気の毒なことに、トマシーンを憎んでいた。

「西部にゃ、あたしのちっこい孫がいるんだよ」

孫ですって！

「写真を見せたげよう。可愛いでしょ？　あそこにあるのは、かわいそうな父《とう》ちゃんの絵だ。死んで二十年になる」

　かわいそうな父ちゃんの絵とは、大きな「クレヨン肖像画」で、はげ頭のまわりに白髪が縮れ、あごひげを生やした男だった。

　おお、かつて遠ざけた恋人よ！

「三十歳で、はげたけど、いい亭主だったよ」フェア夫人は愛《いとお》しげに言った。「ああ、娘時代のあたしは、恋人が選《よ》りどり見どりだった。今じゃ年をとったけど、若いころは楽しかった。日曜の夜は、恋人が何人も来て！　たがいにほかの者を出し抜こうと長居してね！　あたしは女王さまみたいに偉そうに、つんと頭をそびやかしたもんさ！　父ちゃんも、始めっからそのなかにいたけど、あたしは目もくれなかった。もっと颯爽《さっそう》とした男が好みだったんでね。そのころはアンドリュー・メトカフがいて……あたしは駆け落ちしてもいいくらいだったけど、そんなことをしたら不幸せになると思ってね。駆け落ちなんか、するんじゃないよ。不幸せになるよ、そんなことはないと言われても、口車に乗るんじゃないよ」

「私……私は……しませんとも」

「それで結局、父ちゃんと一緒になったのさ。しまいに父ちゃんも辛抱できなくなって、二十四時間やるから、おれを選ぶか、おれをふるか、決めてくれって。あたしの実家のお父《と》っつぁんは、あたしに身を固めてほしがってね。ジム・ヒューイットがあたしにふられて身投げしたんで、お父っつぁんは案じたんだよ。父ちゃんとあたしはおたがいに慣れたら、ほんとに幸せだった。父ちゃんは、おまえはものを考えすぎないから、おれにぴったりだと言ってね。女はものを考えるように創られちゃいないというのが、父ちゃんの考えだった。女が干《ひ》からびて不自然になっちまうって。父ちゃんは煮豆（5）が体に合わなかったし、ときどき腰痛になったけど、いつもあたしのバマギリアの木の精油《バルサム》（6）で治ったよ。町には専門の医者がいて、父ちゃんを完全に治すって言ったけど、父ちゃんは、専門医にかかったら最後、二度と患者を手放してくれない……絶対にと、いつも言ってね。父ちゃんに豚肉を食べさせられなくて、寂しいよ。大好物だったんだ。ベーコンを食べるたんびに、父ちゃんを思い出すんだ。父ちゃんの向かいの絵は、ヴィクトリア女王（7）さまだよ。ときどき言うんだよ、『女王さまや、そのレースやら宝石やらを全部とったら、あたしと同じような見てくれじゃないかね』って」

トマシーンは、ナンを帰す前に、薄荷飴《はつかあめ》（8）を一袋、花を生けるピンク色のガラスの靴、グーズベリーのジャムを一びん（9）、無理矢理、持たせた。

「これはあんたのおっ母さんに。あたしはグーズベリーのジャムを、いつも上手にこしらえるんだ。そのうち炉辺荘に行くよ。瀬戸物の犬を見たいんでね。スーザンによくよくお礼を言っとくれ。この春、蕪《かぶ》の葉っぱの料理を一皿、届けてもらったんでね」

　蕪の葉っぱ！

「ジェイコブ・ウォレンの葬式でお礼を言おうと思ってたのに、スーザンはさっさと帰っちまって。あたしは葬式でゆっくりするのが好きなんだよ。このひと月、お葬式がなくてね。葬式がないと、退屈で変わり映えがしないよ。あっちのローブリッジじゃ、いつも山ほど葬式があるのに、公平じゃないね。また会いに来てくれるかい？　おまえさんには、何かがあるよ……『愛することは銀と金にまさる』って聖書にある(10)けど、その通りだ」

　トマシーンは心から嬉しそうに、ナンにほほえみかけた——美しい笑みを浮かべていた。その笑顔には、遠い昔のトマシーンの面影《おもかげ》があった。ナンはどうにか、もう一度、ほほえんでみせた。涙が出そうで瞼《まぶた》がひりひりした。泣き出す前に帰らなくてはならない。

「あの子は可愛くて、お行儀のいい、おちびちゃんだこと」年老いたトマシーン・フェアは、窓からナンを見送りながら、つぶやいた。「おっ母さんの話上手の才能はないけども、だからと言って、いけないということはない。むしろ今日日《きょうび》の子どもは、生意気なことを言って利口ぶってんだから。あの子が来てくれて、なんだか若返った気がしたよ」

トマシーンはため息をついた。それから外へ出て、マリーゴールドの花を切り、牛蒡《ごぼう》を鍬《くわ》で掘って抜く用事を終えることにした。

「ありがたいね、体が軽いよ」彼女は思った。

炉辺荘に帰っていくナンは、夢が失われ、いっそう哀れだった。ひなぎくの咲き乱れる谷にも心惹かれなかった――歌っている水辺はナンに呼びかけたが、返事はなかった。ナンは家に帰って、人目を避けて一人きりになりたかった。二人の少女がすれ違うとき、くすくす笑った。私を笑っているのね？　みんながこれを知ったら、どんなに笑うだろう！　想像の蜘蛛《くも》の糸をつむいで、謎めいた青白い女王の古風な物語《ロマンス》を創りあげたのに、かわいそうな父ちゃんの未亡人と薄荷飴《はつかあめ》だったと知った愚かな子どものナン・ブライス。

薄荷飴！

ナンは泣くまいとした。十歳の大きな女の子が泣いてはいけない。しかしナンは、言い知れずわびしかった。何か貴重な美しいものが消えて――失われてしまった――そのなかに喜びを蓄《たくわ》えていた秘密は、もう二度と自分のものにならないのだ、ナンはそう信じこんでいた。炉辺荘に帰ると、香辛料《スパイス》入りクッキー（11）の香ばしい匂いがたちこめていたが、スーザンにねだりに台所に行くことはなかった。夕食どきも、哀れなナンは目立って食欲がなかった。ひまし油ですよ、というスーザンの目の色を読みとっても、である。ナンが元のマカリスター家から戻ってから口数が少ないことに、アンは気づいていた――いつものナンは、明け方から夜暗くなっても文字通り歌っているのに。この暑い日に、長い道のりを歩いて、こたえたのだろうか？

「どうしてそんなにつらそうな顔をしているの、ナンちゃん？」アンはさりげなくたずねた。日が落ちて双子の部屋へきれいなタオルを持って上がると、ほかの子どもたちは「虹の谷」へ行き、赤道あたりのジャングルで虎狩《とらが》りをしていたが、ナンは窓辺の腰かけで膝を抱えていた。

ナンは自分の愚かさを、誰にも言うつもりはなかった。だがどういうわけか、母さんに話していた。

「ああ、母さん、人生は何もかも、期待はずれなの？」

「全部がそうじゃないわ、ナンちゃん。今日、何にがっかりしたのか話してみないこと？」

「ああ、母さん、トマシーン・フェアは……いい人よ！　だけど、お鼻が上をむいてるの！」

「でも、どうして」アンは正直なところ困惑していた。「お鼻が上むきか、下むきか、あなたが気にするの？」

そこですべてが明らかになった。アンはいつもの真顔で耳を傾けつつも、思わず大笑いしませんようにと祈っていた。アンは、懐かしいグリーン・ゲイブルズの子ども時代を思い出した。〈お化けの森〉、そして自分たちが創りだした想像におびえていた二人の少女を回想したのだ。アンは夢を失う切なくほろ苦い気持ちを理解していた。

「夢が消えたからといって、そんなに気にしなくていいのよ、ナンちゃん」

「気にせずにはいられないの」ナンは絶望して言った。「もし生まれ変わったら、もう何も想像しないわ。二度としない」

「お馬鹿さんね……私の可愛いお馬鹿さん、そんなことを言わないの。想像力は、持っていて、すばらしいものよ……でも、どんな才能でも、私たちが持つべきであって、それに支配されてはいけないの。それにあなたは、想像力を深刻に考えすぎですよ。ええ、想像は楽しいものよ……その楽しさを、母さんは知っているわ。でもあなたは、いつも現実と非現実の境《さかい》のこちら側にいることをおぼえなくてはならないわ。そうすれば、自分だけの美しい世界へ自由に行ける力は、人生の苦しい道のりを通るとき、驚くほどあなたを助けてくれますよ。母さんは、魔法の島へ、一、二度、船旅をすると、厄介なこともずっとたやすく解決できるのですよ」

この慰めと知恵のある言葉をきいて、ナンは、自尊心がよみがえるのを感じた。結局、母さんは、私を馬鹿げていると思わなかったのだ。それに、きっと世界のどこかに、邪悪で麗しい「謎めいた瞳の貴婦人」はいるのだろう。たとえ、たとえ「もの寂しい家」にはいなくても——それに今、ナンは考えたのだ。あの家は、結局は、そんなに悪いところではなかった。オレンジ色のマリーゴールドや、人なつこい斑模様《まだらもよう》の猫、ゼラニウム、愛する父ちゃんの絵があり、とても楽しい家だ。いつかまたトマシーン・フェアに会いに行って、おいしいクッキーをもらおう。トマシーンのことは、もう憎くはなかった。

「なんてすてきな優しい母さんでしょう！」ナンは、愛する母の腕という庇護《ひご》と聖域のなかで、吐息をもらした。

すみれ色と灰色の夕闇が丘におりて、夏の夜が暗く二人をおおった――天鵞絨《ヴェルヴェット》のように柔らかく、ささやきの聞こえる夜。大きな林檎の木の上に、星が一つ光った。マーシャル・エリオット夫人が来て、母はおりていったが、ナンはふたたび幸せになった。母さんは、この部屋の壁紙を、きれいなきんぽうげの黄色に貼りかえ、ナンとダイが物をしまう杉材の箱《チエスト》(12)を買ってくれると言った。それはただの杉材のチェストではない。魔法をかけられた宝物の箱《チエスト》で、ある秘密の呪文を唱えなければ開かないのだ。その呪文の一言は、雪の魔女がささやいてくれるかもしれない、冷たく美しい白い雪の魔女が。風が吹きすぎるときに、また別の言葉を教えてくれるかもしれない――嘆き悲しむ灰色の風が。いつか呪文の言葉をすべて知ると、箱《チエスト》は開き、真珠とルビーとダイヤモンドがおびただしいほど入っているのだ。おびただしいとは、すてきな言葉ではないか？(13)

ああ、古風な魔法は消えていなかった。世界は、まだ魔法に満ちている。

第37章

「今年、あなたのいちばんの仲良しになってもいいかしら?」デリラ(1)・グリーンが、午後の休み時間にたずねた。

デリラは、つぶらな濃青色《ダークブルー》の瞳、赤砂糖色《ブラウン・シュガー》のすべらかな巻き毛、小さな薔薇色の唇、そしてかすかに震える胸がどきどきするような声をしていた。その声のすばらしさに、ダイアナ・ブライスはたちどころに幻惑された。

ダイアナ・ブライスに決まった友だちがいないことは、グレンの学校では知られていた。この二年間はポーリーン(2)・リースと親友だったが、ポーリーンの一家は引っ越してしまい、ダイアナは孤独だった。ポーリーンはいい友だちだったのだ。だが正直に言うと、今はもうほとんど忘れかけたジェニー・ペニーに備わっていた、あの神秘的な魅力には欠けていた。しかしながらポーリーンは実際家で、茶目っけがあり、分別があった。分別がある、というのは、スーザンの言葉であり、彼女が人に与える最大の賛辞《さんじ》であった。スーザンは、ダイアナの友人としてポーリーンのすべてに満足していた。

ダイアナは迷っているように、デリラを見やり、それから校庭のむこうにいるローラ・カーに目をむけた。ローラも新しく来た女の子だった。ダイアナとローラは、午前の休み時間に遊んで、おたがいに気が合うとわかったのだ。だがローラは、どちらかというと不器量で、そばかすがあり、扱いにくそうな砂色の髪をしていた。デリラ・グリーンの美貌も、蠱惑的《こわくてき》なところも微塵《みじん》もなかった。

デリラは、ダイアナの顔つきの意味を察して、傷ついた表情を浮かべた。デリラの青い目に、今にも涙があふれそうになった。

「あなたがローラを愛しているなら、あたしを愛することはできないわね。どちらかに決めてちょうだい」デリラは芝居がかった仕草で両手をさしだした。その声は、いつにもまして胸を揺さぶる響きがあり——ダイアナの背筋に震えが走った。ダイアナは、デリラの手のひらにわが手を重ね、二人はおごそかに見つめあった。まるで真心を捧げて約束を交わしたような気がした。少なくともダイアナはそうだった。

「とこしえに、あたしを愛してくれる？」デリラは情熱的にたずねた。

「とこしえに」ダイアナも劣らぬ情熱をこめて誓った。

デリラはダイアナの腰にそっと腕をまわし、二人は一緒に小川へ歩いていった。四年生のほかの子どもたちは、二人に同盟が結ばれたことを理解した。ローラ・カーは小さくため息をついた。ダイアナ・ブライスが大好きだったのだ。でもデリラには勝てないとわかっていた。

「あたし、とっても嬉しいわ。あなたを愛してもいいのね」デリラは語り続けた。「あたしはとても愛情深いの……誰かを愛さずにいられないの……どうか優しくしてね、ダイアナ。あたしは悲しみの子どもよ。生まれたときに呪いをかけられて、誰も……誰一人として、あたしを愛してくれないの」

「誰一人として」という言葉に、デリラは長年の寂しさと、そして可愛らしさを、たくみにこめて言った。ダイアナはデリラの手をいっそう握りしめた。

「そんなことは二度と言わなくていいのよ、デリラ。私がずっと愛してあげる」

「世界が終わるまで？」

「世界が終わるまで」とダイアナは答え、二人は宗教の儀式のようにキスをした。柵にいた男子が二人、大声で囃《はや》した。しかし誰が気にしよう？

「あなたはあたしのことを、ローラ・カーよりも、ずっとずっと好きになるわよ」デリラが言った。「あたしたち、親友になったのだから、もしあなたがローラを選んでいたら、夢にも言うつもりはなかったことを、教えてあげる。ローラは嘘つきよ。恐ろしい嘘つき。あの子は、面とむかっては友だちのふりをするけど、陰では小馬鹿にして、すごく意地悪なことを言うの。あたしの知っている子が、ローラとモウブレイ・ナロウズの学校で一緒だったんで、教えてくれたの。あなたはぎりぎり助かったのよ。でもあたしは、そんなことはないわ……信用できてよ、ダイアナ」

「そうですとも。でも、悲しみの子どもって、どういう意味、デリラ？」

デリラは目を見はり、途方もなく大きな目をしてみせた。

「あたしには、継母がいるの」ひそひそ声になった。

「継母《ままはは》？」

「お母さんが死んで、お父さんがまた結婚したら、その相手が継母よ」デリラの声は、さらに胸を揺さぶる調子になった。「これでわかったでしょ、ダイアナ。あたしがどんな扱いを受けているか！　でもあたし、愚痴は言わないわ。黙って耐えているの」

もしデリラが本当に黙って耐えているなら、それから数週間、ダイアナが炉辺荘の人々に雨あられと語った話をどこから得たのか不思議である。ダイアナは、悲しみを背負い、虐《しいた》げられているデリラへの崇拝と同情という激しく熱い興奮のさなかにあり、耳を傾けてくれる者なら誰であれ、デリラの話をせずにはいられなかった。

「今度ののぼせあがりも、またそのうち自然にさめると思うわ」アンが言った。「このデリラという子は誰なの、スーザン？　うちの子どもたちを上流気取りにはしたくないけれど……でも、ジェニー・ペニーのこともあったから……」

「グリーン家は立派な人たちですよ、先生奥さんや。ローブリッジの名の知れた一家で、ごこの夏、もとのハンター家に越してきたんです。グリーン夫人は二度目の奥さんで、ご自分の連れ子が二人いましてね。この奥さんのことはよくは知りませんけど、のんびりした人で、親切で、気楽に暮らしてるそうです。その奥さんが、ダイが言うみたいに、デリラを扱っているとは、とても信じられませんよ」

「デリラの言うことを、何でもかんでも真に受けないようになさいね」アンは、ダイアナに注意した。「話が少し大げさかもしれないわ。ジェニー・ペニーのことを忘れないようにね……」

「まあ、母さん、デリラは、ジェニー・ペニーとは、ちっとも似てないわ」ダイは憤慨した。「そうよ。デリラは潔癖なくらいに誠実よ。母さんもデリラに会えば、嘘がつけない子だって、わかるわ。あの子の家のみんながデリラに小言を言うけれど、それはあの子が違っているからよ。とても愛情深い性格なのに。デリラは生まれてからずっと虐《いじ》められているの。継母がデリラを憎んでるからよ。あの子がつらい目に遭っている話を聞くと、胸が張り裂けそうよ。だってね、母さん、充分に食べさせてもらっていないのよ、本当よ。おなかが空いていないって、どんな感じか、わからないんですって。夕ごはん抜きで寝かせられることも何度かあって、泣きながら眠るんですって。母さんは、おなかが空いて泣いたことがあって？」

「しょっちゅうでしたよ」母さんは言った。

ダイアナは、まじまじと母を見つめた。自分の修辞学的《レトリカル》な質問が、そっくり覆《くつがえ》されたのだ。

「グリーン・ゲイブルズに来る前は、しょっちゅう空腹でしたよ……孤児院で……その前も。だからあのころの話をしたいと思ったことは一度もないのですよ」

「それなら、デリラの気持ちがわかるはずよ」ダイは混乱した頭を立て直して言った。

「ひもじくてたまらないとき、デリラはすわりこんで、食べものを想像するんですって。食べものを想像するデリラのことを考えてあげて！」

「食べものの想像なら、あなたとナンも、よくしているわね」とアンは言ったが、ダイは耳を貸そうとしなかった。

「あの子の苦しみは、肉体的なことだけじゃないの。精神的なこともあるの。デリラは海外宣教師になりたいのよ、母さん……人生を捧げるつもりなの……それなのに、家族はみんなして笑うの」

「心ない人たちね」アンも認めた。だがその声色は、かえってダイに疑念を抱かせた。

「母さんは、どうしてそんなに疑《うたぐ》り深いの？」非難がましく問いつめた。

「もう一度言いますよ」母さんはほほえんで言った。「ジェニー・ペニーのことを思い出しなさい。前もあなたは、ジェニーをすっかり信用していたわ」

「あのころの私は、まだほんの子どもだったもの。だから簡単にだまされたのよ」ダイアナはわかったような口ぶりで言った。母さんは、デリラ・グリーンのこととなると、いつもの思いやりや物わかりのよさがないと感じた。そこでスーザンだけに話した。ナンは、デリラの名前を出すと、相づちすら打たないからだ。「ナンは焼き餅をやいているのね」ダイアナは悲しく思った。

スーザンもとくに同情してくれるわけではなかったが、ダイアナは誰かに語らずにいられなかったし、スーザンの嘲笑は、母さんほどダイアナを傷つけなかった。もっとも、スーザンに完全にわかってもらえるとは思わなかった。でも母さんのほうは、女の子だったころ——アヴォンリーのダイアナおばさんが大好きだったのに——それに母さんは細やかな心づかいがあるのに、どうして、かわいそうなデリラがひどい目に遭っていると説明しても、あんなに冷たいのかしら。

「私があんまりデリラを愛してるから、母さんも焼き餅をやいているのかもしれない」ダイアナは賢《さか》しげに考えた。「母親は、そんなふうになるっていうもの。独占欲みたいなものね」

ダイはスーザンに言った。「デリラが、お継母《かあ》さんにどんな目に遭わされてるか聞くと、私の血が煮えくり返るの。あの子は受難者なのよ、スーザン。朝ごはんと夕ごはんは、おかゆ(3)を少しだけ……おかゆをほんの少しで、お砂糖もかけてもらえないの。スーザン、だから私もおかゆのお砂糖をやめたわ、申し訳ない気がして」

「ああ、だからだったんですか。結構なことですよ、砂糖が一セント値上がりしたんで、助かりますよ」

スーザンには、二度とデリラの話をすまい。ダイアナは誓った。ところが次の夕方、憤慨のあまり、また話さずにはいられなかった。

「スーザン、デリラのお継母《かあ》さんったら、ゆうべ、真っ赤に焼けた薬缶を持って、デリラを追いかけたんですって。考えてもみてよ、スーザン。もちろん、いつもじゃないわよ……すごく怒ったときだけよ。たいていは暗い屋根裏に……お化けの出る屋根裏にデリラを閉じこめるの。かわいそうに、あの子は幽霊を見たのよ、スーザン！　体に悪いわ。先だって屋根裏に閉じこめられたときは、とてつもなく気持ちの悪い小さな黒い生きものが、糸紡ぎ車の上にすわって、ぶんぶんうなってたんですって」

「どんな生きものだったんです？」スーザンは真面目くさってたずねた。デリラの艱難《かんなん》辛苦《しんく》と、ダイが言葉を強調する言い方が面白くなってきて、あとで先生奥さんとこっそり笑っていたのだ。

「わからないわ……ただ、生きものよ。そのせいでデリラは自殺しかけたの。いつか、本当にするんじゃないか心配よ。だってねスーザン、デリラには、二度自殺したおじさんがいるのよ」

「一度で充分じゃありませんかね？」スーザンは無慈悲にもきいた。

ダイは腹をたてて去ったが、翌日、また悲痛な話を聞いて戻らずにはいられなかった。

「デリラはお人形《にんぎょ》さんを持ったことがないの、スーザン。去年のクリスマスに、お人形が靴下に入ってますようにって期待したのに、何が入ってたと思う、スーザン？　鞭よ！　毎日のように鞭《むち》でぶたれるんですって。かわいそうに、あの子が鞭で叩かれてるところを想像してよ、スーザン」

「私は子どものころ、何度か鞭で叩かれましたけど、そのせいで今、悪くなったということはありませんよ」とスーザンは言ったが、もし誰かが炉辺荘の子どもを鞭打とうものなら、何をしでかすかわからなかった。

「うちのクリスマス・ツリーの話をしたら、デリラはすすり泣いたの、スーザン。クリスマス・ツリーを飾ったことがないんですって。でも今年は飾るつもりで、骨だけになった古い傘を見つけたので、バケツに立てて、ツリーにして飾るんですって。かわいそうじゃないこと、スーザン？」

「えぞ松（4）の若木が、近くにいくらでもあるでしょ？　もとのハンター家の裏は、ここ何年もたくさん生えてますよ」スーザンが言った。「その子はデリラという名前じゃなきゃよかったのに。こんな名前をキリスト教徒の子どもにつけるなんて！（5）」

「でも聖書にあるのよ、スーザン。デリラは聖書にある名前だって、たいそう自慢しているの。うちは明日のお昼にチキンを食べるのって、今日、学校でデリラに話したら

……何と言ったと思う、スーザン？」

「さっぱりわかりませんね」スーザンは語気を強めて言った。「いいですか、学校でお

しゃべりだなんて、本分をわきまえなさいまし」

「まあ、おしゃべりなんかしないわ。デリラは規則は守るべきだって言うもの。あの子は道徳の意識が高いの。私たち、ノートに手紙を書いて交換するのよ。それから、デリラが『あたしに骨つき肉を持ってきてくれる、ダイアナ？』って言ったの。涙がこぼれたわ。骨を持って行ってあげるわ……たっぷりお肉がついたところを。デリラにはいい食べものが要るの。奴隷みたいに働かなくちゃならないもの……奴隷よ、スーザン。家事を全部……そう、とにかく、ほとんど全部しなくてはならないの。きちんとやらないと荒々しく揺さぶられるか……台所で使用人たちとごはんを食べさせられるの」

「グリーン家の雇い人は、フランス系の男の子が、一人しかいませんよ」

「じゃあ、その子と食べなきゃいけないのよ。その子は靴を脱いで、靴下ですわって(6)、シャツ一枚で食べるの。でも今は私に愛されているから、そんなことは気にしないって。デリラには、私しか愛してくれる人がいないものね、スーザン？」

「ひどいことですね！」スーザンは重々しい顔つきで言った。

「デリラは、もし百万ドル持ってたら、全部私にくれると言うのよ、スーザン。もちろん私は受けとらないけど、あの子がどんなに気立てがいいか、わかるわ」

「どのみち持ってないなら、百万ドルくれるも百ドルくれるも、たやすいことですよ」

スーザンはそうとしか言わなかった。

第38章

ダイアナは大喜びした。やっぱり母さんは焼き餅をやいていなかった――独占欲が強いわけでもなかった――母さんはわかってくれたのだ。

週末、母さんは、父さんとアヴォンリーへ行くことになり、土曜日にデリラ・グリーンを炉辺荘に呼んで、その晩は泊まるように誘っていいと言ってくれたのだ。

「デリラを日曜学校のピクニックで見かけたんですよ」アンはスーザンに言った。「可愛らしい、おしとやかな子ですね……もちろん、話が大げさだとは思いますけど。もしかすると、お継母《かあ》さんは、あの子に少しつらくあたっているのかもしれないわ……聞くところによると、あの子の父親は、かなり気難しくて厳格だそうよ。あの子は不満に思うところがあって、同情を引くために芝居がかったことをしたがるのかもしれないわ」

スーザンはまだ少し疑っていた。

「だけどローラ・グリーンの家《うち》に住んでる者なら、少なくとも清潔ではあるだろうね」とスーザンは考えた。清潔である点については、くわしい調査は不要だった。

ダイアナは、デリラをもてなそうと、計画をたくさん立てた。

「ロースト・チキンを食べてもいいでしょ、スーザン？……たくさん詰め物をしてね。それからパイも。かわいそうなデリラがパイを食べてみたいと、どんなに憧れていることか。家ではパイが出ないの……お継母《かあ》さんがけちなのよ」

スーザンは親身になって準備をしてくれた。ジェムとナンはアヴォンリーへ出かけ、ウォルターは夢の家へ行ってケネス・フォードと過ごすことになり、デリラが泊まりに来ても暗雲を投げかけるものは何もなく、うまくいくと思われた。土曜の朝、デリラはすこぶる愛らしいピンク色のモスリンの服でやって来た――少なくとも継母は、衣服においては、デリラによくしているらしかった。またスーザンが一目で気づいたように、デリラは文句のつけようのない耳と爪をしていた。

「今日は人生最高の日よ」デリラはかしこまってダイアナに言った。「まあ、なんて大きなお屋敷！　あれが瀬戸物の犬ね！　まあ、すばらしい！」

何もかもがすばらしい。この貧弱な言い回しを、デリラは連発した。ダイアナを手伝って昼食《ディナー》のテーブルを整え、中央に飾るガラスの小さな花籠いっぱいに桃色のスイートピーをつんだ。

「ああ、やりたいことをするって、どんなに楽しいか、あなたにはわからないでしょうね」ダイアナに言った。「ほかにお手伝いすることはありませんか、ぜひさせてくださいな？」

「くるみを割ってもらいましょうかね、午後、ケーキに入れて焼いてあげますから」スーザンも、デリラの美しさと声の魔力の虜《とりこ》になっていた。結局、ローラ・グリーンは恐ろしい人なのかもしれない。人は見かけによらないということもあるのだ。そうしてデリラの皿には、チキンと詰め物、グレービー・ソースがたっぷり盛られ、何も言わなくともパイのおかわりが出された。

「一度でいいから、食べたいだけ全部食べたら、どんな感じかしらって、よく思ってたの」デリラは食卓を離れるとき、ダイアナに言った。

二人は愉快な昼下がりをすごした。スーザンがキャンディを一箱、ダイアナにくれ、二人で分けあって食べた。デリラは、ダイの人形の一つを褒めちぎり、ダイはプレゼントした。二人で三色すみれの花壇をきれいにして、芝生に生えたたんぽぽを数本、掘り起こした(1)。スーザンと銀製品を磨き、夕食のしたくも手伝った。デリラはまことに手際《てぎわ》がよく、きれい好きであり、スーザンは完全に降伏した。このすてきな午後を損ねたことは二つしかなかった――デリラが自分の服にインクをはねかけたこと、自分の真珠のビーズの首飾りをなくしたことだ。しかしインクはスーザンがレモン塩(2)で、きれいに落としてくれた――服の色が少し出たが――首飾りのほうは、どうでもいいわとデリラが言った。最愛のダイアナと炉辺荘にいられるなら、ほかは何も、かまわないと。

「客用寝室のベッドで寝てはだめかしら、スーザン?」寝る時間になり、ダイアナがたずねた。「お客さまはいつも客用寝室で寝てもらうでしょ」

「明日の晩、ダイアナおばさんが、お父さん、お母さんと見えなさるから」スーザンが言った。「客用寝室は、ダイアナおばさんのために整えてあるんです。それにあんたのベッドならザ・シュリンプ《おちびちゃん》が乗ってもいいけど、客用寝室には入れられませんから」

「ああ、なんていい匂いのシーツ！」二人で気持ちよく寝具に横たわると、デリラが言った。

「スーザンがいつも、匂い菖蒲《あやめ》の根(3)を入れて、シーツを煮てくれるの」ダイアナが言った。

デリラはため息をついた。

「自分がどんなに幸せか、あなたわかってるのかしら、ダイアナ。もしあたしに、あなたみたいな家があったら……でも、これがあたしの人生の運命なのね、我慢するしかないわ」

スーザンは夜休む前、いつものように家中を見まわり、二人の部屋に入ると、おしゃべりはやめて寝るように言った。そしてメイプル・シュガーのパンを二つずつ与えた。

「ご親切は決して忘れません、ミス・ベイカー」デリラは感極《かんきわ》まったように声を震わせた。スーザンは寝台に入りながら、あんなに行儀のいい、情《じょう》に訴える女の子は会ったことがないと思った。たしかに自分はデリラ・グリーンを誤解していた。だがこのとき、ろくに食べさせてもらっていない子にしては、デリラ・グリーンの肉付きがいいことに、ふと気づいたのだ！

　明くる日の午後、デリラは家へ帰り、その夜、母さんと父さんがダイアナおばさんと戻ってきた。そして月曜日、青天《せいてん》の霹靂《へきれき》が起きた。ダイアナが昼食を終えて学校に戻り、校舎のポーチに入ると、自分の名前が語られるのが聞こえた。教室では、デリラ・グリーンが、興味津々《しんしん》で集まっている女の子たちの中央にいた。

「炉辺荘には、ものすごくがっかりしたわ。ダイが家を自慢していたから、大邸宅だと思っていたのに。もちろん大きかったけど、家具はみすぼらしいのもあったし、椅子は徹底的に張り替えなきゃいけないの」

「瀬戸物の犬は見た？」ベシー・パーマーがたずねた。

「驚くようなものじゃないわ。毛も生えてないの。がっかりしたって、その場でダイアナに言ったくらい」

　ダイアナは「地面に根が生えた」ように――少なくともポーチの床に根が生えたように、立ちすくんだ。立ち聞きすることの善し悪しなど考えず――ただ度肝を抜かれ、動けなかった。

「あたし、ダイアナがかわいそうで」デリラは続けた。「両親そろって家族をほったらかしにして、呆れるわ。母親が遊び歩いているの。小さな子を置いて出かけるなんて、ひどいわ、年寄りのスーザン一人に面倒を見させて……スーザンは少し頭がおかしいのに。スーザンのおかげで、いつか一家そろって救貧院《きゅうひんいん》行きよ。スーザンの台所の無駄使いといったら、信じられないの。あのお医者の奥さんは、派手好きの怠け者で、家にいてもお料理をしないの。だからスーザンが好き勝手をしているのよ。あたしたちの食事も台所で出そうとするから、すぐに言ったの。『あたしはお客さんよ、そうじゃないこと？』って。そうしたらスーザンは、生意気を言うなら裏の納戸《なんど》に閉じこめるって言うから、『できるものなら、やってごらんなさいよ』って言ったら、しなかったわ。『スーザン・ベイカー、あなたは、炉辺荘の子どもなら思い通りにできるかもしれないけど、あたしはそうはいかないわよ』って言ってやったの。いいこと、スーザンに立ちむかったのよ。それから、疳《かん》の虫シロップを、リラに飲ませないようにしたわ。『子どもには毒だって知らないの？』（4）と言って。

でもその仕返しを、スーザンは食事でしたの。あの人がよそってくれる料理といったら、ほんのぽっちり！　チキンが出たけど、あたしには尻肉《ぼんじり》だけ。おまけにパイのお代わりをどうぞって、誰も言ってくれなかった。でもスーザンは、客用寝室で寝かせてくれようとしたのに、ダイが聞く耳を持たなくて……あの子は根っから肚黒《はらぐろ》いのよ。ダイは嫉妬深いのね。それでもあたし、ダイを気の毒に思うの。ナンに、ひどくつねられるんですって。あの子の両腕は、紫や青のあざになっていたわ。ダイの部屋で寝たけれど、皮膚病で毛の抜けた年寄りのおす猫《トムキャット》が、一晩中、足もとにいたのよ。えーせー的(5)じゃないって、ダイに言ったわ。それにあたしの真珠の首飾りがなくなったし。もちろん、スーザンがとったなんて言わないわよ。あの人は正直者だと信じているもの……だけど、おかしいわ。それにシャーリーが、インク壺《つぼ》をあたしに投げたので、服が台無しになったの。でも気にしないわ。お母ちゃんに新しいのを買ってもらうもの。まあ、とにかく、あの一家のために芝生のたんぽぽを全部、根こそぎ抜いてあげて、銀製品まで磨いてあげたの。見せたかったわ。前はいつ磨いたのかわからない有様《ありさま》よ。いいこと、スーザンは、お医者の奥さんがいないと、手を抜いているの。あたしにはお見通しよって、わからせてやったわ。『まあ、スーザン、じゃが芋のお鍋は洗わないの?』ってきいたときの、あの人の顔ったら、見物《みもの》だったもの。ほら、みんな、新しい指輪を見て。ローブリッジの知り合いの男の子が、あたしにくれたのよ」

「あら、その指輪は、ダイアナ・ブライスがしょっちゅうしているのを見たけど」ペギー・マカリスターが軽蔑するように言った。

「あんたの炉辺荘の話は、一言も信じない、デリラ・グリーン」ローラ・カーが言った。

デリラが言い返す前に、ダイアナは体と口が動かせるようになり、教室に飛びこんだ。

「裏切り者《ユダ》！(6)」こんな言葉は淑女《レディ》らしくないと、あとで後悔したが、心臓まで突き刺されて心乱れたとき、言葉など選んでいられないのだ。

「あたしは裏切り者《ユダ》じゃない！」デリラは口ごもり、おそらくは生まれて初めて顔を赤らめた。

「裏切り者《ユダ》よ！　あんたなんか、誠実さのかけらもない！　あんたが生きてる限り、私に話しかけないで！」

　ダイアナは校舎を飛びだし、家へ走った。その午後はとても学校にいられなかった——無理だった！　炉辺荘の玄関扉は、初めて叩きつけるように閉められた。

「ダイちゃん、どうしたの？」アンがスーザンと台所談義をしていたところへ、娘が泣きながら入ってきて、母の肩に嵐のようにしがみついた。

　ことの顛末《てんまつ》が、やや支離滅裂《しりめつれつ》ではあったが、涙の合間に語られた。

「私の思いやりが、全部、踏みにじられたの、母さん。もう誰も信じない！」

「ダイちゃん、お友だちのみんなが、こんなじゃないわ。ポーリーンは違いましたよ」

「これで二度目よ」ダイアナは裏切られて友を失ったという意識が今なおつらく、激しい口ぶりで言った。「二度目があるなんて、もうまっぴらよ」

　ダイが二階へあがると、アンはうち沈んで言った。「あの子は人間への信頼を失ったのね、かわいそうに。あの子にとっては悲劇ですもの。ダイは、ずっと友だちの運が悪いわね。ジェニー・ペニーに……今度はデリラ・グリーン。ダイは困ったことに、面白い話をする女の子にいつも夢中になるのよ。デリラの受難者ぶったふるまいに惹かれたのね」

「私に言わせてもらえれば、先生奥さんや、あのグリーン家の娘は、ずる賢い子ですよ」スーザンは、デリラのまなざしとふるまいに、きれいにだまされただけに、いっそう容赦《ようしゃ》なかった。「うちの猫を、皮膚病で毛が抜けてるとは！　おす猫《トムキャット》というものがいないとは、言いませんよ(7)、先生奥さんや。だけど、小さな女の子が口にすることじゃありません。私は猫好きじゃありませんけど、ザ・シュリンプ《おちびちゃん》は七歳なんですから、少しは大事にするべきです。それから、じゃが芋の鍋は……」

だが、じゃが芋の鍋について思うところは、とても口に出して言えることではなかった。

ダイは自分の部屋で、ローラ・カーと「親友」になるのは、まだ手遅れではないかもしれないと思い始めていた。ローラは刺激的なところはないけれど、誠実な人だ。ダイはため息をもらした。デリラの哀れな運命を信じていた気持ちとともに、人生から彩《いろど》りも失われてしまった。

第39章

肌身を刺すような東風が、口やかましい老女のように炉辺荘のまわりで唸《うな》っていた。八月の終わりに訪れる、うすら寒く、小糠雨《こぬかあめ》のふる、気の滅入るような一日だった。こんな日は万事がうまくいかないのだ――かつてアヴォンリーにいたころは「ヨナの日」(1)と呼んでいた。ギルバートが息子たちに持ち帰った新しい子犬が、食堂のテーブルの脚を齧《かじ》り、エナメルがはがれた(2)――スーザンは、戸棚の毛布のなかで、衣蛾《いが》の幼虫が「ローマの休日」を楽しんでいる(3)のを見つけた――ナンの新しい子猫は、とっておきの羊歯《しだ》をめちゃくちゃにした――ジェムとバーティ・シェイクスピアは、屋根裏でブリキのバケツを太鼓がわりに、午後中、けたたましい音を打ち鳴らした――アン自身は、絵模様のついたガラスのランプシェードを割った。だがどういうわけか、粉々にくだけ散る音を聞いて、気が晴れた！　リラは耳痛になり、シャーリーの首には得体の知れない発疹《ほっしん》が出た。アンは案じたが、ギルバートは暢気《のんき》な一瞥《いちべつ》をくれただけで、何でもないだろうと上の空で言った。もちろん、ギルバートにとっては何でもないだろう！　シャーリーは自分の息子にすぎないのだから。それに先週の夕方、彼がトレント家を晩餐に招いておきながら、一家が到着するまでアンに言い忘れていたことも、何でもないことなのだろう。ちなみにその日、アンとスーザンはとりわけ忙しく、夕食はあり合わせで済ませるつもりだった。ところがトレント夫人は、シャーロットタウンきってのもてなし上手と評判なのだ！ 上が黒でつま先が青いウォルターの靴下はどこにあるの？ 「ウォルター、一度でも、もとの場所に、物を戻せないの？ ナン、『七つの海』（4）はどこかだなんて、母さんは知りません。お願いだから、あれこれ質問するのはよしてちょうだい！ 昔の人がソクラテスに毒を盛ったのも不思議はないわ（5）。そうせずにはいられなかったのよ」

ウォルターとナンは目を見開いた。母さんがこんな言い方をするのを初めて聞いたのだ。そのウォルターの顔つきが、アンをますます苛立《いらだ》たせた。

「ダイアナ、ピアノの椅子に脚を巻きつけてはいけませんと、いつまで言わなくちゃいけないの？ シャーリー、その新しい雑誌を、ジャムでべとべとにするんじゃありません！ それから、吊り下げ照明《ランプ》のカットガラス（6）はどこへいったの、誰か、教えてくれる人もいないのね！」

誰も言えなかった――実は、スーザンが、照明の鉤《かぎ》からガラスをはずして、洗うために持ち出したのだ――アンは、子どもたちの悲しげな目から逃れようと、足早に二階へあがった。自分の部屋でも、興奮したように行ったり来たりした。私ったら、どうしたのかしら？　誰に対しても不寛容な怒りっぽい人になっているのかしら？　近ごろアンは、あらゆることに苛々《いらいら》していた。今まで気にもとめなかったギルバートのささいな癖が、癇《かん》に触《さわ》った。永遠に終わりのない、変わり映えのしない家事に、うんざりしていた——家族の色々な気まぐれに応《こた》えることに、うんざりしていた。前は、自分の家と家族のために行うことすべてが、アンに喜びを与えてくれた。今は、自分のしていることが、どうでもいいことのように思えた。まるで悪夢のなかで、足枷《あしかせ》をはめたまま誰かに追いつこうと焦《あせ》っているような気がいつもするのだった。

何よりも悪いことは、アンの変化に、ギルバートがまるで気づいてくれないことだった。彼は昼夜を問わず忙しく、仕事のほかはどうでもいいようだった。その日の昼食で、彼が唯一、言ったことは、「辛子《からし》を回してください」だけだった。

「私は、いすやテーブルを相手に、話せばいいのね、そういうことよ」アンは苦々しく思った。「私たち、おたがいに習慣みたいになってしまった——もう習慣でしかないのよ。ゆうべも私が新しい服を着たのに、彼は気づいてくれなかった。『アンお嬢さん』と呼んでくれたのは、いつだったかしら、忘れたくらいずっと前よ。そうよ、結局、どの結婚も、最後はこうなるのよ。おそらく、大半の女がこれを経験するんだわ。ギルバートは、私のことを当たり前だと思っている。今は仕事だけが大事なのよ。ハンカチはどこかしら？」

アンはハンカチを持ってきていすにすわり、心ゆくまで思い悩むことにした。ギルバートは私をもう愛していない。私にキスをするとき、心ここにあらずでキスをする――ただの「習慣」として。胸ときめくような魅力はすべて失われたのだ。前に二人で笑った冗談も、今思い返すと悲しかった。どうして面白いと思ったのかしら？　モンティ・ターナーは、週に一回、規則正しく妻にキスをする――忘れないようにメモにつけておくという（そんなキスを望む妻がいるのかしら？）。カーティス・エイムズは、新調の帽子をかぶった奥さんに外で会ったら、妻だとわからなかった。クランシー・デア夫人は、「主人には、さほど興味はございませんけど、そばにいなくなれば、寂しいでしょうね」と言った（ギルバートも、私がそばにいなくなれば、寂しいと思うかもしれない！　私たちも、そんなふうになったのかしら？）。ナット・エリオットは結婚して十年たって、妻に言った。「どうしても知りたいなら言うがな、おれはもう結婚に飽き飽きしてんだ」（私たちは、結婚して十五年！）。そうよ、たぶん男は、みんなそうかもしれない。ミス・コーネリアなら、その通りだと言うだろう。時がたつと、男はつかまえておくのが難しくなる（でも、夫を『つかまえ』ておかなくてはならないなら、私はつかまえておきたくないわ）。ところがセオドア・クロウ夫人みたいな人もいる。「わたくしどもは、結婚して二十年になりますが、主人は、結婚式の日と同じように、わたくしを愛してくれますの」と、婦人援護会で、得々と語ったのだ。だがそれは都合のいい思い違いをしているか、「体面《たいめん》をとり繕っている」だけだろう。あの夫人は年よりも老けて見えるもの（私も老けて見えるようになったのかしら）。

アンは初めて、自分の年齢を重荷に感じた。鏡へ行き、しげしげと自分をながめた。目の周りに小じわがあった。しかし明るい光でなければわからなかった。あごのラインは、まだたるんでいなかった。顔色はもとから青白い。しかし髪は豊かに波打ち、白髪《しらが》は一本もなかった。でもいったい誰が、本心から赤毛を好むだろう？　鼻は今も際立《きわだ》ってきれいだった。その鼻筋を、アンは友のように撫でつつ、この鼻を頼みに切り抜けた人生の様々な局面を思い返した。ところがその鼻も、今のギルバートにとっては、当たり前なのだ。曲がっていようが、パグ犬みたいにぺちゃんこ（7）だろうが、どうでもいいのだ。アンに鼻があることすら忘れているかもしれない。デア夫人ではないが、私に鼻がなくなれば、彼も寂しいと思うかもしれない。

「さあ、リラとシャーリーを見てこなくては」アンは暗く思った。「あの子たちだけは、少なくとも、まだ私を必要としてくれる。かわいそうな子どもたち。私ったら、どうしてあんなに叱りつけたのかしら？　ああ、たぶん私のいないところで、『かわいそうに、母さんは気難しくなったね』と、みんなして言っていることでしょう」

雨はふり続き、風は叫び続けていた。屋根裏のブリキ鍋（8）の幻想曲は終わったが、居間で一匹のこおろぎがりんりん鳴き続け、アンは頭がどうにかなりそうだった。正午の郵便で手紙が二通届いた。一通はマリラからだった――しかし手紙を畳みながら、アンはため息をついた。マリラの筆跡がかなり弱々しくなり、震えていたのだ。もう一通は、アンはほとんど面識のないシャーロットタウンのバーレット・ファウラー医師夫人からだった。バーレット・ファウラー医師夫人は、来週火曜日の夜七時、晩餐会にブライス医師夫妻にお越し頂き、「ウィニペグ(9)のアンドリュー・ドーソン夫人こと、旧姓クリスティーン・スチュアート(10)にお目にかかって頂きたい」と記《しる》していた。

アンは手紙をとり落とした。古い記憶が、洪水のように押し寄せてきた――なかには、明らかに不愉快な思い出もあった。レッドモンドのクリスティーン・スチュアート(11)――かつてギルバートが婚約したと噂された娘――かつてアンが猛烈に嫉妬した娘――そうよ、二十年たった今、アンは認めた――私は嫉妬していた――クリスティーン・スチュアートを憎んでいた。クリスティーンのことは何年も考えたことはなかったが、はっきり憶えていた。背が高く、象牙のような白い肌に、大きな濃紺《ダークブルー》の目、豊かな青みがかった黒い髪。そして際立った独特の雰囲気。だが鼻は長かった――そう、たしかに長い鼻だった。颯爽《さっそう》とした美人で――ああ、クリスティーンが大変な美人であることは否定できなかった。そう言えば、クリスティーンは「良縁に恵まれて」西部へ行ったと、何年も前に聞いたことを思い出した。

ギルバートが軽い夕食を急いで食べようと、入ってきた——上《かみ》グレンで麻疹《はしか》が流行っていた——アンは黙ったまま、ファウラー医師夫人の手紙を渡した。

「クリスティーン・スチュアートだって！　行くに決まっているさ！　昔のよしみで会いたいな」彼はここ数週間、見せたことのない感嘆の表情を浮かべた。「かわいそうに、彼女は苦労しているんだ。四年前にご主人を亡くしてね、知っているだろう？」

アンは知らなかった。どうしてギルバートは知ったのだろう？　なぜ教えてくれなかったのかしら？　それに今度の火曜日は、私たちの結婚記念日なのに、忘れたのかしら？　結婚記念日は、二人ともどんな招待も受けず、夫婦でささやかな宴《うたげ》に出かけるのに。いいわ、私からは、思い出させてあげない。会いたいなら、あなたのクリスティーンに会いに行けばいい。以前、レッドモンドの女子が、「ギルバートとクリスティーンには、あなたが知ってる以上のことが、たくさんあるのよ、アン」と意味深げに言ったことがあった。そのときアンは笑い飛ばした——クレア・ハレットは悪意があるからだ。だが本当に、かつての二人には、何かがあったのかもしれない。アンは急に思い出して、はっとした。結婚して間もないころ、ギルバートの古い手帳に、クリスティーンの小さな写真を見つけたのだ。ギルバートはあっけらかんとして、この古いスナップ写真がどこへ行ったのかと思っていたよ、と言った。だが——こうしたつまらないことの一つが、きわめて重要な意味をもつのではないか？　ひょっとすると——ギルバートは、クリスティーンを愛していたのだろうか？　私は、このアンは、二番目の選択肢でしかなかったのか？　私は残念賞だったのか？

「まさか、この私が……妬《や》いたりなんて、しないわ」アンは笑おうとした。まったく馬鹿げている。ギルバートが、レッドモンド時代の旧友に会いたいと思うのは、ごく自然ではないか？　結婚十五年目の多忙な男が、時間や季節、日にちや月を忘れるのは、ごく自然ではないか？　アンは、ファウラー医師夫人に、ご招待を受けますと返事を書いた――それから火曜日までの三日間、アンは、上《かみ》グレンの誰かが、火曜の夕方五時半ごろに産気づきますようにと、やみくもに願ってすごした。

第40章

望みをかけていた赤ん坊は、かなり早く生まれた。ギルバートは月曜日の夜九時に呼び出され、アンは涙ながらに眠り、三時に目をさました。以前なら夜ふけに目ざめることはすばらしかった――横たわったまま、夜が包みこんでいる美しさを窓からながめ、隣にギルバートの規則正しい寝息が聞こえ――廊下のむこうで眠っている子どもたちのことや、これから訪れる新しく美しい一日を思い浮かべるのだ。しかし今は！　夜が明けて東の空が蛍石《ほたるいし》のように澄んだ緑色になっても、アンはまだ起きていた。ようやくギルバートが帰ってきた。彼は「双子」と、うつろに言うと、ベッドに身を投げだし、あっという間に寝てしまった。双子とは、まったく！　結婚十五年の記念日の朝、夫が言った言葉が「双子」だけとは。今日は記念日だと、思い出してもくれなかった。

ギルバートは十一時に下へおりてきたが、やはり思い出していなかった。結婚記念日に、彼が何も言わないのは初めてだった。アンに贈り物がないのも初めてだった。結構よ、私もあなたに贈り物をあげないから。アンは何週間も前から用意していた――銀色の柄《え》のついた折り畳み《ポケット》ナイフで、柄の片面に日付を、もう片面に彼のイニシアルを入れたのだ。もちろん二人の愛を断ち切らないように、彼は一セント出してアンからナイフを買わねばならない(1)。でも彼が忘れているなら、私もお返しに忘れるわ。

ギルバートは、一日中、どことなくぼんやりしていた。誰ともほとんど口をきかず、書斎をあてどもなく歩きまわっていた。クリスティーンに再会する甘美な期待に、我《われ》を忘れているのかしら? もしかすると心の底では、彼はクリスティーンを何年も恋い焦がれていたのだろうか。こんな考えは理屈に合わないと、アンはわかっていた。しかし嫉妬というものが理屈に合ったことがあろうか? 哲学的に達観《たつかん》しようとしたが無駄だった。哲学は、アンの感情に何の効き目もなかった。

五時の汽車で、町へ行くことになっていた。

「母しゃん、あたしたち、お部屋に入って、お着付けを見てもいいでしゅか?」リラがたずねた。

「そう、見たいなら」アンは言った——それから深く反省した。まあ、私の声の棘々《とげとげ》しいこと。「さあ、お入りなさい、いい子ね」後悔して言い足した。

リラにとって、母の着付けを見るほど楽しいことはなかった。だがそのリラでさえ、今夜の母さんは着付けをあまり楽しんでいないと感じた。

アンはどのドレスを着ようか思案した。だが何を着ようと、どうせ変わらないのだと、苦々しい思いで独りごちた。今のギルバートは気づいてくれないだろう。鏡も、もはや友だちではなかった——顔色が悪く、疲れて——誰にも求められない人に見えた。でもクリスティーンの前では、田舎じみて、時代遅れに見えてはならない（あの人に憐憫《れんびん》などさせないわ！）薔薇のつぼみ模様のスリップドレスの上に、青林檎色のチュールレースを重ねる真新しいドレスがいいかしら？　それとも、クリーム色の絹の紗《しゃ》のドレスに、クルーニー・レース（2）の丈の短い上着《イートン・ジャケット》（3）を合わせるほうがいいかしら？　両方を試して、チュールレースに決めた。髪もいくつか結い、新型の大きく垂れるポンパドゥール（4）が似合うと思った。

「わあ、母しゃん、きれいでしゅ！」リラは息をのみ、目を丸くして見惚《みと》れた。

そういえば、子どもと愚か者は真実を語る、ということになっている。いつかレベッカ・デューが、アンのことを「わりかし、きれいですよ」（5）と言わなかっただろうか？　ギルバートは、前はよく褒《ほ》めてくれたが、この何か月、いつ言ってくれたかしら？　アンは一言も思い出せなかった。

ギルバートが通りかかり、衣装部屋へ行ったが、アンの新しいドレスのことは何も言わなかった。アンは一瞬、怒りに燃えて立っていた。それから不機嫌そうにチュールレースのドレスを脱ぎ、寝台に放り投げた。いつもの黒いドレスにするわ——薄もので、フォー・ウィンズの仲間内では、すこぶる「おしゃれ」だと思われているが、ギルバートが大嫌いな服だった。首には何をつけようかしら？　ジェムの真珠のビーズの首飾りは何年も大切にしていたが、ずっと前にばらばらになった。アンには、人前に出られるような首飾りがなかった。そうだ——アンは、ギルバートがレッドモンド時代にくれたピンクのエナメルの首飾りの小箱(6)を出した。今では滅多につけることもなかった——やはりピンクは赤毛に合わないからだ——でも今夜はつけよう。ギルバートは気がつくかしら？ さあ、私の支度は終わった。ギルバートは、どうして終わらないの？ 何に手間取っているのかしら？ まあ、きっと、念入りに髭《ひげ》を剃っているのね！ アンは荒々しく戸を叩いた。

「ギルバート、急がないと、汽車に遅れますよ」

「学校の先生みたいな言い方をして」と言いながら、ギルバートが出てきた。「きみの中《ちゅう》足骨《そっこつ》(7)の具合でも悪いのかい？」

まあ、よくもそんな冗談が言えるわね？ 燕尾《えんび》服《ふく》を着たギルバートがすてきだなんて、思わないことにするわ。そもそも、現代の紳士服の流行は、まことに馬鹿げている。全体として豊潤な魅力に乏しい。「エリザベス女王の広々とした時代」(8)、男たちは白い繻子《サテン》の上着《ダブレット》(9)をまとい、深紅の天鵞絨《ヴェルヴェット》のマントを羽織り、レースのひだ衿(10)をつけていた。あのころの紳士の装いがいかに豪華であったか！ それでいて軟弱ではなかった。史上もっとも雄々しく勇敢な男たちであった。

「ああ、そんなに急いでいるなら、行こう」ギルバートが上の空で言った。近ごろ、私に話しかけるとき、彼はいつも上の空だ。私は家具の一つに過ぎないのね——ええ、家具の一つでしかないのよ！

ジェムが馬車で駅まで送ってくれた。スーザンとミス・コーネリアは——ミス・コーネリアは教会の夕食会に、いつものグラタン風ポテト（11）を作ってもらえないかと、スーザンに頼みに来ていた——二人を感心して見送った。

「アンは若さを保ってるね」ミス・コーネリアが言った。

「そうですね」スーザンも同意した。「ここ数週間、先生奥さんは気持ちを引き立てるものがご入り用だったようですけど、きれいさは保っておいでです。先生も前と変わらず、おなかが平らですし」

「理想的な夫婦だこと」ミス・コーネリアが言った。

その理想的な夫婦は、町までの車中、見事なまでに、とくに何も話さなかった。もちろんギルバートは、昔の恋人に会う期待に心深くかき乱され、妻と話すどころではないのだ！　アンはくしゃみをした。鼻風邪をひいたのではないか心配になった。アンドリュー・ドーソン夫人こと、旧姓クリスティーン・スチュアートの目の前で、晩餐会の間、くしゃみを連発するなんて、ぞっとする。唇のできものが、ずきずきしてきた——もしや、やっかいな口唇《こうしん》ヘルペス（12）かしら。ジュリエット（13）が、くしゃみをしただろうか？　霜焼けのあるポーシャ（14）や、しゃっくりをするアルゴスのヘレン（15）を想像できようか！　魚の目のあるクレオパトラ(16)も！

アンは、バーレット・ファウラー医師の邸宅で階下におりると(17)、玄関ホールで熊の敷物の頭に蹴《け》つまずき、おっとっと、とよろめきながら応接間の戸口を通り、夫人が応接間と呼んでいる、たっぷり詰め物をしたソファやら金ぴかの装飾品がごたごた並ぶ間を抜け、大型ソファ(18)に倒れこんだ。ありがたいことに仰《あおむ》向けに着地した。アンはうろたえながらも、あたりを見まわし、クリスティーンを探した。幸い、まだ姿はなかった。もしクリスティーンがここにすわり、ギルバート・ブライスの妻が酔っ払いみたいに入ってくるところを面白そうにながめていたら、どんなに恥ずかしかったろう！ギルバートは、けがはないか、とすら、きいてくれなかった。彼はとっくにファウラー医師と、初対面のマレー医師と熱心に話しこんでいた。マレー医師はニュー・ブランズウィック(19)から来た客人で、熱帯病の有名な論文が医学界で話題の著者だった。ところが、クリスティーンが、ヘリオトロープの香り(20)を先《さき》ぶれに一階におりてくると、論文はあっという間に忘れ去られたことに、アンは気づいた。ギルバートは見るからに興味を惹かれたようすで、目を輝かせて立ちあがった。

クリスティーンは、強い印象を与えようと、しばし戸口に立っていた。彼女は、熊の頭に蹴《け》つまずいたりしないのだ。彼女には、自分を見せびらかすために入口で立ち止まる癖があったことを、アンは思い出した。クリスティーンが、ギルバートが失ったものを彼に見せつける絶好のチャンスだと考えていることは、疑いようがなかった。

彼女は、紫色の天鵞絨《ヴェルヴェット》のドレスを着ていた。流れるような長い袖に金色の裏地がつき(21)、マーメイドライン(22)の裾には金色のレースが裏打ちされていた。今なお黒々とした頭髪の両側に金色のリボンを巻いていた。ダイヤモンドをいくつも鏤《ちりば》めた長くて細い金鎖《きんぐさり》が首にかかっていた。たちまちアンは自分が野暮ったく、田舎じみて、洗練されず、みすぼらしく、半年も流行遅れの気がした。こんな馬鹿げたエナメルのハートなど、つけなければよかった。

クリスティーンが昔と変わらず美しいことは、疑問の余地もなかった。肌と髪が少しつやつやして若く見えた――ことによると――そうだ、前よりかなり太っている。鼻は、少しも短くなっていない。あごは確実に中年だ。こんなふうに入口に立っていると、足が見えて――がっしりしていた(23)。それに上品ぶった風情も、少し古臭くないだろうか？　だが瞳は、いまもなめらかな象牙のようだ。大きな濃い青色の瞳が、レッドモンドで魅力的だと思われていた美しい平行二重まぶた(24)の下で、今も輝いている。たしかにアンドリュー・ドーソン夫人は麗しい女性であった――つまり彼女は、心まですべてアンドリュー・ドーソン氏の墓に埋めたわけではないと印象づけていた。

クリスティーンは入ってきた瞬間、部屋中をわが物にした。アンは、自分が蚊帳《かや》の外にいる気がした。それでもアンは、背筋をまっすぐにして腰かけていた。クリスティーンに中年の衰えを見せてなるものか。意気揚々と闘いに加わるのだ。アンの灰色の瞳が、緑色に燃えたち、卵形の頰がかすかに紅潮《こうちょう》した（鼻を、思い出すのよ！）。マレー医師は、それまでアンにとくに目をとめていなかったが、ブライス医師はなんと際立った容貌の妻を持っているのだろうと驚いた。

「まあ、ギルバート・ブライスったら、相変わらずハンサムね」クリスティーンは茶目っ気たっぷりに言った――クリスティーンに茶目っ気とは！――「あなたが変わらなくて、とても嬉しいわ」

（クリスティーンは昔と同じで、母音をのばして気取って話すのね。あの天鵞絨《ヴェルヴェット》みたいな声が、前からどんなに嫌いだったか！）

「あなたを見ていると」ギルバートが言った。「時間には、もはや意味がないのですね。不滅の若さの秘訣を、あなたはどこで覚えたのです？」

　クリスティーンは笑った。

（笑い方が、少し甲高くないかしら？）

「あなたは、いつもすてきな褒め言葉を言ってくれたわね、ギルバート、というわけで」――とクリスティーンは周りの人々に悪戯っぽく目をやりながら――「ブライス医師は、私の憧れの人だったんですよ、彼がつい昨日のようなふりをしているあのころ。それからアン・シャーリー！　話に聞いているほどは変わっていないわね……だけど、通りでばったりお会いしたら、あなただってわからないでしょうね。髪の色は、前より、少しだけ、濃くなったんじゃない？　こんなふうに再会するなんて、すばらしいわね？　あなたは腰痛で来られないかもしれないって、心配してたのよ」

「私が、腰痛？」

「ええ、そうよ。腰痛の患者じゃないの？　そうだとばかり……」

「私が話をとり違えたんですわ」ファウラー医師夫人が恐縮して言った。「ブライス夫人はひどい腰痛の発作で寝込んでいると、誰かがおっしゃったもので」

「それは、ローブリッジのパーカー先生の奥様ですわ。私は腰痛になったことは、一度もありません」アンはきりっとした声で言った。

「かかったことがなくて、よかったこと」クリスティーンは言ったが、口ぶりはどことなく横柄だった。「とても難儀ですってよ。私にはおばがいて、腰痛の完全な犠牲者ですもの」

その言い方は、アンを、おばさんの世代に追いやるようだった。アンは、唇にはどうにか笑みを浮かべたが、目は無理だった。気のきいた返事を思いつけばいいのに！　夜中の三時になれば、鮮やかな切り返しが浮かぶだろうが、それでは今、役に立たない。

「お子さんが七人いらっしゃるそうね」クリスティーンはアンに言いながら、目はギルバートを見ていた。

「生きているのは、六人です」アンの顔が思わずゆがんだ。小さな白いジョイスを思うと、今も胸が痛まずにはいられなかった。

「なんという、大家族でしょう！」クリスティーンが言った。

そのとたん、大家族は恥ずべき、滑稽なことに感じられた。

「あなたには、いらっしゃらないのでしたね」アンが言った。

「もともと子どもが好きじゃなかったの、ご存じの通りよ」クリスティーンは際立って美しい肩をすくめてみせたが、声はいささか険しかった。「あいにく私は、母性的なタイプじゃなくて。今でさえ人が多すぎる世の中で、子どもを生むことが女性の唯一の務めだとは、あんまり思ったことがないの」

それから一同は食堂へ移った。ギルバートはクリスティーンをつれて、マレー医師はファウラー夫人を、そして医者としか話のできない小柄で丸々としたファウラー医師はアンを伴《ともな》った。

アンには、室内が少し息苦しく感じられた。神秘的な胸の悪くなるような匂いがした。おそらくファウラー医師夫人が香《こう》を焚《た》いたのだろう。料理はよかったが、アンは食欲もないまま食べる動作をくり返した。笑顔を続けるうちに、自分がチェシャ猫(25)に見えるような気がしてきた。アンはクリスティーンから目を離せなかった。彼女が絶えずギルバートに笑みかけていたからだ。その歯が、美しかった――美しすぎるほどに。練り歯磨きの広告さながらだった。クリスティーンは話しながら、見せびらかすように両手を動かした。その手が、美しかった——やや大きかったが。

クリスティーンは、暮らしの律動的《リズミカル》な速度《スピード》について、ギルバートに語った。いったいどういう意味だろう？　彼女はわかっているのかしら？　それから話題は「受難劇」(26)に移った。

「オーベルアンメルガウ(27)へ行ったことがあって？」クリスティーンが、アンにきいた。行ったことがないとわかりきっているでしょうに！　クリスティーンがたずねると、どうしてごく簡単な質問が無礼に聞こえるのかしら？

「そうね、ご家族がいれば、縛られるものね」クリスティーンが言った。「そういえば、先月、ハリファクスで誰に会ったと思う？　あなたのきれいな友だちで……みっともない牧師と結婚した……彼はなんという名前だったかしら？」

「ジョウナス・ブレイクよ」アンが答えた。「フィリッパ・ゴードンの結婚相手よ。でも、彼をみっともないなんて、一度も思ったことがないわ」

「ないの？　もちろん蓼食《たでく》う虫も好き好きよ。とにかく、あの二人に会ったの。フィリッパもかわいそうに！」

「かわいそう」という言葉を、クリスティーンは効果的に用いた。

「どうして、かわいそうなの？」アンがたずねた。「フィリッパとジョウナスはずっと幸せだと思うわ」

「幸せですって！　まあ、驚いた。あの人たちが住んでいる所を見せたいくらい！　みすぼらしい小さな漁村で、豚が庭に入ってきたら大事件という土地よ！　話によると、ジョウナスという男《ひと》は、キングスポートで立派な教会を受け持っていたのに、やめたの。自分を『必要』とする漁師たちの所へ行くのが、自分の『務め』だと思ったそうよ。そんな狂信的な人は、お手上げよ。『あなたたち、そんなに寂しい辺鄙《へんぴ》なところで、どうして暮らせるの？』ってフィリッパにきいたら、何と言ったと思う？」

クリスティーンは情感たっぷりに、指輪をはめた両手を大きく広げた(28)。

「たぶん私が、グレン・セント・メアリについて言うことと、同じでしょうね」アンは言った。「暮らすべきところは世界中でここだけだって」

「あなたが、あんなところで満足しているなんて」クリスティーンは微笑してみせた。(口いっぱいに歯が並んで、恐ろしいこと！)。「アンは、もっと広い人生がほしいと、本当に思わないの？　私の記憶が正しければ、前のあなたは野心的だったわ。レッドモンドにいたころ、ちょっとした気の利いたものを、いくつか書いていたじゃない？　もちろん、やや空想的で、風変わりだったけれど……」

「あれは、今も妖精の国を信じている人のために書いたの。そういう人たちは、今でも驚くほどいるのよ、そうよ。妖精の国からの便り《ニュース》が届くのが好きな人たちよ」

「もうやめたの？」

「すっかりやめたわけではないわ……今は、生きている使徒書簡(29)を書いているの」アンは、ジェムとその仲間たちを思い浮かべて言った。

クリスティーンは目を見ひらいた。それが引用だと、わからなかったのだ。アン・シャーリーは何を言っているのだろう？　でも、レッドモンドでも、彼女は、わけのわからないことを言うので有名だったわ。見た目は驚くほど変わらないけど、アンも、結婚すると思考をやめる女の一人なのかもしれない。気の毒なギルバート！　レッドモンドに来る前にアンに釣りあげられて、逃げ出すチャンスが一度もなかったんだわ。

「誰か、今、フィロピーナ(30)を食べる人がいますか？」マレー医師が問いかけた。アーモンドを割ったら、ちょうど双子だったのだ。クリスティーンは、ギルバートにふりむき、たずねた。

「私たちも、いつか、一度、フィロピーナを食べたわね、憶えてる？」

(意味ありげな表情が、二人の間によぎったのでは？)

「ぼくが、忘れられるとでも、思っているのかい？」ギルバートがたずねた。とたんに二人は「憶えている？」のやりとりを始めた。その間、アンは、サイドボードの上にかかる魚とオレンジの絵をながめていた。ギルバートとクリスティーンに、これほど共通の思い出があるとは、思ってもいなかった。「ジ・アーム(31)へピクニックに行ったことを、憶えてて？……黒人の教会へ行った夜のことを、憶えているかい？……仮面舞踏会へ出かけたこと、憶えてる？……きみはスペインの貴婦人に扮《ふん》したね、黒い天鵞絨《ヴェルヴェット》のドレスを着て、レースのマンティラ（32）をかぶって、扇子を持っていた」

ギルバートは細かいことまで、いちいち憶えているのね。結婚記念日は忘れたのに！

応接間へ戻ると、クリスティーンは窓の外へまなざしをむけた。黒々としたポプラのむこうで東の空が淡い銀色に光っていた。

「ギルバート、庭を歩きましょうよ。九月の月の出の意味を、もう一度、考えたいの」

（九月の月の出には、ほかの月にはない意味が、何かあるのかしら？　それに『もう一度』とは、どういうこと？　前にも考えたことがあるのかしら……ギルバートと？）

二人は出ていった。アンはあっさりと調子よく払いのけられた気がした。アンは、庭を見晴らせる椅子にすわった——もっとも、そんな理由からこのいすを選んだとは、自分でも認めないだろうが。クリスティーンとギルバートが、小道を歩いていくのが見えた。何を話しているのだろう？　ほとんどクリスティーンが話しているようだ。たぶんギルバートは、感極《かんきわ》まって、しどろもどろになり、口もきけないのだろう。あそこで彼は、月の光を浴びながら、私には関係のない思い出にひたって、ほほえみを浮かべているのかしら？　アンは、ギルバートと二人で、月の照らすアヴォンリーの庭を歩いた幾夜を回想した。彼は忘れたのかしら？

クリスティーンは夜空を見上げていた。もろちん、そんなふうに顔をあげると、なめらかな肉づきのいい白い首筋がきれいに見えると知ってのことだ。月が昇るのに、こんなに時間がかかるのだろうか？
二人が戻ると、ほかの客人も、三々五々、応接間に入ってきた。歓談あり、笑いあり、音楽ありだった。クリスティーンは歌を披露した——見事だった。彼女はもともと「音楽の才能」があったのだ。クリスティーンは、ギルバートにむかって、歌った——「あの懐かしき昔の日々は、思い出の彼方に」(33)と。ギルバートは安楽いすの背によりかかり、いつになく物静かだった。彼は、その懐かしい昔の日々を、郷愁をこめて回想しているのだろうか？　もしクリスティーンと結婚していたら、どんな人生を送ったのだろうと、思い描いているのかしら？（前は、ギルバートが何を考えているか、いつもわかったのに。ああ、頭が痛くなってきた。今すぐここから出ないと、頭をふりあげて、わめいてしまいそう。ありがたいことに、私たちの汽車は早く出発するわ）
アンが階下におりる(34)と、クリスティーンは、ギルバートと玄関ポーチに立っていた。クリスティーンは手をのべて、ギルバートの肩の木の葉をつまみとった。その仕草はまるで愛撫のようだった。
「ギルバート、本当に元気なの？　ひどく疲れて見えるわ。無理をしているのね、私にはわかるわ」

不安が、波のようにアニー(35)に押し寄せた。ギルバートは、たしかに疲れた顔をしていた――疲れ切っていた――それをクリスティーンに指摘されるまで、気がつかなかった！　この瞬間の恥ずかしさを、私は決して忘れないだろう（私自身も、ギルバートがいて当たり前だと思っていたのだ。それなのに彼がそうだと非難していたなんて）

クリスティーンは、アンのほうをむいた。

「あなたにまたお目にかかれて、とてもよかったわ、アン。まるで昔のようね」

「そうね」アンは言った。

「でも、今、ギルバートに言ったところよ。彼はちょっと疲れてるみたい。もっと面倒を見てあげて、アン。私は、いっとき、あなたのご主人に好意を持っていたの。私の崇拝者のなかでいちばんすばらしい人だったと、今でも思っているわ。だけどあなたは、私を許さなくてはいけないわ。だって、あなたから彼を取らなかったんですもの」

アンはまた冷淡になった。

「あなたに取ってもらわなくて、ギルバートは残念がっているでしょうよ」アンは、レッドモンド時代のクリスティーンが知らないでもない「女王然とした態度」で言うと、ファウラー医師の四輪馬車に乗りこみ、駅へむかった。

「可愛らしくて、おかしい人！」クリスティーンは美しい肩をすくめた。そして何かが面白くてたまらないように、二人を見送っていた。

第41章

「今夜は楽しかったかい？」ギルバートは汽車に乗るとき、アンに手を貸したが、ますます上の空だった。

「ええ、よかったわ」アンは言った——だがジェーン・ウェルシュ・カーライルの名文句にあるように「責め苛《さいな》まれて、夕べをすごした」(1)ような気がした。

「どうしてその髪型に結ったんだい？」ギルバートは、やはり心ここにあらずで言った。

「新しい流行なのよ」

「そうかい、でも似合わないよ。他の髪にはいいかもしれないが、きみにはむかないね」

「そうですか、私の髪が赤くて悪うございましたね」アンは冷淡に言った。

危険な話題はやめたほうが賢明だと、ギルバートは思った。髪のことになると、アンは前から少し神経質だったと思い出した。ともかく彼は疲れすぎて口もきけなかった。列車の座席に頭をよせ、目を閉じた。ギルバートの耳の上に白髪がちらほら見えた。アンは初めて気がついたが、心はほだされなかった。

グレンの駅から二人は黙って歩いた。近道をして炉辺荘へむかった。あたりには、えぞ松と爽やかな羊歯《しだ》の香りが満ちていた。月は、夜露に濡れたまき場のうえに輝いていた。二人は人の住まなくなった古びた家を通りすぎた。この壊れた寂しい窓に、かつては灯りがゆらゆら踊るように輝いていたのだ。「まるで私の人生みたい」とアンは思った。今はすべてが、どこかわびしい意味をもつように感じられた。炉辺荘の芝生で、白くおぼろな蛾《が》が二人のそばを飛んでいった。まるで色褪せた愛の亡霊のようだと、アンは哀しく思った。そのとき、クローケーの小さな門《フープ》（2）に足をとられ、アンは草《くさ》夾竹桃《きょうちくとう》の茂みに頭から転びそうになった。子どもたちは、いったいどういうつもりで、こんなところに置いたのだろう？　明日、きちんと言い聞かせなくては！

　ギルバートは「おっと！」と言っただけで、片手でアンを支えた。クリスティーンと月の出の意味を考えて歩いているとき、もし彼女がつまずいたら、彼はこんなにそっけないだろうか？

　家に入ると、ギルバートはすぐさま書斎へ行ってしまった。アンは黙って寝室へあがった。その床に、月光が静かに、白々《しらじら》と冷たくさしていた。アンは開いた窓辺へより、外を眺めた。どうやらカーター・フラッグの犬が夜吠えをしているらしかった。犬は全力で激しく吠えていた。ロンバルディ・ポプラの葉が月明かりをうけて銀色に光っていた。今夜、この家は、アンのまわりでひそひそ、ささやくようだった——もうアンの友ではないように、悪意をこめてささやいていた。

アンは気分が悪く、寒さと虚しさをおぼえた。人生の純金《かがやき》は枯れ葉に変わったのだ。もはやすべてに何の意味もない。何もかもがよそよそしく現実離れして感じられた。

遠く内海の下流では、満ち潮が、海岸と、太古の世界からの変わらぬ逢瀬《おうせ》をしていた。アンの目に——ノーマン・ダグラスがえぞ松の茂みを切り倒したので——小さな夢の家が見えた。あの家で暮らしたころは、あんなにも幸せだった——二人で夢を語らい、二人で抱擁《ほうよう》しあい、二人で沈黙を分かちあい、二人で家にいるだけで幸せだった！ 二人の人生の朝の彩り《いろど》（3）のすべてがあった——ギルバートは、私だけに見せる笑みを瞳に浮かべて、私を見つめてくれた——「きみを愛している」と、毎日、新しい言い方で言ってくれた——二人で悲しみを分かちあい、笑いを分かちあった。

それが今では——ギルバートは私に飽きたのだ。男とは、本来、そういうものだ、これまでも——これからも。ギルバートだけは例外だと思っていたが、今、本当のことがわかったのだ。でも私の人生を、そこにどう合わせていけばいいのだろう？

「もちろん、子どもたちがいるわ」アンはぼんやり思った。「あの子たちのために生きていかなければならない。それに、誰にも知られてはならない——誰にも。人から憐れみをかけられるなんて」

あれは何かしら？ 誰かが階段をあがってくる、一段飛びで。ずっと前、ギルバートが夢の家でしたように——もうずっとしていない。ギルバートのはずはない——いいえ、やっぱりそうよ！

　ギルバートは部屋に飛びこみ――テーブルに小箱を放りだすと――アンの腰をかかえワルツを踊るように、興奮した男子生徒のように部屋中を踊りまわり、しまいに息を切らし、銀色の月明かりのなかに休んだ。

「アン、ぼくは、正しかったんだ……ありがたい、正しかったんだ！　ギャロウ夫人は快復する……専門医がそう手紙に書いてくれたんだ」

「ギャロウ夫人？　ギルバート、どうかしたの？」

「話さなかったかな？　きっと言ったと思うんだが……いや、あんまりつらい話だから話さなかったんだな。ここ二週間、ぼくは死にそうなほど思いつめて……寝ても醒めても、このことしか考えられなかった。ギャロウ夫人はローブリッジに住んでいるのでパーカー先生の患者なんだが、パーカーは、ぼくを呼んで診察を頼んだんだ……ぼくは、パーカーと違う診断をくだした……言い争いのようになったが……ぼくのほうが正しいと確信していた……治る見込みはあると、ぼくは断言して……夫人をモントリオールに送ったんだ……ところがパーカーは、夫人は生きては帰るまいと言って……夫人のご主人は、ぼくを一目見れば撃ち殺しかねない勢いだった。だから夫人が行ってしまうと、ぼくは神経が参ってしまったんだ……ぼくは間違えたのかもしれない……夫人によけいな苦痛を与えたのかもしれないと。でも今夜家にもどったら、書斎に手紙が届いていて

……ぼくは正しかったんだ……夫人は手術をうけて……元気に生きられる目処《めど》がついた
んだ、アンお嬢さん。月まで飛びあがれそうだ！　二十歳若返ったよ」
　アンは笑うべきか泣くべきかわからなかった――そして笑い出した。また笑えること
がすばらしかった――笑いたい気持ちになれることがすばらしかった。すべてが一瞬の
うちに、好転した。
「だから結婚記念日を忘れていたのね」アンは冷やかした。
　ギルバートはアンを放すと、テーブルに置いた小箱に飛びつき、またアンを抱《かか》えた。
「忘れていないよ。二週間前、トロントにこれを注文したんだ。でも今夜まで来なかっ
た。今朝は贈り物がなくて肩身が狭くて、記念日を言い出せなかった……きみも忘れて
いると思って……忘れていればいいなと思って。でも今しがた、書斎へ行ったら、パー
カーの手紙と一緒に来ていたんだ。気に入るかな、見てごらん」
　それは小さなダイヤモンドのペンダントだった。月明かりのもとでさえ、生きている
ようにきらきら光った。
「ギルバート……それなのに、私ったら……」
「つけてごらん。今朝、届けばよかったね……そうすれば晩餐会に、古いエナメルのハ
ートじゃなくて、これをつけて行けたのに。でもあのハートが、きみのきれいな喉の白
いくぼみにおさまっているところは、とてもすてきだったよ、アン。どうして、あの緑

色のドレスのままで行かなかったの、アン？　いいなと思ったのに……あれを見て、きみがレッドモンドで着ていた薔薇のつぼみのドレス(4)を思い出したよ」

（では彼は、あの新しいドレスに気づいていたのね！　それにギルバートは、昔褒めてくれたレッドモンドの古いドレスを、今も憶えているのだ！(5)）

　アンの心は解き放たれた小鳥のように——また羽ばたいていた。ギルバートはアンを抱いた——月明かりのなかで、彼の目がアンの瞳を見つめていた。

「本当に私のことを愛しているの、ギルバート？　私はあなたにとって、ただの習慣じゃないのね？　愛しているって、しばらく言ってくれなかったわ」

「愛しいアン、愛する人よ！　言わなくてもわかると思っていたんだ。きみなしで、ぼくは生きていけないんだよ。きみは、いつもぼくに力を与えてくれる。聖書のどこかに、きみのために書かれたような一節があるよ……『彼女は人生すべての日において、夫に善をなし、災いをなさぬであろう』(6)」

　つい先ほどまで灰色で無意味に思われた人生が、ふたたび金色と薔薇色と晴れやかな虹色に変わった。ダイヤモンドのペンダントは床にすべり落ち、しばらく顧《かえり》みられなかった。それは美しかった——だが、さらに美しいものが数多《あまた》あるのだ——信頼と安らぎ、喜びに満ちた仕事——笑いと優しさ——揺るぎない愛がある歳月をへた安心感。

「ああ、この瞬間が永遠に続けばいいのに、ギルバート！」

「こんな瞬間は、これからもっとあるんだよ。ぼくたち、二度目の蜜月（7）をすごしていいころだ。アン、来年の二月、ロンドンで大きな医学学会がある。一緒に行こう……その後、旧世界《ヨーロッパ》を少し見てこよう。休暇をとろう。また恋人同士にもどろう……最初からもう一度結婚するように。きみは長いこと、本来のきみではなかった（じゃあ、わかっていたのね）。きみは疲れている、働きすぎなんだ……気分転換が必要だ（あなたもそうよ、最愛の人。ひどいことに私は気づかなかったけれど）。医者の女房は薬をもらえないなんて、自分には当てはめたくないからね。二人で休養して、元気になって、また戻って来よう、ユーモアのセンスもすっかり取り戻して。さあ、ペンダントをつけてごらん。それから、もう寝よう。眠くて死にそうだ……何週間も、夜、まともに寝ていないんだ、双子が生まれたり、ギャロウ夫人の心配やらで」

「今夜、クリスティーンと、いったい何を話していたの、あんなに長い間、お庭で？」

ダイヤモンドをつけたアンは鏡の前で気取って歩いた。

　ギルバートはあくびをした。

「さあ、わからないよ。クリスティーンは早口でずっとしゃべっていたから。でも一つ憶えているよ。蚤《のみ》は自分の身長の二百倍も跳びあがるそうだ。知ってたかい、アン？」

（私が嫉妬にもだえていたとき、二人は蚤の話をしていたのだ。私ったら、なんて間抜けだろう！）

「まあ、どうして蚤の話になったの？」

「憶えてないよ……たぶん、ドーベルマン・ピンシャー(8)かな」

「ドーベルマン・ピンシャー！　ドーベルマン・ピンシャーって、何なの？」

「新しい種類の犬だよ。クリスティーンは犬の専門家らしい。でもぼくはギャロウ夫人のことで頭がいっぱいで、ちゃんと聞いてなかったんだ。ところどころ、コンプレックス(9)とか、抑圧(10)という言葉は聞こえたが……近ごろ出てきた新しい心理学だよ……それから美術とか……趣味、政治……それに蛙《かえる》」

「蛙ですって！」

「ウィニペグの研究家がしている何かの実験らしいよ。クリスティーンは前から面白い人じゃなかったが、ますます退屈になったね。しかも意地が悪い！　前はそうじゃなかったのに」

「何を、そんなに意地悪なことを言ったの？」アンは知らないふりをしてたずねた。

「気がつかなかったかい？　ああ、きみにはわからないだろうね……そうしたところがないから。まあ、どうでもいいことだよ。あの笑い方も、少し神経にさわったね。それに太ったよ。ありがたいことに、きみは太らないね、アンお嬢さん」

「まあ、彼女はそんなに太っているとは思わないわ」アンは寛大なところを見せた。

「それに大変な美人だもの」

「まあね。だけど顔つきがけわしくなった……きみと同い年なのに、十《とお》も上に見える」

「なのにあなたは、不滅の若さだなんて言って！」

ギルバートは、ばつが悪そうに、にやりとした。

「人はお世辞も言わなくてはならないさ。文明は、多少の偽善なしでは成りたたないものだ。まあ、とにかく、クリスティーンはヨセフの一族(11)ではないにしろ、悪い人じゃないよ。少し退屈なのは、彼女のせいじゃない。これは何だい？」

「私からの記念日の贈り物よ。一セントもらいたいわ……危険をおかしたくないもの。今夜、私が耐えていた苦しさといったら！　クリスティーンに嫉妬して、どうにかなりそうだったわ」

ギルバートは心底、仰天したらしかった。アンが誰かに嫉妬するなど、思いもよらなかった。

「へえ、アンお嬢さん、きみに嫉妬心があるなんて、考えたこともなかった」

「まあ、私にだってあるわ。そうね、何年も前、あなたがルビー・ギリスと文通した(12)ときも、どうにかなりそうなくらい焼き餅をやいたわ」

「ぼくが、ルビー・ギリスと文通した？　もう忘れたな。でもルビーもかわいそうだったね！　だけどロイ・ガードナーはどうなんだい？　自分のことは棚にあげて、人のことを言うものじゃないよ」

「ロイ・ガードナー？　少し前、フィリッパから手紙が来て、ロイに会ったら、たいそう肥満していたんですって。ギルバート、マレー医師は、お仕事ではご高名《こうめい》かもしれないけど、板きれみたいに痩せていらっしゃるし、ファウラー医師はドーナツみたいで、あなたがとても美男子に見えたわ……洗練されて……あの二人と並ぶと」

「やあ、ありがとう……ありがとう。奥さんらしい言葉だね。褒めてもらったお返しに、アン、今夜のきみこそ、あのドレスでも、見違えるほどすてきだったよ。ほんのり頰を染めて、目がきらきらして。ああ、ああ、これはいい！　くたくたに疲れたとき、ベッドに勝《まさ》るものはない！　聖書にはこんな節もあった……不思議だね、昔、日曜学校で習った言葉が、一生、出てくるとは！……『私は安らかに身を横たえ、眠ります』(13)、安らかに……眠り……おやすみ」

　ギルバートは言い終える前に、もう眠っていた。疲れている最愛のギルバート！　赤ん坊は生まれ、また世を去るだろうが、今夜は誰にも彼の眠りを妨げさせまい。電話のベルは鳴り続けるかもしれないが。

　アンは眠くはなかった。あまりに幸せで、眠れなかった。静かに部屋を歩いて物を片付け、髪を三編みにして、愛される女の顔つきをしていた。最後に化粧着(14)を羽織り、廊下のむこうの息子たちの部屋へ行った。ウォルターとジェムは一つの寝台で、シャーリーは子ども用寝台で、みんなぐっすり眠っていた。ザ・シュリンプ《おちびちゃん》は、やんちゃな子猫時代をすぎて家族の一員となり、シャーリーの足もとに丸くなっていた。ジェムは『ジム船長の人生録《ライフ・ブック》』を読んでいるうちに眠ったのだ——本がベッドカバーの上に開かれていた。ああ、布団をかけて横たわっているジェムは、なんと長々と見えることだろう！　彼はほどなく大人になるだろう。なんとたくましく、頼もしい若者になったことか！　ウォルターは、まるで美しい秘密を知っているように、ほほえみを浮かべて眠っていた。月の光が、窓の鉛格子《なまりごうし》（15）から射して枕もとを照らし——ウォルターの頭上の壁に、十字架の影をくっきり投げかけていた。それから何年もたってから、アンはこの光景を回想し、あれはコースレット（16）の前兆——「フランスのどこか」（17）にある十字架を立てた墓の前ぶれだったのかと思うのだ。だがその夜は、ただの影に過ぎなかった——それ以上の何ものでもなかった。シャーリーの首の発疹は、きれいになくなっていた。ギルバートは正しかった。彼はいつも正しいのだ。

ナンとダイアナとリラは、隣の部屋にいた——ダイアナは、しっとりした愛らしい赤毛の巻き毛を頭に豊かに広げ、頬の下に、日に焼けた小さな片手をあてていた。ナンは、扇形の長い睫毛が、頬にふれんばかりだった。青い静脈の透けるまぶたの奥の瞳は、父親ゆずりのはしばみ色なのだ。リラは、うつ伏せに眠っていた。アンが上向きに直しても、固くつむった目は開かなかった。

子どもたちはみな、あっと言う間に成長していき、あとほんの数年で、若い男と女になるだろう──青春はつま先だってそっと訪れ──期待にあふれ──甘やかで野性的な夢の数々が星のように輝き──小さな船は安全な港を離れ、未知の港をさして旅立っていくのだ。息子たちは生涯の仕事をめざして出ていき、娘たちは──ああ、霞《かすみ》のようなヴェールをかぶった美しい花嫁姿で、炉辺荘の古い階段をおりてくるだろう。だが、まだあと何年かは、私のものだ──愛《いつく》しんでやり、導いてやり──多くの母親たちがうたった歌をうたってやる私の子どもたちだ。私の子どもであり──ギルバートの子どもだ。

アンは部屋を出て、廊下の出窓へ行った。疑いも、嫉妬も、憤《いきどお》りも、すべては昔の月日(18)がゆくところへ去っていった。アンの心は自信にあふれ、ほがらかで、快活《ブライス》だった。

「快活《ブライス》よ！　快活《ブライス》な気分だわ」(19)アンはこのおかしな語呂合わせに笑った。「まるで、ギルバートが『峠を越した』とパシフィークが教えてくれたあの朝(20)のような気持ちがするわ」

アンの眼下は、神秘的で美しい夜の庭園だった。遠くの丘は、月明かりに霞《かす》み、一篇《いっぺん》の詩であった。幾月《いくつき》もたたないうちに、アンは、スコットランドで遠くに霞む丘(21)を照らす月の光を見るであろう──メルローズ(22)を──廃墟のケニルワース城(23)を──シェイクスピアが眠るエイヴォン川のほとりの教会(24)を──あるいはコロセウム(25)を——アクロポリス(26)を——滅んだ帝国のそばを流れる悲しみに満ちた川を、照らす月の光を見るであろう。

涼しい夜だった。ほどなく厳しく冷えこむ秋の夜が訪れる。やがて雪は深くつもり——真っ白な深い雪におおわれ——真冬の深くつもる冷たい雪が——風と嵐の猛《たけ》る夜がやって来る。だが誰が案じよう？　神の恵みあふれる室内には、炉火の魔法があるのだ——暖炉で燃やす林檎の薪《まき》を手にいれようと、ギルバートがこの前、話したのではなかったか？　林檎の薪は、来《きた》る灰色の日々を明るく輝かせるだろう。吹きつもる雪も、身を刺す風も、かまうものか？　愛情が晴れやかに明るく燃えたち、前途に春を待つのだから。人生のささやかにして甘美なものはすべて、その道に撒《ま》かれている(27)のだ。

アンは窓からむき返った。白い化粧着《ガウン》をまとい、二本の長い三編みをさげたアンは、グリーン・ゲイブルズのころのアンの——レッドモンド時代のアンの——夢の家のアンの面影があった。彼女の内なる光は、いまも輝き出《い》でていた。開《あ》いたドアから、子どもたちの柔らかく、すこやかな寝息が聞こえていた。ギルバートは滅多にいびきをかかないが、今は間違いなくいびきをかいていた。アンはにやりとした。クリスティーンの言葉を思い出したのだ。嘲笑《ちようしよう》の小さな矢を放っていた、子どものいないかわいそうなクリスティーン。

「なんという、大家族でしょう！」クリスティーンの言葉を、アンは喜びいっぱいでくり返した(28)。

訳者によるノート——『炉辺荘《ろへんそう》のアン』の謎とき——

献辞

（1）W・G・Pへ……ウィル・ガン・プリチャード。モンゴメリが十代半ばの一八九〇年〜九一年にカナダ中西部サスカチュワン州で暮らした時に親しかった男子。第五巻『夢の家』は、その妹ローラ・プリチャードに捧げられている。モンゴメリは近くに住むプリチャード家兄妹と交遊した。モンゴメリは、アン・シリーズ各巻の巻頭にエピグラフ（題辞）として英米詩の一節を置き、前の巻の結末とのつながりを工夫している。しかしシリーズの間を埋めて晩年の一九三〇年代に書いた第四巻『風柳荘』（一九三六）と本作第六巻『炉辺荘』（一九三九）の二冊にはエピグラフがない。

第1章

（1）アヴォンリー……モンゴメリが創った架空の地名。第一巻『アン』第1章（2）。

（2）グレン・セント・メアリ……架空の地名。グレンはケルト族のゲール語で「谷」、セント・メアリは聖母マリアで「聖マリアの谷」。本作でアンが暮らす村が、キリスト教の信仰とケルト族の伝統の融合する地であることを意味する。

（3）**玄関上の切妻屋根の部屋は、いつもアンのためにとってあった**……本作発行から二十二年前の一九一七年に刊行された第五巻『夢の家』第4章では、アンが結婚した後は双子のドーラの部屋になると書かれている。

（4）**林檎の葉模様のベッドカバー**……太めの木綿糸を棒針編みにしたモチーフをつないだもの。中央に四枚の林檎の葉の模様が並ぶ。『アン』（口絵）、第1章（4）。

（5）**炉辺荘《ろへんそう》**……Ingleside　ブライス家の屋号。スコットランド語で炉辺《ろへん》。英語（イングランド語）で fireside。家族が暖炉の周りに集う幸せな団欒を意味する。

（6）**スーザン・ベイカーが、ふたたび風変わりなベビー用靴下を編んでいる**……このベビー用靴下 bootees は靴型の赤ん坊用靴下で、足の保温と保護用。スーザンがベビー用靴下を編むことから、本作冒頭のアンが妊娠中とモンゴメリは読者に伝える。

（7）**グリーン・ゲイブルズのアンに戻っていた**……『アン』の原題は「グリーン・ゲイブルズのアン」。

（8）**チキン・パイ**……鶏肉と野菜、ホワイトソースなどのパイ。冷蔵庫が普及する前は、牛肉と豚肉は傷みやすく、また農場で加工した塩漬け豚は塩辛く古いため、家の鶏をつぶして料理する鶏肉が最も高級な肉だった。アンのために家の鶏で夕食をこしらえるマリラとリンド夫人の心づくしの夕食。本作のチキンは特別な機会に料理される。

（9）**レモン・ビスケット**……レモンの皮と果汁で風味付けをしたクッキー、またはスコーン。プリンス・エドワード島（以下、島）は厳寒地のため、南方産のレモンは高級品。里帰りしたアンに贅沢なレモンの焼き菓子を用意したもてなしの心が伝わる。

（10）**メアリ・マリア・ブライス**……Mary Maria Blythe　メアリは聖母マリアの英語名、マリアも聖母マリア。Maria の発音はマリアが一般的。

（11）**アンちゃん《アニー》**……Annie　アン Anne の愛称。アンが気に入らない理由は、幼い子どもを呼ぶようなイメージがあるためと思われる。

（12）**ブライス**……Blythe　スコットランドまたはイングランドとの国境地帯に起源があり、ケルト族ブリトン人由来の名字。

（13）**スローン**……Sloane　スコットランド、アイルランドに多い名字。

（14）**この先も永遠にスローン家であり、世に果てなくスローン家である、アーメン**……英国国教会『祈禱書』の「グロリア（頌栄）」の「始めにあり、今にあり、未来にあり、世に果てなくあり、アーメン」のもじり。『夢の家』第1章（16）。［RW／In］

（15）**六月の白い水仙《ジューン・リリー》**……June lily　白水仙。『アン』第10章でリンド夫人の庭にこの花が咲く。第三巻『愛情』第5章で夫トーマスが他界して、夫人がグリーン・ゲイブルズへ転居した後、元の家に越した新しい住人が六月の白い水仙をすべて抜いたと悲しげに手紙で語る。リンド夫人の愛する懐かしい花。

（16）**木の精《ドライアド》の泉**……木の精は乙女の姿をした木の妖精で、ギリシア神話に由来する。

『アン』第12章（7）。

（17）**ウィローミア**……Willowmere　意味は「柳の湖」。ちなみに米国ニューヨーク州にある薔薇の愛好家アロン・ワード海軍大将（一八五一～一九一八）の邸宅は「ウィローミア」という屋号で米国国定史跡。第5章（2）。

（18）**アン・コーデリア**……ダイアナ・ライトの長女。アンの本名と、アンが憧れた名前コーデリア（シェイクスピア劇『リア王』の無口な第三王女）にちなむ。

（19）**ヘスター・グレイの庭**……『青春』第13章。

（20）**三人の緑の人たち**……Three Green People　アン・コーデリアが庭で話しかけた花の精霊《スピリット》など、草花の精霊、緑の服の妖精をさすと思われる。

（21）**名前には、シェイクスピアが認めた以上のことがある**……シェイクスピア劇『ロミオとジュリエット』第二幕第二場のジュリエットの台詞「薔薇はたとえどんな名前で呼ばれても甘く香るでしょう」より。ジュリエットは、薔薇という名前よりも現実の物のほうが重要と語るが、アンは名前に意味があると考え、自分の名前を受け継いだアン・コーデリアは、自分と同様に想像力があると語る。『アン』第5章（6）。

（22）**カシス酒**……red currant wine　赤スグリの実をイースト菌で発酵させた自家製果実酒。アルコール度数は低く、軽い発泡性がある。拙訳の旧訳では「赤スグリ酒」と正確に訳したが、日本では和名のスグリよりフランス語のカシスが知られるため、新訳ではカシス酒と意訳した。

（23）**牧師さんやリンドのおばさんが反対**……カナダでは新教プロテスタントのキリスト教組織などが十九世紀末から二十世紀初めにかけて禁酒運動を進めていた。カスバート家とリンド夫人が信仰する宗派は新教の長老派教会。

（24）**エリオット夫人**……『夢の家』のミス・コーネリア、マーシャル・エリオット夫人。「男のやりそうなことですよ」が口癖。

第2章

（1）**〈アイドルワイルド〉**……Idlewild 『アン』第13章（2）。白樺の若木が輪になって生えた場所。idyllic wild「牧歌的な自然」と考えられ、アン・シリーズ全体のテーマに通底。

（2）**〈樺の道〉**……樺の森を抜けるアンとダイアナの美しい通学路。ダイアナが命名したため詩的ではない名前になり、アンは内心がっかりする。『アン』第15章。

（3）**〈水晶の湖〉**……『青春』第13章。春のピクニックで森に見つけた浅い水たまり。ジェーン・アンドリューズが命名。

（4）**ギルバートが森の奥に見つけた種から生えた林檎の木**……『愛情』第2章（6）、アンの好きなラセット林檎。林檎園の木は苗木から育つが、この木はこぼれた種から育ったことにアンは感動する。

（5）**アニーの髪**……Annie's hair　アンの髪 Anne's hair ではなく、アニーの髪とある。

（6）アンちゃんの髪という意味。女の子に戻ったイメージ、またはモンゴメリの誤記。

（7）**マホガニー**……赤褐色の堅い木材で、高級家具に用いられる。『アン』第8章。

（8）**コップ家**……原文はコッブ家 the Cobb とあるが、『青春』第18章「トーリー街道の変てこ事件」ではコップ家 the Copp とあるため、コップ家とした。本作は、『青春』から三十年後に発行されたため、モンゴメリの誤記と思われる。

（9）**アンが鼻を赤く塗ってた**……アンはそばかすに効く化粧水と間違えて、敷物のフックド・ラグに下描きの模様をつける赤い染料を鼻に塗った。『青春』第20章（8）。

（10）**改善協会**……アヴォンリー村改善協会 Avonlea Village Improvement Society。『青春』でアンとギルバートが結成。

（11）**百五十五ポンド**……一ポンドは四百五十三グラム。ダイアナの体重は約七十キロ。

（12）**小妖精のような**……小妖精エルフは、森に暮らす茶目っ気のある悪戯好きな小さな妖精。『青春』第13章（11）。

（13）**「飛びこえるには広すぎる」**……英国の詩人・批評家アルフレッド・エドワード・ハウスマン（一八五九〜一九三六）の詩「哀しみにわが心苦しみて」より。

（14）**スターフラワー**……『アン』第15章（2）。

毒きのこ……toadstool　ベニテングダケなど赤い傘に白い斑点の毒きのこ。『青春』第13章の春のピクニックで、森に毒きのこが生え、その上で悪戯な小妖精エルフが踊るとアンが語る。本章でも森の小さなえぞ松がエルフになぞらえられる。

(15) **セーラ大おばさん**……great-aunt Sarah　大おばは父母のおば。Sarah の発音はセアラ、サラ。旧約聖書ではサラと訳されるが、人名としてはセーラという訳が多い。

(16) **毒を喰らわば皿まで**……直訳「子羊を盗んで絞首刑になるなら、羊を盗んだほうがまし」。

(17) **船に接続する汽車**……港近くの駅に着き、北米大陸へ渡る船に乗り換えるように運行される列車。

(18) **しばらくの間、お客さんにご遠慮してもらう前に**……アンが夏が終わる頃に出産することを読者に伝える。

(19) **レベッカ・デュー**……第四巻『風柳荘』(一九三六)の善良な家政婦。第五巻『夢の家』は、第四巻より前に書かれたため、レベッカは登場しないが、本作は第四巻より後に書かれたため、再登場する。

(20) **扉の掛けがねのひもをいつも外に出して**……扉に鍵をかける掛けがねのひもを、扉の穴から外に出すと、ひもを引いて鍵を開けることができる。メアリ・マリアおばさんの訪問はいつでも歓迎しなければならないという意味。『夢の家』第22章(10)。

(21) **一本柳農場**……Lone Willow Farm。炉辺荘に比べると平凡で散文的な屋号。

(22) **ナン**……Nan　アンの双子の娘。ナンはアンの愛称で、母アンにちなむ。

(23) **ダイ**……Di　アンの双子の娘。ダイアナの短縮形、愛称。親友ダイアナにちなむ。

(24) **シャーリー**……Shirley　アンの三男、アンの旧姓にちなむ。

（25）**ジェム**……Jem　アンの長男、『夢の家』で誕生。本名はジェイムズ・マシュー・ブライス。ジム船長ことジェイムズ・ボイドとマシュー・カスバートにちなむ。

（26）**ウォルター**……Walter　アンの次男。アンの父ウォルターにちなむ。アンが愛読するスコットランドの文豪サー・ウォルター・スコットにもちなむと思われる。

（27）**戦争は過去のこと**……本作執筆以前にカナダが参戦した主な戦争は、一八一二年の英領カナダと米国の英米戦争、一九一四年〜一八年の第一次世界大戦。本作の時代背景は第一次大戦前の二十世紀初頭のため英米戦争を意味する。

（28）**炉辺荘の前にある小さな谷間**……「虹の谷」、第23章（14）。

（29）**カルセオラリア**……和名はキンチャクソウ。花が袋のような独特の形をしている。『風柳荘』二年目第8章（19）。

（30）**前は『よその人』だなんて言って**……『夢の家』第22章でアンが語る。

第3章

（1）**カーモディ**……アヴォンリーの隣町で最寄り駅がある。『アン』第1章（9）。

（2）**銀のマグカップ**……洗礼を受けた赤ん坊に銀のマグカップを贈る習わしから。

（3）**火やぶり**……ジェムが「火あぶり stake」を「ステーキ肉 steak」と間違えたもの。発音は共にステイク。

（4）**ドンドコ**……ジェムが「カブに似た根菜ビートの複数形 beets」を、「強く打つ音

beats」と間違えたもの。発音は共にビーツ。

（5）**盲腸エン**……盲腸炎 appendicitis を、appensitis と表記。

（6）**芝生のたんぽぽを全部掘り起こしてくれた**……春の野原一面に咲くたんぽぽは美しい光景だが、島民にとっては、たんぽぽの綿毛とともに種が飛び、芝生や庭、近くの畑にはびこる雑草のため、根こそぎ取り除く手入れが必要。第38章（1）。

（7）**枝に黒い瘤《こぶ》ができる病気**……プラムやサクランボの果樹の枝に病原菌がつき黒い瘤のように覆う。枝が枯れ、養分をとられて果実の実りが悪くなる。

（8）**「メリーさんの羊」のメロディに合わせて「母さんが今日帰る、今日帰る、今日帰る」と一日中、歌いながら**……「メリーさんの羊」の部分の原文は“Merrily We Roll Along”。この歌詞は、米国の作曲家エドウィン・ピアース・クリスティが民謡をもとに作曲した歌「おやすみ、レイディーズ」（一八四七）の一番にあり、その部分のメロディは英国マザーグース「メリーさんの羊」出だしの「メリーさんの羊、羊、羊」の部分と同じことから「メリーさんの羊」と訳した。ダイの喜びを表す。［RW／In］

（9）**リース**……Reese　ウェールズ人に多い名字。名前の表記は英語の発音に準じる。

（10）**寄り目**……cross eyed　内斜視。両目または片目が内側にむき、両目の視線が内側で交差（クロス）するように見えることから。

（11）**蝿《はえ》とり紙**……粘着質のある細長い紙を天井などから下げる。大きな紙に強力な粘着剤を塗ったものもあり、大きな昆虫や時に小鳥もかかり、ジェムのお尻につけば剝がすのに苦労する。第11章では猫がこの蠅とり紙にかかる。

（12）**ザ・シュリンプ《おちびちゃん》**……the Shrimp　猫の名前。意味は、シュリンプ・カクテルでも有名な「小えび」。転じて小さな動物の名前「おちびちゃん」。子猫のときにギルバートが名付けたが、本作では大きな猫に育つ。

（13）**罰当《ばちあ》たりな一家**……当時のキリスト教では、神（ゴッド）という言葉をみだりに口にするのは不敬とされ、全能者、天の父、偉大な存在などの言葉が用いられた。

（14）**おなかの底をひどくかじられたみたいな気がするの**……I've got a gnawful feeling　gnawful という英語はなく、ジェムが「かじる gnaw」と「ひどい awful」を合わせた言葉と推測。

（15）**炉辺荘のアン**……第一巻の原題『グリーン・ゲイブルズのアン』とアンが主人公のシリーズ最終巻の本作『炉辺荘のアン』がここで対比される。

第4章

（1）**バーティ・シェイクスピア・ドリュー**……『夢の家』第34章（8）。男子名の愛称バーティに文豪の名シェイクスピアを合わせた名付け。ドリュー家の親にあまり常識がないことを示し、本作でのバーティのふるまいにつながる。

（2）**元の「夢の家」へ出かけ、フォード家のケネスとパーシスとすごした**……アンとギルバートが新婚時代を送った「夢の家」は、ブライス一家が炉辺荘に転居した後は、オーエン・フォードと妻のレスリーの一家が、トロントから来て過ごす夏の別荘となった。ケネスとパーシスはフォード夫妻の子ども。ケネスは母レスリーの亡き弟から、パーシスは父オーエンの祖母から名付けられている。

（3）**内海口《うちうみぐち》**……the Harbour Mouth　フォー・ウィンズ Four Winds の内海がセント・ローレンス湾へ出るところにある漁村。内海は、現在はニュー・ロンドン湾だが十九世紀の地図ではフォー・ウィンズ湾と書かれている。（地図）

（4）**ビル・テイラー船長が蛇の入れ墨をする**……船乗りの体を見て船員を判別するため、航海の安全神話の迷信、粋の文化などから、入れ墨をすることがあった。

（5）**麻疹にかかる代わりに、父さんの目つきをとらえて**……catch には病気に「かかる」と目つきを「とらえる」の両方の意味がある。

（6）**ジンジャーブレッドに、泡立てたクリームを添えて**……ジンジャーブレッドは、ブレッドという名がつくがパンではなく、生姜と糖蜜で風味をつけたケーキ、クッキーがある。泡立てたクリームを添える場合はケーキが多い。

（7）**グラディス**……Gladys　ウェールズ語由来の女子名。

（8）**黒玉《ジェット》の長い耳飾り**……黒玉《ジェット》は古代植物が化石化した黒い石。十九世紀に英国とカナダの国家元首だったヴィクトリア女王は、夫アルバート公の死後、四十年間、黒い服の喪装を通し、装飾品も黒玉《ジェット》を身につけたことから、黒玉の耳飾りや首飾り、ブローチ、また凝った黒い喪服が英語圏で流行した。『青春』第27章（2）。

第5章

（1）**アスフォデル**……asphodel　ツルボラン属の草。一本のまっすぐな茎に白い花が鈴なりに咲く。ギリシア神話では極楽や黄泉の国に咲く不死の花とされるため、アンは天国の花として語る。モンゴメリが愛読した詩人アルフレッド・テニスン、エリザベス・バレット・ブラウニング、エドガー・アラン・ポーなどが詩に詠んだ。

（2）**アロン・ワード夫人**……Mrs. Aaron Ward　一九〇七年にフランスの園芸家ジョゼフ・ペルネ・デュシェ（一八五九～一九二八）が改良した薔薇で、淡黄色からサーモンピンクの花色。薔薇の愛好家として知られたアロン・ワード海軍大将の夫人（一八五四～一九二六）にちなんで命名された。第1章（17）［In］

（3）**香水をまき散らした洋杯《カップ》のような夕暮れ**……この洋杯《カップ》は天をおおう明るく高い夕焼け空のこと。白い水仙や芍薬などの春の花々が咲いて芳香の漂う夕暮れどきを表すモンゴメリらしい詩的な表現。

（4）**メイプルの砂糖衣《フロスティング》**……maple frosting　砂糖衣《フロスティング》は白砂糖やバターなどから作る砂糖がけで、ケーキを覆って乾燥を防ぐ。この砂糖衣に、春先に楓の幹から取る樹液を煮詰めた楓《メイプル・シュガー》糖やメイプル・シロップを加えて風味と色づけをしたもの。

（5）**メイフラワー**……トレイリング・アービュタス。早春五月に森の地面につる状の細い茎をのばして白や桃色の小さな香りの良い花をつける。当時は愛情を伝える花として求婚や結婚式でブーケにして贈った。『愛情』第20章（4）、口絵。

（6）**ブラジルにジャガー**……ジャガーはネコ科ヒョウ属。南米と北米南部の森に棲息。

（7）**野薔薇**……sweetbriar　花と葉に芳香がある。日本ではスイート・ブライヤーという名で市販。花は野いばらに似た桃色や白の五弁、甘い香りがある。大きく赤い実から種を取り除いて乾燥させたローズヒップ・ティーが作られる。第24章（1）［In］

第6章

（1）**干し草置き場**……干し草をつかう馬小屋や家畜小屋の二階にある。そのためスーザンは二階の床の穴から下の馬小屋に落ちる。

（2）**龍を刺繍したガウン**……中国風を思わせる室内ガウン。そのため、この「龍dragon」は西洋の「竜」ではなく、東洋の天に昇る龍と訳した。第23章（15）。

（3）**先生奥さんを怖がらせてはならない**……第1章に書かれている通り、アンは妊娠中のため、精神的なショックを与えてはならないとスーザンは思い出す。

（4）**『一日が何をもたらすか、汝《なんじ》は知らない』**……旧約聖書「箴言」第二十七章一節「明日のことを誇ってはならない。一日が何をもたらすか汝は知らない」［RW／In］

（5）**ブラッドハウンド**……直訳すると「血の猟犬」。銃などで傷ついた獲物の血の匂いを、優れた嗅覚で追跡する狩猟用の大型犬。警察犬として流血の負傷者捜索にも用いられる。メアリ・マリアおばさんは「猟犬」ハウンドではなく、「血の猟犬」ブラッドハウンドと母親アンの前で語り、おばさんの無神経な人柄が伝わる。

（6）**ギルバートが飼っていた老犬のセッター**……スコットランド原産の猟犬ゴードン・セッターを、アンがギルバートに贈った。『夢の家』第28章。

（7）**毒で死んだんです**……犬が誤って毒のあるものを食べたと思われる。老犬を毒薬で安楽死させた可能性もあるが、原文ではそこまで特定して書かれていない。

（8）**テディ・ベア**……熊の縫いぐるみ。米国大統領セオドア（愛称テディ）・ルーズベルト（一八五八〜一九一九）が狩猟中に子熊を助けたという漫画からついた呼び名。

（9）**けちんぼ奥さん**……Mrs. Second Skimmings　搾った牛乳から、バター用のクリームを二度もすくいとった乏しい風味の脱脂乳夫人という意味。乳牛を飼い、クリームを取ってバターを手作りした時代の暮らしから生まれた言い回し。

（10）**マフィン**……米国と英国で異なる。米国では大ぶりの甘いカップケーキ。ブルーベリーやチョコチップなどが入り、朝食または軽食。英国では平らで小ぶりの円形パンで、トーストして横半分に切り、バターとジャムをつけて朝食にする。英国の影響が強かった一九〇〇年代のカナダでは英国式と思われるが、米国式の可能性もある。

第7章

（1）**水の魔物**《ケルピー》**たち**……kelpies　スコットランドの妖精で、馬の姿をした水魔（原文は複数形）。水辺に棲み、人を溺死させたりする。『青春』第11章（7）では空想癖のある繊細な少年ポールが想像。次男ウォルターとポールは共通項が多い。

（2）小鬼《ゴブリン》たち……goblins　『アン』第21章で、アンは頭がレイヤーケーキの鬼《ゴブリン》に追いかけ回される夢を見る。

（3）黒い焼石膏の猫……The black plaster-of-Paris cat　plaster of Paris は、パリの石膏ではなく焼石膏のこと。焼石膏は、石膏を熱して水分を飛ばした粉末で、水を混ぜて成形して、ギプスや装飾品に用いられる。

（4）クィーン・プディング……英国伝統のデザート。モンゴメリは Queen Pudding と書いているが、一般に Queen of Pudding（プディングの女王）と呼ばれる。パンをくだいてミルクと砂糖で煮たものに、溶かしバター、卵黄、ヴァニラを混ぜた生地をパイ型に敷いて焼き、柔らかなプディングを作る。その上にラズベリーなど赤い果実のジャムを広げ、その上にメレンゲをのせてもう一度、天火で焼き、メレンゲに軽い焼き色をつける。断面が三層になった柔らかく美しいデザート。

（5）鴫撃《しぎう》ち……ギルバートは『夢の家』で鳥撃ち猟を始める。

（6）グレイ・トム……Grey Tom　ブライス家の馬の名前。灰色の毛並みの馬と思われる。

（7）グレービー・ソースを入れた舟形容器……グレービー・ソースは肉を調理して出た肉汁と脂に小麦粉を混ぜてとろみをつけ、塩、胡椒、スープ、白ワインなどで調味したソース。舟形容器は、瀬戸物または金属製の台付きの器で、ソースやドレッシングを入れる。日本のレストランではステンレス製の舟形容器にカレーを入れる。

第8章

（1）**オパール**……Opal　宝石のオパールにちなんだ女子名。英語の発音はオウパルだが、日本語では宝石も含めてオパールと訳されるためオパールと表記した。

（2）**ジャックストーンズ**……jackstones　小石一つと、複数の小さなジャックストーン（こま）を使うゲームで、主に女の子の遊び。小石を空中に投げ上げ、地面に落ちてくる間に、ジャックストーンを一つ拾う。次は二つ、三つと、拾う数を増やす。

（3）**プラシ天**……plush　毛足が長いビロードで、縫いぐるみなどに使われる。

（4）**沿海州**……the Maritimes　カナダ大西洋岸のプリンス・エドワード島州、ノヴァ・スコシア州、ニュー・ブランズウイック州の三州。

（5）**スコットランド松**……Scotch pine　ヨーロッパアカマツの一種、スコットランドの国樹。スコットランド系のアンの家らしい樹木。

（6）**ウォルト**……Walt　ウォルターの愛称。

（7）**バーサ・マリラ・ブライス**……Bertha Marilla Blythe　アンの四女。バーサはアンの生母バーサ・シャーリーから、マリラはアンの養母マリラ・カスバートにちなむ。

第10章

（1）**「下剤の《しんれいてきな》経験」**……"physic experience"、正しくは"psychic experience"「心霊的な

経験」で、言い間違えたもの。
（2）**「お猿の顔」のクッキー**……クッキーの丸い生地に、レーズンなどを三つ、両目と口のある顔に見えるように置いて焼いた子どもが喜びそうなクッキー。

第11章

（1）**アン**……メアリ・マリアおばさんはアンを「アンちゃん《アニー》」と呼ぶが、ここは「アン」となっている。
（2）**様々な物語がある古い内海の岸辺**……『夢の家』で内海に伝わる様々な古い物語が描かれる。
（3）**風柳荘《ウィンディ・ウィローズ》**……原文では、風ポプラ荘 Windy Poplars。モンゴメリは『風柳荘のアン』Anne of Windy Willows という書名で執筆したが、米国とカナダでは版元の考えで書名が『風ポプラ荘のアン』へ変えられたため、これに合わせたもの。詳細は『風柳荘』のあとがき参照。英国版と拙訳はモンゴメリが書いた通りの『風柳荘のアン』。
（4）**妖精の国の地図**……『風柳荘』一年目第11章で、アンと小さなエリザベスが描いた地図。二人が別れるとき、アンが額装して餞別に贈った。
（5）**銀色の鯖雲《さばぐも》のつづく空を黒い鳥たちが渡っていった**……鯖雲はいわし雲。秋空を、焦げ茶色のカナダ雁など黒っぽい渡り鳥が、厳寒のカナダの冬を避けて南へ渡る。
（6）**脳みそに鉄のバンドを巻いてるみたいですよ**……頭痛。メアリ・マリアおばさんは五十代のため更年期の症状と思われる。

（7）**オーブンの扉を開け、そこに両足をぬくぬくと置いて**……鋼鉄製の料理用ストーブには、薪を燃やす空間とは別に、パンなどを焼くオーブン（天火）があり、火を消した後、扉を開けると、中が暖かい。北国の島は十一月から四月の半年が冬。

（8）**『どうしてスプーンも数えないんですか？』**……高価な銀製のスプーンは盗まれて数が減ることがあった。『風柳荘』一年目第16章でねずみ取りおばさんも話す。

（9）**老いぼれ夫人《メフセラ》**……原文でナンは Mrs. Mefusaleh「メフセラ夫人」と言うが、正しくは Mrs. Methuselah「メトセラ夫人」で、ヘブライ語風の名前を間違えたもの。この女性は旧約聖書「創世記」第五章二十七節に出てくるメトセラの妻。メトセラは九百六十九歳まで生きたとされる長寿で、そこから高齢者という意味。ナンはこの意味で話したため、メアリ・マリアおばさんが平手打ちをした。

（10）**尻叩き《スパンキング》**……子どもの体罰として尻を叩くこと。『風柳荘』二年目第4章（6）。

（11）**紙つぶて**……spit-ball　紙をかんで唾で固めた小さな玉。

（12）**馬鍬《まぐわ》におびえてるひきがえる**……a toad under a harrow　畑の地面にいつ馬鍬が入ってくるかと、おちおち寝ていられない蛙の意味から、常に迫害されている人。

（13）**人生のより高きこと**……the Higher Things of Life　アイルランドの作家オスカー・ワイルド（一八五四～一九〇〇）の小説集『幸福な王子』（一八八八）の一作「非凡な打ち上げ花火」に the Higher Things of Life「人生のより高いこと」がある。［In］

第12章

（1）**サンタ・クロース**……キリスト教の聖人ニコラスにちなむ。子どもの守護聖人で、クリスマス・イヴに贈り物をするとされる。モンゴメリが信仰した新教の長老派教会は、クリスマスとサンタ・クロースを認めないが、本作が書かれた一九三〇年代は「サンタが町にやって来る」（一九三四）などの歌謡曲がレコード、ラジオで人気を博し、クリスマスが宗教行事としてではなく、年中行事として一般化。また本作の執筆時は、モンゴメリの夫は牧師引退後で、モンゴメリも牧師夫人ではなくなったため、長老派教会が認めないサンタ・クロースを本作では書いている。

（2）**目くそ鼻くそを笑う**……直訳「鍋が薬缶を黒いと言う」。五十歩百歩。

（3）**ロースト肉を切り分ける**……一家の主人はローストした家禽を長いナイフとフォークで上手に切り、来客に分ける役目がある。『夢の家』でギルバートはリンドのおばさんの前で肉を切り分ける練習をしてから切った。

（4）**怒りは翌日まで持ち越すな**……新約聖書「エペソ人への手紙」第四章二十六節より。

［RW／In］

第13章

（1）**セント・ローレンス湾も灰色で、冷たく白く泡立つ波頭《なみがしら》が点々と見えていた**……冬の湾は氷に被われ波頭は見えない。この冬は海が凍らないとウォルターは語る。

（2）**緑色のリース**……冬も葉が青い常緑樹の西洋ヒイラギやモミで作ったリース。

（3）**這《は》いえぞ松**……creeping spruce　『風柳荘』で、グリーン・ゲイブルズのクリスマスの飾りにする這いえぞ松をアンたちが森で探す。二年目第6章（1）。

（4）**もみの天辺に、大きな銀色の星**……新約聖書「マタイによる福音書」第二章に出てくる、イエスが誕生した時、夜空に現れたとされる星。別名ベツレヘムの星。

（5）**シーツをかぶった巨大な幽霊**……an enormous sheeted ghost　雪がつもった木を白いシーツをかぶった幽霊に見立てた表現。欧米ではクリスマス・イヴに幽霊の怪談を読む習慣があり、クリスマス前夜は幽霊が出るとされる。この場面はクリスマス・イヴの夜。モンゴメリが愛読した英国作家ディケンズの『クリスマス・キャロル』（一八四三）でもクリスマスの幽霊が描かれる。

（6）**窪地に、冬の朝日の赤ぶどう酒がなみなみと注がれていた**……モンゴメリの好む表現。朝の谷間にもやが注がれる描写が『アン』にもある。

（7）**赤い天鵞絨《ヴェルヴェット》の長い服**……the red velveteen cassock　cassock はカトリック司祭の長い法衣、足首までの長いガウンを意味する。現在のサンタは腰までの上着だが、十九世紀の絵画のサンタは足首までの長いガウンを着用。

（8）**銀の弓をかまえたアルテミス**……アルテミスはギリシア神話の月と狩猟の女神。ローマ神話ではディアナ。小さな毛皮を体にまとった姿で描かれるため、メアリ・マリアおばさんは「はしたない」と言う。また一神教のキリスト教にとって多くの神々が登場するギリシア神話とローマ神話は異端であるため「異教徒だね！」と言う。

(9) **「ハンドウォーマー」**……“wristers” 手首から指の付け根までの指なし手袋。指がある手袋に比べると編むのが簡単。

(10) **赤いネルのペチコートは時代遅れ**……赤いネル（フランネル）のペチコートは一八六〇年代に流行。その後も年配女性が着用。本作の時代背景は二十世紀初め。［In］

(11) **国内伝道者**……海外伝道者に対し、国内の開拓地、都市の貧困層に布教した。

(12) **七面鳥の詰め物のしたく**……七面鳥の腹にセロリ、玉ねぎ、ベーコンのみじん切りのバター炒め、パン粉などを詰めて天火で丸焼きにした感謝祭、クリスマスの正餐。

(13) **白身の肉**……豚、子牛、鶏、七面鳥の肉など。対して赤身肉は牛肉、羊肉など。

(14) **子どもはその姿を見るものであり、声を聞くものではない**……子どもは静かになさいという躾。『アン』第2章で、アンも前にこう言われたとマシューに語る。

(15) **生ものは頂きません**……赤痢菌、野菜の寄生虫などによる病気が多い時代は衛生面からサラダの生野菜を敬遠する人がいた。

(16) **ミンスパイは、消化に悪すぎて**……現在のミンスパイの中身はカランツ、干しぶどう、林檎、砂糖で煮た柑橘類の皮などだが、昔は牛や羊の腎臓と腰の脂肪が入るレシピもあり、脂っこかった。

第14章

（1）**青かけす**《ブルージェイ》……スズメ目カラス科の野鳥。頭から背と尾羽にかけて美しい青色。カナダ東部オンタリオ州を代表する鳥。

（2）**うさぎがイースターの卵を準備してるんですよ**……復活祭の前日にうさぎが卵を持ってくるという言い伝えから。復活祭は、十字架にかけられたイエスの復活を祝う祭事で、春分後の満月直後の日曜日に行われる。

（3）**『わっくわくする』**……「わくわくする exciting」をジェムが「刺激するもの」"*in*citing" と間違えたもの。モンゴメリは in を斜体文字にして強調。

（4）**敗血症**……細菌が血液に入り毒素が全身にまわる全身感染症。抗生物質がない時代は恐れられた。

（5）**初めてこまどりが来た**……カナダのこまどり（コマツグミ）は渡り鳥で、冬前に北米大陸の南へ渡って避寒、春に北国の島に戻り、美しい空色の卵を産む。

（6）**屋根裏の棚の整理を始めた**……欧米では大掃除は春の行事。

（7）**しもつけ**……シモツケ属の低木、コデマリ、ユキヤナギを含む。白やピンク色の小花が集まった房状の花をつける。カナダではピンク色の花が多い。メアリ・マリアおばさんのように花が咲く前に枝を刈れば、花は鑑賞できない。

（8）**金蓮花**《ナスタチウム》……キンレンカ属の観賞用植物、中南米原産。丸い葉に明るいオレンジ色や黄色の花が咲く。花と葉はサラダなど食用にも使われる。

(9) 小さなせせらぎたちが噂話をしている声が聞こえてよ……春の島は雪解けの季節で、小川が音を立てて流れる。
(10) プラムたっぷりの大きなバースデー・ケーキ……プラム（すもも）入りのケーキのほか、レーズンやカランツ入りのフルーツ・ケーキもプラム・ケーキと呼ばれる。
(11) タフタ……光沢と張りのある薄地の絹織物で、しゃれたドレスに用いられる。
(12) 年暦《こよみ》……一年の行事、月の満ち欠け、潮の干満、農業の植え付け、また星占いなどが書かれた薄い冊子。今も島のスーパーで毎年販売される。
(13) 「隣人の家から足を引け。汝《なんじ》が飽きられ、疎《うと》まれることのないように」……旧約聖書「箴言」第二十五章十七節。［RW／In］
(14) サザンウッド……キダチヨモギ。キク科ヨモギ属のハーブ。芳香があり虫除けに使われた。スーザンは大切な聖書の虫喰いを防ぐために使う。『アン』第12章（2）。
(15) オレンジの砂糖掛け《アイシング》をしたケーキに、削ったココナッツをふんわりと飾り……この砂糖掛けは、オレンジ果汁を混ぜて淡いオレンジ色と風味をつけたもの。そこに削った白く薄いココナッツを載せた美しいケーキ。オレンジとココナッツは南方からの輸入品で、北国の島ではしゃれた食材。スーザンの意気込みが伝わる。
(16) アイスクリームを忘れないように、三十分おきに電話をかけます……電気冷凍庫がない時代は、食卓に出す時間に合わせて作る必要があった。『アン』第13章（1）。
(17) ボイル……透け感のある夏向きの薄地。『風柳荘』一年目第11章（5）。

(18) **モスリン**……毛または綿の柔らかい風合いの薄地。

(19) **洗礼者ヨハネの首**……ヨハネはユダヤ人の説教者、預言者。イエスに洗礼を授けた。ヨハネは、ヘロデ王の命令で首をはねられ、王の誕生日祝いの席に、彼の首が大皿にのせて運ばれたと新約聖書「マルコによる福音書」第六章十四節〜二十九節にある。本章ではメアリ・マリアおばさんの誕生日の祝いの席に、ヨハネの首のようにケーキが大皿に載せて運ばれ、良からぬことが起きることを暗示する。

(20) **今日の良き日が幾度《いくたび》も巡ってきますように**……many happy returns of the day　これは誕生日の祝辞のため、メアリ・マリアおばさんは、パーティが自分の誕生会と知って驚く。この祝辞には「幾久《いくひさ》しくご長寿を祈ります」という意味合いもあり、これを語ったエリオット夫人に悪気はないものの、年齢を気にしているメアリ・マリアおばさんには、なおさら嬉しくない言葉。

(21) **ノヴァ・スコシアの医者が、ジフテリア菌を患者に注射して毒を投与した**……島の対岸のノヴァ・スコシア州では一八九〇年から翌年にジフテリア（ジフテリア菌による感染症で呼吸粘膜が冒される）が流行、大勢の子どもが死亡した。当時の最先端の治療にジフテリア血清注射があり、ドイツ留学中の細菌学者・北里柴三郎（一八五二〜一九三一）らが馬にジフテリア菌を注射し、抗体ができた血液の血清を人間に注射する方法を研究した。本文のノヴァ・スコシアの医師は、弱いジフテリア菌を注射して、人間の体内で抗体を作ろうとした可能性もある。英文では a doctor in Nova Scotia

who had poisoned several patients by injecting diphtheria germs とあり、poison は毒を投与する、という意味の動詞で、毒で「死んだ」とは明確には書かれていない。

（22）**『傷つけられた心は、誰が耐えられようか』**……旧約聖書「箴言」第十八章十四節「人の心は病気に耐える。だが傷つけられた心は、誰が耐えられようか」［RW／In］

（23）**玉ねぎをステーキに添えたら**……some onions with his fried steak　fried はフライパンのような「浅鍋で油で調理した」という形容詞。たとえば fried rice は炒飯、fried egg は目玉焼きのため、fried steak は一般的なステーキ。

第15章

（1）**アイリッシュ・クロッシェ・レース**……アイルランドのかぎ針編みレース。芯糸を編みくるむことで、花びらや葉をやや立体的に編む。スーザンはアイルランド伝統のレースを編み、姪グラディスはウェールズ語の名前で、ケルトの気配がある。

（2）**マーシャル・エリオット夫人**……モンゴメリは「夫人」を斜体文字にして強調。『夢の家』第38章でスーザンは、いつも男性をこき下ろすミス・コーネリアが結婚できて自分はできないと、アンに語り、ここで「夫人」を強調する。

（3）**スモック刺繍**……布に細かな襞《ひだ》をたくさん寄せて、亀甲模様などの飾り刺繍で縫いとめ、ギャザーを作る。子供服の胸もとや胴回りにほどこす。

（4）**鬼百合は「華々しく燃え」**……英国詩人ウィリアム・ブレイク（一七五七〜一八二

七）の詩「虎」（一七九四）の冒頭「虎よ、虎よ、華々しく燃える／夜の森で／その不滅の手と瞳が」より。鬼百合は英語で tiger lily（虎百合）で、詩の虎に掛けた引用。

（5）**百日草**……キク科、白や桃色の花が咲く。強健で育てやすい。

（6）**節**……聖書の各章を細かく細分化したもの。

（7）**『主は与え、主は召し給う。主の御名《みな》を褒めたたえよ』**……旧約聖書「ヨブ記」第一章二十一節より。第五巻『夢の家』第19章（6）。［RW／In］

（8）**あの一節をこんなふうに使うなんて**……（7）の節は、大切な人を亡くして悲しむ人を慰める言葉。『夢の家』第19章で、わが子を喪ったアンにミス・コーネリアはこの節を語る。病気の家畜に治療をせず死なせるための節ではない。

（9）**わめき声をあげるイスラム教の修行僧たち**……howling dervishes　イスラム教の修行僧で、回転する踊りと祈禱で法悦状態となる。

（10）**愛しの母さん**……dearwums　こうした英単語はないため、dear mum の甘えた言い方と思われる。ここでジェムはダチョウの羽を母にねだる。

（11）**セオドラ・ディクスとルドヴィック・スピード**……モンゴメリが三十代に雑誌に発表した短編を集めた小説集『アヴォンリー物語』Chronicles of Avonlea（一九一二）の冒頭の短編「ルドヴィックを急がせる」のカップル。

（12）**スティーヴン・クラークとプリシー・ガードナー**……『アヴォンリー物語』の短編「プリシー・ストロングへの求愛」の男女。本作より先に書かれたこの短編では、女性の名字はストロング、本作はガードナーとあり、モンゴメリの誤記と思われる。
(13) **ジャネット・スィートとジョン・ダグラス**……『愛情』第31～34章。
(14) **カーター博士とエズミ・テイラー**……『風柳荘』一年目第9～10章。
(15) **ノーラとジム**……『風柳荘』一年目第16～18章。
(16) **ダヴィとジャーヴィス**……『風柳荘』三年目第5～8章。
(17) **彼女にかかれば、薊《あざみ》にも、無花果《いちじく》の実がなるかもしれない**……新約聖書「マタイによる福音書」第七章十六節「あなたがたはその実で彼らを見分ける。茨《いばら》に葡萄《ぶどう》が、薊《あざみ》に無花果《いちじく》が実るだろうか」。だがアンなら薊に無花果を実らせるという意味。［RW／In］

第16章

(1) **ダヴィの父親**……『風柳荘』三年目第8章。娘の結婚相手にふさわしい男性との交際をわざと禁じた。理由はその男性が、人の意見の逆を行う偏屈者だったため。
(2) **ジェン・プリングル**……『風柳荘』で学校長アンが教えた優秀な生徒。
(3) **熱波の暑さのなか、スーザンとアンは宴《うたげ》の食事をすべて料理した**……当時は薪や石炭を燃やすストーブで料理したため夏は家中が暑くなった。
(4) **灰色のフランネルのような華々しい**……灰色のフランネルはくすんだ地味な寝間着などの布地で華やかではないが、あえて真逆に表現した言い回し。

（5）**ブリストル・ガラス**……英国南西部の港町ブリストルで十八世紀から作られる半透明の装飾用ガラス。鮮やかな青色が多く、花瓶やろうそく立てなどが作られる。

（6）**ボストン玉羊歯《たましだ》**……羊歯の園芸種で、葉が優美。

（7）**貸方の帳簿の署名《サイン》に間違いがないなら、オールデンがステラに恋をしたのは事実だ**……署名《サイン》sign には、「身ぶり・様子」の意味もあり、オールデンが見せたステラへの親切すぎる様子も意味する。オールデンのステラへの身ぶりや様子が間違いではないなら、彼がステラに恋をしたのは事実だという意味。

（8）**デルフィニウム**……青い花が咲く園芸植物。『風柳荘』二年目第12章（2）。

（9）**アンは彼女にむけて、人差し指をふった**……人差し指を左右にふる動作は、不賛成を表す。ステラとオールデンの交際に反対する気持ちを、アンは身ぶりで大げさに表す。

（10）**アイリーン・スウィフト**……本章のジャネット・スウィフト夫人の美しい姪と思われ、アンはステラに対抗心を持たせるため、美しい彼女の名前をあえて挙げている。

第17章

（1）**じぐざぐの柵**……野生動物の侵入、家畜の逃亡を防ぐ柵。横に渡す板は、上から見るとじぐざぐに組み、柱は横から見ると垂直ではなく斜めに二本ずつ交差させる。

（2）**腰折れ屋根**……屋根の下部は傾斜が急で、多くはそこに窓があり、屋根の上部は傾斜が緩やかな形の屋根。マンサード屋根。シンプルな造りの家屋が多い島では凝った建物で、チャーチル夫人が裕福に暮らしていることがわかる。

（3）**クレヨン肖像画**……写真が高価だった当時、家族の肖像画は、油彩のほかにクレヨンでも精密な絵画として描かれ、額装して壁に飾った。

（4）**星椋鳥**《ほしむくどり》……スズメ目ムクドリ科の野鳥。和名は黒い体に星状の斑点がちりばめられていることに由来する。

（5）**いとこの妻のコーネリア**……Cousin Cornelia, twice removed　直訳は「いとこの孫のコーネリア」または「祖父母のいとこのコーネリア」。コーネリアとチェイス氏は同世代と思われるため、この設定は辻褄が合わない。本章で、コーネリアの夫とリチャードはいとことあるため「いとこの妻のコーネリア」と訳した。英語では親戚関係を大雑把に表現することがある。

（6）**トーマス・ザ・ライマー**《うたよみ》……Thomas the Rhymer　うたよみトーマス。十三世紀後半のスコットランドの詩人・予言者アースルドゥーヌのトーマスの異名。彼について多くのバラッドが描かれ、スコットランドの文豪スコットが愛読した。

（7）**われこそが猫であると世界へ宣言している**……シェイクスピア劇『ハムレット』第三幕四場のハムレットの台詞「彼こそが男であると世界へ宣言している」より。［In］。

（8）**酒とかわい子ちゃん**……whiskey and tabbies　直訳「ウィスキーとトラ猫たち」。英語で猫は女性の意味で使われ、トラ猫には「かわい子ちゃん」という意味がある。

（9）**進化論**……イギリスの生物学者チャールズ・ダーウィンが『種の起源』（一八五九）で説いた説。キリスト教の天地創造説と対立。『夢の家』第18章（10）～（12）。

（10）**ディック・チェイス**……ディックはリチャードの愛称。フルネームで呼ぶことで、ミス・コーネリアがリチャード・チェイスの進化論に呆れている風情を表わす。

（11）**あたしには自分の信仰があって**……ミス・コーネリアは長老派教会の信徒。長老派は聖書だけを信仰の規範とし、旧約聖書の「天地創造説」（神がすべての生物を創造した）をとり、ダーウィンの「進化論」は認めない。

（12）**おれの星**……My star　チェイス氏の娘ステラ Stella はラテン語で「星」。リチャードは、「おれの星」つまり自分の娘は王族と結婚するにふさわしいと語る。

（13）**義理のいとこ**……a cousin-in-law の in-law は結婚によって親戚になった人。ミス・コーネリアは、チェイス氏のいとこのマーシャル・エリオットと結婚して、チェイス氏と義理のいとこになった、という意味。

（14）**すばらしい親戚どの**……pearl of in-laws　pearl 真珠のようにすばらしい人。（13）の「a cousin-in-law 義理のいとこ」に対応した言い方。

（15）『**男は、父と母のもとを去り、妻と結ばれる**』……旧約聖書「創世記」第二章二十四節、新約聖書「マタイによる福音書」第十九章五節などに「男は父と母のもとを去り、妻と結ばれる、そして二人は一体となる」とある。［RW／In］

第18章

（1）**話すときが来たと、セイウチが言いました**……英国の作家ルイス・キャロルの小説『鏡の国のアリス』（一八七一）のナンセンスな詩「セイウチと大工」にある。この詩に出てくる「キャベツと王様」は『風柳荘』二年目第6章（9）などにも登場。

（2）**名前はジップ**……ジェムは犬をジップ Gyp と呼ぶ。本章後半でアンとジェムが呼ぶ「ジップちゃん《ジッピー》 Gyppy」はジップの愛称。ただしこの犬をからかうマック・リースだけは「ジプシー Gypsy」と侮蔑的に呼ぶ。

（3）**紡ぎ車は一度も使われていなかった**……この紡ぎ車は、毛糸を羊毛の塊から紡ぐ道具。十八世紀半ばからの産業革命以後は紡績の機械化が進み、本作の二十世紀初頭には使われない。スーザンは昔の紡ぎ車で毛糸を作ることから、古風な手作りを好む。

（4）**モーガン家**……炉辺荘は、元はモーガン家の屋敷。モーガンはウェールズとアイルランド人に多い名前で、やはりケルト的な気配。

（5）**スーザンは「アップル・クランチ・パイ」と呼ぶお菓子**……apple crunch pie の直訳は「サクサク、パリパリする林檎パイ」。アップルパイにナッツを加えた菓子が連想されるが、カナダで一般的な「アップル・クランブル・パイ」をスーザンがこう呼んでいる可能性がある。甘く煮た林檎にバター、薄力粉、砂糖、シナモンを指でまぜて作るクランブルをのせて天火で焼く。焼いたクランブルにサクサク感がある。

（6）**スペアリブ**……豚の肉付きあばら骨。当時は豚を処理した農場で入手した。

（7）　**犬を愛して心が引き裂かれる愚かしさを描いたキプリングの詩**……英国の小説家・詩人のジョセフ・ラディヤード・キプリング（一八六五～一九三六）の詩「犬の力」の第一連、第三連、第四連、第五連の最終行に「犬を愛して、心が引き裂かれる」がある。キプリングは一九〇七年にノーベル文学賞受賞、二十世紀初頭に人気があった。モンゴメリは一九三六年一月十八日付の日記に「キプリングが死んだ。喪失感に打ちのめされた」と書いて、愛読した彼の作品名を挙げている。〔RW／In〕

（8）　**船が戻ってきたら**……When our ship comes in　意味は「金持ちになったら」。欧州の交易船が異国の香辛料、手織り絨毯、絹織物、瀬戸物、銀、宝石をつんで帰り、それを売ると金持ちになったことから。

第19章

（1）　**真鍮《しんちゅう》の小さな豚の貯金箱**……欧米の貯金箱は豚の形をしたものが多い。

（2）　**クラップ・イン・アンド・クラップ・アウト**……Clap-in and Clap-out　室内ゲーム。直訳「拍手で入り、拍手で出ていく」。女子は全員部屋に残り、男子は全員部屋から出る。その間、一人の女子が特定の男子をパートナーに選び、その男子が女子の拍手で迎えられて部屋に入る。男子は自分を選んだ女子を推測し、その女子の隣にすわる。正しいパートナーなら女子たちは拍手を止める。違った場合は拍手がどんどん大きくなり、拍手に送られて男子は部屋から出る。男女でパートナーを選んだり当てたりする若者らしい楽しみがある。

（3）**実体変化主義者《トランサブスタンシエイショナリスト》**……transubstantiationalist　カトリックの聖餐式のパンとぶどう酒が、イエス・キリストの体と肉に変化するという教理を信じる者。新約聖書「マルコによる福音書」第十四章二十二節〜二十四節に、イエスは最後の晩餐でパンをとり「これは私の体である」と言い、杯をとり「これは多くの人のために流される私の血」と語ったことに由来する。ジェムは難しい神学の言葉でフレッドを煙に巻く。

（4）**わたしは見たの、海をゆく、海をゆく船を／ああ、わたしのために、きれいなものを、たくさんつんで**……マザーグースの童謡詩。本作では「私のための」だが、元の詩では「あなたのための」。第31章にも登場。［RW／In］

（5）**ギルバータインまでいた**……ギルバータインは、ここでは男子名ギルバートの女子名。珍しい名前で、名医ギルバートにあやかって無理してつけた感じがある。

（6）**バフィン島**……カナダの北極地方ハドソン湾にある大きな島。北米の北極圏を探検した英国の冒険家ウィリアム・バフィン（一五八四〜一六二二）にちなむ。

（7）**エスキモー**……Eskimos　カナダの北極圏に暮らす先住民族をさす。エスキモーの意味は「雪靴を編んで作る人」。しかし「生肉を食べる人」という意味だと誤解する人々がイヌイットと呼び変えたが、イヌイットは、米国アラスカ北部からデンマーク領グリーンランド西部の先住民が自称する言葉で、カナダ先住民の言葉ではない。カナダではエスキモーと呼び、カナダ政府も差別的ではないとして公式語に採用してい

るため、モンゴメリの英文通りに訳した。［RH］

（8）**コンゴ**……アフリカ中西部の国。かつてはフランスやベルギーが植民地支配。

（9）**父さんの船が戻る**……第18章（8）。

第20章

（1）**何尋《なんひろ》も**……尋は深さの単位で、約一・八メートル。

（2）**首飾りには、愛情と、苦労と、自己犠牲がこもっているんですもの**……ジェムの首飾りの逸話は『アン』第33章と重なる。アンはマシューから贈られた真珠（ビーズ）の首飾りをつけてホテルで詩の暗誦。この首飾りには、富豪夫人のダイヤモンドの首飾りに込められた愛に劣らぬ愛情が込められていると十五歳のアンは語る。

（3）**きれい《スイート》で、清らか《ピュア》だ……エップス・ココアみたいに上品《ピュア》だ**……エップス・ココアは十九世紀英国製のインスタント・ココア・パウダー。砂糖が加えられ、湯や温めた牛乳を注ぐだけで、甘いホットココアが楽しめた。その製品の宣伝句「甘く《スイート》て、混じりけがない《ピュア》」を、ジェムはドレスを着た母が「きれい《スイート》で、清らか《ピュア》だ」と言う。

（4）**イオカステー・コンプレックス**……Jocasta complex　母親が自分の息子に性的な欲望を抱くとされる心理。一九二〇年にスイスの精神分析家レイモン・ド・ソシュールが、息子と結婚したギリシア神話の女性イオカステーにちなんで唱えた。二人の息子の母であるモンゴメリは、馬鹿げていて不愉快だとアンに語らせている。

第21章

（1）喪《も》の帽子《ボンネット》……crape bonnet　クレープ地（ちりめん地）の綴りは一般には crepe だが、喪装に使う場合は、本文のように crape と綴る。

（2）「未亡人のヴェール」……黒くて透ける素材のヴェール。普通は胸や腰までだが、ミッチェル夫人のものは膝まで届く豪華な喪のヴェールだと本章に描かれている。

（3）この時代の人々は徹底的に喪の装いをした……第4章（8）。

（4）追悼文《ちゆいとうぶん》……ミッチェル夫人は「追悼文 obituary オビチュアリー」を「obitchery オビチェリー」と間違って発音。ほかにも「来た」came を kem、「たぶん」maybe を mebbe、「教育を受けた」educated を eddicated などと話すため、ざっくばらんな口調で訳した。

（5）ひどく堅苦しい名前……この女子名ジュディス（キリスト教ではユディト）は古代ユダヤの裕福で信心深い女性で、アッシリア軍の陣地に忍び込み、敵の大将ホロファーネス（ホロフェルネス）の寝首をかき、ユダヤの町を救った。

（6）きんぽうげを刈り取る……きんぽうげには有毒成分があり、家畜が食べると中毒を起こすことがある。

（7）棺桶の名札……棺桶のふたをしめた後、故人を取り違えないように名札をつけたもの。『愛情』第31章でアンが下宿した「路傍荘《ウエイサイド》」の炉棚に棺桶の名札が飾られていて、アンは薄気味悪く思う。本章でもアンは唖然とする。

（8）**ハンプソン**……アイルランド人の名字。

（9）**ななかまど**……バラ科、高さは三〜十メートル。七回かまどで燃やしても焼け残る固い木材からついた和名。北欧やスコットランドで魔除け、厄除けの木とされる。

（10）**妖精を追っ払ってくれる**……妖精には、可愛らしい善良な妖精フェアリーだけでなく、人や家畜に悪戯をする妖精エルフ、災いをもたらす小鬼ゴブリンも含まれる。アンは妖精を信じ、『アン』では七種類以上の妖精が描き分けられる。

第22章

（1）**金魚草《おやつのドラゴン》**……「金魚草 snap-dragon スナップ・ドラゴン」をウォルターが「おやつのドラゴン snack-dragon スナック・ドラゴン」と間違えたもの。和名の金魚草は赤い花が金魚に似ること、英名のドラゴンは花が竜の顔に似ることによる。金魚草は夏に花が咲く。本章は春先のため庭に芽が出ている。

（2）**「老いし男の墓」**……モンゴメリの詩集『夜警』（一九一六年）に収録。本作の詩と同一で、六行ずつの四連からなる。夫人の甥っ子が追加した五連目はない。［RW］

（3）**たんぽぽ酒**……たんぽぽの花びら、オレンジとレモンのすりおろした皮と果汁、砂糖、水、ワインイーストを混ぜて発酵させ、漉《こ》して寝かせた自家製の軽いお酒。

（4）**薬草茶《ヤーブ・ティ》**……yarb tea　ハーブ・ティ herb tea の訛り。この章でも、ミッチェル夫人は「持ってきた」have brought を have brung、「すわった」sat を sot、「書いた」wrote を writ などと訛って話す。一方、夫のミッチェル氏の語る言葉には訛りや間違った発音はないため、普通の話し言葉で訳した。

（5）**パースニップ**……セリ科アメリカボウフウ属の根菜、見た目は白い人参。固く、独特の匂いがあるが、一度蒸してから炒めたり揚げたりすると、さつま芋のような甘い味わいになり、肉料理の付け合わせなどに添えられる。別名は砂糖人参。

第23章

（1）**とら猫《タイガー》トム**……Tiger Tom　猫の名前。模様はトラ縞。

（2）**華麗な行列と儀式**……pomp and circumstance　シェイクスピア劇『オセロ』第三幕三場のオセロの台詞「栄誉ある戦争の誇り、華麗な行列と儀式」。［RW／In］

（3）**バン《うさちゃん》**……Bun はうさぎ bunny にちなんだ言葉で、うさちゃん、うさこちゃんなど。ここはオスなのでうさちゃん。

（4）**売薬**……patent medicine　医師の処方箋なしで買える売薬、大衆薬。

（5）**罰当たりだと考え、恐れおののいた**……喪章は亡き人への弔意を表す。キリスト教で人間より劣るとされる動物のために黒い腕章をつけるのは罰当たりと、スーザンは考える。

（6）**ひきがえる**……褐色のカエルで、いぼがある。体長十〜二十センチメートル。ウォルターはメスは小さい方だと考えているが、最終的にはオスよりも大きくなる。

（7）**ブリキ道具**……ブリキのバケツ、盥《たらい》、ポットなど。

（8）**ディル入り胡瓜《きゅうり》のピクルス**……dill pickles はディルの葉と種を香辛料として入れた胡瓜の酢漬け。日本ではハンバーガーの胡瓜ピクルスが一般的。

（9）**コック・ロビン**……Cock Robin と大文字のため固有名詞で、炉辺荘のこまどりの名前。意味は「オスのこまどり」。

（10）**みみず**……worms　いも虫、青虫、みみずなど足のない虫類を意味する。本文にシャーリーが地面から掘ったと書かれているため、みみずや地虫 earthworm とわかる。

（11）**胸の羽毛が美しい錆朱色《さびしゅいろ》へ変わり始めた**……オスのこまどりは成鳥になると胸がオレンジ色に変わり、美しくさえずる。

（12）**好きなものが色々**……its weaknesses　weakness は不可算名詞では「弱さ」だが、本文は weaknesses と複数形のため、可算名詞で、意味は「大好きなもの」。

（13）**あのしゅてきな虹《にじゅ》！**……the nithe wainbow　リラは「すてきな nice ナイス」を nithe、「虹 rainbow レインボウ」を wainbow と発音。

（14）**「虹の谷」**……Rainbow Valley　シリーズ第七巻の原題 *Rainbow Valley*（邦題『虹の谷のアン』）はこの「窪地」の名からとられている。

（15）**竜《ドラゴン》が護《まも》っていた**……東洋の龍は、空を昇る蛇のような姿とされるが、西洋の竜は肉食恐竜のような姿で、かぎ爪のついた足、大きな翼があり、口から火をふく。西洋の竜《ドラゴン》は宝と貴金属の守護者とされ、炉辺荘の子どもたちの大切な「虹の谷」を護っているという意味。

(16) **サマルカンドから運ばれた最上の絨毯《じゅうたん》**……サマルカンドは中央アジアの国ウズベキスタンに古くから栄えたイスラム教徒の都。絹や羊毛の絨毯が手織りで作られる。

(17) **ロビン・フッドと陽気な手下たち《メリー・メン》**……ロビン・フッドは中世イングランドの伝説的義賊で、富者から奪い、貧者を助けた。彼は陽気な仲間たちとシャーウッドの森に潜み住んだとされる。陽気な手下たち《メリー・メン》は「ちびのジョン」「タック修道士」「乙女マリアン」など。

(18) **土手**……dyke「土手」は、溝を掘り、その土を盛った土手。溝と土手があることから子どもたちは包囲戦ごっこをしていることがわかる。『アン』第18章に引用される詩「バレンシアの包囲戦」はイスラム教徒が治めるスペインのバレンシアを奪い返そうと、キリスト教徒が町を包囲する国土回復運動の詩であり、本章の描写も、イスラム教徒が治める土地をキリスト教徒が包囲して奪回するイメージ。

(19) **キャラウエイ**……セリ科のハーブ。実をパンなどの香味料とする。caraway は元来はアラビア語で、やはりイスラムのイメージ。

(20) **十字軍**……中世の西欧諸国のカトリック教徒が聖地エルサレム（イスラエルとヨルダンにまたがる）をイスラム教徒から奪回するために行った遠征。カトリック教徒はイスラムの軍事力に敗れたが、イスラムの進んだ学問が欧州にもたらされた。

(21) **ロースト鍋のふた**……ロースト鍋は、その中に七面鳥や鶏を入れて天火で丸焼きにする。焦げ目がついた後は、表面が焦げないように、ふたをして蒸し焼きにする。鍋は円形、楕円形があり、ここでは子どもたちが戦闘の盾にして遊ぶ。

(22) **羽根飾りをつけた華麗な騎士**……中世の騎士は、兜の上に羽根飾りをつけた。

(23) **舷《ふなべり》から海に突きだした板**……海賊は、捕虜に目隠しをして船体の側面（舷）から海に突きだした板を歩かせ、海に落として殺害したとされる。

(24) **海賊《バカニーア》**……十七〜十八世紀にカリブ海に出没して北米のスペイン植民地とスペイン船舶を襲撃したイギリス人、フランス人、オランダ人の海賊。

(25) **こぬか草**……イネ科の多年草、原野に生える。

(26) **サンフランシスコ地震**……一九〇六年に起きた大地震。本作の時代は一九〇〇年代ごろのため、老船乗りが語る昔話としては年代が合わないが、本作の執筆は大地震から三十年以上たった一九三七〜三九年のため、誤って昔話として書いたと思われる。『風柳荘』（一九三六）でも同様の誤記がある、二年目第8章（15）。

(27) **ブエノス・アイレス**……南米アルゼンチン共和国の首都、大貿易港。

(28) **鍵でぜんまいを巻く見事な古い懐中時計**……小さな棒を時計の裏側にさしてぜんまいを巻く時計。

(29) **四角い縦縞《たてじま》の帆をあげ、船首《せんしゅ》に獰猛《どうもう》な竜《ドラゴン》を飾ったヴァイキングの船《ボート》**……ヴァイキングの船は小ぶりの木造船で、一本マストに紅白ストライプの四角い一枚帆を張り、船首に竜の彫刻がある。

(30) **コロンブスが乗ったキャラベル船**……クリストファー・コロンブス(一四五一頃〜一五〇六)はイタリア人の航海者。スペイン女王の援助で出帆、大西洋を渡り、「新大陸を発見」した。キャラベル船は三本マストの小型帆船で操舵性が高く、十五世紀のスペインやポルトガルの探検家が大航海の冒険に用いた。

(31) **「メイフラワー号」**……一六二〇年に英国から、清教徒を乗せて大西洋を米国へ渡った三本マストの木造帆船。

(32) **「さまよえるオランダ幽霊船」**……南アフリカ沖に出没した伝説の幽霊船。『夢の家』第24章(7)。

(33) **快速帆船《クリッパー》**……大きな帆と水切りのよい船首で高速で航行。十九世紀の海上交通の黄金期を支え、十九世紀半ばに蒸気船が登場すると姿を消した。

(34) **材木貨物帆船**……カリブ海で使われた速度の遅い貨物船。本章の描写で、モンゴメリは、老船長が活躍した蒸気船以前の帆船時代の様々な船を、懐古的に列挙する。

(35) **女《おなご》**……weemen「女性たち women」の訛り。語り手のマラカイ・ラッセル船長はスコットランド人の名字。

(36) **口にたがをかける**……take in the slack of jaw 開いた口のたるみを取る。船舶用語で「帆のたるみをぴんと張る」に由来。『夢の家』のジム船長も語る、第7章(14)。

(37) **瓶のなかへ入れる船**……ガラス瓶に帆船の模型を入れた飾りもの。港町や船乗りの家庭の風情があり、『風柳荘』一年目第1章にも登場。

（38）**ジム船長が蒐集《しゅうしゅう》した珍しい品々**……『夢の家』第35章で、晩年のジム船長は航海先の異国で集めた珍しい品々を形見としてジェムに取り分けたとアンに話す。

（39）**マスティフ**……英国原産、短毛の大型犬、顔が大きい。

（40）**ダックスフント**……ドイツ原産、胴が長く四肢が短い。

（41）**フォックス・テリア**……イングランド原産、かつては狐狩りに使われた。

（42）**ロシアン・ウルフハウンド**……ロシア原産、かつては狼狩りの大型狩猟犬。現在はロシア語でボルゾイと呼ばれる。白い長毛、細長い顔と細長い手足の優美な姿が特徴。細い体のためジェムは何かを食べたことがあるのかしらと疑問に思っている。

（43）**スパニエル**……耳が長く、脚の短い中型犬。

（44）**ブルーノ**……男子名。意味は茶色。本章では茶色いオス犬の名前。

第24章

（1）**スイート・ブライヤー**……第5章（7）。

（2）**ムール貝焼き**……浜辺で熱した石で貝を焼いて食べる遊興。『夢の家』第25章。

（3）**ピューマ**……ネコ科の哺乳類で、鹿などを捕食する。南北アメリカに分布。

（4）**「けなげな犬のマンディ」**……Little Dog Monday　この犬の物語は、本作の十八年前に刊行された第八巻『炉辺荘のリラ』（邦題『アンの娘リラ』）（一九二一）に書かれている。当時の読者は、先にマンディの逸話を読み、その後で本作を読んだ。

第25章

（1）**「今や私は横になり……」**……幼い子どもが眠る前に唱えるお祈り。「今や私は横になり、眠りにつこうとしています」と始まる。『アン』第7章（3）。

（2）**「われらの父よ」**……“Our Father” 新約聖書「マタイによる福音書」第六章九節にある祈りの言葉。「天にましますわれらの父よ」に始まる。

（3）**ひまし油《ゆ》**……トウゴマの種子の油で、昔は便秘薬や下剤として使われた。

（4）**ボタンを紐《ひも》に通す**……子どもの首飾り、腕輪、飾り紐などにする。

（5）**炉囲い**……炉前の床に置く、コの字形の金属製の低いついたて。

（6）**石炭入れ**……真鍮や銅のバケツ型容器。石炭をすくうシャベルを入れやすいように、片側の口が外側に傾いている。

（7）**原子**……物質を構成する単位で、元素の最小粒子。

（8）**フォン・ベンブルク博士**……Dr. Von Bemburg Bemburg はドイツ人の名字で、独語ではベンブルク、英語ではベンバーグと発音する。Von はドイツ語の貴族を表す。

（9）**全能の神は、ご自分のなさることをご承知していなさる**……新約聖書「ヨハネによる福音書」第六章六節「こう言われたのは、フィリポを試《こころみ》るためであって、神はご自分がなさることをご承知だったのである」より。

（10）「峠って、なあに？」ナンは、ダイにたずねた。／「蝶々が出てくるものだと思う」……「峠 crisis クライシス」と、蝶々が出てくる「蛹《さなぎ》 chrysalis クリサリス」の発音が似ているため、ダイが間違えたもの。

第26章

（1）二人の老婦人……マリラとリンド夫人。マリラは『虹の谷のアン』で八十五歳とあるため、この場面は八十代前半と思われる。

（2）「オレンジ・シュフレ」……“orange shuffle”、正しくは「オレンジ・スフレ orange soufflet」。スーザンはフランス語の発音を間違えているため、モンゴメリはスーザン流の言い方だとわかるように引用句“　”を付けている。スレは泡立てた卵白にチーズや卵黄などを加えて型に入れて焼き、膨らんだ熱々を食べる。甘く味付けするとデザートにもなる。デザートのオレンジ・スフレは、オレンジの中身をくりぬいた皮を型に用い、搾った果汁で風味付けをした生地を入れて天火で焼く洒落た一品。

（3）ジャム巻きプディング……a jam roly-poly　生地に打ち粉をして、棒で薄くのばし、苺やラズベリーの赤いジャムなどを塗って巻いてから天火で焼く、または蒸すプディング。薄切りにしてジャムの渦巻きが見えるように供する（カバー）。

（4）バタースコッチ・クッキー……バタースコッチは赤砂糖と溶かしたバターを固めたキャラメル。バタースコッチ・クッキーは赤砂糖とバターで風味付けしたクッキー。

現在は市販のバタースコッチ・キャラメルを入れたクッキーをさすこともある。

（5）**西インド諸島**……南北アメリカ大陸の間に弧を描いて連なる諸島。コロンブスがこの場所をインドと誤認したことによる名称。

（6）**詰め物入りのラムの脚**……ラムの脚から骨を外した肉を、ナイフで切り開いて広げた一枚肉に、香草野菜（パセリ、セロリ、人参、玉ねぎ）のみじん切りと香辛料を炒めた詰め物を乗せて巻き、たこ糸で縛り、ロースト鍋に入れて天火で焼いた主菜。

第27章

（1）**ハロウィーン**……十月三十一日の夜。古代ケルトの祝祭で、ケルトの新年十一月一日の前日の大晦日。焚き火をして、死者の魂が家に帰ると信じられた。キリスト教がケルト族に伝わると、キリスト教の全聖人を敬う万聖節十一月一日の前夜祭ともなった。

（2）**がらがら蛇**……カナダ南部からアメリカ中部に棲息する毒蛇。体長約二メートル。

（3）**ジェミーだってさ！**……ジェミーは、ジェムの本名ジェイムズの愛称ジミーの別の言い方。「色男、女々しいしゃれ男」という意味もあり、ジェムは嫌がる。

（4）**野生の雁《がん》**……島の大型のカナダ雁。晩秋に南へ渡り、春に戻る。

（5）**スペイン系アメリカ本土**……the Spanish Main　スペインが南北アメリカ大陸を植民地支配した時代に、南米の北岸（パナマ地峡からベネズエラのオリノコ河口までの地域）とその海岸域を、ライバルのイギリスが呼んだ言葉。十六〜十八世紀にスペイン船が南米の金銀、宝石などの財宝を積んで航行、それを狙う海賊が出没した。

（6）**「海の神秘」**……米国詩人ヘンリー・ワズワース・ロングフェローの作品に詩「海の神秘」がある。詩集『海辺と炉辺にて』（一八四九）収録。［RW／In］

（7）**錦蛇《にしきへび》のとぐろに激しく巻きこまれ**……錦蛇は無毒だが、獲物に巻きついて締め殺し餌とする。北米には棲息しない。ジェムの異国探検の想像。

（8）**「ドラゴン」**……第23章（15）。

（9）**槍が何本も打ち折れていた**……槍 lances は騎士道の象徴で、メイベルの寵愛をめぐって、騎士たち（学校の男子たち）が決闘するイメージ。

（10）**狩猟月**……中秋の満月（九月下旬から十月）の次の満月。秋の狩猟時期の月。

（11）**フィドル**……バイオリンと同じ楽器。『夢の家』第16章（4）。

（12）**「はまくり」**……“cow-hawks” カウホークス。直訳すると「牛と鷹」。正しくは quahog クアホグ。はまぐりに似た二枚貝のホンビノス貝。『夢の家』第18章（4）。

（13）**その秋最初のクランベリー・パイ**……クランベリーはツツジ科の小低木、秋に小さな赤い丸い実がなり、現在も島で栽培される。パイはクランベリーに砂糖、小麦粉、バターを混ぜた中身をパイ生地を敷いた型に乗せ、パイ生地をかぶせて天火で焼く。

（14）**ずっと先でしゅ**……リラは「です is」を「ith」と発音している。

（15）**ロンバルディ・ポプラの不滅の金色のたいまつに照らされて**……ロンバルディ・ポ

プラの葉が秋に黄葉して、夏が去ったことをモンゴメリが詩的に表現したもの。

(16) **火あぶりの刑にされるアメリカ・インディアン**……十九世紀の米国では白人が先住民族を虐殺。本作執筆の一九三〇年代は人権意識が低く、このような描写がある。

(17) **アスパラガスの一角は、今なお美しい金色のジャングルのようだった**……アスパラガスはキジカクシ科の多年草。細い葉に見えるものは葉状に変化した枝で、晩秋に金色に色づく。

(18) **小さな上着《コート》を織ったハンナ**……旧約聖書「サムエル記」第二章十九節「さらに母は彼（サムエル）の小さな上着《コート》を縫い、毎年、夫とともに年ごとの生け贄を捧げにくるとき、それを持ってきた」より。

(19) **彼女の夫がカーター・フラッグの店で意見を交わしている**……夫のマーシャル・エリオットは自由党支持者。フラッグも自由党支持者で彼の店で選挙結果を待つ、『夢の家』第35章。自由党支持者が集まる店で政治の意見交換は長いと思われる。

(20) **グラッドストーン・バッグ**……革製で口が大きく開き、深さのある旅行鞄。

(21) **患者と患者の間に休みをとって**……当時の看護婦は、患者の自宅に訪問または滞在して、病人の看護と世話を行った。

(22) **「死も、生も、言葉の力に支配される」**……旧約聖書「箴言《しんげん》」第十八章二十一節「死も、生も、言葉の力に支配される。言葉を愛するものはその実りを食べるであろう」。［RW／In］

（23）**キャベツを食う女とは結婚しない**……キャベツは十八世紀英国では貧農の食糧と家畜飼料、十九世紀北米では貧困労働者の食糧とされ、良いイメージはなかった。

（24）**嵐のときは、どんな港でもありがたい**……英語の諺。急場しのぎ、窮余の策。

（25）**指をからませて願い事をする**……二人が同時に同じことを言うと縁起がよくないと、魔除けをしたもの。

（26）**『サウル』の「葬送行進曲」**……『サウル』はドイツ出身でイギリスで活躍した作曲家ヘンデル（一六八五〜一七五九）が一七三八年に作曲した聖譚曲《オラトリオ》。旧約聖書「サムエル記」のサウルとダヴィデの逸話に基づく。有名な「葬送行進曲」は、一七四一年に追加された。

（27）**マーシャルの鈴の音**……馬橇の鈴。『アン』第19章（9）。

（28）**梨のピクルス**……西洋梨の保存食。梨をビネガー、砂糖、クローブ、シナモン、レモン皮、ローズマリーなどと煮た甘酸っぱいピクルス。冷肉やチーズに合う。

（29）**そういうことは、全能の神さまが、あらかじめ私にお定めになった運命**……スーザンやアンが信仰する長老派教会の教義「予定説」。『夢の家』第1章（24）。

（30）**『われらの日々の糧を、明日、お与えください』と言ったの、今日と言わずに**……新約聖書「マタイによる福音書」第六章十一節「私たちの日々の糧を、今日、お与えください」の祈りの言葉より。

第28章

（1）**エリザベス女王**……十六世紀英国のエリザベス女王一世（一五三三〜一六〇三）。

（2）**トロイのヘレン**……ヘレンは、ギリシア神話の美女。最高神ゼウスとレダの娘、スパルタ王の妻。トロイの王子に連れ去られ、トロイ戦争が起きた。

（3）**ジェニー・ペニーを知らないことは自分が無名の者だと示すこと**……英国の作家ジョン・ミルトン（一六〇八〜七四）が旧約聖書「創世記」をモチーフにして書いた叙事詩『失楽園』（一六六七）第四編八三一行の「わたしを知らないことは、あなたが無名の者だと示すことだ」より。［RW／In］

（4）**豹《レパーズ》**……「ハンセン病患者の複数形 lepers レパーズ」を、「豹」の複数形 leopards レパーズ」とジェニー・ペニーが言い間違えたもの。

（5）**測量線《ザ・ベースライン》街道**……測量線に道路を作ったもので、現在の一〇五号線。フォー・ウィンズ内海から北西にある。この辺りに父方の祖父の生家や母方のおばの嫁ぎ先があり、モンゴメリは訪れていた。

（6）**チューインガム**……『アン』第15章で子どもたちはえぞ松（スプルース）の樹脂を噛む。十九世紀後半から甘味料と香料をつけたガムが市販されるが、この場面でお店で買ったガムなんか噛まないという台詞があり、アンの子どもたちも、えぞ松の樹脂を噛んでいる。元々は北米の先住民の風習。モンゴメリも島で噛んでいた。

（7）**フックド・ラグ**……目の粗い布の表面に毛糸や布を細く切った紐をループ状に密に

並べた敷物。『青春』第20章（8）、『風柳荘』三年目第9章（7）。

（8）**足の不自由なばあちゃん**……Gammy 意味は「足の不自由な」。ここではGranny「おばあちゃん」の意味。実際にジェニーの祖母は「寝たきり」と書かれている。

（9）**ノアの大洪水**……旧約聖書「創世記」。神が、堕落した人類を滅ぼそうと大洪水を起こすが、ノアは神に命じられて箱船を作り、家族と動物を乗せて生き延びた。

（10）**連中なら、天然痘《てんねんとう》にだって、かかりかねないね**……I wouldn't put it past them having the smallpox. 天然痘はウィルスによる伝染性感染症で高熱と全身の発疹が出て、死亡率が高かった。一九八〇年に全世界で根絶された。

（11）**虐待《ぎゃくたい》する**……虐待する tyrannize ティラナイズを、ジェニーは間違えて、「tryannize トライアナイズ」と言っている。

（12）**死んだ人と結婚して、相手が生き返った**……『夢の家』第31章。

（13）**うっかりじで**……'zackzidentally ザグジデンタリー'。「うっかりして accidentally アクシデンタリー」をジェニーはこのように話す。

（14）**「意識して失った」**……'lost conscious'「意識を失う」は、正しくは lost consciousness だが、ここでもジェニーは間違って話している。

（15）**趣味の悪い日本のスカーフ**……日本の上質な絹織物を優れた技術で染めたシルクスカーフが明治以降、横浜港から世界に輸出。日本の絹製品は十九世紀から二十世紀初めの欧米で、優雅な異国趣味と上質さで人気を博し、『アン』（一九〇八）第28章でも日本の絹のちりめんがエレーン姫の覆いとして登場。しかし本書発行の一九三九年は日中戦争中で、日本軍の中国大陸進出が欧米で警戒され、日本趣味の優雅なイメージが急速に失われた。本作執筆中のモンゴメリは日記にヒトラー批判も書いている。

(16) **「口ひげ」カップ**……当時の男性は口ひげを生やしていたため、お茶を飲むときに口ひげが濡れないよう、半月形の穴を開けた覆いをつけたカップが作られた。

(17) **貴族階級の犬**……the dog caste of Vere de Vere　ヴィア・ド・ヴィアは英国詩人テニスンの詩「貴婦人クララ・ヴィア・ド・ヴィア」(一八三二)にちなむ。『アン』で、アンは創作した物語の貴族的男性にド・ヴィアという名字をつけている。[RW／In]

(18) **ズロース**……ズボン型の女性用肌着、膝下まで丈がある。

(19) **地金《じがね》も金《きん》の指貫**……西洋の指貫は指先をおおう陶器や金属製の小さなカップ型。十九世紀は、硬度のある18金(純金は柔らかいため針頭で穴が開く)に飾りを施した優美な指貫が女性への贈り物として愛好された。

第29章

(1) **思い上がりの高慢ちき!**……Stuckupity!　口語の「stuck-up 生意気な」と口語の「uppity 高慢な、思い上がった」を合わせた罵り言葉と思われる。

(2) **私も落ちるところだった**……I'd have *fallen*　ダイが語るように、ここは仮定法過去完了のため have の後は「過去分詞 fallen」が正しい。ジェニーは I'd have fell と「過去形 fell」で話す。ジェニーは第28章の註に書いたように数々の間違った英語を話すが、ダイが訂正したのはこの場面が初めてで、ここで二人の友情が終わる。

（3）**花崗岩《かこうがん》模様の水さし**……花崗岩に似せて細かな斑点状《はんてんじょう》の模様をつけた金属製の水差し。

（4）**小道**……敷地前の公道から、家の玄関や馬車をしまう車庫へ通じる敷地内の馬車道。

（5）**赤道アフリカ**……Equatorial Africa　Eが大文字のため固有名詞。一九一〇〜六〇年にアフリカ大陸中西部にあったフランス植民地をさし、現在の国名でチャド、コンゴ共和国、中央アフリカ共和国などの一帯。

第30章

（1）**グースベリー色の緑**……gooseberry はセイヨウスグリ、またはマルスグリ、オオスグリ。実は、最初は薄緑色で、熟すと臙脂色《えんじいろ》になる。

（2）**「誓《スウエア》う？」／「罵《スウエア》る？」**……スウェア swear には「誓う」と「罵る」の意味があり、ダヴィは「誓う」、ナンは「罵る」の意味で話す。同じやりとりを『アン』第12章でアンとダイアナが友情の誓いの場面でする。

（3）**オウ・ルヴォール**……O revor　フランス語の「さようなら Au revoir オ・ルヴォワール」を真似て、ダヴィが気取って言ったもの。綴りと発音が少し間違っている。

（4）**「また明日」という意味**……till tomorrow　フランス語で「また明日」は「A demain

ア・ドゥマン」で、「さようなら Au revoir」とは別の言葉。ナンもダヴィもフランス語を正しくわかっていない。今までのシリーズでは英語が正しく話せないフランス系が描かれ、本作で初めてフランス語を正しく理解できない英国系が登場する。

第31章

（1）**船が入って来る日**……裕福になる日。第18章（8）。

（2）**フルーツ・パフ**……fruit puff　puff は軽く焼いた小さなパイ。パイを小さな器の形に焼き、その中に泡立てた生クリームと苺などの果物を飾った菓子。

（3）**スカラップの小さな縁取《ふちど》り**……スカラップは服の裾などにホタテ貝のような波形や扇形の模様を連続してつけたもの。

（4）**トルコ赤**……セイヨウアカネの根からとった天然染料で染める鮮やかな赤色。十九世紀後半からは合成染料が開発された。

第32章

（1）**婦人援護会がキルティングの会**……婦人援護会 the Ladies' Aid は、教会に財政支援をする組織。本章では援護会 the Aids と略した表記もある。キルティングは、二枚の布の間に羊毛や綿などを挟んで刺し縫いすること。パッチワーク（継ぎ物）の仕上げなどに施される。キルティングの会は、女性が集まりベッドカバー（英語でキルト）

を大きな枠に張り、一緒に刺し縫いをして大型作品を仕上げ、親交を深める。

（2）**グリーンピースのクリーム煮**……グリーンピースをホワイトソースとクリームで煮る。マッシュ・ポテトとこの豆料理は、ホット・チキン・パイの付け合わせ。

（3）**交織地の服**……毛と綿の交織の質素な服。『アン』第2章（6）。

（4）**香辛料《スパイス》入りグースベリーの薬味《レリシュ》**……グースベリーの果実を、酢と塩、赤砂糖、香辛料《スパイス》（クローブ、シナモン、オールスパイスなど）、刻んだ玉ねぎなどで煮詰めた保存食。脂肪分の多い鴨肉や豚肉のロースト、鯖のグリル、風味の強いチーズなどに合わせる。

（5）**収穫祭の夕食**……the Harvest Home supper　穀物の収穫と搬入が完了した秋に人々が集まる食事会。

（6）**フィジー島民の装束**……フィジーは南太平洋、ニュージーランドの北にある島々からなる共和国。一八七四年からイギリス保護領で、本作の執筆時期も英領。一九七〇年に独立後は、カナダと同じ英連邦の一国で、公用語は英語。島民の多くはフィジー系で、文化や伝統衣装はハワイやタヒチなどポリネシア地域の影響が大きい。

（7）**一年の若い月は数を増していった**……一月、二月などの月の数が大きくなること。

（8）**百番の糸をかぎ針で編んだ五インチ幅のレース**……レース糸は番号が大きいほど細い。一般に四十番が使われ、百番は最も細く、手間がかかる。幅五インチは約十三センチで、スーザンのエプロンの裾飾りは繊細なレース模様で豪華に飾られている。

（9）**シャーロットタウンの展覧会**……収穫を終えた秋の展覧会。農産物、チーズ、バターの手作り乳製品、手工芸品が出展。『アン』第29章（4）の品評展覧会に同じ。

（10）**マレー**……マレーはアイルランド、スコットランドの名字。

（11）**ゼリー**……ゼラチンで固めたゼリーのほか、果実の透明感のあるジャムも含む。

（12）**長老**……長老派教会の信徒の代表的存在。信仰心が厚く、人徳ある地元の名士が選ばれる。そんな人物が、娘の恋人を脅して追っ払う意外性が面白い。

（13）**弱気が美女を得たためしがないって聖書にある**……英語の諺。聖書にはない。

（14）**ポプラは納屋へつづく小径にそってポプラの魔法を織りあげていた**……ここでモンゴメリは、ポプラ poplars とアスペンaspenを使い分けている。アスペン《アスペン》はポプラ属で、ポプラ、ハコヤナギ、ヤマナラシなど。『夢の家』第26章（7）。アスペンは微風でも葉が揺れる。秋風に金色に黄葉したポプラがさわさわと揺れているイメージ。

（15）『**慰めを得よ、キリスト者よ**』……スコットランド人で長老派協会の信徒ジョン・ローガン（一七四八〜八八）作詞の賛美歌。友の死を嘆く人々に、彼の善良な魂は永遠でありイエスの元へ行ったのだから慰めを得よとする葬送の歌。一八〇〇年発行のスコットランド教会の詩編・賛美歌集に入っている。

（16）『**時に御光《みひかり》に驚きぬ**』……イングランドの詩人・賛美歌作詞家のウィリアム・クーパー（一七三一〜一八〇〇）の賛美歌。「時に御光《みひかり》に、歌う神の子は驚きぬ」に始まり、悲しみや苦難や餓えにも神が恵みを与えるという歌。

（17）**ジャーヴィス**……Jarvis　夫の名前はジョージ George だが、妻は、夫をジャーヴィスと呼んでいる。モンゴメリ作品には、家族を別の名前で呼ぶ人が描かれる。

（18）**州議会の議員**……M．P．は Member of the Provincial Parliament の略。ここではプリンス・エドワード島州議会の議員のこと。

（19）**ハリファクス**……カナダ本土ノヴァ・スコシア州の州都。『愛情』の舞台の港町。モンゴメリは第一巻〜第五巻ではキングスポート（英国王の港）という架空の地名の表記で統一しているが、本作ではハリファクスと、実際の地名を所々に書いている。

（20）**『手のなかの一羽は、藪のなかの二羽に値する』**……旧約聖書「伝道の書」第六章九節より。諺としても有名。「明日の百より、今日の五十」

（21）**ガートルード・クロムウェル**……親族関係をまとめると、ジョン・クロムウェルとバーサが夫婦で、ジョンの従兄のウィリアム・クロムウェルとガートルードが夫婦。

（22）**英国国教会**……イングランドの宗教改革によって誕生した新教プロテスタントだが、教義はややカトリックに近い。この会に集まる女性は、カトリックを批判して誕生したスコットランド系の長老派教会の信徒が多く、英国国教会にはやや批判的。

（23）**黄金虫《こがねむし》**……june bug　直訳すると「六月の虫」。コガネムシ科。春の終わりに出て、木の葉を食べる昆虫。ちなみにカナブンは、夏に出て、木の幹にとまって樹液を吸う別の昆虫。

（24）**ダチョウの羽毛**……willow plumes　正式には willow ostrich plume と言い、ダチョウ

の羽毛をしだれ柳のように大きく垂れ下がるように飾ったもの。この牧師夫人は派手好きで贅沢だと、バクスター長老夫人は語る。

(25) **スピンクス**……Spinx　スフィンクス Sphinx の言い間違い。ギリシア神話では女面獅身の怪物で、通行人に謎をかけて解けない者を殺した。エジプトのピラミッドにある人頭獅身の石像はギリシア神話の怪物から命名。

(26) **神の栄光をたたえて食べて飲んだ**……新約聖書「コリントの信徒への手紙」一第十章三十一節「それゆえあなたが何を食べ、また飲み、何をするにしろ、すべて神の栄光をたたえるためにしなさい」より。［In］

(27) **牧神**《ファーン》……ローマ神話のファウヌスの英語名。上半身は人、下半身は山羊で、林野牧畜の神。日本ではナルニア国物語『ライオンと魔女』のタムナスが知られる。

(28) **エコー**……Echo と大文字のため、一般的なこだまではなく、固有名詞。エコーはギリシア神話に出てくる娘の姿をした妖精《ニンフ》で、美少年ナルキッソスに恋をして死に、姿は消えて声だけが残ったとされる。

第33章

(1) **「いにしえの深い言葉」**……旧約聖書「詩編」第七十八章二〜三節「私は口をひらいて寓話《ぐうわ》を、いにしえの深い言葉を語ろう。わたしたちが聞いて悟ったこと、祖先がわたしたちに語ってくれたことを」より。これからアンが過去を回想する場面の導入

にふさわしい引用。［In］

（2）**ハイランドのキティおばさん**……スコットランド高地地方《ハイランド》出身の女性。キティはキャサリンなどの愛称。キティおばさんは、ウォルターの老成した魂の透視（第7章）、流れ星の伝承（第9章）などから、神秘的、ケルト的なイメージの人物。

（3）**カークワインド**……Kirkwynd　カーク家の屋号。Kirk はスコットランド語で教会、またスコットランド人の名字。wynd はスコットランド語で「小道、路地」。エジンバラの小さな通りの名によく見られる。主《あるじ》のカーク氏は長老派教会の聖職者。

（4）**L字形の切妻屋根の家**……島の農家はL字形の木造家屋が多い。グリーン・ゲイブルズの母屋も左側前方に客間が出て、右側に居間が長く伸びるL字形。

（5）**錨形《いかりがた》にならべた白薔薇に、「ついに港へ」と赤薔薇のつぼみで記《しる》した花飾り**……葬儀の錨形の花飾りは人生の終着港に錨をおろすという意味。

（6）**カラーの花を枕形にした花飾り**……枕形の飾りは死後の安息の眠りを表し、ふっくらした白い枕のように花を並べる。カラーは南アフリカ原産、白いラッパのような花。

（7）**「死は狭き海のごとく、天の国とわれらの地を隔《へだ》つ」**……英国の神学者・賛美歌作者アイザック・ワッツ（一六七四～一七四八）による賛美歌「純粋な喜びの国があり、不死の聖者が治める」の二番に、この歌詞がある。［RW／In］

（8）**「眠れ、イエスにありて」**……Asleep in Jesus　アメリカの賛美歌作者ウィリアム・ブラッドベリー（一八一六～六八）による葬儀の歌。［RW／In］

（9）祝禱《しゅくとう》……式の最後に牧師が、会衆に神の祝福を祈る言葉。

（10）太平洋岸……the coast　カナダの西海岸。ピーター・カークの死後、その妻オリヴィアが東海岸の島から最も遠い土地で、再出発したことを意味する。

第34章

（1）孤児院の寄付を集める会……Orphanage social　教会がお菓子を出すお茶会を開いて募金を集める催し。『アン』第13～14章のピクニックも、アイスクリームを出して参加者を集め、寄付金を募る会で、アイスクリームの会 Ice cream social と呼ばれた。

（2）金銀ケーキ……Gold-and-silver cake　金は卵黄を多く入れた黄色のケーキ、銀は卵白で白く焼いたケーキ。本章では中に詰め物をして外にアイシングと書かれているため、金銀を交互に重ねて間にクリームやジャムなどをはさみ、砂糖衣を掛けた断面が美しいケーキと思われる。金銀ケーキを市松に並べるなど様々な飾りつけがある。

（3）草夾竹桃《くさきょうちくとう》……phlox　北米原産の園芸種、白、桃色、赤の花が夏に咲く。高さは九十～百二十センチメートル。

（4）「はしゅかしいというきもちゅ」……"thenth of thame" 正しくは sense of shame。本章でリラは、スーザン Susan を Thuthan と言い、シュージャンと訳した。

（5）毛糸刺繡……crewel　細い毛糸を刺繡糸として用いる。毛糸刺繡は立体感があり、動物の毛並みや羽毛を表すのに適す。本章ではあひるが刺繡されている。

（6）**ナンは歩けないなんて言い訳をしますよ**……Nan has a bone in her leg「ナンは足に骨があって（歩けない）」、子どもがどこかに行きたくないときに使う決まり文句。

（7）**まるまる子ちゃん《ローリーポーリー》**……ジャムを巻き込んで天火で調理する「巻きプディング」は、「丸々とした子ども」も意味する。第26章（3）。

（8）**肺炎《アンモニア》**……「肺炎 pneumonia ニューモニア」を「アンモニア ammonia」と言い間違えたもの。

（9）**オーガンジー**……張りと透け感がある木綿や絹の薄布。夏の婦人服などに使用。

（10）**鋳鉄《ちゅうてつ》の鹿**……cast-iron deer 鋳鉄は、鉄に炭素などをまぜた合金を型に流して成形したもの。ちなみに鋳物《いもの》は、鉄に限らず、アルミ、銅、鋼などの金属を溶かして型に流したもの。

（11）**「三匹の熊さんと森の小さな家」**……"Three Bears and the Little House in the Wood" 英国の童話。森の小さな家に大きな熊、中くらいの熊、小さな熊が暮らし、家にはおかゆの鉢が大中小、椅子が大中小、ベッドも大中小と三つずつあった。三匹の留守の間におばあさんが訪れて……、という筋書き。家を訪れる人物は、時代が下ると金髪の少女として書かれる。ロシアの作家レフ・トルストイが翻案した物語も知られる。

（12）**小さな白い花の房が散っていて――「桜の花のドレス」**……島の桜は白い花が咲き、日本のソメイヨシノのような桃色の花はない。

（13）**柔らかくてしっとりしたチョコレートケーキ**……gooey chocolate cake gooey は、

形容詞「甘くてべたべたした」であると同時に、「グーイー・チョコレート・ケーキ」と呼ばれる焼き菓子がある。小麦粉は少なめ、バターと牛乳を多めに入れて、しっとりと柔らかく焼き上げる、こくのあるチョコレートケーキ。

（14）**メイプル・シュガー・パン**……maple sugar buns イースト発酵させたパン生地を薄くのばし、その上にメイプル・シュガー、溶かしバター、ヴァニラなどを塗り、ロール型に巻いて輪切りにしたものを焼いた小さな丸いパン。

（15）**夕方涼しくなるのを待って、一家のパンを焼くのだ**……当時の調理は、冬期に暖房用に使うストーブを一年中、料理にも使ったため、夏は家中が暑くなった。第16章（3）。

（16）**茶色の卵を食べてもいい**……茶色の殻の卵は、白い殻の卵よりも味がよく、栄養価が高いと思われていた。現在では、どちらも違いはないとされる。

第35章

（1）**小妖精**《ピクシー》……悪戯好きな小妖精。『風柳荘』一年目第8章（5）。

（2）**木の精**《ドライアド》……第1章（16）。

（3）**「はるかな遠い彼方」**……英国詩人テニスンに詩「はるかな遠い彼方」がある。

（4）**らい病村**……leper colony らい病患者 leper はハンセン病患者の古い言い方で現在は使われない。ハンセン病患者は、以前は未発達な医学と偏見から隔離された。しかしハンセン病の菌は感染力が弱く、現在は治療薬があり隔離されることはない。当時の間違った社会状況を伝えるために、モンゴメリの英文通りに訳した。

（5）**脚韻《きゃくいん》を踏んだ返事**……文末の単語の母音や子音が同じ発音になるように揃えること。本文のリラは「ファイフさん、Mr. Fyfe」と「奥さん、ワイフ wife」、「日、デイ day」と「干し草、ヘイ hay」を揃えている。

（6）**大文字で書かれているように見えた**……原文では「もの寂しい家」が the GLOOMY HOUSE と、大文字で書かれている。耳で聞いた言葉が印刷された文字のように見えるナンは、『アン』第3章に描かれるアンと同じ。

（7）**小径**……lane　表の道から家の敷地を通り玄関までつづく細い道。ここでは脇道にある「荒れ放題の門」の先に暗い小径が続き、その奥に「もの寂しい家」がある。

（8）**トマシーン・フェア**……Thomasine Fair　トマシーンは男子名トーマス Thomas の女性形。フェアは名字であると同時に、形容詞「色白の」「美しい」の意味もあり、ナンは色白の美しい女を空想する。

（9）**ギリシア鼻**……鼻の付け根から鼻先まで一直線の高い鼻すじ。

（10）**「銀の弓をもつアルテミス」**……第13章（8）。

（11）**「丘をこえて、はるかに遠く、紫色にかすむもっとも遠い丘の頂きのむこうへ」**……英国詩人テニスンが欧州民話「眠り姫」をもとに書いた詩「白昼夢」より。眠りから目ざめた姫と王子が城を出発する「旅立ち」の場面にこの一節があり、この場面でも貴婦人が恋人の男性と旅立つ。ちなみに『愛情』冒頭のエピグラフは、同じ詩「白昼夢」から、王子が眠りの城に着いた「到着」の四行が引用される。『愛情』で大学生アンは、テニスンの論文を発表する。［RW／In］

（12）**グレイハウンド**……ほっそりした体に俊足、視力のいい大型猟犬、競走犬。

（13）**悪魔のかがり針**……トンボの別名。西洋ではトンボは不吉な昆虫とされる。この「かがり針」は原文は「ダーニング針 darning needle」で、靴下やセーターの肘などのほころび穴に毛糸を縦横に渡して繕うダーニングに使われ、一般の縫い針より太い。

第36章

（1）**牛蒡**《ごぼう》……burdock　直訳「イガ bur のある広葉の雑草」。西洋では食用ではなく雑草とされ、本章の後半でトマシーンが掘って抜いている。高さ約三メートルになる。

（2）**年暦**《こよみ》……農作業用の暦。第14章（12）。

（3）**テレピン油**《ゆ》……松の幹を傷つけて得られる松脂《まつやに》を精製した揮発性の精油。油絵具の溶剤としても使われる。

（4）**赤いフランネルに、鵞鳥の脂とは！**……赤いフランネルは、女性の防寒用のペチコートとして使われたが、この小説の時代ではおばあさんを連想させる、第13章（10）。鵞鳥の脂は、農場で飼っている鵞鳥をしめて肉を取った後の脂肪を煮溶かしたもので、ラードの代わりにソテーなどの風味付けに使った。謎めいた瞳の貴婦人のイメージとは異なり、農場の日常生活のイメージ。

（5）**煮豆**……白インゲン豆をトマトソース、塩漬け豚肉、香辛料などで調理したもの。天火で蒸し焼き、または鍋で煮る。

（6）**バマギリアの木の精油《バルサム》**……原文では balmagilia とあるが、こうした綴りの植物はない。トマシーンが語る英語は、訛りを表すために間違った綴りで書かれる。ye, heered, gin, chiney, unnateral, turrible, leetle, creetur など。そこで樹脂から精油《バルサム》をとるこの木も balmagilia ではなく、北米に自生するバマギリア bamagillia と思われる。北米の先住民はこの木を彫刻などに使った。

（7）**ヴィクトリア女王**……英国女王（一八一九～一九〇一、在位一八三七～一九〇一）、当時のカナダの国家元首。島は女王の父君の王子時代の名称「エドワード王子」から「プリンス・エドワード島」と命名され、女王は島民にとって親近感がある。

（8）**薄荷《はっか》飴《あめ》**……アン・シリーズでは、田舎の老人や抹香臭いおばあさんが持ち歩き、子どもに分け与えるものとして描かれることが多い。

（9）**グースベリーのジャムを一びん**……a glass of gooseberry jelly　英語のゼリー jelly は、果実を煮て布で漉した果汁を砂糖で煮詰めた透明感のあるジャムをさす。

（10）**『愛することは銀と金にまさる』って聖書にある**……旧約聖書「箴言」第二十二章一節「名声は多くの富よりも望まれ、愛は金銀よりも望まれる」より。［RW／In］

（11）**香辛料《スパイス》入りクッキー**……シナモン、ジンジャーなどの香辛料と黒砂糖を入れて焼い

(12) 箱《チエスト》……ここでは、蓋つきの木製の大きな収納箱。
たクッキー。

(13) おびただしいとは、すてきな言葉ではないか？……おびただしい galore は、ゲール語由来のアイルランド語で、英語（イングランド語）とは違った異国的で昔風の響きがある。またこれは形容詞だが、名詞の後ろに置かれ、英語の文法とは異なる。アイルランド語では名詞の後に形容詞を置く。

第37章

(1) デリラ……Delilah　英語の発音はデライラだが、日本では「サムソンとデリラ」の逸話やオペラが知られているため、デリラと訳した。旧約聖書「士師記」第十六章で、デリラはサムソンの愛人だったが、彼の弱点を敵に話し、サムソンは敗れる。そこからデリラには魅惑的な美しい女の裏切り者というイメージがある。

(2) ポーリーン……Pauline　キリスト教布教の功労者ポール（邦訳聖書パウロ）の女性形。悪女のデリラに対して善人のイメージ。『風柳荘』一年目第12章〜第15章のポーリーン・ギブソン。

(3) おかゆ……porridge　オートミール、スコットランドの定番の朝食。『青春』第15章でポールの朝食、『愛情』第3章ではグリーン・ゲイブルズの朝食として描かれる。

(4) えぞ松……spruce　カナダのクリスマス・ツリーは、えぞ松が使われることが多い。

（5）**こんな名前をキリスト教徒の子どもにつけるなんて！**……本章（1）。

（6）**靴を脱いで、靴下ですわって**……食卓で靴を脱ぐことは失礼なマナーとされる。

第38章

（1）**たんぽぽを数本、掘り起こした**……第3章（6）。

（2）**レモン塩**……salts of lemon　インクのしみ抜きに使う白い結晶の薬品。レモンという言葉が付くが、レモンに含まれる柑橘の酸は含まれない。スーザンはこの薬品でしみ抜きをしたため、デリラの服の色が少し出た、とモンゴメリは書いている。

（3）**匂い菖蒲《あやめ》の根**……orris root　アヤメ科で白い花が咲く。根を洗って刻み、乾燥させたものはスミレに似た爽やかな芳香があり、香料として、またシーツなどの臭い消しにも使われた。『風柳荘』二年目第6章（4）。

（4）**疳《かん》の虫シロップを、リラに飲ませないようにしたわ。『子どもには毒だって知らないの？』**……疳の虫シロップ soothing syrup は、十九世紀から二十世紀に北米で市販された瓶入りの「ウィンズロー夫人の疳《かん》の虫シロップ Mrs. Winslow's Soothing Syrup」が知られる。赤ん坊の夜泣き、歯が生える時期などの小児のむずかりに飲ませて眠らせた甘いシロップ。麻酔と鎮痛の麻薬モルヒネが成分で危険性が指摘されたが、一九三〇年まで製造された。デリラの話はすべて嘘のため、医師ギルバートがいる炉辺荘にこのシロップはなかったと思われる。

（5）えーせー的……「*haygeenic*〈ハイジーニック〉」、「衛生的 hygienic ハイジーニック」の言い間違い。

（6）裏切り者《ユダ》！……Judas! イエスの十二人の弟子の一人。イエスを裏切って銀三十枚で売り渡したため、イエスは十字架にかけられた。新約聖書「マタイによる福音書」第二十六章四十七〜四十八節などに描かれる。裏切り者の代名詞。

（7）おす猫《トムキャット》というものがいないとは、言いませんよ……おす猫 tomcat 当時としては俗っぽい言い方。『愛情』第13章（5）。

第39章

（1）「ヨナの日」……厄日。『青春』第12章（1）。

（2）食堂のテーブルの脚を齧《かじ》り、エナメルがはがれた……木製テーブルの天板や脚にエナメル塗料をかけて光沢をほどこし、また模様を描いたもの。

（3）衣蛾《いが》の幼虫が「ローマの休日」を楽しんでいる……衣蛾《いが》の幼虫は布に穴を開ける。「ローマの休日」は、人の犠牲によって得られる楽しみ。古代ローマ人が娯楽のために闘技場で剣奴に刺し合いをさせた故事から。英国詩人バイロンの『貴公子ハロルドの遍歴』第四編百四十一にも、この一節がある。

（4）『七つの海』……古くは、中世の帆船時代にアラビア人が支配した七つの海（地中海、紅海、アラビア海、ペルシア湾、南シナ海、ベンガル湾、大西洋）で、英国の作家・詩人キプリング（一八六五～一九三六）の詩集「七つの海」にも書かれる。現在は、南北の太平洋、南北の大西洋、インド洋、南極海、北極海の七つとされる。

（5）**あれこれ質問するのはよしてちょうだい！　昔の人がソクラテスに毒を盛ったのも不思議はないわ**……古代ギリシアの哲学者ソクラテス（紀元前四七〇～前三九九）は、問答によって、相手の無知を自覚させる質問と対話をしたため不敬の徒として告発され、死刑宣告をうけ、自ら毒杯を仰いで死んだ。一方、モンゴメリは「人がソクラテスに毒を盛った they poisoned Socrates」と書いている。

（6）**吊り下げ照明《ランプ》のカットガラス**……多面体にカットしたガラス飾り。埃がつくと光の反射と輝きが損なわれるため、スーザンのように外して洗う。

（7）**パグ犬みたいにぺちゃんこ**……パグ犬は中国原産の小型犬で、顔と鼻が平ら。『青春』第5章（10）。

（8）**ブリキ鍋**……tin pans　本章の前半でジェムたちが叩いて音を立てる場面ではブリキのバケツの複数形 tin pails、ここではブリキの浅い鍋パン pan の複数形。

（9）**ウィニペグ**……Winnipeg　カナダ中央部マニトバ州の州都、カナダ西部への入口に位置し、西部金融の中心地。『愛情』第39章（1）。

（10）**クリスティーン・スチュアート**……ギルバートの大学時代の女友だち。名前から善人のイメージ。名前の意味は『愛情』第26章（4）、本書のあとがき。

（11）**レッドモンドのクリスティーン・スチュアート**……クリスティーンは『愛情』第26

章と第41章に音楽を学んでいるとあるため、あるいはレッドモンド大学の学生ではなく、別の音楽学校などの学生とも思われる。

第40章

（1）**二人の愛を断ち切らないように、彼は一セント出してアンからナイフを買わねばならない**……ナイフを贈るときは関係が切れないように、もらい手が贈り主に少額のコインを渡して売買ということにして縁起をかつぐ。

（2）**クルーニー・レース**……Cluny lace　クルーニーはフランス中部の町クリュニーの英語読み。この地方のボビンレース、またはそれを模した機械編みレースをさす。クルーニー・レース地で作った婦人用ジャケットは十九世紀から二十世紀に作られた。

（3）**丈の短い上着《イートン・ジャケット》**……英国パブリックスクールのイートン校の制服の上着に模して作った、婦人用の丈が短く体にぴったりした上着。

（4）**大きく垂れるポンパドゥール**……ポンパドゥールは額を出して髪を結い上げる髪型。ここでは顔の両側に垂れ下がるほど鬢を膨らませたもの。『アン』第19章（4）。

（5）**「わりかし、きれいですよ」**……『風柳荘』一年目第11章。

（6）**ギルバートがレッドモンド時代にくれたピンクのエナメルの首飾りの小箱**……クリスマスにギルバートが、グリーン・ゲイブルズへ帰省中のアンに郵送した。『愛情』第37章。

（7）**中足骨**《ちゅうそくこつ》……足の甲の中央に並ぶ足指の長い骨。

（8）**「エリザベス女王の広々とした時代」**……“the spacious days of Great Elizabeth”、エリザベスは十六世紀のイングランド女王（在位一五五八～一六〇三）。テニスンの詩「美しい女たちの夢」に、少し異なるが the spacious times of Great Elizabeth がある。［RW／In］

（9）**上着**《ダブレット》……doublet　十五～十七世紀の紳士用の体にぴったりした上着。絹地にキルティングや天鵞絨地にタックなどが施され、豪華で装飾的。

（10）**ひだ衿**……ruffs　十六世紀～十七世紀のエリザベス朝時代の飾り衿。薄い布でひだをとり、固く糊付けして首を取り囲む。エリザベス女王の肖像画に見られる。

（11）**グラタン風ポテト**……scalloped potatoes、scalloped は天火で焼くホタテ貝のコキールから派生した形容詞で「グラタン風の」。薄切りのじゃが芋とチーズを重ね、ミルク、生クリーム、塩、胡椒、タイムなどの香辛料をかけてグラタン風に天火で焼く。

（12）**口唇**《こうしん》**ヘルペス**……風邪のときに口の周りや唇にできる単純疱疹。

（13）**ジュリエット**……Juliet　シェイクスピア劇『ロミオとジュリエット』より。

（14）**ポーシャ**……Portia　シェイクスピア劇『ヴェニスの商人』の富裕な令嬢。男装して裁判官に扮し、危機を救う聡明で美しい女性。

（15）**アルゴスのヘレン**……Argive Helen　アルゴスはギリシアの地名、トロイのヘレンに同じ。第28章（2）。

(16) **クレオパトラ**……古代エジプトの女王（在位前五一～前三〇）。英文学ではシェイクスピア劇『アントニーとクレオパトラ』（一六〇七頃）で知られる。

(17) **バーレット・ファウラー医師の邸宅で階下におりると**……客人は日帰りでも、二階の客用寝室で外套と帽子をとり、用意された水差しと洗面器で手を洗い、荷物を置き、髪や化粧、身なりを整えてからおりた。『アン』第16章（3）。

(18) ソファ……chesterfield　背もたれと同じ高さの肘掛けがある大型ソファ。

(19) **ニュー・ブランズウィック**……島の対岸にあるカナダ本土の州。

(20) **ヘリオトロープの香り**……ムラサキ科の低木、青紫色の芳香ある花をつけ、この花の精油は甘く濃厚な香りがある。クリスティーンの妖艶な女のイメージ。

(21) **流れるような長い袖に金色の裏地がつき**……この袖は和服のような袋状に閉じた袖ではなく、長く垂れた袖の裏地が見える。表は紫色、裏は金色と豪華な装い。

(22) **マーメイドライン**……人魚の足ひれのようにドレスの腰回りから膝まではぴったりと細く、膝下から大きく広がり、後ろに裾をひく。

(23) **足が見えて——がっしりしていた**……you saw that her feet were... substantial　このfeet は足（くるぶしから下）。当時は足の大きな女性をよしとしない風潮があった。モンゴメリ生家に展示されている彼女の靴のサイズは二十センチ程度。

(24) **平行二重まぶた**……西洋人には、まぶたの二重の線が、目頭から離れた上から、目と平行に続くタイプがあり、目が華やかに大きく見える。

（25）**チェシャ猫**……ルイス・キャロルの小説『不思議の国のアリス』（一八六五）に出てくるにやにや笑う猫。

（26）**「受難劇」**……the Passion Play　ヨーロッパの宗教劇。イエスが十字架で処刑される受難を中心に生涯を描く演劇。

（27）**オーベルアンメルガウ**……Oberammergau（英語読みはオーバーアマーガウ）はドイツ南部バイエルン州の村。十年に一度、村人総出による二千人規模の「受難劇」が野外劇場で演じられることで知られる。

（28）**両手を大きく広げた**……驚いた、信じられない、といった感情を表すジェスチャー。クリスティーンは、ブレイク夫妻に呆れた気持ちを大げさに表す。

（29）**生きている使徒書簡**……living epistles　使徒書簡は、新約聖書「ローマの信徒への手紙」「コリントの信徒への手紙」などキリスト教を布教したパウロ、ヤコブなどが各地の信徒に宛てた書簡集。「生きている使徒書簡」という一節は、米国詩人ジョン・グリーンリーフ・ホィティアー（一八〇七〜九二）の長編詩「クエーカー学校の卒業生たち」四十二連。［In／RW］

（30）**フィロピーナ**……Philopena　クルミのように殻の中にナッツが二つ入っている木の実を指す。転じて、この場面のアーモンドのように、殻の中にたまたま二つナッツがある双子ナッツを見つけたとき、男女が一つずつ食べ、再会したときに「フィロピーナ」など決まり文句を先に言った方が贈り物をもらう、ドイツ起源の遊び。

（31）**ジ・アーム**……The Arm　ハリファクスのノースウェスト・アーム湾に面したホースシュー・アイランド公園。眺めが美しく、昔はピクニックや海水浴で人気があった。

（32）**レースのマンティラ**……a lace mantilla　スペイン女性の伝統装束ショール。合わせてレース地や布地の扇子を持つ。クリスティーンも扇子を手にした。

（33）**「あの懐かしき昔の日々は、思い出の彼方に」**……“The dear dead days beyond recall”　アイルランドの詩人・作曲家ジェイムズ・L・モロイ（一八三七〜一九〇九）が一八九四年に作曲、後にレコード化されて世界的に大ヒットした歌「懐かしく甘い愛の歌」Love’s Old Sweet Song の歌詞の一行目に、この一節がある。日本では歌手の藤山一郎（一九一一〜九三）が「なつかしき愛の歌」としてレコード録音した。

（34）**アンが階下におりる**……二階の客間で帰りの身支度をして玄関におりてきた。

（35）**アニー**……アンの誤記と思われる。

第41章

（1）**ジェーン・ウェルシュ・カーライルの名文句にあるように「責め苛《さいな》まれて、夕べをすごした」**……カーライル（一八〇一〜六六）はスコットランドの文筆家で、夫の評論家トーマスに宛てた書簡集で名高い。この句は『書簡集と回想録』（一八八三）収録の手紙（一八四三年八月二十七日付）にある。[In]

（2）**クローケーの小さな門《フープ》**……クローケーは芝生で行う球技で、木槌で木球を打ち、逆

U字形の鉄の小門《フープ》をくぐらせる。

（3）**人生の朝の彩り《いろどり》**……the colour of the morning in their lives　人生の朝は「若き日」の意味だが、モンゴメリは「若き日」とは書かず、詩的に「人生の朝」と書いているため、原文通りに訳した。彩りは喜びや輝き。

（4）**薔薇のつぼみのドレス**……『愛情』第26章のアンのドレス。クリーム色の絹地のスリップドレスの上に透けたシフォンを重ねたドレスで、親友のフィリッパがシフォン地一面に薔薇のつぼみを刺繍した。本章のドレスは、薔薇のつぼみ模様のスリップドレスの上から、青林檎色（緑色）のチュールレースのドレスを重ねるもの。

（5）**昔褒めてくれたレッドモンドの古いドレスを、今も憶えているのだ！**……『愛情』第26章でギルバートは薔薇のつぼみの刺繍のドレスは褒めていない。ギルバートが褒めたのは、レッドモンドの歓迎会でアンが着た緑色の古いドレス。『愛情』第41章。

（6）**『彼女は人生すべての日において、夫に善をなし、災いをなさぬであろう』**……旧約聖書「箴言」第三十一章十二節より。［RW／In］

（7）**二度目の蜜月**……a second honeymoon　ブライス夫妻の一度目の蜜月は『夢の家』第8章に描かれる。二人は新婚旅行には行かず、夢の家で最高の蜜月を過ごした。

（8）**ドーベルマン・ピンシャー**……Dobermann Pinschers　黒っぽい短毛種の大型犬、番犬、警察犬。ドイツ語のため、アンはギルバートに問い返す。十九世紀末にドイツで作られた当時の新しい犬種のため、「新しい種類の犬」とギルバートは語る。

（9）**コンプレックス**……精神分析の用語。心の中で抑圧された無意識の観念。スイスの心理学者ユング（一八七五～一九六一）の研究により一般に広まった言葉。

（10）**抑圧**……不快な感情、記憶、欲望が意識にあがらないようにする心の働き。

（11）**ヨセフの一族**……善良にして気心が通じる人。『夢の家』第7章（12）。

（12）**あなたがルビー・ギリスと文通した**……『愛情』第5章。ギルバートはルビーの手紙に返信しただけで、アンの誤解。ギルバートは文通していない。

（13）**『私は安らかに身を横たえ、眠ります』**……旧約聖書「詩編」第四章八節（共同訳では九節）。［RW／In］

（14）**化粧着**……negligee　日本語のネグリジェは寝間着をさすが、十九世紀の英語では寝間着の上に羽織るガウン式の化粧着。本章の最後では、これを着たアンの姿は、白い化粧着 her white gown と書かれている。

（15）**窓の鉛格子《なまりごうし》**……昔は大きな一枚板のガラスはなく、小さなガラスをステンドグラスのように鉛でつなぎ合わせたため、一つの窓のなかに四角や菱形の鉛格子《なまりごうし》があった。

（16）**コースレット**……Courcelette　フランス北東部の地名。第一次大戦中の一九一六年九月、英仏軍（カナダ兵を含む）と独軍が戦闘を行い、膨大な戦死者が出た激戦地。カナダ兵は第一次大戦に宗主国イギリスの軍隊として約六十三万人が欧州に出征、約六万人が戦死、モンゴメリの異母弟も重傷を負った。

（17）**「フランスのどこか」**……“somewhere in France” は第一次大戦中に使われた用語で、

兵士の戦没地が不明の場合は「フランスのどこか」と公式に記載。同名の戦争スパイ映画「フランスのどこか」、フランスの戦場へ出征した父の勝利と無事を願う英語の歌「フランスのどこかで父さんが」が作られ、当時流行の言い回し。［RW／In］

（18）**昔の月日**……old moons　この moons は複数形のため、天体の月（一つしかない）ではなく、英詩の言葉で月々 months で、歳月、年月という意味。

（19）**快活《ブライス》だった。／「快活《ブライス》よ！　快活《ブライス》な気分だわ」**……最初の「快活」は blithe で形容詞「快活な」。続くアンの台詞中の「快活」は二つとも Blythe で、アンとギルバート一家の名字。よってアンの台詞には「ブライス家よ！　ブライス家の気分だわ」というニュアンスもある。

（20）**ギルバートが『峠を越した』とパシフィークが教えてくれたあの朝**……『愛情』第40章。ギルバートが危篤と聞いて心痛と悔恨のアンが、一転して幸福に満たされた朝。パシフィークはフランス系で、フランス語にない th が発音できず、「峠を越した」got de turn と、モンゴメリは the を de で書いている。『愛情』第40章（3）。

（21）**スコットランドで遠くに霞む丘**……スコットランドの文豪サー・ウォルター・スコットが愛した丘の絶景「スコッツ・ビュー」（口絵）を連想させる。モンゴメリは一九一一年夏の新婚旅行で、この丘に近いスコットの邸宅を見学した。

（22）**メルローズ**……スコットランド南東部の町、スコットランド語由来の地名。十二世紀の修道院跡があり、スコットランド王の心臓が埋葬される。モンゴメリは新婚旅行で一九一一年に訪問（口絵）。サー・ウォルター・スコットは月光で見るよう勧めている。

（23）**廃墟のケニルワース城**……ruined Kenilworth　ケルニワースはイングランド中部の町。スコットランドの文豪スコットの歴史小説『ケニルワースの城』（一八二一）の舞台となった十二世紀の城跡がある。モンゴメリは一九一一年に訪問。

（24）**シェイクスピアが眠るエイヴォン川のほとりの教会**……シェイクスピアの生没地イングランド中部の町ストラットフォード・アポン・エイヴォン Stratford upon Avon にあるホーリー・トリニティ教会。『アン』の舞台アヴォンリー Avonlea のアヴォン Avon は同地を流れる川の名。語源はケルト語で川。『アン』第1章（2）。（口絵）。

（25）**コロセウム**……the Colosseum　イタリアの首都ローマ最大の円形闘技場。紀元八〇年頃に完成した建造物。

（26）**アクロポリス**……the Acropolis　ギリシアの首都アテネの丘の上の城塞都市。パルテノン神殿の遺跡がある。

（27）**人生のささやかにして甘美なものはすべて、その道に撒《ま》かれている**……アン・シリーズでは道 the road が、アンの人生行路を象徴的に表す。『アン』第38章の章題は「道の曲がり角」。そしてアンが主人公のシリーズ最後となる本作の最終章では、アンが人生のささやかにして甘美なものを大切にして人生の後半生を生きていく姿が示唆される。

（28）**「なんという、大家族でしょう！」クリスティーンの言葉を、アンは喜びいっぱいでくり返した……**「喜びいっぱいで」の原文は、副詞 exultantly で、意味は「大喜びして、歓喜して、大得意になって」。動詞は exult「小躍りして喜ぶ、大喜びする」で、ラテン語「exultare くり返し心がおどる」に由来する古風な文語をモンゴメリは用いている。第40章でクリスティーンが言った「なんという、大家族でしょう！」という言葉を、アンは、可愛いわが子六人と最愛の夫と自分からなる大家族を持つ深い喜びをこめてくり返し、本作は幸福感に満ちて幕を閉じる。

シリーズ各巻の書名は、第一巻『赤毛のアン』は『アン』、第二巻『アンの青春』は『青春』、第三巻『アンの愛情』は『愛情』、第四巻『風柳荘のアン』は『風柳荘』、第五巻『アンの夢の家』は『夢の家』と表記した。

日本語訳の聖書は、モンゴメリが読んだ欽定版英訳聖書と必ずしも一致しないため、引用の意味をわかりやすく解説するため、欽定版聖書を訳者が邦訳した。

各項目文末の記号は、［RW］は'L. M. Montgomery's use of quotations and allusions in the "ANNE" books' by Rea Wilmshurst を参照して誤記を訂正、［RH］は『ランダムハウス英和大辞典』、［In］はインターネットで本作の英文を検索、一致した英文学作品を調査、邦訳して、訳註に入れた。

本書は、インターネット電子図書館「プロジェクト・グーテンベルク・オーストラリア」にある Anne of Ingleside を主な底本とした。

モンゴメリがアルファベットを斜体文字にして強調した語句は、その訳語に傍点をふった。ただし本作では、登場人物の内面心理の独白を（　）の中に入れて書いた長い文章全文が斜体文字で書かれた所が何カ所かあり、その訳文全部に傍点を打つと読みづらいため、傍点は省き、（　）のみを付けた所もある。

原書でモンゴメリが用いた記号ダッシュ（—）は、地の文章にある場合は「——」と、台詞中にある場合は「……」と表記した。

訳者あとがき

一、モンゴメリの生前最後に刊行された本、アンが主人公のシリーズ最後の巻

本作『炉辺荘のアン』（文春文庫、二〇二一年）は、L・M・モンゴメリ著『赤毛のアン』シリーズ第六巻 *Anne of Ingleside*（一九三九年）の日本初の全文訳です。

前作『アンの夢の家』では、アンとギルバートの結婚式、フォー・ウィンズの内海の岸辺で暮らす新婚時代が描かれました。続く本作では、三十代から四十代のアンとギルバート、ブライス家の家庭生活、幼い子どもたちの様々な逸話が描かれます。

この『炉辺荘』は、一九四二年に六十七歳で他界するモンゴメリにとっては、亡くなる三年前、生前最後に発行された書籍です。さらに、アンが主人公として描かれるシリーズ最後の巻です。最終巻であることをモンゴメリは原書のタイトルで示しています。

巻数	原題	原題の直訳	アンの年齢（モンゴメリの年齢）	発行年
①	*Anne of Green Gables*	『グリーン・ゲイブルズのアン』	0～16歳（34歳）	一九〇八年
②	*Anne of Avonlea*	『アヴォンリーのアン』	16～18歳（35歳）	一九〇九年

③*Anne of the Island*　『島のアン』　18～22歳（41歳）　一九一五年
④*Anne of Windy Willows*　『風柳荘のアン』　22～25歳（62歳）　一九三六年
⑤*Anne's House of Dreams*　『アンの夢の家』　25～27歳（43歳）　一九一七年
⑥*Anne of Ingleside*　『炉辺荘のアン』　34～40歳（65歳）　一九三九年
⑦*Rainbow Valley*　『虹の谷』　41歳（45歳）　一九一九年
⑧*Rilla of Ingleside*　『炉辺荘のリラ』　49～53歳（47歳）　一九二一年

　原題を見ると、第一巻『赤毛のアン』～第六巻『炉辺荘のアン』には「アン Anne」が入っていますが、第七巻『虹の谷』と第八巻『炉辺荘のリラ』の書名にはアンがなく、主人公はアンではありません。原書初版のカバーも、第一巻～第六巻はアンの絵が描かれ、第七巻と第八巻は別の女性です。このように本作は、アンが主人公として描かれるシリーズの最終巻にあたり、それを意識した描写が多々あります。

　また発行年からわかるように、モンゴメリは、本作でアンの幼い子どもたちを取りあげる約二十年前に、第七巻と第八巻で、成長した子どもたちを書いています。

二、小説の舞台～グレン・セント・メアリ村、炉辺荘

小説の舞台はプリンス・エドワード島中部のグレン・セント・メアリ村。村名はモン

ゴメリが創った架空の地名で、意味は、グレンがスコットランド語で「谷」、セント・メアリが「聖母マリア」で、合わせて「聖マリアの谷」。スコットランドのケルト的世界、聖母マリアの母性愛、キリスト教の信仰を思わせる地名です。

アンが付けた屋号「炉辺荘《ろへんそう》　イングルサイド Ingleside」はスコットランド語で「炉辺」を意味し、前半の ingle はゲール語の「火 aingeal」に由来します。英語（イングランド語）では、炉辺は「ファイアーサイド fireside」という単純な言葉ですので、「炉辺荘イングルサイド」はケルトの古風な響きが印象的です。前巻『夢の家』では、この家は、もとはモーガン家の邸《やかた》と書かれています。モーガンはケルト族ブリトン人の名字で、やはりケルトの伝統漂う屋敷なのです。

さらに「炉辺」は、一家団欒のぬくもりを感じさせる言葉です。電気のない時代、暗くて寒い夜に、薪がぱちぱち燃える暖炉のまわりに家族が集《つど》い、炎に顔を赤く照らされながら語らい笑うブライス家の憩《いこ》いのひとときが伝わる屋号、それが炉辺荘です。

この屋敷は、島の北海岸パーク・コーナーにあるモンゴメリの父親の実家にインスピレーションを得ています（口絵）。現在の建物は、一八七七年頃にモンゴメリの祖父ドナルド・モンゴメリ（保守党上院議員）が建てたもので、モンゴメリも滞在しました。以前は記念館として公開され、ゴグとマゴグの片方、薔薇のつぼみのティーセットの並ぶテーブルのある食堂（口絵）、炉棚（口絵）、大きな柱時計（口絵）、昔のままの床板の寝室（口絵）など、本作ゆかりの品々や部屋がありました。現在は全室改装されて宿泊施設になり、内部は以前とは変わっています。そこで口絵では昔のモンゴメリ家内部をご紹介しました。家の前にある小さな谷と水辺は、モンゴメリ家のご当主によると、「虹の谷」のイメージの源泉になったのではないかというお話でした。

モンゴメリが創作した本作では、炉辺荘の前庭は広い芝生に大木が生え、丘を下ると子どもたちが「虹の谷」と呼ぶ緑豊かな小さな谷です。炉辺荘は村はずれの丘にあり、眼下に、なだらかな広い谷間に農家が点在するグレンの村と内海を一望します。

グレンの村は、アンが新婚時代を過ごしたフォー・ウィンズの内海にあると小説に書かれ、一帯ではもっとも大きな集落です。六マイル（約十キロ）離れたところには、ギルバートの親友パーカー医師が住むローブリッジがあります。ローブリッジという地名から推測するに、内海へ流れる川に橋がかかる村でしょう。そして上《かみ》グレンは、グレンの村より上流に、下《しも》グレンは下流にあると思われます。さらに下流へくだった内海口（ザ・ハーバー・マウス）は、内海からセント・ローレンス湾に出る辺りの漁村です。

モンゴメリの日記によると、フォー・ウィンズの内海は現在のニュー・ロンドン湾であり、地理は幾らか変えたようです。前巻『夢の家』のアンとギルバートは、セント・ローレンス湾の灯台に近い、人里離れた辺鄙な内海の岸辺に暮らしていました。本作の二人は、人々から信頼される医師夫妻としてグレンの村で暮らしを営むのです。

三、登場人物〜六人の子どもたち、家政婦スーザン、クリスティーン・スチュアート

本作の特徴は登場人物が多いことです。少なくとも約三百七十人の名前が出てきます。働き盛りの医師ギルバートと六人の子の母アンの世界が広がり、公私にわたって関わりを持つ人々が増えたことを表しています。

第1章と第2章では、結婚して九年目の三十四歳になったアンがアヴォンリーを再訪し、ダイアナと旧交を温め、少女時代からの変わらぬ友愛が描かれます。腹心の友の二人が、第二巻『青春』で訪れたヘスター・グレイの庭や森の小径をたどり、懐かしい思い出と再会する……。それは読者にとっても以前の巻を読んだ懐かしい日々との再会であり、シリーズ作品を読む喜びに満たされます。今ではともに母になった旧い友の二人が、夕焼けの家路を帰っていく情景の美しさは忘れがたいものです。

そしてグリーン・ゲイブルズのリンド夫人、マリラ、デイヴィとその妻、第二巻『青春』のポール、第三巻『愛情』のフィリッパ、第四巻『風柳荘』のレベッカ・デューにジェン・プリングル、第五巻『夢の家』のオーエンとレスリーといった懐かしい人々も少しずつ登場します。新しい人物としては、ギルバートの父のいとこメアリ・マリアおばさん、アンの子どもたちとその友人、内海口の貧しい漁師の妻、「もの寂しい家」に暮らすトマシーン・フェア、シャーロットタウンの医師夫妻といった様々な階層や職業

の人々が描かれます。

ここでは、炉辺荘の六人の子どもたち、家政婦スーザン、久々に登場するクリスティーン・スチュアートについて簡単にまとめます。

①長男ジェム Jem　ジェイムズ・マシュー・ブライス

彼の本名は、第五巻『夢の家』のアンの親友ジム船長ことジェイムズ・ボイドと、グリーン・ゲイブルズの養父マシュー・カスバートにちなんでいます。アンを愛し、そしてアンが愛した二人の人徳ある男性の名を、アンは長男につけたのです。ジェムの外見は、アンの赤毛とギルバートのはしばみ色の瞳を受けつぎ、気質は勇敢で、独立心と冒険心に富み、喧嘩が強く、帆船でゆく大航海と海賊、未開地の冒険に憧れ、七つの海を制覇した大英帝国の申し子のような少年です。その反面、可愛い犬とお母さんが大好きで、アンの前では甘えん坊です。六人の中では唯一、「夢の家」で生まれた子どもです。

②次男ウォルター Walter　ウォルター・ブライス

アンの亡き父ウォルター・シャーリーから命名され、アンが愛読する祖国スコットランドの文豪サー・ウォルター・スコットにもあやかっていると思われます。彼は煙るような灰色の瞳に成熟した魂を宿し、この世ならぬ美貌の少年です。優しく繊細な性格で、詩を書き、ロマンチックな夢想を好み、ケルトやギリシア神話の妖精を信じています。第二巻『青春』のポールを彷彿とさせる優雅で華奢《きやしや》な男の子です。

③次女ナン Nan　双子の娘。アン・ブライス

母アンと混同しないように、愛称ナンで呼ばれます。父親譲りのとび色の巻き毛、とび色の瞳の美少女で、ギルバートの母に似ています。しかし性格はアンに似て、想像力が豊かで、時に現実離れした突飛な夢想に浸ります。聞いた言葉が文字で見える独特な言語感覚も、『赤毛のアン』に描かれる十一歳のアンそのものです。

④三女ダイ Di　双子の娘。ダイアナ・ブライス

アンの友ダイアナにちなんで命名。アン譲りの赤毛と緑の瞳で、ギルバートのお気に入りです。性格は父親に似て実務家で常識があり、そのせいか言葉巧みに大げさな話をする女の子に惹かれる弱点があります。双子の娘たちは純真で素直で、明るい気質です。

⑤三男シャーリー Shirley　シャーリー・ブライス

アンの旧姓にちなんでいます。シャーリーを出産後のアンは肥立《ひだ》ちが悪く、スーザンがわが子のように育て、彼女の秘蔵っ子です。そのせいか本作にシャーリーの冒険はありません。とび色の髪と瞳で、父方ブライス家の風貌を受けついでいます。

⑥四女リラ Rilla　バーサ・マリラ・ブライス

アンの生みの母バーサ・シャーリーと、育ての母グリーン・ゲイブルズのマリラ・カスバートから名付けられています。アンと同じ赤い髪、長い睫毛にはしばみ色の大きな瞳、生まれながらに愛嬌があり、おしゃまな女の子です。まだ幼いために舌足らずで愛

らしく話します。

この六人の子どもたちの幼さを、モンゴメリはなんとも愛らしく描いています。アンは、いつも冷静な躾のマリラとべた褒め式のマシューに育てられただけあり、子どもたち一人一人の悲しみや悩みに寄りそい、大人の知恵と慈愛と包容力で導きます。思いやりがあり、優しく若々しいアンは、子どもたち全員に慕われる賢母となっています。

⑦家政婦スーザン・ベイカー（意味はパン焼き職人スーザン）

アンが初産をする前に家政婦として「夢の家」に来てより、ブライス家の家事を切り盛りする善女です。瘦せぎすで真面目、料理の達人、耳の形に一家言あり、炉辺荘の人々に忠実で情け深く、年下のアンを「先生奥さんや Mrs Dr. dear」と呼んであがめ、三男シャーリーを溺愛します。彼女は地元の出身であり、新参者であるアン（つまり読み手である私たち）に、様々な村人の来歴と人柄を語る重要な役回りが与えられています。

⑧クリスティーン・スチュアート（意味は、クリスティーンがキリスト教徒の女性形、名字はスコットランド王家スチュアート家と同じで、高貴な好人物のイメージ）

アンの学生時代の第三巻『愛情』において、堂々たる麗人として知られたギルバートの女友だちです。クリスティーンは良縁に恵まれ、カナダ中部の都市ウィニペグで裕福な男性と結婚しますが、四年前に夫を亡くして独身に戻っています。そんな彼女が島を訪れ、ギルバートはいそいそと、アンは対抗心を燃やして出かけていきます。

クリスティーン登場の場面をモンゴメリは劇的に活写しています。まず本人の姿よりも先に、甘く濃厚なヘリオトロープの香水の芳香が漂い、次に華やかで絢爛たる本人が現れ、一瞬のうちに部屋中をわが物とします。紫色のマーメイドラインのイヴニングドレス、長い袖の裏地は金色、ダイヤモンドを鏤《ちりば》めた豪華なネックレス、白い歯まで輝くようです。ぱっちりした平行二重まぶたの濃紺《ダークブルー》の瞳、艶やかな肌と黒い髪、美しい肩……。音楽を学んだ彼女は、ギルバートのほうをむいて、「あの懐かしき昔の日々は、思い出の彼方に」で始まるサロン歌曲「懐かしく甘い愛の歌」を歌い、ドイツで演じられる中世の宗教劇やドイツの地名、ドイツの新しい犬種、ドイツ語圏スイスのユング心理学の「コンプレックス」や「抑圧」を語る……。モンゴメリは都会的で財力のあるインテリの女性像を演出しています。一方のアンは、「ギルバートが大嫌いな」古い黒い服に、学生時代に彼からもらった古ぼけたエナメルのハートのペンダントという装いです。そのためアンは、クリスティーンの皮肉混じりの言葉もあって、ギルバートと談笑する彼女に嫉妬します。しかしクリスティーン自身は、そんなアンに肩をすくめてやれやれと微苦笑する風情もあるのです。モンゴメリは、クリスティーンを二十年ぶりに再登場させ、アンが感じていた夫婦の倦怠と夫への懐疑《かいぎ》に強烈な刺激を与えつつ、一家の幸福な結末へ導くうまい役回りを与えています。

四、全四十一章の構成

本作は、全四十一章から成ります。モンゴメリが三十代から四十代に書いた第一、二、三、五、七、八巻の六作は、各章に工夫を凝らした章題がついています。しかし六十代の第四巻『風柳荘』と第六巻『炉辺荘』には章題がありません。そこで本作をエピソードごとにまとめ、目次代わりの一覧を作りました。

第1〜2章　アン、アヴォンリーへ（作中の季節は春）
第3章　アン、炉辺荘に帰る
第4章　メアリ・マリアおばさん、炉辺荘に来る
第5〜6章　ジェム、反抗する
第7〜10章　ウォルター、ローブリッジのパーカー家へ行く（七月）
第11章　スーザン、レベッカ・デューに、メアリ・マリアおばさんを語る（秋）
第12章　アン、ミス・コーネリアに、メアリ・マリアおばさんを語る（冬）
第13章　炉辺荘のクリスマス（十二月）
第14章　メアリ・マリアおばさんの誕生会（五月）
第15〜17章　アンの縁結び（夏）

第18章　ジェムの犬ジップ（冬）
第19～20章　ジェム、母さんに誕生日のプレゼントを贈る（三月）
第21～22章　ミッチェル夫人、アンに追悼文《ちゅいとうぶん》を頼む（春）
第23～24章　ジェム、ロディ少年から犬のブルーノを引きとる
第25～26章　ナン、神さまと取引をする（九月）
第27章　炉辺荘の秋冬の日々（秋と冬）
第28～29章　ダイ、転校生のジェニー・ペニーに魅了される（春）
第30～31章　ナン、町の少女ダヴィから自分の秘密を聞く（夏休み）
第32章　炉辺荘でキルティングの会が開かれる（十月）
第33章　ピーター・カークの葬儀
第34章　リラ、ケーキを持って村を歩く
第35～36章　ナン、「もの寂しい家」の貴婦人を想像する（夏）
第37～38章　ダイ、同級生デリラを炉辺荘に招く
第39～41章　アンとギルバート、結婚十五周年の日にクリスティーンと再会（九月）

　モンゴメリは基本的には短編小説の作家で、長編小説であっても短編を連ねる構成です。本作全体の主人公はアンですが、各エピソードは短編小説であり、主人公となる子

どもたちの視点で物語が進みます。彼らの内面心理は「自由間接話法」で書かれ、登場人物が胸のうちを語る独白が地の文章にそのままあります。こうした心理描写は、それぞれの子どもたちの年齢と気質に応じた言葉遣いで訳し分けました。

五、本作第33章、ピーター・カークの葬儀、類似する別の短編小説「報復」

本作で最も優れた章の一つは、第33章のピーター・カークの葬儀です。聖職者ピーター・カークの葬儀が執り行われ、柩《ひつぎ》に横たわる故人のことを、尊敬される牧師だった、愛情深い父、優しい夫だったと褒め称えて進みますが、最後に年老いた女クララ・ウィルソンが進み出て、ピーターの真実の人間性を暴露し、牧師や会葬者の偽善を糾弾、さらにクララ本人の驚きの事実が他者によって明かされます。

モンゴメリには、よく似た短編小説「報復 Retribution」があり、短編集『過去への道 *The Road to Yesterday*』（一九七四年）と、短編集・詩集『ブライス家は語られる *The Blythes are Quoted*』（二〇〇九年）に収録されています。短編「報復」では、死の床にある老いた男に、老女クラリッサ・ウィルコックス（イニシャルは本作のクララ・ウィルソンと同じC・W）が面会に訪れて復讐を果たし、最後にクラリッサの驚きの本音が語られます。本作第33章と「報復」は共に、老いた女が、娘時代に関わった男に報復に行くという核となる部分と、読者の胸に刺さるような切ない結末が類似しています。モンゴメリは一つのアイディアから異なる展開を考え、この二作を書いたと考えられます。本作の第33章は、故人ピーター・カークの横暴に耐え続けた若い妻オリヴィアを登場させたことで、物語はより陰影を増し、自分を捨てた異性への憎しみ、老いても消えない恋慕と未練だけでなく、夫婦の深淵も垣間見せ、短編小説の名手モンゴメリ最晩年の傑作です。

六、家庭生活の喜び〜菓子と料理、手芸と庭作り、動物たち

本作は数々の料理と手芸が描かれる特徴もあります。電気がない時代にマリラやリンド夫人、スーザンが料理用ストーブでこしらえる菓子や料理は、日本人にはなじみの薄いものが多く、訳註で解説しました。

まず冒頭はグリーン・ゲイブルズの鶏をつぶしたおもてなしのチキン・パイ、リンド夫人のレモン・ビスケット、マリラお手製のカシス酒（赤スグリ酒）。炉辺荘では、スーザン・ベイカー手作りのパン、ジンジャーブレッドの泡立てたクリーム添え、朝食のマフィン、お猿の顔のクッキー、アップル・クランチ・パイ、クィーン・プディング、「オレンジ・シュフレ」ことオレンジ・スフレ、ジャム巻きプディング、バタースコッチ・クッキー、クランベリー・パイ、金銀ケーキ、フルーツ・パフ、メイプル・シュガー・パン、くるみ入りケーキ、香辛料入りクッキー、プラム入りのバースデー・ケーキ、

オレンジの砂糖掛け《アイシング》に薄いココナッツを飾ったケーキ。料理では香辛料《スパイス》入りグースベリーの薬味《レリシュ》、グラタン風ポテト、詰め物をしたロースト・チキン、クリスマスの七面鳥のローストとミンスパイ、パースニップの付け合わせ、詰め物をしたラムの脚のロースト、ホット・チキン・パイにグリーンピースのクリーム煮とマッシュ・ポテトの付け合わせ、ディル入り胡瓜のピクルス、ビーフ・ステーキに添える炒めた玉ねぎ……。こうした献立は小説家が意識して作中に書き入れるものであり、炉辺荘の家庭生活のすこやかなぬくもり、古き良き時代の安らぎを伝える作家のテクニックです。

手芸では、アンのおなかにいる赤ちゃんのためにスーザンが編む第1章のベビー用靴下に始まり、リンド夫人が棒針で編んだ林檎の葉模様のベッドカバー、スーザンがレース糸で編んだエプロンの縁飾り、アイルランドのレース編み、あひるの毛糸刺繡、ナンのスモック刺繡のピンク色のモスリン、リラのスモック刺繡のオーガンジー、炉辺荘のキルトの会、またスーザンは匂い菖蒲《あやめ》の根でシーツを煮て芳香をつけます。

アンはガーデニングを愛し、地面が凍る冬期は花のカタログを読みふけり、春はチューリップ、三色すみれ、初夏はポピー、鬼百合と薔薇、薄荷が香り、夏は金魚草や金蓮花、立葵の花が咲きます。

炉辺荘は愛玩動物も多く、犬、猫、こまどり、うさぎ、馬のグレイ・トムといった生きものも炉辺荘のにぎわいであり、家畜はいてもペットはいなかったグリーン・ゲイブルズとは対照的です。モンゴメリ自身、手芸と料理、庭作りと猫を愛し、その趣味をふんだんに盛り込んだ小説の執筆は、彼女の喜びでもあったのです。

七、キリスト教の教えを伝える母アンの人生は「生きている使徒書簡」を書くこと

前巻の第五巻『夢の家』（一九一七）はキリスト教の話題が多く、長老派教会の予定説、聖書の「天地創造」とダーウィンの「進化論」の対立、信仰復興運動、宗教的憂鬱などを登場人物が語りました。逆に本作では、あまり多くありません。それは本作の執筆を始める二年前の一九三五年に、モンゴメリの夫ユーアン・マクドナルドが長老派教会の牧師を引退し、モンゴメリ自身が聖職者の妻ではなくなったからだと考えられます。

これはクリスマスの描き方にも影響しています。ユーアンが現役牧師だった一九三五年までに書かれたシリーズ六作品では、クリスマスの描写はまれで、かりにあっても家族行事として贈り物をするのみです。もちろんクリスマスの礼拝やツリーは登場しません。理由は、イエスの生誕が十二月二十五日という記述が聖書にないため、聖書のみを信仰の基本とする長老派教会はクリスマスを異端視して認めていなかったからです。

しかし夫が牧師を引退して教会を離れた後に発行された第四巻『風柳荘』（一九三六）と『炉辺荘』（一九三九）にはクリスマスのリースとツリーが描かれ、さらに本作では初めて、長老派が認めない旧教カトリックの聖人サンタ・クロースも登場します。

また前巻『夢の家』では、メソジスト教会への疑問がミス・コーネリアの言葉として度々描かれましたが、本作では皆無です。理由は、私の推測では、一九二五年にカナダで長老派教会とメソジスト教会が合同し、合同教会が作られたからでしょう。モンゴメリは合同に反対だったため、合同前の『夢の家』（一九一七）ではメソジストに批判的でしたが、合同後に書いた本作では、メソジストの話題は影をひそめ、今度は英国国教会の信徒は不道徳な人物が多いと、村の女性に語らせています。いずれにしても教会の話題は、聖職者の妻として約四半世紀を生きたモンゴメリ作品の特徴です。

本作ではむしろ、もっと根源的な意味で、キリスト教信仰の原点に立ち返っています。第40章で、アンはクリスティーンに、今の私は「生きている使徒書簡を書いている」と語り、長男ジェムとその仲間たち（ジェムの弟たちと妹たち）を思います。

「使徒書簡」とは新約聖書にある「ローマの信徒への手紙」などの書簡をさし、伝道者パウロやイエスの弟子ペテロなどが、イエスの愛と教えを各地のユダヤ教徒に伝え、古代ローマまで布教する様子などが、手紙の形で書かれています。使徒書簡には意味深い言葉が多く、アン・シリーズには色々と引用されています。たとえば『夢の家』第3章には「ローマの信徒への手紙」から「……神を愛する者たち、神の意図によって呼びだされた者たちにとっては、すべてのことが、善となるように共に働く」、『夢の家』第8章には「ガラテアの信徒への手紙」から「……信仰によって家族になった人々に対して、善を行いましょう」（新共同訳）などです。

　そして本作でアンが語る言葉「生きている使徒書簡」は、米国の農民詩人で敬虔なクエーカー教徒だったジョン・ホィティアーの詩「クエーカー学校の卒業生たち」（一八六〇年）の一節です。詩では、クエーカー教徒が、「若々しく美しい、勇敢な青年たちとしとやかな娘たちを布教に送り出し、彼らは生きている使徒書簡であり、クエーカー学校の価値を示すものである」と書かれています。

　つまり、アンが「生きている使徒書簡を書いている」とは、アンが息子のジェム（本名のジェイムズは、イエスの弟子ヤコブの英語名）を初めとするわが子たちに、イエスの深い愛と隣人愛の教えを伝えながら生きているという意味と考えます。これは母アン（聖母マリアの母アンナの英語名）の子育ての哲学、生きる哲学であり、本作の主題の一つです。

八、本作を捧げた男性ウィルはギルバートのモデル

　本作が捧げられたW・G・Pは、モンゴメリ十代の友人のウィラード・ガン・プリチャード Willard Gunn Pritchard という男性で、愛称はウィルです。

　一八九〇年の夏、十五歳のモンゴメリは、父親ヒュー・ジョンと暮らすために島から船と汽車で、カナダ中部サスカチュワン州へ行きます。サスカチュワン時代の日記に毎

日のように登場する名前は、大親友の少女ローラ・プリチャードとその兄ウィルです。

［近ごろ学校が楽しい。今日、新しい男子が来た——赤毛で緑色の目、歪んだ口もと！といいうと魅力的には聞こえない、実際ハンサムではない——でも彼はすばらしい。彼と一緒にいると、とても楽しい］一八九〇年十二月五日付（ギルバートは『アン』第15章の初登場の場面で、唇をひねっています）。

［ウィリーはとっても親切だ——私が今まで会ったなかで一番感じのいい男子だ］一八九〇年十二月二十四日付。

思春期のモンゴメリは、学校、放課後、休日もローラとウィルと楽しく過ごします。しかし家庭では、継母（父の再婚相手）から家事や、二人の子ども（モンゴメリの異母妹弟）の世話を頼まれて学校に行けない日もあり、一年後の夏、モンゴメリは島へ帰ります。別れの前夜もウィルと過ごし、二人で家路につきます。

［彼と私は黙って帰った。（家の）上がり段のところで私たちは立ち止まった。私たちの頭上には澄み渡った八月の夜空に、星々が静かに輝いていた。あたりには柔らかな、露のおりた黄昏が広がっていた。坂の下には町の灯《ひ》が瞬いていた。すべてが夢のように見えた。私は夢のなかにいるようだった。

「じゃあ」彼は片手をさしだした——彼の声は平静ではなかった——「さようなら。君の幸せを願っている——ぼくたちのことを忘れないで」

「絶対にあなたを忘れない、本当に」私はそう言って握手をした。「さようなら」「バイバイ」彼は言った。私たちの手が離れ、彼は去っていった。私はつらすぎて泣くこともできなかった――ただぼうっとしていた。自分の部屋に上がり、彼の手紙を読んだ。私のことを愛している、これからもずっと、と書いてあった。読み終えるとベッドで丸くなって思い切り泣いた」一八九一年八月二十六日付。

島に帰った十六歳のモンゴメリのもとに、ウィルから愛の手紙が届きます。それはやがて友情の文面へ変わりますが、ほかの女性のことは一度も書かれることはなかったと、モンゴメリは日記に書いています。

二人は文通を続け、モンゴメリ十九歳、一八九四年の日記には、彼はウィニペグでカレッジに進み法律を学ぶと書かれています。しかし三年後の一八九七年四月、島で教師をしていた二十二歳のモンゴメリのもとへ、妹のローラから報せが届きます。ウィルはインフルエンザをこじらせて病死、享年二十四でした。

「ウィルが死んだ。はるか遠い大草原の墓に埋葬されている！　そんなことあり得ない！　懐かしいあの高校時代、一緒にすわってノートをとり、同じ冗談で笑い、冬の夕暮れを一緒に下校したのは、つい昨日ではないか？　六月の紫色の薄暮のなか、川のほとりを散歩したり、ブルーベルの花咲く草原をそぞろ歩いたのは、つい昨日ではないか？　乙女湖でピクニックをして、湖畔のポプラの古木に二人の名前を刻んだのは、つい昨日ではないか？／ああ、そうじゃない、あれは六年前だ！　ウィルが死んだ！」一八九七年四月十五日付。

その夏、ローラから手紙が届き、すり減って糸のように細くなった金の指輪が同封されていました。［六年前に私がウィルにあげた指輪だ。それを彼は死ぬ前までずっと身につけていたのだ］一八九七年十月七日付。

この指輪はモンゴメリが十二歳の時、アンおば（母方マクニール家のおじの妻）からもらった昔の婚約指輪で、モンゴメリがずっとはめていたものでした。

ウィルの死から二年後、二十四歳のモンゴメリは彼の手紙を読み返します。

［私が知っている全ての男性を思い返して、ウィルよりもいい友だちはいなかった。（略）私はウィルを愛してはいなかった。でも知り合いの男性のなかで一番優しい男子だと思っていた——今でもそう思っている］一八九九年十月八日付。

それからモンゴメリは作家になり、結婚し、母になりますが、中年以降の日記にもウィルは登場します。一九二六年、五十代のモンゴメリは、ウィルと結婚して腕に抱かれ、キスをする夢を見て、驚いて目覚めます。

一九二八年一月二十五日の日記には、さらに驚くべきことが書かれています。

［あの小さな指輪を、私は今もはめている。四十二年前、私が十二歳の時、アニーおばさんからもらったものだ］

日記によると、ローラが送ってくれた細い指輪は、実はウィルが亡くなる直前に壊れ、ローラが彼の遺品から見つけて、モンゴメリに郵送したのです。それをモンゴメリはシャーロットタウンで修理に出して中指にはめ、「以来、私は三十一年間、一度もこの指輪をはずしたことがない」一九二八年一月二十五日付、と書いているのです。

つまり一八九七年春にウィルが他界、夏にローラから指輪が送られると、モンゴメリは修理し、二十二歳から五十三歳まで、三十一年間、指にはめていたのです。

一九三〇年には、五十五歳のモンゴメリは、サスカチュワン州を約四十年ぶりに再訪。親友ローラと感激の再会を果たし、変わらぬ笑顔と弾む会話に、一度も離れていなかったような気持ちになります。二人で乙女湖など懐かしい場所を訪れ（第2章のアンとダイアナのように）、プリチャード家にも行ったことを、日記に書いています。

プリチャード家の客間で「あの日曜日の夕方、ウィルと私はソファに腰かけていた――そう、少しいちゃいちゃして。とにかく私たちは手を握っていた。すると彼は、私がしていた小さな指輪を抜きとった――私が今はめているこの小さな指輪を。（略）私が死ぬ時――私が埋葬される時、これを指にはめていたい。この指輪は何かの象徴なのだ――それが何かよくわからない――でもこれは懐かしく、甘美で、かけがえのない、永遠に過ぎ去っていった何かの象徴なのだ」一九三〇年十月十二日付。

本作執筆中の一九三八年九月二十四日には、ウィルの古い手紙に目を通し、「私にとってウィルは「永遠の青年」だ。これからもずっとそうだろう」と、同じく執筆中の十月一日には「ウィルから届いた古い手紙の再読が終わった」と書き、アンが主人公のシリーズ最後の本作『炉辺荘のアン』を、ウィルに捧げたのです。

モンゴメリは、彼を愛していなかったと日記に書いていますが、形見の指輪を二十代から肌身離さず指にはめ、『赤毛のアン』を書いた一九〇五年はもちろん、アン・シリーズ全作を書いた歳月、つねにモンゴメリの手には、ウィルが死ぬ直前まで身につけていた指輪が光っていたのです。ウィルのことは思春期の甘く切ない想い出であり、二度と帰らない十代へのノスタルジーとも言えるでしょう。

モンゴメリがサスカチュワン州で過ごしたのは十五歳から十六歳、二歳年上のウィルは十七歳から十八歳。『赤毛のアン』の結末でアンは十六歳、ギルバートは二歳年上の十八歳です。十代半ばのモンゴメリを一途に愛してくれた十代のウィルは、第一巻『赤毛のアン』の少年時代のギルバートのモデルでしょう。そして第五巻『夢の家』は、ウィルの妹ローラに捧げられています。

九、本作執筆時の六十代半ばのモンゴメリ

本作の執筆は一九三七年〜三九年、モンゴメリは六十代の前半です。そのころの彼女は、夫ユーアンの牧師引退によって教会付属の牧師館を離れ、トロント市内に「旅路の

果て荘」と名づけた家を購入。夫と学生の長男チェスター、医学生の三男スチュアート、家政婦と暮らしていました（次男は出産した日に死去）。屋敷は静かな高台の高級住宅地にあり、家の裏にはオンタリオ湖にそそぐハンバー川が流れています。近くには地下鉄ジェーン駅があり、トロント中心部への交通も便利です。モンゴメリはダウンタウンの映画館や百貨店などに出かけていけています。

日記に『炉辺荘のアン』の文字が初めて出てくるのは一九三七年四月二十六日です。「今朝再び仕事を始めた、『炉辺荘のアン』のつらい執筆を三時間した」

この年のモンゴメリは、愛猫ラッキーの死、夫の鬱病と体調不良、長男チェスターの学業不振と女性問題、家政婦の交代、モンゴメリ自身の不眠症と座骨神経痛など、ストレスはありましたが、新しいヒロインの小説『丘の家のジェーン』を書き上げ、トロントの版元マクレランド＆スチュアート社から発行。『炉辺荘』の執筆は春四月から夏にかけて一日に三時間、四時間と続け、半年後の十月にひとまず完成します。

「どんよりして暗い一日。『炉辺荘のアン』の重労働が終わった。だが私は、これからも書くことができるのだろうか？　今のような気持ちが続くなら、きっと書けないだろう。でももし来年の出版に間に合わなければ財政的に難しくなる。最近また株式が暴落して、来年の春に売るつもりだった幾銘柄かの株が買った時よりも下落した」一九三七年十月二十八日付。

本作は、翌一九三八年秋にも執筆しています。おそらく書き直しと思われます。

『炉辺荘のアン』を書き始めた。（略）私は懐かしいアヴォンリーとグレンの村人と一緒に、私が創り出した世界に再び戻っていた。まるで、わが家に帰ったようだ」一九三八年九月十二日付。

「今日はまた一章書いた。執筆をやめたくなかった。仕事にまた我を忘れることができてすばらしい。だが戦況は日ごとに悪化している。ヒトラーは今もあらゆる者に声高に挑戦を叫んでいる」一九三八年九月十三日付。

「戦争ニュースはさらに悪くなった。株式市場はひどく下落。アンの一つの章が終わった。（執筆の世界から）この不安と恐怖の現実世界に渋々戻ってくる」一九三八年九月十四日付。

懐かしいアンの世界に没頭できる『炉辺荘』の執筆の合間に、ウィルの手紙を読み、一九三八年十二月に小説は完成します。

「今日『炉辺荘のアン』が終わった。私の二十一冊目の本だ。また次の一冊を書くことができるだろうかと、いつも思う。書きたいものがたくさんある――でも私は少し疲れた。まだ書くことは大好きだ――これからもずっと好きだろう。でも――」一九三八年十二月八日付。

年が明けた一九三九年一月は、手書き原稿をタイプライターで打っています。大長編ゆえに夜九時まで打つ日もあり、月末に終了。二月はタイプ原稿をまた推敲し、三月二十一日に『炉辺荘』の原稿をトロント市中心部に持って行きます。同日の日記には、次男スチュアートが、「戦争が始まれば、医学部の五年生は六年生に進まずに戦地に送られるかもしれない」と言ったと書かれ、モンゴメリは、わが子が戦場へ送られる不安に苛《さいな》まれます。本作執筆中の日記には、ヒトラーのほかにイタリアのムッソリーニについての記述もあり、モンゴメリは二度目の世界大戦勃発を恐れていました。

一九三九年春、本作のゲラ刷りを著者校正。六月にカバーデザインが届き、アンが若いとモンゴメリは感想を書いています。カバーは、昇ったばかりの黄色い満月と青い夏の夜空を背景に、炉辺荘の広い芝生の木のもとで、白いドレス姿のほっそりしたアンがすわっています。赤い髪は当時流行のウェーブを寄せたアップスタイルです。そして一九三九年八月、本書は発行されます。

しかし翌九月、ナチス・ドイツのポーランド侵攻をうけて、カナダはドイツに宣戦布告、宗主国イギリスと同じ連合国側として、第二次世界大戦に参戦。欧州などの戦場に六十七万人の兵士を送り、徴兵制の議論が、二人の息子の母モンゴメリを苦しめます。ちなみに日本はすでに一九三七年に日中戦争を始め、一九四一年十二月、日本軍はハワイ真珠湾攻撃の同日、カナダ兵が防衛する英領香港を攻撃。日本軍とカナダ軍は戦闘状態に入り、両国は不幸な歴史を経験するのです。

六十代半ばのモンゴメリは、統合失調症から認知症と不眠症をわずらう夫の面倒を見ながら、また軍靴の音に脅えながら、本作を良い小説に仕上げたいと勤勉な執筆と推敲を続けています。日記には、人は私が朝七時に起きて夜十一時まで机に向かっているとは思っていないだろうといった趣旨の記述もあります。

世界的な人気作家モンゴメリの作品は、一九三九年に第四巻『風柳荘のアン』（北米では『風ポプラ荘のアン』）の映画化が七千五百ドルの契約金で決定。モンゴメリの希望は一万ドルでしたが、この金額は『風と共に去りぬ』のようなヒット作でないと難しいと日記にあります。映画は一九四〇年に米国RKOが製作公開しています。また『赤毛のアン』も映画化に続いて舞台化され、彼女自身も様々な講演活動を行っています。

十、アンの生涯、「人生のささやかにして甘美なものはすべて、その道に撒かれている」

アンは、ノヴァ・スコシア州で教師の父母のもとに生まれます。両親を熱病で亡くし、掃除婦のトーマス夫人に育てられ、森の木こりの一家ハモンド家で三組の双子の育児を手伝ったのち、孤児院に入ります。十一歳でプリンス・エドワード島アヴォンリーのグリーン・ゲイブルズに来てからはマシューとマリラの愛情、ダイアナの友情に恵まれて幸せになり、教師になる目標にむかって猛勉強して師範学校に進み、教員免許を取得、成績優秀につき四年制大学の奨学金も獲得します。しかしマシューの急死をうけ、世界でただ一人の家族マリラとわが家グリーン・ゲイブルズを守るために大学を断念し、島で教師になります。『青春』では、新米教師として働きながら進学をめざして勉強を続け、学費を貯め、『愛情』で本土の名門大学に進み、休暇には働きながら学費を捻出して学位をとり卒業、ギルバートと婚約。『風柳荘』では島に戻り学校長として働き、『夢の家』で結婚。「災いある世界」を照らし人々を導く灯台となり、本作では母として「生きている使徒書簡」を書いて子どもを育てます。このようにモンゴメリは二十世紀初頭に、抱負を持って努力する意欲的な女性、かつ美とロマンを愛する優しい女性像を創り出しています。

アンは文学にも野心を持ち、『アン』で英米詩を愛誦、物語クラブで小説の創作を始め、『青春』では、小説執筆中に来たギルバートには、頭のなかの想いを文字で表現する難しさを語ります。『愛情』では小説を雑誌「カナダ婦人」に投稿。これは没になるものの、別の小説は雑誌に掲載されて原稿料が入ります。『風柳荘』では、アンが新聞に文章を書いているとギブソン夫人が語り、『夢の家』では、アンの結婚式に来た教え子ポールが、「この三年間、先生の作品をかなり拝見しました」と言っているため、『風柳荘』の三年間の校長時代にアンの小説が多数活字になったことがわかります。そして本作『炉辺荘』でも、メアリ・マリアおばさんとミッチェル夫人の台詞から、アンが新聞などに文章や小説を発表していることがわかります。もっともアンは子育てが忙しく、職業作家はあきらめています。多忙な医師ギルバートは往診で不在がちであり、家政婦スーザンがいても、洗濯機も掃除機も電気アイロンもない時代に、六人の子どもの服を縫い、一家九人分の料理を薪ストーブで作りながら、創作や仕事をすることは難しいでしょう。しかしアンは詩作は続け、前述の『ブライス家は語られる』には、アンが書いた詩が三十作以上あり、生涯にわたり創作を続けるのです。

本作の最終章で、アンがギルバートと渡欧して訪れる場所は、アンの文学趣味が反映され、またシリーズ六冊の総括にふさわしい土地です。

「幾月《いくつき》もたたないうちに、アンは、スコットランドで遠くに霞む丘を照らす月の光を見るであろう――メルローズを――廃墟のケニルワース城を――シェイクスピアが眠るエイヴォン川のほとりの教会を――あるいはコロセウムを――アクロポリスを――滅んだ帝国のそばを流れる悲しみに満ちた川を、照らす月の光を見るであろう」（第41章）

アンはスコットランド系であり、最初のスコットランドの丘とは、モンゴメリが新婚旅行で邸宅を訪れた文豪サー・ウォルター・スコットが愛した有名なスコッツ・ビューの丘（口絵）でしょう。同じくメルローズには、スコットランド王ロバート一世の心臓を埋葬した修道院跡（口絵）があります。ロバート一世はイングランド軍を打ち破り、スコットランドの独立を勝ち取った国王であり、スコットランド愛国者のアンならではの土地です。そしてシェイクスピアが眠る教会のあるエイヴォン川（口絵）！　アンはシェイクスピア劇を愛し、またアン・シリーズの舞台「Avonlea アヴォンリー」の地名の元になった川が「Avon エイヴォン」です。「Avon」はイングランド語ではなくケルト語で「川」であり、ケルト族のアンはついにケルトの川に帰るのです。ケニルワースは、文豪スコットの歴史小説『ケニルワースの城』で知られ、コロセウムのローマとアクロポリスのギリシアは、アンが愛読したラテン語のウェルギリウス（ヴァージル）、ギリシア語のホメロスの世界です。このように、スコットランド系ケルト族の読書家アンにふさわしい土地を訪れる旅路が、最後に語られるのです。

この第41章でアンは、「人生のささやかにして甘美なものはすべて、その道に撒《ま》かれている」と胸のうちに思います。アン・シリーズでは「道」に象徴的な意味が託されています。『アン』第38章の章題は「道の曲がり角」であり、「その道に沿って、穏やかな幸福という花々が咲き開いていくことを、アンは知っていた」とあります。

対する本作第41章では「人生のささやかにして甘美なものはすべて、その道に撒かれているのだ」とあり、日々の小さな喜びを愛おしみながら生きていくアンの後半生が暗示されます。アンの四十歳は、現在ならまだ人生これからという年代ですが、カナダ人女性の平均寿命は、最も古い一九二〇～二二年の統計で六〇・六歳です。一九〇〇年代の北米人にとって四十歳は初老であり、アンの人生における挑戦と野心の季節は終わり、幸福な家庭人として生きていく姿が示されているのです。

本作の最後に、「炉辺荘のアン」が、月光を浴びて夜の窓辺に一人たたずむシーンは、第一巻『アン』の終わりで「グリーン・ゲイブルズのアン」が星影の窓辺にすわる情景に合わせてモンゴメリが創り出したものでしょう。グリーン・ゲイブルズでは、夜空のむこうにダイアナの部屋の灯りが輝き、アンは友情の安らぎに包まれます。本作の結末では、可愛い子どもたちの寝息と夫のいびきが聞こえ、アンは家族の安らぎに包まれるのです。最愛の夫、三人の息子と三人の娘をもつアンは、「なんという、大家族でしょう！」と喜びいっぱいで語り、アンの物語は幸福に満ちて幕を下ろします。

続く七巻『虹の谷のアン』（一九一九年）は、モンゴメリが旺盛な執筆をした四十代の小説です。思春期のアンの子どもたちが、新しく登場する個性的な少女や少年と交流しながら若い大人へ成長していきます。時代は第一次大戦の影がさす直前、古き良き平和な時代の最後を告げる物語です。どうぞご期待ください。

二〇二一年夏

松本侑子

謝辞

Acknowledgments; This translation and many annotations could not have been possible without my English teacher, Ms. Rachel Elanor Howard, who kindly helped me understand the details of *Anne of Ingleside*. I was inspired by the thought-provoking discussions on this novel with her. I deeply appreciate her wonderful suggestions and gracious support.

本書の編集と発行にあたり、文藝春秋、文春文庫編集部の池延朋子様、翻訳出版部の永嶋俊一郎部長、文春文庫の花田朋子局長、第二文藝部の武田昇部長、第二営業部部長の八丁康輔様、校閲の方に大変にお世話になりました。カバーの絵は、勝田文先生に、炉辺荘のお菓子のジャム巻きプディング（第26章）や手芸の品々、ナンの子猫のプシーウィロー《ねこやなぎ》を描いて頂きました。リボンの緑色は本作と対になる第一巻『赤毛のアン（グリーン・ゲイブルズのアン）』を意識しました。カバー、口絵、扉、目次の美しいデザインは、長谷川有香先生にご担当頂きました。みなさまのご丁寧なお仕事に御礼を申し上げます。最後に、お読みくださった心の同類のみなさまのご健康をお祈りして、愛と感謝をお贈りします。

主な参考文献

英米文学など

"The Macmillan Book of Proverbs, Maxims, and Famous Phrases" Burton Stevenson, Macmillan Publishing Company, New York, 1987

'L.M.Montgomery's use of quotations and allusions in the "ANNE" books' Rea Wilmshurst, Canadian Children's Literature, 56, 1989

復刻版 "The Complete Poetical Works of John Greenleaf Whittier-1904"

『英米文学辞典』研究社、一九八五年

政治

『世界現代史31　カナダ現代史』大原祐子著、山川出版社、一九八一年

『カナダの歴史を知るための50章』細川道久編著、明石書店、二〇一七年

キリスト教と聖書

『聖書』新共同訳、日本聖書協会、一九九八年

"The Holy Bible : King James Version" American Bible Society, New York, 1991

『聖書人名事典』ピーター・カルヴォコレッシ著、佐柳文男訳、教文館、一九九八年
『聖書百科全書』ジョン・ボウカー編著、荒井献・池田裕・井谷嘉男監訳、三省堂、二〇〇〇年
『キリスト教大事典』教文館、一九六八年改訂新版

モンゴメリ関連

"The Complete Journals of L.M.Montgomery, The PEI Years, 1889-1900" Edited by Mary Henley Rubio, Elizabeth Hillman Waterston, Oxford University Press, Ontario, Canada, 2017
"The Complete Journals of L.M.Montgomery, The PEI Years, 1901-1911" Edited by Mary Henley Rubio, Elizabeth Hillman Waterston, Oxford University Press, Ontario, Canada, 2017
"The Complete Journals of L.M.Montgomery, The Ontario Years, 1911-1917" Edited by Jen Rubio, Rock's Mills Press, Ontario, Canada, 2016
"The Complete Journals of L.M.Montgomery, The Ontario Years, 1918-1921" Edited by Jen Rubio, Rock's Mills Press, Ontario, Canada, 2017
"The Complete Journals of L.M.Montgomery, The Ontario Years, 1926-1929" Edited by Jen Rubio, Rock's Mills Press, Ontario, Canada, 2017
"The Selected Journals of L.M.Montgomery" Volume IV : 1929-1935, Edited by Mary Rubio & Elizabeth Waterston, Oxford University Press, Ontario, Canada, 1998

"The Selected Journals of L.M.Montgomery" Volume V : 1935-1942, Edited by Mary Rubio & Elizabeth Waterston, Oxford University Press, Ontario, Canada, 2004

英米文学、英語聖書

本作中に引用される英米詩、英語聖書の一節は、その英文を元にインターネット検索し、該当するページの英文原典や原書を参照の上、邦訳して訳註に入れました。

Anne of Ingleside
(1939)

by

L. M. Montgomery
(1874〜1942)

本作品は訳し下ろしです。
デザイン　長谷川有香
（ムシカゴグラフィクス）
イラスト　勝田文

ANNE OF INGLESIDE (1939)
by L.M. Montgomery (1874-1942)

文春文庫

炉《ろ》辺《へん》荘《そう》のアン

定価はカバーに
表示してあります

2021年11月10日　第1刷
2023年4月15日　第2刷

著　者　L・M・モンゴメリ
訳　者　松《まつ》本《もと》侑《ゆう》子《こ》
発行者　大沼貴之
発行所　株式会社　文藝春秋

東京都千代田区紀尾井町 3-23　〒102-8008
TEL　03・3265・1211(代)
文藝春秋ホームページ　http://www.bunshun.co.jp
落丁、乱丁本は、お手数ですが小社製作部宛お送り下さい。送料小社負担でお取替致します。

印刷製本・大日本印刷

Printed in Japan
ISBN978-4-16-791789-0